*Trois explications du monde*

To Elizabeth
with best wishes

Tom

Tom Keve

# Trois explications du monde

*Traduit de l'anglais*
*par Sylvie Taussig*

Albin Michel

# Première partie

New York, 30 août 1909

J'étais descendu tôt pour le petit déjeuner. Encore une nuit sans sommeil. Et encore une fois, j'avais rêvé du Tsadik[1]. Ses paroles me poursuivaient, depuis ma chambre, dans l'ascenseur, à travers le hall de l'hôtel Manhattan, jusqu'au restaurant. Je choisis une table où je pourrais tourner le dos aux larges baies vitrées : l'éclat du soleil d'automne qui entrait à flots me dérangeait. Je demandai au serveur d'enlever la quatrième chaise et de m'apporter le *Staats-Zeitung*, le journal en langue allemande de New York, puis je déplaçai discrètement les chaises restantes, de façon que Jung, en s'asseyant, ait le soleil dans les yeux.

Je pris le carnet que j'ai toujours sur moi et me mis à griffonner quelques lignes, sous l'impulsion du rêve. J'avais très envie de les faire lire à Freud, de lui demander son sentiment, mais il semblait avoir très peu de temps pour moi depuis… depuis Brême, en fait. Indéniablement, j'étais jaloux. Et, comme

---

1. Le lecteur trouvera un glossaire, p. 521, dans lequel sont expliqués les termes en yiddish, en hébreu et en hongrois. Certains noms de lieux et d'institutions cités dans le texte y sont également présentés. Pour les personnages qui apparaissaient au fil du récit, le lecteur pourra se reporter p. 529.

d'habitude, les deux autres s'en rendaient parfaitement compte. C'était notre problème : nous en savions trop les uns sur les autres, et trop sur nous-mêmes. Et Freud était celui qui en savait le plus. Le serveur revint avec le journal. Son allemand était meilleur que le mien. Voilà l'Amérique !

Je posai mon carnet bien en évidence sur la table : il serait forcé de le remarquer, et d'en dire deux mots. Puis je parcourus le journal, à la recherche de l'annonce de notre arrivée. La veille, un reporter avait accueilli sur le quai les passagers les plus notoires du *George Washington*, qui s'étaient pliés au rituel de l'interview, et j'avais donc toute raison de m'attendre à un article substantiel sur notre petit groupe. Je n'eus aucun mal à trouver la page mais, à ma grande contrariété, le journaliste n'avait pas cru bon de mentionner mon nom. Dépit de courte durée : un second coup d'œil et je me rendis compte que l'article parlait du professeur Freund de Vienne ! *Ein Fehlleistung ?* Pas vraiment. Ça allait barder ! Même le titre de professeur ne compenserait pas une erreur pareille ! Freund, texto.

« Sanyi Ferenczi, tu n'as pas appris ta leçon. Et tu sais ce que ça veut dire ! » tonna le Tsadik. Tout de noir vêtu, comme toujours, la barbe délurée, frisant sur les bords, il me paraissait plus grand que dans la vie réelle et encore plus maigre. J'étais très en colère, car j'avais appris la leçon. Je l'avais répétée sur tout le chemin jusqu'au *cheder*, prêt à la régurgiter au moment voulu. Pourtant, quand ce moment était arrivé, je m'étais retrouvé muet. « Mais, reb Rosenfeld, je la sais par cœur », répliqua mon moi d'enfant, secoué de sanglots. Glacial, inflexible, cruel, le personnage en noir secoua la tête en signe de désapprobation. Lentement, très lentement, il se retourna et s'éloigna. Sa forme s'était dissipée : je ne le distinguais plus, mais sa voix résonnait toujours dans la salle d'étude. « Sanyi Ferenczi. Tu n'as pas appris ta leçon. Il doit y avoir une punition. Il doit y avoir de la contrition. »

J'avais la gorge sèche. Ayant lu dans mon Baedeker que les Américains prenaient toujours un jus d'orange au petit déjeuner, j'en commandai un. En anglais. Ça lui apprendrait !

8

Freud entra dans la salle à manger ; il plissa le front et, ses sourcils épais faisant comme un pare-soleil, lança un regard circulaire. Il marcha vers moi d'un bon pas, tiré à quatre épingles, à son habitude, chaque poil de sa barbe grisonnante à la bonne place. Il avait l'air reposé et en grande forme : manifestement, la traversée de l'Atlantique lui avait fait du bien. Il déposa soigneusement sur la tablette le chapeau qu'il tenait à la main, un chapeau de couleur claire et à large bord. Son formalisme s'en trouvait écorné, mais il ne s'autorisa cette entorse que parce que nous n'avions pas de rendez-vous ce premier jour.

Il s'assit. C'est alors seulement que nous échangeâmes les salutations d'usage. Pour sûr, il était de très bonne humeur. Il considéra mon jus d'orange et aussitôt en commanda un. Puis il prit le journal et le parcourut. L'article ne pouvait pas lui échapper – il le lut rapidement et tourna la page sans réagir. Il jeta un coup d'œil sur le reste, le visage empreint d'une supériorité amusée, quand soudain son attention fut happée : il avait vu quelque chose.

« Regardez cela, Ferenczi, dit-il en pointant l'index sur un article. Fräulein Pappenheim est ici, en Amérique, apparemment pour le compte du Jüdischer Frauenbund. Elle doit donner une série de conférences sur la prostitution et la traite des Blanches. Pour une coïncidence, c'en est une ! Vous vous souvenez d'elle, naturellement ! » C'était une question autant qu'une affirmation. J'allais répondre oui mais il ne m'en laissa pas le temps. « La toute première patiente, notre Anna O. ! Bien sûr, je ne manquerai pas d'évoquer son cas à la Clark University. Elle est à l'origine de la méthode de catharsis de Breuer, et c'est de là que tout est parti. Bertha, elle s'appelait Bertha. En vérité, c'est elle qui découvrit la méthode cathartique, par elle-même. » Il replia le journal et ajouta : « Le premier patient à apprendre à son analyste ce qu'il avait à faire. – Mais pas le dernier ! » m'exclamai-je. C'était sorti tout seul. « J'ose le dire », fit-il avec un large sourire. Il était vraiment de bonne humeur.

9

« Vous savez, poursuivit Freud, si on lui donnait un livre en français, elle le lirait couramment, mais en anglais ? Au demeurant, elle a complètement oublié l'allemand, sa langue maternelle. » Il se lança dans un petit monologue, soucieux de me donner des détails supplémentaires sur l'histoire. Or je connaissais le cas sur le bout des doigts, ce qui était bien normal car c'était devenu un classique : les intuitions, novatrices et cruciales, d'Anna O., patiente du docteur Josef Breuer, avaient su éclairer et nourrir le brillant esprit de Freud. Mais Freud, qui adorait raconter ses souvenirs, ne laissait jamais passer une occasion de répéter ses histoires favorites, sans même s'assurer de ce que son audience fût assez formée pour comprendre ses raccourcis.

« L'hystérique souffre de réminiscence, globalement. » C'était Freud que je citais, et il me gratifia d'un sourire. « J'ai toujours pensé que sa langue maternelle n'était pas l'allemand, mais le hongrois, continuai-je.

— Vous pensez que tout le monde est hongrois, Ferenczi. Y compris moi, j'imagine ! » Son visage était tout sourire. « C'est une rumeur à laquelle je n'ai jamais ajouté foi. À moins que vous ne me conseilliez d'y croire... » Avec le professeur, on échappait rarement à une légère mise en boîte. Tant que cela restait gentil !

« C'était une fille adorable, une amie de Martha bien avant notre mariage[1], reprit Freud. Sa famille, venue du ghetto de Presbourg, était considérée comme un pilier de la communauté, ce qui valait aussi pour chacun de ses membres.

— De Pozsony ! Alors j'avais raison. Elle est des nôtres.

— Des nôtres, très certainement, mais je suis sûr qu'elle ne parle pas un mot de hongrois. Ou bien seulement comme une langue de plus, à côté du français, de l'italien, de l'anglais et

---

1. Sigmund Pappenheim, le père de Bertha, fut désigné comme le tuteur légal de Martha après la mort de son père, Berman Bernays, en 1879. En d'autres termes, Anna O. était la belle-belle-sœur de Freud. (Sauf indication contraire, les notes sont de l'auteur.)

bien sûr de l'allemand. Grand-père Pappenheim maîtrisait sans doute le hongrois, en plus du yiddish, de l'allemand, de l'hébreu et peut-être même du slovaque ou du tchèque. Ces vieux Juifs avaient beau vivre dans un ghetto, ils menaient une vie linguistique à facettes multiples.

— Peut-être devrais-je vous apprendre le hongrois, Herr Professor, répondis-je, pince-sans-rire. À moins de maîtriser notre langue, jamais vous ne pourrez regarder dans nos âmes tourmentées. » Cette dernière remarque passa mal. On ne plaisantait pas avec la psychanalyse.

« Bonjour, messieurs. » Jung surgit près de nous. Il avait une allure impressionnante, moins de médecin que d'officier, raide comme un piquet. Son pince-nez doré étincelait dans le soleil du matin. « Avez-vous bien dormi ? Moi, parfaitement.

— Merci, oui. Mais cela nous a diablement creusé l'appétit de vous attendre ainsi, répondit Freud, sans rien mettre de désagréable dans sa remarque.

— Pardonnez-moi ce désagrément, Papa », dit-il, sans un mot pour moi, sans un regard. Il m'ignorait. « Ne perdons plus un instant, alors. *Ober !* » À peine sa voix de stentor avait-elle retenti que le serveur souabe apparut, sans doute impressionné par cette manifestation d'autorité teutonique.

Nous commandâmes, nos desiderata n'étaient pas les mêmes, à l'exception d'un beau point de consensus : nous prenions du thé tous les trois. Le café était un des rares échecs de ce pays pour le reste plein de ressources et d'inventivité.

« Nous parlions justement du cas Anna O., dit Freud en montrant le journal. C'est curieux qu'elle soit là — je veux dire Fräulein Pappenheim — pour une tournée de conférences. Comme nous.

— De telles coïncidences ne peuvent être le pur produit du hasard, croyez-moi. Elles sont trop fréquentes, trop significatives. » Jung avait enfourché son dada. À l'entendre, nul n'aurait pensé qu'il avait reçu une formation scientifique. D'un autre côté, je devais le reconnaître, j'étais plutôt d'accord avec lui.

11

« Je vous ai déjà dit qu'elle était une amie d'enfance de Martha, n'est-ce pas ? demanda Freud, sans s'arrêter au commentaire de Jung.

— Ah, notre si charmante Frau Freud ! Transmettez-lui mes hommages quand vous lui écrirez, professeur. » Et, se tournant vers moi : « Connaissez-vous aussi la Pappenheim, Ferenczi ? Vous êtes tous les deux hongrois. »

Je triomphai. « Vous voyez ! Je ne suis pas le seul. Même Jung commet cette erreur. » Je crus bon d'expliquer à Jung l'histoire de la famille Pappenheim, que je venais juste d'apprendre. « C'est une hypothèse naturelle. Tous les Hongrois sont névrosés », déclara Jung avec un clin d'œil. Il démolit son jambon et ses œufs, et ajouta, comme si l'idée ne lui en était pas venue d'abord : « Un cas remarquable, professeur. Une guérison remarquable. » Sa flatterie tomba à plat et se heurta même à une réponse bourrue de Freud : « Anna O. n'a pas été ma patiente, mais celle de Breuer. Et il n'a jamais rien fait pour elle. Elle ne doit qu'à elle sa guérison, partielle précisons-le. Breuer est parti en courant, incapable d'affronter les démons qu'il avait rencontrés à l'intérieur de lui-même pendant ce voyage singulier. » Il y avait du dédain dans la façon dont Freud parlait de son ancien mentor et collaborateur. « Vous allez devoir évoquer le docteur Breuer à la Clark University, professeur. Qu'avez-vous l'intention de dire ? » demandai-je. Je crois bien que, de nous deux, j'étais le plus inquiet de la série de conférences. « Je rendrai hommage à son travail à sa juste valeur, répondit Freud d'un ton sentencieux. Je préfère pécher par excès de générosité que passer pour parcimonieux. Mais je puis vous dire la chose suivante : Josef Breuer n'a pas eu le courage que notre métier exige. Ce n'est facile pour aucun d'entre nous ; c'est pourquoi j'insiste sur la nécessité de nous soutenir les uns les autres. » Autant dire qu'il incluait les constantes chamailleries entre ses disciples dans la liste des fléaux qui pleuvaient sur lui. Saisissant l'allusion, Jung fit un geste en direction de mon précieux carnet, ce compagnon omniprésent, et lança la conversation sur nos rêves de la nuit précédente. Je lui en fus reconnaissant, et mon regard le lui exprima, tandis que je commençais à décrire ma vision du rabbi Meyer Rosenfeld dans la salle d'étude de la synagogue de Miskolc. « Qu'avez-vous ressenti en vous réveillant ? » interrogea Freud. J'eus le plaisir de noter de l'intérêt dans sa voix.

« Je me suis senti coupable. Troublé. Hanté. Curieux. Mais surtout coupable. Et effrayé.

— À cause de…, souffla-t-il.

— À cause de la punition. »

Freud réfléchit quelques instants. « S'agissait-il d'une leçon bien spécifique ? Vous rappelez-vous quelle leçon c'était ?

— Je ne sais pas. Je pense que cela pouvait être dans le livre des Psaumes. J'ai essayé de me rappeler le texte, dis-je en prenant mon carnet. C'est ce que j'ai griffonné ici. Cela ressemblait à : "Ta parole se découvre et illumine. Avide, j'aspire à ce que tu tournes ton regard vers moi". »

Jung reposa précautionneusement sa tasse et me regarda par-dessus la monture de ses lunettes. Il plissa les yeux. Peut-être le soleil le dérangeait-il. « "Merveille que ton témoignage ; aussi mon âme le garde." » Fermant les paupières, il continua à réciter. « "Ta parole en se découvrant illumine, et les simples comprennent. J'ouvre large ma bouche et j'aspire, avide de tes commandements. Regarde vers moi, pitié pour moi, c'est justice pour les amants de ton nom." » Il rouvrit les yeux, sourit et, content de lui, mordit dans un toast, déglutit ostensiblement et dit : « Vous voyez, j'ai appris la leçon mieux que vous. » Puis, comme s'il s'excusait, il ajouta : « N'oubliez pas, je viens d'une longue lignée de pasteurs et de théologiens. »

Je crois bien que j'avais rougi, hélas. Jung avait raison, bien sûr, et l'élucidation du texte ne relevait pas d'une prouesse interprétative, vu les circonstances. C'était mon culte de Freud : mon exigence jalouse, enfantine, qu'il me favorise moi plutôt que Jung, car celui qui l'aimait vraiment, c'était moi. Par chance, personne ne releva. Rien d'étonnant à cela. Freud trouvait tout naturel d'être un objet d'adoration, tandis que Jung était pleinement conscient de l'intense jalousie qu'il suscitait, chez moi et, au-delà, dans tout notre cercle.

« D'où venait ce Rosenfeld ? demanda Freud pour jeter un voile sur mon embarras. Était-il lui aussi un disciple du Chatam Sofer, comme Jellinek et tous les autres rabbins de Vienne ?

— Je ne sais pas, répondis-je — et pourtant je le savais fort bien. Peut-être avait-il étudié avec Isaac Eizik, le rabbin miraculeux de Komárom. Mais là n'est pas la question. »

Freud sortit sa montre à gousset et l'ouvrit d'une chiquenaude. « Eizik de Komarno ? C'est un nom qui me dit quelque chose. Peut-être était-il en relation avec mon grand-père Nathanson à Brody. » À la façon dont il remit sa montre dans la poche de son gilet, il était clair que le sujet était clos. Sur ces entrefaites, il nous fit part de son intention de rendre visite à sa famille le matin même. Autrement dit sa sœur Anna et son beau-frère *zwieback*, Eli Bernay, le frère de Frau Freud, qui vivaient avec leurs nombreux enfants quelque part à Manhattan. Avoir sa propre sœur comme belle-sœur[1], c'était tout Freud ! « Je vous propose de reprendre plus tard dans la journée notre échange sur nos rêves respectifs, ajouta-t-il. Si nous prenons racine, ce sera bientôt l'heure du déjeuner. »

Nous ne devions pourtant jamais reparler de mon rêve : Freud et Jung profitèrent de l'après-midi pour aller se promener à Central Park. Je n'arrive pas à me souvenir pourquoi je ne les accompagnai pas. Jung avait très probablement trouvé un stratagème pour m'exclure.

Le même jour, en tout début de soirée, j'étais en train d'écrire mon courrier quand on frappa à la porte de ma chambre. C'était Freud, qui tirait des bouffées de son cigare, l'air préoccupé. Je l'invitai à entrer et lui offris un verre de pálinka —

---

1. Sigmund et Anna Freud, le frère et la sœur, ont épousé respectivement Martha et Eli Bernays, le frère et la sœur.

j'en avais toujours une petite réserve sur moi, en cas d'urgence. Il éteignit son cigare et accepta avec gratitude cette autre sorte de remontant. Je lui expliquai que j'écrivais à mon ami Gyuri Hevesy. Freud le connaissait pour l'avoir rencontré l'année précédente, lorsque nous étions ensemble à Vienne. Depuis, il ne manquait pas une occasion de me dire que nous formions une combinaison décidément très étrange : Hevesy, rejeton de nobles hongrois catholiques de fraîche date, et moi, fils d'un libraire juif de Miskolc. À l'époque, Hevesy étudiait la physique et la chimie à l'université de Zurich et, si c'était un passe-temps, il lui valait toutes les sympathies de Freud. « Transmettez-lui mes amitiés. Et s'il est toujours admirateur d'Ernst Mach, rappelez-lui combien la simple hypothèse qu'un membre de l'aristocratie pût faire son chemin dans les sciences le laissait sceptique, malgré la sincérité de ses efforts. » On pouvait toujours compter sur Freud pour lancer une remarque caustique. « Bien entendu, je ferai part de votre commentaire à Hevesy ! Il m'a dit qu'il avait écrit deux lettres au professeur Mach, mais qu'il n'avait pas reçu la moindre réponse. » Je ne savais pas si Freud avait jamais rencontré Mach personnellement, en dépit de ses liens avec Josef Breuer, qui avait travaillé à des expérimentations avec Ernst Mach avant de devenir son protégé.

« S'il veut des réponses, qu'il lise ses livres. Toutes les réponses de Mach s'y trouvent.

— Je suis certain qu'il les a lus.

— Dans ce cas, c'est parfait », murmura Freud. Il n'avait toujours pas abordé le sujet qui l'avait amené devant ma porte. « Vous savez, mon garçon, que Mach a été un des premiers à voir la relation intime entre la psyché et la physique ? Il a écrit dans son *Analyse der Empfindungen* que la psychologie est la science auxiliaire de la physique ; elles s'apportent un soutien mutuel. Selon le vieux Mach, la vraie science n'est constituée qu'à condition de réunir la psychologie et la physique. Ce que je crois très vrai, et vous ? Et c'est précisément la raison pour laquelle la psychanalyse doit toujours être approchée scientifiquement, et seulement scientifiquement. Elle doit être aussi pure, aussi exacte et aussi causale que la physique. Sinon l'union des deux est inenvisageable, exposa-t-il avec passion.

– J'ai écrit un article là-dessus. Le premier papier que j'aie jamais publié, dis-je sans qu'il m'ait rien demandé. En un sens, j'y traite de cette union. Je l'ai appelé "Spiritisme" – mais n'en préjugez pas sur la base du seul titre. » Il me regarda avec une expression vague. Je crois bien qu'il ne m'écoutait pas, aussi changeai-je de cap. « Le connaissez-vous personnellement ? Le professeur Mach, je veux dire.

– Oui, bien sûr. Quoique nos chemins se soient rarement croisés. J'ai assisté à certaines de ses conférences. » Freud se moquait bien de mes souvenirs d'étudiant. « Mach m'a fait demander un exemplaire de la *Traumdeutung*, poursuivit-il en ignorant mes propos. Je le lui ai envoyé, mais je n'ai jamais eu de signe de sa part. Il n'a pas jugé nécessaire de citer mon nom dans son *Analyse* ; il n'a fait que glisser sur mes publications. Il a toutefois gratifié Breuer d'une mention. » Il marmonna quelque chose dans sa barbe, puis vida son verre de schnaps. « Quoi qu'il en soit, c'est un grand homme », conclut-il généreusement. Puis, comme s'il sentait qu'il était allé trop loin : « Bien sûr, je ne suis pas nécessairement d'accord avec lui. L'aristocratie a produit plus que sa part de savants. Mais qu'importe : ce qui compte, c'est que les vrais savants soient l'aristocratie de l'humanité. Il n'est pas besoin de chercher très loin : regardez Son Excellence von Helmholtz. Un géant. » Il marcha jusqu'à la fenêtre et poussa le voilage du bout du doigt. « J'aime à penser que je suis moi aussi un disciple de l'école de Helmholtz.

– Mais, Herr Professor, vous avez fondé une école, vous êtes aussi célèbre que von Helmholtz. Cela ne vous échappe pas, d'ailleurs, dis-je à son dos.

– Savez-vous…, me demanda-t-il d'un ton rêveur, sans lâcher des yeux le spectacle de la rue. Savez-vous que von Helmholtz a écrit : "Il est plus facile pour un génie de découvrir

16

quelque chose de radicalement nouveau que de comprendre pourquoi les gens ne le comprennent pas" ? Ce n'était pas seulement un grand homme, c'était aussi un sage.

– Dans les années à venir, Freud sera plus célèbre que von Helmholtz », dis-je, et je le pensais. Ou presque.

« Pour une raison ou pour une autre, aujourd'hui… Non, je ne le crois pas. » Il s'assit dans le fauteuil près de la fenêtre. « J'ai eu une longue conversation avec Jung, commença-t-il. Pendant notre promenade. » Donc il n'était pas venu pour bavarder : il avait quelque chose à me dire, et nous y arrivions enfin. Seul un problème significatif pouvait lui faire sacrifier son cigare de l'après-midi avant qu'il ne l'ait fumé jusqu'au bout. Je remplis une seconde fois nos verres, dans l'expectative, mais il ne toucha pas le sien.

« Le parc est un endroit charmant, savez-vous ? fit-il songeur. Très anglaise, la manière dont il est dessiné, avec des chemins tortueux, des lacs, des rocailles, et quelques arbres magnifiques. Je crois que c'est de loin le plus beau visage de New York. J'ai toujours plaisir à faire une bonne marche à pied, et Jung peut être une compagnie très plaisante. » Une grimace de dépit, sans doute, s'inscrivit sur mon visage, si j'en crois la réprimande qui s'ensuivit. « Ah non, pas de ça ! Ne soyez pas jaloux, Ferenczi. J'ai besoin de Jung pour lui passer le relais quand je ne pourrai plus diriger. C'est un homme de qualité. Sinon, toute l'affaire ne serait pas si problématique. » J'aurais bien aimé savoir ce que c'était que « toute l'affaire », mais je pensais qu'il valait mieux ne pas poser de question. De toute façon, je n'allais pas tarder à l'apprendre.

« La conversation a très bien commencé, continua Freud. Jung m'a demandé mon avis à propos de sa plus jeune fille, Agathli, et nous avons échangé nos points de vue sur le cas du petit Hans – soit dit en passant, il y a beaucoup de parallèles intéressants. Puis il a voulu savoir ce que je pensais de ce qu'il a appelé les problèmes sociologiques de la psychanalyse. Par problèmes sociologiques, il entendait l'attachement roman-

17

tique que ses patientes lui inspirent. » Il me regarda, les sourcils en accent circonflexe. « Vous devriez être capable de le
prévenir mieux que je ne le fais », dit-il d'un ton plein de
sous-entendus ; mais il ne me laissa pas le temps de protester.
« Nous avons marché jusqu'à un petit salon de thé et je lui ai
fait remarquer que l'ambiance était très cosmopolite, pour
preuve les ardoises sur lesquelles les menus étaient écrits en
plusieurs langues. Jung a identifié l'écriture. "Le menu est
aussi en hébreu", a-t-il affirmé, mais je l'ai détrompé : c'était
du yiddish. À ma grande surprise, il en a été indigné. Je ne sais
pas si vous le savez, mais son grand-père, le père de sa mère,
était professeur d'hébreu. Et le père de Jung était un des
meilleurs élèves dudit professeur. C'est comme cela que le *shidoch* s'est fait. Peut-être notre Jung pense-t-il que l'hébreu est
une affaire de famille, c'est-à-dire de sa famille. Ou bien
qu'un calviniste est plus proche de la langue sacrée qu'un
authentique vieux Juif. Ou bien il était furieux de s'être laissé
aller à me confier les détails de ses "problèmes sociologiques"
qui, du reste, concernaient une jeune Juive. En tout cas, il a
insisté pour mettre sur le tapis ses théories concernant les
Aryens et les Juifs. » Freud se mit à arpenter le tapis, dans un
sens, puis dans l'autre, à grands pas rageurs. Je fis un geste vers
le fauteuil, mais il m'ignora et continua avec véhémence.
« Jung a déclaré que le yiddish est un jargon dont l'existence
est une puissante illustration du caractère nomade des Juifs. Il
nous a accusés de n'avoir jamais créé une culture en propre, ni
dans la forme ni dans le contenu : pour lui, nous avons fait
souche dans des cultures "civilisées" existantes et nous nous
sommes greffés sur elles. Il a juré ses grands dieux qu'il
n'exprimait pas là un point de vue antisémite, mais le fruit
d'une démonstration scientifique – n'en déplaise à mon cher
Darwin et à ma manie de me référer sans cesse à lui. À mon
avis, il ne pensait pas à mal, mais il s'est laissé emporter par
ses émotions. Nous avons la belle vie, nous autres Juifs, n'est-
ce pas ? Bien sûr, les Juifs, la mystique ne les effleure même

pas... » Freud était trop agité pour attendre ma protestation. Il continua sur sa lancée. « Jung nous compare aux Chinois – nous voilà au moins en bonne compagnie : deux civilisations anciennes, aussi peu torturées l'une que l'autre par leur âme, réconciliées si vous préférez. Pour lui, quand nous fouillons dans notre inconscient, nous avançons sur un terrain moins dangereux que cela n'est le cas pour les Aryens. Les peuples germaniques sont toujours dans leur enfance, dit-il, donc leur inconscient contient des forces jeunes, explosives, ténébreuses. D'où leur capacité, leur vocation peut-être, à créer une culture distincte, de part en part nouvelle ; sans doute cette culture inédite est-elle à manier avec précaution, mais elle a une beauté inhérente, et une valeur propre qui ne peut pas être appréciée de vieilles cultures fatiguées – disons les Juifs ou, pour que ce soit plus facile à avaler, les Chinois. Résultat des courses, il croit possible que notre "psychologie juive" ne s'applique pas pleinement aux Aryens. » Des perles de sueur s'étaient formées sur son front. « Quel délire, Ferenczi ! Les hommes sont des hommes. Il n'y a qu'une manière rigoureuse d'aborder le sujet, et une seule : la biologie. Le reste est superstition. Je le lui ai dit en substance, mais, pour la première fois, même s'il a cessé d'insister, j'ai eu le sentiment de ne pas l'avoir convaincu... »

Freud se calma un peu, ses pas se firent plus lents. « Il m'a décrit un rêve récent, dont il croyait pouvoir tirer la preuve de sa théorie, mais je n'y ai vu qu'un désir réprimé de meurtre du père. Il sait que j'ai l'intention de lui voir prendre ma place ; ce désaccord qu'il brandit est vraiment très malvenu, j'en suis sérieusement affecté. L'antisémitisme du Suisse ne m'atteint pas personnellement, c'est seulement de le voir présenté comme une pseudoscience qui m'affecte. Vous savez ce que je dis toujours : dès lors que nous voulons travailler avec les autres, il nous faut nous blinder et développer une bonne dose de masochisme. Cela est nécessaire, car sinon la psychanalyse risque de devenir une affaire exclusivement juive. Mais je peux vous le

dire, mon cher garçon, cela peut être extrêmement douloureux ! » Freud continua à faire les cent pas dans la chambre, la
tête en avant comme le taureau cherchant son matador. J'ouvris
ma valise, qui contenait quelques volumes reliés de cuir. J'en
pris un et le feuilletai : je voulais retrouver le passage du rabbin
Moses Hayyim que j'avais souligné deux nuits auparavant. Il
convenait plutôt bien à la situation. Je lus à voix haute : « "Le
secret du Zohar est qu'il est tout intériorité, à l'inverse de
toutes les explications évidentes qui appartiennent aux apparences." »

Freud explosa. Je lui avais rarement vu une telle colère.
« Vous aussi ? me demanda-t-il d'une voix tonitruante. Vous ne
comprenez donc rien à rien ? Voulez-vous me faire passer pour
un vulgaire kabbaliste ? » Il ouvrit la porte si violemment qu'elle
claqua contre le mur. À peine le seuil franchi, il se retourna,
plongea ses yeux dans les miens et me jeta, sur un ton glacial :
« Moi, je suis un savant, je n'ai rien du mystique. Si vous voulez
rester avec moi, vous devez être comme moi. » La porte se
referma sur lui.

Sur mon bureau, ma lettre inachevée me regardait ; mon
stylo m'attendait aussi, mais je le dédaignai. Je pris le livre, toujours ouvert au chapitre sur Hayyim. Peut-être était-ce le rêve.
Il me tenait toujours en son pouvoir, luttant contre l'image de
Freud sur le pas de la porte. « Si vous voulez rester avec moi,
vous devez être comme moi... Sanyi, tu n'as pas appris ta
leçon... Je suis un savant, je n'ai rien du mystique... »

Bien malgré moi, je lus sur la page ouverte : « Le Zohar entre
dans la catégorie de la goutte séminale qui vient de Yesod, c'est
pourquoi il est appelé le Brillant, le Zohar du firmament. Il est
bien connu aujourd'hui que toute la providence agit par le
moyen de la copulation de telle sorte que tout dépend de
l'influence de la goutte séminale. Lorsqu'il est mérité que la
catégorie de cette goutte séminale descende dans le monde d'en

bas, tout est remis en ordre, toutes les choses parfaites de toutes les manières. »

Le stylo s'agita et entraîna ma main dans son mouvement. « Freud te dit ses amitiés, écrivit-il. Il est brillant, comme toujours, mais toujours aussi effrayant. Un prophète de l'Ancien Testament, un messie du XX<sup>e</sup> siècle, qui a le tort de se prendre pour Isaac Newton. Car la psychanalyse, notre science, est bien plus que cela : voilà que par elle remontent soudain à la surface des vérités anciennes, jusque-là perdues dans les recoins les plus obscurs de notre culture ; et ce qui sourd ainsi des profondeurs de notre âme collective, c'est la connaissance secrète, qui n'est pas secrète, puisque chaque homme la porte en soi. Ah, Gyuri, pendant que tu étudies le monde du dehors, nous faisons nos découvertes dans le monde intérieur. Entre les deux, un gouffre, et nous n'avons pas encore trouvé le pont pour passer de l'un à l'autre. Et il attend de moi que j'affirme haut et clair qu'il n'y aura jamais de pont ! Cette pression... c'est le pire... »

Bateau de nuit, 4 septembre 1909

Les premiers jours de notre séjour furent particulièrement plaisants. Brill nous fit visiter la ville. Lui aussi était né dans notre Double Monarchie, mais il avait laissé derrière lui tout ce passé pour traverser l'océan et s'établir dans le Nouveau Monde. S'il ne s'était pas enfui de chez lui, répétait-il à l'envi, car c'était son histoire favorite, s'il n'était pas venu en Amérique, sa mère l'aurait forcé à devenir rabbin. Donc notre Abraham s'était fait psychanalyste. Destin cruel ! Il avait peut-être eu tort. Les fidèles avaient vénéré des générations et des générations de rabbins Brill, successivement faiseurs de miracles, érudits ou mystiques[1] ; et, à côté de cette gloire, le respect que l'on payait aux analystes faisait piètre figure.

Brill n'était pas un mauvais bougre, mais je n'en aurais pas fait mon *chaver*. Il prenait trop souvent le parti de Jung dans nos nombreuses disputes, sans doute en souvenir du temps qu'ils avaient passé ensemble à la clinique de Burghölzli. Mais il lui suffit de nous emmener dans un cinéma pour que je lui pardonne aussitôt : ces théâtres d'images animées, devenus monnaie courante à New York, me transportèrent ! Une expérience épatante, comme la cuisine des restaurants où il nous emmena. Un pur plaisir, à peine terni par le jugement ferme et définitif de Freud, qui déclara qu'il haïssait autant l'un que l'autre. Nos journées furent tellement remplies, entre visites de tourisme et mille et un divertissements, sans compter le fait que notre trio s'était enrichi de deux collègues – Jones était arrivé, et bien sûr il y avait Brill –, qu'il me fallut attendre quelque temps avant de trouver le bon moment pour dire deux mots à Jung sans témoins.

Sur le bateau qui nous conduisait à Falls River, accoudés au bastingage, nous jouissions côte à côte de la brise du soir, dont le souffle tiède m'apportait enfin ce qu'on appelle le moment opportun. Nos positions respectives minimisaient notre différence de taille, qui me tracassait toujours. Notre conversation aurait certainement tourné tout autrement si nous nous étions parlé les yeux dans les yeux ; mais là, nos regards fixés sur l'horizon, notre échange eut la saveur d'une séance d'analyse. Et apparemment cela nous arrangeait autant l'un que l'autre. Le soleil couchant, derrière les montagnes, allongeait ses rayons sur les arbres, les maisons et la flèche gracile de l'église, comme sur une scène de théâtre. C'était une soirée magnifique.

---

1. Azriel Brill et son fils Samuel étaient tous deux rabbins de Pest. Il n'est pas sûr que le psychanalyste A.A. Brill soit de la même famille – il n'évoqua jamais ses origines, pas même avec son propre fils. George Hevesy, cependant, était relié à la branche rabbinique des Brill en sa qualité de descendant direct du frère d'Azriel Brill, Elizer, qui changea son nom pour celui de Schossberger.

Nous commençâmes par des sujets très inoffensifs. Je lui parlai de mon ami Hevesy, un étudiant du professeur Lorenz à Zurich, et lui demandai si le jeune homme pouvait se présenter à lui. Jung fut très obligeant : il réserverait le meilleur accueil à quiconque se recommanderait de moi et serait ravi de l'introduire dans son cercle. Puis nous en vînmes à ses projets, et il me fit part de son intention de quitter le Burghölzli pour se consacrer à son activité privée. Je l'encourageai chaleureusement. Depuis le début, c'est avec ses patients individuels qu'il avait donné le meilleur de lui-même ; et, avec son excellent cercle de relations et sa position sociale dans la communauté de Zurich, c'était indéniablement la meilleure chose à faire, financièrement et professionnellement. Il tira une bouffée de sa pipe et souligna que Papa se réjouirait de nous voir nous épauler ainsi. Et moi de sauter sur l'occasion. Je n'avais que trop tardé.

« Vous l'avez prodigieusement mis en colère l'autre jour, vous le savez, n'est-ce pas ? commençai-je.

– Oui, bien sûr. Mais il est tellement sensible. Vous l'êtes tous. » Il fit un rond de fumée, sans y mettre le plaisir nonchalant de tout à l'heure. « J'ai bien peur qu'il ne m'aime plus.

– Il vous aime vraiment, Jung. Mais je me demande s'il vous fait confiance. » Cela n'engageait que moi, mais je le pensais vraiment.

« Me faire confiance ? » Sa surprise n'était pas feinte. « Mais je lui suis entièrement dévoué. C'est un grand homme. Le seul véritable grand homme que j'aie jamais rencontré. Je dois me faire violence pour ne pas accepter tout ce qu'il dit. Je n'ai que trop tendance à reproduire ses idées. Oui, je dois me forcer pour développer les miennes. Vous êtes, si je ne m'abuse, le premier à savoir à quel point il peut étouffer toute originalité chez les autres.

– Mais il ne faut pas le mettre dans des colères pareilles. Il est revenu de Central Park dans une humeur massacrante ! » Et je ne manquai pas de lui rappeler ce fameux jour où, après un échange trop véhément, Freud était tombé en syncope, à Brême.

23

« Je ne m'en sens pas responsable, c'était imprévisible. Je suis coupable d'avoir lancé la conversation sur l'archéologie de la région, je vous l'accorde ; cela nous a conduits à parler de momies. Mais je ne vois vraiment pas pourquoi ce type de discussion exprimerait nécessairement mon désir inconscient de voir mourir Freud. À la différence du professeur, je ne suis pas obsédé par le parricide ! Il m'arrive d'avoir autre chose en tête ! Vous pensez que je suis la cause de son attaque ?

– Vous êtes trop ambitieux, l'accusai-je.

– Oui, je suis ambitieux, mais c'est lui le plus ambitieux de nous tous. » Jung se tourna vers moi : « C'est un grand homme, et nous voulons tous qu'un peu de sa grandeur rejaillisse sur nous. Nous le voulons et nous en avons besoin. » Il n'avait pas complètement tort. J'avais déjà eu l'occasion de deviner en lui un être sensible, et j'en avais la confirmation. Il ne faisait pas exception à la règle, il était soumis, comme moi, à des forces impétueuses, tel un vent soufflant en bourrasques, qui pouvaient le dévier de son cap. Cela me plaisait. Freud l'avait marqué de son empreinte, comme moi. Les pères castrent leurs fils, les fils tuent leurs pères – une leçon du professeur. Dans ce cas doublement vraie. Mais Jung coupa le fil de mes pensées.

« Nous avons eu une autre mésaventure », chuchota-t-il comme dans le secret d'un confessionnal. J'attendis son récit sans piper mot. « Après notre visite de l'université de Columbia, nous avons pris la promenade qui longe le quai, Riverside Drive. Freud a remarqué que le panorama lui rappelait les bords du Danube tels qu'on les voit depuis Dürnstein. J'allais ajouter une petite réflexion sur Richard Cœur de Lion mais j'ai dû me rendre à l'évidence : Freud était dans l'embarras. Comprenez-moi bien, c'est la nature de notre conversation, son grand sérieux aussi, qui me font vous raconter cela, mais le problème est que... » Il baissa encore la voix, sans nécessité, car il n'y avait personne aux alentours. « Freud s'était oublié. Il avait fait dans son pantalon. Je n'ai pas besoin de dire qu'il était en pleine détresse, moi aussi d'ailleurs. » Je crus pendant quelques ins-

24

tants qu'il ne me disait pas la vérité. Mais il n'aurait jamais inventé une histoire pareille. Pas Jung. Cet événement était-il pour quelque chose dans l'agitation de Freud le soir où il était venu me trouver dans ma chambre ? Lui-même nous avait appris que ce genre d'incident n'était jamais sans signification. Si ces faits s'étaient produits, et je n'en doutais plus, comment ne pas leur donner l'interprétation la plus négative qui fût, ainsi qu'à la confidence de Jung ? Pourtant je me tus. Jung prit mon silence pour de la compassion. « Il ne me pardonnera jamais d'avoir été là. Jamais. » Il soupira profondément. Il était navré, bien sûr, mais je crus entendre dans sa voix une discrète inflexion de soulagement. « Je lui ai offert mon aide, profession-nellement s'entend, mais il a décliné. Pas tout de suite. Il m'a d'abord regardé, assez longuement, le temps de considérer ma proposition. Ce n'est qu'après qu'il a refusé. Sa dignité avait assez souffert. Avec vous, c'est différent : peut-être vous permettra-t-il de l'aider. Il se sent plus proche de vous, après tout. » Mais nous n'étions pas là pour parler de moi : il s'agissait de lui, ou du moins c'est ainsi que je l'entendais.

« Qu'est-ce que vous voulez dire par "vous êtes tous trop sen-sibles" ? » lui demandai-je. Il me regarda d'un air surpris.

« Vous, les Juifs. Vous êtes vraiment trop sensibles à la pré-tendue condition de votre peuple. Vous voyez de l'antisémi-tisme partout, jusqu'à dénier la réalité des situations. Et vous, Ferenczi, vous êtes le pire.

– Il n'y a qu'un antisémite pour dire une chose pareille », dis-je avec une fausse gravité. Il rit. Je souris. Nous étions amis, n'est-ce pas ? Je continuai sur ma lancée : « Que s'est-il passé dans le parc ? Il était très en colère !

– À Central Park ? Vraiment rien. Nous avons passé une après-midi très agréable. Nous avons marché, nous avons admiré le jardin et nous avons parlé, comme nous l'avons fait des centaines de fois. Bien sûr, nous ne sommes pas systémati-quement d'accord sur tout, le véritable but de nos discussions est d'explorer nos conceptions respectives. Et d'apprendre. » Il se tourna vers moi. « Vous et moi, Ferenczi, nous devons prendre soin du Vieux. Il a tant à nous apprendre. »

De deux choses l'une : soit il évitait le sujet, soit il le jugeait vraiment sans importance. Parlions-nous du même événement ? Il me tira doucement par le coude. « Allons faire quelques pas, voulez-vous ? » Nous nous dirigeâmes vers l'arrière du bateau ; puis, après une pause, le temps pour lui de curer sa pipe, notre déambulation reprit, ainsi que sa confession.

« Il y a dans tout cela quelque chose de très important pour moi, continua-t-il. Nous, ses fils selon l'intellect, nous sommes tous engagés corps et âme dans notre relation avec le monde psychique, mais chacun à sa manière, chacun avec ses nuances personnelles et chacun avec ses problèmes propres. Au centre est le noyau, Freud, et chacun d'entre nous se retrouve lié à lui par toutes sortes de liens, au niveau des idées bien sûr, que nous partageons fondamentalement, mais la dimension individuelle compte tout autant. Dans mon cas, j'en reviens toujours à la même question. Elle est vraiment très importante pour moi, répéta-t-il, c'est un problème qu'il m'est absolument nécessaire de comprendre. En un mot comme en cent, quelle est la relation entre les Juifs et l'analyse ? Et, voyez-vous, tant que je n'aurai pas la réponse, je resterai là comme je suis, incapable de définir ma propre place. La relation n'est peut-être que superficielle du reste, mais si je devais découvrir qu'il n'y a pas de lien profond, le problème ne serait pas résolu pour autant. Cela ne ferait que transformer la question. Les faits sont là : les idées révolutionnaires de Freud n'ont à peu près aucun écho chez la plupart des praticiens du domaine, alors qu'elles sont immédiatement acceptées et absorbées par ses coreligionnaires, ou du moins une fraction significative d'entre eux. Qu'y a-t-il donc en moi qui communie si pleinement à ces idées ? Pourquoi faut-il que son message résonne si profondément en moi ?... Quoique, à dire vrai, cette identification soit mêlée de culpabilité, c'est-à-dire d'une irrépressible envie de rejeter des pans entiers de sa doctrine...

26

– Ne pensez-vous pas que vous faites l'expérience du mécanisme bien connu d'identification et d'acceptation accompagnées de culpabilité, donc de rejet ? lui demandai-je pour la forme.

– Oui, bien sûr. Et si vous voulez taxer cela d'antisémitisme, je ne vais pas ergoter. Ce n'est qu'un mot, qui n'explique rien. Simplement, je suis confronté à une foule de questions importantes, et je n'ai pas le moindre début de réponse. Je ne prétends pas que cela me rende différent de vous – je vous l'ai dit : chaque individu a ses bizarreries, ses problèmes spécifiques, ses névroses. Mais il y a une nuance : Freud me laisse seul avec ça. Je ne reçois de lui ni aide ni compréhension. Il se présente partout comme un homme de science, mais il refuse d'aborder ma question dans le cadre d'une discussion rationnelle, scientifique. Du reste, il refuse tout autant de révéler quoi que ce soit de personnel au-delà des limites ô combien strictes qu'il a lui-même fixées. Tout se passe comme si la psychanalyse devait être une science, mais une science qui ne laisserait aucune place aux facteurs culturels. À l'entendre, elle se fonde exclusivement sur l'observation de l'espèce, et la déduction est sa seule superstructure. Elle existe dans un vide. » Il s'interrompit et braqua sa pipe sur moi. « Moi, je ne peux pas l'accepter. Je sais que c'est faux. Mais mon opinion est rejetée. Le sujet est tabou. J'ai besoin de ses conseils, mais il me les refuse. » Je fus pris soudain de tendresse pour mon rival. Je ne résistai pas à lui exprimer quelques mots de sympathie.

« Il croit que vous l'attaquez. Que vous le refusez, lui.

– Mais j'ai de la vénération pour lui ! répondit-il.

– Des mots, Jung. Ce ne sont que des mots. » Il devait se justifier mieux que cela.

« Si je dis qu'il n'existe pas de culture suisse en tant que telle, une culture qui soit attachée aux Suisses et aux Suisses seulement, et dont ils soient la seule source, vous pouvez être ou non d'accord avec moi, mais je ne serai jamais un paria pour l'avoir dit. Si je dis la même chose des Juifs, c'est automatiquement une attaque personnelle contre Freud.

– Sur ce point, vous avez tout à fait raison. » Comment ne l'aurais-je pas reconnu ? « Nous nous méfions chaque fois que nous entendons de la bouche d'un non-Juif une observation de portée générale sur ce que nous sommes, et plus encore si c'est une appréciation positive.

– Comment un descendant d'un peuple aussi entêté peut-il avoir inventé la psychanalyse ? » Il remua l'air avec sa pipe, puis s'en donna un léger coup sur la poitrine avant de poursuivre : « Si c'est là qu'elle prend ses racines, comment puis-je la faire mienne ? »

La tentation était trop forte pour que j'y résiste : « Et si vous vous convertissiez ? » suggérai-je. Ma boutade eut l'effet escompté. L'atmosphère se détendit.

« Si je me convertis, ce sera en Juif hongrois, me promit-il avec un large sourire.

– Si je me convertis, ce sera en banquier suisse, répondis-je.

– Nous devrions nous parler plus souvent ainsi. » Il rejeta plusieurs bouffées de fumée. « C'est une bonne chose. Mais peut-être aurions-nous intérêt à rejoindre les autres, avant que Freud ne décrète que nous sommes en train de comploter contre lui.

– Encore un instant. Avant que nous ne rentrions, je voudrais vous parler de quelque chose que j'ai lu cette nuit. Peut-être cela vous intéressera-t-il. "L'arbre de vie était au milieu du jardin…"

– La Genèse, m'interrompit-il. Êtes-vous un esprit religieux, Ferenczi ?

– Non. Et ce n'est pas de la religion, c'est de la psychiatrie. » Je continuai : « "Lorsque Dieu créa l'homme et le vêtit en grand honneur, Il lui donna le devoir de s'attacher à Dieu afin d'être un et d'un cœur unique, uni à l'Un par le lien d'une foi unique qui lie tout ensemble. Mais, par la suite, les hommes se détournèrent du chemin de la foi et abandonnèrent l'arbre d'unité qui s'élève bien au-dessus de tous les arbres, s'attachant à cette région qui varie sans cesse d'une teinte à une autre, du bien au mal et du mal au bien. Ils descendirent d'en haut et s'attachèrent en bas à l'inconstant, abandonnant l'Un suprême et immuable. C'est ainsi que leur cœur, oscillant entre le bien et le mal, leur valut tantôt la miséricorde, tantôt la rigueur, selon leurs attachements. Le Saint, béni soit-Il, parla : Homme, tu as renoncé à la vie, et c'est à la mort que tu adhères. En vérité, la mort t'attend. Mais de l'arbre de la connaissance du bien et du mal, tu ne mangeras point." » Je me tus.

« Expliquez-moi ça ! m'ordonna-t-il.

— Méditer sur l'arbre de vie, la Tiferet, c'est trouver l'unité, la complétude, communier dans l'harmonie. Toucher la Tiferet, c'est faire l'expérience de l'unité transcendante du divin. Contempler l'autre, la Malkhut, c'est être déchiré et morcelé par le conflit, les tempêtes de l'esprit et de l'âme. C'est la désunion, la dysharmonie. Nous y voyons une image de l'univers, la surface de contact entre le divin et le non-divin ; mais ce n'est ni l'un ni l'autre. » Je levai les yeux vers lui et lui souris : « Voilà notre culture, Jung. » Il ne voyait toujours pas bien ce qu'il pourrait en faire.

« Ce que vous me dites là, c'est un de vos rêves !

— Si c'est un rêve, ce n'est pas le mien. Cela vient du Zohar. La kabbale.

— Mais pourquoi me dites-vous cela ? » Il était de toute évidence très mal à l'aise.

« Lisez-le, mon ami. Freud l'a lu. » Me tournant vers la passerelle, je lui fis signe de passer le premier. « Quoique. Quand bien même vous le liriez, cela ne serait pas pareil. Le Zohar coule dans ses veines comme il ne coulera jamais dans les vôtres. »

Worcester, Massachusetts, 6-10 septembre 1909

Worcester était une petite ville charmante. Je m'attendais à quelque chose de plus américain, mais avec ses rues tranquilles, très convenables, et même raffinées, l'endroit me parut paisible et reposant, surtout après New York. Une chambre m'était réservée à l'hôtel Standish où logeaient plusieurs autres participants. À ma grande déception, Freud et Jung s'installèrent chez le professeur Hall, le président de l'université – je me retrouvai ainsi exclu de leur petit groupe.

J'avais pris l'habitude de passer prendre Freud le matin, et nous partions faire une longue marche à pied à l'ombre des arbres qui bordaient les avenues voisines. Ces moments étaient pour moi précieux entre tous. Nous étions lui et moi plus proches que nous ne l'avions jamais été, à la fois personnellement et professionnellement. De plus, nous profitions de ces promenades pour tracer les grandes lignes de ses conférences, puisque Freud n'avait pas cru bon de les préparer à l'avance. Il voulait d'abord connaître son public pour pouvoir modeler son approche sur lui, m'expliqua-t-il. Il était très anxieux de choisir des sujets qui intéresseraient les Américains sans rebuter leur esprit pratique – rien de trop ésotérique, rien de trop viennois. Les organisateurs lui avaient attribué cinq séances. Le premier jour, il décrivit le cas de Bertha Pappenheim avec force détails. Et, à ma grande surprise, il rendit un hommage appuyé à son mentor d'autrefois : « Ce n'est pas à moi que revient le mérite – si c'en est un – d'avoir mis au monde la psychanalyse, déclarat-il. Un médecin de Vienne, le docteur Josef Breuer, appliqua pour la première fois ce procédé. » Le deuxième jour, il présenta à son public le concept de « refoulement », le processus d'oubli forcé des expériences traumatiques, et celui de « résistance », la force qui maintient ces souvenirs à distance de la conscience du patient. Le troisième jour, il parla du travail de l'École de Zurich, et son exposé constitua une excellente introduction à la conférence de Jung, qui devait suivre deux jours plus tard. Le quatrième jour, le professeur James assista à la conférence, et sa présence fit dévier Freud du droit fil de ses idées. William James, l'auteur des *Principles of Psychology*, était le philosophe et psychologue le plus éminent d'Amérique, par ailleurs un ami intime d'Ernst Mach. Freud, mourant d'envie

30

de l'impressionner, décida de parler de l'interprétation des rêves, qu'il avait évité d'aborder jusque-là ; l'entreprise était pour le moins hasardeuse, vu la diversité du public et les contraintes de temps. Mais le sujet lui tenait tellement à cœur ! Je le convainquis que le mieux était de le survoler largement, quitte à répéter certains points exposés les jours précédents. De cette façon, il renforcerait ses arguments en les contextualisant, et les détails anecdotiques s'en trouveraient remis à leur juste place.

Il suivit mon conseil, et j'eus de bonnes raisons d'être fier du résultat. Sa conférence pour ainsi dire dédiée à William James fut un vibrant manifeste de toutes nos convictions, un tour de force exemplaire, même pour Freud, peu suspect de complaisance. La classification des différents types de rêves selon l'état psychique de l'individu, névrosé ou sain, la satisfaction des désirs, la régression de l'adulte, insatisfait de sa vie réelle, vers une satisfaction sexuelle primitive, le rôle fondamental de la sexualité enfantine – tout cela fut décrit, justifié et étayé sur la base d'exemples qui illustraient les techniques d'interprétation et la méthode de l'association libre. Il poursuivit en décrivant le phénomène de transfert du patient vis-à-vis de son analyste, oscillant entre attachement et hostilité, et trouva même l'occasion de se référer à un de mes tout derniers articles sur le sujet. Pour finir, il décrivit la sublimation des pulsions sexuelles infantiles, c'est-à-dire la façon dont elles sont redéfinies dans les buts de l'âge adulte qu'elles motivent, ainsi transformées. En un mot, il nous offrit une conférence très complète, stimulante, voire visionnaire. Il sut transcender la diversité de ses auditeurs en les emportant tous comme un seul homme, du converti au plus sceptique, dans le grand courant de ses idées. Je me sentis extrêmement fier d'avoir ma part dans cette tornade de découvertes que nous avions déclenchée et qui débouchait déjà très concrètement sur la formation d'une nouvelle génération de praticiens. Nous étions en train de faire l'histoire. Mieux, nous en restituions le sens. Comment imaginer un métier qui pût apporter des satisfactions supérieures ! Nous redécouvrions le savoir ancien, pour le vivifier par notre approche scientifique et lui donner des applications pratiques : guérir les malades, éclairer la condition humaine, soulager son fardeau. Et de cette foi radicalement nouvelle, et pourtant si ancienne, Freud était le noble apôtre et moi le grand prêtre. Je trouvais même de la place dans mon cœur pour le prince héritier zurichois, si prodigieux, hélas ! Soit dit en passant, son propre exposé – technique, détaillé et conçu pour étayer les thèmes de Freud – fut d'un excellent niveau et tout aussi bien reçu.

Au fil des séances, l'amphithéâtre, vaste et lumineux, n'avait pas désempli ; mais le dernier jour, toutes les sommités du monde universitaire, exceptionnellement rassemblées pour l'anniversaire de la Clark University, vinrent s'ajouter aux membres de la faculté, et Freud fit salle comble. Juste après le déjeuner, alors que nous étions, lui et moi, en train de discuter de la séance du matin, le professeur Rutherford, le grand physicien anglais, vint nous rejoindre – j'appris par la suite qu'il était originaire de Nouvelle-Zélande, mais il en aurait fallu davantage pour diminuer le prestige qu'il avait à mes yeux. Car c'était un grand savant *angol*, un héritier direct de Sir Isaac Newton. Rutherford serra la main de Freud et s'excusa auprès de lui : ses conférences l'auraient vivement intéressé, mais il, ne maîtrisait pas assez bien l'allemand et il aurait d'autant moins pu suivre qu'il était largement ignorant du sujet. Freud lui répondit que sa propre connaissance de la chimie et de la physique se réduisait à quasiment rien, mais cette protestation polie était pure courtoisie de sa part. Je savais fort bien que c'était faux. Avec un rire bourru, Rutherford proposa à Freud un échange de bons procédés : il lui enseignerait la radioactivité et ce qu'elle révélait du cœur de la matière à condition que Freud lui rendît la pareille en lui dévoilant la psychanalyse et le cœur de l'homme. Ce parallèle enchanta Freud. Il sourit, puis eut l'amabilité de me présenter à Rutherford comme le phare de la psychanalyse en Hongrie.

« Je ne sais pas ce que les deux autres diraient de cela », remarquai-je, mais ma plaisanterie ne m'attira qu'un regard désapprobateur de Freud. On ne badinait pas avec notre métier. « Je comprends ce que vous voulez dire, jeune homme, me dit Rutherford droit dans les yeux. C'est exactement la même chose en physique. Quand on est à la pointe de la recherche, on s'expose à être seul. » Freud, anglophile devant l'Éternel, dit son enthousiasme pour ce pays et évoqua ses souvenirs de Manchester. Une partie de sa famille y vivait, un demi-frère, peut-être même deux, et il leur avait rendu visite l'année précédente.

« Ah oui ? Et où avez-vous trouvé à vous loger ? » Quant à savoir si son intérêt était feint ou réel...

« Chez mon frère Sam. À Didsbury. Lansdown Road.

– Didsbury ? C'est là que je vis, enfin tout près. Nous aurions pu nous croiser ! Il y a plusieurs familles juives allemandes dans notre rue. Le professeur Schuster, par exemple, mon prédécesseur. Une famille très connue, les Schuster, paraît-il. Peut-être en avez-vous entendu parler ?

– Non, je suis désolé. »

Rutherford lui demanda encore si son frère était aussi dans la médecine, s'il avait l'intention de retourner à Manchester dans un proche avenir, etc. Freud ne lui donna que des réponses laconiques, ce qui ne lui ressemblait pas. Je ne sais pas ce qui l'embarrassait ainsi : était-ce de parler anglais, ce qui semblait plutôt lui réussir, si j'en croyais mes oreilles du moins, ou bien était-ce le physicien qui l'intimidait ? Dans ce cas-là, nous faisions la paire, lui et moi ! Jamais je n'aurais pu dire de but en blanc à Rutherford à quel point la physique m'intéressait ! Je choisis donc de lui parler de Hevesy, en lui expliquant qu'il avait fait ses études de chimie à Fribourg et qu'il s'était maintenant orienté vers la physique, qu'il étudiait à Zurich. « Zurich ? » répéta-t-il avec une grimace, comme s'il nommait une maladie infectieuse. Par chance Jung n'était pas à portée de voix. « C'est à peine de la physique qu'on y fait ! Dites-lui de venir à Manchester... Si du moins il veut voir de la vraie physique. Et s'il vaut quelque chose, bien entendu. Enfin, dites-lui de m'écrire. Je n'ai jamais assez de garçons travailleurs dans mon labo, et il aura de quoi faire, s'il veut poursuivre dans cette voie. » Il nous quitta sur une poignée de main énergique, en s'excusant de ne pas nous accompagner jusqu'à la salle de la conférence.

L'exposé de Rutherford devait être le point culminant des célébrations de la Clark University ; les organisateurs, bien conscients qu'il était le plus attendu, l'avaient gardé pour la dernière après-midi. Regagnant l'amphithéâtre, nous passâmes, Freud et moi, devant le panneau d'affichage qui reproduisait l'annonce telle qu'elle figurait dans le programme :

> ERNEST RUTHERFORD
> Professeur de physique expérimentale
> à l'université de Manchester,
> prix Nobel de chimie :
> « La nature de la particule alpha provenant
> de substances radioactives ».

Les organisateurs n'avaient pas de souci à se faire. La salle, pleine à craquer, frémissait d'impatience : le thème choisi par Rutherford suscitait un authentique intérêt interdisciplinaire, et en cela il était unique. La première conférence du professeur, consacrée à la relativité, n'avait eu d'autre effet que d'attiser encore les curiosités. Tous avaient compris qu'il s'agissait d'une science entièrement nouvelle, et qu'elle allait au rebours de l'intuition, mais ses concepts étaient trop ardus. Ce qui n'était pas pour diminuer notre fascination. La relativité, avec son efflorescence d'observations plus insolites les unes que les autres, ne constituait-elle pas la branche la plus jeune de la physique ? Et pourtant, nous avions l'impression de voir se réaliser les prédictions des alchimistes du Moyen Âge. Le sujet avait beau être inédit, il avait déjà une aura de déjà-vu. Je me rappelai soudain ce qu'en avait dit Jung : c'était comme si nous avions toujours su que la matière inanimée avait un pouvoir invisible, magique, voire mystique, qu'elle pouvait projeter.

J'attendais un drame magique et faustien, mais Rutherford me désabusa aussitôt. Avant de commencer à parler, il scruta son public, lentement, comme il l'aurait fait devant des écoliers dévoyés, avec des yeux étincelants sous ses sourcils broussailleux. Un sentiment de culpabilité me fit soudain frissonner. Des images du lycée affluèrent à ma mémoire, le visage de notre si jolie enseignante dont nous savions, à la façon dont elle nous regardait, qu'elle devinait que nous nous demandions à quoi elle ressemblait sans ses vêtements. Bien sûr, cette réminiscence s'entendait seulement de façon abstraite... « La nature et les propriétés des rayons alpha des substances radioactives ont présenté un des problèmes les plus intéressants dans le champ de la radioactivité », commença-t-il d'un ton sévère. Envolée, la jolie enseignante ! Rutherford, qui n'était décidément ni un alchimiste ni un magicien, me rappelait maintenant un fermier qui arrache à son labour une poignée de terre et décrit ses propriétés en égrenant entre ses doigts la terre noire qui retombe peu à peu là d'où elle est venue. Terre à terre : l'expression anglaise *down-to-earth* me traversa l'esprit – c'est elle, sans doute, qui avait suscité dans mon esprit l'image de Rutherford en fermier. « En étudiant la radiation de l'uranium et de ses composés par la méthode électrique, j'ai observé en 1898 que deux types de radiations étaient présents. » Je retrouvais là ses deux fameux rayons alpha et bêta sur lesquels j'avais lu quelques articles. « Quand Villard a découvert un type de radiation encore plus pénétrant, on lui a attribué le nom de rayons gamma. Au début, on s'est peu intéressé aux rayons alpha, dont on pensait qu'ils n'étaient guère importants, et toute l'attention des chercheurs se concentra sur les rayons bêta, parce qu'ils étaient plus pénétrants. » Rutherford n'avait devant lui pour toutes notes qu'une seule feuille de papier, et il s'y référait rarement, c'est-à-dire seulement quand le moment était venu de citer un de ses collaborateurs. Peut-être craignait-il, emporté qu'il était par son long récit, d'oublier accidentellement de préciser la part que les uns et les autres avaient prise aux découvertes successives. « Giesel a montré que les rayons bêta du radium étaient facilement déviés par un champ magnétique, et ses résultats ont été bientôt confirmés par de nombreux observateurs. Il a été rapidement montré que les rayons bêta avaient des caractéristiques identiques à celles des rayons cathodiques engendrés dans un tube rempli de vide et qu'ils consistaient donc en des particules chargées négativement, de faible masse apparente par rapport à la masse de l'atome d'hydrogène. » Il passa ensuite à ses petites préférées, les particules alpha, et il décrivit, les yeux pleins de lumière, les travaux des Curie et des Bragg. Il prenait à évoquer ces sujets un plaisir manifeste, qui gagna bientôt toute l'assistance. Cette contagion, parce qu'elle naissait de son style très factuel, donnait à ses rayons ésotériques une réalité visible et tangible, presque une épaisseur. Mon intuition ne s'y était pas trompée : c'était un magicien.

« La diffusion des particules alpha augmente rapidement lorsque la particule alpha perd de la vitesse, expliqua-t-il. Bragg a d'abord conclu que la diffusion devait être faible ; mais il ne fait aucun doute qu'elle devienne de grande importance près de l'extrémité du parcours de la particule alpha et qu'elle soit largement responsable de la variation particulière de l'ionisation d'un faisceau de rayons alpha près de la fin de leur trajectoire. » Rutherford prit le verre sur le lutrin et but à pleines gorgées. Quand il déglutit, sa pomme d'Adam remonta puis descendit doucement. « La diffusion des particules alpha par la matière a été examinée de près par Geiger avec la méthode de scintillation. » Il s'interrompit quelques instants, jeta un coup d'œil circulaire sur son assistance comme s'il voulait vérifier que tout le monde l'écoutait attentivement. « Geiger et Marsden ont observé ce fait surprenant qu'environ une particule sur huit mille arrivant sur un métal lourd comme l'or est tellement déviée par ses rencontres avec les molécules qu'elle ressort du côté par où elle est arrivée[1]. » Les joues déjà roses de Rutherford étaient maintenant écarlates. Ses yeux balayèrent le public, pour cueillir sur ses lèvres l'émerveillement que son annonce avait, à ses yeux du moins, bien mérité. Mais il n'eut droit qu'à une belle déception : l'auditoire de la Nouvelle-Angleterre ne lui offrit pas la réaction qu'il espérait. « Un tel résultat, dit-il en affectant une élocution lente et marquée, comme s'il s'adressait à un groupe d'idiots, met en lumière l'intensité énorme du champ électrique qui entoure l'atome ou qui est en lui ; car, sinon, il ne serait pas possible pour une particule si massive se déplaçant à une telle vitesse d'être détournée d'un angle aussi grand. »

Un frisson électrisa l'auditoire. Nous nous étions rendu compte que quelque chose de significatif nous avait été dit, mais nous aurions été pour la plupart d'entre nous bien incapables de l'identifier et de dire pourquoi cela changeait tout. Rutherford s'estima sans doute satisfait de notre réaction involontaire, car il poursuivit avec une grimace de satisfaction. « Il est maintenant nécessaire de considérer une autre piste de recherche, tout aussi féconde, qui nous est ouverte par la découverte de la radioactivité. En avançant la théorie de la désintégration, Rutherford et Soddy ont suggéré que si tous les éléments stables sont produits par la transformation de radioéléments, il est nécessaire que l'on en trouve de très grandes concentrations dans des minéraux radioactifs anciens où le processus de transformation est en cours depuis les temps géologiques. En cherchant des éléments qui répondent à cette définition, on a noté que le gaz rare qu'est l'hélium est un compagnon invariable des minéraux radioactifs où il est souvent trouvé en grandes quantités. » Le public respira. Le propos était maintenant bien plus

---

1. Ce fut (probablement) la première annonce publique de ce que Rutherford a appelé le résultat le plus surprenant de sa vie et qui le conduisit directement à sa découverte du noyau atomique.

facile à suivre. « Dans une lettre à *Nature*, j'ai suggéré que l'hélium est en réalité dû aux particules alpha dont la charge a été neutralisée. »

Je me souvins des expériences qu'il venait de nous décrire et qui montraient que ces particules alpha ont le même poids que l'hélium, et probablement deux charges positives. Cela faisait sens. Mais la matière pouvait-elle naître spontanément de ces rayons magiques ? Était-ce bien cela qu'il était en train de dire ? « Il est maintenant de toute première importance d'établir si les particules alpha portent deux charges. » Il en vint alors à décrire une expérience mise au point avec son collègue Geiger, qui parvenait à ce résultat en utilisant un instrument ingénieux qu'ils avaient inventé ensemble pour amplifier l'effet des particules alpha. Rutherford s'employa à donner d'autres preuves à l'appui de son propos, en prenant soin de vérifier sur ses notes qu'il attribuait bien à chacun ce qui lui revenait. « Ces expériences ont définitivement donné la preuve que la particule alpha et l'atome d'hélium chargé sont identiques. L'hélium produit dans les transformations radioactives est dû aux particules alpha expulsées dans lesquelles les charges ont été neutralisées. »

Je ne tenais pas en place : il me fallait à tout prix parler au plus vite avec Freud de ce que je venais d'entendre et qui me faisait l'effet d'une révélation ! Or ma déception fut à la hauteur de mon attente, dans un premier temps du moins. Bien sûr, Freud avait quelque chose à en dire, mais rien quant au fond : il commenta surtout le style de Rutherford, le plus parfait exemple de l'authentique savant ! Un modèle à imiter – il lui vouait une admiration éperdue. « Nous devons nous aussi développer pour notre science une approche qui ait la même rigueur, me dit-il. La psychanalyse, science de la psyché, doit être, à l'instar de la physique, dépassionnée et fondée exclusivement sur l'observation, sans redouter pour autant l'intuition intellectuelle, qui seule permet de faire des sauts de géant dans l'inconnu, à condition toutefois qu'elle n'aille pas à l'encontre des observations cliniques. » L'envie d'argumenter contre lui me démangeait, mais je la réprimai. Je n'ai jamais aimé le contredire, et je voulais porter la discussion sur un tout autre sujet. « N'êtes-vous pas captivé par ce qu'il a dit ? » Il était évident que, moi, je l'étais. « La matière inerte produit des rayons invisibles. Les rayons invisibles se solidifient pour devenir de la matière inerte. Si la matière peut être ainsi transportée à travers l'espace, pourquoi pas les pensées ? Pourquoi ne pas imaginer que les pensées soient des rayons invisibles transmis par un esprit et reçus par un autre ? » lui demandai-je, incapable de dissimuler mon excitation. Cela paraissait être un petit pas supplémentaire dans le sens de mes convictions. Mais Freud me gourmanda : « Mon cher Ferenczi, vous êtes obsédé par la télépathie et la voyance. Mais je suppose que si l'on avait demandé à von Helmholtz lequel était le plus farfelu, de la télépathie ou des rayons de matière de Rutherford, il se pourrait bien qu'il eût donné la mauvaise réponse. À sa manière, ce que Rutherford a décrit est bien plus extravagant que la transmission de cette chose intangible qu'est la pensée. » Je m'engouffrai dans la brèche ainsi ouverte : « Nous ne pouvons pas ne pas en faire notre miel. La psychanalyse, quand elle met sa puissance à l'étude du phénomène de la transmission de pensée – et même du surnaturel –, ne manque pas de conduire à des résultats positifs. Nous vivons à une époque de découverte. Et cette époque est loin d'être close.

– Votre enthousiasme est très tonique, Ferenczi, comme toujours. Mais, qui sait, peut-être avez-vous raison. Nous ne devons pas interpréter notre champ d'étude dans un sens trop restreint. Je vous propose de reprendre ce débat après la cérémonie. »

La cérémonie dont parlait Freud était la remise du titre de docteur *honoris causa* aux conférenciers les plus illustres, c'est-à-dire non seulement Freud et Rutherford, mais également Jung. Peut-être les avait-il impressionnés, avec ses airs martiaux ; ou bien ils avaient imaginé ce moyen pour adresser au professeur Freud un compliment bien équivoque.

Ce fut une soirée des plus protocolaires. Les membres du conseil d'administration avaient dû déployer tous les efforts du monde pour faire reconnaître leur jeune université provinciale comme un établissement de premier ordre. Ils avaient déjà dépensé une fortune dans ce but, et ils n'avaient aucune envie de transiger sur les formes et le décorum. L'invitation portait le nom ronflant de « session académique solennelle », et le costume académique était de rigueur.

Je m'amusai, comme je le fais souvent, à observer les réactions des têtes d'affiche. Rutherford, resplendissant dans sa robe écarlate et sous sa toque de velours noir, essayait, bien en vain, de dissimuler son ennui. Il aurait voulu porter à la connaissance de tous qu'il aurait préféré être ailleurs qu'il ne s'y serait pas pris autrement. Le contraste avec Freud était total. Le professeur, dans sa toge noire et sous sa toque tout aussi sévère, s'efforçait lui aussi de cacher ses sentiments véritables, mais il était clair qu'il était exactement là où il aurait voulu être. Cet honneur était sa juste récompense. Il marchait le cou bien droit, le buste raide, mais son pas sautillait presque d'une allégresse juvénile. Il ne souriait pas. La poignée de main qu'il donna à son hôte, le président Hall, exprimait une sévérité empreinte de dignité.

Ce fut presque un soulagement de voir Jung bondir sur l'estrade, car il ne faisait pas mystère de ses sentiments. Il était heureux de recevoir le titre mais, surtout, il était ravi et flatté d'être compté à l'égal des deux autres. Je n'avais pas besoin d'analyser très profondément mes propres sentiments pour savoir à quel point j'étais jaloux et combien j'aurais aimé être à sa place... Non pas pour l'honneur en tant que tel, mais comme une marque de mon ancienneté dans la discipline, qui aurait réduit le fossé entre le professeur et moi.

## GAZETTE DE WORCESTER

### Worcester, Mass., 16 septembre 1909

Avec la modestie qui caractérise sa jeunesse et ses dimensions restreintes, la Clark University vient de célébrer le vingtième anniversaire de sa fondation. Trois semaines de réjouissances, avec un cérémonial minimal. Les subventions dont elle fut dotée pour l'occasion ont essentiellement servi à gratifier quelques scientifiques parmi les plus éminents à l'étranger et chez nous. Chaque département avait élaboré avec le plus grand soin un programme d'une semaine. Les conférences ont été suivies par un public abondant – majoritairement des professeurs, qui ont pris la parole tour à tour, et leurs exposés ont été prolongés par des discussions libres. Sans surprise, l'université avait expressément recommandé aux conférenciers de traiter d'un thème exclusif et hautement scientifique, et les intervenants n'ont pas caché qu'ils appréciaient ce mode de célébration. Ils sont nombreux à espérer qu'il ouvrira la voie à un nouveau type de festivité partout où la science et un véritable esprit universitaire sont à l'honneur.

Les communications du département de physique ont mis l'accent sur la recherche. L'université a eu la chance d'offrir à ses visiteurs le spectacle de la conjonction de deux étoiles de première magnitude : le professeur Albert Abraham Michelson de Chicago et le professeur Ernest Rutherford de Manchester, Angleterre, les deux prix Nobel de ces deux dernières années.

La conférence du professeur Michelson a commencé par une description de son nouvel instrument conçu pour maîtriser les discordances de la diffraction dans l'étude spectrale. Les résultats de ses recherches sur la fixité apparente de l'éther luminifère par rapport à la Terre ont déconcerté les physiciens pendant les vingt dernières années – il a donc été particulièrement bienvenu que le professeur Loterra de Rome, un des plus grands spécialistes de la physique mathématique de notre temps, ait choisi pour sujet de sa première communication un exposé clair du principe de la relativité. Cette nouvelle science qui a osé partir à l'assaut des notions de temps et d'espace jette aujourd'hui une pomme de discorde entre les physiciens et conduit à un réexamen critique de la mécanique newtonienne.

41

Seule la relativité permet de rendre raison du résultat du professeur Michelson, jusqu'à présent inexplicable. En un mot, le principe de la relativité établit que le temps d'un événement ne peut être connu que lorsqu'on sait où il prend place, et que cette localisation ne peut être sue que quand le temps est connu, le temps et l'espace étant reliés entre eux par la vitesse de la lumière à travers l'éther.

Parmi les éminents savants étrangers venus spécialement dans notre pays pour assister à la célébration, Sigmund Freud, de Vienne, fut sans conteste un des plus séduisants. L'Amérique a trop longtemps ignoré et l'homme et son œuvre. Cela fait maintenant vingt ans qu'il publie des études, et même des volumes entiers notamment sur l'hystérie ou les phénomènes apparentés. Fort d'une méthode inédite, conçue sur la base de son immense expérience clinique, il a développé ce qui mérite bien d'être appelé un nouveau système de psychologie. En Allemagne, où il a de nombreux adeptes, l'idée commence à s'imposer que ses conceptions formeront la psychologie de demain – on ne peut manquer de se souvenir de la musique de Wagner, naguère intronisée comme la musique du futur. Et pourtant, en partie parce que la plupart de ses enseignements sont nouveaux et révolutionnaires, il n'a eu

droit jusqu'à très récemment qu'à une reconnaissance parcimonieuse ; et parce que sa théorie s'efforce de donner au sexe la place qui lui revient, il a subi pendant des années un véritable ostracisme social. Fort heureusement, il est en voie d'être reconnu, et le cercle de ses disciples ne cesse de croître dans tous les pays civilisés, réunissant des jeunes gens énergiques qui lui marquent la reconnaissance qui lui est due et travaillent sur ses idées.

Freud rejette l'idée que la conscience serait l'oracle de l'âme. Au contraire, pour reprendre ici ses formules, elle ne dit jamais ce qu'elle veut dire, si bien qu'il faut l'interpréter. Elle est essentiellement superficielle et trompeuse. Elle est un compromis entre la vraie nature de l'âme et son environnement, qui est à bien des égards répressif. Les rêves, par exemple, sont le surgissement à la conscience de différents débris de l'activité quotidienne qui n'ont pu se développer ou qui ont été réprimés ; quant aux liens manquants, lorsqu'on parvient à les reconstituer, ils sont à la fois rationnels et de la plus haute valeur interprétative. L'esprit est une autre activité cruciale du moi enfoui. Il en va de même des actes automatiques, des erreurs involontaires dans le discours, les inflexions de la voix, etc.

Son principal disciple, le professeur Jung de Zurich, qui l'accompagnait à Clark, a souligné que cette invitation en Amérique tombait au moment psychologique pour lui, à titre personnel, mais également pour ses idées, d'autant qu'il a été fait docteur *honoris causa* et que sa conférence a bénéficié de l'attention particulièrement bienveillante de ceux qui y ont assisté.

Dans le département de l'éducation, l'accent a été mis sur l'hygiène scolaire et l'hygiène mentale. L'hygiène mentale a été traitée par le docteur C.G. Jung, médecin psychiatre de l'université de Zurich, qui a expliqué les principes de sa fameuse méthode diagnostique par association d'idées et en a donné quelques illustrations concrètes. Ses investigations représentent un travail pionnier qui promet d'éclairer les principes fondamentaux d'une nouvelle doctrine de l'hygiène mentale, cohérente et scientifique.

Nous ne pouvons pas rendre compte ici de toutes les conférences qui ont été prononcées par des universitaires de grand renom, soit dans notre pays, soit en Europe. Le titre de docteur *honoris causa* a été conféré à vingt et un récipiendaires.

---

Budapest, octobre 1909

Je n'ai jamais rien caché à Papa Freud de mes affaires sentimentales, et d'une conversation à l'autre, d'une lettre à l'autre, je me suis toujours senti très libre de lui parler de Gizella, depuis le premier instant de nos retrouvailles, des années après notre première rencontre, alors qu'elle était déjà séparée de son mari, Géza Pálos. Dans une alchimie mutuelle, l'effet fut immédiat. Quant à Géza, je le connaissais depuis l'enfance, mais jamais il n'avait été pour moi, même du temps de Miskolc, ce qu'on appelle un ami. Ce fut pourtant un soulagement d'apprendre que je n'étais pour rien dans la rupture de leur mariage. J'étais follement épris, jusqu'à l'obsession. Mais, comme à mon habitude, je ne pus m'empêcher d'analyser notre relation, sans cesser de parer Gizella de toutes les vertus.

« Personnellement, je me suis trouvé bien (psychiquement), jusqu'à ces tout derniers jours, tant qu'il m'a été possible d'être souvent avec Gizella, écrivis-je au professeur. Son intelligence et son intérêt pour le côté psychologique de l'analyse se sont avérés suffisamment forts pour surmonter les résistances – qui n'étaient pas des moindres – et pour lui permettre d'accepter l'amertume de la vérité sans fard, après une période de défense raisonnable. [...] Elle a correctement saisi la situation, [et] la vérité qui est possible entre nous deux [fait] qu'il me paraît peut-être encore moins possible de me lier à une autre durablement, même si j'ai reconnu, devant elle et devant moi-même, l'existence de désirs sexuels pour d'autres femmes, et même si je lui ai reproché son âge.

Manifestement, je trouve trop en elle : la maîtresse, l'amie, la mère et, en matière scientifique, l'élève, c'est-à-dire l'enfant. De plus, une élève des plus intelligentes et enthousiastes, qui saisit entièrement la portée des nouvelles connaissances. »

Je levai la plume. C'était assez sur ce thème pour une seule lettre. Il valait mieux en discuter *viva voce* avec lui la prochaine fois que nous nous rencontrerions. À m'épancher ainsi dans mes lettres à Freud, j'ai toujours pensé que j'avais moi aussi besoin d'une analyse. Je résolus de poser la question au professeur, mais cela n'aurait de sens que dans un entretien en tête à tête.

Quoi d'autre ? Je voulais lui parler de ma future conférence. Il serait enchanté d'apprendre que la psychanalyse éveillait tant de curiosité parmi les jeunes gens. Je repris mon stylo et commençai un nouveau paragraphe :

« La jeunesse commence à s'intéresser à vous. Un jeune étudiant en médecine était chez moi aujourd'hui, de la section étudiante du Cercle Galilée (club de libres-penseurs), et je me suis de nouveau laissé extorquer une conférence. J'y parlerai, samedi prochain, de la psychopathologie de la vie quotidienne. J'ai donc, d'ici Noël, encore cinq conférences à faire ! Tout cela est bel et bon, mais me rend impossible le travail vraiment scientifique, non pédagogique. »

Le jeune Károly Polányi m'avait invité à parler devant le Cercle Galilée, et bien sûr j'avais accepté immédiatement. J'étais en bons termes avec les Polányi depuis des années. Károly avait perdu son père, et sa mère, Cecilia, avait été en analyse, non pas avec moi, mais avec un des Suisses. Dire que cette fervente adepte avait d'abord été tellement sceptique : presque une conversion ! Elle me dévoila le projet qu'elle nourrissait en secret : elle voulait vouer sa vie à la psychanalyse en tant que soignante. Quant à sa certitude qu'il lui fallait absolument aller à Zurich pour suivre un traitement analytique, je dois dire que la raison m'en échappait : la meilleure compétence n'était-elle pas disponible bien plus près de chez elle ? Quand je lui fis part de mon étonnement, elle déclara que j'avais un complexe maternel vis-à-vis d'elle ! Quoi qu'il en soit, en dépit ou peut-être à cause de cela, ce n'était pas à la psychanalyse qu'elle était en train de consacrer toutes ses énergies, mais à deux croisades personnelles : mener à bonne fin l'éducation de sa couvée d'enfants forcément géniaux et assouvir son ambition d'éclipser les Wertheimer et les Wittgenstein de Vienne en tenant le salon littéraire, artistique et intellectuel le plus brillant de l'Empire. Je garde le meilleur souvenir de toutes ces après-midi, et parfois même des soirées que j'ai passées chez les Polacsek – je n'arrive pas à ne pas penser à eux sous ce nom, quoiqu'ils en aient changé pour celui de Polányi il y a quelques années. J'avais en plus le plaisir d'y retrouver très souvent toute la bande du café Royal : en plus d'Ignotus, Kosztolányi, Lukács, Ady et les autres.

À l'irrésistible attraction qu'exerçaient sur moi ces hôtes illustres s'ajoutait celle de la famille Polányi, une des plus brillantes et des plus séduisantes de la ville. Il y avait Laura, une jeune femme d'une grande beauté, dont les yeux sombres me hantaient depuis des années. Elle était censée devenir une de mes patientes ; elle avait consulté le professeur à Vienne, et il me l'avait adressée, mais elle n'avait jamais fait appel à moi, professionnellement. Le sentiment de me connaître trop bien, peut-être, l'en dissuadait. Et il y avait les garçons. Le plus jeune, Misi, faisait des études de médecine. Du haut de ses dix-neuf ans, il était déjà le plus pensif et le plus philosophique de la tribu, tout à l'opposé de Károly, vingt-quatre ans, homme d'action par excellence. Je ne saurais dire qui avait eu l'idée de fonder le Cercle Galilée, mais c'est à Károly que revenait l'initiative de chaque réunion : il sollicitait les conférenciers, lançait les invitations, organisait les soirées et s'occupait de tout. Je trouvais éminemment positif qu'un si jeune homme fût à la fois le président du Cercle et son factotum. Son inépuisable énergie versait sur le club le parfum de jeunesse et d'optimisme qui lui était nécessaire, pour exaucer le commun désir de jeter au rebut les idées du XIX$^e$ siècle et d'embrasser le XX$^e$. Bien sûr, leurs héros, Mach, Marx et Kossuth, étaient enracinés dans le siècle précédent, mais ces hommes étaient des visionnaires dont le regard portait bien plus loin que celui de leurs contemporains.

Au nom de la mission que je m'étais donnée d'ajouter Sigmund Freud à la liste des héros du Cercle Galilée, j'avais accepté avec empressement l'invitation de Károly à m'adresser au groupe. Je n'avais posé qu'une seule condition : que la ravissante Laura, avec ses si beaux yeux, fût ma voisine de table, lors du dîner. La conférence se passa sans accroc. Le public était composé d'un mélange d'étudiants, essentiellement en médecine, sciences et mathématiques, et du cercle plus âgé d'« intellectuels progressistes » (parmi lesquels je me comptais), surtout des gens de lettres. Le médecin que j'étais, établi, mais aventureux, et décidément étrange, y détonnait à peine. En d'autres termes, c'était une foule curieuse, bienveillante et disponible, mais dépourvue de formation. Ma conférence suivit plus ou moins la *Psychopathologie de la vie quotidienne* de Freud – il n'y avait pas de meilleure introduction à la psychanalyse – et je fus heureux de voir mon public, captivé par le sujet, écouter comme un enfant écoute son conteur favori. Ils paraissaient fascinés par le message, et même avoir une petite tendresse pour le messager. L'establishment médical en était toujours à traiter de haut la psychanalyse, ce qui rendait doublement satisfaisant d'être pris au sérieux par ce groupe de jeunes esprits brillants.

Après ma conférence, la discussion qui se poursuivit jusqu'à la fin du dîner chez les Polányi ne fut pas moins stimulante. En dehors des questions de routine sur les conditions d'élaboration des théories de Freud, l'essentiel de la conversation tourna autour des répercussions que la psychanalyse pourrait avoir sur d'autres disciplines. À ma grande surprise, à de rares exceptions près, les jeunes gens s'accordèrent à dire que leur champ d'étude particulier en serait fortement affecté. Je notai aussi une tendance générale chez eux à hésiter entre différents domaines intellectuels : un symptôme de la jeunesse moderne, pensais-je, en quête de quelque chose, mais inquiète de ne pas le trouver. Pólya en était le meilleur exemple. Ce jeune homme impressionnant avait commencé par des études de droit ; il avait continué par la biologie, puis était passé aux langues, avant de revenir à la philosophie. Sans en être satisfait, au demeurant, puisque, me dit-il, il était en train d'étudier les mathématiques. J'essayais en vain de démêler les raisons profondes de tous ces changements, mais il m'expliqua que le cycle de conférences délivré par mon *chaver* Fejér, un mathématicien de l'université, l'avait convaincu qu'il avait enfin trouvé son métier. Pólya jouissait d'une grande popularité auprès de ses camarades étudiants, et on lui avait demandé de faire un topo pour le Cercle Galilée quelques semaines avant moi. Si j'en avais eu vent, je serais venu l'écouter, car son sujet, la philosophie d'Ernst Mach, m'a toujours fasciné.

Ce soir-là, Pólya m'interrogea sur les racines historiques de la psychanalyse, en particulier le lien avec Breuer. Je fus fort étonné, et même troublé, d'apprendre les véritables raisons de sa curiosité : le vieux Leopold Breuer, le père de Josef Breuer, avait été précepteur dans sa famille. Cela remontait à deux générations, quand les Pólya s'appelaient encore Pollák, mais le désormais célèbre Leopold Breuer occupait une place de choix dans le folklore familial. Pólya souleva aussi un problème fascinant, relatif à un de ses précédents champs d'étude : il se demandait quel effet la psychanalyse aurait sur le système judiciaire. Son opinion, complètement originale à mon sens, était qu'elle bouleverserait de fond en comble les concepts de culpabilité et de faute. Faudrait-il, à l'avenir, distinguer entre des actes criminels conscients et des pulsions subconscientes incontrôlables ? Devions-nous être tenus responsables de notre inconscient ? Pouvait-on invoquer notre responsabilité dès lors que cette instance échappait complètement à notre contrôle ? Mais à qui imputer un crime sinon à la personne qui l'avait commis ? Gyuri Lukács, un très proche ami des Polányi, élargit immédiatement à l'ensemble de la structure de la société l'interrogation de Pólya. Par la psychanalyse, c'était la valeur innée de chaque individu qui se trouvait affirmée, estimait-il, mais notre société n'était actuellement pas du tout disposée à la reconnaître. Le thème des bouleversements sociaux orienta la conversation vers la question de l'antisémitisme et de ses causes fondamentales ; l'on se demanda également si la connaissance de soi à travers la psychanalyse pourrait aider à éliminer ce fléau. Les opinions étaient partagées, selon l'âge. Les plus jeunes inclinaient naturellement à davantage d'espoir que leurs aînés, portés au pessimisme.

Nous en revînmes à ma conférence en vertu d'une question de Misi Polányi sur les aspects cliniques de la psychanalyse, et ses commentaires me parurent presque superficiels par rapport à la gravité de nos précédents propos. Cela l'avait beaucoup intéressé d'apprendre que « des mots et seulement des mots » pouvait influencer la psyché et il me demanda ce que je pensais de la combinaison d'un traitement analytique et de la prise de drogues, en particulier de cocaïne, qui avait été le premier objet d'étude de Freud. Je lui expliquai que la méthode freudienne était analytique par nature, et qu'aucune médication n'avait de rôle à y jouer. La drogue, quelle qu'elle fût, risquait d'obscurcir des indices pourtant vitaux pour le succès de l'analyse. Comme je m'y attendais, certains me demandèrent un complément d'information sur la sexualité, mais la question ne les préoccupait pas autant que la plupart des autres groupes auxquels je m'étais adressé. Il faut croire que ces jeunes gens étaient sexuellement moins réprimés que leurs parents ; en tout cas, au lieu d'envahir nos discussions, le sujet ne fut qu'un des nombreux thèmes qu'ils trouvaient passionnants. Pendant un instant, je me demandai même si la théorie sexuelle, tellement fondamentale dans la psychanalyse, était aussi universelle que nous le proclamions...

Je fus surpris de retrouver dans le groupe un ami d'école du temps de Miskolc. Rudolf Ortvay, maître de conférence en physique, était une personnalité timide, très réservée, incapable de se départir d'un ton terne et monocorde pour exprimer, quand il les exprimait, des idées pourtant fort intéressantes. Aussi la confession lumineuse dans laquelle il se lança fit-elle soudain l'effet d'un éclair dans le ciel. Il n'avait guère pris part à la conversation jusque-là, à l'exception d'une ou deux questions sur le suicide, quand il ressentit soudain, comme une nécessité impérieuse, l'envie de nous expliquer pourquoi il avait fait de la physique son métier. Sa motivation était la quête de la vérité ultime, dit-il. Il ne prétendait pas qu'il la trouverait, certes, mais il avait choisi un domaine dans lequel il était possible de découvrir des vérités partielles – du moins le pensait-il. Dans sa prime jeunesse, il avait envisagé de vouer sa vie à la contemplation religieuse, et il avait failli prononcer ses vœux pour devenir moine. Il faisait remonter son intérêt pour les choses de la religion aux histoires du Chatam Sofer, le rabbin miraculeux de Presbourg, qu'il avait entendues dans son enfance de la bouche de son oncle Tivadar. Cet oncle, professeur d'histoire à l'université de Presbourg, avait consacré une monographie à la ville, à son passé, à ses habitants et à sa culture. Pourtant, après son baccalauréat, le jeune Rudolf avait quitté le chemin de la vie spirituelle et étudié la physique. Ce n'était qu'un changement de style, précisa-t-il, pas de contenu. Quoi qu'il en soit, il avait eu des doutes, ces derniers temps : ne s'était-il pas trompé ? La physique lui donnait-elle les bons outils ? Après avoir lu tout ce qui lui tombait sous la main concernant la psychanalyse, il en était arrivé à la conviction que les flèches de Freud tombaient plus près des vérités ultimes, cette cible qu'il n'avait cessé de viser, que celles d'Isaac Newton ou des hommes de foi. Ortvay, qui considérait très sérieusement la possibilité de changer de carrière, en passant de la physique à la psychanalyse, me demanda mon avis. J'opinai d'un air sage, mais ne lui dis rien sur le moment. Plus tard, en privé, je lui conseillai de faire chaque chose en son temps, d'étudier le sujet, peut-être d'entreprendre lui-même une analyse, avant de considérer la chose plus avant.

Ce fut une soirée exaltante. Et même si je n'ai pas su répondre à toutes leurs questions, c'est avec une grande émotion – oui, je jubilais presque – que je découvris les nouveaux horizons que nous ouvrait d'un coup l'insatiable curiosité de ces jeunes esprits.

Et je m'en fus m'asseoir à côté de la jeune fille aux beaux yeux. L'avenir me parut radieux et riche de promesses.

## Lettre de Sándor Ferenczi
## à Rudolf Ortvay

*Docteur Ferenczi Sándor*
*Budapest, VII, Erzsébet Körút 54*

*Mon cher Ortvay,*

*Ta lettre m'a fait grand plaisir. Je suis d'accord avec toi : les vacances d'été ne sont pas le meilleur moment pour commencer une cure analytique, car très vraisemblablement il y aura de multiples interruptions.*

*J'ai été très heureux d'apprendre que tu avais réussi à surmonter de graves difficultés et que ton état de santé s'était amélioré. Peut-être Kolozsvár n'est-il pas un mauvais endroit pour passer l'été.*

*Mon travail avance à petite vitesse. Freud est parti pour la Hollande. Nous envisageons de nous y retrouver à la fin du mois d'août et de prendre ensemble le bateau à Anvers, pour aller en Sicile, en passant par la Manche, puis Lisbonne, en longeant l'Afrique du Nord. Nous pourrions rester là-bas quelques semaines. Mais ce n'est pour l'instant qu'un projet : tout dépendra de l'état de santé de Freud.*

*Les idées associées au nom de Freud rencontrent toujours plus de résistance, qui s'exprime de la façon la plus déplaisante. Par exemple, des médecins écrivent des articles pleins de haine et de colère, ou font des conférences dans la même veine. Tu devrais lire l'article du professeur Hoche dans un des derniers numéros de la Berliner Klinik (Klinische Rundschau), « Eine psychische Epidemie unter Ärzten ». Selon Hoche, Freud présente un intérêt purement socio-historique dans le sens où il y a encore aujourd'hui des gens pour croire à de telles absurdités.*

*Cordiales salutations,*
*Ton ami,*

*Ferenczi Sándor*


## LETTRE DE SÁNDOR FERENCZI
## À RUDOLF ORTVAY

*Docteur Ferenczi Sándor*
*Budapest, VII, Erzsébet Körút 54*
*Le 22 juillet 1910*

*Mon cher Ortvay,*

*Ta lettre m'a fait très plaisir : elle m'a permis de mesurer à quel point tu as pu pénétrer l'univers intellectuel de la psychanalyse. Sans doute auras-tu été aidé par ton auto-analyse.*

*Pour le moment, les attaques contre Freud ne sont que des tissus de grossièretés, piquetés de quelques commentaires flatteurs (mais généraux et, par là, sans aucune portée). L'heure de la critique objective n'a pas encore sonné.*

*Sans l'ombre d'un doute (et cela fait longtemps que nous le savons), l'opposition vient d'abord et avant tout des* beati possidentes, *tandis que nos plus fidèles appuis nous viennent des rangs des mécontents. Mais cela a été le cas de toutes les révolutions − seul le mécontentement permet aux hommes de voir clair. Freud lui-même a été un* beatus possidens *jusqu'à ce qu'il formule ses théories, après quoi il a traversé dix ans de désert financier et moral.*

*Jung avait raison. Dans la pratique, l'analyse ne donne de résultats que si elle est pratiquée par des thérapeutes qui ont vécu et surmonté une période de doute et de résistance. À moins d'avoir réglé ses comptes avec soi-même, on ne peut qu'être aveugle et sourd aux complexes manifestés par ses patients. On a raison de dire que la conviction est aussi guérison. Seul celui qui a été guéri peut guérir à son tour. Cela n'a rien à voir avec la forme de relation qui s'attache au spiritisme ou au dogme catholique.*

*Une des racines de l'antisémitisme est, indubitablement, le complexe de castration (circoncision) que Freud a découvert. Sinon, je propose l'explication qui suit (elle n'engage en rien la responsabilité de Freud).*

*On peut réduire le rituel juif à l'observation de certaines règles (prières, commandements, jeûnes), c'est-à-dire que l'illumination spirituelle est le produit d'« actes obligés » ; mais, au-delà, la liberté intellectuelle est totale, de même que la liberté d'action. Les Juifs tirent pleinement parti de cette liberté, et ils sont plus audacieux, moins empêtrés et moins égoïstes, d'abord dans la sphère matérielle, mais aussi dans la sphère morale. À l'inverse, le bouddhisme et le christianisme ont pour corollaire une énorme* Verdrängung *(qui soumet l'instinct non pas par la compréhension et la prévenance, mais par la répression et l'abnégation infantile). Les Juifs représentent pour les chrétiens leur propre « culpabilité » inconsciente et leurs inclinations audacieuses. C'est un cas typique de « haine de son péché » [« Je le déteste comme le coupable » – dit le proverbe hongrois]. Donc le chrétien déteste le Juif. À mon sens, la solution est 1. d'améliorer la connaissance des juifs pour donner un coup* fatal *à cette réputation de licence, 2. de transformer la* Verdrängung *chrétienne en compréhension objective par le biais de la psychanalyse et de l'élimination des tabous. Cela sera la tâche des pédagogues du futur.*

*L'antisémitisme et le racisme anti-Noirs en Amérique reposent exactement sur les mêmes bases. L'Américain « respectable », « comme il faut », « honnête », abstinent, déteste les Nègres grossiers, sales, voleurs, libidineux.*

*Toute angoisse est névrotique ou, en d'autres termes, c'est une réaction causée par des tendances libidineuses, non satisfaites, inconscientes. L'homme capable de contrôler ses propres émotions à un degré idéal sera capable d'accepter stoïquement les circonstances, même les plus effroyables, s'il ne peut les éviter. C'est vers cet idéal que l'analyse tend (asymptotiquement).*

*Si tu continues à trouver que le mot « sexe » est trop choquant dans ce contexte, tenons-nous-en pour l'instant à l'expression « plaisir/déplaisir ». Avec le temps, tu te laisseras convaincre de l'importance fondamentale de la sexualité.*

*Nous nous sommes rendu compte il y a longtemps des racines sexuelles des comportements suicidaires. Même les formes du suicide sont déterminées par des paramètres sexuels. Empoisonner dans un rêve, dans le langage de la névrose = conception = (forme de suicide favorite des femmes). Tirer un coup de feu en rêve, en névrose = agression sexuelle. Tes propres exemples sont très pertinents.*

*Avec mes amicales salutations,*

*Ton Ferenczi*

*P.S. On fait souvent des erreurs en analyse, c'est-à-dire qu'on est forcé d'extrapoler, ou de corriger les données. Freud n'a jamais été*

« conséquent », il a altéré, extrapolé et supprimé des items. C'est la rançon du progrès.

## LETTRE DU PROFESSEUR E. RUTHERFORD AU DOCTEUR G. HEVESY

*Docteur G. von Hevesy*
*Karlsruhe*

*Le 25 juin 1910*

Cher Monsieur,

J'ai bien reçu votre lettre me demandant de vous permettre de venir nous rejoindre au laboratoire de physique de l'université de Manchester pour travailler sur la radioactivité.

Je serais content de considérer favorablement votre proposition, à la condition que vous puissiez passer au moins une année universitaire au laboratoire. Il faut un peu de temps pour prendre connaissance des méthodes de mesure, et il n'est pas possible d'espérer mener à bien une recherche, même courte, pendant cette période d'apprentissage.

Permettez-moi de vous préciser à titre indicatif que vous pourrez probablement être admis en tant qu'« étudiant chercheur ». Ceci occasionne des frais de scolarité de £ 990 par an à verser à l'université, ce qui couvre la plus grande part des dépenses universitaires. Le laboratoire fournit gratuitement tout l'équipement et les installations nécessaires à la recherche.

Je serais heureux que vous me fassiez savoir si vous êtes disposé à nous rejoindre sous ces conditions.

Sincèrement vôtre,

E. Rutherford

Manchester, janvier 1911

Il effaça la buée de la fenêtre de son compartiment de première classe. La campagne défilait, plus grise que verte, humide, maussade. Il se calfeutra dans son manteau, sans même se rendre compte qu'une douce chaleur régnait à l'intérieur de la voiture. Il avait l'impression de sentir le froid à travers la glace. C'était aussi qu'il n'avait pas encore tout à fait recouvré ses forces. Peut-être aurait-il dû rester plus longtemps à Londres, après tout, mais l'impatience d'arriver à destination l'avait emporté sur sa raison. Il ne voulait plus perdre une minute de plus à traîner au lit dans l'anonymat d'une chambre d'hôtel.

La pensée des mois à venir enflamma son imagination. Le doute venait parfois le tarauder, et la question, lancinante : serait-il à la hauteur ? Mais ce défi ne faisait qu'accroître son excitation. Il rêvait de faire une découverte capitale, qui serait, pour la connaissance, à l'origine d'un progrès majeur, et de rendre ainsi son nom illustre dans le monde de la science. Mais avait-il les qualités nécessaires ? Peut-être. Avec un peu de chance. Un paramètre toujours crucial. En savait-il assez ? Bien sûr que non, mais il passait son temps à absorber des informations. Une vraie éponge ! Et son désir de comprendre les mystères de la chimie le poussait à s'intéresser à tout ce qui s'y rapportait, jusqu'aux détails apparemment les plus infimes. Il avait décroché son doctorat à Fribourg à seulement vingt-trois ans, récompensant ses études sur les métaux alcalins. Puis il avait poursuivi son travail à Zurich et, les derniers mois, à Karlsruhe. Comment aurait-il pu se fixer ? Il cherchait encore et toujours. Que cherchait-il donc ? De l'inspiration. Et aussi – mais n'était-ce pas la même chose ? – un professeur, un colosse aux pieds duquel il ferait figure de jeune prodige ; lui parmi d'autres, car il brûlait d'envie de se retrouver parmi d'autres esprits aussi dévorés que le sien par la soif éternelle de connaissance et de découverte. Des amitiés véritables, scellées par la science. Mais en admettant qu'une telle compagnie existât et l'accueillît en son sein, serait-il à la hauteur ? Était-il assez bon ? Il devait l'être. Il devait se forcer à l'être. S'il n'avait pas réussi à s'adapter dans les autres labos, c'était parce que les autres étaient en deçà de ses normes ; mais que la chance lui sourît assez pour le mettre en présence d'hommes qui répondissent à ses attentes, et ils l'accepteraient certainement comme l'un d'entre eux. Le pari était trop épouvantable. Et excitant. Le train roulait vers Manchester, vers Rutherford. Était-ce là qu'il devait trouver l'accueil, la connaissance, le problème, la découverte, la reconnaissance ? L'accomplissement ?

Le voyage n'avait que trop duré. Il voulait arriver. Il voulait être le lendemain matin. Il voulait être en train de traverser le couloir qui le conduirait au laboratoire. Un feu intérieur le dévorait. Il voulait commencer la quête glorieuse. Son compagnon de compartiment, un pasteur, leva la tête de son journal et posa sur Hevesy un regard vaguement curieux. Il ne vit qu'un jeune homme hâve, impeccablement vêtu, mais engoncé dans une redingote parfaitement superflue, de coupe étrangère, les yeux posés sur une feuille de papier chiffonnée qu'il ne lisait manifestement pas.

Hevesy était en feu. La fièvre dans son corps ne faisait qu'alimenter la fièvre de son esprit. Il voyait danser devant lui un vaste orchestre d'êtres mythiques dont chacun jouait de son instrument sans tenir aucun compte des autres, et cette sarabande inhumaine produisait une infernale cacophonie dont le volume augmentait jusqu'à devenir insupportable, quand soudain un magicien apparut, une baguette à la main, vêtu d'amples robes fluides décorées de symboles alchimiques. Il était d'humeur féroce, ses yeux lançaient des éclairs, sa barbe blanche flottait de part et d'autre de son visage courroucé. Le mage lui jeta un regard de mépris ; clairement, il lui imputait cette concaténation dysharmonieuse, voire l'existence même de l'orchestre diabolique, et il l'en punirait. Mais il n'y avait pas de temps à perdre. La figure faustienne frappa l'air de sa main gauche, les cinq doigts tendus, raides, impérieux. L'effet fut instantané. La transformation totale. Une harmonie apaisante transcenda tout. Cette fois-ci, la musique ne venait pas de l'orchestre mais montait du plus profond de lui-même. À la place de sons, les instruments de musique produisaient des lettres et des nombres. Des chaînes de caractères jaillissaient de chaque engin, serpentaient jusqu'au plafond et se combinaient là-haut pour former des pages et des pages de texte. Il plissa les yeux pour réussir à les lire, en vain ; comme il redoublait d'efforts, soudain son corps s'éleva et, toujours flottant, s'approcha assez près du texte pour qu'il pût distinguer les caractères un par un ; mais, malgré toute son application, les caractères ne se combinaient pas en un sens compréhensible. Il regarda les mots, mais ne vit que des caractères isolés, qu'il oubliait à mesure qu'il les passait en revue. Il n'arrivait cependant pas à se défaire de la conviction qu'il s'agissait d'une langue qu'il avait maîtrisée, quoiqu'il fût incapable de l'identifier, car c'était impossible, faute de mots, oui, c'était impossible une seule lettre à la fois. Il savait aussi que le problème n'était pas la langue. Il ne pouvait pas franchir la barrière qui séparait les lettres de la signification qui s'y trouvait celée.

Il entendit la voix tonitruante du mage qui jetait un ordre. Les lettres grossirent et, quand elles furent devenues énormes, elles rougeoyèrent et s'embrasèrent l'une après l'autre. Les flammes descendirent le long des rangées de caractères et réintégrèrent les instruments. Une conflagration générale consuma la vision, et un autodafé fiévreux mais silencieux eut raison du texte, des instruments, puis des joueurs. Il se retrouva seul avec le mage. Épouvanté. Comme le magicien faisait demi-tour pour s'en aller, sa robe tourbillonnante souleva des courants d'air rafraîchissants. Devait-il prendre ses jambes à son cou maintenant qu'il ne regardait plus ? Vite, tant qu'il avait le dos tourné ! Sauve-toi ! Cours !

Il gémit. Son front était couvert de perles de sueur. Embarrassé, son compagnon froissa son journal avec un toussotement gêné. Sans effet. Alors il secoua doucement le jeune homme par l'épaule. « Dites-moi, tout va bien ? Voulez-vous que j'aille vous chercher un peu de thé, ou un verre d'eau, peut-être ? » Il se passa une seconde ou deux avant que Hevesy ait assez repris ses esprits pour enregistrer son offre et la décliner avec une politesse scrupuleuse.

« Je vous prie de bien vouloir m'excuser, dit le berger des âmes en regagnant sa place, mais je m'inquiétais pour vous.

— Je sors juste de maladie. Merci de votre prévenance. » Puis il prit une carte de visite dans la poche de son gilet et ajouta : « Je m'appelle George von Hevesy. » Le révérend étudia les armoiries avec l'attention nécessaire.

« D'où êtes-vous, monsieur Hevesy ? Ma prononciation est-elle correcte ? s'inquiéta-t-il.

— Hé-vé-chi. À votre disposition. Je suis hongrois », dit-il. Puis, comme s'il lui fallait donner un surcroît d'explication, il ajouta : « Mais cela fait plusieurs années que j'ai quitté mon pays. Je suis parti faire mes études. D'abord en Allemagne, puis en Suisse et maintenant dans votre pays.

— Comme c'est intéressant. Je ne crois pas avoir jamais rencontré personne qui vienne de Hongrie. Des Autrichiens, mais ce n'est pas la même chose, n'est-ce pas ?

— Non, de fait. Nos destins sont liés, mais nous sommes aussi différents que deux nations peuvent l'être.

— Naturellement, naturellement. Nous sommes insensibles à certaines de ces choses, je pense. Tout cela est tellement loin d'ici, et si étranger. Je pense que nous en savons plus sur la vie en Inde que dans l'Empire austro-hongrois. Quel âge a votre empereur, d'ailleurs ?

— Notre roi, et non pas notre empereur. Je sais que c'est un peu compliqué, mais Sa Majesté François-Joseph est roi apostolique de Hongrie ; il est aussi roi-empereur d'Autriche, et empereur des autres peuples de l'Empire. Ces distinctions subtiles sont une nécessité politique, paraît-il. C'est grâce à ce genre de détails que cette région du monde est en paix depuis assez longtemps.

— Vraiment ? » La question avait une nuance dubitative.

« L'empereur est monté sur le trône il y a soixante-trois ans, expliqua Hevesy. Je pense qu'il y restera encore de nombreuses années.

— Bien sûr. Oui, c'est sûr. L'avez-vous vu en personne, monsieur Hevesy ?

— Oui, à maintes reprises, quand j'étais enfant. À cette époque, Sa Majesté François-Joseph était un grand sportif, et la chasse était sa passion. Un des domaines de la Couronne est mitoyen du nôtre, et il y venait souvent à la saison. Occasionnellement mon père m'a autorisé à l'accompagner dans ses parties de chasse. Je fus très impressionné — Sa Majesté ressemblait parfaitement à ses portraits, mais en un peu plus petit que je ne l'imaginais.

— La vie est plus petite que le mythe. Notre reine Victoria était minuscule, savez-vous ? Mais elle a su elle aussi gagner le cœur de ses sujets. » Il plongea à son tour la main dans une de ses poches et tendit à Hevesy une carte chiffonnée. « Je suis vraiment impoli ! Je ne me suis même pas présenté : révérend James Penrose.

— Enchanté ! Dites-moi, connaissez-vous un peu Manchester ? C'est là que je vais.

— Et comment ! Mon église est à Glossop, mais ma sœur vit à Rusholme, dans la partie sud, expliqua-t-il.

— À quoi ressemble Manchester ? À Londres, mais en plus petit ?

— Mon jeune ami, je suis certain que vous en tomberez amoureux. C'est une ville formidable. Une ville laborieuse, notez bien. Des hommes vertueux, craignant Dieu, des bourgeois, des marchands, des ouvriers. La fierté civique est importante à Manchester. Les gens prennent mal qu'on les compare aux Londoniens. C'est à l'université que vous allez, n'est-ce pas ?

– Oui.

– Et puis-je vous demander où vous serez logé ?

– J'ai réservé une suite à l'hôtel Midland, puis je chercherai un hébergement plus durable.

– Ma sœur doit m'attendre à la gare. Nous serions trop honorés de vous conduire au Midland dans notre berline. C'est juste sur notre chemin. Par ailleurs, ma sœur prend des pensionnaires : des étudiants et des voyageurs de commerce. Vous pourriez voir avec elle, si jamais elle avait de la place.

– C'est très aimable à vous, mais j'ai beaucoup de bagages. Je ferais peut-être mieux de prendre un taxi.

– Ce n'est pas un problème, cher monsieur. L'hôtel enverra un porteur à la gare pour chercher vos affaires, j'en suis sûr. Ma solution sera la plus simple. Je serais d'avis que vous alliez vous coucher tout de suite, avec du thé et du cognac. C'est encore le meilleur remède. »

Hevesy accepta l'offre du pasteur. À peine fut-il installé dans sa chambre grande et confortable qu'il s'empressa de suivre le conseil de l'ecclésiastique. Il s'endormit dans le fauteuil près de la cheminée, et son sommeil profond, artificiel, ne donna prise à aucune manifestation de l'orchestre diabolique ou de son maître magicien.

Le lendemain matin, il se réveilla tôt, avec le sentiment qu'il revivait. Il prit un long bain dans l'énorme tub qui trônait au plein centre d'une salle de bains immense. Il se vêtit ensuite avec soin, d'une chemise blanche, d'un col haut amidonné, d'un gilet gris, d'un costume noir, d'une cravate du dernier cri, à motifs ton sur ton, avec une épingle à tête de perle. Il contrôla dans le miroir sa petite moustache taillée à la perfection, ses cheveux coiffés en arrière et pommadés, sa raie aussi droite qu'une flèche. Sans être dandy, il voulait faire bonne impression.

Il demanda son chemin à la réception et décida de marcher. La pluie de la veille avait laissé place à une brume lumineuse. Le vent était tombé, et l'air froid du matin était engageant. Il espérait voir un peu de la ville, mais le trajet le conduisit loin du centre, vers le quartier bien moins recommandable qui longeait Oxford Road. Au bout d'une dizaine de minutes, il aperçut enfin le bâtiment gothique de la Victoria University, noir de suie. Il entra dans la cour principale et se renseigna. En peu de temps, il se retrouva dans le couloir qui menait au bureau de Rutherford. L'instant était exactement ce qu'il avait imaginé la veille, mais émotionnellement encore plus chargé. Quand il franchit le seuil, son rêve remonta à sa mémoire, et il fut envahi d'une soudaine panique. Un homme, assis derrière le bureau, leva les yeux vers lui. C'était de toute évidence le professeur Rutherford. Hevesy fut soulagé de voir qu'il ne ressemblait en rien au mage. Donc, peut-être, le personnage du rêve n'était pas lui, après tout.

Ce premier entretien se passa très bien. Rutherford s'inquiéta de la santé de Hevesy, qui lui confirma qu'il était bon pour le service. Il demanda des nouvelles des anciens professeurs de sa nouvelle recrue, Lorenz et Haber, et du professeur Einstein. Hevesy lui transmit les salutations de Lorenz, ne dit pas un mot de Haber, qui ne lui avait guère manifesté de gentillesse, et s'excusa de ne pas connaître personnellement le professeur Einstein, dont il avait cependant suivi de nombreuses conférences à l'ETH de Zurich et à qui il avait même fait visiter les laboratoires de chimie. Il y avait aussi le docteur Ferenczi, ajouta-t-il, qui demandait à être rappelé au bon souvenir de Sir Ernest. Devant la mine perplexe de Rutherford, il lui fallut rappeler que Ferenczi avait accompagné le professeur Freud à la Clark University en 1909 et qu'il avait été présenté au professeur Rutherford à cette occasion. Celui-ci n'avait qu'un vague souvenir de Ferenczi, mais le nom de Freud fit immédiatement naître un sourire sur son visage. « Je dois toujours au docteur Freud une leçon ou deux sur la structure de l'atome, dit-il. Remarquez, quand je lui ai fait cette proposition, je dois dire que j'en savais bien moins long sur ce sujet que je n'en sais aujourd'hui. Je vous le promets, jeune homme, vous découvrirez bientôt tout cela. Certains de mes garçons ont tiré de leurs mesures des résultats inattendus. Au point que nous avons conçu une nouvelle image de l'atome. C'est révolutionnaire ! Vous rendez-vous compte, mon cher, que les particules alpha sont diffusées par les atomes d'une feuille de métal dans toutes les directions, y compris en arrière ? Absolument incroyable ! » Il débordait d'enthousiasme. Ses joues devinrent encore plus roses, sa moustache plus indisciplinée. Hevesy avait l'impression de se trouver devant un paysan hongrois plutôt que devant un aristocrate de la science. Il essaya de bannir des pensées si sacrilèges. « Cela n'est possible que d'une seule façon, continua Rutherford. L'atome doit contenir un noyau central, petit par rapport à l'atome lui-même, mais qui contient pratiquement toute sa masse. »

Le professeur Rutherford se leva et marcha vers le mur où était accroché un grand tableau noir. Il prit un bâton de craie, telle une baguette de magicien, et le pointa sur Hevesy comme pour souligner son argument. « La forme de la diffusion peut s'expliquer si le noyau est chargé positivement, avec une charge de Ze. » Il écrivit une formule sur le tableau. « La diffusion est proportionnelle à $Z^2$ et dépend de la vitesse de la particule alpha. Nous pouvons même estimer la taille de ce noyau ! Environ dix puissance cinq fois inférieure à celle de l'atome ! Pouvez-vous imaginer cela ? Bien sûr, vous ne le pouvez pas. Personne ne le peut. » Le jeune homme était presque en état de choc. Ce serait la découverte du siècle ! Et cela ne faisait pas une demi-heure qu'il avait poussé la porte du laboratoire. L'atome de Démocrite avec un centre solide comme une cerise infinitésimale ! Pendant un instant, il se demanda si ce n'était pas une blague : peut-être une forme d'épreuve initiatique, une coutume venue de Nouvelle-Zélande. Non, impossible. Mais cela ne pouvait pas non plus être vrai.

« Je n'ai jamais rien lu là-dessus. Avez-vous publié, professeur ?

– Nous sommes juste en train de rédiger l'article. Il paraîtra dans un mois ou deux. »

Rutherford reposa soigneusement la craie dans la rainure sous le tableau noir. Puis il frotta son gilet, sans parvenir à l'épousseter tout à fait, avant d'ajouter : « Vous ne serez pas à court de travail chez nous, si vous êtes compétent. Il y a tellement de choses à exploiter, tellement de nouvelles pistes à suivre. Je suis heureux que vous soyez là, Hevesy. Allez voir le bureau de l'université et faites le nécessaire, puis revenez ici à l'heure du thé et je vous présenterai aux autres. »

---

## Je n'ai pas connu l'amour

### de Bertha Pappenheim

Je n'ai pas connu l'amour –
Aussi je vis comme la plante,
Dans la cave, sans lumière.

Je n'ai pas connu l'amour –
Aussi je résonne comme le violon
Dont l'archet est brisé.

Je n'ai pas connu l'amour –
Aussi je m'enfonce dans le travail
Et fais mon devoir à en être meurtrie.

Je n'ai pas connu l'amour –
Aussi j'aime à penser à la mort
Comme à une riante vision.

---

Budapest, novembre 1911

J'ai reçu une lettre de Hevesy qui m'a fait bien plaisir. Sa description de Manchester m'a plongé dans Dickens – froid, humide, suffocant ; le brouillard anglais d'où se détachent des personnages curieux et fascinants, flânant dans les squares ou, dans son cas, autour des paillasses des laboratoires de physique. Oh ! rien à voir avec le confort du manoir familial, où les servantes lui faisaient couler ses bains chauds, l'affection des siens, les banquets, les conversations aussi polies qu'ennuyeuses ! Rien d'étonnant que sa santé se ressente de telles privations. Comme professionnel, je n'avais qu'un conseil à lui donner : qu'il évite le mauvais temps et qu'il songe un peu aux jeunes Anglaises.

La poste du matin m'avait apporté une autre lettre, de Freud celle-ci. Sa lecture a suscité en moi un mélange d'émotions : plaisir, ressentiment, amour, haine. Il s'adressait à moi comme à son « cher fils ». Cela me plut énormément, mais ma joie fit long feu. Il aurait préféré trouver en moi un ami sûr de lui, m'écrivait-il, plutôt qu'un être si dépendant, mais il était obligé de me traiter comme un fils à cause de mes « complexes ». Il s'autorisait de Jung pour employer ce terme, mais me l'appliquer, c'était comme ajouter à sa critique un trait acéré de plus. Bien sûr, je savais pourquoi il disait cela. Ma dernière lettre contenait un récit détaillé de la cure analytique dans laquelle la fille de Gizella, Elma, s'était engagée avec moi. Je lui avouais que, dans la phase de transfert, j'avais eu le fantasme de quitter Gizella et d'épouser Elma. Je n'arrivais pas à comprendre pourquoi cette projection devait induire Freud à me parler comme à son fils, et pourtant ce fut pour moi merveilleux que de voir ces deux mots tracés de son écriture ferme au haut de la page.

Je me demandais pourquoi sa lettre m'agaçait à ce point. Nous étions lui et moi des amis, des collègues, et bien sûr notre relation comportait un fort élément père-fils, ainsi qu'une interaction maître-élève évidente. Un des deux me pesait sur l'estomac, mais lequel ? Entre lui et moi, le flot de conseils allait toujours dans le même sens : lui prodiguant, moi obtempérant dans une complète acceptation. Il m'accusait de n'accomplir ma lutte libératoire que dans une alternance de révolte et de soumission. Peut-être avait-il raison. Encore une fois. Exaspérant.

Sa lettre contenait une autre remarque qui me fit réfléchir. Nous ne devrions pas avoir l'ambition d'exterminer nos complexes, écrivait-il, mais il faudrait nous mettre d'accord avec eux, dans la mesure où ils sont les chefs d'orchestre qualifiés de notre comportement dans le monde. J'ai détecté l'influence de Jung dans ce morceau de dogme, mais je ne pouvais pas me résoudre à le rejeter pour cette seule raison – il me semblait contenir une part de vérité.

Peut-être parce qu'il savait que cette lettre me fâcherait, Freud entreprenait de me complimenter pour mes avancées scientifiques dont il déclarait qu'elles démontraient une approche indépendante. Il en voulait pour preuve mes études sur l'occultisme ! Avec Freud, il n'y avait pas de compliment qui ne fût doublé d'une pique acérée. Cette remarque particulière pouvait aussi lui avoir été soufflée par sa correspondance avec Jung. Notre collègue suisse avait écrit à Freud pour l'informer que Jung et moi avions le projet de lancer une croisade dans le champ du mysticisme – « croisade » n'est pas exactement le terme que j'aurais choisi ! Freud répondait qu'il voyait bien qu'il n'y avait rien à faire pour nous arrêter. Mais s'il ne pouvait pas nous suivre sur cette voie, il nous souhaitait de collaborer ou, selon ses propres termes, d'entreprendre une campagne commune et d'avancer en harmonie avec lui dans cette expédition dangereuse. De fait, Jung était, comme moi, en train de creuser dans le matériau mystique ancien, mais il me paraissait hors de question de collaborer avec lui. Il manquait des antécédents culturels indispensables.

Le cœur au bord des lèvres tant la lettre de Freud m'avait tourneboulé, j'ai cherché dans mes rayonnages le livre qui s'imposait en la circonstance. J'ai toujours utilisé des petits bouts de papier comme marque-page, et il y en avait beaucoup dans ce volume poussiéreux, mais j'ai facilement localisé le paragraphe. C'était un texte d'un disciple d'Aboulafia, qui remontait à 1295. « La voie kabbalistique consiste à amalgamer dans l'âme les principes de la science mathématique et naturelle, après que l'homme a d'abord étudié les significations littérales de la Torah et de la foi, afin d'exercer ainsi son esprit au moyen de dialectiques pénétrantes et de ne pas croire à la manière d'un nigaud. Il a besoin de tout cela uniquement parce qu'il est tenu captif du monde de la nature. » Vraiment magnifique. Je ne voyais pas ce que Jung pourrait en faire.

Manchester, mai 1912

Le voyage ne ressembla en rien au précédent. À l'image de la campagne des Midlands qui, revêtue des couleurs des derniers jours du printemps, défilait derrière la vitre, Hevesy n'était qu'optimisme et renouveau. Il y avait bien longtemps qu'il ne s'était pas senti aussi bien : en bonne santé, reposé et débordant de pistes à explorer dès son retour au laboratoire. Il avait même pris un peu de poids, semblait-il. « L'Angleterre pour nourrir l'esprit, la Hongrie pour nourrir le corps, pensa-t-il en esquissant un sourire. L'Allemagne pour la culture, l'Autriche pour quoi ? *Schlamperei ?* »

Il s'arrêta à Vienne sur le trajet du retour, et sa brève visite ne lui inspira aucun sentiment charitable. Il fit un « tour d'inspection » de l'Institut du radium et, à voir ce qu'il vit, il se rengorgea encore de faire partie de l'équipe de Manchester. Les Viennois avaient la chance d'avoir à leur disposition de grandes quantités de radium, mais cette richesse ne compensait pas leur manque total d'imagination – ils étaient simplement trop loin de la recherche de pointe pour être à même de faire une contribution de premier plan.

À la demande instante de Ferenczi, il fit un crochet par le 19 Berggasse pour présenter ses respects au professeur Freud, mais il trouva l'entretien un peu stérile. Il eut l'impression d'être une sorte d'échantillon expérimental, observé comme au microscope par un père confesseur curieux, mais détaché et distant. Après tout, il était (presque) un collaborateur de Rutherford, donc un homme de science de rang supérieur. Freud sentit-il son malaise ? En tout cas, il sembla vouloir faire amende honorable en l'invitant à dîner. Un honneur assurément, mais à qui s'adressait-il ? À l'aristocrate, au chimiste ou à l'ami du fils de substitution ?

Salle à manger sombre et tout en chêne, argenterie étincelante, porcelaine de Herend, cristal de Bohême, nappe en dentelle : un confort bourgeois et cossu. La petite société réunie à table ce soir-là était à l'avenant : Hevesy fit la connaissance du cercle viennois de Freud, composé de parents, d'amis, de collègues, de patients dont la plupart appartenaient à plusieurs catégories à la fois. Freud, assis en bout de table, présidait les agapes, mais il ne dominait pas. Ce rôle était réservé au portrait à l'huile de l'illustre grand-père de Frau Freud, Isaac Bernays, naguère grand rabbin de Hambourg, dont le regard impassible obligeait les convives à surveiller leurs manières. Hevesy, qui aurait aimé être placé à côté de la plus jeune fille du couple, Anna, une personne sombre, rêveuse, se trouva pris en sandwich entre la maîtresse de maison et sa sœur, Mina Bernays. Aussi la conversation tourna-t-elle presque exclusivement autour des titres de gloire de la famille Bernays, dont le catalogue lui fut complaisamment offert par les deux femmes. Il y avait le rabbin Bernays bien sûr, celui du portrait, aussi conservateur que son frère Ferdinand avait été un révolutionnaire actif et convaincu, ami de l'économiste et fauteur de troubles Karl Marx. Deux des oncles des deux sœurs étaient professeurs dans des universités allemandes[1]. Ils étaient aussi apparentés au poète Heine, semblait-il. La famille pouvait même se targuer d'un mathématicien de la géné-ration de Hevesy, le jeune Paul Bernays, qui faisait son doctorat à Göttingen. Les dames ne doutaient pas de ce que Hevesy dût trouver cela extrêmement intéressant – et lui d'opiner et de sou-rire comme les bonnes manières le lui dictaient. Quant à savoir ce qu'il ferait de tout cela... À en croire Ferenczi, la renommée de Freud devait bientôt éclipser non seulement l'ensemble de la tribu Bernays, mais aussi toutes les autres gloires de l'Europe. Mais à coup sûr, à côté de Rutherford, ce n'étaient que des Pyg-mées, n'est-ce pas ? Même Freud... Tombant à point nommé, son rire retentit à ses oreilles. L'hôte avait informé toute sa tablée, et ce n'était probablement pas la première fois, que la tribu Bernays aurait été plus heureuse de marier Martha à un vieux rabbin ou à un *shochet* qu'à un jeune docteur sans le sou, venant d'une très ordinaire famille de Galicie.

Freud surprit son coup d'œil furtif à Anna, et, quoique Hevesy ne fût d'ordinaire pas timide en de telles matières, il baissa les yeux, soupçonnant de s'être empourpré. Pour le met-tre à l'aise, ou peut-être juste pour le mettre à sa place, Freud l'interrogea sur sa vie à Manchester, mais c'était la ville plus que l'université qui l'intéressait. Les questions qu'il lui posa sur des lieux qu'il avait connus trahissaient sa nostalgie pour le pays et son peuple au moins autant que pour sa famille qui y était ins-tallée. Les rues Sainte-Anne et du Marché, Deansgate et Royal Exchange, puis Didsbury et Prestwich – ces noms étaient char-gés du prestige d'une Terre promise, la sienne. L'autre, celle de Herzl, n'eut pas l'heur d'être mentionnée dans la conversation. Ce n'était pas un sujet qui avait les faveurs de l'intelligentsia juive de la classe moyenne de Vienne.

---

1. Jacob Bernays, professeur de philologie à Bonn, et Michael Bernays, professeur de littérature allemande à Munich.

Hevesy, à l'invitation de convenance de Frau Freud, saisit la balle au bond et promit de leur rendre visite la prochaine fois qu'il viendrait à Vienne. À sa grande déception, son enthousiasme ne fit naître aucune réaction sensible chez Anna. La courtoisie lui dictait d'écrire à la famille à son arrivée à Manchester pour les remercier de leur hospitalité – peut-être enverrait-il aussi une carte postale à la jeune fille de la maison...

Sa rêverie fut dérangée quand le train entra en gare. L'image de la soirée Berggasse s'évanouit de son esprit, remplacée par l'affairement du quai. Il baissa la fenêtre, appela un porteur et descendit du train. Il remonta le quai en sifflotant, heureux d'être de retour.

Le lendemain, il entra dans le laboratoire de physique d'un pas plein d'entrain, jeta son sac sur son bureau et lança à la cantonade un bonjour chaleureux. Plusieurs des garçons vinrent le saluer, contents de le revoir après son absence de plusieurs mois.

« Tu as l'air en bien meilleure forme, Hevesy, observa Charlie Darwin[1].

– J'espère que les jeunes femmes seront de ton avis. Après tout, l'aristocratie est le résultat de la sélection naturelle : demande à ton grand-père si tu ne me crois pas. Des fêtes, cette semaine ?

– Pas que je sache. Mais je crois bien qu'il y en aura une, maintenant que Casanova est de retour en ville, dit Robinson sans lever la tête de sa paillasse.

– Et que s'est-il passé ici durant mon absence ? demanda Hevesy. Vous avez l'air tous exactement pareils.

– Il y a un nouveau. Un autre foutu étranger, et un autre enculé de génie, du moins c'est ce que Papa a l'air de penser.

– Un autre Hongrois, sûrement ?

---

1. C.G. Darwin, le petit-fils de l'auteur de *L'Origine des espèces*.

— Non. Un putain de Viking. De Koh-pen-haaaag-n, dit-il, essayant d'imiter l'accent danois. Il s'appelle Bohr et il est rasoir sur les bords. Ha ! » Robinson était très fier de son jeu de mots. Rien de tel pour dissiper son humeur massacrante. « As-tu un peu travaillé pendant tes vacances, ou bien n'as-tu fait que te goinfrer de paprika ? Moi, j'ai bossé sur le problème de la séparation. J'ai découvert une méthode infaillible pour séparer les poivrons verts des poivrons rouges. Je t'explique : tu en prends un grand tas et tu mets les rouges à gauche et les verts à droite. Quand il ne te reste plus de poivrons, ton boulot est fini. Incroyable, n'est-ce pas ? Peut-être pourrais-tu appliquer cette nouvelle technique à ta recherche. » Rutherford avait confié à Hevesy de séparer le radium D du plomb « inutile », un objectif qu'il avait pour le moment spectaculairement échoué à atteindre.

« Pendant que vous étiez au régime tripes et oignons, j'ai visité l'Institut du radium de Vienne, contre-attaqua Hevesy. Ils croulent sous le radium. Si nous étions aussi riches qu'eux, nous ferions tous des découvertes dignes du prix Nobel, mais les Viennois dorment. Ils ont aussi quelqu'un qui travaille sur le problème de la séparation, manifestement sans succès.

— As-tu discuté avec eux ?

— Non. Je n'ai pas rencontré le type qui s'y colle, un certain Fritz Paneth. Il n'était pas au laboratoire ce jour-là. J'ai même pris soin de cacher au directeur, le professeur Meyer, que je travaillais sur le même problème, de peur qu'ils ne redoublent d'efforts. Sait-on jamais, s'ils avaient soudain un coup de chance.

— Être le premier...

— Pour sûr. Papa est-il dans son bureau ? Il vaut mieux que j'aille lui présenter mes respects, avant qu'il ne s'amène faire son tour d'inspection. »

Sans attendre la réponse, Hevesy bondit dans le couloir qui conduisait au bureau de Rutherford.

Manchester, juin 1912

Le jeune Danois Niels Bohr se sentait déplacé. Les fêtes n'avaient jamais été son fort, même dans son pays, et ici les problèmes s'accumulaient. Un verre de punch typiquement anglais dans la main, il en faisait défiler mentalement la liste. Tout d'abord, il ne supportait pas que son nouvel ami, ce Hongrois exotique, ait réussi à l'arracher à son travail, même un samedi soir. Où qu'il aille et quoi qu'il fasse, l'Idée ne le lâchait pas d'une semelle. Quand il était à Hulme Hall, il pouvait au moins jeter un œil à ses petits calculs. Il y avait aussi cette intégrale contre laquelle il se bagarrait, mais elle était intraitable. Bien sûr, il avait toujours la possibilité de demander de l'aide à son frère Harald, mais il préférait l'éviter. Puis il y avait ce léger sentiment de culpabilité, totalement injustifié, qui l'asticotait. Que penserait Margrethe si elle savait qu'il passait la soirée avec du vin, des femmes et... de la musique, en plus ? Il décida de lui avouer sa faute à la prochaine occasion. Pour être honnête, il avait un autre souci. Chaque fois qu'il mettait trois mots bout à bout pour conter fleurette à une jeune femme, elle se moquait de son anglais. Alors que le charme badin de Hevesy faisait mouche à chaque fois et désarmait sa « cible », puisque tel était le nom que le Hongrois tenait à donner aux membres les plus attirants du sexe opposé. Les filles semblaient fondre aux paroles doucereuses de Hevesy et à ses compliments les plus outranciers, et pourtant il les administrait avec un accent si marqué que Niels ne savait pas très bien si la langue qu'il employait pour les séduire était de l'anglais ou du hongrois.

Quelqu'un posa sa main sur son épaule. C'était Hevesy.

« Pourquoi es-tu si lugubre, Bohr ? Et pourquoi ton verre est-il toujours aussi plein ?

— Je me demandais si les fonctions de Bessel d'ordre zéro pourraient m'aider pour cette intégrale qui me donne du fil à

71

retordre. » Il prit un petit carnet dans sa poche intérieure.
« Regarde un peu...

– C'est une fête, pas une séance de travaux dirigés, l'interrompit Hevesy. Viens avec moi. J'ai fait la connaissance d'une jeune femme délicieuse. Mlle Schuster...

– Schuster ? l'interrompit Bohr. N'est-ce pas...

– Si, la fille du professeur Schuster. Et après ? Elle a une amie, et elle suggère que nous allions prendre le thé tous les quatre au Midland demain après-midi. Qu'en penses-tu ?

– Demande à quelqu'un d'autre, Hevesy. J'ai un monceau de travail, et des lettres à écrire. Et puis je suis fiancé à une jeune femme merveilleuse.

– Mais l'amie de Mlle Schuster a expressément requis la présence du "grand Islandais rêveur au front énorme et à la tignasse impressionnante". Je pense qu'elle parlait de toi. En fait, je pense qu'elle t'apprécie assez.

– Non. Sans façons. Excuse-moi, je t'en prie. Les scientifiques empotés, ce n'est pas ce qui manque ici, tu n'auras aucun mal à me trouver un remplaçant.

– D'accord, mais ne pars pas tout de suite, j'ai à te parler. »
Hevesy s'éloigna sur un pas de valse. Bohr but une petite gorgée de punch. Il avait encore un autre problème à examiner, et des plus concrets. La Société philosophique de Cambridge avait rejeté son article au motif qu'il était trop long. Le secrétaire lui avait expliqué qu'elle n'était pas en mesure d'assumer les coûts d'impression d'un papier d'une telle longueur, mais qu'elle l'accepterait s'il le réduisait de moitié ! Un argument de marchand de tapis. Devait-il se draper dans sa vertu et refuser de le couper ? Peut-être pourrait-il trouver une autre revue. Ou devait-il avaler la pilule pour voir son travail édité dans une publication prestigieuse ? Terrible dilemme. L'un dans l'autre, le problème de l'intégrale était plus facile à résoudre. Il décida de s'adresser à son frère Harald et de lui demander son précieux avis : couper ou ne pas couper ?

« Tu es un ange, Bohr. » C'était à nouveau Hevesy. « J'ai décroché un rendez-vous pour demain et, grâce à toi, il n'y aura qu'elle et moi. Vision céleste : Mlle Norah Schuster et l'honorable George von Hevesy, votre humble serviteur...

— Félicitations. Cela te mettra dans des dispositions excellentes pour la séparation RaD[1] lundi.

— Nous deviendrons, elle et moi, aussi inséparables que le RaD et le plomb, dit-il avec un grand mouvement de bras. Mais j'exagère peut-être. Avec Mlle Schuster, je me contenterai d'un niveau de séparabilité légèrement inférieur à celui du RaD et du plomb.

— Il est peut-être impossible de les séparer. As-tu envisagé cette hypothèse ?

— Ils sont absolument séparables. Il suffit de trouver la clef du problème. Une clef sacrément insaisissable, je dois dire. » Il marqua une pause avant de reprendre : « Je me demande s'il n'y aurait pas moyen de faire quelque chose de cette caractéristique.

— Que veux-tu dire ?

— Les curiosités servent toujours. Ne t'ai-je jamais parlé de Mme Penrose, ma logeuse ? » Hevesy n'attendit pas la réponse. Les questions dont il avait l'habitude de faire précéder ses innombrables histoires n'étaient que figures de rhétorique. « La nourriture dans ce pays est assez terrifiante, tu en conviens, mais pour couronner le tout, ma propriétaire, très radine, sert le même plat toute la semaine. Elle fait en sorte que ça ait l'air différent, mais personne n'est dupe. Je lui en ai

---

1. C'est-à-dire radium type D. C'est le nom donné à l'un des produits de la désintégration du radium à l'époque. L'existence des isotopes n'était pas encore connue, et personne ne savait que ceci n'était pas du radium mais un isotope du plomb, qu'il était donc impossible de séparer de la forme la plus commune du plomb par des moyens chimiques. Hevesy s'était donc vu confier une tâche impossible par Rutherford, mais n'en était pas encore conscient à ce moment-là.

73

fait le reproche hier, mais elle a soutenu qu'elle cuisinait tous les jours.

– Que s'est-il passé ?

– J'ai rapporté du labo une pincée de matériel radioactif et j'en ai assaisonné la marmite. Plusieurs jours après, j'ai rapporté à la fac un échantillon du dîner de la veille, pour en vérifier la radioactivité. Pas besoin de te dire que les résultats étaient positifs.

– Qu'as-tu fait alors ?

– Rien. Je ne peux pas convaincre ma logeuse de mensonge, même avec une preuve scientifique lourde. Après tout, elle est la sœur d'un pasteur !

– Tu auras ta récompense au paradis, Hevesy.

– Sans rire, j'y compte bien. »

Hevesy et Bohr détestaient autant l'un que l'autre le thé à l'anglaise, mais ils ne pouvaient pas échapper au rituel qui se répétait chaque après-midi au laboratoire. Les discussions de groupe à cette heure fatidique étaient le grand moment de la journée, et tous s'y préparaient avec impatience. Les frais d'inscription à ce club très fermé étaient rudement élevés : il fallait absorber la mixture infernale d'un air pénétré. Rutherford les gratifiait le plus souvent de sa présence mais, qu'il y fût ou non, on ne parlait que de physique : physique atomique et radioactivité, sinon rien. Ils avaient tous conscience de leur privilège de faire partie du groupe, au contact de certaines des plus importantes découvertes de l'époque, longtemps avant qu'elles soient publiées, et chacun rêvait d'être un des initiateurs de la prochaine percée.

Ce n'est pas que les sujets de conversation fussent nécessairement des plus nobles : à s'échanger des conseils sur des détails techniques, à disséquer des problèmes de mesure ou à se disputer la possession de telle ou telle pièce d'équipement, ils mettaient au moins autant d'énergie qu'à débattre de détails du modèle atomique, si ce n'est plus. Installés autour de la table du laboratoire dressée pour le thé ou appuyés contre les paillasses, tous devaient dévorer à belles dents les biscuits fournis par Rutherford et spéculer sur la fabrication de la matière. Il n'y avait plus aucun doute depuis longtemps que la charge positive de l'atome fût localisée dans un volume à son centre, si minuscule qu'il dépassait l'imagination. Mais qu'on ne pût le concevoir n'impliquait pas qu'on ne pût le mesurer : la masse était concentrée dans un volume cent mille fois plus petit que l'atome ! Et dès qu'ils avaient réussi à donner une estimation numérique de sa taille, ce noyau de l'atome, en dépit de son incroyable petitesse, avait acquis une réalité bien plus profonde que les tasses de thé autour desquelles ils se réchauffaient les doigts. Les hommes qui testaient l'atome pour trouver ce menu pépin et le géant qui validait ce qu'ils avaient trouvé côtoyaient les nouvelles recrues, l'un sirotait son thé, l'autre jouait avec un biscuit qui s'effritait, le troisième tirait des bouffées de sa pipe d'un air de contentement. Le nucleus, puisque tel est le nom que Rutherford devait donner par la suite au noyau, était situé au centre de l'atome, sans aucun doute, comme un soleil miniature, tandis que les électrons de J.J.[1] filaient autour de lui comme les planètes du système solaire. Ce modèle, si supérieur à tout ce qui l'avait précédé, avait en soi une beauté mystique. « Tout ce qui est en haut est comme ce qui est en bas. » Hevesy se répétait la devise séculaire des alchimistes. Cela devait être exact ! Il le fallait absolument. Pourtant, ils savaient tous qu'ils étaient jeunes. Que de fois ils s'étaient échauffés sur ces problèmes à l'heure du thé ! Si les électrons circulaient en orbite comme des planètes miniatures, pourquoi n'émettaient-ils pas des radiations conformément aux lois de la physique ? Dans ces conditions, comment pouvaient-ils ne pas ralentir et ne pas

---

1. J.J. Thompson, qui découvrit l'électron en 1897, soit environ quinze ans auparavant. Les membres du laboratoire de Manchester imputent les électrons à Thompson puisqu'il en est l'inventeur, mais ils disent J.J. parce qu'ils le connaissaient personnellement.

tomber dans ce soleil qu'était pour eux le noyau ? Mais Rutherford n'était pas troublé le moins du monde. Des questions profondes signifiaient seulement qu'ils avaient encore beaucoup à ramener dans leurs filets : l'expérimentation exacte, la preuve appropriée, l'interprétation correcte fourniraient la réponse – ou, pour le dire en un mot : « Allez, au boulot ! » Il avait autour de lui les hommes pour le faire.

Bohr s'était vu assigner dès son arrivée la tâche d'étudier l'absorption de la particule alpha par une feuille d'aluminium. Un jour, lors d'un de ces fameux goûters, la conversation venait de passer de la structure de l'atome au progrès – ou au piétinement – de ses expériences d'absorption, quand Bohr se tourna vers Rutherford. Tranquillement mais avec fermeté, il expliqua que, de son point de vue, ces expériences ne rimaient à rien, et il demanda au professeur de l'autoriser à rester chez lui dans sa chambre à Hulme Hall plutôt que de venir au laboratoire. Quand Rutherford, avec des yeux comme deux poignards, le somma de lui dire pourquoi diable il avait quitté Cambridge pour Manchester si sa seule ambition était de rester dans sa chambre, Bohr, sans se laisser démonter, répondit qu'il avait quelques petites idées sur lesquelles il souhaitait travailler. Le grand homme grommela, donna à sa moustache à la gauloise un petit tour de son index courbé, puis se leva. Il alla jusqu'à la porte, pivota sur ses talons, dit : « Très bien. Allez-y et revenez me voir quand vous aurez trouvé quelque chose. » Et il sortit de la pièce en fredonnant *Marchons, soldats chrétiens*. Le groupe, sidéré, resta un moment silencieux. Puis les exclamations fusèrent. On admira d'autant plus l'audace de Bohr qu'il avait l'air tellement timide, tellement réservé. Pourtant jamais aucun des autres n'aurait osé faire une telle proposition au professeur. Et il ne l'avait pas envoyé sur les roses ! Cette réaction était si surprenante qu'elle éclipsait presque la hardiesse dont le jeune Danois avait fait preuve en exprimant des doutes sur l'expérimentation dont il avait été chargé.

Le lendemain, et pendant plusieurs jours, Bohr fut invisible. Il ne vint pas au laboratoire et ne se montra pas au pub le soir. Le quatrième jour, Hevesy n'y tint plus : la curiosité était trop forte. Il devait aller voir le reclus à Hulme Hall. C'était le milieu de la matinée, et il ne savait guère à quoi s'attendre. Trouverait-il Bohr en train de dormir ou bien immergé dans de vastes calculs ? Mais Bohr était en train de se préparer du thé ! « En veux-tu, Hevesy ? » À son grand étonnement, celui-ci accepta. Comme si, au profond d'eux-mêmes, ils s'étaient convaincus que ce poison était un élixir magique, l'ingrédient secret responsable de la supériorité du groupe de Manchester sur ses homologues continentaux. Mais ni l'un ni l'autre ne l'aurait jamais dit ainsi. Munis du précieux breuvage, ils passèrent dans la chambre de Bohr, petite, chichement meublée, mais claire et gaie. Indiscret comme jamais, avide de savoir, Hevesy fonça sur le bureau et le balaya du regard. Il était méticuleusement rangé, un calepin ouvert au milieu, un seul livre, un exemplaire de la *Théorie du son* de Lord Rayleigh emprunté à la bibliothèque de l'université. Un flacon d'encre et un porte-plume étaient posés entre une photo de la famille de Bohr et une autre de Margrethe, brune et souriante. Bohr offrit à Hevesy le seul fauteuil de la pièce et s'assit sur son lit.

« C'est bien que tu sois là, Hevesy. J'ai besoin de quelqu'un à qui parler, en dehors de mon frère Harald – par lettre, je veux dire.

– Comment l'intégrale se porte-t-elle ? demanda Hevesy, désignant le calepin ouvert d'un geste du menton.

– Je crois que j'ai fini par la résoudre, avec l'aide de Lord Rayleigh. Un livre excellent. J'avais besoin de la partie imaginaire de la même intégrale que celle qu'il a utilisée, plus ou moins, mais il ne s'est intéressé qu'à la partie réelle. En tout cas, ce n'était pas le point principal, seulement une correction. » Il but son thé, pensif. « Je crois que j'ai un peu avancé sur la structure de l'atome.

– Quelque chose de concret, ou seulement des spéculations ? » Hevesy savait qu'il y avait pléthore de modèles atomiques fantaisistes ; quant à savoir lequel était le bon, s'il y en
avait même un bon…

« Eh bien, sur les deux plans, en fait. C'est plus une fusion de
plusieurs idées. » Bohr se leva, posa sa tasse sur le bureau, posa
une main sur l'épaule de Hevesy et lui dit d'un ton grave : « Je
te défends de dire quoi que ce soit aux autres. Pas encore.

– Bien sûr, promis. Mais de quoi s'agit-il ? Qu'as-tu
trouvé ? » lui demanda-t-il avec impatience. Pourtant, Bohr
n'était pas prêt à exposer ses idées sans les entourer de précautions et s'assurer de certitudes supplémentaires.

« Il est clair que je peux me tromper, le prévint-il, et pourtant
j'ai le sentiment qu'il y a quelque vérité là-dedans. » Bohr jeta
un œil sur son calepin et poursuivit : « Cela ne marche pas
complètement, pas encore, c'est pour cela que je ne veux rien
dire à personne.

– Je comprends, dit Hevesy en cachant mal son impatience,
mais dis-moi, Bohr, qu'est-ce que c'est ?

– Eh bien, tu sais, le problème de l'absorption des particules
alpha par des feuilles de métal ?

– Bien sûr ! Tu as dit à Papa que tu ne voulais pas travailler
là-dessus et que tu préférais rester au lit.

– Ne plaisante pas, Hevesy, c'est sérieux. » Bohr se mit à
arpenter la pièce, mais l'espace était si petit pour ses longues
jambes qu'il faisait du sur-place. « Je suis tombé sur un article
de Charlie Darwin. Il a analysé la collision entre les particules
alpha et les électrons atomiques, qui doit être la véritable cause
de la diffusion. Darwin affirme que les électrons sont libres
quand la collision se produit, mais cela le conduit à assigner à
l'orbite électronique du modèle de Rutherford un rayon bien
trop grand. En fait, les électrons ne peuvent pas être réellement
libres, n'est-ce pas ? Donc j'ai essayé de construire un modèle
où ils sont élastiquement reliés au noyau.

– Ils doivent être reliés, c'est sûr, approuva Hevesy, mais en quoi cela change-t-il le résultat ?

– Attends, ce n'est pas tout. Si les électrons sont élastiquement reliés, ils vont vibrer. Tu me suis ? » Bohr attendit l'approbation de son ami. « Donc, j'ai cherché à comprendre comment ils pouvaient le faire. Tu vois, le problème, c'est la stabilité. Aucun des modèles que l'on a proposés jusqu'à présent n'est stable. Mais on fait un grand pas vers la solution si l'on suppose que les électrons qui vibrent se comportent comme les oscillateurs atomiques de Planck dans sa loi sur la radiation. » Une nouvelle fois, il vérifia que Hevesy le suivait bien. Puis il ajouta avec un grand geste : « Le quantum d'action de Planck peut stabiliser la situation ! »

Comme tous les physiciens formés sur le continent, Hevesy avait été rompu au modèle de Planck pour le corps noir, un « truc étrange », pensaient les Anglais, donc bizarre. « Mais comment ? Comment fais-tu pour introduire le quantum d'action dans l'atome ? demanda-t-il.

– Je ne sais pas encore très bien, mais mon hypothèse est que l'énergie cinétique d'un électron en orbite autour du noyau est liée à sa fréquence de rotation.

– Bien sûr qu'elle l'est !

– Non, tu ne comprends pas. Elle n'est pas liée linéairement ; je veux dire, elle ne l'est pas en continu. Elle doit prendre des valeurs entières discrètes. Elle est reliée au nombre de révolutions complètes… – il répéta ce mot lentement, et en détachant ses syllabes – com-plè-tes par unité de temps. » Perdu dans ses pensées, Bohr se tut ; puis, opinant comme pour s'approuver lui-même, il continua : « Peut-être que je dis cela à l'envers – ce que je veux dire, c'est que l'énergie cinétique ne peut pas avoir de valeur aléatoire, mais seulement des valeurs fixées, discrètes, qui correspondent aux révolutions complètes des électrons. Il s'ensuit immédiatement que seules certaines valeurs fixes sont permises pour les rayons des orbites et qu'aucune autre n'est possible. »

79

Hevesy était perplexe. « Mais, mon cher Bohr, le quantum d'action de Planck concerne des énergies discrètes d'oscillateurs harmoniques, tandis que toi tu parles de rotation. Cela ne fait-il aucune différence ?

– Si, c'est différent. Mais le problème fondamental est le même, ou du moins ce devrait être une extension du même concept fondamental. La structure de l'atome et ses propriétés, loin d'être continues, sont contrôlées par des nombres discrets. Par des nombres entiers. » Bohr s'autorisa un sourire narquois : « Il semble que nous ne vivions pas dans un monde de douceur.

– Ralentis un peu, mon ami. Ce n'est pas une plaisanterie, tu l'as dit toi-même. Du moins je ne crois pas que tu plaisantes, je me trompe ? » Il lui suffit d'un regard sur la flamme qui brûlait dans les yeux de Bohr pour s'en assurer. « Mais tu es en train de dire que la structure même de l'atome, la base de toute la matière, de toute existence, serait discontinue. Cela semble impossible. Irréel. Enfin, cela demande un peu de temps pour être digéré. »

Bohr jeta son corps dégingandé sur le lit, qui craqua sous son poids. « Comment cela peut-il avoir un sens d'utiliser des mots comme "existence" et "réalité" alors qu'ils représentent des choses si différentes pour des personnes différentes à des moments différents ?

– Alors ça, c'est un domaine dans lequel je suis arrivé à quelques conclusions. » Ce fut le tour de Hevesy de se lever avec force gesticulations tandis qu'il se lançait dans l'expression de sa théorie avec passion. « Je divise l'univers en trois régions. Celle du milieu est le domaine de la chimie – du moins, c'est ainsi que je le vois, car je suis chimiste, au fond. Disons que cela recouvre le monde quotidien, matériel, mais je ne vois pas que ce soit un concept très parlant, donc je l'appelle le domaine de la chimie. À côté – je devrais dire au-dessus – se trouve le monde de l'esprit et des émotions de l'homme, tandis que ce que tu décris, et je ne veux pas dire cela seulement parce que nous avons affaire à des dimensions minuscules, ce sont les réalités irréelles de la fondation qui se trouve au-dessous de la chimie.

– J'ai l'impression que cela va nous conduire encore, je ne sais comment du reste, à la devise des alchimistes : "Tout ce qui est en haut est comme ce qui est en bas" !

– Je ne suis pas compétent en la matière. » Une gravure de la tour Eiffel était punaisée au mur. Le regard d'Hevesy était fixé sur elle, mais ses yeux passaient à travers sans la voir. « Peut-être cela nous y conduira-t-il. En fait je l'espère, mais tout ce que je voulais dire pour le moment, c'est que chacun de ces domaines donne à l'*existence* et à la *réalité* sa propre signification, qui semble faire sens à l'intérieur de ce domaine et et – il désigna la tour Eiffel de la pointe de l'index – que cette signification est parfaitement cohérente au sein de chaque domaine, mais si on la regarde en dépassant les frontières d'un domaine donné, elle est aussitôt pleine de contradictions.

– Que veux-tu dire exactement ? Donne-moi un exemple.

– Laisse-moi réfléchir. » Ses yeux abandonnèrent la gravure avec réticence, se promenèrent lentement à travers la chambre et finirent par se fixer sur le visage de Bohr. « Prends l'hydrogène, dit-il. Pour un chimiste, la réalité de l'hydrogène et son existence se passent de commentaire. Qu'est-ce que l'hydrogène signifie pour moi ? En un mot : réduction. Mais maintenant, si je considère la même chose – l'hydrogène – sous un autre aspect de mon humanité, selon ma vocation d'être spirituel, que vois-je ? Rien. Et que sens-je ? Rien. L'hydrogène n'existe pas.

– Et si quelqu'un allume une flamme dans un courant d'hydrogène pour éclairer ton monde ?

– Non, je ne vois qu'un miracle. De l'air qui brûle. Qu'est-ce que l'hydrogène signifie pour moi ? Rien. »

Bohr passa la main dans sa tignasse sans pouvoir la discipliner. « Tu veux juste parler de l'ignorance, alors.

– Ce serait peut-être le cas si je parlais de n'importe qui d'autre, mais c'est de moi qu'il s'agit. Il y a aussi le chimiste en moi, ne l'oublie pas, donc je ne suis pas ignorant dans le sens que tu dis. Tu vois, j'essaye seulement de te donner les illustrations concrètes que tu m'as demandées pour te faire comprendre les problèmes que cela pose que d'essayer de faire traverser aux réalités et aux solutions les frontières des régions que je t'ai évoquées.

– Je comprends. Si tu prends le rôle du mystique, tes réalités sont différentes des réalités du chimiste, même si le chimiste, c'est toi.

– Exactement. Et si maintenant je prends les lunettes du chimiste et que je regarde ce que tu fais, qu'est-ce qu'un atome d'hydrogène isolé ? Est-il réel ? A-t-il la même sorte de réalité que l'hydrogène que je connais ? Le gaz hydrogène ? Peut-être, mais peut-être pas... Après tout, un atome, un atome isolé, se trouve juste à la frontière entre les deux domaines. Je poserai la question différemment – son index recourbé se dirigea vers Bohr. Prends une de tes orbites d'électron autour du noyau, est-elle réelle ? Je veux dire, réelle de la même manière qu'un bocal plein d'hydrogène est réel. Elle n'est pas réelle au sens du chimiste, j'en suis certain.

– L'électron est assez réel pour que tu puisses en compter les scintillations à condition de rester pendant des heures dans une pièce plongée dans l'obscurité et que tu adaptes tes yeux, répondit Bohr en lissant la page de son calepin. Mais ce que tu dis n'est pas faux, avec les orbites. Je me demande si elles sont réelles y compris au sens physique. Peut-être le sont-elles au sens mathématique... Je dirais volontiers que si les mathématiques marchent, alors les orbites sont réelles.

– D'accord, d'accord. Mais ne vois-tu pas qu'elles ne le sont pas au sens chimique ?

– Et qu'en est-il de la réalité alchimique ? demanda Bohr, ne plaisantant qu'à moitié.

– Pour sûr. » Hevesy, lui, était très sérieux. « C'est exactement la définition de l'alchimie, la recherche de l'unité : la tentative de combiner ces trois réalités différentes en un ensemble harmonieux.

– Tu es un alchimiste, alors, Hevesy ? » Cette fois-ci, il n'y avait plus la trace d'un sourire.

« Non, répondit-il sans l'ombre d'une hésitation. J'ai divisé le monde en trois, au lieu de tenter de l'unifier à la manière des alchimistes. Mais quelquefois je pense que les deux extrêmes, le haut et le bas, ne font qu'un. Et que cette unité coexiste avec le monde du milieu. Ils s'excluent mutuellement, et pourtant ils coexistent. J'imagine que cela fait de moi un mystique. Ainsi qu'un alchimiste.

– Je ne crois pas que je te suive », dit Bohr d'un ton dédaigneux. Il ne voulait pas perdre une seconde de plus avec les idées de Hevesy. Son travail l'appelait. « Tu avais raison quand tu disais que mon hypothèse est révolutionnaire. C'est la raison pour laquelle je t'ai demandé d'attendre que j'aie avancé davantage avant d'en parler.

– Y a-t-il une preuve expérimentale ? interrogea Hevesy.

– J'essaye seulement d'expliquer ce que nous savons déjà, à savoir que les atomes sont stables. Quant à savoir pourquoi ils devraient l'être, ce n'est pas du tout évident. Je débattrai de mes idées avec les autres, dès que les mathématiques seront compatibles avec mes idées, mais pas avant. Tu sais, continua-t-il en tapotant le calepin, il semble que seulement sept électrons tiennent dans une orbite – et donc qu'un huitième devrait initier une nouvelle orbite, plus grande[1].

– Mais alors tu devrais sûrement avoir quelque chose à dire sur les tailles d'atomes ainsi que sur le tableau périodique ! » Hevesy s'enflammait de nouveau.

« Je m'en sens tout proche, vois-tu. » Bohr s'autorisa un mouvement de fierté. « Je suis convaincu que le quantum d'action de Planck détermine la position des électrons dans des

---

1. À ce stade, le principe de Bohr était juste mais pas les nombres.

orbites de taille fixe. À son tour, il détermine les propriétés chimiques dans une logique qui conduira à quelque chose comme la structure périodique. »

Hevesy regarda son ami. Son excitation était contagieuse. « Puis-je te dire quelque chose d'étrange, Bohr ? J'ai la conviction que tu es sur la bonne route.

— Eh bien merci, dit Bohr dans un sourire, c'est très aimable à toi.

— Non. Je ne te faisais pas une politesse, là. » Les grands yeux marron de Hevesy étincelaient. « Je voulais parler d'une impression de connaissance intime absolue. Une conviction. Une intuition. Une vision de la Vérité. C'est un sentiment. Qui me vient directement du domaine supérieur, si tu préfères, complètement incompréhensible et même inacceptable pour le chimiste, mais elle est là, pourtant. C'est le rôle du nombre en tant que composant fondamental de la matière.

— Tu veux dire les mathématiques ? » demanda Bohr, un peu mal à l'aise devant une telle ardeur. Hevesy hocha la tête.

« Non, pas les mathématiques en tant que telles. Ni l'analyse ni la modélisation, mais le rôle et le pouvoir du nombre entier, le nombre cardinal.

— La perfection pythagoricienne, tu veux dire ?

— Possible. L'École pythagoricienne s'intéressait à la question de la réalité et de l'illusion. Peut-être est-ce plus proche de la kabbale. Mon idée se rapporterait plutôt à la compréhension du dessein divin par des moyens directs.

— Est-ce l'approche scientifique que tu décris quand tu dis "la compréhension du dessein divin par des moyens directs" ?

— Absolument. » Hevesy, changeant de cap, revint à son domaine de compétence. « En particulier si tu compares l'analyse mathématique avec l'analyse des mots ou des textes sacrés par les méthodes numériques, ce qui est l'objet de la gématrie. Mais si sous l'expression "méthodes directes" tu comprends l'expérimentation, alors toute ressemblance s'évanouit. Je ne vois pas le rapport entre la kabbale et la séparation du RaD et du plomb, par exemple. Ou peut-être vaudrait-il mieux dire leur inséparabilité.

— Tout va mal, alors, dit Bohr avec compassion.

— Non, cela ne va surtout nulle part, à moins que tu ne considères qu'un catalogue de méthodes malheureuses puisse être une preuve de progrès.

— Eh bien, évidemment, c'est ça, le progrès, dit-il pour rassurer son ami, mais il n'en était pas entièrement persuadé lui-même. Le progrès de la connaissance.

— Je ne crois pas que Papa serait d'accord avec toi », remarqua Hevesy.

Bohr ne put réprimer un sourire. « De deux choses l'une : tu réussiras soit à effectuer cette séparation, soit à faire de ton incapacité à y parvenir une théorie positive. Cela dit, comment peut-on prouver que quelque chose ne peut pas être fait, je me le demande. » Mais pour Hevesy, à son tour, l'heure n'était pas à la plaisanterie. « Je suis convaincu que l'on peut les séparer. C'est extrêmement difficile, voilà tout. » Bohr ramassa les tasses et se dirigea vers la cuisine, Hevesy sur les talons. Il rinça la vaisselle sous le robinet et entreprit d'essuyer une des tasses avec un torchon élimé, la frottant comme s'il voulait la polir. « Écoute, Hevesy, t'es-tu vraiment demandé pourquoi il est si difficile de séparer tes éléments ?

— Bien sûr que je me le suis demandé ! répondit Hevesy, un peu agacé. C'est parce qu'ils sont chimiquement si semblables. N'est-ce pas évident ? Soddy dit qu'ils sont chimiquement identiques.

— Oui, mais qu'est-ce que cela signifie réellement "chimiquement semblables" ? Qu'ont-ils de semblable ? Et ne me donne pas une réponse de chimiste. Mets-toi à mon niveau.

— Je vois où tu veux en venir : la similarité dans l'arrangement des électrons. Peut-être...

— Mais regarde — Bohr lui montra la tasse brillante —, les électrons ne peuvent pas tous entrer dans une seule taille d'orbite. Donc, pour les atomes plus lourds, il y aura plusieurs orbites, mais la plus importante sera la plus à l'extérieur, l'orbite de rayon le plus grand – ma conviction est déjà faite sur ce point. »

Hevesy prit la tasse de la main de Bohr, passa un doigt dans l'anse et la fit tourner. « Donc mes deux éléments pourraient être semblables au niveau de l'orbite extérieure, mais être différents aux autres niveaux, c'est ça ?

– Mais que se passe-t-il si la similarité ne concerne pas seulement l'orbite la plus extérieure, mais si c'est tout l'ensemble de la configuration qui est le même ? Des électrons identiques sur des orbites identiques. Est-ce que cela ne les rendrait pas complètement inséparables chimiquement ?

– Oui, ce serait le résultat. Mais dans ce cas, je ne vois guère comment ces éléments pourraient encore être différents. » Il prit la seconde tasse et les posa toutes les deux sur le rebord de l'évier. « Que leur laisses-tu qui puisse les différencier l'un de l'autre ?

– Tout n'est pas pareil ! Que conclus-tu si tes éléments ont, pour un seul et même arrangement des électrons et du noyau, des masses atomiques différentes, mais la même charge ?

– Ça marcherait. Théoriquement. Cela ne conforterait-il pas la raison dans l'idée que la masse atomique et la charge devraient être proportionnelles ?

– Qu'est-ce que la raison vient faire là-dedans ? La raison n'est rien d'autre qu'un ensemble d'idées auxquelles nous sommes habitués. Des idées qui correspondent à d'autres idées, antérieures. » Bohr s'acharnait à vouloir plier le torchon selon les lois de la géométrie, mais le tissu était trop abîmé pour s'y prêter.

« Si tu as raison, alors on devrait être capable de prédire les produits de la désintégration atomique.

– Évidemment ! Si on regarde la désintégration en termes de charges plutôt que de masse atomique, alors la désintégration bêta est la perte de masse de deux charges du noyau, tandis que la désintégration alpha est le gain d'une charge/masse.

– En d'autres termes, ton hypothèse a deux versants, le premier – l'index en l'air – veut qu'il soit possible que des éléments diffèrent au niveau de leur masse et non pas de leur charge, ce qui expliquerait leur très grande ressemblance, et le second – le pouce vint rejoindre l'index – que la désintégration radioactive progresse à travers la table périodique d'une manière spécifique et prévisible !

– Voilà, acquiesça Bohr.

– Mais alors tu dois absolument venir avec moi. Nous allons de ce pas chez Rutherford pour le lui dire tout de suite, s'exclama le Hongrois en tirant le bras de Bohr, mais l'autre s'arracha à son étreinte.

– Attends. Rappelle-toi que tu m'as promis de ne rien dire jusqu'à ce que je sois plus sûr de mes calculs. Les calculs sont le seul lien au quantum d'action de Planck et aux orbites fixes mais finies sur lesquelles toute ma théorie repose. À défaut de réalité au sens chimique, je dois être à même de fournir un certain degré de réalité mathématique. »

Hevesy n'était pourtant pas disposé à renoncer. « Mais tu l'es. Tous les problèmes de séparation des éléments, l'insuccès total, non seulement ici à Manchester, mais aussi à Vienne. Cela compte pour quelque chose, c'est sûr.

– Bien sûr. Mais cela ne suffit pas. C'est même vraiment très peu.

– Et la vérité supérieure, qu'en fais-tu ? » Hevesy brandit le seul argument qui lui restait. « La beauté de ton schéma ? L'harmonie mystique ?

– Tu sais que cela ne prendra pas avec Rutherford. Cela ne prend même pas avec moi.

– Fort bien, capitula Hevesy. Je te donne une semaine, puis je te traîne chez Rutherford, avec ou sans tes petits calculs. »

Bohr sourit. « Merci, Hevesy. Tu es un vrai ami. Et ton aide m'a été très utile.

– Tu me mets à la porte, je vois !

– Pour jouer avec les idées, j'ai besoin de toi, mais pour les équations, je préfère être seul.

– Très bien. Mais n'oublie pas mon ultimatum ! l'avertit Hevesy.

– Oui, oui. Écoute, je vais rédiger un topo informel et l'envoyer à Papa. Au moins nous aurons une base de discussion.

– Et n'oublie pas la deuxième partie : le schéma pour la désintégration radioactive et la similarité des éléments avec charge identique, insista Hevesy.

– Aucun risque, dit Bohr en ouvrant la porte.

– S'il te croit, peut-être me permettra-t-il d'arrêter mes tentatives stériles de séparation. » Hevesy fit quelques pas vers le hall d'entrée.

« Haut les cœurs, lui conseilla Bohr, avant d'ajouter : J'ai oublié de te demander, ton rendez-vous avec la fille du professeur Schuster... comment cela s'est-il passé ?

– Épouvantable, grimaça Hevesy. Elle n'a fait que parler d'un vieux bonhomme du département de chimie, Weizmann[1]. Je n'arrive pas à comprendre ce qu'elle lui trouve. » Hevesy tourna les talons et s'engagea dans le couloir.

« Attends peut-être pour réessayer d'être devenu adulte, s'écria Bohr.

– Salut, Bohr. » Hevesy se retourna et le regarda avec un sourire. « Et souviens-toi : "Tout ce qui est en haut est comme ce qui est en bas" ! »

Manchester, juillet 1912

C'était un dimanche. Une chaude après-midi d'été. Les deux jeunes gens en blazer et chapeau de paille bavardaient à l'ombre des grands arbres qui bordaient Wilmslow Road.

---

1. Weizmann était alors amoureux à la fois de la femme de Schuster, Caroline, et de sa fille, Norah.

« As-tu rencontré à Cambridge un étudiant chercheur du nom de Wittgenstein ? Un Viennois ? demanda Hevesy. Il a habité tout près d'ici, Palatine Road, avant de partir s'installer à Cambridge.

— Wittgenstein ? Non, je ne crois pas. Il ne doit pas être physicien, je connaissais tout le monde à Cavendish, bien sûr.

— Non, un ingénieur. Ludwig Wittgenstein. Une vieille famille juive de l'Alleegasse. » Hevesy chassa un grain de poussière imaginaire de la manche de sa veste à la coupe impeccable. « Il étudiait l'aéronautique sous toutes ses formes et dans ses moindres possibilités. Il faisait voler des cerfs-volants à Glossop dans l'observatoire installé par le professeur Schuster. Mais il a renoncé, pour se consacrer aux mathématiques. Sa première et sa seule passion. Il voulait se lancer dans des études de mathématiques après le *gymnasium*, mais ce n'était pas assez concret pour son père.

— Son père avait raison, pour autant qu'on puisse en juger.

— Je veux dire, ce n'était pas assez pratique. » Sa canne décrivit un cercle dans la touffeur de l'air d'été. « Il est avec Russell maintenant.

— Ah, le grand Lord Russell ! » Bohr, même s'il ne pouvait pas rivaliser avec ce dandy qu'était son ami, était extrêmement présentable. Il avait enduit ses cheveux d'une pommade qui les tenait d'autant mieux plaqués à son crâne que son chapeau était vissé sur sa tête. « Mon frère Harald voulait que je le rencontre, mais je n'ai pas eu le courage de l'aborder avec un "Bonjour, monsieur le comte, je suis Niels Bohr de Copenhague".

— C'est un homme que tu aurais apprécié.

— Lord Russell ?

— Non, Wittgenstein. Ou peut-être pas. Mais tu aurais eu grand plaisir à parler avec lui. Il est lui aussi un disciple d'Ernst Mach et, comme lui, et comme toi, il s'intéresse énormément au langage dont il scrute tous les défauts.

— Le langage, en dépit de tous les problèmes qu'il pose, est le principal moyen de communication, pontifia Bohr.

– Mais pas le seul, ajouta Hevesy, s'autorisant ce correctif.

– Évidemment que non. Pense aux expressions du visage, aux gestes, à la peinture, au dessin, à la sculpture ou, à un niveau différent, aux mathématiques. »

Ils firent quelques pas en silence. Puis Hevesy demanda : « Les mathématiques pourraient-elles seulement se développer sans le langage ? Au-delà d'un certain point, elles deviennent un moyen de communication autonome, avec son propre système symbolique, mais auraient-elles pu se développer jusqu'à ce niveau sans le langage ? »

Bohr hocha la tête. « Il est difficile d'imaginer comment.

– As-tu lu un livre qui a pour titre *Les Chevaux pensants* ?

– Non, je n'en ai jamais entendu parler. On dirait le nom d'un numéro de cirque.

– Eh bien, tu as raison, plus ou moins. Mon ami psychanalyste m'en a envoyé un exemplaire. Il en est resté baba, enfin il parle de "fièvre scientifique". Il a même porté le phénomène à l'attention du professeur Freud. Le livre décrit des expériences avec des chevaux, apparemment capables non seulement d'ajouter et de soustraire des nombres importants, mais aussi de dériver des racines carrées et cubiques. »

Bohr n'était guère impressionné. « C'est un pur délire !

– Ferenczi en juge autrement. Il a constitué une théorie sur la base de la réalité de ces résultats. Il appelle cela "induction", une sorte de transmission de pensée du dresseur au cheval. En d'autres termes, les chevaux ne résolvent pas le problème mathématique, mais ils sont capables de recevoir les résultats par induction. On appellerait cela transmission de pensée chez les humains, mais l'expression a un peu trop de connotations émotionnelles pour pouvoir s'appliquer aux relations entre un homme et un cheval – du coup il préfère dire "induction". »

Les deux amis descendirent du trottoir au croisement de Landsdown Road. Il leur aurait suffi de lever la tête pour voir la maison de Sam Freud, le frère aîné du professeur. S'ils l'avaient su. Et si cela les avait intéressés.

« Même si je devais prendre cette expérience au sérieux, ce que je n'envisage pas de faire, cela requerrait des aptitudes vraiment spéciales de l'homme et du cheval.

– La théorie de Ferenczi est que, chez l'homme moderne, le conscient s'est hypertrophié aux dépens des instincts, tandis que les animaux et les humains primitifs n'ont pas fait ce pas – négatif dans un certain sens. Donc ils sont mieux informés que nous du monde environnant, y compris des processus mentaux des autres créatures. »

Bohr s'interrompit et se tourna vers son ami. « C'est la kabbale, là encore ? lui demanda-t-il.

– Non. Du moins pas que je sache. Ferenczi dit que cela relève de la technique psychanalytique. Afin d'étudier la psyché, il y a deux voies : soit un individu qui a travaillé à se nantir d'un organe du conscient hautement développé observe les manifestations instinctives chez autrui, comme dans le protocole expérimental d'une recherche scientifique – à ceci près que Ferenczi s'élèverait contre cette terminologie –, soit un individu a l'aptitude naturelle ou le talent acquis pour être capable de réunir en lui-même l'instinctif et le conscient à un haut niveau de développement. Ce second don serait le véritable génie. »

Ils reprirent leur marche. Bohr réfléchit un instant, puis avança : « Tu sais, si tu laisses les chevaux arithméticiens en dehors du coup et que tu considères comment l'innovation se fait jour, alors je suis complètement d'accord avec ton ami. Innovation, intuition, découverte, quel que soit le nom que tu veuilles lui donner, cela procède toujours de l'union de l'instinct et de l'intelligence.

– Une union mystique, peut-être ? demanda Hevesy en esquissant un sourire.

– Si cela te fait plaisir. Oui, tu peux l'appeler ainsi. Songe un peu à ce qui se passe quand tu te débats pour résoudre un problème, sans résultat. Tu n'as aucun mal à mobiliser ton intelligence, mais la vision intellectuelle, c'est ce qui fait la différence. » Content de lui, Hevesy fit un large sourire tandis que son ami poursuivait. « Sais-tu comment l'idée m'est venue ? que les électrons pourraient être enfermés dans des orbites fixes ? demanda Bohr.

— Non, mais je compte bien que tu me le dises.

— Dans un rêve.

— Aha ! s'exclama Hevesy d'un ton de triomphe moqueur.

— Oui. J'ai rêvé d'une course de chevaux, un peu spéciale, je le reconnais : il y avait des lignes blanches peintes sur la piste de course, comme des couloirs sur un stade d'athlétisme, et les règles de la course imposaient aux chevaux de respecter ces couloirs. Ils pouvaient sauter dans le couloir d'à côté s'il était vide mais, s'ils touchaient la ligne blanche entre les couloirs, ils étaient disqualifiés.

— Je ne suis pas du tout étonné qu'une image onirique ait résolu le problème à ta place, s'écria Hevesy. C'est aussi dans un rêve que Kekulé a découvert la formule développée du benzène. En fait, il a soutenu qu'en matière scientifique, il n'y avait pas de percée qui n'ait été conçue en rêve. Ce fut aussi dans un rêve que Mendeleïev s'aperçut que les éléments s'ordonnaient dans le tableau périodique… Mais je me demande pourquoi tu me racontes ça justement maintenant.

— Je suppose que c'est ton histoire de chevaux qui m'a fait me rappeler mon rêve, répondit Bohr.

— Oui, mais il pourrait y avoir autre chose. » Hevesy s'arrêta et regarda son ami. « Je décrivais des chevaux pensants.

— Et après ?

— Eh bien, peut-être te demandes-tu secrètement comment les électrons savent qu'ils doivent rester sur une orbite spécifique. Comment le cheval connaît-il les règles de la course ? Sauf s'il s'agit d'un cheval pensant…

— C'est toi qui délires maintenant, Hevesy, dit Bohr. Au demeurant, tu as posé le doigt sur une difficulté de ma théorie. Comment, de fait ?

– Je ne sais pas. C'était ton rêve. » Hevesy sourit encore. « Et Rutherford, que penserait-il de l'union mystique, à ton avis ? demanda-t-il.

– Il nous en dirait pis que pendre, crois-moi.

– C'est bien ce qui va nous arriver de toute façon. Quand vas-tu lui en toucher deux mots ? Avant le thé, ou bien tu vas attendre la promenade en voiture de l'après-midi ? demanda Hevesy.

– Je lui ai envoyé une note il y a quelques jours, donc j'espère qu'il mettra lui-même le sujet sur le tapis. » Bohr ôta son chapeau de paille et essuya son front. « S'il ne le fait pas, et cela serait en vérité une très mauvaise nouvelle, alors il vaudra mieux attendre une visite dans son bureau.

– Tu sais que je serai là pour te soutenir. Transmets-moi quelques pensées par induction, et j'appuierai chaque étape de ton argumentation ! » Hevesy sourit une dernière fois, satisfait.

Ils étaient devant le numéro 17. Ils remontèrent l'allée de gravier vers la maison. La fierté et la joie de Rutherford, sa Ford cabriolet, était là, lustrée et astiquée, prête à accueillir des invités pour une après-midi de promenade le long des chemins du Cheshire.

Le thé était, comme toujours, servi sur la table du salon où il côtoyait les sempiternels petits sandwichs triangulaires et des biscuits terriblement anglais. Le temps du goûter, c'était à Mme Rutherford qu'il revenait de tenir les rênes de la conversation. Rutherford n'avait que du mépris pour ce « blabla social », comme il l'appelait, mais il n'empiétait jamais sur les prérogatives de sa femme. La maîtresse de maison ne mit guère de temps à délier la langue du jeune Danois, qui lui confia qu'il était fiancé et qu'il allait se marier. Il tira de son portefeuille une photographie de Margrethe et la montra avec une fierté empreinte de timidité. Mme Rutherford déploya son talent d'accoucheuse pour lui extorquer des détails sur la cérémonie à venir, et il lui révéla même la destination prévue pour leur lune de miel. Quand elle apprit que leur itinéraire les conduirait en

Angleterre, elle insista pour que le jeune couple demeurât chez « Ernest et moi » à Manchester. Très embarrassé, Bohr accepta cependant l'invitation avec un plaisir manifeste.

Rutherford, qui guettait le moment où les tasses de thé seraient vides, ne perdit pas une seconde. « Venez par là, Hevesy, ordonna-t-il, pendant que mon épouse et Bohr s'abandonnent aux délices du blabla social, vous pourriez vous rendre utile. » Il se dirigea vers un guéridon près de la porte de son bureau et y prit quelques feuilles. « Traduisez-moi cela, je vous prie. Mon allemand est... faible. N'importe comment, je suis curieux de voir comment vous rendrez cela en anglais. Je l'aurais volontiers demandé au docteur Weizmann, mais il est reparti pour un de ses voyages. D'abord le Bon Dieu promet aux Juifs leur propre terre, puis Weizmann essaie de la leur livrer. » Rutherford fit un clin d'œil à Hevesy et ajouta : « Ces maudits chimistes, on ne peut jamais leur faire confiance, je vous le dis. » Hevesy se sentait mal à l'aise. Il aurait préféré écouter la conversation raffinée de Mme Rutherford. « Si vous me permettez, professeur », dit-il, prenant les papiers de la main de Rutherford. Il regarda en haut de la feuille. C'était un appel public avec, entre autres, des signataires très distingués.

« Mon nom n'y figure pas, fit remarquer le professeur sans nécessité apparente. Pas été convié. Une sorte de conspiration allemande, assurément.

– Certainement pas, professeur, le contredit Hevesy. C'est une liste impressionnante cependant. Hilbert, Sigmund Freud, Albert Einstein, Popper-Lynkeus...

– Bon, bon. Je vous écoute dans ce cas.

– Voyons voir. » Hevesy prit inconsciemment une pose théâtrale, raide comme un piquet, la main gauche derrière le dos, la main droite tendue vers le haut, crispée sur le manuscrit comme un grand acteur lors de la première répétition. « *"Aufruf!* Appel !" Non, ce n'est pas le bon terme, plutôt "appel aux armes !" » Il était très content de sa traduction. Il lança un regard à Rutherford, mais le professeur resta impassible. « "Appel ! Préparer une *Weltanschauung* globale sur la base des faits concrets amassés par l'ensemble des sciences est un besoin plus que jamais urgent ; cela est vrai pour la science elle-même, mais aussi pour notre époque en tant que telle, qui n'aura ainsi gagné que ce que nous possédons aujourd'hui"...

– Qu'est-ce que c'est censé vouloir dire, tonna Rutherford, "qui n'aura ainsi gagné que ce que nous possédons" ? »

Hevesy allait tenter une explication, mais voyant le visage rougeaud de Rutherford virer au cramoisi, il s'abstint et poursuivit comme si de rien n'était. « "Ce n'est que par un travail commun que davantage peut être atteint. C'est pourquoi nous appelons tous les chercheurs intéressés par la philosophie, quel que soit le champ scientifique de leur recherche, et tous les philosophes au sens propre qui espèrent accéder à des théories durables seulement par une étude introspective des données de l'expérience, à entrer dans une société de philosophie positiviste. Elle doit avoir pour but de mettre en relation vivante tous les chercheurs, de développer les conceptions uniformisées et ainsi de parvenir à une conception globale exempte de contradictions." C'est tout, professeur, en dehors des signatures et des titres. » Hevesy reposa les feuillets.

Rutherford méditait en silence. La rougeur de son visage s'était quelque peu atténuée. « Qu'en pensez-vous, Hevesy ? » demanda-t-il. Le jeune homme soupçonnait un piège, mais le pire serait encore d'échouer à donner une réponse claire et concise. « Je suis d'accord avec eux, monsieur. Et je suis impressionné par les hommes qui se sont engagés, déclara-t-il avec une exubérance à deux doigts de la provocation.

– Un salmigondis. Voilà ce que c'est, mon garçon, un salmigondis. »

Bohr, enfin relâché par Mme Rutherford, vint les rejoindre. Le professeur lui tendit l'« Appel aux armes » : « Regardez-moi ça, Bohr. Ils parlent d'une "conception globale exempte de contradictions". Je me demande bien s'ils savent ce que cela signifie. Et ils ne se sont sans doute même pas souciés de vérifier qu'ils entendaient tous la même chose là-derrière. » Rutherford s'écroula lourdement dans un fauteuil de cuir, sortit sa pipe et commença à la bourrer. Il fit signe aux deux jeunes gens de prendre un siège. « Je vois toute cette affaire comme un coup monté de Mach. Ce type ne croit même pas à l'existence des atomes, sacrebleu ! Ni aux atomes ni aux électrons ! Et vous, Bohr, que dites-vous de ce machin ?

– Pour ma part, professeur, je ne vois pas pourquoi les données de l'expérience et un concept exempt de contradictions devraient nécessairement coïncider. Et donc toute la question est de savoir à quoi on doit donner la priorité.

– Le professeur Mach est mon héros depuis les bancs de l'école, lâcha étourdiment Hevesy, presque à son insu.

– Oui, mais maintenant vous n'êtes plus à l'école », rétorqua Rutherford. S'adoucissant, il ajouta : « Mach est un des plus grands esprits du XIX$^e$ siècle. Mais nous sommes dans le XX$^e$, et il n'y aura pas de retour en arrière.

– Pour autant, je ne crois pas que la séparation croissante des sciences soit une tendance saine, insista Hevesy. Les toubibs et les physiciens n'ont plus rien en commun. C'était différent du temps de Mach. »

Rutherford donna un coup sur l'*Aufruf* avec sa pipe : « Et Sigmund Freud ? Que fait-il dans cette clique ? Je l'ai rencontré en Amérique il y a quelques années, vous le savez. C'est un homme fascinant, aux idées singulières, qui sont peut-être même justes, et il s'intéresse beaucoup à la physique – avec l'enthousiasme de l'amateur –, mais cela ne lui donne pas les qualifications nécessaires pour choisir parmi les philosophies des sciences. » Il tira quelques bouffées de sa pipe. « L'avez-vous un peu lu ?

– Naturellement. J'ai même envisagé la psychanalyse, reconnut Hevesy.

– Vous ne m'avez pas l'air du tout cinglé, sourit Rutherford. Un peu impertinent peut-être, mais cinglé, vraiment pas.

– Non, je voulais dire comme profession. Être psychanalyste, le corrigea très vite Hevesy. Mais quelqu'un me l'a déconseillé.

— Soyez-le si cela doit être ! » Le professeur se tourna vers Bohr. « Et vous ?

— Monsieur ?

— Connaissez-vous bien les écrits de Freud ?

— Pas vraiment. De seconde main seulement, admit Bohr, qui n'aimait guère le tour que prenait la conversation. Mais je pensais à autre chose..., ajouta-t-il. À votre avis, professeur, à quoi devons-nous donner la priorité ? Aux données de l'expérience ou bien à une conception globale exempte de contradictions, dès lors que nous posons que ces concepts ne peuvent pas être conciliés ?

— Je n'ai jamais vu de cas où ils ne pouvaient l'être, ou du moins où l'on ne comptait pas sur leur réconciliation le jour où l'état des connaissances scientifiques le permettrait, répondit Rutherford. Je ne suis pas la bonne personne pour les questions philosophiques hasardeuses, vous devriez déjà le savoir.

— Qu'en penses-tu, Bohr ? demanda Hevesy. Tu as une réponse ?

— Pas vraiment. Mais je crois impossible de répondre à ta question tant que nous n'aurons pas donné une signification substantielle à des mots comme "données", "expérience" et même "exempte de contradictions".

— Ces mots sont pour moi dépourvus de toute ambiguïté, annonça Rutherford.

— Pour chacun des termes en eux-mêmes, peut-être, répondit Bohr avec hésitation, mais dès l'instant où l'on considère une situation où ils sont irréconciliables, on perd la signification des mots, des concepts.

— Et voilà ! » dit Rutherford sur un ton triomphant. Il bomba le torse comme un général à l'instant de la victoire et prit une autre liasse de papiers qu'il agita en direction de Bohr avant de la rouler en forme de lunette d'approche. « J'ai eu beaucoup de plaisir à lire cette note et toutes vos idées sur la structure des électrons autour du nucleus. » Rutherford semblait prendre un plaisir pervers à prononcer son nouveau mot pour désigner le noyau atomique au chapitre des « nouvelles pistes ». Il marchait de long en large, tapant les feuillets roulés avec le tuyau de sa pipe. « Maintenant, voyez-vous, mon garçon, dit-il – et un postillon vint se déposer sur le papier –, il est dans la nature des choses que je doive vous cravacher pour que vous alliez de l'avant. Et je le fais, vraiment je le fais, mais vous devez bien comprendre que vous n'êtes pas au bout de vos peines : vous n'êtes là qu'au début de quelque chose, pas à la fin. Et vous avez encore beaucoup à faire pour rendre ce papier publiable.

– Oh ! je le sais bien, professeur. Vous ne le trouvez donc pas complètement ridicule ou faux ? demanda Bohr avec nervosité.

– Ce n'est certainement pas ridicule. Non, jamais ridicule. Mais bien sûr cela peut être faux. Nous avons besoin d'en savoir plus, c'est tout. "Étude introspective des données de l'expérience", et tout ça », cita-t-il avec un sourire.

Hevesy n'était pas disposé à accepter un tel jugement. Autant il s'était laissé moucher comme un enfant, autant il se devait de défendre son brillant ami. « Et que pensez-vous de ses idées d'éléments de structure électronique identique mais de poids atomiques différents, professeur ? Assurément... » Bohr l'interrompit. « Hevesy m'a dit qu'il n'y a pas de place dans le tableau périodique pour héberger toutes les substances radioactives. Aussi, je pensais que la désintégration pourrait être expliquée par des déplacements dans le tableau, un pas vers le haut ou deux pas vers le bas, en fonction », ajouta Bohr en guise d'explication. Mais Rutherford n'en démordit pas. « La solution la plus simple est toujours la plus séduisante, mais elle n'est pas toujours juste. Nous devons rester prudents quand nous nous lançons dans des extrapolations d'une telle ampleur, à partir d'un modèle qui est encore à l'état d'hypothèse, tout particulièrement quand les preuves expérimentales manquent si cruellement. » Rien ne galvanisait Bohr autant qu'une attaque. Celle de Rutherford ne fit pas exception. Il rassembla son courage et partit à la défense de ses positions : « Peut-être sommes-nous tous trop proches de ce modèle pour le voir objectivement. Il est crucial que les éléments aient des propriétés qui sont les mêmes et qui changent selon des règles très simples. Dans quelques années on parlera de l'atome de Rutherford[1].

– Pas si vite, jeune homme. Je n'ai dit qu'une chose : prudence. C'est un grand pas dans l'inconnu que vous faites, à partir d'une base étroite et peu assurée, l'avertit Rutherford.

– Permettez-nous de la consolider, alors, professeur. » Hevesy jouait un jeu assez dangereux.

« Mes garçons, il y a beaucoup à faire, et le temps est compté. Je ne pense pas qu'il vaille la peine de creuser cette idée maintenant. » L'oracle avait parlé.

« Je pourrais tourner mon papier de manière à la présenter comme une piste à explorer, et non pas comme un résultat, proposa Bohr sans enthousiasme.

– Vous pourriez faire cela, effectivement », lui accorda Rutherford, mais il eût été difficile de le prendre pour un encouragement. « Je suggérerais cependant que vous vous concentriez sur les orbites des électrons, où au moins vous pouvez vous appuyer sur les mathématiques pour soutenir votre hypothèse, plutôt que sur cette affaire d'éléments similaires avec des nucleus différents, qui est pure spéculation. » Rutherford essuya son men-

---

1. À cette époque, personne ne savait comment était composé un atome. On savait qu'il existait des protons et des électrons – on ne connaissait pas encore les neutrons – mais on n'avait aucune idée sur la manière dont les protons et les électrons se combinaient pour faire un atome. Un modèle dit « planétaire » (un noyau fait de protons autour duquel gravitent les électrons) fut proposé par Rutherford : l'atome de Rutherford. Bohr défend ici ses idées en exposant qu'elles pourraient prolonger ou soutenir les fondements de l'hypothèse de Rutherford. Il montre ainsi son habileté à manipuler Rutherford lorsqu'il parle devant lui de l'« atome de Rutherford ». En fait, ce modèle fut très vite remplacé au niveau conceptuel par l'atome de Bohr qui, bien que n'étant pas exact à strictement parler, est encore enseigné dans les cours de physique. C'est l'image fort popularisée d'un noyau avec des couches discrètes d'électrons orbitant à grande vitesse autour de lui comme les planètes autour du Soleil.

ton avec une serviette blanche comme neige et se leva. « À qui le tour de faire une balade en bolide ? » demanda-t-il.

Budapest, 1ᵉʳ mars 1913

Il gelait à pierre fendre, et pourtant le printemps approchait à grands pas. Encore mal en point, j'étais pelotonné à l'arrière d'un taximètre, dans mon gros manteau d'hiver, la gorge bien au chaud dans une écharpe épaisse et des gants aux mains. Mes problèmes de santé persistants m'avaient décidé à prendre des vacances au soleil d'un climat chaud et, sur les conseils d'un ami, j'avais choisi Corfou. Mais quelques questions restaient en suspens, dont je devais m'occuper avant de partir. J'allais prendre l'express de Vienne, où je voulais rester toute la fin de semaine. Naturellement, je téléphonerais au professeur Berggasse. Je voulais parler avec lui de mon nouvel article, « Les étapes du développement d'un sens de la réalité ». Je devais aussi parler avec Rank du problème de Jung, et j'assisterais à la conférence que Freud devait tenir le soir sur le motif des trois coffrets. Le trajet était court entre le Körút et la gare de Nyugati : si le climat avait été plus clément et mon état de santé meilleur, j'y serais allé à pied. Je payai le chauffeur et déclinai les services des porteurs qui grouillaient sur le trottoir – j'avais seulement un petit sac avec le nécessaire pour la nuit, et mes papiers, bien sûr.

Je débouchais sur le quai quand j'avisai Hevesy. Nous nous saluâmes, il semblait ravi que nous prenions le même train ; la perspective des quatre prochaines heures s'éclaircit soudain. Je savais qu'il était de retour à Budapest. Il était rentré d'Angleterre pour se remettre d'une grosse infection auprès des siens. Du moins tel était son programme à l'origine. Car cette forte tête, plutôt que de profiter de la sérénité du cocon familial et des charmes paisibles de la campagne hongroise, commença par faire le tour de la moitié de l'Europe avant de s'installer dans un des appartements de sa famille, en plein centre-ville. Il n'avait que l'embarras du choix – autour de la rue Nádor et de la rue Arany János, c'est à peine s'il y avait un pâté de maisons qui ne leur appartînt.

Nous nous installâmes dans un compartiment de première classe où, par chance, aucun autre voyageur n'eut l'idée de nous rejoindre. « Tu as l'air en pleine forme, Gyuri », dis-je sincèrement. La cuisine domestique devait avoir fait des miracles. Comme toujours, il était impeccablement habillé, ses cheveux clairsemés bien aplatis sur son crâne, comme fixés par de la colle, sa raie plus droite qu'une flèche. Chose inhabituelle chez lui, il avait même les joues roses, mais ce devait être la gifle glaciale de la bise.

« Toi aussi, mon ami, sourit-il.

– J'ai un peu de peine à te croire, je me sens tout patraque, dis-je plaintivement. Qu'est-ce qui te conduit à Vienne ? »

Il m'expliqua qu'il était embarqué dans une nouvelle recherche avec un collègue d'un institut de Vienne et qu'il espérait construire avec lui une relation de travail solide qui l'amènerait à faire de fréquents séjours dans la capitale de l'Empire.

« Et toi ? Tu t'en vas voir le professeur Freud ? demanda-t-il.

– Oui. C'est la raison principale, plus quelques bricoles. Je dois être rentré lundi.

– Auras-tu la chance de voir la délicieuse Mlle Freud ? Peut-être pourrais-tu me décrocher une invitation à dîner, ou pour le thé, ou ce qu'ils voudront ! suggéra-t-il avec beaucoup d'enthousiasme.

– Annerl ? Tu n'as pas de chance, mon pauvre ami. Elle est en Italie, où ils ont de la famille. Mais si tu veux voir le professeur, je serais ravi de me faire ton messager. »

Il ignora mon sourire malicieux. « Non. Ne t'embête pas. Une prochaine fois peut-être. »

Au bout d'environ une demi-heure, nous allâmes déjeuner dans le wagon-restaurant. Fort heureusement, mes troubles de santé n'affectaient pas mon appétit, mais Hevesy mangea du bout des lèvres. Nous parlâmes de nos travaux, comme nous le faisions en général quand nous nous rencontrions. Chacun était fasciné par l'univers de l'autre, si différent du sien, si irréel. C'est de lui que j'appris comment son maître, Rutherford, avait dessiné l'atome. Cette fois-ci, il essaya de m'expliquer l'innovation de son ami danois concernant les charges électriques négatives qui filent autour du nucleus de Rutherford, comme les si nombreuses planètes autour du Soleil, mais en gardant la même orbite, en une sorte de ronde. Hevesy m'expliqua – ou du moins il essaya – que la révolution de Bohr avait trois composantes. D'abord, un atome pouvait exister seulement dans un état fixe parmi plusieurs possibles, chacun correspondant aux orbites autorisées des électrons qui tournent à toute vitesse. C'était comme si une puissance cosmique avait décrété ce que les électrons étaient autorisés à faire et ce qui leur était interdit. Ensuite, quand les atomes tombaient d'une orbite plus énergétique à une qui l'était moins, de la lumière était émise. Pas une bonne vieille lumière, mais une lumière avec l'exacte longueur d'onde requise et en quantité exacte pour en conserver l'énergie. Et c'est cette exactitude qui était gouvernée par une constante nommée d'après le nom d'un certain Allemand. Enfin, les états que les puissances cosmiques autorisent à l'atome étaient gouvernés par cette même constante allemande et le pouvoir magique de nombres entiers tout simples. J'eus l'impression de réussir à suivre ce qu'il me disait, et même de le comprendre, mais en même temps un sentiment d'incrédulité me submergea.

« Ça va te paraître idiot, avouai-je, mais je crois bien que j'arrive à peu près à me représenter un atome. Mais l'idée qu'il y ait dedans une structure, et qu'en plus cette structure infinitésimale doive obéir à des règles, voilà qui dépasse l'entendement.

– Dans un sens, oui, bien sûr. Mais je t'assure que la familiarité avec les concepts engendre une sorte d'acceptation. Et, du coup, on ne voit même plus que c'est réellement au-delà de la compréhension dans le sens que tu lui donnes.

– Quel autre sens y a-t-il ? demandai-je.

– Il s'agit d'une extrapolation rétrospective : il faut partir des effets observés, des scintillations sur un écran par exemple, pour remonter en extrapolant jusqu'à ce que ce qui les a provoquées, ici les scintillations, soit une sorte de réalité. Et ensuite il y a ce qui se comporte comme le prévoit une équation que j'écris ; c'est ce que j'appellerai la réalité mathématique.

– À peine une réalité, ne penses-tu pas ?

– À peine, certes, m'accorda-t-il, mais c'est ainsi que le monde est fait. Ce n'est que cela...

– Pas du tout, mon ami, le contredis-je. Il y a beaucoup plus. Il y a le pouvoir de la psyché. Sais-tu, mes expériences sur la transmission de pensée ont commencé à apporter des résultats sensationnels. Je suis convaincu qu'il peut y avoir transmission d'un inconscient à un autre, entre des gens qui ont établi une certaine harmonie. Je te l'ai déjà dit : on aurait tort de négliger ces phénomènes. Plus nous en apprenons sur l'inconscient, plus nous nous rendons compte que la transmission de pensée est une réalité. »

Le chimiste en lui s'indigna : « Tu vas trop fort ! s'écria-t-il. Je ne peux pas prouver que tu as tort, mais je ne suis certainement pas d'accord avec toi. Reprenons la chose étape après étape. Un : la transmission de pensée n'est pas prouvée, ce n'est qu'une hypothèse, qui plus est fondée sur des données expérimentales marginales...

– C'est précisément ce que j'essaye de te dire. J'ai multiplié les expériences. Dont avec le professeur Freud, et même avec ton amie, Anna, et, je te le dis, les résultats ne laissent aucun doute.

– Pourquoi ne pas les publier alors ?

– C'est à cela que je travaille. Je suis en train de préparer une série de conférences pour la Société psychanalytique de Vienne sur ce sujet.

– Sándor, admettons que ce soit un phénomène réel ou, si tu préfères, imaginons que le phénomène ait été généralement accepté comme réel. Il n'empêche qu'il n'y a toujours aucune raison de croire qu'il ne serait pas fondé sur le monde physique des atomes, des électrons et de la lumière. Il n'y a aucune raison d'affirmer qu'il doive se passer dans un au-delà du monde de la physique.

– Je ne parle pas d'un au-delà du monde de la physique dans un sens grandiose. Je dis qu'il y a plus dans le monde, spécialement dans le monde mental, que tes électrons, tes nucleus et autres éléments.

– Personne ne croit vraisemblable qu'il existe d'autres particules subatomiques, mais tu as raison, aucune théorie ne l'interdit non plus.

– Ce n'est pas ce que je veux dire, et tu le sais très bien. » Secoué par une quinte de toux, je m'arrêtai un instant. « Je veux dire que la manière dont les physiciens regardent l'univers a des failles, fondamentalement, en dépit des succès qu'ils ont. Non, j'ai tort de dire cela. Les physiciens regardent l'univers dans la perspective de leur métier, et je ne vais certainement pas le critiquer. Mais il s'y ajoute un dogme : on veut nous faire croire que ce qui constitue le monde, c'est ce que les physiciens ont découvert. Exclusivement. Ça les arrange de faire passer à la trappe les réalités des autres professions, ou des autres sciences, voire des autres métiers.

– Donne-moi un exemple de ces "réalités".

– Essaie de sortir de ton système de pensée. Peut-être la transmission de pensée n'existe-t-elle pas. Très bien. Mais des centaines de milliers d'êtres humains, dont certaines intelligences supérieures, sont assurément convaincus que la transmission de pensée est un phénomène dont ils ont fait l'expérience par le passé, dont ils sont capables de faire régulièrement l'expérience, qu'ils soient en position d'émetteurs ou de récepteurs, ou les deux. Il ne fait en tout cas aucun doute que cette croyance, que cette conviction existe. N'es-tu pas d'accord ?

– Dans la mesure où cette conviction m'est étrangère, la seule preuve que j'aie de ce qu'elle existe chez d'autres réside dans l'insistance qu'ils mettent à l'affirmer. Mais tu as raison, je suis très heureux d'accepter cela comme un fait. Et qu'en fais-tu ? »

Cela me suffisait. J'étais sûr de l'avoir maintenant. « Comment se fait-il, lui demandai-je, qu'une mesure obtenue avec un instrument indique la vérité, même si elle est complètement contre-intuitive, alors qu'une conviction intérieure absolue d'une vérité, que bien des gens ont sur bien des choses, peut être si facilement réfutée ? »

Hevesy devint pensif. « Je me sens plutôt embarrassé, mon ami, avoua-t-il. D'habitude, dans ce genre de dispute, c'est moi qui défends ton point de vue. Pourtant, c'est en général l'argument de la reproductibilité que l'on donne pour répondre à ta question. Le résultat que l'on obtient avec un instrument est considéré comme vrai s'il peut être reproduit, alors que ce dont tu parles ne peut être reproduit à volonté. »

Il y eut un arrêt de plusieurs minutes à Győr. Quelques voyageurs montèrent dans le train, puis la locomotive à vapeur siffla, et nous repartîmes. Je vis le quai reculer, les toits venir à notre rencontre. La silhouette de la synagogue de Győr, impressionnante mais apaisante, dominait la partie ouest de la ville. Le train prit de la vitesse, et ce fut à nouveau la campagne.

N'ayant pas l'intention de changer de sujet, je contre-attaquai : « La reproductibilité d'un résultat n'est rien de plus qu'une preuve de ce que le résultat est reproductible. Qu'il a une propension à la répétition. La vérité là-dedans… Voyons : le soleil se lève tous les jours. En fait, je ne l'ai vu se lever qu'assez rarement car, à cette heure-là, normalement, je dors, mais je suis tout prêt à croire qu'il se lève pendant les jours où je n'en ai rien vu. Sous la torture, je serais même disposé à croire qu'il s'est levé les jours précédant ma naissance, quoique je me demande si dans ce cas il s'agit encore du même genre de croyance – et du même genre de réalité. Je suis aussi disposé à admettre que le soleil se lèvera tous les jours après ma mort. Mais pardon, je me laisse entraîner. Ce que je voulais dire, c'est qu'en fait nous acceptons tous que le soleil ne se "lève" pas, mais que c'est au contraire notre planète Terre qui tourne et qui ainsi nous ramène quotidiennement, au terme de son mouvement circulaire, en face du Soleil immobile.

– Où veux-tu en venir ?

– Pendant des siècles, la reproductibilité du soleil se levant à l'est, traversant le ciel et se couchant à l'ouest, a été une des principales preuves en faveur de la rotation du Soleil autour de la Terre. Si tu concèdes que c'était incorrect, alors tu m'accorderas aussi que la vérité et la reproductibilité ont peu en commun.

– Je te l'accorde : la reproductibilité est une illusion. Rien n'est jamais pareil, donc la reproductibilité n'est jamais parfaite, mais seulement approximative. Pourtant la notion de reproductibilité est un très bon outil de travail.

– Dans certains domaines. Pas dans le mien, protestai-je. Prends l'exemple des expériences d'association. Si j'appuie une seconde fois sur le déclic qui a joué la première, il est probable que le patient, maintenant qu'il a découvert, au fond de lui, la signification de sa réponse originelle, automatique, me donnera une réponse neutre, et pour lui sans importance. Il pourra me la resservir à toutes les séances suivantes, je n'en tirerai rien, car seule la première réplique, non reproductible, contenait un indice conduisant à la vérité.

– Allons donc, c'est un mauvais exemple ! Il semble bien que, l'un dans l'autre, cela revient à ce que ton type te mente délibérément. Ce n'est pas de cela que nous parlions, et tu le sais, déclara Hevesy.

– D'accord. Je vais le dire différemment pour Votre Altesse. Je n'ai jamais eu deux patients qui se ressemblent. Je n'ai jamais eu un patient qui se comporte de la même façon deux jours de suite. Si je devais attendre que leurs comportements soient reproductibles avant d'accepter de les prendre en cure, je crèverais de faim, et la plupart de mes patients se suicideraient.

— Tu n'es pas honnête, Sándor. Tu passes ta vie à rassembler des observations sur tes patients et d'autres, jusqu'au plus infime détail. Tu construis des théories, tu les testes, tu les jettes, tu les ajustes en fonction de ce que tu observes. Il me paraît évident que tu te sers effectivement de la reproductibilité pour arriver à tes vérités. Non pas la reproductibilité de l'ensemble, mais de certains éléments que tu isoles, consciemment ou inconsciemment. Tu n'aurais pas l'aplomb de prétendre que ta méthode thérapeutique est aléatoire ?

— À chaque patient s'attache un traitement bien spécifique, qui se construit bien évidemment à force de tâtonnements, d'observations et de déductions. Mais tu viens de mentionner un point important : la décantation inconsciente des observations, peut-être même la décantation inconsciente d'observations inconscientes. Je crois que c'est mon premier outil de travail. Mais si j'en crois mon expérience, cela ne fonctionne que dans une ambiance particulière : il faut de la bienveillance, de la chaleur, de l'affection. Qu'en dis-tu ? »

À son grand dam, Hevesy n'avait rien à dire là contre : « Le processus inconscient d'observations n'est pas douteux, et l'enregistrement inconscient des observations ne l'est pas davantage, je suppose.

— N'oublie pas que je fais mes observations sur des personnes, et que c'est leur inconscient que je traite. Ce que tu viens de dire revient à accepter le principe de la communication d'inconscient à inconscient. C'est un dialogue entre les inconscients de deux personnes en harmonie.

— Dialogue ? Tu veux dire qu'il y a de la réciprocité ? Que tu modifies l'état de ton patient ? Que tu as un effet sur lui ? demanda-t-il, incrédule.

— Bien sûr. Une analyse n'est possible que dans le contexte d'une interaction. L'analyste fait partie de l'étude. Ce qui est observé, analysé, transformé et, espérons-le, guéri, est l'entité "patient plus analyste". Cela n'a aucun sens autrement. Autrement l'analyse est impossible.

– Mais tu violes la loi fondamentale de la méthode scientifique ! Tu renonces à la vision objective ! Tu assassines Descartes ! s'indigna Hevesy. Tu dois couper le monde en deux, l'observateur et l'observé, sinon tes observations ne sont pas valables.

– Tu me demandes l'impossible. Dans mon domaine du moins. » Comment diable réussirais-je à le lui faire comprendre ? « L'observateur est cocréateur du phénomène. Et au lieu de le nier et de le combattre, on doit l'accepter comme une vérité fondamentale. Et s'en servir. Le principe de non-interférence de l'analyste est un idéal, mais fondamentalement inaccessible. Dans l'analyse, deux inconscients s'unissent partiellement, ils communiquent, ils s'influencent, ils se modifient. C'est pour cela que la méthode et le contenu sont spécifiques à chaque cas, et donc dans une certaine mesure uniques. L'amélioration de l'état du patient en dépend, c'est la base de tout.

– Peux-tu encore l'appeler une science, si tu crois cela ? demanda Hevesy.

– Cela ne m'intéresse pas de savoir le nom que tu pourrais lui donner, avouai-je. Quant à la "science", ce n'est qu'un mot, très abusivement employé.

– Je suis le dernier à défendre les mots, mais je trouve que tes propos sont, dans une certaine mesure, choquants…

– Le professeur Freud préférerait mourir plutôt que de renoncer à sa certitude que la psychanalyse est une science et qu'elle doit l'être. Mais il a des raisons pour cela, et tu le sais.

– Est-ce qu'il assimile aussi le rôle de l'analyste et du patient ? demanda Hevesy.

– Non. C'est un des très rares terrains où nous ne sommes pas d'accord professionnellement. Il reste très distant par rapport à ses patients. Il est sévère plutôt que chaleureux. Il observe sans s'impliquer, comme s'il avait affaire à des échantillons sous un microscope.

– Lui, au moins, il a de bonnes raisons de se qualifier de scientifique, repartit Hevesy.

– Mais ce n'est pas comme cela que cela fonctionne, insistai-je.

— Je ne te comprends pas, se plaignit-il. Freud, ton héros…
ses théories sont pour toi un dogme, et pourtant tu n'es pas
d'accord avec ses méthodes. Comment à ton avis a-t-il fait toutes ces découvertes dont tu parles sans arrêt ?

— C'est toute la question. Ses découvertes, car ce sont bien
des découvertes, ne sont pas nées sur son divan, mais elles ont
pris leur source de Freud lui-même. Tu ne mettras pas en cause
que, dans l'observation de soi-même, l'observateur et l'observé
communient. Bien sûr, cette communion n'est pas automatique, elle doit être découverte, localisée, déterrée, comprise, chérie comme un trésor précieux. Et cela demande de l'audace. Et
Freud a eu cette audace.

— Freud et personne d'autre ?

— Nous essayons tous de le faire, bien sûr, mais Freud nous a
montré la méthode à suivre et sa signification, et son exemple
nous a donné le courage.

— Ma question était : Freud a-t-il été le premier ?

— De tout temps les hommes sont partis dans des voyages à
l'intérieur d'eux-mêmes. Dans le passé, cela prenait la forme
d'une quête religieuse. Regarde nos ancêtres kabbalistes. Ils ont
pris conscience de ce que la réalité ne pouvait être exhumée que
dans leur propre âme, mais qu'ils pouvaient en transmettre la
révélation à un petit nombre d'élus, afin de les encourager à tenter le même voyage. Ce n'est pas différent de nos jours avec nous.

— Mais maintenant, c'est une science, déclara-t-il, modéré-
ment convaincu.

— Je ne pense pas que ces distinctions soient importantes ni
utiles.

— Tu me fais penser à Bohr, qui insiste toujours pour répéter
qu'on perd son temps à utiliser des mots comme "réalité" ou
"existence" parce qu'ils veulent dire des choses différentes pour
des personnes différentes.

— Ton ami a raison. Il y a quantités de mots dans ce cas.
Pourtant, il faut bien communiquer d'une manière ou d'une
autre, et ce serait difficile sans les mots.

– Bohr est très pointilleux sur le chapitre des définitions : il passe son temps à redéfinir le sens des mots importants.

– Il y a beaucoup à apprendre dans ce processus et cet acharnement à essayer d'améliorer la signification ou la compréhension des mots et des concepts porte beaucoup de fruits. Ce n'est d'ailleurs pas très différent de l'analyse. Nous avons affaire là aussi à un processus. Un processus d'identification et d'amélioration de notre compréhension des concepts à l'intérieur de nous-mêmes, oui, un processus visant à améliorer le sens des mots importants.

– Par exemple ?

– Des mots trompeusement simples. Mémoire. Angoisse. Amour. Haine. Mère. Père. Mort. Moi.

– Et "sexe" ?

– Tout est sexe, d'une manière ou d'une autre.

– C'est absurde.

– C'est le dogme. »

Je fus le premier surpris de ma réponse. Pourquoi avais-je dit cela ? Était-ce parce que je ne le croyais pas véritablement ? Il est hors de question qu'un prophète de la religion freudienne remette le dogme en cause. Est-ce cela que je voulais faire ?

« Donc tu en doutes toi-même, remarqua-t-il.

– Tu lis en moi comme dans un livre.

– Pas vraiment. Je n'ai fait qu'interpréter ton silence.

– Je me posais justement la même question.

– Et qu'est-ce que tu en dis ?

– Je crois que la théorie sexuelle est la vérité. Peut-être pas toute la vérité cependant.

– Comment peux-tu utiliser un mot comme "vérité" dans un pareil contexte ? Cela n'a pas de sens.

– Je voulais sans doute parler de la Vérité avec un V majuscule. J'utilise toujours une métaphore religieuse, mais c'est bien malgré moi, concédai-je avec un sourire. Permets-moi d'essayer de le reformuler dans ton langage. Il me semble que la théorie sexuelle de Freud nous permet de pénétrer comme jamais à

110

l'intérieur de la psyché humaine. Est-ce acceptable pour Votre Altesse ?

– Oui, cela fait sens, au moins. Mais dis-moi, peut-on considérer que la théorie sexuelle telle qu'elle est formulée aujourd'hui est achevée, je veux dire, complète ?

– Nous n'en sommes qu'aux balbutiements. Et elle explique déjà tant de choses. Chaque fois que nous tombons sur des aspects qui semblent la contredire ou qui n'y entrent pas parfaitement, nous le prenons comme un défi, plutôt que comme un indice de ce que la théorie serait incomplète. Cela prouve seulement que nous avons encore bien du travail à faire pour comprendre comment la théorie s'applique. »

Pourtant ce n'était pas encore assez pour Hevesy. « Mais c'est un acte de foi de ta part que d'y voir un défi et de réagir en conséquence ? Tu n'as aucune raison de balayer l'autre hypothèse, n'est-ce pas ? demanda-t-il.

– Si tu veux », admis-je.

Les kilomètres défilaient. Notre bouteille de riesling était vide. La *palacsinta* déjà loin derrière nous. Quand nous quittâmes notre table, une sensation de chaleureuse satisfaction m'enveloppait. Rien de tel pour me mettre dans un excellent état d'esprit que de sortir de mon cabinet de consultation et d'avoir une discussion franche et animée autour d'un bon déjeuner.

« Nous devrions faire cela plus souvent, mon cher.

– Absolument », m'accorda-t-il comme nous franchissions la porte de notre compartiment.

Nous restâmes assis un moment en silence. Je voyais les paupières de Hevesy s'abaisser et clignoter. Il me regardait, le front plissé, de ses yeux ronds qu'il s'efforçait de maintenir ouverts. Soudain son front se lissa et ses yeux disparurent sous ses paupières. Ses lèvres entrouvertes laissèrent bientôt passer des ronflements sonores et réguliers. Je souris et me retournai vers la fenêtre. La campagne défilait, parée d'une beauté hivernale, désolée, désespérante, ne donnant aucun signe de devoir un jour se réveiller de son hibernation. Le contraste n'en soulignait que davantage le confort chaud du compartiment, un utérus propulsé à toute vitesse, qui nous protégeait des éléments. « Grand-père n'aurait jamais entrepris un si long voyage sans rédiger son testament, songeai-je. Aujourd'hui, je vais de Budapest à Vienne à la dernière minute, sur un coup de tête. Le monde moderne ! Tout a tellement changé. En même temps, les choses fondamentales sont exactement pareilles : les jeunes gens veulent conquérir le monde ; les gens dans la force de l'âge aspirent à la sagesse et sont en quête du sens de la vie ; quant aux vieux, ils essayent de partager leur expérience avec leurs cadets, mais qui les écoutera ? Frustrant... » Les roues battaient continûment leur rythme tribal. Je n'en perçus bientôt plus le bruit, mais c'était comme si je le sentais dans les tréfonds de mon être et je me fondis en lui : nous ne faisions plus qu'un.

« Tu as rudement bien dormi », me salua Hevesy comme j'ouvrais les yeux. Il y avait sur la tablette devant lui un gros livre rempli de notes manuscrites et un stylo plume ouvert.

« Toi aussi, dis-je, une accusation feinte dans la voix.

— Touché. Tu as une mauvaise influence sur moi. Normalement je ne dors jamais pendant la journée, déclara-t-il.

— Moi non plus. »

Il rit. « Si tu le dis...

— Non, vraiment. La nuit est faite pour dormir.

— Je croyais que tu allais me dire que la nuit est faite pour les dames.

— Je ne fais jamais l'amour pendant la nuit. Seulement le matin.

— Sapristi ! Et pourquoi ?

— Je trouve cela misérable, pendant la nuit.

— Le matin, c'est différent ?

— Oui. Le matin est un nouveau commencement. Un nouveau départ. Une renaissance.

— Tu es vraiment impayable.

112

– La plupart des gens le sont. Incroyables, je veux dire. Simplement ils n'en parlent pas. » Je bâillai. « Et toi ? Quel moment de la journée préfères-tu pour le sexe ? »

Il était interloqué. « Je ne discute pas de ce genre de choses. C'est cru, vulgaire et embarrassant.

– Pourquoi ? lui demandai-je. Et ne me dis pas seulement : "C'est comme ça" !

– Je suppose que c'est mon éducation, dit-il après un instant de réflexion.

– C'est vrai. Mais il y a davantage, n'est-ce pas ?

– Je ne suis pas en analyse, protesta Hevesy.

– Tu devrais. Tout le monde devrait l'être.

– Tu y es, toi ? » Il était repassé à l'attaque. Sans le savoir, il avait touché une zone sensible.

« Non. Malheureusement pas. J'ai demandé bien des fois au professeur. Il ne dit pas non, en fait, mais pour une raison ou une autre ce n'est jamais arrivé.

– Pourquoi tu ne t'analyses pas simplement pas toi-même ? demanda-t-il.

– Je le fais. Tout le temps. Mais je sais que cela pourrait aller plus loin avec un guide. »

Il réfléchit un instant, puis demanda : « Ne penses-tu pas qu'il y ait certaines choses dont il vaille mieux ne pas parler ?

– Peut-être, reconnus-je. Mais ce qui compte, c'est de comprendre pourquoi tu ne veux pas discuter de tel ou tel thème, et non pas de décider si tu en discuteras ou non. Une fois que tu as compris ce qui te retient de le faire, ton refus d'en parler perd souvent toute son importance. » Là encore je me demandai si je le croyais moi-même.

« Est-ce que tu discutes de tout avec Freud, ou bien y a-t-il des zones qui restent privées ? continua-t-il.

– Je discute de tout avec lui. Oui.

– Et vice versa ? » Mon jeune ami avait un esprit pénétrant, aucun doute.

« Non, confessai-je. Il reste le Père. Il écarte a priori toute discussion sur les choses du sexe qui le concernent lui ou sa famille. Avec moi comme avec tout autre disciple. Je crois que cela vaut mieux. Il est important qu'il conserve sa dignité et sa position de maître. Dans les autres domaines cependant, il est redoutablement honnête, au risque de faire ressortir ses défauts. Il y a bien des exemples dans la *Traumdeutung* où il montre à la face du monde qu'il est loin d'être parfait. »

Hevesy avait lu Freud, bien sûr. « Il m'a semblé qu'il était vague quant aux faits, qu'il privilégiait les anecdotes aux dépens des descriptions scientifiques, remarqua-t-il.

– Tu as raison, mais comme je te l'ai dit, notre métier doit, par sa nature même, se fonder sur l'individuel et l'anecdotique. Ajoute aussi que les études de cas de Freud, surtout à l'époque de la *Traumdeutung*, étaient toutes prises dans un cercle très étroit d'amis et de relations, les Hammerschlag, les Pappen-heim, les Paneth, les Breuer, les Gomperz. Il y avait toujours la question de la confidentialité.

– Tu as dit Paneth ?

– Oui. Freud a parlé de son ami Josef Paneth dans le bou-quin sur les rêves. Paneth et Freud ont été de proches amis depuis leurs années d'études. C'est Paneth qui prit la succession de Freud quand il renonça à son poste de chercheur à l'Institut physiologique de Vienne. Paneth lui a prêté de l'argent, et Freud a un complexe de culpabilité parce que son ami est mort d'un coup, avant qu'il ait pu le rembourser.

– Si je t'ai demandé cela, c'est parce que l'homme que je dois rencontrer à Vienne s'appelle aussi Paneth. Fritz Paneth. La même famille peut-être.

– Très probablement. Je ne pense pas que ce soit un nom très courant, quoiqu'il y ait toute une dynastie de rabbins Paneth en Hongrie. Ce Josef Paneth avait épousé une certaine Sophie Schwab, du clan Hammerschlag. C'est pour lui rendre hom-mage que le professeur Freud a appelé une de ses filles Sophie, me suis-je laissé dire.

– Le clan Hammerschlag ?
– Samuel Hammerschlag était le professeur d'hébreu et d'études juives de Freud, quand il était au lycée. Les Hammerschlag sont aussi apparentés aux Breuer. Tout cela est un peu compliqué. J'ai déjà assez de mal à suivre le fil de ma propre famille ! J'ai neuf frères et sœurs, tu sais !
– Bien sûr, je le sais. » Manifestement bien moins intéressé par ma famille que par celle des Paneth, il reprit : « Ce serait amusant si c'était la même famille, n'est-ce pas ?
– Amusant si tu veux. Pourquoi ne lui demandes-tu pas ?
– Je le ferai, ne t'inquiète pas. Je ne l'ai pas encore rencontré. » Il griffonna quelque chose dans son livre noir. « Comment as-tu pu savoir tout cela ?
– C'est une sorte de famille élargie du professeur. La plupart d'entre eux ne sont jamais très loin. Et comme je te l'ai dit, l'histoire des débuts de notre métier est étroitement liée à ce cercle.
– Je ne connais Fritz Paneth que de réputation. Nous avons échangé des lettres. C'est parce que nous avons travaillé dans des champs voisins que je lui ai suggéré d'associer nos efforts. Je vais à Vienne pour voir si nous pouvons mettre en place des expériences en collaboration.
– Un truc à mourir d'ennui, sans aucun doute. » Ce n'était qu'une de nos taquineries habituelles. J'avais toujours été intéressé par son travail.

« Au moins c'est de la science, pas du vaudou, répliqua-t-il en revenant à son point de départ.
– La kabbale, s'il te plaît, pas le vaudou.
– Si tu veux, c'est toi l'expert. »

Le train ralentissait. Il avait atteint les faubourgs de Vienne. Nous allions sortir de notre cocon pour suivre chacun sa route dans la ville impériale.

Budapest, le 8 mai 1913

Je traversai Erzsébet Körút. Le café Royal, le plus proche de mon domicile, puisqu'il se trouvait juste de l'autre côté du boulevard, était mon café préféré. Pour les habitués, le Royal était un refuge sans nul autre pareil. Nous dédaignions le New York, à quelques pas de là sur le Körút, avec son style superficiellement majestueux et sa clientèle majestueusement superficielle. Nous autres piliers du Royal, il eût été difficile de nous suspecter d'être majestueux, et jamais au grand jamais superficiels. L'establishment médical l'évitait comme la peste, considérant que c'était un nid de gauchistes, mais les milieux littéraires juifs et les grands manitous du théâtre populaire le tenaient au contraire en haute estime. Ces derniers attiraient des essaims d'actrices en herbe, qui papillonnaient d'une table à l'autre et qui, très décoratives, attiraient une poignée de membres dévoyés de la petite aristocratie. C'est dans ce mélange que je trouvais un certain nombre de mes amis et patients.

Au lieu d'entrer, je me promenai d'un pas tranquille le long du boulevard ; je n'étais pas pressé. Je devais retrouver un vieil ami, Lajos Lévy, mais l'heure de nos rendez-vous n'était jamais fixée. Cette imprécision cultivée laissait le champ libre aux rencontres de hasard avec des amis, des relations, d'anciennes maîtresses, ou permettait de lire le journal en buvant un café, pour moi un express très serré, surmonté d'une montagne de crème fouettée. Lajos et moi avions une relation croisée de docteur et de patient. Étant le seul généraliste auquel je puisse faire confiance, il avait la tâche ingrate de surveiller ce corps que je négligeais. Il m'avait même guéri d'une syphilis imaginaire ! De mon côté, je le recevais en séances d'analyse régulières. C'était mon patient favori, en termes de névrose obsessionnelle. Sa femme Kata, aussi fabuleusement riche qu'elle était laide, ex-Mlle von Freund, était toujours délicieuse à fréquenter. Elle était la véritable raison pour

116

laquelle j'attendais avec impatience de dîner chez les Lévy. Au
Royal, les épouses étaient *persona non grata,* naturellement.

Je finis par m'approcher de l'établissement : le flot ininter-
rompu des clients ne laissait pas un instant de repos aux grandes portes à tambour qui tourniquaient. Je me dirigeai vers
notre coin habituel, au fond à gauche, honorant d'un signe de
tête une ou deux connaissances, mais je m'arrêtai pour saluer
Ignotus. Il s'était naguère appelé Veigelsberg, mais lequel
d'entre nous utilisait toujours son nom d'origine ? La vague de
magyarisation nous avait tous engloutis. À l'exception de Lévy,
bien sûr, car ce n'était pas le genre. Ignotus semblait être en
réunion avec trois camarades. Je fis un signe de tête à ses compagnons, qui faisaient tous partie de la nébuleuse de mes relations personnelles, aux confins du commerce social, de l'amitié
et du travail. Ignotus était l'éditeur et le phare d'une revue littéraire, *Nyugat,* à laquelle les trois autres contribuaient régulièrement, comme moi à l'occasion. Karinthy, auteur satirique de
son état, me rendit mon salut avec un sourire nerveux. Il était
en analyse avec moi et ne progressait guère. J'essayai d'adresser
au plus jeune, le romancier Kosztolányi, un regard éloquent –
dans son cas, c'était sa femme qui était ma patiente, et mes
honoraires étaient en souffrance depuis plus longtemps que ne
le veut l'usage. J'espérai qu'il avait reçu cinq sur cinq mon message télépathique concernant mes honoraires impayés, mais
j'avais de bonnes raisons d'en douter : son visage ne changea
pas d'expression. Quant au troisième, Gyuri Lukács, je le
connaissais du Cercle Galilée. Il n'était pas encore venu me
voir dans mon cabinet, mais au train où allaient les choses, cela
ne tarderait pas. Quand j'expliquai que j'avais rendez-vous avec
Lajos Lévy, un ami commun, Ignotus me promit de venir nous
rejoindre quand il en aurait fini avec ses affaires, si nous étions
toujours dans les parages. Je poursuivis mon chemin en me
faufilant entre les tables en marbre clair. Inévitablement, je
longeai le repaire de Lipót Fejér qui tenait audience devant
deux de ses disciples, un stylo à la main. Il me gratifia d'un

large sourire, sans interrompre le mouvement de son stylo qu'il utilisait alternativement pour couvrir de formules mathématiques des serviettes ou pour larder de piqûres ce qu'il avait déjà écrit, ponctuant ainsi ses paroles. Je m'écroulai sur la chaise à côté de Lévy, tiré à quatre épingles et d'apparence florissante.

« Comment vont les affaires, *chaver* ?

– Comme d'habitude, répondit-il, reposant son journal. Et toi ?

– Ma vie privée est un désastre, mon corps est à ramasser à la petite cuillère, mes patients sont en retard dans le paiement de mes honoraires. Comme d'habitude, répondis-je.

– Ton corps va très bien, c'est dans ta tête que ça se passe. Je t'ai dit que c'était seulement une petite infection urinaire. Cela va disparaître en un rien de temps. » Il faisait de son mieux pour me rassurer.

« Oui, je sais. » Le garçon m'apporta mon café. « Je crois que je vais prendre un peu de *kőrözött* et une brioche. » J'avais sauté le déjeuner, mais ce n'était pas la vraie raison de ma fringale, comme je le découvris en préparant l'assaisonnement de mon fromage blanc. À intégrer paprika et graines de cumin, la sérénité me revint.

« De qui est-ce le tour cette semaine ? demanda Lévy. La mère ou la fille ? »

Il était la seule personne à qui je parlais de ma relation avec les femmes Pálos, Gizella et Elma, la mère et la fille. En dehors de Freud, bien sûr.

« Que veux-tu que je te dise ? Et surtout que dois-je faire ? Tel que tu me vois, je suis bien perplexe. » Je baissai un peu la voix. « Je couche avec Gizella. Je suis amoureux d'Elma. En fait, je m'interdis de coucher avec Gizella, à cause de mon infection, et cela ne fait que compliquer les choses. » Incapable de soutenir plus longtemps son regard, je baissai la tête. « Gizella veut que j'épouse Elma. Sa propre fille ! Elle dit que c'est la seule solution. » Je touillai mon fromage blanc avec une concentration intense.

« Tu sais ce que j'en pense. » Il me força à lever les yeux en faisant mine de retirer la fourchette de ma main. « Tu dois prendre une décision, quelle qu'elle soit, dans l'intérêt de toutes les personnes concernées.

— Je sais, et je me suis promis de le faire, mais ce n'est pas si simple. Trois vies en dépendent.

— Qui est le quatrième ? Pálos, l'ex-mari ? demanda-t-il, mais mon haussement d'épaules coupa court.

— Elma était à Vienne jusqu'à la semaine dernière, en analyse avec Freud. Cela a un peu aidé. Certains de ses complexes infantiles lui inspirent des réflexions d'une qualité surprenante, mais lacunaires. Peut-être est-ce ainsi que cela doit être. Après tout, ce que nous aimons chez les enfants, ce sont leurs enfantillages.

— Et qu'en pense Gizella ? demanda Lévy.

— Gizella ?... J'ai dit à Elma que je ne pouvais pas vivre sans sa mère. Elle a tout ce dont j'ai besoin, et je suis comblé. Sauf la jeunesse, c'est Elma qui l'a. Gizella est formidable, je te le dis : aimante, tendre, distinguée, compréhensive, loyale. C'est elle qui dit — et elle a raison — que je ne puis me passer de la seule chose dont elle manque, la jeunesse. » Il s'en fallut de peu que je ne laissasse mes émotions me submerger, mais j'aurais eu trop honte.

« Si tu as des sentiments si forts pour Gizella, le problème n'est-il pas résolu ? »

Quelle naïveté ! Mais qui pourrait bien le savoir ? Même Freud était incapable de comprendre. « Je suis leur esclave. Quand ce n'est pas l'une, c'est l'autre. Gizella est la mère de mon âme, la compagne de mon esprit, ma muse. Elma est ma sœur, ma camarade de jeu, le contact physique dont j'ai un besoin maladif, la seule réalité que je connaisse. Le haut ou le bas. L'esprit ou le corps. J'arrête mon choix mais, avant que je n'aie pris acte de ma décision, j'ai déjà changé d'avis.

— Ton yin et ton yang, suggéra-t-il.

— Comment ? » J'étais trop absorbé par mes états d'âme pour lui prêter la moindre attention. « ... Et pour compliquer encore les choses, voilà que Gizella comprend parfaitement. C'est elle qui soutient que je devrais épouser Elma, de sorte que nous vivions tous les trois ensemble heureux pour toujours.

— Un ménage à trois ?

— En fait, nous sommes, Elma et moi, déjà plus ou moins fiancés. Si je l'épousais, ma maîtresse deviendrait ma belle-mère, et j'aurais mon frère pour beau-frère[1]. Mais tout cela semble grotesque. On dirait une blague.

— Qu'en dit Freud ?

— Il prétend être impartial, mais il désapprouve hautement. Il se garde bien de le dire, mais cela ne fait aucun doute : il veut que je laisse tomber Elma. Et pourtant... tu connais Elma, elle est très vulnérable, elle serait terriblement blessée... » J'étais conscient de l'embarras où je mettais Lévy à me déverser ainsi sans vergogne. Il était déchiré entre le besoin d'exprimer son opinion et sa répugnance à donner des conseils. « Assez parlé de moi. Comment vont les choses de ton côté ? Comment va Kata ? Est-elle toujours intéressée par l'idée de faire une analyse ?

— Nous allons bien, je te remercie. Notre vie est très lisse et sans événement, comparée à la tienne.

— Prends un peu de *kőrözött*, lui dis-je en poussant le ravier vers lui.

— Il a l'air un peu fatigué, observa-t-il.

— Nous le sommes tous, Lajos.

— Et ton travail ?

— C'est lui qui me fait tenir. Il m'arrive de penser que je peux faire un peu de bien. D'autres fois... Écoute, Lajos – j'écartai le ravier –, je suis en train de fonder une société de psychanalyse ici, à Budapest. Il est temps que nous donnions plus d'envergure à notre mouvement. L'entreprise a la bénédiction de Freud, naturellement. Radó et Hollós sont d'accord pour s'y impliquer, et je voudrais que tu sois un des membres du bureau – peut-être trésorier, si tu acceptes.

---

1. Le frère de Ferenczi, qui s'appelait aussi Lajos, était marié à Magda, la sœur d'Elma.

120

– À nous quatre, cela fait une bien petite société, ne crois-tu pas ? Le projet est-il vraiment sérieux ?

– Il faut bien commencer par le commencement. Et ce sera seulement une succursale de la Société de Vienne. Ou devrais-je dire une succursale de l'Association internationale de psychanalyse.

– Et maintenant une association internationale ? Grandiose.

– Pourquoi pas ?

– Rien ne s'y oppose. Et je ne suis pas contre, Sándor. Je pense simplement que nous devrions attendre d'avoir plus de membres potentiels avant de constituer une société.

– Ce n'est pas un problème. Je n'aurais aucun mal à te trouver des membres. Cela intéresse tout le monde. Pense à Toni, ton beau-frère, ou Ignotus, là-bas.

– Mais ils ne sont pas médecins. Tu as besoin de professionnels !

– Je ne vois pas pourquoi. C'est une affaire de discernement, de compréhension, de courage même ; quant au savoir technique, il ne me paraît pas indispensable, l'intelligence, si, et une tournure d'esprit scientifique. Si tu veux mon sentiment, la seule condition *sine qua non* est d'avoir de l'intérêt pour le sujet. Être membre de notre société ne veut pas dire traiter des patients. Disons que nous formerons une sorte de groupe sur la base d'un intérêt scientifique commun. Ignotus serait parfait. C'est un homme influent, et il pourra, avec sa revue, diffuser nos thèmes auprès d'un plus large public. »

Comme un lapin sorti d'un chapeau, Ignotus se présenta à notre table. « Que se passe-t-il, les enfants ? » demanda-t-il sans cérémonie. Pour démontrer mon point de vue, je l'invitai à rejoindre notre société sans autre forme de procès. Il accepta avec enthousiasme, non sans fixer son prix : il me demanda la permission de traduire en hongrois un des derniers articles de Freud qui l'avait enchanté, et de le publier dans *Nyugat*. Je promis de transmettre sa demande au professeur, avec mon appui, et nous échangeâmes une poignée de main pour sceller notre accord.

121

Deux semaines plus tard fut fondé le groupe de Budapest de l'Association internationale de psychanalyse ; j'en étais le président, Lajos trésorier, les deux autres collègues dans d'autres fonctions et un seul membre sans titre, Ignotus.

Budapest, 10 juin 1913

Le courrier du matin m'apporta trois lettres de l'étranger : une de Papa Freud, une de Frau Lou Andreas-Salomé, la dernière de Jung. Gizella me les apporta sans desserrer les lèvres. Je savais quel était le problème. Ma Gizi, ma si aimante, si loyale, si compréhensive Gizi, était jalouse. « Allons donc ! C'est une collègue, et elle a plus de cinquante ans. Pourquoi ressens-tu le besoin de bouder ? » En réalité, j'adorais la voir bouder. Ça lui donnait un air de jeunesse frondeuse, tandis que, quand elle souriait, elle faisait son âge. « Je ne sais pas de quoi tu parles. » Elle ne le savait que trop, bien sûr. Lou était parmi mes relations féminines la seule qu'elle jugeait intellectuellement supérieure à elle, et elle n'était pas non plus armée contre le magnétisme de Lou, qui agissait sur les femmes comme sur les hommes. Son âge, que par ailleurs Lou portait très bien, ne faisait qu'empirer les choses pour Gizella. Je suppose qu'elle craignait de lui voir jouer son rôle auprès de moi, une menace qu'Elma n'aurait jamais pu incarner. « Tu ne lui étais pas si hostile quand elle était ici en avril », remarquai-je sans grande conviction. Elles avaient su établir une relation plaisante et cordiale, sinon intime.

« Je ne lui suis pas hostile, je ne boude pas et je ne suis pas en analyse. » Elle se calma un peu et ajouta : « Cette femme coucherait avec n'importe qui.

– J'aurais du mal à ranger Nietzsche ou Rilke dans cette catégorie », répliquai-je avec un sourire. Ce sourire stupide, fût-il involontaire, était une erreur de tactique. Elle attrapa un vase, le lança sur moi, et me rata – probablement volontairement. Le vase finit contre le mur et vola en éclats. C'était de la camelote. Sa colère se dissipa alors. Elle me sourit. Je déposai un baiser tendre sur sa joue, elle me caressa le visage. La paix était scellée. « Tu ferais bonne figure sur son tableau de chasse, dit-elle. C'est ce qui me contrarie. » Il valait mieux changer de sujet. J'ouvris la lettre de Freud, que nous lûmes ensemble. Il se plaignait que le Suisse fût devenu *meshugga* – Jung, bien sûr, dont l'attitude était depuis un certain temps un sujet récurrent dans les lettres de Freud ; il suscitait même une inquiétude croissante depuis son dernier voyage en Amérique.

« Tu as toujours dit qu'il ferait défection, remarqua Gizella.

– J'ai pressenti qu'il trahirait la cause de la psychanalyse. Mais cela n'affecte en rien sa relation personnelle avec Freud, corrigeai-je. Chaque fois que je veux en parler au professeur, il m'accuse d'être jaloux, et nous en restons là. Je suis jaloux, c'est évident, mais je ne crois pas que mon jugement en soit embrouillé. Maintenant, la suite des événements me donne raison.

– Penses-tu qu'ils pourront demeurer amis ?

– Freud fera tout pour éviter une rupture. Il soutient que le mouvement en pâtirait trop, mais je la crois inévitable. Jung affirme qu'il devrait y avoir de la place pour des différences professionnelles – au niveau de la théorie, de l'interprétation, ou de la méthode – sans que cela entraîne d'animosité personnelle. Du moins pas plus que dans les autres sciences. C'est vrai dans un sens, mais cela ne fonctionne pas de la même manière en pratique. » Elle s'assit sur mes genoux, je posai mon bras autour de son épaule. « Freud est le roi, Jung le prince héritier. Mais un prince héritier doit s'en tenir à sa condition de prince héritier. Jung lui-même a dit que la psychanalyse n'était pas une science mais une religion. Si Freud est son prophète, alors Jung est présumé être son grand prêtre. Mais un grand prêtre doit toujours s'identifier totalement au dogme, plutôt que d'essayer de modifier le credo. Jung veut être le prophète. Ou, sinon, au moins un égal, juste à côté de Freud. Ils ne se mettront jamais d'accord.

– Le professeur est un prophète, tu sais, dit-elle d'un ton rêveur.

– Jung considère que notre psychanalyse est une façon spécifiquement juive d'approcher et de comprendre l'esprit juif. »

Elle me regarda d'un air surpris. « À l'exception du Suisse, vous êtes tous juifs, renchérit-elle. Pratiquement tous tes patients sont juifs. Et ceux de Freud aussi. Peut-être Jung a-t-il raison.

– Nous ne sommes pas tous juifs. Regarde le jeune Jones. » Jones était arrivé à Budapest la semaine précédente pour entreprendre une analyse approfondie avec moi. C'était un événement particulièrement intéressant puisque c'était la première fois qu'un analyste entreprenait une analyse. « Quand bien même nous le serions, ce n'est pas la question. Ce que Jung dit contient une part de vérité, mais à s'arrêter sur ce constat, on ne peut qu'en déduire une conclusion erronée. » Sa main caressa ma joue.

« Que veux-tu dire, mon grand malin ?

– Il a raison de dire que la psychanalyse a été conçue à partir d'une tradition juive mystique : c'est la kabbale du XXᵉ siècle, le Zohar transplanté à notre époque, adapté à nos besoins, modifié par nos observations. Je l'ai du reste déjà dit à Jung, il y a des années. Bien sûr, Freud ne veut pas en entendre parler. Le sujet est tabou.

– Dans ce cas, comment sais-tu que tu as raison ? » me demanda-t-elle avec une innocence feinte. Ce n'était pas la première fois que nous abordions le sujet. Mais invariablement je plaidais ma propre cause.

« D'abord je le sens dans mes os. Je ferme les yeux et je vois le tsadik : "La leçon ! Apprends la leçon !" Puis il nous est impossible de ne pas voir le monde de la manière particulière que nos ancêtres nous ont imposée. Nous avons tous au moins un grand-père rabbin – ou du moins *yeshiva bocher*. Je ne suis pas le seul à avoir étudié la kabbale. Freud l'a fait aussi, même s'il jure ses grands dieux que non. Je l'ai vu de mes propres yeux. Et regarde les thèmes kabbalistiques qui se retrouvent dans l'analyse – le mode de transmission du savoir, de formation de nos disciples, par exemple : Jones vient à moi comme un novice vient trouver un tsadik. Les mystères doivent être révélés entre quatre yeux, de bouche à oreille, par des exemples, par des anecdotes, par l'introspection. Ou bien prends le rôle de la sexualité, ou de la bisexualité dans l'analyse. Tout est dans la tradition ; c'est le rôle de la *Shekinah*, la Présence féminine de la divinité. » J'étais dans mon élément, et rien n'aurait pu m'arrêter. « Les rêves et leur interprétation ont été la plus ancienne forme de communion avec Dieu. Et qu'est cette communion avec un Dieu à l'image duquel l'homme est fait ? C'est regarder dans ses propres profondeurs, bien sûr. Introspection. Investigation de l'âme humaine, rien d'autre. » Je n'en avais pas encore fini. « L'importance des nombres, la gématrie, les jeux de mots, la Temurah, l'association libre, tout est là. »

Une fois encore elle me regarda avec surprise. « Es-tu en train de dire que la psychanalyse est seulement de la mystique ?

– Pourquoi dis-tu "seulement" ? La mystique mérite bien plus de respect qu'on ne lui en accorde de nos jours. Pour sûr, son approche n'est pas strictement scientifique, mais elle n'est pas non plus dénuée de science. Nous parlons d'un savoir qui résulte de dizaines de siècles d'observation attentive de la condition humaine.

– Que veux-tu dire ?

– Simplement que Jung a raison d'affirmer que la psychanalyse plonge ses racines dans la mystique juive. Je ne dis pas qu'elle est de la mystique juive, comprends-moi bien, mais c'est bien sur ce terrain que la fleur a poussé. Nous y avons ajouté tous les apports méthodologiques du XX$^e$ siècle, c'est-à-dire les protocoles rationnels d'observation et d'analyse, d'études cliniques et de mesures, et nous en avons fait une science.

– Et non pas une religion, comme Jung le voudrait ? demanda-t-elle.

– Toute science est religion. La psychanalyse est une religion au même titre que la physique. Autant et pas plus. Mais c'est déjà beaucoup.

– Alors où est-ce que tu te sépares de Jung, mon cœur ?

– Je suis d'accord avec Freud. Les Juifs et les Aryens ont beau avoir des visions du monde différentes, des goûts différents, des histoires différentes, et tout à l'avenant, il ne peut pas y avoir une science juive et une science aryenne. Il n'y a toujours qu'une seule science. Et même si, à la différence de mon maître, j'admets que notre science est née de notre tradition religieuse, il n'empêche que je le rejoins pour affirmer que c'est maintenant une science, une science toute jeune, j'en conviens, mais une science, et en tant que telle universelle.

– Aussi universelle que la physique.

– Exactement », opinai-je. Elle eut quelques instants de réflexion. « Tu n'es pas cohérent », reprit-elle. Pour toi, la psychanalyse est une science, et toute science est religion. Cela ne revient-il pas à dire que la psychanalyse est une religion ?

– Je ne prétends pas être cohérent. J'essaye simplement de faire correspondre les faits et les émotions. Mais si tu insistes, je vais reformuler ma position. Les sciences fondamentales ont une forte composante religieuse, même mystique, qui se manifeste dans la motivation du chercheur, dans son sujet de recherche et dans l'interprétation des résultats. C'est encore plus vrai de l'analyse. Mais cela n'en fait pas une religion. Et si tu considères la chose sous un angle institutionnel, l'assimilation de notre mouvement à une religion fait encore moins sens, tout simplement parce que son organisation est toute différente. »

Elle se tut, pensive. « Est-il antisémite ? demanda-t-elle finalement.

– Qui ?

– Jung, bien sûr. »

Je sondai mon âme pour donner une réponse honnête. « Non, décidai-je. Bien sûr, la plupart des autres le pensent. Mais c'est un diagnostic trop rapide. Il ne nourrit sans doute pas d'animosité particulière contre les Juifs. En tout cas rien qui lui interdise de coucher avec Sabina Spielrein.

– Peut-être a-t-il un faible pour les femmes juives ?

– Une faiblesse à laquelle nul n'échappe, semble-t-il, dis-je en resserrant mon étreinte. Ce qui inspire à Jung des sentiments violents, c'est la psychanalyse, qu'il aime à la folie, et ce sont les autres analystes, dont il juge qu'ils ne lui arrivent pas à la cheville, et qui sont tous juifs, et Papa, bien sûr – sa passion pour lui est une histoire à elle seule.

– On dirait que tu parles de toi. C'est ton portrait tout craché. »

Pourquoi fallait-il qu'elle connût si bien mes inclinations ? « Il y a quelques similitudes, dus-je admettre. Le professeur est une figure paternelle pour nous deux. Mais alors que je ne pourrai jamais le trahir, Jung ne pourra jamais se soumettre à son autorité. Il est le fils qui tue le père.

– Pourquoi dis-tu cela ?

– Ce n'est pas moi qui le dis, c'est Freud. » Je fis un signe de tête vers les papiers répandus sur mon bureau. « Regarde donc les épreuves de son *Totem* qu'il m'a envoyées. C'est absolument magnifique. Je pense que c'est une de ses plus grandes œuvres.

– Que dit-il ?

– Il écrit que le parricide a été le moteur de l'histoire du développement de l'homme.

– Explique-moi.

– Les hommes préhistoriques vivaient en petits groupes familiaux. Le mâle dominant, le père, était le partenaire sexuel de toutes les femmes du groupe, femmes et filles. Les fils, quand ils arrivaient à l'âge de contester au père la jouissance exclusive des femelles, étaient soit tués, soit castrés par lui, ou bien ils quittaient naturellement le groupe tant qu'ils en étaient encore capables. Mais ces fils exilés, peut-être réunis en groupes de frères, conspirèrent contre le père, revinrent en bande et le tuèrent. Et cela se reproduisit à de multiples reprises sur toute la surface de la Terre. Et chaque fois, les fils triomphaient, mais ils traînaient leur culpabilité avec eux, partout.

– Et ils avaient toutes les femmes, les veinards ! rit-elle.

– Non. L'ironie de l'histoire c'est que, selon Freud, le remords et la culpabilité de ce qu'ils avaient fait les poussèrent

127

à inventer le tabou de l'inceste, si bien qu'ils ne purent jouir de leur mère ni de leurs sœurs, en définitive.

— Et c'est le cas de Jung.

— C'est le cas de nous tous. C'est ce que nous avons tous en nous. Donc oui, c'est le cas de Jung.

— Alors Freud doit avoir un peu de compréhension pour l'attitude de Jung ?

— Bien sûr, lui accordai-je. Beaucoup trop, en fait. Mais comprendre, ce n'est pas excuser. Jung est un traître au dogme de la sexualité, et pourtant Freud ne veut pas le perdre. Il ne le veut pas pour des raisons tactiques, parce qu'il est utile à la diffusion de la psychanalyse, mais aussi parce qu'il est trop bienveillant.

— Et qu'est-ce que Jung a contre les analystes juifs ? De la jalousie ?

— Assurément. Il est jaloux de ce que nous affichions un lien particulier au professeur, dont il est exclu. Cela joue aussi au plan professionnel : il tient en mépris la plupart des membres du groupe de Vienne, sentiment que je partage, je dois dire.

— Si tu comprends tout cela si bien, pourquoi manques-tu à ce point de compréhension envers lui ? » Le talent de Gizella à atteindre le cœur des choses aurait fait la fierté de tout analyste professionnel. Je me sentis mal à l'aise, mais j'essayai de faire mon possible pour trouver la véritable réponse. « Nous ne sommes pas frères. Seul l'un de nous deux peut être le fils. J'ai besoin de l'être. Cela m'est nécessaire.

— Jung exilé et toi restant là ? Mais le père ne va-t-il pas te tuer ou te castrer si tu restes ?

— Je dois rester, quelles qu'en soient les conséquences. C'est mon destin[1]. »

Elle me regarda, son visage tout contre le mien. Ses yeux noisette plongèrent dans les miens, les fixant longuement.

---

1. Ferenczi reprocha plus tard à Freud de lui avoir fait renoncer à épouser Elma. Un cas de castration par le père, peut-être ?

« Tu sais à quoi je pense ? me demanda-t-elle gravement.
– Tu penses que mon destin, c'est toi.
– Tu lis dans mes pensées, sourit-elle.
– Ce n'était pas de la transmission de pensée. C'est simplement comme ça que les femmes pensent, dis-je.
– Je te déteste, dit-elle en souriant.
– Je sais. »
Elle m'embrassa et quitta la pièce. Je gardai les yeux fixés sur la porte après qu'elle l'eut doucement refermée derrière elle. « Elma ? Gizella ? Gizella ? Elma ? Freud voulait il y a des années que j'épouse sa fille Mathilda. C'est peut-être la source de son hostilité à l'égard d'Elma. La belle, la jeune Elma ! Mais je ne pourrais jamais parler avec elle comme je le fais avec Gizella. Elle ne pourrait jamais me donner ce que Gizella me donne. Elle prend, c'est là son talent. Je voudrais chérir Elma et être chéri par Gizella. Comment Gizella vivrait-elle mon mariage avec sa fille ? Elma accepterait-elle que j'épouse sa mère ? Quelle est la réponse ? Y en a-t-il une ? »
Je revins à mon bureau et à mon courrier. La lettre de Jung, dans son rôle de président, était une circulaire d'invitation au congrès de Munich à l'automne – le thème en serait la fonction des rêves. J'avais déjà pris des notes, rassemblées dans un cahier sous le titre d'« Ontogenèse des symboles » ; ce serait le point de départ de ma future communication. Si j'obtenais l'approbation de Freud.
Lou, elle, m'envoyait un exemplaire dédicacé d'un essai qu'elle avait écrit pour Martin Buber, publié quelques années auparavant sous le titre *Die Erotik*. Elle me l'avait promis lors de notre dernière rencontre. Une femme fascinante. J'étais en désaccord avec elle sur les questions les plus fondamentales, plus que je ne l'avais jamais été avec quiconque, et pourtant sa magie était irrésistible. « Une femme d'une intelligence dangereuse », disait Freud. « Je crois que Papa l'aime lui aussi un peu trop », grommelai-je. J'allai jusqu'à la fenêtre ouverte et regardai le Kőrút. C'était un magnifique jour d'été. Pas un souffle de vent.

La circulation était très fluide. Un tram jaune crissait sur les rails en direction de l'Oktogon. Une automobile rutilante doubla un fiacre tiré par un maigre canasson. La paix régnait.

Je me mis à penser à ma prochaine consultation, ces deux heures que j'allais passer avec Ernest Jones. Il y mettait beaucoup d'ardeur. Peut-être trop, dans son désir de bien faire. Il interprétait tout au lieu de se contenter de laisser sortir. Comme s'il voulait être le parfait analysant. Peut-être parce qu'il voulait être le parfait analyste. L'un d'entre nous. Il connaissait déjà toutes les blagues juives ! Et il avait une petite amie juive névrosée. Comme Jung. Cette pensée me fit sourire.

C'était une de ces soirées d'été qui pouvaient me faire battre le cœur d'allégresse. Le soleil était bas au-dessus des collines de Buda. La section du Kőrút qui faisait face au fleuve et au disque d'un orange profond contrastait avec les étroites rues adjacentes qui s'étaient déjà assombries. Comme nous marchions vers le soleil couchant, je ne pus m'empêcher de regarder par-dessus mon épaule pour profiter du spectacle des grands bâtiments à l'angle du boulevard, tel un décor de théâtre, sous la lumière dorée qui en caressait les façades. Nous allions, Gizella et moi, dîner chez son frère et sa famille par alliance. Elle avait voulu prendre un taxi, mais s'était laissé facilement persuader par la splendeur de cette fin de journée et ne cachait pas sa joie de marcher ainsi pendue à mon bras. J'avais besoin de marcher après les séances du jour. Jones surtout me donnait du fil à retordre, en dépit de ses qualités de parfait gentleman, de son intelligence, de l'intérêt constant de son traitement. Il me traitait avec une courtoisie excessive et tout le respect qu'un élève doit à son maître, et pourtant ses rêves – il était un bon rêveur – étaient agressifs, émaillés de railleries et de marques d'un profond dédain à mon égard. J'essayais de suivre les instructions de Freud qui préconisait une attitude stricte et tendre, mais cela s'avérait difficile. Être strict n'avait jamais été mon fort ; quant à la tendresse – que mes patients névrosés faisaient naître en moi presque automatiquement –, elle engendrait dans son cas le ressentiment de celui qui veut être aimé et qui est invariablement moqué. Bien sûr, nous discutions de ces sentiments et réactions, de ces transferts et contre-transferts, nous progressions même, lentement, pas après pas, et pourtant...

« Oublie tout cela, mon chéri – Gizella savait ce que j'avais sur le cœur –, du moins jusqu'à demain. » Elle était très élégante, et son visage resplendissait à la lumière magique du couchant.

« Je te le promets, ce soir je serai un vrai boute-en-train ! dis-je, en posant une main sur son bras toujours accroché au mien.

– Ce qui te manque, Sándor, c'est une femme, dit-elle.

– Mais j'en ai une, non ?

– Je veux parler d'Elma. » Soudain elle était sérieuse. « Tu devrais épouser cette pauvre enfant.

– Allons ! Et cet homme qu'elle fréquentait, l'Américain ?

– Ce garçon ne signifie rien pour elle. Elle t'aime plus que jamais. Votre mariage est la seule solution, le seul avenir pour nous trois. » Ses yeux étincelaient. « Je ne comprends pas pourquoi tu fais tant de difficultés.

– Dans mes fantasmes, nous sommes ensemble tout le temps, mais j'ai le sentiment qu'elle ne m'aime pas. Qu'elle ne m'a peut-être jamais aimé.

– Tu es jaloux !

– Bien sûr que je le suis, mais je ne pense pas qu'elle l'aime lui non plus. C'est la capacité d'aimer qui lui manque.

– C'est absurde. Elle t'aime, mais elle a l'impression que ton amour va et vient en fonction de tes caprices. Épouse-la et n'en parlons plus.

– Je ne pourrais pas vivre sans toi, Gizella, dis-je sincèrement. Je ne te laisserais pas vivre sans moi. » Je caressais sa main avec amour et gratitude. Des vagues d'émotions contradictoires déferlaient en moi, et j'étais écartelé, incapable d'enrayer cette lutte interne qui me déchirait. Il n'y avait pas de solution, aucune décision possible. « Mais je te libère juste pour ce soir », ajouta-t-elle comme nous arrivions à destination.

La demeure, au 62 du Váci Kőrút[1], appartenait au vieux M. Kann qui avait fait fortune avec une affaire de machines agricoles – les entreprises Kann-Heller dont les bureaux se trouvaient toujours au rez-de-chaussée – et avait réparti les familles de ses filles entre les différents étages d'un bâtiment colossal. Avoir tous ses petits-enfants sous son propre toit faisait son orgueil et sa joie. On ne pouvait que l'aimer pour cela. La famille de Gizella connaissait celle des Kann depuis toujours, et c'était le frère de Gizella, Aladár Alcsúti, qui avait présenté à son ami de la fac de droit, Max Neumann, ce très bon parti qu'était la délicieuse Mlle Margaret Kann ; Neumann pouvait d'autant plus y prétendre qu'il avait réussi dans la vie, passant du droit à la banque et de la pauvreté à la richesse. Aladár s'était tellement occupé d'arranger le *shidoch* qu'il ne s'était même pas rendu compte que Lili, la sœur de Margaret, lui faisait les yeux doux. Lili arriva cependant à ses fins, vu que les deux amis épousèrent les deux sœurs et firent d'innombrables enfants qui peuplaient maintenant les deux étages supérieurs. Deux autres sœurs et leur famille vivaient en dessous, de même que le patriarche, M. Kann, avec sa toute jeune seconde épouse. C'était une immense famille, mais extrêmement unie, et nous étions, Gizella et moi, les bienvenus chez son frère, auquel nous rendions souvent visite.

Ce soir-là, nous étions invités pour la première fois à l'étage des Neumann, un appartement de dix-huit pièces. Jetant un œil par la porte de la salle à manger, nous vîmes une grande table dressée pour une trentaine de convives, ce qui n'était pas inhabituel étant donné la taille de la dynastie rassemblée. Pourtant il ne devait y avoir ce soir-là que la branche Alcsúti-Neumann et quelques amis. Les Neumann s'excusèrent de nous avoir demandé de venir tôt, mais ils faisaient toujours ainsi pour que les enfants puissent bénéficier de la conversation des adultes.

---

1. L'avenue s'appelle aujourd'hui Bajcsy-Zsilinszky Ut.

Nous passâmes au salon dont les fenêtres gigantesques s'ouvraient à l'est sur le boulevard. Les derniers rayons du couchant illuminaient les toits des immeubles. Les femmes, scintillant de diamants, étaient plus ravissantes les unes que les autres. Les hommes, en tenue de soirée, avaient l'air distingué. Quant aux enfants, les garçons, en costume marin blanc, faisaient preuve du meilleur maintien ; les deux fillettes, assises sur des chaises contre le mur, jetaient un regard morose sur chaque nouvel arrivant, en balançant leurs jambes trop courtes pour atteindre le tapis persan. En plus de quelques invités qui m'étaient inconnus, probablement des collaborateurs de Max, il y avait quelques piliers du Royal, le professeur de mathématiques Lipót Fejér et Karinthy, le roi de la satire, qui était aussi mon patient, en train de discuter avec Ortvay, que je connaissais depuis notre enfance à Miskolc. Après avoir salué tout le monde, je me laissai attirer vers ce groupe.

« Enfin quelqu'un d'intelligent ! » C'est ainsi que Karinthy me souhaita la bienvenue. « Le marabout en personne ! » ajouta Fejér. « Bonsoir, Sándor, se contenta de dire Ortvay.

— Je suis votre serviteur, messieurs, m'inclinai-je en plaisantant. Consultation ouverte de treize à dix-sept heures l'après-midi en semaine. Tous les névrosés sont les bienvenus.

— Surtout s'ils sont riches, dit Karinthy.

— Rappelle-moi de réajuster mes honoraires, dis-je en laissant retomber une bourrade sur son épaule. À la hausse.

— Tu es capable de faire de n'importe qui un névrosé, rétorqua-t-il.

— C'est bon pour les affaires.

— Quelles nouvelles du professeur ? » demanda Fejér. Il y avait des professeurs à foison, mais *le* professeur était toujours Freud.

« Il va bien, il est très occupé comme toujours. Il travaille à un nouveau projet, un livre sur les origines de la religion et des tabous primitifs.

– La religion et la psychanalyse peuvent-elles faire bon ménage ? demanda Ortvay.

– Ah non, pitié ! Ne le lance pas sur son dada, avertit Karinthy. Nous n'avons que la nuit devant nous.

– Bien sûr. Si tu veux mon avis, ce n'est qu'une seule et même chose. Prends le Zohar par exemple.

– C'était bien ce que je redoutais, soupira Karinthy.

– C'est une tentative, à demi professionnelle, de psychanalyser Dieu.

– Dieu est l'Homme et l'Homme est Dieu.

– Exactement.

– Et le professeur travaille là-dessus ? Sur le Zohar ? demanda Fejér, sceptique.

– Non. Il examine les origines et les conséquences des tabous les plus primitifs, expliquai-je. La préreligion, si tu devais lui donner un nom. Je ne faisais qu'illustrer le fait que la psychanalyse et la religion peuvent aller de pair, surtout la mystique.

– L'esprit de Dieu. » Karinthy me charriait à nouveau.

« L'esprit de Dieu est un espace-temps quadridimensionnel, lança Ortvay le physicien avec un peu d'emphase. C'est ce qu'Einstein affirme.

– Permets-moi de t'assurer qu'il n'affirme rien de tel, attaqua Fejér. En tout cas, ta formulation est bien trop concrète.

– Un espace-temps quadridimensionnel, c'est concret ? demanda Karinthy incrédule.

– Non, d'accord, pas concret. C'est bien trop… – il hésita une seconde – bien trop physique. Mais je voudrais te dire ce qu'est l'esprit de Dieu. » Il tira sur sa cigarette et inhala profondément. Il prit la pause, projeta un nuage de fumée et dit d'un ton triomphant : « La théorie des nombres ! Rien ne peut égaler la pureté des nombres, les nombres en soi, entiers, en tant qu'éléments d'un univers platonicien. Les relations entre les nombres, éternelles, ne dépendent ni de l'homme, ni de l'esprit, ni de la matière, ni de l'espace, ni du temps. Je pourrais ajouter ni de Dieu, mais je préfère dire plus simplement qu'elles sont l'esprit de Dieu.

– Donc tu es toi aussi kabbaliste, dis-je sur un ton faussement accusateur.

– Pas du tout. Il n'y a pas de rabbin dans ma famille depuis, voyons voir, presque une génération.

– Je ne sais jamais quand vous êtes sérieux, tous les deux, se plaignit Ortvay. C'est bien plus simple avec Karinthy : il ne l'est jamais.

– Au contraire, s'écria Karinthy, tu ne dois pas te laisser prendre à mon inimitable sens de l'humour. Je suis toujours sérieux. »

Max Neumann vint nous rejoindre. « Il y en a une bien bonne pour toi, Max, dis-je. Il semble que nous n'arrivions pas à nous mettre d'accord sur ce qu'est l'esprit de Dieu. Pourquoi ne nous ferais-tu pas bénéficier de ta sagesse ?

– L'esprit de Dieu ? Est-ce une chanson que je devrais connaître ? demanda-t-il. Jamais entendu parler. Tu ne veux sûrement pas parler de l'esprit *du* Dieu ?

– Gagné !

– Qu'est-ce que ce pays va devenir, si les classes laborieuses passent la soirée à discuter de l'esprit de Dieu !

– L'esprit de Dieu est situé dans le crâne de Max, s'écria mon beau-frère de substitution (ou mon futur oncle ?), Aladár Alcsúti, qui nous avait également rejoints.

– Impossible d'être sérieux avec vous ! se plaignit Fejér.

– Allons, j'ai quelque chose de sérieux à te demander, insista Max Neumann.

– Ce n'est pas lié à son découvert, n'est-ce pas ? » demanda Karinthy. Max était directeur de banque. « Je ne lui ferais aucun crédit, si j'étais à ta place.

– C'est à propos de mon garçon, mon petit Coquelet, Jancsi. »

Je me sentais toujours mal à l'aise quand Max appelait Jancsi son « Coquelet ». Je venais juste de mettre la dernière main à mon étude de cas du petit homme-coq, alias Árpád.

« Pourquoi l'appelles-tu "Coquelet" ? demanda Karinthy.

– Parce qu'il coqueline, bien sûr ! s'exclama le père de l'enfant.

– Oh, pour l'esprit de Dieu !

– On ne peut pas parler avec tes amis ! » se plaignit Max en prenant Fejér par le coude, et ils poursuivirent en nous tournant à moitié le dos.

« Jancsi semble avoir une prédisposition pour les mathématiques. Il la tient de son grand-père Kann, je suppose. Quoi qu'il en soit, j'aimerais que tu passes un peu de temps avec lui et que tu me dises si c'est sérieux.

– Voir s'il n'y a pas de souci à se faire, tu veux dire, rit Fejér.

– Exactement, mon ami.

– Quel âge a ton Coquelet ?

– Il a dix ans.

– Dix ans ? répéta Fejér. N'est-il pas un peu insolite de confier des gosses de dix ans à un professeur de mathématiques pour qu'il… l'évalue ?

– C'est un cas spécial, crois-moi. Jusqu'à maintenant, il n'a eu que des précepteurs, mais l'an prochain nous allons devoir l'envoyer au *gymnasium*. Je doute fort qu'ils soient capables de le stimuler. Et puisque tu es là de toute façon…

– Je dois chanter pour payer mon repas, c'est ça ?

– Je préfère que tu te mettes au piano, moi je prends la partie chantée, sourit Max, mais je ferai grand cas de ton conseil. »

Le dîner, somptueux, se déroula dans une ambiance chaleureuse et détendue : un consommé, que Max insista pour appeler un « bouillon d'os », puis un *süllő* croustillant, suivi d'une oie rôtie. Une conversation animée accompagna le repas, et les sujets les plus divers furent tour à tour abordés. Tout le monde parlait, personne n'écoutait. Chacun prenait du bon temps.

Aladár, le frère de Gizella, se leva, un verre à la main. Quoiqu'il fût plus ou moins le maître de maison associé, officiellement nous étions chez les Neumann, et je fus donc surpris de lui voir proposer un toast. « Ma famille et mes amis – il s'interrompit, le temps que tous les yeux convergent sur lui –, je voudrais que nous buvions à la santé de notre Max. Je veux dire de Son Honneur Miksa Neumann of Margitta, le tout nouveau baron de Sa Majesté royale et impériale. » Vingt voix fusèrent : « Félicitations, Max.

– Nul n'était plus digne de cette distinction.

– Permettez-moi de vous baiser la main, madame la baronne.

– Je suppose que vous ne vous mêlerez plus à des manants comme nous à l'avenir », etc.

J'étais ravi. C'était une surprise mais, en même temps, on pouvait s'y attendre, étant donné la puissance à laquelle Max était parvenu, à la fois dans la finance et dans la politique ; car en plus de diriger une des banques les plus importantes du pays, il était un des proches conseillers du Premier ministre. Inutile de dire que la suite de la conversation fut dominée par cet événement. « Je n'ai jamais entendu parler de Margitta, dit une voix. Où est-ce ?

– Elle est là », dit Max, en désignant son épouse, Margit. Il se mit à fredonner : « J'appartiens à Margit, Margit est pour moi... » Mais sa chanson improvisée fut couverte sous un tonnerre d'applaudissements. Notre hôtesse était très appréciée. « Peut-être pourrais-tu trouver quelque chose qui s'harmoniserait plus avec Margitta que Neumann. Le temps n'est-il pas venu de magyariser ton nom comme nous l'avons tous fait, nous autres Juifs ? » lui demandai-je, sans savoir que la suite des événements devait me donner honte de mon manque de tact. Il devenait réellement compliqué de suivre le fil, entre l'ancien nom, le nouveau nom et le titre de chacun. Fejér avait été Weiss, Aladár Alcsúti comme Gizella était né Altshul, et dans certains quartiers je ne serais jamais autre chose que Fraenkel. « Mes amis Hevesy par exemple, ils s'appelaient Bischitz jusqu'à leur ennoblissement, mais ils ont alors opté pour Hevesy de Heves. Cela en impose certainement plus que Bischitz, ne pensez-vous pas ?

– Que je sois damné si je change mon nom, répliqua Max avec colère. C'est avec ce nom que je suis arrivé là où je suis, et je le garderai. Que tous ceux qui ne l'aiment pas aillent se faire… eh bien, tu vois ce que je veux dire. Il y a des dames et des enfants ici.

– Pourquoi es-tu si attaché au nom de Neumann, Max ? demanda Karinthy. Pour être exact, tu devrais t'appeler Mikhael ben Quelque chose.

– Cela remonte à trop loin. Nous ne sommes plus au Moyen Âge. Mais quant à changer de nom, je ne suis pas près de vous emboîter le pas, un point c'est tout. » Il se décrispa et leva son verre. « Neumann nous sommes, Neumann nous resterons. Les Neumann de Margitta.

– Tu as peut-être raison. Cela ne fait pas vraiment de différence. Tu peux changer de nom, voire changer de religion, en Hongrie tu seras toujours juif. » À ma grande surprise, c'était Fejér qui avait dit cela. « Je ne vous ai jamais raconté ce qui s'est passé le jour où je me suis trouvé pour la première fois devant la commission de spécialistes chargée d'examiner mes titres pour me confirmer comme professeur d'université ? Devant tous ces prétendus sages ? Je croyais être mathématicien, expert dans mon domaine, mais tout ce qu'ils ont vu, c'est que j'étais un arriviste juif originaire de Pécs. Un des antisémites me demanda… – Fejér se mit à imiter l'universitaire : "Le candidat est-il par hasard de la famille de notre professeur de théologie d'antan, le révérend père Fejér ?"

– C'est exactement ça, approuva Ortvay.

– Attends, je n'ai pas fini. Le baron Eötvos présidait la commission, et tu sais ce qu'il a dit ? Aussi rapide que l'éclair, il a répondu : "Oui, un fils illégitime." »

L'histoire fut saluée de quelques rires. L'affaire était réglée. Neumann ils étaient, Neumann ils resteraient.

*Trois explications du monde*

# LETTRE DE GEORGE HEVESY À NIELS BOHR

The Hall, Bushey, Herts,
6 août 1913

*Mon cher Bohr,*

*Malgré tout l'intérêt que tes articles n'ont pas manqué de susciter en moi, je n'ai pas eu le loisir de les étudier à fond à Manchester. Je suis malheureusement quelqu'un de très nerveux, et je n'ai ni la patience ni l'énergie pour me plonger dans un papier théorique quand je suis en train de faire des expériences. Il faut que je trouve un coin tranquille, que je prenne un peu de repos, sur la plage ou dans un jardin, pour me mettre à lire et à réfléchir.*

*C'est ce que je viens de faire, et je dois dire que ton article m'a fait un immense plaisir. Ernst Mach a tort de s'opposer à la physique cinétique ; mais ce fin connaisseur de la « Théorie de la connaissance » a mis en évidence les deux faits qui nous poussent à faire de la science :*

*1. l'économie de la pensée et ce qu'il appelle la*

2. Beseitung intellectuellen Unbehagens[1].

*Un esprit intellectuel ne peut trouver le bonheur tant qu'il échoue à connecter les faits qu'il a pu observer séparément.*

*Il est maintenant intéressant de souligner que, même si l'obligation nous incombe souvent, même très souvent, d'expliquer la science à un esprit qui s'applique à ne pas être scientifique, en une sorte d'économie de la pensée, c'est bien plus cette « insatisfaction intellectuelle » qui nous pousse à penser et à faire de la science. Cela pour que tu comprennes pourquoi la lecture de tes articles m'a fait tant plaisir. J'attends avec beaucoup d'impatience le résultat de la*

---

1. Il faut lire *Beseitigung*, « Dissipation du malaise intellectuel ».

*suite de tes calculs. Jusqu'à ce point, tout est si clair, dans ta description théorique du comportement de l'hydrogène et de l'hélium, la vérité en est si frappante que personne, à te lire, ne pourrait en juger autrement. Je n'ai qu'une suggestion à te faire : il serait fort utile pour les autres, mais également pour toi, de pouvoir disposer de quelques modèles qui représentent les différentes structures des atomes et des molécules. Ce devrait être facile à faire, pour un mécanicien un peu doué. Comment expliques-tu la différence entre les valences principale et secondaire ? La première peut-elle être liée à l'anneau le plus extérieur, et la seconde indirectement aux autres anneaux ?*

*Je reste ici encore quelques jours et serai bientôt de retour à Manchester.*

*Je suis heureux d'apprendre que ton séjour à Cambridge t'apporte les plus grandes satisfactions, c'est assurément un endroit formidable, et les atomes auraient du mal à trouver ailleurs un meilleur parrainage.*

*Ce fut pour moi une joie de rencontrer Mme Bohr, et j'espère la revoir très bientôt de ce côté-ci de la Manche ou de l'autre, en tout cas je suis sûr de te retrouver très vite à Birmingham.*

*Meilleures salutations et mes hommages à Mme Bohr.*

*Sincèrement,*

*G. Hevesy*

Vienne, 23 septembre 1913

Le couloir, comme l'ensemble de l'édifice, rayonnait de la gloire fanée de l'Empire. Il y avait du marbre du sol aux murs, où s'ouvraient des alcôves grandioses séparées par de gigantesques colonnes cannelées qui étaient chacune surmontées d'un buste de marbre, représentant les héros de l'Antiquité ou les grands hommes des temps modernes, ainsi que des savants qui ne tarderaient pas à sombrer dans l'oubli. Gênés d'entendre les bruits de leurs pas, amplifiés par l'écho, se répercuter sous la voûte et envahir tout le couloir, Fritz Paneth et George Hevesy s'efforçaient d'avoir la foulée la plus aérienne possible, quoiqu'ils fussent pressés. Ils étaient en retard. Mais lorsqu'ils finirent par arriver devant les grandes portes patinées de la salle de conférence, ils les trouvèrent fermées. Comme il eût été déplacé de la part de jeunes gens comme eux de faire irruption au milieu de tout l'establishment scientifique déjà installé, ils durent se résoudre à attendre.

Ils s'étaient laissé absorber à l'institut par une discussion si prenante qu'ils s'étaient rendu compte trop tard que le temps avait filé. Depuis le début de l'année, date à laquelle leur collaboration avait commencé, travaillant l'un à Vienne, l'autre à Budapest, ils n'avaient cessé de manquer de temps pour parler, débattre, questionner. Même s'ils correspondaient à un rythme de presque une lettre par jour, chaque fois qu'ils se rencontraient en chair et en os, il leur restait toujours à discuter de quelques points majeurs, et d'un nombre infini de détails.

Tout avait commencé par la lettre que Hevesy avait envoyée à Paneth pour lui proposer un protocole de travail commun. Chacun avait passé des mois à se colleter avec ce damné problème de séparation du RaD – l'un dans le laboratoire de Rutherford à Manchester, l'autre avec Meyer à Vienne – avec aussi peu de succès l'un que l'autre. Hevesy, qui avait pris très au sérieux le conseil de Bohr, avait cherché le moyen de transformer son échec en succès, c'est-à-dire de prendre son parti de l'indéfectible attachement du RaD et du plomb, et d'en tirer quelque chose. Dès l'instant où il avait décidé d'explorer cette piste, il trouva qu'il y avait là des ouvertures infinies qui l'avaient décidé à proposer cette collaboration à Paneth. Sans compter la riche réserve de radium que possédait l'institut, largement supérieure à celle de tout autre laboratoire de recherche au monde.

Le programme allait bon train. Ils avaient déjà soumis à des revues trois articles qu'ils avaient cosignés sur les différents aspects de la solubilité et de la diffusion des sels de plomb, et plusieurs autres étaient en cours de rédaction. Leur relation de travail était d'autant plus étroite et féconde qu'une amitié profonde avait grandi entre eux. Ce lien était bien différent de l'attachement qui unissait Hevesy et Bohr, alimenté par leurs différences ; avec Fritz, il se fondait plutôt sur tout ce qu'ils avaient en commun. Hommes du monde, chaque nouvelle canne, chaque nouveau manteau, quand ce n'était pas un chapeau du dernier cri, était l'occasion de sortir parader sur le Ring. Ils adoraient l'opéra, l'opérette, les thés dansants et, bien sûr, les soupers intimes. Ils avaient même loué une fois une montgolfière et s'en étaient allés survoler la forêt viennoise. Ils étaient l'un comme l'autre de fervents lecteurs de Goethe et de Kant, de Spinoza et de Nietzsche, et ils eurent le plaisir de se découvrir une fascination commune pour l'alchimie. L'un à Budapest, l'autre à Vienne avaient suivi avec le plus vif intérêt le développement de cette toute nouvelle science qu'était la psychanalyse ; si Hevesy en avait été instruit par Ferenczi, Paneth avait bu à sa source même, puisque sa famille et celle de Freud n'en formaient pratiquement qu'une.

Ils étaient la fine fleur de la *pax* de François-Joseph, le joyau d'un empire, son trésor, mais l'or de leur jeunesse avait une patine désuète et fanée, comme le couloir dans lequel ils étaient en train d'attendre patiemment, chacun brûlant d'une passion pour la chimie qui dévorait tout leur être ; l'un était un brasier d'idées originales, en l'autre couvait une ardeur sans fin à poser des questions toujours pertinentes. Mais à cet instant précis ils avaient des problèmes plus immédiats. Ils décidèrent de rester à l'extérieur de la salle jusqu'à la première pause. La communication qu'ils manquaient avait pour titre « L'état actuel du problème de la gravitation », d'Albert Einstein. Ils se sentaient d'autant plus mal à l'aise qu'ils devaient se présenter à lui sans la moindre recommandation, et leur retard ne faisait qu'ajouter un problème supplémentaire à cette situation embarrassante : le père de la relativité était le dernier homme sur terre qu'ils auraient voulu aborder ainsi de but en blanc ! Mais faisant contre mauvaise fortune bon cœur, ils résolurent de mettre à profit cette attente pour planifier la meilleure stratégie.

« Pourquoi ne te présentes-tu pas tout simplement à lui ? Il suffit de lui dire : "Bonjour, professeur Einstein, puis-je avoir un moment d'entretien avec vous ?" et le tour est joué, suggéra Paneth, minimisant le problème à dessein.

– Si c'est si simple, pourquoi ne le fais-tu pas ? répondit Hevesy, presque irrité.

– Ce n'est pas moi qui ai donné ma parole », lui rappela Paneth.

Il avait raison, bien sûr. Hevesy, qui avait passé les mois d'été à Manchester, avait reçu la visite de Paneth. Par le plus grand des hasards, Bohr avait choisi exactement la même semaine pour venir de Copenhague demander à Rutherford son avis sur ses tout derniers résultats. Cette heureuse coïncidence permit à Hevesy de présenter ses deux amis l'un à l'autre. La rencontre fut un franc succès, couronné par plusieurs séances de travail mémorables. Sans perdre une seconde, Hevesy et Bohr s'informèrent de la progression de leurs travaux respectifs. Depuis leur dernière rencontre, Bohr, qui avait continué à développer sa théorie de l'atome basée sur le quantum d'action de Planck, avait assez avancé pour commencer à comprendre le système périodique des éléments comme une conséquence nécessaire de sa théorie. Il pouvait même utiliser cette dernière pour expliquer pourquoi des atomes d'hydrogène devaient se combiner en une seule molécule et pourquoi cela ne pouvait arriver à deux atomes d'hélium. Les deux chimistes étaient subjugués par la simplicité et la beauté mystique du schéma de Bohr, qui leur faisait faire les premiers pas sur le chemin qui, à terme, devrait leur permettre d'expliquer la chimie par une théorie solide ! Ils n'en mettaient plus en cause l'exactitude ; cela devait être ainsi. Restait à savoir jusqu'où cela irait et combien de problèmes réputés insolubles y trouveraient une explication.

« Dans la radioactivité, nous observons une explosion des noyaux, et, selon ma petite théorie, les propriétés physiques et chimiques des nouveaux éléments formés dépendra de la charge des nouveaux noyaux, qui est quant à elle déterminée par la charge des rayons émis, leur dit Bohr. Et cette relation, mon cher Hevesy, est justement ce que tu as trouvé dans tes expériences, ajouta-t-il avec un large sourire. Tu m'apportes exactement les résultats que j'espérais

– Excellent ! Excellent ! » Les joues rouges d'excitation, c'était au tour du tandem austro-hongrois de faire part de son succès dans l'étude de la solubilité des sels de plomb par la méthode des éléments inséparables. Bohr exprima un intérêt enthousiaste, mais dans son échelle de valeurs, une nouvelle technique expérimentale, quelle que soit sa portée, ne pourrait jamais rivaliser d'importance avec l'approfondissement d'une compréhension fondamentale. Paneth, comme toujours à cheval sur l'exactitude, s'inquiétait de la facilité avec laquelle ils en étaient tous venus à utiliser le terme « éléments » jusqu'à en perdre la signification exacte.

Un soir qu'ils se trouvaient tous les trois dans le bureau de Rutherford à Wilmslow Road, la conversation bifurqua soudain sur le congrès de Vienne[1]. Rutherford voulait qu'un membre du laboratoire de physique y allât en ambassade pour présenter le travail en cours à Manchester, et il parut évident que Hevesy était le mieux placé pour s'acquitter de cette mission. Il devait être rentré à Budapest à cette date, et il pourrait

---

1. La 85ᵉ réunion des naturalistes et des médecins allemands, Vienne, 21-28 septembre 1913.

facilement programmer une de ses fréquentes visites à Vienne de manière à assister au congrès. Rutherford exprima le souhait qu'Albert Einstein fût informé des toutes dernières théories de Bohr. Il suggéra d'abord à Hevesy de s'en charger, puis insista franchement. Au demeurant, cette perspective ne laissait pas d'embarrasser terriblement Bohr lui-même. Chacun de ses articles ne sortait qu'aux forceps, et il préférait les reprendre inlassablement pour les peaufiner plutôt que d'annoncer ses résultats « prématurément ». Aussi ses papiers avaient-ils tendance à s'allonger sous l'accumulation de démonstrations formalistes. Invariablement, Rutherford ne manquait pas d'insinuer que la substance de ses communications ne pâtirait pas de coupes franches, et le ton inimitable qu'il prenait alors n'admettait aucune réplique.

Bohr était certain que son travail n'était pas encore prêt pour Einstein et qu'il courrait d'autant plus à l'échec s'il ne pouvait pas défendre en personne ses idées. Rutherford balaya cet argument d'un revers de la main, et Bohr fut forcé de lui accorder que l'occasion était idéale et que si quelqu'un pouvait se voir confier cette tâche délicate, ce devait être Hevesy. Après ce difficile préambule, quand finalement Bohr lui demanda d'aller trouver Einstein pour lui, Hevesy, réduit à quia, garda pour lui ses propres réserves. Il n'avait rencontré le professeur Einstein que deux fois, à Zurich. La première fois, il faisait partie de la douzaine d'auditeurs qui assistaient à la conférence inaugurale d'Einstein sur la détermination du rapport charge/masse de l'électron – il n'avait pas eu trop de mal à suivre la conférence, mais il s'était senti trop intimidé pour oser prendre part à la discussion. Par la suite, quand Einstein vint visiter le département de chimie, Hevesy fut choisi pour lui faire faire le tour du laboratoire. Mais Einstein se rappellerait-il un étudiant enthousiaste parmi tant d'autres ? Et s'il lui posait une question à laquelle Hevesy était incapable de répondre ? Il aurait l'air stupide !

« Cela ne te ressemble pas, mon cher, observa Paneth. Normalement tu ne manques pas de dire à tout le monde ce qu'il faut faire et pourquoi.

– Si nous allions prendre un café pour réfléchir ? suggéra Hevesy.

– Avec de la crème fouettée alors », ajouta Paneth.

Tard ce soir-là, Hevesy se hâta de rentrer à l'Institut du radium. Il s'assit derrière le bureau de Paneth et considéra un instant la feuille de papier à en-tête qui miroitait sous la lampe. Quelle journée il avait vécue ! Historique, capitale, phénoménale ! La réception, pourtant arrosée de vrai champagne, et le discours de Sa Majesté Impériale et Royale François-Joseph paraissaient ternes en comparaison. Einstein ! L'esprit de Hevesy était en flammes. Il ne pouvait plus différer, il devait écrire immédiatement. D'abord à Bohr, puis à Papa Rutherford.


## LETTRE DE GEORGE HEVESY À NIELS BOHR

*Institute für Radiumforschung,*
*IX Boltzmanngasse 3*
*Vienne, 23 septembre 1913*

*Mon cher Bohr,*

*Je n'ai pas le temps maintenant de t'écrire en détail tout ce que j'ai vécu ici au congrès de Vienne, mais je me dois de te donner quelques nouvelles très favorables. J'ai parlé cette après-midi avec Einstein... Je lui ai demandé ce qu'il pensait de ta théorie. Il m'a dit qu'elle était très intéressante, et même très importante, si elle devait se révéler exacte ; qu'il avait eu des idées analogues il y a des années mais qu'il n'avait pas eu le cran de les développer. Je lui ai répondu qu'il était maintenant établi avec certitude que le spectre Pickering-Fowler appartenait à l'hélium[1]. Ça l'a stupéfait. Abasourdi. Estomaqué. Bref il m'a dit : « Alors la fréquence de la lumière ne dépend pas du tout de la fréquence de l'électron » – c'est du moins ce que j'ai compris. « Et c'est une réussite énorme... Dans ce cas, plus de doute : la théorie de Bohr est exacte. » Les mots sont faibles pour exprimer le plaisir que cela m'a fait, et à vrai dire je ne vois pas ce qui pourrait me rendre plus heureux que ce jugement spontané d'Einstein.*

*Amicales pensées à toi et à Mme Bohr.*

*Le docteur Paneth t'envoie aussi ses plus chaleureuses salutations.*

*Ton ami très sincère,*

*George Hevesy*

Vienne, 11 octobre 1913

Les deux docteurs Breuer, père et fils, se promenaient sur le Ring. Toujours alerte malgré ses soixante et onze ans, le docteur Josef Breuer avait tout de même besoin de s'arrêter quelques instants toutes les deux ou trois intersections. Il faisait alors tournoyer sa canne, selon une habitude qu'il avait conservée du temps de sa jeunesse, quand les jeunes messieurs examinaient les jeunes dames qui se promenaient avec leurs amies et leurs chaperons le long du boulevard. Mais à peine avait-il dessiné deux ou trois cercles aériens qu'il se repentait, plantait sa canne et lui abandonnait lourdement le poids de son corps.

---

1. Bohr avait prédit que ces spectres étaient dus à l'hélium et non à l'hydrogène selon l'idée admise. La confirmation expérimentale de la prédiction de Bohr n'a été faite que très récemment.

« Je me fais vieux, remarqua-t-il.

— Tu es en excellente santé, père. Et tu continues à travailler, souligna son fils, le docteur Robert Breuer, pour le consoler.

— C'est vrai. Et je ne me plains pas. Mais ma jeunesse est si loin.

— Grand-père, à ton âge, s'écriait toujours que sa jeunesse lui semblait dater de la veille.

— Comment l'expliques-tu, mon garçon ?

— Je dirais que grand-père était resté en contact avec sa jeunesse parce qu'elle n'était que spiritualité.

— Et la mienne ? J'ai eu la jeunesse d'un matérialiste ?

— Disons d'un homme du monde.

— Et la tienne ?

— Je me suis voué à la science. C'est ainsi que tu m'as élevé.

— Je me demande si j'ai bien fait.

— Aucun père n'est parfait, c'est au moins ce que j'aurai appris de Freud, sourit Robert. Mais je n'ai pas de doléances à te présenter.

— Il haïssait son père, grommela le vieil homme.

— Je ne pense pas que cela puisse être vrai, père. Mais il est vrai que j'ai été son élève, alors que tu fus pour lui un maître.

— Il serait présomptueux de ma part de dire qu'il a été mon élève. » Josef Breuer fit à nouveau tournoyer sa canne – signe que le moment était venu de reprendre leur marche. « Je dirais plutôt qu'il a rempli auprès de moi le rôle d'un collègue plus jeune.

— Je crois cependant que tu as tort, sur lui et son père, dit Robert pensivement. Quoique, sans Jakob Freud, il n'y aurait pas eu de psychanalyse. C'est de sa mort que date le grand tournant de la pensée de Sigmund.

— C'est toi qui le sais, mon garçon. Tu étais à l'époque son seul disciple. Tu l'es toujours, je suppose.

– C'est la percée scientifique la plus excitante du siècle, père. Et je suis fier d'en être si proche. Fier aussi de la part que tu y as prise.

– Une belle chose, la fierté, dit le vieil homme d'un ton songeur. Être fier de la connaissance, être fier de la science, être fier de sa famille. » Il secouait lentement la tête, comme pour mieux savourer ses propres mots. « C'est exactement ce que j'avais en tête.

– Que veux-tu dire ?

– Quand je me demandais si j'avais eu raison de t'élever dans l'admiration, voire dans le culte de la science. Plus je vieillis, plus je pense à ton grand-père Leopold. Il avait été enfant un disciple du rabbi Chatam Sofer, et il n'a jamais changé. Pas même quand il fut, plus tard, ce révolutionnaire qui adressait des pétitions au Parlement pour réclamer l'émancipation politique des Juifs. Et il était encore le même, à la fin de ses jours, quand il se consacrait à l'éducation de la jeunesse juive de Vienne. Un homme d'une grande spiritualité et un homme de principes. Pourtant, il n'a pas essayé de m'imposer ses croyances, comme je l'ai fait avec toi quand est venu mon tour. Il a laissé mes idées se féconder elles-mêmes, germer et mûrir à leur rythme, si tu me permets cette métaphore. Il n'a même pas protesté quand il nous a vus, mes amis et moi, jeter sur son monde un regard condescendant depuis nos éminences intellectuelles, et jamais il n'aura essayé de semer en nous la moindre graine de doute en nous suggérant que, peut-être, notre monde n'était pas supérieur au sien, après tout. J'y ai beaucoup repensé ces jours-ci. Non pas à la question de la supériorité du monde cognitif de la science sur l'orthodoxie religieuse mystique – je sais aujourd'hui que cette supériorité est superficielle, une pure illusion. Non, ce que je n'arrive pas à comprendre, c'est pourquoi il nous a laissé la bride sur le cou. Pourquoi il n'a pas ferraillé contre nous plus énergiquement. Les Gomperz, les Hartmann, les Wittgenstein…

– Grand-père Leopold était un homme du monde. Tu le décris sous les traits d'une sorte d'ermite ne vivant que la vie de l'esprit, père, protesta Robert.

– Il l'est devenu. Il a même décidé de devenir professeur d'humanités. Homme politique. Bref, il a vécu en Viennois à Vienne. Il a appris à parler l'allemand le plus pur. Mais dans son cœur il portait le ghetto. Il n'a jamais échappé à l'emprise de son tsadik, le rabbin Sofer, le rebbe de Presbourg. En apparence, père était l'homme du monde viennois par excellence, mais à l'intérieur, au plus profond de lui-même, il était resté le *yeshiva bocher*.

– Tu le lui reproches vraiment ? » Le père regarda son fils. « Ah, père, comment me jugeras-tu, toi ? se demanda intérieurement le vieux médecin. Tu seras probablement plus tolérant et bienveillant que je ne le suis. » Il reprit à voix haute : « C'est exactement ce qui me préoccupe. Ton grand-père ne s'est pas vraiment préoccupé de nous transmettre le contenu de ses croyances. La forme suffisait, semble-t-il, il s'est assuré que nous apprenions tous l'hébreu, mais il ne nous a pas dit ce que nous devions en faire.

– Tu m'as fait étudier les lettres, les sciences, la médecine, répliqua Robert, sans me dire non plus ce qu'il fallait que j'en fasse. Nous faisons tous ce que nous devons.

– Peut-être es-tu plus sage que moi, mon fils.

– J'essaye d'être comme ton père, c'est tout.

– Peut-être aurais-je dû essayer un peu mieux, moi aussi, d'être comme lui, dit le vieil homme, songeur. Tant qu'il était encore parmi nous, je ne me suis jamais intéressé à ses jeunes années, dans la *yeshiva* – et maintenant que j'aurais envie de lui poser certaines questions, il est trop tard. Beaucoup trop tard. »

Robert laissa quelques instants le vieil homme à ses réflexions, puis lui demanda à quelles questions il pensait. « Eh bien, j'aurais bien voulu savoir, et je le voudrais toujours, ce qu'il a appris de son mentor, le Chatam Sofer, répondit le vieil homme en hochant la tête. Non pas tout ce qu'il en avait appris, mot pour mot, mais... ce qu'il en avait conservé. Qu'en restait-il, distillé après sa longue vie où il avait mené tant de combats dans le monde ? Que gardait-il en lui de tout ce qui s'était cristallisé pendant ses premières années ? Savoir si, en fin de parcours, rétrospectivement, cela l'aidait ou l'entravait.

— Par rapport à sa carrière, tu veux dire ? demanda Robert.

— Non, si cela l'aidait à comprendre. À faire face aux choses de la vie. Si cela lui donnait du discernement et de la sagesse. Ou bien si, au soir de sa vie, il y voyait surtout les vestiges irrationnels d'une autre époque, en tant que tels complètement oiseux. Voilà ce que j'aurais voulu demander à Leopold Breuer. »

Deux jeunes gens de belle allure pressaient le pas dans la direction opposée ; leur hâte excessive contrastait fort avec leurs vêtements distingués. Soudain, l'un d'entre eux s'arrêta net, et le geste qu'il fit pour soulever son chapeau révéla une tête couverte de boucles épaisses. « Bonjour, docteur Breuer, salut, oncle Robert », fit-il en s'inclinant tour à tour vers chacun des deux hommes. Le vieil homme, toujours plongé dans ses pensées, fut quelque peu décontenancé. Robert Breuer lui vint en aide : « C'est le jeune Paneth, père. Le fils de Sophie.

— Oh ! » Breuer le regarda avec attention et dit : « Vous avez failli me renverser, jeune homme. Pourquoi une telle précipitation ?

— Fritz, monsieur, appelez-moi Fritz. Je vous en prie, excusez-moi. Il semblerait bien que de nos jours nous soyons tous pressés.

— Exactement comme votre père. Il était toujours pressé lui aussi. Ça ne l'a guère aidé.

— C'est vrai, monsieur », reconnut Paneth, confus. Il se tourna vers son compagnon. « Puis-je vous présenter mon ami ? Le docteur Hevesy von Heves, nous travaillons ensemble à l'Institut du radium. George, voici le docteur Josef

151

Breuer, mon oncle, enfin indirectement, et le docteur Robert Breuer, le cousin de maman par alliance. » Les Breuer serrèrent la main du jeune Hevesy.

« D'où êtes-vous, docteur Hevesy ? De Budapest ? demanda Robert.

– Oui. Du moins c'est là que je vis en ce moment. Ma famille est originaire de Tápio-Sáp, mais c'est une minuscule bourgade, en rase campagne, je ne pense pas que vous la connaissiez, expliqua Hevesy.

– Minuscule ! Ils ont un palais là-bas, d'à peu près la moitié de la taille de Schönbrunn ! » s'exclama Paneth. Hevesy, embarrassé, s'empourpra.

« Nous ne voulons pas vous retenir, intervint le vieux docteur Breuer.

– Oui, nous devons y aller, si vous voulez bien nous excuser, dit Paneth.

– Mes hommages à ta chère mère, le salua Robert, puis il tendit la main à Hevesy : Et ce fut un plaisir de faire votre connaissance, jeune homme.

– La jeunesse, dit le père à son fils sur un ton mélancolique, quand les deux amis eurent disparu au pas de course. Il n'y a rien de tel. Il me fait penser à son père cependant.

– Ah bon ? Je lui trouvais plus de ressemblances avec les Hammerschlag, s'exclama Robert.

– Taratata. C'est le portrait craché de son père. Mais puisque tu sais tout, quel est le lien entre la mère du jeune Fritz, ta mère et Anna, la fille de Shmuel Hammerschlag ? »

La devinette était largement éventée, mais Robert voulait faire plaisir à son père. « Je ne sais pas, mentit-il.

– Bien sûr que tu ne le sais pas ! Mais je vais te le dire, répondit Josef Breuer d'un ton triomphal. Ton ami Sigmund Freud a appelé ses trois filles du nom de ces trois femmes ! C'est une bonne chose que Freud n'ait pas eu quelques filles de plus, je vois mal comment il aurait pu les appeler. Je ne sais pas ce qu'il admire tellement chez nous ! » gloussa-t-il.

Quand ils atteignirent le carrefour suivant, Robert s'arrêta. « Père, j'ai un rendez-vous, dit-il en regardant sa montre. Je te propose de prendre un taxi pour rentrer.

— Vas-y. Je crois que je vais aller voir un ami.

— Un ami ? Qui ? Comment t'y rendras-tu ?

— Ne t'inquiète pas, Robert. Je suis parfaitement capable de me débrouiller tout seul, déclara le vieil homme de manière peu convaincante. Le professeur Mach vit juste au coin de la rue. Je crois que je vais passer le voir. Pour une partie d'échecs.

— Et s'il n'est pas chez lui ?

— Où veux-tu qu'il soit, à son âge ? »

Robert ne put s'empêcher de rire malgré lui. « Il a le même âge que toi, père, et toi tu fais un drôle de reclus !

— Tu dis des sottises. Il est bien plus vieux que moi, il a au moins soixante-quinze ans, grommela le vieil homme d'un air maussade.

— Comme tu veux, père. Je vais t'escorter à pied jusque chez le professeur Mach et, s'il peut te recevoir, je t'y laisse.

— Que de complications ! » s'exclama Joseph Breuer, ravi de l'attention.

Ernst Mach était chez lui, comme toujours, et il fut enchanté de voir Breuer. Sans être exactement des amis, des relations plutôt, ils se connaissaient depuis très longtemps. Quarante ans auparavant, ils travaillaient chacun de son côté sur le même problème : la fonction des canaux semi-circulaires de l'oreille interne dans le sens de l'équilibre et de l'ouïe. Breuer était fier de sa théorie de l'audition, qu'il tenait pour sa plus grande réussite. Mach, dont le modèle explicatif n'élucidait que la moitié de la question, finit par y renoncer et par adopter celui de Breuer, lequel, au grand dépit de son auteur, devait passer à la postérité sous le nom de « théorie Mach-Breuer des canaux semi-circulaires ».

Déformation professionnelle oblige après cinquante années de médecine générale, Breuer fit mentalement, et presque malgré lui, un rapide bilan de santé de son hôte. Les effets de l'attaque de Mach diminuaient, trop lentement sans doute. De façon caractéristique, la moitié de son visage semblait sourire tandis que l'autre gardait un pli sombre. Quand il souriait réellement, son visage retrouvait temporairement sa symétrie. Il avait du mal à articuler, mais on pouvait suivre ses propos sans trop d'efforts ; sa démarche était raide et saccadée, son pas lent, mais il ne manquait pas d'assurance. Il avait l'air anémique, et son corps flottait dans son costume.

Il invita Breuer à entrer dans son bureau, lui proposa le grand fauteuil près de la cheminée où ronronnait un feu de bois et lui offrit un verre de schnaps. Breuer accepta sans façon. Les portes du salon étaient ouvertes. Quelqu'un jouait du piano. Mal. « Wolfie, appela Mach. Demande à la bonne d'apporter du schnaps. Et n'imagine pas que tu y auras droit ! » Le piano s'arrêta. Breuer vit la silhouette d'un garçon joufflu se faufiler vers la cuisine pour réapparaître quelques instants après, la bonne sur ses talons. « Viens dire bonjour au docteur Breuer », ordonna Mach. Le garçon entra dans le bureau et dévisagea le visiteur, lentement, mais sans insolence. « C'est mon filleul, Wolfie. Wolfgang Ernst Pauli. Le prénom d'Ernst est en mon honneur, naturellement. » Mach poussa le garçon en avant. Breuer lui tendit la main et fut surpris de la fermeté de sa poigne.

« Vous devez avoir rencontré son père à la faculté de médecine de l'université, dit Mach. Il s'appelait Pascheles autrefois. Maintenant il a pris le nom de Pauli.

— Bien sûr, le professeur Pauli, acquiesça Breuer. Mais je ne le connais que de réputation. On ne peut dire que nous soyons vraiment en relation. Quoique je croie que Freud a été son patient.

— Du moment que ce n'est pas l'inverse ! » s'exclama le vieux professeur. Il se pencha et, jetant sur l'enfant un regard de lassitude, il chuchota à l'oreille de Breuer : « Ces gens, le Freud et ses adeptes, veulent utiliser le vagin comme une longue-vue pour contempler le monde. Pourtant... – Mach se

154

redressa, avec un large sourire et continua à haute voix : ... ce n'est pas là sa fonction naturelle. Il est bien trop étroit pour cela ! » Il éclata de rire. Breuer sourit malgré lui à cette évocation. Mais ne voulant pas relancer le débat sur la psychanalyse, il revint au gamin. « Et comment va le professeur Pauli, jeune homme ? demanda-t-il.

— Très bien, monsieur, merci.

— Pauli est un homme de bien. Il m'a grandement aidé, savez-vous. Oui, c'est un savant d'envergure. »

Mach tapota le garçon sur l'épaule. « Tu devras te montrer à la hauteur, jeune homme. Tu ne gagneras jamais ta vie à jouer du piano. » Il s'esclaffa à nouveau. Il était homme à se réjouir de ses reparties.

« Je veux être physicien, annonça Wolfgang.

— Comme ton parrain ? demanda Breuer par politesse.

— Oui, répondit Mach à la place de l'enfant. Mais en mieux. » C'était une blague à laquelle ils pouvaient tous rire. Ils trinquèrent — Wolfgang se joignit aux deux hommes avec son verre de limonade. « Tu aurais dû être là hier, mon garçon. Vous aussi, Breuer, dit Mach. Vous auriez pu rencontrer un vrai physicien. Le camarade Einstein est venu me voir. Vous savez, Breuer, l'atomiste.

— Qu'êtes-vous donc, mon cher Mach, sinon un vrai physicien ? demanda Breuer.

— Cela fait belle lurette que j'ai cessé de l'être. Je ne l'ai peut-être même jamais été. Pas vraiment. Quand je suis revenu de Prague, j'ai demandé à Gomperz, qui était à l'origine de la création de ma chaire à l'université, de faire en sorte qu'elle s'intitule "chaire d'histoire et de théorie des sciences inductives". Un titre un peu long, je le concède, mais je voulais qu'il reflète mes véritables centres d'intérêt. C'est la philosophie qui détient la clef de la Vérité, pas la physique. Est-ce que tu m'écoutes, Wolfgang ?

— Oui, mon oncle. Vous dites que la philosophie est la clef de la Vérité. Mais je ne pense pas que vous ayez raison.

— Et qu'est-ce que tu en sais, toi, si tu me permets de te le demander ? répliqua Mach en regardant l'enfant avec indulgence.

— Le monde réel est le monde physique. Il est décrit par les mathématiques. Le monde spirituel est le monde de la religion. Il ne reste rien pour la philosophie, déclara le garçon.

— Quel âge as-tu, Wolfgang ? demanda Breuer, un peu décontenancé.

— Treize ans, monsieur.

— *Bar-mitsva*, hein ?

— Non, monsieur, je ne suis pas juif.

— Tu n'es pas juif ? Le fils de Wolfgang Pascheles ?

— Mon père était juif autrefois, monsieur, mais il ne l'est plus.

— Pauli s'est converti, bien sûr, expliqua Mach.

— Bien sûr, opina Breuer. Comment peut-on sinon progresser dans les rangs de notre Académie ? » Il ne fit rien pour dissimuler son amertume.

« Cela ne vous a pas porté préjudice. N'êtes-vous pas le médecin attitré des plus riches familles de Vienne ? protesta Mach.

— Si l'Académie m'a accepté, c'est entièrement grâce à vous, qui m'aviez proposé. Je ne vois pas comment ils m'auraient déboulonné avec une introduction pareille. Et vous savez très bien que s'il n'avait tenu qu'à moi, j'aurais fait ma carrière à l'université. Mais je n'avais aucune perspective. J'ai donc ouvert une consultation privée. » Puis, comme dans une pensée d'après-coup, Breuer ajouta : « Du reste, tous mes patients étaient juifs. Les exceptions se comptent sur les dix doigts de la main.

— Brahms ne l'était pas[1], objecta le vieux Mach.

---

1. Josef Breuer fut le médecin du compositeur, avant que ne lui succède son fils Robert Breuer, qui assista Brahms sur son lit de mort.

– Non, Brahms ne l'était pas, lui accorda Breuer avec un soupir. Vous ne comprenez pas, c'est tout. Vous autres ne comprenez jamais.

– Je sais que cela a été un problème, se reprit Mach. Que cela l'est toujours, je suppose. C'est pourquoi j'ai accepté d'être le parrain du petit. Je fais ce que je peux. » Mach vida les quelques gouttes qui restaient au fond de son verre. « Cela fait une différence, je suis navré de le dire. Bien sûr cela n'a pas été la seule raison. Je connais sa famille depuis très longtemps. Cela remonte à Prague. Le père de Wolfie était souvent chez nous. Lui et mon Ludwig ont fait ensemble leurs études de médecine à l'université Charles. À vrai dire, j'ai donné une série de conférences devant leur classe. » Mach était tout heureux de pouvoir égrener ses souvenirs. « Le vieux Pascheles possédait une magnifique librairie sur la place de la Vieille-Ville, tout près du palais Kinsky. Je me rappelle encore l'odeur des vieux livres. »

Breuer se tourna vers l'enfant. « Dis donc, jeune homme, j'espère que tu te rends compte de cet honneur que l'on t'a fait en te donnant le professeur Mach comme parrain.

– Laissez le gamin, Josef, intervint Mach en vain.

– Dis-moi, de qui tiens-tu ces idées, sur la physique et les mathématiques, etc. ? De ton père ?

– De bien des sources. De mon père, de mon grand-père, de mon parrain aussi. Il ne pense pas vraiment ce qu'il a dit tout à l'heure de la philosophie, il lui arrive de dire exactement le contraire. Également de l'école et de mes lectures. Mais pour l'essentiel, c'est le résultat de mes propres cogitations.

– Un gamin intelligent, n'est-ce pas ? dit Mach, le visage épanoui en un radieux sourire. Précoce, mais intelligent. »

Breuer le reconnut bien volontiers, mais l'un dans l'autre il s'intéressait plus au visiteur de la veille qu'à ce garçon étrange.

« Parlez-moi d'Einstein, puis nous ferons une partie d'échecs.

157

– Balivernes ! Vous ne jouerez jamais aux échecs avec moi… Enfin si, quand je serai à moitié sénile. Vous attendez que mon cerveau soit assez dégénéré pour avoir une chance de me battre, maugréa Mach.

– Pourquoi est-il venu ? demanda encore Breuer. Einstein ? Pour rendre hommage au maître ? Voyez-vous, j'ai essayé de lire son œuvre, mais à mon grand regret je ne l'ai pas vraiment comprise. Puis j'ai lu un compte rendu de vulgarisation, mais il n'y avait là-dedans rien à comprendre. Je veux dire que celui qui avait écrit l'article n'avait pas non plus compris Einstein.

– Dans ce cas, je ne suis pas aussi sénile que l'on voudrait le faire croire. Ce n'est pas si complexe, savez-vous, dès lors que vous affranchissez votre esprit des entraves de l'intrépide Sir Isaac, ce génie exceptionnel qu'a été Newton. Je l'ai toujours dit.

– Oui, je sais. J'ai lu votre livre sur la mécanique. Comme tout le monde du reste, grommela Breuer.

– Eh bien, Einstein ne dit rien de plus. J'ai toujours trouvé insensé de considérer que la masse inerte serait une propriété intrinsèque d'un objet. Comment ? Pourquoi ? demanda Mach à son petit public.

– Dieu dit : Que la masse soit, et la masse fut, suggéra Breuer.

– Vous pouvez ironiser, mon ami. Mais Newton n'a pas imaginé une autre cause. » Il se tourna vers Wolfgang qu'il regarda droit dans les yeux. « Qu'en dis-tu, mon garçon ?

– Rien, parrain. J'attends d'entendre quelle est la véritable raison, répondit le jeune Pauli.

– Très bien. C'est très bien. Mais si tu avais lu mon livre, tu connaîtrais déjà la réponse. Je vais te le dire. Ce sont les étoiles bien sûr. L'univers. Tout ce qu'il y a dans l'univers affecte le moindre objet, quel qu'il soit, que nous nous proposons d'examiner. L'association entre un objet donné et le reste de l'univers, telle est la propriété que nous appelons la masse inerte. Ainsi donc, un corps dans un univers vide n'aurait aucune sorte d'inertie.

– Oui, dit le garçon. Je m'en souviendrai.

– Tous mes collègues depuis Descartes et Newton se sont mis en tête d'affirmer toutes sortes de choses en faisant fi de l'observation expérimentale. Une fois que tout le monde en a pris le pli, une fois que les jeunes gens comme Wolfgang se le font enseigner comme un dogme, la génération suivante devient aveugle. C'est une vérité qu'ils ne questionnent plus. Ils ignorent même qu'il y avait là une question. Ils continuent sur la lancée, c'est tout.

– Que voulez-vous dire ? demanda Breuer.

– Des choses fondamentales. Des choses apparemment simples. Comme l'espace. Et le temps. Les concepts absolus de Newton, que ce soit l'espace, le temps ou le mouvement, représentent des choses qui échappent par nature à l'observation, donc nous ne devrions pas affirmer qu'elles existent. Nous ne pouvons pas construire la science sur des concepts qui sont parfaitement détachés de l'expérience humaine. Le positivisme, voilà le seul dogme qui vaille. » Mach tambourinait contre le bras de son fauteuil avec son index dressé, pour souligner son affirmation. « Einstein est parti de là où je me suis arrêté, et il a développé les outils mathématiques qui servent à la résolution des problèmes physiques. À vrai dire, il n'est pas non plus l'auteur de ces outils, il les a pour l'essentiel empruntés à Bólyai, le Hongrois, et au vieux Riemann.

– Je l'ignorais, dit Breuer, caressant sa barbe broussailleuse. Mais a-t-il reconnu sa dette envers vous ?

– Ce n'est pas aussi simple. Pas du tout. Un hommage appuyé m'a été rendu, mais je n'en veux pas. Einstein et ses disciples ont identifié le problème, sans aucun doute, ils ont compris qu'il fallait faire quelque chose, très bien, mais la solution qu'ils ont avancée est mauvaise. Aussi fausse que possible ! Et maintenant, vous les voyez tous dire que l'ancêtre de la relativité, c'est moi ! Je ne puis permettre cette impertinence ! » Les joues de Mach s'empourprèrent. « Il s'agite plus qu'il n'est bon pour sa santé », pensa Breuer, tandis que Mach continuait sa harangue. « La théorie d'Einstein repose sur l'hypothèse qu'il existe un univers objectif, indépendant de l'existence humaine et au-delà d'elle. Je rejette ce point de vue. Forcément, il est atomiste ! Et je dirais même plus : il dispose des excellentes et cohérentes explications atomistes de l'observation de Lenard pour l'énergie des électrons libérées par la lumière. Mais ce n'est pas parce que l'on peut expliquer certains phénomènes par l'existence des atomes qu'il s'ensuit qu'il doive en être ainsi. Je n'arrive pas à me faire comprendre de lui. Il m'a soutenu mordicus que les lois de la physique expriment une vérité profonde. Et pourtant je le lui ai bien dit ! Je lui ai dit, moi, que les lois de la physique n'étaient qu'une formalisation de nombreux faits, de nombreuses observations. C'est tout. S'en servir pour déchiffrer plus que nous ne sommes capables d'observer avec certitude n'est rien d'autre que du mysticisme. Mais il est têtu comme une bourrique ! Il a même essayé de me convaincre que c'était moi qui avais tort. » Le jeune Wolfgang n'en perdait pas une miette ; ses yeux étincelaient, mais il ne desserrait pas les lèvres. Les deux vétérans semblaient avoir oublié jusqu'à sa présence.

« Je n'ai jamais réussi à comprendre comment vous pouviez concilier votre physique avec le phénoménalisme, admit Breuer.

– Je vais vous le dire. » Mach se cala dans son fauteuil, joua avec son verre, avant de poursuivre. « Vous savez que je suis devenu bouddhiste. Cela m'a beaucoup aidé. Cela n'a pas changé mes convictions, mais j'ai découvert que la vision du monde que j'avais depuis des années s'accordait parfaitement à la vision bouddhiste. J'ai toujours été d'avis que la physique, la psychologie et la physiologie ne sont pas des îles désertes dans l'océan universel, mais un seul et même continent – simplement des manières différentes de percevoir ou décrire les mêmes phénomènes.

160

– Je ne sais pas discuter à ce niveau de généralité. J'ai besoin d'exemples, déclara Breuer. Prenez le temps par exemple. L'idée que je m'en fais – et je ne prétends pas du tout qu'elle soit originale – est que le passé, le présent et le futur coexistent dans un certain sens, et que le présent, tel que nous le percevons, est... – il hésita quelques instants – est l'interface entre le passé et le futur comme nous nous déplaçons selon ce... – il s'interrompit une nouvelle fois, cherchant le terme exact – selon ce continuum préexistant, si vous me permettez cet adjectif vide de signification.

– Vous avez trop lu Brentano, grogna Mach.

– Je ne suis pas du tout d'accord avec lui, protesta Breuer. Il affirme que le présent a une extension, qui, si elle n'est pas égale à zéro, est infiniment petite. Je pense que le présent est fini et a ce que l'on pourrait appeler une dimension "humaine". Peut-être est-ce lié aux constantes de temps de la perception, ou aux constantes de temps d'un certain aspect de la mémoire. Ou à une combinaison des deux, comme la longueur du temps qu'une nouvelle perception reste présente dans la mémoire de l'œil, mais en tout cas il est défini physiologiquement.

– Exactement. Quel sens pouvez-vous assigner au présent au-delà du fait d'être une facette de l'expérience humaine ? Aucun, accorda Mach.

– Mais n'est-ce pas seulement un exemple d'un problème récurrent ? demanda Breuer. Les mathématiques et la physique utilisent le vocabulaire courant. Or les savants se rendent compte que ces termes sont flous ; aussi ils les précisent en les définissant avec la plus grande rigueur scientifique possible. De la sorte, ces termes se retrouvent adaptés à leurs propres objectifs, mais voilà que les savants les combinent pour en faire des propositions, lesquelles, au lieu d'être de simples descriptions d'équations, ressemblent à des phrases du langage de tous les jours. Fatalement, le profane les prend pour des propositions sur le monde. Et pour aggraver la situation, ces déclarations bénéficient de l'aura du savant qui les a émises, et elles passent donc pour être des vérités fondamentales.

– Il en est exactement ainsi, mon cher ami. Mais c'est encore pire, parce qu'au bout d'une génération, les mathématiciens et les physiciens oublient qu'il y a une différence entre l'usage quotidien des mots et leur usage conceptuel, c'est-à-dire entre le sens banal du mot et son sens spécifique, étroitement défini dans leur science ; la distinction se brouille peu à peu entre le mot dans son acception populaire et le concept qu'on en a tiré, car bien sûr il n'y a qu'un seul et même mot. Cela devient une erreur collective, une illusion, dont même les meilleurs d'entre nous sont les dupes.

– Quelle est alors la solution, parrain ? » demanda Wolfgang. Mach regarda l'enfant, surpris de le voir encore là.

« La réponse ? La prudence, ou plutôt la nécessité de rappeler inlassablement que toute formule et toute prétendue loi de la physique n'est jamais qu'une synthèse d'un grand nombre d'observations ou d'observations potentielles, c'est tout. C'est tout, répéta-t-il. Une sorte de notation contractée. Qui plus est, la science devrait exclure toutes les choses qui ne sont pas fondées dans l'expérience humaine. Je ne veux pas nécessairement les exclure comme outils conceptuels, mais comme concepts dotés d'"existence réelle". Par exemple, une foule de physiciens et de chimistes soi-disant "modernes" parlent des atomes comme s'ils existaient. Le concept d'atome est utile, je le reconnais, parce qu'il permet de décrire des observations d'une manière économique. Certaines choses apparaissent comme si les atomes des substances étaient en interaction. Mais ce n'est pas la même chose que s'il s'agissait d'atomes effectivement existants. Et comme vous le savez, je suis convaincu que les atomes n'existent pas. Je sais qu'il y en a qui ne sont pas d'accord. Cet Einstein par exemple. Très bien. Peut-être. Mais ce qui ne fait aucun doute, c'est qu'ils ne sont en mesure de fournir aucune preuve convaincante en faveur de l'existence des atomes. Nous ne devons pas confondre économie d'expression et réalité expérimentée. Je vais vous donner un exemple : l'algèbre. Jusqu'à ce jour l'algèbre est excellente, comme représentation symbolique, économique, oui, excellente, vraiment, mais il ne viendrait à l'idée de personne de confondre l'algèbre, une création de l'esprit humain, avec la réalité physique qu'elle peut si bien décrire. C'est la même chose avec les atomes.

– Ce n'est cependant pas exactement la même chose, n'est-ce pas ? » Le jeune Wolfgang était si intensément concentré pour formuler au mieux son objection qu'il en avait le front tout plissé. « La notation algébrique est une convention, c'est par définition qu'on lui dénie toute réalité, mais pour ce qui est des atomes, leur défaut de réalité est tout à fait d'un autre ordre. Vous avez dit qu'il n'y avait pas de preuve de leur existence que vous puissiez accepter, mais vous n'avez pas dit qu'une telle preuve serait impossible. »

Le vieux professeur sourit à son filleul. « C'est vrai. C'est d'un tout autre ordre. Je dois dire que je ne peux pas même imaginer une preuve de l'existence des atomes que je pourrais trouver recevable, sauf à les voir de mes propres yeux, mais je ne peux pas absolument exclure que cette preuve existe. Tu as raison : je ne suis pas en mesure de dire qu'il ne peut pas y avoir d'atomes, c'est-à-dire que rien ne pourra jamais prouver leur existence. » Il posa la main sur le genou du garçon. « La non-existence des atomes n'est pas un dogme. Elle est le résultat d'un dogme. Le dogme est le principe d'économie en science. Rappelle-toi cela. »

La pendule sur la cheminée sonna l'heure. Breuer se leva avec difficulté. « Mes articulations sont tellement raides quand je suis resté longtemps assis, se plaignit-il. Je ne crois pas que nous ayons le temps pour une partie d'échecs aujourd'hui. La bonne peut-elle m'appeler un taxi ?

– Alors vous avez donc décidé que je ne suis pas encore assez sénile, n'est-ce pas ? » Mach se leva à son tour et sonna la domestique. « Pourquoi n'irais-tu pas avec le docteur Breuer,

Wolfgang ? demanda-t-il. Si cela ne vous gêne pas de le déposer, Breuer. Il habite tout près de chez vous.

– Ce sera un plaisir de te raccompagner, jeune homme. Tu en profiteras pour tout me dire de tes études », dit Breuer.

Ils partirent quelques minutes plus tard. Mach, à la fenêtre regarda Breuer et le garçon traverser la chaussée. Quant à savoir qui veillait sur qui... Ses yeux suivirent le taxi descendant la rue et tournant au coin. Puis il soupira.

# DEUXIÈME PARTIE

Presbourg, printemps 1805

Le ghetto de Presbourg était en émoi. Ses habitants devaient résoudre un problème qui, à la différence de la plupart de ceux qui s'étaient abattus sur l'Europe cette année-là, ne pouvait pas être imputé à Napoléon. De fait, comme il concernait les Juifs de cette ville, les faits et gestes de l'empereur des Français, ainsi que leurs répercussions, paraissaient en comparaison dérisoires. Cela faisait deux ans que leur rabbin, le grand *gaon* Shmuel Tushmenitz, était mort, mais ils n'arrivaient pas à se mettre d'accord sur le nom de son successeur, si bien que le poste restait vacant. Naturellement, tous convenaient que la communauté devait avoir un rabbin qui fût au-dessus de ses pairs – c'eût été sinon une insulte à la mémoire de leur dernier maître. Mais le consensus s'arrêtait là, car il y avait autant d'opinions sur le nom du candidat le plus approprié qu'il y avait de rues dans le ghetto. Depuis maintenant deux ans, les partisans du grand mystique kabbaliste, le rav Kalonymus Kalman Epstein de Cracovie, se disputaient avec les disciples du rav Alexandre Sender de Komáron ; et, au-delà de l'éminence de chacun, le débat portait surtout sur les mérites respectifs de la version de l'orthodoxie enseignée par l'un et l'autre. D'autres n'avaient que

165

du dédain pour ces deux candidats et penchaient en faveur d'un rabbin qui fût le descendant spirituel direct du Ba'al Shem Tov, bénie soit sa mémoire, tel que le rav Shneur Zalman de Lyady, un disciple du grand kabbaliste Maggid de Mezerich, lui-même principal disciple du Ba'al Shem, un sage au nom duquel était attachée l'expression aussi célèbre qu'énigmatique : « Je suis venu voir le Maggid de Mezerich non pas pour apprendre la Torah, mais pour le regarder nouer les lacets de ses bottes. » Paradoxalement, les détracteurs du rabbi Zalman autant que ses défenseurs diffusaient à l'envi cet apophtegme dans le ghetto de Presbourg. Le premier groupe brandissait cette insondable proposition comme la preuve même de l'inaptitude du rabbin, tandis que les autres voulaient y voir une illustration de la sagesse allégorique du rabbi Zalman ainsi que de son lignage irréprochable.

Si jamais il devait ne pas se laisser tenter par la charge, ses partisans espéraient du moins que son pieux fils, le rabbi Dov Baer, l'accepterait. Ses adversaires en revanche clamaient que le père et le fils ne savaient rien de l'abandon joyeux qui faisait l'essence du hassidisme moderne. Leur point de vue ne se soutenait guère, dans la mesure où le Maggid lui-même avait écrit qu'à moins d'avoir une âme empreinte de mélancolie naturelle, profonde, divine, il était impossible de découvrir les plus grands secrets de la Torah et d'être assez illuminé par la Lumière divine pour qu'ils se gravent au plus profond de l'être ; le Bon Livre ne dit-il pas qu'Il habite dans les esprits humbles et contrits ?

Les jeunes gens de la communauté, conduits par Wolf Pappenheim, sans être moins traditionnels que leurs aînés en matière de foi, étaient tentés de regarder vers les grandes écoles d'Allemagne, plutôt que vers l'est. Leur candidat, le rabbi Moses Sofer, grand rabbin de la ville voisine de Mattersdorf, était le fameux disciple du rabbi Nathan Adler de Francfort, faiseur de miracles reconnu, kabbaliste renommé et apôtre ardent du rite d'Isaac Luria de Safed. Le rabbi Adler était lui-même un disciple du rabbi David Tebele Schiff, descendant de la dynastie de Francfort du même nom et actuel grand rabbin d'Angleterre. On disait que Moses Sofer avait absorbé toute la sagesse de ces grands hommes et qu'il était un roi parmi les savants. On chuchotait même sous le manteau qu'il était un maître de la kabbale et qu'il pouvait faire des miracles en invoquant le tout-puissant, saint et redoutable Nom divin de soixante-douze syllabes – un savoir que Moïse avait appris du buisson ardent et qu'il avait utilisé pour partager la mer Rouge et sauver les Enfants d'Israël. Car n'est-il pas écrit que quiconque prononce ce Nom contre un démon, alors celui-ci se retire ? sur un feu, alors il est maîtrisé ? sur un invalide, alors il est rendu à la santé ? contre un ennemi, alors il est vaincu ?

Wolf Pappenheim était un homme cossu, qui avait épousé la fille unique de l'homme le plus riche du ghetto. La piété de Wolf et son orthodoxie étaient incontestables, mais pouvait-on s'en remettre à l'opinion d'un si jeune homme dans un domaine d'une telle importance ? se demandaient les anciens quand ils se rencontraient à un coin de la Judengasse. Le rabbin Sofer avait beau être un prétendant paré de mérites, son champion n'avait pas la patine de la sagesse, la longue barbe grise et le *pajesz*, dont les zélateurs des autres candidats pouvaient se targuer. Mais il fallait sortir de l'impasse d'une manière ou d'une autre. La communauté ne pouvait se passer d'un rabbin. Ce fut Wolf Pappenheim qui suggéra que l'on tirât au sort. Au moins son candidat aurait-il ainsi une chance honnête, pensait-il. Bien sûr, il présenta la chose devant le conseil des anciens de façon fort subtile. Son argument, selon lequel s'en remettre au sort était le meilleur moyen de confier la décision au Tout-Puissant, bénéficia du soutien de la majorité des anciens. Plus tard, bien plus tard, des années après que le rabbi Sofer eut été désigné pour exercer ses fonctions à Presbourg et qu'il fut en tant que tel respecté comme la plus grande autorité de l'orthodoxie rabbinique d'Europe, quand il eut été nommé *nassi* de tous les

167

*kolelim*, chef de toutes les académies talmudiques d'Eretz Israel, quand on eut donné en son honneur à la *yeshiva* de la ville sainte de Safed le nom de Chatam Sofer, alors Wolf commença à se demander si ce n'était pas, après tout, le Tout-Puissant Lui-même qui lui avait donné un coup de main pour que la communauté désignât son candidat et que le grand homme répondît positivement.

Ce ne fut pas une mince surprise de voir le rabbin Sofer accepter le rabbinat de Presbourg, alors qu'il avait auparavant décliné de nombreuses propositions, tout aussi prestigieuses. Wolf, qui s'était démené comme un beau diable pour son élection, devint, malgré son jeune âge, un ancien dans la communauté. Il se sentit assez proche du grand homme pour oser se permettre l'impertinence d'interroger le rabbin et d'assouvir sa curiosité. Il voulait savoir pourquoi, après avoir rejeté toutes les autres communautés qui auraient tellement aimé l'avoir pour guide spirituel, il avait accédé aux vœux de celle de Presbourg. « Je l'ai refusé à toutes les autres, parce que je pensais rester à Mattersdorf pour le restant de mes jours, lui répondit le rabbin. Je consacrais ma vie à l'étude du Talmud des sages de Babylone et de Safed, de la tradition de la *Merkabah*, du Livre du Zohar et des voyages spirituels et de l'extase. Je ne ressentais pas le besoin de quitter Mattersdorf et quand l'offre de la communauté de Presbourg arriva, j'avais l'intention de la décliner poliment, comme je l'avais fait pour toutes les autres. Mais j'ai eu une vision qui m'a fait changer d'avis. Mon âme fut portée vers les cieux, vers la lumière et la majesté, élevée plus haut, plus loin, plus profond. Je me sentais exalté. J'exultais d'allégresse et de joie. Soudain, contre toute attente, le mouvement d'ascension s'est interrompu. Mon âme flottait entre ciel et terre, elle n'avançait pas, ne reculait pas non plus. J'étais perplexe. Effrayé. "Je ne comprends pas", ai-je crié dans mon angoisse. Et j'ai prié pour être guidé et éclairé. Puis la figure du béni Ari, le grand Isaac Luria, apparut devant les yeux de mon âme. Et il me connaissait. Et il me dit : "Tu n'as pas fait tout ce qui était en ton pouvoir, reb Moishe. La tradition te demande davantage." Au lieu d'accepter sa critique avec humilité, à ma grande honte j'ai commencé à me justifier : "Mais maître, j'ai voué ma vie à l'étude. J'étudie chaque jour. Chaque vendredi soir je répète ce que j'ai appris dans la semaine. Pendant le mois d'Elul, tous les ans, je relis tout le Talmud de Babylone et tout le Talmud de Palestine, pour le cas où ma mémoire devrait me trahir. Je peux réciter par cœur de larges passages des Livres saints, j'ai étudié le Zohar et les commentaires du Zohar. J'ai étudié l'histoire de notre peuple, l'histoire des chrétiens, des Romains et des Grecs, j'ai étudié les sciences naturelles et les mathématiques. J'ai fait tout cela par ferveur religieuse, en bannissant l'ingéniosité, le brio, la dialectique pour elle-même ; j'ai entretenu une attitude d'humilité, en lisant, en écoutant, en essayant de comprendre et sans rien écrire moi-même cependant, car n'est-il pas vrai que tout auteur ressent de l'orgueil à voir son nom imprimé sur un livre ?" Luria ignora toutes mes excuses, sauf la dernière. Il avait découvert mon point faible, qui du reste l'intriguait manifestement, car il me dit : "Je n'ai rien écrit non plus. Mais ce renoncement ne me fut dicté ni par l'orgueil ni par l'humilité. Il m'était impossible d'écrire, car dans la Création toutes les choses sont étroitement reliées. Quand je commençais à traiter de l'une, j'avais l'impression que la digue qui retenait toutes les autres allait exploser. Je n'ai pourtant pas laissé se perdre ce qui me fut révélé : je l'ai transmis aux autres par un enseignement oral et par l'exemple." Soudain le Ari disparut, et moi j'étais de retour dans mon cabinet de travail. Mais j'avais le cœur brisé. J'avais honte. Pourquoi ? Parce que je savais que je n'avais pas reçu une authentique vision. Je n'avais pas parlé au rabbin Luria, au grand Ari, mais à ma propre âme. Mon humilité n'était qu'une posture. Je me rendis compte que mon seul véritable désir était de devenir un rabbin grand et célèbre, de fonder une grande *yeshiva*, d'être à l'origine d'une dynastie marquée au coin de mes enseignements. Comme expiation à cette grande vanité que j'avais reconnue en moi, j'ai fait le vœu de donner ma vie à mes élèves, d'être non seulement un professeur, mais aussi un père pour eux, d'être le plus sûr rempart des valeurs orthodoxes et de m'interdire de publier quoi que ce soit. L'offre de Presbourg, c'est-à-dire l'occasion de fonder une grande *yeshiva* dans cette ville, était sur ma table de travail et attendait que j'y réponde. Je savais ce qu'il me restait à faire. »

Quand le rabbin Sofer arriva à Presbourg, il n'était accompagné que d'une poignée de ses élèves. C'étaient des jeunes gens maigres et pâles, aux yeux intenses, vêtus de guenilles, que nul ne vit cependant jamais sans un livre ou deux sous le bras. On trouva à loger chacun dans une famille prospère de la ville, qui lui offrait un toit, un lit, un peu de chaleur et des rations toujours frugales sauf le jour de shabbat, occasion rituelle d'un repas somptueux. Ils ne payaient rien, car ils ne possédaient rien, leurs hôtes se trouvant assez récompensés par la *mitzva* d'aider un savant et par la gloire d'une sagesse qui rejaillissait sur eux. Le plus jeune des garçons de la *yeshiva* était Leopold Breuer, un adolescent de quatorze ans, qui avait déjà bénéficié pendant deux ans de l'enseignement du rabbi Sofer à Mattersdorf. Le rabbin était ému de compassion pour ce garçon, un élève intelligent et avide de savoir, qui avait récemment perdu son père. Il voulait que le garçon habitât dans une famille jeune, dans des conditions un peu moins spartiates que ne le voulait l'usage, si bien qu'il demanda à Wolf Pappenheim s'il voulait bien accueillir le jeune Leopold. Sa demande fut immédiatement satisfaite. Wolf était très content de converser avec le garçon tous les vendredis lors du repas du soir. Il voyait en Leopold moins un adolescent qu'un petit vieillard, sage et expérimenté. Le jeune parlait l'allemand avec un fort accent et un hongrois de gamin des rues, quoique bien sûr ces langues, en fait toute langue autre que l'hébreu ou le yiddish, fussent interdites en présence du rabbi Sofer. Mais la maîtrise de quatre langues ne pouvait suffire au jeune Leopold, qui emprunta une grammaire latine de la caisse de livres de Wolf et l'étudia dans sa chambre à la lumière de la bougie. Wolf, impressionné par l'intelligence et l'ouverture d'esprit du garçon, ne mit pas longtemps à comprendre que la *yeshiva* serait bientôt trop étroite pour sa curiosité et sa soif de connaître ce qu'il y avait au-delà de ses murs. Le rabbi Sofer, quoique lui-même fort versé dans les disciplines profanes, de la science et des mathématiques aux humanités, ne jugeait pas nécessaire ni même souhaitable de délivrer à ses élèves une pareille éducation.

Tous les jours, après la prière du matin, qu'il pleuve ou qu'il vente, le rabbin avait coutume de faire une promenade à pas vifs, toujours la même, depuis la *yeshiva* jusqu'au cimetière juif et retour, à travers les rues étroites puis le long du quai du fleuve. Il marchait le plus souvent seul, même s'il invitait parfois les membres de la communauté à se joindre à lui. Tous savaient qu'ils eussent été les bienvenus, mais ils préféraient s'en abstenir, pensant que ce serait un péché que d'interrompre les méditations du saint homme. Wolf Pappenheim, lui, se promenait avec le rabbin le mardi. C'était un homme d'habitudes et de règles, qui trouvait rassurant de planter des jalons dans sa vie. Après tout, n'était-ce pas Dieu Lui-même qui avait partagé la semaine et commandé que le jour du shabbat fût sacré et à ce titre préservé ? Le shabbat était le jour de Dieu, le mercredi le jour du marché, le jeudi le jour du bain, et le mardi il marchait avec le rabbin. Il ne dérogeait jamais à ces promenades, non seulement parce qu'elles lui offraient le vif plaisir de conversations stimulantes, mais aussi parce qu'elles lui permettaient de marquer, au vu et au su de tous, son rang dans la communauté.

« Rabbi Sofer, commença-t-il un mardi matin de juin, est-ce que le jeune Leopold Breuer travaille bien ? Progresse-t-il dans ses études ? Nous sommes très attachés à lui, vous le savez.

– C'est un brave garçon. Pas exceptionnel, mais volontaire et motivé. Oui, c'est un garçon agréable. »

Ils atteignirent le Danube et tournèrent à droite. Le fleuve, si large qu'ils n'auraient pu en imaginer de plus majestueux, coulait sereinement vers l'est. Un long chaland qui avait descendu le sens du courant jusqu'à eux se tourna doucement vers le quai. Il se préparait probablement à s'amarrer au quai principal en aval du ghetto. Les deux hommes marchèrent le long d'une allée de marronniers en fleurs. Un jardinier dont on avait oublié le nom, probablement mort depuis longtemps, les avait plantés en rangs, alternant judicieusement les fleurs blanches et les fleurs rose pâle pour créer un damier. « Il me harcèle pour que je lui donne des devoirs en latin. Il s'est initié à la culture classique tout seul dans son coin, expliqua Wolf. J'espère que ce n'est pas grave. » Le rabbin ralentit son allure et regarda vers le fleuve, comme surpris de le trouver là. « Ça l'est sans l'être, dit-il.

– Que voulez-vous dire, rabbin ? demanda Wolf.

– La curiosité et la soif de connaissance chez un jeune homme sont des dons de Dieu. Donc nous devons les vénérer. » Il leva la tête vers les arbres couverts de fleurs ; les larges feuilles filtraient doucement les rayons du soleil. Il les fixa intensément, comme s'ils étaient la preuve de la vérité de ce qu'il disait. La floraison était telle en ce début de printemps que les arbres cachaient le château de Presbourg perché sur le sommet de la colline au-dessus du ghetto et semblaient ainsi arracher les deux promeneurs à sa surveillance sinistre. « Je suis moi aussi passé par cette phase. Mes propres maîtres, le rabbi Adler et le rabbi Scherer, l'ont encouragée. Mais j'ai appris que cette curiosité posait problème.

– La connaissance profane est-elle si dangereuse ?

– Non, pas du tout. Ne viens-je pas de dire qu'elle est à la gloire de Dieu ? Comme ces arbres le sont, de même que le ciel bleu. Non. La connaissance profane n'est pas dangereuse. La seule connaissance qui le soit vraiment, quand elle est placée dans de mauvaises mains, c'est la tradition, la kabbale elle-même. C'est pourquoi elle est transmise seulement oralement, de maître à disciple, et qui plus est seulement de façon indirecte, par déduction, par analogie – d'où son nom de Connaissance secrète. Nous continuons à observer scrupuleusement ces règles, mais le secret s'évente peu à peu. Le problème, mon ami, c'est qu'il y a beaucoup à savoir et que nos vies, par comparaison, sont trop courtes. Voilà pourquoi il nous faut étudier constamment, lire et relire ce que nous avons lu, pour le cas où la mémoire nous ferait défaut, puis questionner les textes de manière à en extraire le message caché. Il n'y a simplement pas de temps à perdre à ce qui est une connaissance non nécessaire, telle qu'est la connaissance que vous évoquiez. Intéressante, fascinante même, mais non nécessaire. » Le Chatam Sofer soupira. « Je suis taraudé par la peur que le jour où l'Ange de la mort viendra me chercher, je découvrirai que j'ai gaspillé de ce précieux temps qui m'avait été alloué, que j'ai négligé d'étudier ce qui devait l'être, ou négligé d'enseigner ce qui devait l'être. »

Pappenheim regarda le rabbin. Son visage était serein. Son œil chaleureux brillait d'un infini sourire. Wolf remarqua une nouvelle fois que le rabbi Sofer portait sa gabardine bordée de fourrure et son chapeau lui aussi orné de fourrure, comme s'il était indifférent aux rayons du soleil de cette journée ; il les portait toujours pour sortir, quel que fût le temps, sans qu'une goutte de sueur vînt jamais perler sur son front. « Quand j'étais plus jeune, continua le rabbin, je me suis rompu à l'habitude de ne dormir que deux ou trois heures par nuit. Quand j'étudiais, je mettais mes pieds dans une bassine d'eau froide pour m'assurer que mon attention ne divaguerait pas. Pendant de nombreuses années, j'ai refusé de devenir rabbin. Je voulais seulement apprendre, et surtout ne pas enseigner. Je n'avais pas le temps pour cela. Puis je me suis rendu compte que Dieu voulait que j'enseigne. Que j'apprenne et que j'enseigne. C'eût été pur égoïsme de ne faire qu'apprendre. Apprendre et enseigner. Et, effectivement, le temps est trop court.

— Est-ce à dire que vous regrettez le temps que vous avez passé à étudier la philosophie naturelle et Euclide ? » demanda Pappenheim. Le chemin, s'écartant du fleuve, les conduisait maintenant à flanc de colline. Ils dépassèrent le *mikveh* et s'approchèrent du bâtiment de bois de la *yeshiva*.

« Je suis rabbin. Et un rabbin est aussi un juge parmi les hommes. Le savoir talmudique ne suffit pas. Un juge doit maîtriser un large éventail de champs de la connaissance humaine, sinon il ne saurait appliquer les lois de la Torah aux problèmes de la vie quotidienne.

– Mais n'est-ce pas une contradiction, rabbi ?

– Bien sûr que c'en est une. Et je le regrette. »

Pappenheim sourit. « C'est une contradiction sans en être une ?

– Exactement.

– À ce soir pour la prière, alors, rabbi. »

Le rabbi Sofer le salua d'un signe de tête et traversa la cour poussiéreuse de la *yeshiva*. Il monta les trois marches, embrassa la *mezuzah* et franchit la porte qui n'était jamais fermée. L'école était constituée d'une seule grande salle, avec un plancher de bois, de nombreuses tables, des bancs et des lutrins éparpillés dans le plus grand désordre. Par de si belles journées, quand le soleil s'engouffrait par les fenêtres, la poussière semblait prendre possession des lieux. Une *yeshiva* devait être poussiéreuse, les livres moisis, le mobilier noueux et inconfortable, le plancher craquant, pensait le rabbin. Il aimait ce cadre autant qu'il aimait ses étudiants. De nouveaux candidats venaient se présenter à lui chaque jour, plus motivés et plus intelligents les uns que les autres. Il était heureux d'avoir répondu à l'appel d'une communauté prospère, qui créait autour de lui un environnement favorable.

Le rabbin Sofer s'assit dans son fauteuil, dont il aimait le dossier raide et dur et les larges accoudoirs. Involontairement, il caressa la reliure de cuir d'un des grands livres posés sur la table devant lui, tandis que ses pensées retournaient à la conversation avec Pappenheim. La douzaine de *yeshiva bochers* continuaient de lire en faisant abstraction de son soudain retour. Les deux plus âgés poursuivirent la dispute théorique passionnée dans laquelle ils étaient engagés, avec la même véhémence mais en baissant la voix. Ils n'en surveillaient pas moins le rabbin du coin de l'œil, comme leurs camarades. Il était de leur devoir de savoir ce que le rabbin faisait à toute heure du jour et de la nuit, car s'il prenait à leur maître d'exprimer une quelconque exigence, il devait être le centre d'une attention immédiate. Sinon il leur fallait feindre d'ignorer jusqu'à sa présence. Leopold Breuer remarqua que le rabbin le regardait. Par timidité, il enfouit son visage dans son livre posé sur le lutrin devant lui, et pourtant quelque chose lui dit que le rabbin voulait lui parler. Il releva les yeux et vit que le maître faisait un signe de la tête ; alors il referma soigneusement son livre et se dirigea vers lui. « Assieds-toi. » Leopold obéit. « Quand as-tu écrit pour la dernière fois à ta mère ? » Leopold, légèrement décontenancé, savait qu'il ne devait pas demander la raison d'une telle question, mais seulement y répondre. « Dimanche, monsieur.

— Et que lui as-tu dit de tes études ?

— Que je travaillais dur. Que je faisais des progrès.

— Rien d'autre ?

— Que j'aimerais avoir le temps d'aller nager dans le Danube.

— Non, sur tes études.

— Que je lisais le Ari.

— Ta mère sait-elle quelque chose du Ari ?

— Rien de précis. C'est pour cela que je lui en ai parlé.

— Je vois. Et toi, tu connais le Ari ?

— Un petit peu seulement.

— Un petit peu seulement, ce n'est pas beaucoup, n'est-ce pas ?

— Non, rabbi…

— Eh bien, nous verrons. Nous verrons. Dis-moi, qui était notre Ari ?

— Isaac ben Solomon Ashkhenazi Luria, né il y a plus de deux cents ans à Jérusalem.

— Dis-m'en plus.

175

– Oui, rabbi. » Leopold tenait à faire bonne impression. Il se concentra et, les yeux plissés, commença : « Isaac Luria était un excellent élève. Il étudia tout enfant l'ensemble des Livres saints. Il passa ensuite à l'étude du Zohar. Il fut si captivé qu'il décida de devenir ermite afin que ses études du Zohar et sa méditation ne soient pas dérangées par le monde et... – Leopold déglutit laborieusement – ses interruptions.

– Raconte.

– Le Ari fut souvent visité par le prophète Élie qui lui enseigna les grands mystères. Et tandis qu'il dormait, son âme s'élevait vers les cieux, où il étudiait aux pieds des grands maîtres qui avaient vécu longtemps avant lui.

– Que veux-tu dire par "les grands mystères" ?

– La tradition. La kabbale.

– La kabbale du Ari est-elle différente de l'autre kabbale ?

– Je ne comprends pas ce que vous voulez dire, rabbi », avoua Leopold Breuer. La question du rabbin avait porté un coup à son assurance. « La kabbale du Ari fait partie de la kabbale. Mais vous nous avez appris que la kabbale du Ari comportait deux parties, la spéculative et la spirituelle. La première porte sur la Création, la seconde sur l'âme.

– Parle-moi de l'âme.

– L'âme de l'homme est la connexion entre le fini et l'infini. Chaque âme humaine est une *nizoz*, une étincelle de la création d'Adam. Les Enfants d'Israël ont été envoyés aux quatre coins du monde, de sorte que cette étincelle puisse être partagée avec toute l'humanité.

– Est-ce tout ?

– C'est tout ce que je me rappelle.

– Eh bien, quelle concision ! » Le rabbin s'autorisa un sourire avant d'assener : « Parle-moi de la Création.

– Le Ari enseigna qu'avant la création du monde, tout était rempli de l'*En-Sof...*

– C'est-à-dire ? l'interrompit le rabbin Sofer.

176

– L'Infini. La Racine de toutes les racines. La Lumière sans fin. Le Tout. La Réalité réelle.

– Pourquoi utilises-tu ces termes ésotériques ? D'autant qu'il n'y a entre eux aucune cohérence.

– Dieu, dans Sa Création, S'est révélé Lui-même, ou une partie de Lui-même, à nous, ses créatures, mais comment pouvons-nous décrire le reste de Dieu, le Dieu caché, cette partie dont Sa Création ne peut rien nous dire ? Nous sommes condamnés à la décrire par ses conséquences, en employant des métaphores ou des mots forcément impropres », ajouta Leopold pour se défendre.

Le sage parut satisfait : « De fait, le langage est inadéquat pour exprimer la nature de la Création. Mais ce n'est pas tout. Le Tout-Puissant, s'il permet à l'homme d'apprendre beaucoup sur Sa Création par une étude fervente, met aussi des limites au savoir qu'Il permet à ses créatures. Plus nous comprenons un aspect, plus d'autres aspects nous sont soudain obscurs. Là est le mystère divin. Voilà pourquoi nous pouvons chercher, à défaut de questionner, et voilà pourquoi il nous faut prendre la Torah littéralement et exactement, et lui obéir.

– Oui, rabbi » dit le garçon. Le raisonnement lui avait échappé, mais le dernier avertissement était facile à comprendre.

« Continue, lui enjoignit le rabbin Sofer. *En-Sof* et Création…

– Avant que la Création ne se fût produite, l'*En-Sof,* qui remplissait tout, a dû se retirer d'une partie de lui-même en lui-même, pour laisser un espace à la Création. De la contraction de l'*En-Sof* en lui-même a émané une lumière infinie. Quand cette lumière s'est contractée, dix réceptacles sont apparus, les dix Sephirot, à partir desquelles un nombre infini de réalités pouvaient être créées. Un nombre infini de choses, toutes différentes, et pourtant toutes une, dans la mesure où le fini n'a pas en soi d'existence réelle. Trois des Sephirot, les plus proches de l'*En-Sof* et les plus pures, étaient capables de supporter la lumière qui émanait de l'Essence, mais les sept autres réceptacles furent brisés, à cause de la puissance de la lumière.

– Très bien. Cela suffit pour le moment. Il me semble que tu es un peu moins faible sur la Création que sur l'âme.

– Oui, rabbi. Pardon. » Leopold Breuer était au bord des larmes. « Est-ce que tu comprends ce que tu m'as dit ?

– Pas tout, rabbi. Pardon.

– Quel âge as-tu, mon garçon ?

– Quinze ans. » Sa voix n'était plus qu'un chuchotement.

« Quinze ans, répéta le rabbin. Quand j'avais quinze ans, j'avais déjà terminé l'ensemble du Talmud. J'en étais très fier. C'était du jamais-vu chez un garçon de quinze ans. Je suis allé voir mon maître, le rabbin Adler, et je lui ai fait part de cette bonne nouvelle. Tu sais ce qu'il m'a dit ?

– Non, rabbi.

– Il m'a dit que je devrais célébrer cette belle réussite par un jeûne de trois jours. Et c'est ce que j'ai dû faire.

– Cela me semble très cruel, osa Leopold, inquiet.

– Non, c'était très avisé. C'est cela qui fit de rabbi Adler un grand sage, et non pas seulement un grand maître. Tu vois, à la différence de toi, je ne faisais pas la différence entre savoir et comprendre.

– Je vais être puni moi aussi ?

– Ce n'était pas une punition, c'était un honneur. » Il ébouriffa les cheveux du garçon. « Mais je ne t'oblige pas à jeûner, si c'est ce que tu crains. Après tout, tu n'as pas terminé l'ensemble du Talmud, n'est-ce pas ?

– Non, rabbi.

– Étudie donc le *Sefer ha-Gilugulim* de Hayyim Vital. Je t'interrogerai dessus la semaine prochaine.

– Oui. Merci, rabbi Moishe, répondit le petit Breuer avec un soupir de soulagement.

– Et cette fois-ci, tu peux écrire à ta mère que tu fais de grands progrès. »

178

Presbourg, janvier 1818

Le soleil hivernal brillait intensément, mais ses rayons ne chauffaient guère. Wolf Pappenheim s'arrêta et, les yeux plissés, admira la couche de glace couverte de neige qui s'étendait sur tout le chemin jusqu'à l'autre rive. Le Danube avait gelé, comme soumis par une force titanesque, capturé et soustrait à la vue.

« Spectaculaire, murmura Pappenheim. La Nature n'est-elle pas splendide ?

– Le Tout-Puissant », le corrigea le rabbin Sofer.

Wolf n'était pas sûr qu'il y eût vraiment une différence entre le Créateur et la Création, mais il se retint de le suggérer. Son regard glissa vers les arbres qui formaient une voûte au-dessus de leur tête et dont les branches, fléchies par leur fardeau de glace, scintillaient dans le soleil. La beauté sereine de ce décor le bouleversa. La gorge nouée, il songea à sa vie : il était un homme heureux, le choléra l'avait épargné alors que tant d'autres avaient péri ; il avait le bonheur d'avoir une famille merveilleuse ; il était riche quand d'autres étaient pauvres ; même les canons de Napoléon, qui avaient rasé la moitié de Presbourg, avaient comme miraculeusement évité ses maisons... Et pourtant... « Le Tout-Puissant a été si bon avec moi », déclara-t-il. Le Chatam Sofer opina en silence, sans regarder son ami. Mais quand Pappenheim ajouta : « Je me sens si coupable », l'attention du rabbin fut éveillée. « Tous les hommes de devoir se sentent coupables, dit-il. C'est parce que nous croyons que nous ne sommes pas à la hauteur de ce qui est attendu de nous. Que nous n'avons pas payé ce qui nous a été donné.

– Vous aussi, rabbi ?

– Moi plus que n'importe qui », confessa-t-il.

179

Pappenheim hocha la tête. « Cela n'a aucun sens, dit-il. C'est déraisonnable. »

Le Chatam Sofer vit des larmes briller dans les yeux de son cadet. Il posa une main consolatrice sur son épaule.

« Les sentiments sont toujours déraisonnables, n'est-ce pas ?

— Je ne sais pas… » Wolf Pappenheim réprima les sentiments qui le troublaient tout en pesant les mots du rabbin. Ils semblaient trop simples. Trop faciles. Il réfléchit un instant avant de protester : « Mon sentiment de culpabilité a une base rationnelle. Je suis en bonne santé quand d'autres sont malades. Je suis riche quand d'autres sont pauvres. Je ne mérite pas ma fortune. Et je n'aide pas les pauvres et les malades autant que je le devrais. Je pourrais faire davantage… Mais je suppose que je ne le veux pas — donc ma culpabilité a un fondement solide. Ce qui n'est pas le cas de la vôtre.

— Vous êtes en train de forger de toutes pièces des motifs à vos sentiments de culpabilité, mon fils. Vous éprouvez ces sentiments, et vous voudriez qu'ils aient une cause rationnelle, si bien que vous fouillez partout, jusqu'à ce que vous en trouviez une qui vous semble raisonnable. Mais j'ai comme l'idée que vos sentiments ne changeraient guère si vous renonciez à votre argent et à vos maisons. » Pappenheim garda le silence. Le rabbin le regarda quelques minutes, puis ajouta : « Si vous voulez découvrir les racines de ces sentiments, il faut voyager loin et profond. Il y a des moyens.

— Quels moyens ? demanda Pappenheim, quoiqu'il connût la réponse.

— La prière, la méditation, le jeûne et le rêve. Les moyens de la kabbale.

— Je ne saurais dire pourquoi, mais je ne pense pas que ce soit pour moi, rabbi.

— Comme vous voudrez. » Le ton sec du Chatam Sofer ne laissait planer aucun doute sur ce qu'il pensait de ce rejet.

« Ce qui me fait surtout du bien, c'est de parler avec vous comme nous le faisons », dit Pappenheim pour faire amende honorable, mais à peine eut-il dit ces mots qu'il se rendit compte de leur vérité. « Je reviens de nos promenades l'âme purifiée. Parler avec vous est la meilleure cure contre la mélancolie.

– Parler ouvre certaines portes, c'est vrai. Mais avez-vous le courage d'en franchir le seuil ? »

Wolf savait fort bien ce que le rabbin voulait dire. « Je ne suis pas assez sage et instruit pour la quête mystique. Je suis trop embourbé dans les modes de pensée de ce monde.

– Je doute fort que la rationalité desdits modes de pensée puisse vous apporter beaucoup de réponses, déclara le Chatam Sofer.

– Vous ne croyez pas à la rationalité, alors, rabbi ?

– De telles questions sont trop abruptes. Elles ne laissent d'autres choix que de répondre par oui ou par non.

– J'aurais dû le savoir. »

Pappenheim hasarda un sourire bon enfant, mais le Chatam Sofer se lança dans son explication sans en tenir autrement compte. « La rationalité est au cœur de notre *pilpul,* cette méthode d'analyse rationnelle que nous appliquons à l'étude du Talmud afin d'extraire la véritable signification des textes sacrés ; toutes leurs significations. On pourrait dire que le *pilpul* est une déduction logique purement rationnelle. » Ils atteignirent les portes du cimetière juif – qui indiquait d'ordinaire le point le plus éloigné de leur marche – et revinrent sur leurs pas en suivant leurs empreintes sur la neige. Après quelques mètres le long du quai, le Chatam Sofer renoua le fil de son argumentation. « Tout cela est fort bien, pour autant que cela dure, dit-il. Mais cela manque du plus important. L'essence de la Création est au-delà de la rationalité humaine. » Pappenheim se demandait ce que le rabbin voulait dire exactement : après tout, la phrase pouvait recouvrir tant de choses. « La Création est au-delà de la rationalité humaine », se répéta-t-il.

« Pourquoi le formuler ainsi ? demanda-t-il. Pourquoi ne pas dire que la Création est au-delà de la compréhension humaine ?

– Dire que la Création est au-delà de la compréhension humaine impliquerait que nous ne pouvons pas comprendre comment l'univers a été créé, en dépit de la révélation que le Tout-Puissant nous a faite. Ce n'est pas ce que j'ai voulu dire. Peut-être est-ce également vrai, mais j'inclinerais à penser que non. Après tout, si le Tout-Puissant veut que nous comprenions, alors Il nous en donnera les moyens. Non, c'est autre chose que j'ai voulu dire, en rapport avec ce que nous appelons la réalité. La réalité est au-delà de la rationalité humaine. La réalité n'est pas rationnelle.

– Donc vous voulez dire que la réalité est au-delà de la compréhension humaine. Que nous ne sommes pas assez intelligents.

– Vous confondez pour la deuxième fois compréhension et rationalité. Non. Je veux dire ce que j'ai dit : la réalité n'est pas rationnelle. »

Pappenheim, de peur de se tromper encore une fois sur le sens à donner aux paroles du rabbin, attendit en silence que le Chatam Sofer développe ses idées. « Rambam[1] était unique parmi nos sages à bien des égards, dit le rabbin. Ce prince de la déduction logique, le codificateur de nos lois, était à la fois chirurgien, philosophe, homme de science et kabbaliste. Il intégra la sagesse profane de l'Europe et de l'Arabie, les conceptions religieuses des mahométans et des chrétiens ainsi que notre propre tradition. Il composa à partir du savoir qu'il avait accumulé et de ses visions des livres qui n'ont guère d'équivalents parmi les œuvres des autres mortels. Il consacra à la réalité un chapitre de son *Guide des Égarés*. Il affirme que l'univers est composé d'atomes. Qu'il existe du vide entre les atomes. Que le temps est composé d'atomes. D'atomes de temps. Que dans chaque atome de matière et chaque atome de temps résident des accidents nombreux, et qu'ils en sont inséparables. Que donc ni la matière ni le temps ne sont inséparables d'accidents nombreux.

– Mais ces accidents, quels sont-ils ? demanda Pappenheim.

---

1. Moïse Maimonide, également connu sous l'acronyme de RaMBaM, pour rabbi Moses Ben Maimon.

– Des événements accidentels. Des faits du hasard, expliqua le Chatam Sofer. Selon Rambam, la nature de la matière et ses changements dans le temps sont une combinaison de processus aléatoires et de processus prédéterminés. Et cette caractéristique a été inoculée à la nature de la matière comme à celle du temps à leur niveau le plus fondamental, celui de leurs propres atomes. Il s'ensuit que toute création doit inclure le rationnel et le prévisible aussi bien que l'accidentel et l'irrationnel. Voilà ce que j'ai voulu dire par l'idée que la réalité n'est pas rationnelle. »

Cette conception troubla Pappenheim. Elle ne s'accordait guère à sa vision du monde, encore moins à ses convictions religieuses. « Mais pourquoi le Tout-Puissant créerait-il un monde pareil ? demanda-t-il.

– Voilà exactement le genre de question auquel l'homme doit renoncer. Elle sous-entend que le Créateur est enfermé dans notre logique, qu'Il doit obéir aux lois de la rationalité telles que nous autres humains les définissons. C'est une présomption qui frôle le blasphème », déclara le Chatam Sofer d'un ton comminatoire, mais voyant le visage de Pappenheim se creuser d'angoisse, il se radoucit : « D'un autre côté, je suis convaincu que cette inoculation de l'accidentel est le mécanisme qui permet aux humains de prendre leurs propres décisions. C'est elle qui met l'intellect en mesure de saisir le moment où des choix doivent être faits, et le sens moral de faire la différence entre le bien et le mal. »

Ils s'écartèrent du fleuve et commencèrent à gravir la colline en direction de la Judengasse.

Presbourg, septembre 1825

Le chemin était jonché de marrons, certains encore à moitié enfermés dans leurs bogues vertes hérissées d'épines qui achevaient

183

de se fendre, d'autres déjà libérés, leur écorce brune brillante exerçant une irrésistible séduction sur les deux garçons qui les ramassaient sous les arbres. Quand un spécimen particulièrement superbe attirait leur attention, ils l'examinaient minutieusement, l'un après l'autre, puis, s'il correspondait à leurs normes exigeantes, ils tentaient de lui trouver une place dans une poche déjà pleine à craquer. Wolf Pappenheim regardait les enfants avec un brin de nostalgie. Mille et un jeux de marrons avaient fait des automnes de son enfance une saison particulière. Quarante ans plus tôt, il avait été une sorte de champion du marron. Il le dit au Chatam Sofer, mais les pensées du grand homme étaient ailleurs.

« Donc, nous devons mobiliser nos ressources, reprit celui-ci.

– Oui, rabbi », répondit Wolf, avec une pointe de culpabilité car il avait acquiescé par automatisme. En réalité, il ne saisissait pas les propos du rabbin. « Mais que voulez-vous dire exactement ? demanda-t-il, espérant donner le change.

– L'orthodoxie est attaquée. Le prétendu mouvement réformiste suscite de trop nombreux adeptes en Hongrie. C'est la dernière toquade des esprits inconstants. Ses animateurs ont l'audace de déclarer que leur enseignement est fondé sur le Talmud, et pourtant ils voudraient remplacer par l'allemand la langue sacrée, laisser tomber les prières pour la Rédemption et même installer des orgues dans leurs synagogues ! Des églises, voilà le nom que je leur donne. » Le Chatam Sofer s'arrêta, se tourna vers Pappenheim et agita un doigt. « Que des individus nous abandonnent, cela s'est vu depuis la nuit des temps ; soit ils nous reviennent déçus, soit ils persévèrent dans leur rejet, lequel est cependant si peu significatif que l'oubli les engloutit bientôt. Comme les marrons qui tombent des arbres. Ils ne font aucun tort aux arbres. Les arbres restent vigoureux. C'est même pour les arbres leur meilleur moyen de survivre, le moyen de leur renouveau. Certains des marrons tombés peuvent germer et produire de nouveaux arbres, même si la plupart disparaissent. Dans les poches des gamins, ajouta-t-il avec un sourire. Mais quand les apostats s'organisent en groupes, alors nous devons être sur nos gardes. Nous devons songer à pourvoir à notre défense. Sinon, nous prendrons le chemin des Juifs d'Allemagne. »

La discussion accaparait maintenant toute l'attention de Pappenheim, qui demanda au rabbin de poursuivre.

« Les Juifs de Hambourg ont construit une nouvelle grande synagogue il y a quelques années. Je me suis laissé dire que c'était une merveille à voir. Un miracle en pierre. Mais seul compte ce qui est dans le cœur des hommes. Aussi longtemps que l'extérieur, subordonné aux valeurs intérieures, sert à les soutenir, tout va bien ; mais quand l'aspect extérieur se met à primer sur l'intérieur, alors la glissade vers l'apostasie commence. Ils ont voulu que leur synagogue ne fût pas seulement la plus grande et la meilleure, ils ont aussi voulu en faire le reflet de leur promotion sociale, de leurs propres réussites dans le monde. Ils ont voulu imprimer de nouveaux livres de prières, *modernes* – le rabbin prononça ce mot avec une affectation pleine de dégoût –, oui, *modernes*, ils ont voulu avoir des orgues, ils ont voulu avoir un chœur mixte. En d'autres termes, ils ont voulu cesser d'être juifs. Naturellement, il y a eu des gens pour s'élever contre ce mouvement, qui sont allés consulter les grands rabbins de toute l'Europe. Ils ont cru bon de m'inclure dans ce nombre et, bien évidemment, j'ai condamné les réformateurs, comme les autres, mais il était trop tard. Le virus avait fait souche. Ils ont engagé un jeune rabbin comme *hackham*. Il s'appelle Isaac Bernays, c'est un homme dont la lignée et la formation sont irréprochables, un disciple du rav Abraham Bing lui-même, et pourtant ce *hackham* Bernays a été lui aussi mordu par le chien enragé de la réforme. Non content de faire entrer dans sa synagogue des orgues et un chœur – des peccadilles ! –, il a commencé à diriger les offices en allemand et non plus en hébreu. Il a autorisé un nouveau livre de prière, qui abandonne toute référence au Messie et à notre désir de retourner en Terre sainte. Il se prend pour le Martin Luther des Juifs. Mais contrairement à Luther qui, malgré toutes ses erreurs, brûlait de l'esprit du Tout-Puissant et qui aurait été prêt à mourir pour ses convictions, le rabbin Bernays et ses réformateurs sacrifient inconsidérément leurs anciennes croyances, afin de mieux s'intégrer dans leur environnement chrétien. Bernays a demandé le contrôle exclusif des écoles de Talmud Torah de Hambourg et, quand on lui a donné ce pouvoir, il a élargi le programme en y incluant des matières profanes comme la géographie et l'histoire, les sciences naturelles et l'arithmétique. Quand ces enfants auront grandi, ils s'éloigneront tellement de la tradition que même le *hackham* Bernays sera surpris de ce qu'il aura déchaîné.

– Vous savez bien, rabbi, que nombreux sont ceux qui, dans notre communauté même, veulent mettre en place un collège laïque, une *Reformschule* pour les jeunes Juifs, comme une alternative à notre *yeshiva*, précisa Pappenheim.

– Bien sûr que je le sais. Et, comme je l'ai dit, nous devons nous défendre. L'ennemi va attaquer, voilà au moins une certitude. »

L'attaque prophétisée par le rabbin Sofer était plus proche qu'il ne l'avait imaginé, et plus violente qu'il ne l'avait craint.

Wolf Pappenheim entretenait les meilleures relations avec la magistrature suprême de Presbourg. Même Son Excellence le maire le saluait et prenait à l'occasion le temps d'engager une conversation avec lui. Quoiqu'il ne fût pas dans l'intérêt du maire d'être vu trop souvent en train de parler aux Juifs, en même temps il eût été de mauvaise politique d'ignorer un Juif aussi riche et influent que Pappenheim. Mais Son Excellence ne serait pas devenue maire s'il avait été homme à se laisser mettre en échec par ce genre de problèmes. Depuis des années il naviguait entre dédain et civilité avec une discrétion et une habileté accomplies. Ce fut du maire que Wolf apprit qu'un désastre menaçait la *yeshiva*. Les partisans de l'école laïque avaient trouvé des soutiens en haut lieu. Les autorités considéraient d'un œil favorable leur projet de collège moderne pour les jeunes Juifs parce qu'ils l'interprétaient comme un mouvement vers l'intégration et la modernisation, en d'autres termes le progrès. À l'inverse, leurs critiques ne tarissaient pas contre la *yeshiva*, source de réaction, de bigoterie et d'arriération. Ceux qui, dans la communauté, penchaient pour la réforme avaient peur de voir l'influence de la *yeshiva* grandir chaque année un peu plus au lieu de pâlir comme elle devait le faire dans le monde moderne. Les élèves qui habitaient en ville diffusaient largement le conservatisme du Chatam Sofer. Les détracteurs de la *yeshiva* n'eurent aucun mal à convaincre les autorités de ce qu'elle constituait un obstacle au progrès, tant et si bien que non seulement la nouvelle école, laïque, fut autorisée à ouvrir ses portes, mais qu'un ordre impérial allait être promulgué, portant fermeture de la *yeshiva*.

Le rabbin Sofer savait au fond de son cœur qu'une telle calamité n'aurait pu survenir si Dieu ne l'avait pas voulu. Il se tenait pour responsable. Le Tout-Puissant le punissait de ses péchés. De sa vanité. Il se retira dans son étude et referma la porte derrière lui. À l'intérieur, il pria, il jeûna, il médita. Il lut le Zohar, il pria, pria encore, et attendit.

Après trois jours de jeûne et de prière, il sentit son âme s'élever au-dessus de lui vers les cieux. Sa progression fut soudain bloquée par un mur infranchissable, qui s'étendait à perte de vue dans toutes les directions. Il ne pouvait plus avancer. Il ne pouvait revenir en arrière. Alors il attendit, et son attente se prolongea à travers le temps, des jours entiers, ou peut-être seulement des minutes, quand il remarqua une porte dans le mur. La porte s'ouvrit sur une simple pression de sa main, et il la franchit en volant. À peine eut-il passé le seuil qu'il fut exalté en une ascension pleine de joie et d'espérance vers le Chariot de lumière. Il fut bientôt tout près de la lumière de la connaissance, mais elle brillait d'un éclat si aveuglant qu'il fut obligé de détourner son regard. Puis deux anges vinrent tout contre lui, l'un de chaque côté, et le firent redescendre du ciel, jusqu'au moment où il réintégra son corps terrestre.

À cette date, l'élève qui avait l'honneur de loger chez le rabbin s'appelait Samuel Löb Brill. Inquiets pour la santé du Chatam Sofer, le jeune Brill et un de ses camarades, Moses Schiffmann, enfoncèrent la porte et se précipitèrent dans l'étude du grand homme. Les deux *yeshiva bochers* trouvèrent leur rabbin étendu sur le sol, inconscient. Il respirait normalement, mais ses cheveux et sa barbe broussailleuse étaient devenus tout blancs. Les deux novices transportèrent le rabbin sur un sofa et lui firent respirer des sels et des clous de girofle pour le ranimer. Grâce à leurs soins, le Chatam Sofer reprit lentement connaissance. Il demanda même du thé, que ses disciples allèrent lui chercher en hâte. Après quelques gorgées, alors que ses joues reprenaient des couleurs, il leur dit : « Il suffit d'utiliser la bonne formule pour que la bouche qui nous a maudits en vienne à nous bénir. » Les deux élèves échangèrent des regards lourds de sens. Le Chatam Sofer allait employer la magie kabbalistique pour battre leurs ennemis ! Une incantation sacrée – le Nom divin de soixante-douze syllabes, peut-être… Le rabbin voulut de la nourriture. Ils apportèrent des œufs à la coque et de la *cholla*, qu'il mangea, avant de boire encore plusieurs tasses de thé. Puis il se leva, demanda son manteau, son chapeau, et sortit sans un traître mot d'explication.

Deux jours plus tard, le rabbin Sofer convoqua les anciens de la communauté. Ils se rendirent à son étude, où ils retrouvèrent son plus proche ami et conseiller, le rabbin Paneth, et quelques élèves privilégiés qui avaient eu la permission d'assister à ce conseil de guerre. Sans perdre une minute, le Chatam Sofer en vint aussitôt au cœur du sujet. « *Chaverim*, nous sommes à la veille d'une épreuve. Notre chère *yeshiva* est en danger. Comme vous le constatez, mes cheveux ont pris la couleur de la neige. Quand le choléra décimait notre communauté, je suis resté impavide devant l'adversité. Quand les canons de Napoléon ont

bombardé notre ghetto, je n'ai pas eu peur pour notre avenir...
Mais aujourd'hui où les réformateurs attaquent notre *yeshiva*,
où ils veulent détruire la culture qu'ils ont eux-mêmes reniée,
nous devons mobiliser nos forces.

— Mais que pouvons-nous faire, rabbi ? s'écria Moses Schiffmann, un *yeshiva bocher* toujours empressé de servir au mieux
son maître.

— J'ai rendu visite aux autorités. J'ai plaidé. J'ai menacé. J'ai
crié et pleuré. J'ai argumenté. J'ai prié. Je savais qu'il y avait une
voie, mais il me fallut rassembler tous mes efforts pour trouver
la porte. »

Ils étaient comme envoûtés. « C'est un miracle, rabbi ?
demanda le même jeune homme.

— Pas un miracle, mais un exemple parfait de la cupidité et
de la corruption de l'homme. Je me suis laissé dire que l'administration pouvait être achetée. Il n'est que de soudoyer deux
fonctionnaires, qui ont le pouvoir de casser l'ordre, et l'intermédiaire qui réalisera la transaction. C'est la clef qui ouvrira la
porte. Mais nous n'en avons pas moins besoin d'un miracle. » Il
s'interrompit quelques instants. Déconcertée, l'assemblée attendit en silence. « Il s'agit de vingt mille guldens ! »

Frappées de stupeur, les bouches restèrent muettes. Puis
une voix cria : « C'est une somme impossible ! » S'ils hypo-
théquaient leur *yeshiva* de pierre à deux étages, leur fierté et
leur joie, ils n'en tireraient pas plus de sept ou huit cents guldens.

« Il y a plus, avertit le rabbin. Il nous est donné deux semaines
de répit. À cette échéance, la *yeshiva* sera fermée. Deux semaines
et pas un jour de plus pour rassembler vingt mille guldens. » Le
Chatam Sofer ne se laisserait pas décourager : le Tout-Puissant
ne permettrait pas qu'il arrive malheur à Sa *yeshiva*. « Le délai
qui nous est imparti est trop court pour que nous envisagions de
réunir cette somme par un appel public. Je ne vois qu'une possibilité : nous devons trouver les noms de quelques riches Juifs
qui nous avanceront l'argent nécessaire jusqu'à ce que nous

soyons en mesure de les rembourser en faisant appel aux Juifs de tout l'Empire. J'ai fait le brouillon de la lettre par laquelle nous les solliciterons. Quant à savoir qui il faut contacter, j'attends vos suggestions. Ce n'est guère de mon ressort.

– On dit que Lazar Brill Schossberger[1] de Sasvár est le Juif le plus riche de Hongrie. Nous pouvons essayer auprès de lui, proposa quelqu'un.

– C'est le frère de mon père, s'écria Samuel Löb Brill, le jeune élève qui avait retrouvé le rabbin après son voyage céleste. Je suis sûr qu'il nous aidera. Je peux lui écrire.

– Les Sváb de Csongrád peut-être.

– Les Herend Fischer ? Ils peuvent se le permettre.

– La famille Altshul de Prague ?

– Nous devons envoyer une délégation à chacun d'entre eux », proposa le rabbin Paneth.

Après quelques minutes de tohu-bohu, la haute stature de Wolf Pappenheim se dressa d'un coup. Il leva les bras pour demander de l'attention : « Cela ne sera pas nécessaire. » Pappenheim marqua un temps de silence pour s'assurer qu'ils écoutaient de toutes leurs oreilles. « Ce serait pour moi une grande *mitzvah* de donner l'argent. » Sa déclaration provoqua l'incrédulité.

« Quoi ? Toute la somme ?

– Ce n'est pas le moment de plaisanter, reb Pappenheim.

– Votre fortune s'élève jusque-là ?

– Vous pouvez vous le permettre ? Impossible ! »

La voix de Wolf retentit à nouveau dans le silence qu'il avait imposé d'un geste impérieux. « Oui. Toute la somme[2]. Ce sera un honneur. » Puis il ajouta comme pour se justifier : « Je fais

---

1. Né Elizier Brill, il changea son nom pour celui de Lazar Schossberger. Son frère, le rabbin Azriel Wolf Brill, *dayan* de Pest, était le père de Samuel Löb. Le fils d'Eliezer Brill, S.V. Schossberger, était le grand-père de George Hevesy.
2. Wolf Pappenheim mit personnellement la moitié de la somme. L'autre moitié vint de son beau-frère, Moses Bettelheim, qui vivait lui aussi

cette donation en mémoire de mon honoré ancêtre, le rabbin Nathan de Pappenheim ; ce sera un exemple pour mes fils, Kálmán et Sigmund[1]. » L'assemblée, pantoise, garda le silence. Alors, très lentement, le Chatam Sofer se dirigea vers Wolf Pappenheim. Les yeux du rabbin étincelaient de larmes. Il hésita. Puis il serra la main de Wolf. Il la secoua avec véhémence, plus longtemps que ne le veut l'usage, avant de la lâcher enfin, comme à regret, et, tremblant d'émotion, il embrassa son cadet.

« Le Tout-Puissant vous a envoyé pour sauver notre école et protéger notre avenir, proclama le Chatam Sofer d'un ton solennel après avoir regagné sa place.

– Amen, dit le rabbin Paneth.

– Amen, dit le jeune Samuel Löb Brill.

– Amen », dirent tous les autres en écho.

Presbourg, mars 1835

Ce n'était guère que la deuxième fois que Wolf Pascheles venait à Presbourg. Sa première visite remontait à des années, au temps de ses débuts dans le métier. Dans l'intervalle, ses affaires avaient bien prospéré. Une belle réussite pour un garçon misérable du ghetto de Prague, pensait-il. Par un accident heureux, ou plus vraisemblablement par la grâce de Dieu, il avait trouvé un commerce honorable et lucratif. Il était toujours par monts et par vaux, rencontrait des gens intéressants, était au contact des idées les plus récentes. Il se présentait volontiers

---

à Presbourg. À cette époque, il était dit que l'abréviation qui servait à désigner la ville de Presbourg – Pb – venait en fait de Pappenheim-Bettelheim.

1. Sigmund Pappenheim était le père de Bertha (Anna O.) et le tuteur légal de Martha Bernays (Frau Freud).

comme un simple colporteur, mais il ne vendait que ses propres productions – livres de prière, brochures, monographies en allemand et en hébreu, portraits de tsadiks et de rabbins miraculeux. Il assumait tous les coûts d'impression et de publication. Il était même l'auteur de certaines brochures. Deux fois par an, il emballait tout son stock dans un grand coffre en bois et prenait la route. Il allait par les chemins, à travers le nord de la Hongrie, la Galicie et la Silésie, partout où il pouvait vendre ses publications à ses coreligionnaires qui tenaient boutique dans des villages ou des villes de province, et même aux *yeshivas* et aux écoles. Ces voyages lui permettaient aussi d'évaluer les attentes de ses clients et d'identifier ce qui manquait à son ballot, de telle sorte qu'à son retour à Prague il pouvait passer commande de l'impression des articles qui se vendraient le mieux. Mais il ne pouvait emporter dans ses voyages qu'une quantité limitée de marchandises, ce qui freinait le développement de ses affaires. Il rêvait d'ouvrir sa propre librairie à Prague. Dès qu'il aurait obtenu les autorisations nécessaires... Et ce ne serait qu'un début. Il publierait alors d'autres titres, qu'il pourrait vendre, bien au-delà de sa propre librairie, partout dans l'Empire. L'esprit tourné vers son avenir, il profitait de chacun de ses voyages pour nouer un par un les contacts nécessaires dans l'idée de pouvoir un jour les utiliser pour distribuer ses productions dans tout le pays, sans avoir à se déplacer lui-même. Bien sûr, ce projet demandait un capital de départ substantiel, mais c'était pour le rassembler qu'il travaillait si dur et dépensait si peu. Et s'il n'avait toujours pas assez d'argent quand l'heure d'investir arriverait, il savait que ses imprimeurs, les Altshul, s'offriraient très volontiers pour être ses partenaires et compléteraient sur leurs propres fonds jusqu'à hauteur de la somme dont il aurait besoin.

Sa collection de portraits de rabbins se vendait bien. C'était sa ligne éditoriale favorite, parce qu'elle présentait deux avantages distincts. D'abord et avant tout, chaque portrait était une simple feuille de papier, qui prenait dans son coffre bien moins de place qu'un livre de prière ou qu'une brochure ; par ailleurs, le prix auquel il vendait le portrait dépendait de la notoriété du tsadik : plus le rabbin était éminent, plus l'image enchérissait à la vente, à coûts de production constants, si bien que le profit de Pascheles augmentait d'autant. Dans ces conditions, comment le développement commercial de sa collection d'images – à laquelle il donna le nom grandiose de *Galerie Pascheles* – n'aurait-il pas été au premier plan de ses préoccupations ?

La *yeshiva* de Presbourg était devenue la plus fameuse de l'Empire, voire au-delà. Rares étaient les Juifs qui, de Lituanie en Palestine, d'Odessa à Londres, ne connussent le nom de son fondateur, Chatam Sofer. Wolf Pascheles avait écrit à ce dernier pour lui demander la permission d'ajouter son portrait à la *Galerie*, mais la réponse du rabbin fut évasive : sottise et vanité, voilà ce qui gouvernait le monde. Wolf allait devoir le persuader. Peut-être une donation substantielle à la *yeshiva* serait-elle l'argument qui l'emporterait. Il espérait trouver un bon graveur dans la ville de Presbourg et l'emmener avec lui à la *yeshiva* quand il s'y rendrait de telle sorte que, si le rabbin acceptait, Wolf pourrait le prendre au mot et agir avant qu'il ne change d'avis. Il demanda en ville où il pourrait trouver un artisan de valeur, et on lui indiqua deux noms. Il rendit visite à chacun des deux graveurs pour examiner leur travail, mais ni l'un ni l'autre ne remplissait ses grandes exigences. Il fit peu de cas des magnifiques paysages et des cartes minutieuses qu'on lui montra, car il ne s'intéressait qu'aux portraits et à ceux-là seulement qui manifestaient une qualité singulière, essentielle. Pascheles savait que les clients avaient une prédilection pour les images qui communiquaient la force spirituelle du sujet, et la ressemblance physique était pour eux secondaire. Les considérations réalistes n'entraient guère dans leurs critères de choix ; la plupart des acheteurs n'avaient jamais vu le sujet du portrait ou n'en avaient qu'une idée vague. Ils achetaient les portraits avant tout comme un talisman, pour en recevoir une inspiration ou une direction spirituelle, pour y puiser réconfort et consolation. La force de la gravure reposait donc sur une qualité intangible qui, à en croire son expérience, ne pouvait être transmise que par le rendu des yeux. Aussi Wolf ne faisait-il appel qu'à des graveurs conscients de l'importance de cet élément du visage. Mais à Presbourg, il n'arrivait pas à trouver satisfaction. Il resta un moment devant la boutique du second graveur, sans savoir où il porterait maintenant ses pas. Un jeune homme, vêtu de guenilles comme les hères les plus pauvres du ghetto, s'approcha de lui. Il avait le visage net et le regard franc.

« Votre Excellence, commença-t-il, cherchez-vous par hasard quelqu'un qui puisse faire votre portrait ?

– Pas du tout », répondit Wolf, dédaigneux. Mais à son corps défendant, il ajouta : « Connaissez-vous un bon graveur ? » Le jeune homme sourit : « Je ne connais que le meilleur. Mon père. » Pascheles, gêné, lui demanda : « Si votre père est un graveur de premier ordre, pourquoi n'êtes-vous pas… – il hésita – mieux habillé ? » Le jeune homme, inclinant la tête, inspecta ses vêtements comme s'il les voyait pour la première fois, puis se redressa et regarda Pascheles droit dans les yeux. Son sourire se dissipa légèrement.

« Nous sommes pauvres, c'est vrai. Mon père ne mesure pas son talent. Il n'a ni le courage, ni la confiance en lui, ni l'argent pour en faire un métier.

– De quoi vit-il dans ces conditions ? interrogea Pascheles, sceptique.

– Permettez-moi de me présenter, Votre Excellence. Shmuel Spitzer, mais je préfère que l'on m'appelle Friedrich. C'est plus raffiné, ne trouvez-vous pas ? » Le jeune homme essuya sa main droite sur sa veste, puis la tendit à Pascheles qui la serra. « Mon père est fossoyeur pour la communauté juive de cette ville. Une profession honorable, quoique mal payée.

– Puis-je voir son travail ? demanda Wolf. Ses gravures, je veux dire.

– Bien sûr, venez avec moi. »

194

Il partit d'une démarche légère, suivi de Pascheles. Il leur fallut gravir la colline à travers des ruelles étroites dont les pavés ronds, grossièrement posés et désunis, menaçaient à chaque instant de leur fouler la cheville. Ils dépassèrent une ou deux petites boutiques, puis des camelots qui déballaient leurs marchandises sur des étals de bois appuyés contre un mur ou sur des plateaux qu'ils portaient autour du cou grâce à une courroie. Quand une foule grouillante lui bloquait le passage, Pascheles touchait sa bourse pour s'assurer qu'elle était toujours bien dans sa ceinture. Il ne craignait pas particulièrement d'être volé, mais prudence est mère de sûreté. Peut-être le jeune homme avait-il des visées sur son argent ; peut-être avait-il des complices qui les attendaient en route. Cependant, son jeune guide ne ralentissait pas, et Wolf, devenu un peu corpulent avec l'âge, avait quelque difficulté à tenir le rythme. Comme ils continuaient leur ascension, la foule se dispersa, les ruelles devinrent encore plus étroites, et les effluves nauséabonds. Approchant l'extrême limite du ghetto près du mur d'enceinte, le garçon entra dans une cour, Pascheles le suivit. Il leur fallut descendre une douzaine de degrés ; la maison du fossoyeur était elle-même à moitié enterrée.

Pascheles, qui s'attendait à rencontrer un vieil homme brisé par la pauvreté, trouva une sorte de colosse tout aussi souriant que son fils, qui lui rendit une poignée de main ferme et vigoureuse. Schmuel-Friedrich expliqua à son père que le gentleman raffiné qu'il avait amené était un client pour un portrait. Wolf rectifia : il était là pour trouver un graveur, mais pas pour lui-même. Le fossoyeur secoua la tête. « Je ne me fais pas payer pour mes dessins. Je dessine parce que j'y prends du plaisir.

— N'y avez-vous jamais pensé ? demanda Pascheles.

— Qui voudrait me payer pour ma peine ? dit l'homme en souriant. Mais même si l'on reconnaissait mon travail, cela ne marcherait pas.

— Pourquoi n'y avez-vous jamais pensé ? insista Pascheles.

– Les gens ne veulent pas qu'un fossoyeur fasse leur portrait. Ils pensent que cela hâterait leur trépas. »

Comprenant que l'homme parlait sérieusement, Pascheles réprima son rire. Il trouvait ce genre de superstition ridicule, mais il était là pour affaires. « Puis-je voir quelques-uns de vos dessins ? » demanda-t-il. Le fossoyeur décrocha de ses murs plusieurs portraits dessinés sur des bouts de papier de toute taille et les porta dehors pour que Pascheles puisse les examiner. Apparemment, le fossoyeur avait lui-même pris ses distances par rapport à cette superstition, car il y avait un autoportrait, probablement réalisé à l'aide d'un miroir, un dessin de son fils et celui d'un autre enfant plus petit. Le dernier était celui d'une femme, sans doute son épouse, dont les yeux irradiaient d'une beauté presque magique. Il n'en fallut pas davantage pour décider Wolf, envoûté : il ne trouverait jamais un meilleur artiste. Cet homme devait venir avec lui. Il expliqua son objectif et lui exposa les particularités de la situation. « Le Chatam Sofer ? C'est magnifique. » La pensée que son portrait du rabbin se diffuserait dans toutes les foires du pays enflamma l'imagination du fossoyeur. « Si le rabbin lui-même est d'accord pour que je grave son portrait, alors nul n'y trouvera à redire. Et il acceptera sans doute si je le lui demande. Mais je ne le ferai pas pour de l'argent, ajouta-t-il, seulement pour le rabbin et pour la *yeshiva*. » Wolf demanda au fils de le rejoindre dehors.

« Friedrich, tu es l'homme d'affaires de cette famille, je le vois bien. Donc, voici ma proposition : cinq guldens dès maintenant pour ton père afin qu'il vienne avec moi chez le rabbi Sofer. S'il accepte, si le rabbin est d'accord et que le portrait répond à mes vœux, je le ferai imprimer et je le vendrai. Nous partagerons les profits en trois : un tiers pour moi, un tiers pour ton père, un tiers pour la *yeshiva*. Cela te paraît-il honnête ? » Le jeune Spitzer, le visage épanoui, tendit la main. « Affaire conclue, Votre Excellence. » Et ainsi fut fait. À la *yeshiva*, Wolf Pascheles se présenta au grand rabbin et expliqua la raison de sa visite. À son tour, Spitzer pria le Chatam Sofer de bien vouloir bénir son fils Shmuel, puis de lui accorder la permission de faire son portrait pour Pascheles. Le saint homme tergiversa : sa dignité n'en pâtirait-elle pas s'il autorisait la circulation de son portrait comme une simple marchandise que l'on vend pour de l'argent ? Les choses auraient été différentes si Pascheles avait fait une donation de la totalité des profits à la *yeshiva* plutôt que de les partager. Mais finalement, il jugea malvenu de rejeter les prières de l'humble fossoyeur.

La renommée du portrait fut bientôt immense, tous désiraient en acquérir une copie. Il montrait le rabbin Sofer un peu plus jeune, la barbe déployée, avec seulement une touche de gris veinant ses boucles sombres, son chapeau de fourrure encadrant son noble front. Ses yeux reflétaient à la fois la vigueur et la sagesse de l'âge, son regard pénétrait jusqu'au plus intime de l'âme de qui le regardait. Wolf ne fut guère étonné de constater que le portrait représentait désormais la plus forte vente de la *Galerie Pascheles*. La haute considération dans laquelle le sujet était tenu, combinée avec la puissance de la technique de Spitzer, laissait peu de place au doute.

Il serait abusif de prétendre que ce portrait fit leur richesse à tous, mais il n'en reste pas moins qu'ils devinrent tous prospères. La *yeshiva*, grâce à Pappenheim et aux autres, l'était déjà. Quelques années plus tard, Wolf Pascheles ouvrit sa librairie à Prague et devint un des plus grands et plus riches éditeurs de livres juifs de l'Empire. Les plus connus parmi ses nombreux titres étaient les *Pascheles Illustrierte israelitischer Volkskalender* et la *Gallerie von jüdischen Merkwürdigkeiten* que l'on trouvait dans tous les foyers juifs d'Autriche-Hongrie, et ses livres préférés les *Sippurim*, une collection en plusieurs volumes de mythes, chroniques et légendes juifs qu'il avait lui-même rassemblés au cours de ses nombreux voyages.

L'histoire de Friedrich Spitzer, le fils du fossoyeur que le Chatam Sofer avait béni, fut encore plus extraordinaire. Quelques années plus tard, il remarqua sur un étal de marché un dessin dont la qualité lui rappelait ceux de son père. Ce grand sentimental l'acheta pour cinq guldens – la légende dit qu'il paya avec les pièces que Pascheles lui avait données, mais peut-être n'est-ce qu'un enjolivement d'une histoire maintes et maintes fois racontée. Une seule certitude en tout cas : il s'agissait d'une œuvre d'Albrecht Dürer, et ce dessin fut donc la pierre angulaire de la fortune et de la réputation que Friedrich Spitzer sut se bâtir par la suite. Quelques années après, il devint marchand d'art, à la tête de deux galeries, à Paris et à Londres. Il comptait parmi ses clients le roi d'Angleterre, les Rothschild, et de nombreux membres de l'aristocratie française et britannique. Après sa mort, la vente de sa collection personnelle rapporta dix millions de francs à ses héritiers.

## Presbourg, automne 1840

Dans les temps anciens, tous les mâles étaient tenus de faire un pèlerinage annuel au Temple de Jérusalem pour Sukkoth. À l'occasion de cette même fête des Tabernacles, en 1840, de nombreux Juifs firent le pèlerinage, mais à Presbourg, par piété, par curiosité, ou en raison de leur éminence dans la communauté. Il était de notoriété générale que les jours du Chatam Sofer étaient comptés.

La grande synagogue de Presbourg était bondée pour *Simchat Torah*, la joie de la Loi, le dernier jour de Sukkoth. Tous les yeux étaient rivés au siège normalement réservé aux rabbins distingués en visite. Là était assis Moses Samuel Schreiber, soixante-dix-sept ans, connu sous le nom de Chatam Sofer, gaon de Presbourg, *nassi* de tous les *kolelim* de Palestine, patron de la Yeshiva Chatam Sofer de Safed, directeur de la Pressburger Yeshiva, rabbin en chef du Burgenland, homme sage et saint, hôte d'honneur dans sa propre synagogue. Bien que ses vêtements de cérémonie ne pussent cacher son corps émacié et que son visage fût pâle comme neige, il était assis droit comme un *i* sur le siège dur, les paupières fermées en méditation. Ceux qui lui étaient le plus proches l'avaient supplié de renoncer à mener les prières, ce qu'il leur avait accordé. Cette concession serait son cadeau, peut-être le dernier, à ceux qui l'aimaient. À sa place, l'office était dirigé par son fils aîné, le rabbi Samuel Benjamin Schreiber, assisté du gendre du Chatam Sofer, le rabbi Benjamin Solomon Spitzer, qui surent imprimer à la cérémonie, malgré leur jeunesse, une telle dignité et une telle puissance que le chef de l'assemblée, Wolf Pappenheim, en fut impressionné. « Valeureux descendants d'un grand homme », chuchota-t-il à l'oreille de Samuel Brill, qui occupait le siège à côté du sien. Le bruit courait que Samuel Schreiber prendrait la place de son père quand, que le Ciel nous en préserve, le sage les quitterait. Le plus jeune fils, Simon, était en train de suivre sa formation de rabbin, mais il contribuerait très certainement lui aussi à prolonger la sainte dynastie.

Ce brillant diplômé de la *yeshiva* qu'était Samuel Brill était employé, chez les Pappenheim, comme précepteur des nombreux enfants de la famille élargie. Sa tâche était de guider les jeunes membres de la tribu Pappenheim dans le Talmud et dans l'hébreu, ainsi que dans les études classiques latines et grecques.

Le jeune précepteur répondit à la remarque de Pappenheim d'un signe de tête approbateur, non sans quelque hésitation cependant. Ce n'était pas qu'il fût en désaccord avec son employeur, mais il aurait tellement aimé mériter une telle remarque. Il voulait être lui aussi le digne fils de son père, le rabbi Azriel Brill, un grand homme, *dayan* de Budapest. Peut-être le serait-il un jour. Il l'espérait. Mais pas maintenant. Pas encore. Wolf, pour sa part, voyait en Samuel Brill non pas le descendant d'un illustre rabbin, mais plutôt la réincarnation de son pupille de vingt ans plus tôt, Leopold Breuer, ce garçon opiniâtre, toujours en quête de la connaissance, à la recherche d'une synthèse entre le profane et le religieux.

Le service dura longtemps. Le Chatam Sofer, raide sur sa chaise, montra peu d'émotion. Chaque fois que l'assemblée se levait, il se levait de conserve, se balançant doucement d'avant en arrière, comme le voulait la coutume. La fin de la cérémonie approchait toutefois : la lecture de la Loi était presque terminée, à l'exception du dernier passage, le plus honoré, le *hatan Torah**, dont la fonction était de clore le cycle de l'année liturgique, au cours de laquelle la totalité de la Loi devait être lue, dans l'ordre, semaine après semaine. L'assemblée cantila la prière *Me-reshut ha-El ha-Gadol*, puis le rabbin Moses Sofer se leva et, avec l'aide de ses fils, marcha jusqu'à la *bima**. C'était à lui de lire cet ultime passage de la Torah, ce qu'il fit d'une voix sonore. Quand il atteignit la phrase « et Moïse mourut », il était le seul dont les larmes ne coulaient pas. Il demeura calme et sourit avec bonté à sa communauté.

Deux jours après le service, le rabbin Sofer reposait sur son lit d'agonie, entouré de sa famille et de ses disciples. Si sa voix était à peine audible, il avait l'esprit clair comme le cristal et délivrait à ceux qui étaient dans la pièce, comme si de rien n'était, un cours sur un aspect particulier du Talmud, dont il avait peut-être l'impression qu'il ne l'avait pas expliqué comme il fallait les années précédentes. Quand il eut terminé, les autres hommes commencèrent à prier.

« *Chaverim*, appela Wolf Pappenheim quand le cycle de prières fut achevé, savez-vous pour quelle âme nous sommes en train de prier ? » Il ne se donna pas la peine d'essuyer les larmes qui ravinaient ses joues. « Le plus grand homme de notre temps, interprète inégalé de la Torah et de la kabbale, source de sagesse, de compassion, vivant reflet de la force et de l'amour du Seigneur. Notre maître. » Le Chatam Sofer fit de son doigt recourbé un signe vers l'élève qui avait l'honneur de loger dans sa propre maison ; le vieux sage ôta ses *tefillin*, les phylactères essentiels à chaque prière du matin, et les plaça dans les mains que le garçon avait mises en forme de coupe. « Prends ceci, mon fils. Je n'en aurai pas besoin demain », dit-il.

Moishe Spitzer, le fossoyeur de la communauté de Presbourg, quitta la retraite où il vivait, à l'écart du monde, en l'honneur du saint rabbin. Nul autre que lui ne porterait en terre le Chatam Sofer.

Une charrette noire tirée par deux chevaux bais conduisit la dépouille du rabbin de la Judengasse au cimetière, suivie par un fleuve de personnes qui affluaient des minuscules ruelles du ghetto et que les bâtiments de chaque côté de la chaussée endiguaient comme le Danube qui coulait en contrebas. Aucun Juif de Presbourg en état de marcher ne resta chez lui ce jour-là. Ils avançaient en silence, la tête bien droite, arborant leur chagrin avec une fierté provocante. Le douloureux honneur de marcher en tête de la communauté revint à celui qui avait été naguère l'avocat du rabbin, son ami fidèle et son soutien financier, Wolf Pappenheim. Ce devait être la dernière fois que Wolf prendrait avec son rabbin le chemin qui partait de la *yeshiva*, descendait jusqu'au fleuve et suivait le quai à l'ombre des marronniers jusqu'au cimetière. Mais cette fois il rentrerait seul. Solitaire dans la foule. Il n'aurait plus ses promenades du mardi matin à écouter le sage, le Chatam Sofer bénie soit sa mémoire.

Derrière les gens de Presbourg marchaient une multitude d'autres – entre ceux qui étaient venus rendre un dernier hommage à leur estimé maître, ceux qui voulaient dire au revoir à un collègue, ceux que la simple curiosité animait, ou encore qui souhaitaient pouvoir raconter un jour à leurs petits-enfants qu'ils avaient assisté aux funérailles du Chatam Sofer. Leopold Breuer était là. C'était la première fois depuis son enfance qu'il revenait à Presbourg et, regardant en arrière, il pensa qu'il avait entre-temps mené une vie constructive. Après avoir quitté sa pension chez les Pappenheim, il s'était installé à Budapest, où il était devenu le précepteur des enfants d'une famille juive distinguée, du nom de Pollák. Plus tard, il s'essaya au métier de journaliste et entra dans la politique au nom de la communauté juive. C'est lui qui rédigea le mémorandum soumis par les Juifs de la nation lors de la séance de 1832 du Parlement hongrois – un plaidoyer éloquent en faveur de l'émancipation, la citoyenneté à part entière et l'égalité des droits des Juifs hongrois.

Alors qu'il descendait la Judengasse, il se rappela soudain l'absurdité de son statut, et la colère lui monta au nez. Les Juifs qui habitaient le côté droit de la rue, au pied des murs du château, étaient placés sous la juridiction des comtes Pálffy. Quant aux maisons qui se trouvaient à gauche, plus près des murs de la ville, elles étaient « tolérées » par la ville, en tant qu'elles étaient sur un territoire municipal. Ceux de gauche étaient en butte aux restrictions les plus strictes, tandis que ceux de droite étaient autorisés à s'engager dans un certain nombre de métiers et de commerces dont la liste, limitative, était établie avec soin. Rien n'avait changé. Le Parlement avait pris connaissance de sa pétition, en avait débattu, puis l'avait enterrée. Profondément déçu par le présent, il préféra explorer le passé : il s'installa à Prague, où il étudia les lettres classiques et l'histoire du judaïsme. Il en était là, retiré de la vie publique, quand il reçut une offre de son ami, le rabbin Mannheimer de Vienne, un autre ancien élève du Chatam Sofer, lui proposant de diriger l'éducation religieuse juive de cette ville. Il décida d'accepter et partit pour Vienne, où il se consacra corps et biens à cette nouvelle carrière. Il y était heureux, surtout depuis qu'il s'était découvert une nouvelle passion : une bibliothèque communautaire juive, qu'il constituait progressivement avec deux de ses amis, Samuel Hammerschlag et le rabbin Jellinek (encore un autre élève du Chatam Sofer). Grâce à la générosité de nombreux bienfaiteurs, sa bibliothèque qui augmentait de jour en jour était devenue peut-être la meilleure dans son genre de tout l'Empire.

Leopold Breuer n'était pas le seul ancien *yeshiva bocher* présent aux funérailles organisées en l'honneur de leur maître. Parmi les centaines d'autres qui marchèrent ce jour-là à ses côtés, un grand nombre étaient devenus des rabbins distingués, comme Adolph Jellinek de Vienne, Chaim Mannheimer d'Ungvár et Moses Schiffmann de Prague ; d'autres, comme Leopold, avaient répondu à des vocations laïques. Pourtant tous unis dans la même tristesse, ils pleuraient le trépas d'un grand homme et de toute une époque. Si Pascheles, l'éditeur de Prague, n'avait pas fait le voyage, l'offrande personnelle qu'il avait imaginée en l'honneur du rabbin lui conféra une présence symbolique : fidèle à son ambition d'apporter aux masses les lumières de la connaissance, il fit imprimer et distribuer gratuitement une brochure qui récapitulait les dernières volontés et le testament du rabbin Moses Sofer. Le sage y implorait ses enfants de se rappeler ce qu'ils avaient appris dans la maison de leur père, de suivre ses préceptes à la lettre et de rejeter l'orgueil. Ils ne devaient pas songer à satisfaire leurs besoins matériels, car Dieu, qui les avait aidés jusque-là, continuerait à y pourvoir dans le futur. Il remerciait les membres de sa communauté pour leur confiance et leur soutien constants en faveur de sa *yeshiva* bien-aimée, et rappelait avec gratitude qu'ils n'avaient jamais hésité à financer son expansion continue et à aider les milliers d'élèves qui y étaient passés. Il priait la communauté de veiller au plus vite à nommer quelqu'un à son magistère, pour éviter que ceux qui avaient besoin de direction spirituelle en fussent privés trop longtemps. Il précisa les critères qu'il leur souhaitait voir appliquer dans la sélection de son successeur : amour de l'enseignement, intégrité, sens de l'honneur et notoriété. Il leur interdisait d'introduire des changements substantiels dans l'organisation de la synagogue ou de la *yeshiva*, bénissait chaque membre de la communauté, les priait et leur commandait de ne pas dévier de leur religion, héritage de leurs pères remontant à la plus haute antiquité. Sa dernière ligne, une prière adressée à sa famille, disait : « Puisse l'arbre ne pas être abattu ni la source se tarir... »

## Miskolc, 1848-1873

1848 fut une année comme aucune autre. Dans toute l'Europe, les populations dont les aspirations avaient été frustrées se rendirent maîtresses des rues et des places publiques. L'esprit de la rébellion se diffusa de proche en proche, d'une ville à l'autre, d'un territoire à l'autre, d'une nation à l'autre. À Prague, ce fut la poésie de Moritz Hartmann[1] qui aiguillonna les âmes. À Vienne, le feu partit du manifeste qui avait pour signataires des personnages publics de grande notoriété, dont Leopold Breuer. L'étincelle s'embrasa en flamme, la flamme en conflagration, et cette conflagration ne connut pas de frontières. Elle se propagea. Elle se propagea, mais elle était condamnée. Ici elle fut matée par la force des armes, là elle s'enlisa dans les sables mouvants de l'indifférence.

En Hongrie, le nationalisme magyar, emmené par des réformistes issus de la noblesse, en particulier le comte Széchenyi, élargissait depuis des décennies sa sphère d'influence et prenait progressivement de l'ampleur. En 1848 cependant, les partisans d'une transformation pacifique furent dépassés par l'esprit de la révolution. Kossuth, Petöfi et d'autres tempéraments de feu lancèrent un appel à prendre les armes contre les Habsbourgs, et partout dans le pays les patriotes y répondirent. De nombreux Juifs s'engagèrent avec ardeur, car ils reconnurent dans le miroir de la révolution des Magyars leur propre aspiration à la

---

1. Grand-père d'Else Hartmann (femme de Fritz Paneth) et de son frère Heinz Hartmann, psychanalyste.

liberté personnelle et à l'assimilation. Mikhael Heilprin et Baruch Fraenkel, deux amis, étaient de cette trempe. Ils n'étaient encore que des enfants quand leurs familles respectives avaient quitté la Pologne pour la Hongrie, répondant à l'attrait irrésistible du progrès que la Hongrie – du moins vue depuis la Pologne – semblait leur promettre.

Le père de Mikhael, Pinchas Mendel Heilprin, était un savant, l'ultime rejeton d'une lignée de savants. Il avait étudié les philosophes antiques et modernes, dévorant la sagesse des Grecs et des Arabes, des chrétiens et des juifs. De ce vaste programme de lecture, il avait retenu surtout les idées de Rambam et de Kant, qu'il avait fait siennes et dont il tenta une grandiose synthèse. Il publia de nombreux ouvrages, tous en hébreu. Son *Teshubot be-Anshe Awen* le rendit célèbre parmi les défenseurs des valeurs traditionnelles – un vrai descendant du fameux kabbaliste Jechiel ben Salomon Heilprin, rabbin de Minsk. Le livre était une attaque contre les réformes de la nouvelle vague de rabbins en Allemagne conduites par le *hackham* Isaac Bernays de Hambourg.

Pinchas Heilprin écrivit des ouvrages savants sur la logique, sur Maimonide ainsi que sur l'analyse talmudique. Quand il fut temps de faire l'éducation de son fils, il décida de prendre les choses en main, jugeant qu'après tout il était mieux qualifié pour enseigner que les maîtres d'école de Tomaszow. C'est pourquoi Mikhael ne fréquenta jamais les bancs de l'école, ni en Pologne ni, plus tard, en Hongrie. Le garçon était de langue maternelle allemande, mais à l'âge de quatre ans il parlait déjà couramment l'hébreu et le polonais. Pendant son enfance polonaise, son père lui enseigna aussi le latin, le grec et le français.

Les familles Heilprin et Fraenkel choisirent l'une comme l'autre de s'installer à Miskolc, une ville de province d'une certaine importance, au nord-est de la Hongrie. Miskolc avait été une haute place du commerce et une ville marchande depuis le Moyen Âge. Le commerce favorisait le développement d'un esprit ouvert, libéral, qui bénéficia à deux groupes en particulier : les marchands grecs et les Juifs. Miskolc, dont la population avait été décimée pendant l'épidémie de choléra de 1831, réserva les années suivantes le meilleur accueil aux immigrés juifs polonais et put ainsi remplacer la population perdue pendant la maladie meurtrière. Les Juifs s'installèrent, comme les Grecs l'avaient fait avant eux, près de la rue Principale, de l'autre côté de l'antique porte Sombre, au centre de la ville.

Les deux garçons, Mikhael Heilprin et Baruch Fraenkel, peut-être inconsciemment influencés par leurs origines communes, devinrent une paire d'amis en dépit d'une différence d'âge de cinq ans. Ils adoptèrent leur nouveau pays avec un grand enthousiasme et beaucoup de fierté, et ils parlaient un magyar plus pur que bien des autochtones. Ils dévorèrent tous les livres qui leur tombèrent sous la main, mais surtout des recueils de poésie : la poésie qui enflammait l'âme, la poésie qui transformait leur apprentissage de la langue en une histoire d'amour. Mihály (car Mikhael décida de magyariser son prénom) conçut un insatiable appétit pour les livres. Défendre et illustrer sa nouvelle langue, avec toute l'ardeur de sa jeunesse, telle fut bientôt la passion de sa vie. Il lisait, il écrivait, il respirait et rêvait de livres. Cela ne surprit personne qu'il ne songeât dès lors qu'à ouvrir une librairie : il avait à peine vingt-deux ans quand il put satisfaire son ambition. Sa petite boutique au centre de Miskolc était le lieu où s'échafaudaient tous ses plans d'avenir. Il ne voulait pas se contenter de vendre des livres, il voulait en publier et surtout en écrire. Le jeune Baruch lui prêtait main-forte : il l'aidait dans son commerce et s'acquittait au mieux de toutes les fonctions d'un commis, pour permettre à son ami d'être toujours au contact des livres, de les feuilleter et de lire son content.

En cette mémorable année 1848, quand la révolution éclata, Mihály Heilprin allait sur ses vingt-cinq ans, Baruch n'en avait que dix-huit. Ils se rendirent tous les deux à Pest et furent subjugués par les paroles grisantes que Petöfi prononça du haut des marches du Musée national. Quoiqu'ils fussent perdus dans la foule, ils eurent l'impression que le poème s'adressait à eux personnellement : « Dieu des Hongrois, nous jurons par Toi, Nous jurons par Toi / Que nous ne serons plus des esclaves ! »

Ils répondirent à l'éloquent appel aux armes de Petöfi et s'engagèrent ensemble dans les rangs de l'armée révolutionnaire. Comme tant d'autres, ils essayèrent de compenser leur manque de formation militaire par leur enthousiasme, leur bravoure et leur zèle révolutionnaire quand, à peine quelques semaines plus tard, ils se retrouvèrent en pleine action contre l'ennemi. Le service actif de Mihály ne dura pas longtemps. Son énergie et la qualité de son expression publique surent attirer l'attention de Kossuth, qui fit de lui un de ses disciples politiques favoris. Kossuth nomma Mihály Heilprin à la fonction de secrétaire pour la littérature dans le ministère révolutionnaire de l'Intérieur ; puis, quelques mois plus tard, il devint le principal secrétaire du Premier ministre de Kossuth, Szemere. Un tel honneur, récompensant un Juif, qui plus est né en Pologne, était sans précédent, exceptionnel même pour cette époque mouvementée – et il resta un fait unique.

Mihály ne ménagea pas sa peine : du matin au soir, la nuit encore, il travailla d'arrache-pied pour la cause avec la ferveur et le dévouement du véritable révolutionnaire. Son âme débordait. Son heure était venue. Quand il avait un moment libre, ce qui arrivait rarement, il griffonnait des vers sur des bouts de papier en essayant d'exprimer les abysses d'émotion qui l'engloutissaient. Il écrivit :

> *« Nous prenons les armes, ce sont nos vies*
> *Que nous défendons ;*
> *Maintenant nos vies ont un prix*
> *Comme notre sommeil prend fin :*
> *Nous étions des esclaves, nous voilà citoyens*
> *Des hommes libres,*
> *Nous étions courbés sous le joug*
> *Mais nous avons brisé nos chaînes,*
> *Libres Magyars. »*

Plus des réminiscences de Petöfi hantaient ses vers, plus il était heureux. Mais cela ne dura pas. Il s'en fallut de quelques mois, et les armées du tsar de toutes les Russies répondirent à l'appel de François-Joseph et se portèrent contre les Hongrois rebelles : le feu fut étouffé, rapidement, efficacement et impitoyablement. À la fin de 1849, Kossuth, désespéré, était en exil, Petöfi mort au combat, Széchenyi interné dans un asile de fous à Vienne, Mihály Heilprin forcé de fuir le pays.

Le jeune Baruch Fraenkel lutta jusqu'au bout. Quand son unité, défaite, se dispersa, il revint dans sa ville à pied. Les autorités le tinrent en disgrâce, mais il fut honoré par la population, comme le furent tous les révolutionnaires combattants de la liberté dans la Honvéd, qui avaient survécu. Lentement, au fil du temps qui passait, les feux révolutionnaires se transformèrent en rougeoyants tisons de mémoire – une chaleur secrète, intime. Baruch décida que, s'il avait un fils, il le nommerait Sándor, en l'honneur de son héros, Petöfi.

Quant à trouver un gagne-pain, il n'y avait guère qu'une seule chose qu'il eût envie de faire. Il rouvrit la librairie de son ami Mihály Heilprin, toujours en exil, et se mit peu à peu à mener une vie de bourgeois, renonçant à l'existence exaltante du révolutionnaire. Quand la vague de terreur qui avait déferlé sur le pays en réaction à la révolution se fut apaisée et qu'une forme de trêve prit place, avec l'amnistie de certains meneurs, Heilprin revint en Hongrie. Il décida de laisser la librairie aux mains de Baruch et accepta un poste d'enseignant dans l'école juive de la ville voisine de Sátoraljaújhely. Mais ce maître d'école juif, qui n'était jamais allé à l'école et dont le seul maître avait été son propre père, Pinchas Mendel Heilprin, philosophe de la ville de Lublin et descendant de kabbalistes, ce marchand de livres de Miskolc, naguère polonais, ancien combattant de la liberté, sergent recruteur de l'armée révolutionnaire, ancien secrétaire d'État pour la littérature, réfugié, patriote hongrois, écrivain et poète, un homme dont il était dit qu'il parlait une douzaine de langues et en comprenait dix-huit – cet homme fut incapable de s'installer dans sa nouvelle vie. Son âme brûlait d'être libre, mais la liberté de 1848 ne reviendrait plus. Il vendit sa librairie à son ami Baruch et décida d'aller chercher ailleurs la liberté qu'il ne pouvait trouver dans sa patrie d'adoption. Il rejoignit Kossuth à Londres, mais la vie de l'homme politique en exil ne correspondait pas davantage à son idéal de liberté, si bien que, sur les conseils de son grand mentor, Kossuth, il prit la mer en direction du Nouveau Monde. Certains disent qu'il trouva là-bas ce qu'il avait cherché. D'autres sourient de tant de naïveté.

Baruch, peut-être parce qu'il était plus jeune, trouva à s'accommoder des nouvelles réalités et fit fortune. Sa librairie fut bientôt la plus grande de Hongrie, en dehors de Budapest. Ce que Wolf Pascheles était à Prague, Baruch Fraenkel le devint à Miskolc. Il était connu comme marchand de littérature hongroise, de manuels scolaires allemands, de belles-lettres françaises et de volumes hébreux et yiddish. Quand il fut devenu le principal distributeur de la Hongrie du Nord, la maison d'édition de Pascheles, à Prague, trouva en Baruch l'un des débouchés les plus rentables pour ses différentes productions : car il écoulait non seulement les portraits de rabbins miraculeux dont les pauvres et les Juifs les plus religieux étaient si friands, mais surtout les *Pascheles Illustrierte israelitischer Volkskalender* qui séduisaient un large public, toutes conditions sociales et toutes inclinations religieuses confondues. Baruch devint lui aussi un éditeur de renom. Il était particulièrement connu pour ses volumes de poésie sentimentale et patriotique. Et c'est en cherchant de nouveaux auteurs pour la nourrir qu'il entra en contact avec un cercle entièrement nouveau, dirigé par le pasteur protestant Mihály Tompa, dont il fut le premier à publier les poèmes et les sermons.

Fortune faite, il se dit qu'il serait bon de changer de nom. Baruch Fraenkel, le *yeshiva bocher* de Cracovie, devint Bernát Ferenczi, adepte hongrois de la religion mosaïque, éditeur, combattant de la liberté, édile. Sa boutique[1] occupait le rez-de-chaussée d'un immeuble patricien imposant dans la plus vieille et la plus noble rue de la ville. Naguère nommée rue Principale, elle avait été débaptisée pour prendre le nom d'un autre de ses héros, le comte Széchenyi. Il installa sa propre imprimerie derrière le magasin, prenant soin de laisser assez d'espace pour un grand jardin. Il occupa l'étage supérieur de la maison principale avec sa femme, Rózsi, et, au fil des années, leurs treize enfants.

Sándor, le huitième, naquit en 1873.

## Miskolc, 1880-1890

Je ferme les yeux et je vois devant moi le petit garçon que je fus : une bouille ronde, souriante, un gosse heureux et anxieux. Insouciant et toujours inquiet.

Ils l'appelaient Sanyika. Il trouvait que c'était vraiment le traiter en bébé et demandait souvent à être appelé Sándor, mais sans succès. Je n'ai jamais très bien su quand il avait appris à lire et comment il se fit qu'il était déjà un bon lecteur à son premier jour d'école. Mais je me souviens de la raison pour laquelle il voulait savoir lire. Non pas à cause des milliers de livres au milieu desquels il vivait, dans la boutique, dans l'appartement, dans l'escalier, dans l'atelier derrière la maison, dans le grenier… partout ! Non. Ce fut à cause de cette large enseigne qui

---

1. La librairie resta ouverte jusqu'à la Deuxième Guerre mondiale et demeura la propriété de la famille jusqu'à la fin. L'immeuble fut détruit en 1956.

trônait dans la devanture. Il en fut fort intrigué. Elle apparut à peu près à l'époque où on lui dit que son nom avait changé. Il était toujours Sanyika, c'est-à-dire toujours Sándor, mais c'en était fini de Sándor Fraenkel : il devint soudain Sándor Ferenczi. Toute la famille devint Ferenczi. Tous d'un seul coup. Père, maman et tous les enfants. (Mais pas l'oncle Zsiga. C'était parce que l'oncle Zsiga vivait à Vienne. Sándor ne comprenait pas bien pourquoi cela impliquait que l'oncle Zsiga pouvait rester Fraenkel, mais c'était comme ça. D'un autre côté, Vienne était très loin, et il était très vraisemblable que les choses dussent y être différentes.) Maintenant l'enseigne dans la devanture était importante, parce qu'elle portait leur *nouveau* nom en très grosses lettres. Sándor sut très tôt qu'il y avait écrit le nouveau nom, Ferenczi. Ce qui était facile, vu que les mêmes lettres étaient peintes sur un tableau de bois au-dessus de la vitrine et même sur la vitre de la porte d'entrée. Le reste de l'enseigne était de lecture plus délicate. Chaque partie de la réclame avait droit à ses propres caractères typographiques, et cela le gêna un certain temps, mais il finit par réussir à déchiffrer l'ensemble, à cinq ans environ. Il lui fallut plus de temps pour comprendre ce que tout cela signifiait. Le mot qui le troubla le plus était « consciencieusement ». Il demanda à Piroska, la bonne, ce que cela voulait dire, et elle lui répondit que cela signifiait quelque chose comme « faire son travail comme il faut » quand on est une bonne, ou bien « être sage » quand on est un petit garçon. Le jeune Sándor resta donc avec sa perplexité, d'autant que ce mot très long, *lelkiismeretesen* en hongrois, était construit avec deux autres mots, le premier signifiant « âme », le second « avec science ». Il se tourmentait à essayer de comprendre comment l'on pouvait expédier des commandes en province avec la connaissance de l'âme, et alors qu'il avait une vague idée de ce que l'« âme » pouvait être, il ne pouvait pas imaginer ce que la « science de l'âme » pouvait bien vouloir dire, et son chagrin le plus cuisant, c'était de ne réussir à saisir le lien entre tout cela et le fait d'être sage. Il ne le savait pas encore, mais ces questions, sous une forme ou sous une autre, l'accompagneraient toute sa vie.

Il ne savait pas trop non plus à quoi s'en tenir avec Piroska. Elle était comme une mère pour lui, du moins c'est ce qu'elle disait ; de fait maman était toujours occupée à tenir la boutique, à s'occuper de la maison, à surveiller ses frères et sœurs, indifféremment ses cadets ou ses aînés, ou à recevoir les dames juives pour le thé, ou n'importe quoi d'autre, tandis que Piroska avait toujours du temps pour lui. Il aimait cela. Il aimait aussi les moments où, quand ils étaient seuls tous les deux, Piroska l'autorisait à plonger ses mains sous son chemisier et à jouer avec ses seins autant qu'il le voulait. C'était une chose qu'il aimait faire tout particulièrement, mais il arrêta de lui en demander la permission du jour où elle avait pris sa tête et l'avait mise sous sa jupe, entre ses cuisses. Il fut d'abord surpris de constater que Piroska ne portait pas de sous-vêtement ; mais avant qu'il ait pu seulement dire son étonnement, les mains de la bonne avaient poussé son visage dans une partie noire et poilue. Sa frayeur fut intense ; certain de risquer de périr étouffé, il commença à suffoquer, à tousser et à se débattre. « Ne me frappe pas, petit diable ! » siffla-t-elle quand elle le libéra. Il ne savait pas en quoi il avait mal agi, mais il fut soulagé de voir que Piroska n'était pas véritablement en colère contre lui. Pourtant, depuis ce jour, il n'était plus très sûr de son amour pour Piroska, et il n'avait plus essayé de mettre ses mains dans sa chemise, en dépit de son envie de caresser ses seins chauds et doux. Encore une question, quoique plus difficile à formuler, qui devait elle aussi le suivre pour le restant de ses jours.

Dès son plus jeune âge, Sándor avait tenu la comptabilité des choses qu'il aimait et qu'il détestait, ou plutôt qui lui faisaient peur. Avant même de savoir écrire, il avait élaboré les deux listes dans sa tête, si bien que, même après, il n'eut pas besoin de les coucher sur le papier. Rien ne pouvait lui faire oublier les listes. Il y apporta à l'occasion certains changements, des additions ou des suppressions, mais ce fut fort rare. Par exemple, Piroska fut ôtée de la liste des « J'aime » après cet épisode, sans pour autant se retrouver automatiquement ajoutée à l'autre liste. Non, elle alla seulement rejoindre la grande majorité des choses de ce monde qui le laissaient indifférent. En fait non, ce n'était pas vrai dans le cas de Piroska – elle ne le laissait pas tout à fait indifférent et il ne la haïssait assurément pas. Peut-être lui faisait-elle un peu peur.

Il récitait les listes et se consolait de ce que la bonne liste était plus longue que l'autre. Père figurait sur la première, en première position. Il était doux et gentil, et il pouvait tout. Tous les habitants de la ville ôtaient leur chapeau quand ils le saluaient. Sa librairie était fréquentée par les personnages les plus éminents de la ville, non seulement le rabbin Rosenfeld, mais également les prêtres des deux églises, et ils insistaient toujours pour être servis par père et non par un de ses employés. Il se nouait alors de longues conversations fort sérieuses pendant lesquelles père prenait un livre sur les rayonnages, tapait dessus avec le plat de sa paume tout en discutant des talents de l'auteur ou de l'excellence de la traduction ou de la qualité de la reliure. Il pouvait refaire ces mêmes gestes un grand nombre de fois, avec des livres différents, avant que les notables ne repartent avec deux ou trois volumes enveloppés dans du papier d'emballage brun, quand il ne faisait pas une commande pour une nouveauté qui n'était pas encore en stock. Et tous, du rabbin aux prêtres, du maire à ses administrés, pour ne rien dire des enfants, croyaient que B. Ferenczi, le propriétaire, avait réellement lu tous ses livres. Bien sûr, avec le temps, le doute avait fissuré cette certitude absolue, et d'aucuns se demandaient s'il y avait assez d'années dans une vie humaine pour lire tant de volumes, mais personne ne le prit jamais en défaut et jamais personne ne demanda un livre sur lequel père fût incapable de poser un commentaire critique circonstancié.

Sándor aimait aussi ses frères et sœurs. Il avait ses préférés, mais il les aimait aussi en tant que groupe, comme un tout. Il aimait leur nombre, le bruit qu'ils faisaient, leur chahut constant, entre rires et larmes, l'incessant remue-ménage de leur appartement au-dessus du magasin. En plus des Ferenczi de toutes tailles, il y avait invariablement dans leur jardin une foule d'autres gamins, voisins, camarades de classe, amis du *Talmud Torah*. Il s'y organisait des batailles de boules de neige en hiver, des matchs de football en été, des parties de cache-cache au printemps, des tournois de marrons à l'automne. Et ceux qui n'étaient pas attirés par les activités de plein air n'en venaient pas moins, parce qu'ils aimaient l'atmosphère douillette du magasin, son odeur singulière, mélange de poussière, de cire et de cuir, la réserve infinie de livres de toutes sortes, sans compter qu'à ces charmes secrets s'ajouta rapidement la provision apparemment tout aussi infinie de sœurs séduisantes, qui n'échappèrent pas à l'attention des adolescents de Miskolc.

Sándor aimait sa maison, la librairie, le jardin, la famille. Ce qu'il aimait dans sa maison, c'était qu'elle était peinte en ocre et qu'il y avait, à côté de la vitrine de la librairie, une porte de bois lourde et massive qui fermait l'accès au jardin. Il l'aimait parce qu'elle était grande et qu'elle ressemblait aux demeures des aristocrates. Il aimait que les rues autour de lui fussent les plus célèbres de la ville et qu'elles portassent le nom des grands hommes dont il entendait parler à l'école : Széchenyi, Rákoczy et Kossuth. Bien sûr il aimait la multitude de livres de la librairie et les différentes variétés de papier où il pouvait toujours puiser pour dessiner, écrire ou faire des cocottes volantes.

Ce qu'il aimait dans sa famille, c'était la chaleur des soirées du vendredi, quand la grande table de la salle à manger était recouverte d'une nappe de dentelle blanche ; les chandeliers en argent scintillaient, les bougies vacillaient, et, exceptionnellement, les jeunes Ferenczi se tenaient tranquilles, pénétrés de la solennité des circonstances. Puis Piroska apportait la soupière fumante, que tous regardaient dans l'expectative avant que maman retire le couvercle. C'était la même soupe qui était servie tous les vendredis soirs, mais cela n'empêchait pas de se demander, dans un respect mêlé de crainte et d'impatience, ce qui serait révélé quand le couvercle serait ôté. Après la soupe, il y avait toujours de l'oie rôtie. La seule variation autorisée dans ce repas rituel concernait le dessert qui changeait d'une semaine sur l'autre, même s'il était immuablement choisi dans un petit répertoire d'une demi-douzaine de desserts possibles.

Sándor ne s'appesantissait pas sur l'autre liste à moins d'y être obligé. Il en vérifiait la longueur de temps en temps, puis la chassait de ses pensées le plus vite possible. Sauf quand il se forçait à la parcourir lentement et à s'attarder quelques instants sur chacun de ses articles. C'était maman qui occupait la toute première place. Non, tout en haut, en tête de liste, il y avait la porte Sombre, le tunnel froid et humide, bas de plafond, d'un passage qui partait presque en face de la maison et reliait la rue Széchenyi et la rue Rákoczy. La porte Sombre lui faisait peur plus que n'importe quoi au monde. Le plus étrange c'était que ce passage n'était pas sombre du tout et que ce n'était pas une porte. Il demanda un jour à Piroska pourquoi on l'avait appelé ainsi, et elle expliqua que cela avait été une véritable porte jadis, il y a très longtemps, et qu'elle avait gardé ce nom à cause du mal dont elle avait été le théâtre. Sa peur fut trop forte, à ce moment et plus tard, pour qu'il osât demander de quel mal il s'agissait, mais son inquiétude ne fit que croître : que s'était-il passé ? Ce mal avait-il quelque rapport avec lui ? Il essaya de se convaincre que la porte Sombre devait être là depuis des siècles et des siècles. Elle était si vieille, les pierres en étaient si grosses et si usées qu'il était sûr qu'elles abritaient dragons et sorcières, et toutes les créatures terrifiantes dans les illustrations en couleur de ses livres de contes. Il fallait bien que ces monstres vivent quelque part, et la porte Sombre était le repaire qui s'imposait d'évidence. Tout cela avait dû se produire des années avant qu'il ne naquît, si bien que cela ne pouvait pas être lié à quoi que ce soit qu'il ait fait. Probablement. Au moment où il entra à l'école, les monstres avaient en grande part perdu leur capacité à le terroriser, et la sensation de culpabilité avait été enfouie. Pourtant, il évitait le chemin le plus direct, par la porte

Sombre, et préférait aller à l'école et en revenir par la place Éli-sabeth, large et accueillante.

Sur sa liste, tout de suite après la porte Sombre, il y avait donc maman. Il n'avait pas toujours peur de maman, mais... Si seulement elle était gentille un peu plus souvent. Si seulement elle n'était pas si sévère. À la rigueur, s'il l'avait mérité... mais ce n'était pas le cas : il essayait vraiment d'être un bon garçon. Le pire était ces mots : « Tu me feras mourir. » C'était indiscu-tablement cela qui lui faisait le plus peur. Il ne voulait pas cau-ser la mort de maman, mais il ne savait pas ce qu'il devait changer dans son comportement. Il avait envie de demander à quelqu'un ce qu'il faisait de si méchant, mais il y renonçait aus-sitôt. Il avait peur de demander, parce que c'était peut-être le seul fait de demander qui causerait... Parfois – il n'aimait guère le reconnaître, de sorte que quand il le pensait, il se persuadait tout aussitôt qu'il n'avait pas eu cette pensée – parfois, donc, il pensait à la manière dont il finirait par tuer maman. Puis il se sentait si coupable qu'il se mettait à penser qu'il ne lui restait qu'une chose à faire : se tuer. Ou charger quelqu'un de le faire. Non, ce n'était vraiment pas une bonne chose que de trop pen-ser à cette seconde liste.

Puis il y avait Géza, qui avait quelques bonnes années de plus que lui. Or il était toujours aimable avec lui, ce qui était inha-bituel de la part des garçons plus grands. Sándor enviait Géza, parce qu'il était toujours courageux et bon en culture physique, parce qu'il était grand aussi, mais surtout parce que son zizi était plus gros et très beau, marron et couvert de grosses veines bleues. Un jour, dans les toilettes du préau, Géza persuada Sán-dor de lui laisser mettre son zizi dans sa bouche. Sándor, qui ne dit pas non, fut soudain pris de terreur à la pensée que Géza allait uriner dans sa bouche. Il eut un vertige, son estomac se serra, il arracha sa tête, se retourna et vomit par terre. Il interdit à Géza de jamais recommencer ; et, quoique l'épisode n'eût aucune conséquence sur l'attitude de son aîné, qui resta tou-jours aussi sympathique, Sándor dut bien reconnaître qu'il ne lui inspirait plus la même admiration qu'avant, mais plutôt des sentiments de peur, et il fut forcé de l'ajouter à la seconde liste.

Les listes se modifièrent à peine pendant toute la durée de l'école élémentaire, mais il se rendit compte pendant le lycée que la première liste, la bonne, s'allongeait. C'est qu'à quinze ans, il se dit qu'il était un intellectuel, ce qui détermina toute une série de nouveaux venus dans la liste positive : sujets traités à l'école, professeurs préférés et livres favoris. Il y avait une autre raison à l'accroissement de cette liste, qui du reste faisait mauvais ménage avec son élévation au statut d'intellectuel : la gent féminine. Car des jeunes dames, toutes plus belles et plus fascinantes les unes que les autres, comme sorties de nulle part, le tourmentaient en lui inspirant des désirs brûlants, à la fois sublimes et bas. Il fut donc forcé d'ajouter quantités de noms, ainsi que toute la catégorie en tant que concept. Il n'utilisait pas directement l'expression de « jeunes dames », mais des termes plus courts et plus égrillards. Il n'en fallait pas davantage pour le faire renouer avec sa vocation d'intellectuel : il se lançait dans des digressions sans fin pour comprendre pourquoi certains mots étaient considérés comme obscènes et tabous dans la bonne société, alors que d'autres, qui voulaient clairement dire la même chose, étaient acceptables, voire appréciés. Il décida qu'il en aurait un jour le cœur net, quand il irait au fond de cette affaire, comme de tant d'autres, lorsqu'il en aurait le temps.

Sa famille avait pris ses distances par rapport à la religion. Père était une des figures les plus importantes du milieu libéral, nationaliste, auquel appartenait la majorité des marchands juifs de Miskolc. Le jeune Sándor se sentait plus chez lui dans la cour de la grande synagogue qu'à l'intérieur. Les murs qui la protégeaient de la rue délimitaient un vaste espace, où les garçons se retrouvaient à l'ombre d'un arbre gigantesque, dans une pénombre qui leur inspirait mille activités exaltantes. On courait dans tous les sens, parfois même on tapait dans un ballon, quoique ce ne fût pas conseillé, ou on se bagarrait, ce qui était absolument interdit. Si un adulte les prenait sur le fait, ils se faisaient tancer et, condamnés à rester assis sous l'arbre, ils bouillaient sur place tout en discutant.

Il fit sa *bar-mitsva* à treize ans, sans songer davantage à la portée de la chose, et devint un fils de la Loi. C'était une routine, dépourvue de signification. Ce ne fut que deux ou trois ans plus tard, vers l'époque où il devint – selon son propre jugement – un intellectuel, que son intérêt s'éveilla. Au début, il désapprouvait la religion sous toutes ses formes, comme tout intellectuel qui se respecte. Plus tard, quand son éventail de lectures s'élargit et que ses idées mûrirent, il commença à faire le départ entre la religion dogmatique, à laquelle allait tout son mépris, et la tradition juive ancestrale, qui le fascinait. Il se mit à lire des récits légendaires de rabbins sages et perspicaces, qui voyaient le monde avec d'autres yeux que l'homme du commun et dont la vision pénétrait les mystères cachés. Pas étonnant que l'ignorant pensât d'eux qu'ils étaient des faiseurs de miracles. C'est surtout la méthode de ces hommes saints qui l'impressionnait : quand ils se trouvaient aux prises avec un problème relatif à la faiblesse humaine, ils ne sautaient pas directement à la conclusion, mais considéraient soigneusement le cas, rassemblaient tous les témoignages, instruisaient complètement le dossier pour arriver à formuler une solution qui fût sage et juste, aimante et tolérante. Loin d'appliquer automatiquement les lois et les coutumes, ils les interprétaient, y apportaient innovations et infléchissements pour les adapter au cas soumis à leur diligence. Quand ils en venaient à émettre un jugement ou une prescription, ils s'efforçaient toujours de convaincre que leurs avis, fidèles aux vérités fondamentales des lois antiques, découvraient en fait l'interprétation correcte des règles, invariablement charitables et miséricordieuses. Il était bouleversé par la sagesse des sages. Il en fut agacé d'abord, car les vieux rabbins représentaient pour lui le passé, l'âge des ténèbres, l'absence de connaissance et l'obscurantisme. Mais dans ce cas, comment pouvaient-ils être si sages ? Plus tard il comprit qu'il devait séparer le contenu et la forme – la seconde n'étant rien d'autre que la langue de l'époque et des circonstances, tandis que le premier était le trésor distillé depuis des siècles d'expérience humaine.

Il déterra de vieux exemplaires des *Sippurim* de Wolf Pascheles de Prague sur les étagères de derrière de la librairie. « Une collection de contes populaires juifs, de mythes, de chroniques, de faits mémorables et de biographies de juifs célèbres », annonçait le frontispice. Il les dévora d'une traite. Il s'identifia à un vieux rabbin à la sagesse séculaire, trouvant la clef de problèmes humains insolubles, apportant la paix là où régnait la discorde. Un jour, il était le rabbi Loew de Prague, et il instruisait l'empereur Rodolphe des mystères anciens, ou fabriquait le Golem avec de la glaise et des formules magiques. Un autre jour, il pouvait être le Chatam Sofer de Presbourg, le plus sage des hommes, dénouant des disputes d'interprétation de la Loi particulièrement complexes. Mais sa plus grande joie était d'être Imre, le héros de son récit préféré de Pascheles, *Le Prétendant au trône et le yeshiva bocher*. Sous l'apparence d'Imre, il se liait d'amitié avec le jeune Mátyás Hunyadi, fils de János Hunyadi, le champion de toute la chrétienté qui avait refoulé les Turcs. Il guidait son jeune ami Mátyás à travers des aventures sans nombre jusqu'à ce qu'il ait conquis le trône de la Hongrie dont il devenait le monarque le plus illustre, sous le nom de Matthias Corvin. Il était Sándor/Imre, conseiller fidèle entre tous du grand roi, qui, à ses noces, levait son verre en l'honneur du couple royal et portait un toast sous les auspices de la sagesse ancestrale des Juifs : « Vous devez aimer votre voisin. » Et tous d'applaudir.

Père le trouva un jour en train de lire les *Sippurim* de Pascheles. Sándor, se sentant soudain coupable, s'attendit à être réprimandé, mais père se contenta de rire et passa son chemin. Quand Sándor eut fini tous les livres de Pascheles, il chercha sur l'étagère d'autres lectures du même genre, en vain. Il poursuivit donc d'autres chimères et oublia les légendes. Sa désaffection ne dura guère cependant, et ses anciennes amours ne tardèrent pas à se rappeler à son bon souvenir ; piqué de curiosité, il guetta la prochaine visite du rabbin Rosenfeld à la librairie et l'accosta afin de discuter avec lui des livres qu'il avait lus. Tout d'abord, le rabbin Rosenfeld se montra réticent à traiter les questions de Sándor au niveau de gravité auquel elles lui avaient été posées. Le garçon était tout de même un peu jeune pour de pareils sujets, d'autant qu'il s'était plus débarrassé de sa *bar-mitsva* qu'il ne l'avait faite avec la ferveur requise. Mais voyant que l'adolescent manifestait un intérêt authentique, le rabbin promit de lui prêter des livres, non pas bien sûr les volumes originaux en hébreu ou en yiddish, mais des résumés et les commentaires les plus populaires en allemand, et même certains en hongrois. Cela faisait beaucoup rire le rabbin Rosenfeld que de devoir prêter ses livres aux Ferenczi, alors que « la bibliothèque de prêt "B. Ferenczi" comportant plus de quatre mille volumes » dont on lisait la publicité partout aux alentours était unique dans cette partie du monde.

Et Sándor de lire, de lire et de relire encore et encore, à la fois des livres portant sur le spiritisme et le mysticisme, et des ouvrages de physique et d'astronomie. Il ne voyait pas de conflit entre ces deux centres d'intérêt, dont il constatait simplement qu'ils étaient nés et avaient grandi en parallèle. D'Euclide à l'âme, sans grand écart. Il savait que Goethe avait connu le même sentiment – un mélange de stupeur, d'admiration et d'humilité – quand cette corne d'abondance qu'était l'univers s'était révélée à lui.

Plus le temps passait, plus Sándor consacrait de vigueur et de passion à approfondir ses différentes quêtes. Il était très apprécié des jeunes gens de son âge, et ses intérêts intellectuels – il insistait sur ce dernier mot, *intellectuels* – ne l'empêchaient pas d'être parfaitement intégré. À une exception près. Même s'il trouvait assez stupide la distinction entre mots « sales » et mots acceptables, jamais une obscénité ne franchissait ses lèvres. Ses amis prenaient à tort sa timidité pour de la pruderie, incapables d'imaginer qu'il compensait par les actes cette prudence langagière. Il devint un virtuose de la masturbation. En pleine lecture d'un de ses auteurs favoris, Virgile, Cicéron, Homère ou Goethe, soudain le texte se brouillait devant ses yeux et, quelque effort qu'il fît pour se concentrer, la seule manière pour lui de réussir à continuer son livre était de commencer par sacrifier à l'autel d'Onan. (Fidèle à sa résolution d'éviter le langage grossier, il inventa des centaines d'euphémismes, qui lui semblaient épouser le style des plus grands auteurs classiques.) Cette habitude reflua finalement grâce à deux découvertes qu'il fit plus ou moins simultanément. D'abord, il avait à sa disposition deux ravissantes prostituées, dans une maison rue Rákoczy, juste en face de la porte Sombre, tout en haut des escaliers sur la gauche. Et il lui était facile de trouver du liquide pour payer ses plaisirs illicites : il lui suffisait d'avoir le cran de puiser dans le tiroir-caisse de la librairie. Les dames étaient considérablement plus âgées que lui et ne cachaient pas qu'elles préféraient mille fois sa compagnie à celle de la plupart de leurs autres clients, plus vieux. Elles le dorlotaient et le chouchoutaient pour leur satisfaction mutuelle.

Peut-être à cause du bien-être et du plaisir que ces deux dames lui prodiguaient, ses goûts sur le marché « légitime » se déplacèrent aussi. Au lieu de guigner les filles de son âge, il se rengorgea d'être un admirateur des « vraies » femmes, de cinq ou dix ans plus vieilles que ses seize ans. Il alla même jusqu'à envoyer à des dames des bouquets de roses accompagnés de bristols sur lesquels il écrivait des poèmes où il épanchait la brûlure de son âme dans une calligraphie parfaite. Bien sûr il ne signait pas ces billets. Les dames étaient censées savoir d'après la qualité des vers que seule l'âme la plus sensible pouvait avoir envoyé un tel présent, et il ne doutait pas que ce seul indice suffirait à leur révéler l'identité du galant. Tandis qu'il courtisait ainsi, il continuait à fréquenter les dames de derrière la porte Sombre, à qui il racontait même, à leur grande hilarité, les histoires de ses amours sans retour.

La principale victime de son harcèlement de fleurs et de vers langoureux était une beauté auburn d'une vingtaine d'années, Gizella, la sœur de son ami Ágoston Altshul. L'amitié qui soudait les familles Altshul et Ferenczi remontait bien avant la naissance de Sándor, à l'époque de l'installation de Baruch Fraenkel en Hongrie. Que cette amitié s'enracinât dans la révolution de 1848, ou qu'elle fût liée au commerce de livres, les Altshul ayant été imprimeurs depuis des générations à Prague et ailleurs, Sándor ne le savait pas et, vu les circonstances, n'y attachait aucune importance. Il passait des journées entières à ne penser qu'à son amour pour Gizella – il en oubliait ses études, négligeait ses lectures, ignorait même les plaisirs de derrière la porte Sombre. La dame (car elle avait plus de vingt ans) ne le remercia jamais de ses fleurs ni ne répondit à ses poèmes. Il ne reçut d'elle aucun signe susceptible de lui laisser penser qu'elle avait compris qui était son admirateur secret. Mais le cœur de Sándor n'en brûlait que davantage. Son désir secret se transmuait en une douleur physique, qu'il apprit à accueillir avec joie – après tout, elle était la preuve de son amour pur et éternel. Sándor resta heureux dans sa misère pendant quelque temps, quand tomba l'annonce du désastre. Il en fut foudroyé. Au lieu de reconnaître en Sándor l'amour de sa vie, Gizella se fiança à Géza Pálos, qu'elle épousa quelques semaines plus tard.

Vienne, décembre 1883

Deux jeunes gens bien emmitouflés remontaient d'un bon pas l'une des avenues du quartier de Leopolstadt. La pluie tombée en début de soirée avait rendu le trottoir glissant. Les hommes, qui allaient tous deux vers la trentaine, tous deux médecins, discutaient avec animation.

« Tu l'aurais trouvé intéressant, Sigmund. C'est un vrai auteur, dit Josef Paneth. J'ai eu plusieurs conversations avec lui. Son point de vue est original et stimulant pour la pensée. Le livre a été publié il y a quelques semaines. Je t'en ai apporté un exemplaire.

– Depuis que tu t'es installé à Nice, je n'ai eu personne à qui parler à l'hôpital », répliqua Freud. C'était bel et bien un reproche. Il éprouvait un vif ressentiment d'avoir été affecté à un poste subalterne à l'Hôpital général de Vienne, tandis que son ami avait trouvé une bonne situation dans le sud de la France. « Je suis vraiment content que tu sois de retour, même si ce n'est que pour quelques jours, ajouta-t-il.

– Il ne va pas bien du tout. C'est pour cela qu'il est là. À Nice, je veux dire. Il a la tuberculose. Et il souffre de mélancolie. Peut-être est-ce pour cela qu'il est si original, poursuivit Paneth.

– Est-il juif ? demanda Freud.

– Avec un nom comme Nietzsche[1] ? Bien sûr que non.

– On ne sait jamais. Certaines personnes changent de nom, dit Freud pour se justifier.

– Pas un nom comme celui-là.

– J'ai entendu parler d'un Juif hongrois qui avait changé son nom de Brill pour Schossberger.

– Et moi d'un Juif viennois qui avait renoncé à son prénom de Sigismund pour celui de Sigmund. »

Freud rit. « Tu m'as juré le secret éternel, Josef.

– Je vais t'apporter le livre. Et je suis sûr que tu en seras impressionné. Il l'appelle *Un livre pour tous et pour personne.* Je pense qu'il a raison, ajouta Paneth.

– Un titre pompeux, dit Freud.

---

1. Josef Paneth fit la connaissance de Friedrich Nietzsche en novembre 1883 à Villefranche-sur-Mer. Les deux hommes eurent de « riches conversations sur un grand nombre de sujets » jusqu'au retour définitif de Paneth à Vienne en mars 1884. Ils correspondirent jusqu'à la mort de Paneth, trois ans plus tard.

– C'est le sous-titre. En fait, il s'intitule *Also sprach Zarathustra*.
– *Ainsi parlait Zarathoustra* ? Encore plus pompeux », asséna Freud sans indulgence pour la nouvelle relation de son ami.
– Pas quand tu le lis. Il utilise le prophète pour exposer ses propres vues, c'est tout. Ce sont comme des sermons adressés du haut d'une chaire à l'ensemble de l'humanité.
– On ne peut pas dire que ta présentation le rende attirant, mon ami.
– N'en juge pas avant de l'avoir lu. Mais sais-tu ce qu'il y a de plus curieux avec ce livre ? Il dit que c'est une offrande amoureuse.
– Aux dieux ? demanda Freud.
– Non. À une jeune femme. Un amour perdu, mais toujours brûlant, fatal.
– Dramatique.
– À vrai dire, elle est belle. J'ai vu sa photographie, que Nietzsche porte toujours sur lui, dans la poche de sa veste. On y voit Nietzsche harnaché à une charrette et la fille assise dans la carriole faisant claquer une cravache garnie de fleurs. Bien sûr ce n'était qu'une plaisanterie.
– Évidemment, ironisa Freud. As-tu rencontré cette sirène ?
– Non, elle l'a quitté il y a quelques mois. Quand il a terminé son livre, répondit Paneth. Je ne sais pas si elle était sa muse ou, comme il le dit, si elle sera son bourreau.
– Peut-être les deux, remarqua Freud. Ce ne serait pas la première fois. Peut-être les deux sont-ils toujours liés. La muse inspire le poète, mais elle le persécute aussi et elle s'acharne sur lui jusqu'à ce qu'elle l'ait sucé jusqu'à la moelle.
– Très pittoresque, Sigi. Mais tu aurais dû dire "quand elle a obtenu sa tête sur un plateau".
– Pourquoi ?
– La fille s'appelle Salomé. Lou von Salomé.
– Allemande.
– Non, russe. »

Ils arrivèrent devant un des immeubles cossus de Leopolstadt, construits par des spéculateurs pour abriter les membres les plus aisés du flot d'arrivants juifs venu des provinces. Freud tira la sonnette à côté de la petite plaque de cuivre, où était gravé :

> *Dr Samuel Hammerschlag*
> *Professeur d'instruction religieuse*

« Dieu merci, nous voici arrivés, dit-il. Je vais enfin échapper à toutes ces absurdités dont tu veux m'embrouiller l'esprit. »

Comme toujours, l'appartement des Hammerschlag était bien chauffé et accueillant. Quelques instants plus tard, les deux jeunes gens se dégelaient les doigts au gigantesque poêle en céramique. Frau Hammerschlag glissa les gobelets de verre dans leur support en argent et y versa un thé bien chaud qu'elle leur servit en leur proposant aussi une larme de schnaps « contre la pneumonie ». Ils la remercièrent pour le thé et refusèrent poliment le schnaps comme les bonnes manières le leur dictaient. Josef Paneth précisa même qu'il n'avait jamais bu une goutte d'alcool. Ce n'était pas la stricte vérité, mais en la circonstance un pieux mensonge bien excusable. Il était fiancé à la nièce préférée de Frau Hammerschlag, Sophie, et tous les moyens étaient bons pour consolider sa position. Frau Hammerschlag disparut dans la cuisine et revint avec un gâteau au chocolat qu'elle posa sur la table. Puis elle voulut avoir confirmation de ce que Paneth avait bien rendu visite à Sophie dès son retour à Vienne. Satisfaite sur tous les plans, elle s'excusa et laissa les hommes se servir.

« Je suis content de vous voir, dit Hammerschlag. Comment vous portez-vous ? » Sans attendre la réponse, il ajouta : « J'attends Josef, qui doit nous rejoindre. Ce n'est pas qu'il ait un long chemin à faire, mais vous savez ce que c'est… J'espère que cela ne vous dérange pas. » Le docteur Josef Breuer, que Hammerschlag attendait, vivait dans le même immeuble avec

226

sa famille en constante expansion. Il était le fils de l'éminent Leopold Breuer, à qui Hammerschlag avait succédé comme directeur de la Bibliothèque juive. Breuer père et Hammerschlag avaient été éducateurs. On disait que l'éducation religieuse moderne des enfants juifs de Vienne avait commencé avec Leopold Breuer et connu son apogée avec Samuel Hammerschlag. Paneth et Freud en avaient fait l'expérience de première main – Hammerschlag avait été leur professeur de religion mosaïque et c'est ainsi qu'ils avaient fait sa connaissance.

« Bien au contraire, répondit Sigmund. Et comment allez-vous, cher professeur ?

– Épouvantable. Avez-vous lu le journal ? Les émeutes se multiplient[1]. »

Freud prit le journal. « J'ai rarement le temps de le lire », se plaignit-il. Il parcourut l'article, mais fut interrompu par la cloche de la porte. Il était plus de neuf heures. Breuer parut sur le seuil. C'était un quadragénaire de grande taille, d'allure distinguée, qui avait l'air plus vieux que son âge. Il était presque chauve, mais portait en revanche une longue et opulente barbe noire. Sa physionomie dégageait une impression de compétence professionnelle qui cachait sa personnalité chaleureuse, son abord extrêmement facile. Quoique les services du docteur Breuer fussent très recherchés par les familles les plus riches et les plus en vue de Vienne, il réussissait à mener de front sa consultation et une activité de recherche à l'université. C'était un homme cultivé et très influent. Les deux jeunes gens le considéraient un peu comme leur patron, surtout Freud, qui ne cachait pas son admiration pour son collègue plus âgé et adoptait par mimétisme inconscient à la fois son

_____

1. Le procès en diffamation suite à la fausse accusation de crime rituel dans le village de Tisza-Eszlár quelques mois auparavant avait été suivi par une vague d'émeutes antisémites.

maintien, ses manières et même sa barbe de proportion rabbinique.

« Et moi qui pensais que nous allions pouvoir faire tranquillement une partie d'échecs, annonça Breuer en guise de salutation quand il trouva dans le salon les deux invités. Comment
allez-vous l'un et l'autre ? Et comment se porte la délicieuse
Mlle Bernays ?

— Martha va très bien, je vous remercie, répondit Freud.
Nous nous écrivons presque chaque jour.

— Quand allez-vous vous marier, Freud ? demanda Hammerschlag.

— Dès que les choses se seront arrangées », répondit Freud.
On glissa sur le sujet. Tous savaient que le problème de Freud
était financier. Il avait déjà emprunté des sommes considérables
à tous les hommes présents, quoique chacun ignorât qu'il avait
contracté des dettes envers les autres. « Dès que j'aurai une vraie
situation, ajouta-t-il.

— Vous êtes encore très jeune, Sigmund, dit Breuer posé-
ment. Il vous faut un peu de patience. » Il se tourna vers le maître de maison : « Freud est en poste à la clinique psychiatrique
de l'Hôpital général.

— Ils voulaient le garder, mais je l'ai fait relâcher, fit Paneth
avec un clin d'œil.

— Oh. » Hammerschlag n'était pas d'humeur à plaisanter. Il
avait toujours à l'esprit les émeutes de Tisza-Eszlár. « Et vous,
avez-vous lu le journal ? demanda-t-il à Breuer. Cela ne touche
plus seulement les trous perdus. L'hystérie antisémite fait son
chemin vers l'ouest. Il y a des émeutes à Presbourg. À nos portes, au nom du ciel.

— Cela va s'éteindre tout seul, à mon sens, dit Breuer. Après
tout, plus on va vers l'ouest, plus les sociétés sont civilisées.
Pouvez-vous imaginer que des gens qui ont lu Goethe et écouté
Beethoven se transforment en émeutiers appelant à la mort des
Juifs ?

— Vienne devient jour après jour de plus en plus antisémite.

228

– Je n'ai pas dit qu'ils allaient se mettre à nous aimer. Il y a beaucoup de ressentiment, c'est vrai. Mais mettez-vous à leur place : des milliers et des milliers de Juifs misérables venant de l'est se déversent dans Vienne et dans Budapest. 1848 a permis d'instaurer la liberté individuelle et l'égalité des droits, même pour les Juifs. Il n'est guère étonnant que les plus pauvres de nos coreligionnaires veuillent mettre à profit ces libertés pour laisser à leur ignorance tous les Tisza-Eszláriens de la monarchie et venir dans les villes pour améliorer leur situation. Ils voient comme nous prospérons et ils voient que nous sommes des Juifs exactement comme eux, à ceci près que nous sommes arrivés à la génération précédente. C'est vrai, nous sommes exclus de certaines professions, et on nous rend la vie difficile dans d'autres, même dans la médecine, mais regardez les plus grandes maisons qui se trouvent dans le cœur historique de la ville, à l'intérieur du Ring, qu'elles soient récentes ou anciennes. Quand elles n'appartiennent pas à l'aristocratie, vous pouvez parier qu'elles appartiennent à l'un des nôtres, un banquier ou un marchand – un Wittgenstein, un Pappenheim, un Wertheimstein, un Bettelheim, un Gomperz. Rien d'étonnant à ce que les *goyim* se sentent un peu coincés, entre une minorité de Juifs vraiment très riches et le raz-de-marée des pauvres qui quittent les villages et envahissent les villes.

– Je ne vois pas pourquoi tu te sens tenu de défendre les *goyim*, Josef, dit Hammerschlag avec une trace d'amertume.

– Nous n'aurons la paix que si nous faisons des efforts pour nous comprendre. Des deux côtés, déclara Breuer.

– Donc vous pensez que l'antisémitisme est un conflit de classes ? Les riches et les pauvres ? demanda Paneth.

– C'est une des clefs du problème, oui. Et vous pouvez être sûr que les pauvres ne veulent pas rester pauvres très longtemps.

– Je ne crois pas que l'antisémitisme soit un phénomène social, commenta Freud.

– Bien sûr que non, approuva Hammerschlag. Fondamentalement, c'est un problème d'éducation.

– Je pensais à quelque chose de plus sombre. De moins
rationnel, remarqua Freud.

– Cela ne te ressemble pas, Sigmund, dit Paneth. Tu prends
toujours une position scientifique, quel que soit le sujet.

– Nous avons tous raison, décréta Breuer. L'éducation, ou le
manque d'éducation, est une question sociale. Et le rôle de
l'éducation est précisément d'éliminer le sombre, l'irrationnel et
le non-scientifique.

– Je me demande ce que votre père en aurait pensé, dit Hammerschlag en s'adressant à Breuer.

– Il aurait été d'accord, à coup sûr. Il a toujours cru au salut
par l'éducation. Il pensait qu'il n'y en aurait jamais trop. Mon
père était un homme des Lumières.

– Des Lumières ? Oui, en quelque sorte. Mais le ghetto et la
*yeshiva* étaient là, au plus profond de son âme.

– Qu'est-ce que cela veut dire ? demanda Breuer.

– Que la rationalité a ses limites. L'univers n'est pas gouverné
par la rationalité.

– C'est Dieu qui le gouverne, je suppose, fit Breuer d'un ton
sarcastique.

– Votre ironie est un peu trop naïve, et vous le savez. »
Hammerschlag jeta un coup d'œil aux deux jeunes hommes
pour s'assurer qu'ils l'écoutaient. Il n'avait pas d'inquiétude à
se faire. Quoique la rationalité de Breuer eût toutes leurs sympathies, ils attendaient aussi impatiemment l'un que l'autre
d'entendre ce que leur vieux maître allait dire. « Si je puis
m'exprimer ainsi, continua Hammerschlag d'une voix lente,
nos ancêtres comprenaient plus de choses que vous ne les en
créditez. En particulier sur la nature humaine. Par exemple,
votre père a jadis étudié le Zohar avec passion. Est-ce qu'il
vous a dit ce qu'il contenait ?

– Je sais plus ou moins ce dont il s'agit : un commentaire de
la Bible écrit il y a des siècles. Où voulez-vous en venir ?

– Le Zohar se présente en effet comme un commentaire de textes spécifiques de la Bible. Mais en réalité, c'est une description de l'âme de Dieu.

– Je n'imaginais pas autre chose ! s'exclama Breuer.

– Mais vous êtes-vous seulement demandé ce que ces hommes savaient de l'âme de Dieu ? demanda Hammerschlag sans se laisser troubler.

– Mon cher Hammerschlag, vous n'espérez pas que je donne un sens à cette question, n'est-ce pas ? »

Une deuxième fois Hammerschlag ignora sa protestation et répondit à sa propre question. « Rien, ils ne savaient tout bonnement rien de l'âme de Dieu. Mais ils ont regardé très profondément en eux-mêmes et ont décrit ce qu'ils y trouvaient : l'âme de l'homme. Puis ils l'ont assignée à Dieu, puisque l'homme était créé à Son image.

– Je ne suis pas sûr de comprendre, dit Freud. L'âme de l'homme dans quel sens ?

– La complexité de l'homme intérieur. Les contradictions, les forces qui y sont à l'œuvre, leur flux et reflux qui se répondent l'un l'autre et qui répondent au reste de la Création, expliqua Hammerschlag.

– Vous voulez dire que votre Zohar contient une sorte de prescription dictant la manière dont l'âme doit fonctionner ? demanda Breuer.

– Il y a une description des processus impliqués, oui. Ce n'est pas une prescription médicale dictant comment on fait pour fabriquer une âme, ni une description d'ingénieur expliquant quels leviers on active avec quels autres.

– Si ce texte est si brillant, pourquoi n'en savons-nous pas plus ? Pourquoi n'est-il pas enseigné dans les universités ? demanda Paneth.

– Il y a peu de temps encore tout le monde savait de quoi il retournait. Dans les ghettos, le Zohar était jadis tenu en égale estime avec la Bible. Et bien sûr, il était enseigné dans toutes les *yeshivas*. Il coule dans nos veines à tous. Je descends de Josef

231

Hammerschlag de Nikolsburg, auteur de commentaires sur le Zohar. Les Paneth aussi ont été d'illustres kabbalistes, vous le savez. L'un d'entre eux[1] fut un collègue et ami du Chatam Sofer. Il était à la tête de la *yeshiva* de Nyitra. Son fils[2] fut un élève et un disciple du Chatam Sofer.

– Ma famille comptait aussi des rabbins et des kabbalistes – ils le sont toujours, pour certains d'entre eux[3], admit Breuer. Mais est-ce une raison pour permettre aux vieilles superstitions de nous influencer en cette époque moderne ?

– Ce que je veux dire, c'est que cette prétendue modernité a choisi de couvrir de ridicule tout le savoir ancien, au lieu de prendre le temps de le sonder couche après couche pour voir apparaître ce qui a été discrédité, mais qui peut contenir des vérités profondes.

– Vous voulez dire que ce n'est pas parce que c'est de l'hébreu que c'est nécessairement faux ? demanda Freud.

– Simplement difficile à lire…, ajouta Paneth.

– Je veux dire que certaines personnes rejettent le contenu pour la seule raison que la forme est passée de mode, expliqua Hammerschlag. Vous feriez bien de vous rappeler que les auteurs de ces textes étaient les plus brillants savants de leur temps. Et je ne crois pas que nous soyons devenus plus sages depuis ; seulement nous avons plus de connaissances.

– La connaissance est la source de la sagesse, insista Breuer. À l'époque du ghetto, des libraires itinérants serreraient leur stock dans une malle, qu'ils traînaient de village en village. Il ne devait pas y avoir un grand choix, je pense. Ce n'était pas la bibliothèque impériale. Mon père m'a dit que le livre le plus populaire en ce temps-là n'était pas le Zohar, mais un livre d'interprétation des rêves.

---

1. Rabbi Ezekiel ben Jacob Paneth (1773-1854).
2. Rabbi Jerachmael Bernhard Paneth (1815-1871).
3. Par exemple le rabbin Solomon Breuer (1850-1926).

– Le *Pitron 'Halomot*, de Salomon Almoli, renchérit Hammerschlag. C'était une espèce de dictionnaire qui permettait d'expliquer la signification des rêves. Il existait quantités de livres de ce genre. Celui-là était considéré comme le plus exact, et c'est pour cela qu'il était le plus populaire.

– Sommes-nous sommés de croire à ces balivernes ?

– Pourquoi voulez-vous toujours que tout soit tout noir ou tout blanc, Breuer ? demanda Hammerschlag. N'est-il pas plus constructif de se demander si l'on peut garder certaines choses là-dedans ?

– Gomperz lui-même a consacré un livre à l'interprétation des rêves, fit Paneth.

– Mach prépare aussi quelque chose sur le sujet, du moins c'est ce qu'il m'a dit, ajouta Breuer.

– Vous voyez ! triompha Hammerschlag. Quand Mach ou Gomperz écrivent sur l'interprétation des rêves, vous l'encensez, mais quand l'auteur est un Juif du Moyen Âge, vous rejetez son travail sans même le lire ! Et c'est exactement cette attitude que je critique.

– D'accord, je me rends !... Vous avez encore gagné, dit Breuer dans un sourire.

– Je savais que vous ne pensiez pas ce que vous disiez », s'écria Hammerschlag, ravi d'accepter la trêve.

Paneth, sentant que le moment était venu de changer de sujet, se tourna vers Breuer : « Travaillez-vous toujours avec le professeur Mach, cher docteur ?

– Je n'ai jamais vraiment travaillé avec lui, dit Breuer. Il serait plus exact de dire que nous avons travaillé dans le même domaine. Mais nous nous sommes rencontrés à l'occasion. Je pense qu'il a été légèrement secoué de voir que, dans la résolution de l'énigme de la fonction des canaux semi-circulaires de l'oreille interne, j'avais raison et lui tort. Je crois bien qu'il n'a pas dû souvent voir quelqu'un le surpasser.

– C'est un homme que j'admire, dit Freud. Son *Compendium de physique à l'usage des médecins* demeure le meilleur livre sur le sujet. Depuis, personne ne s'est hasardé à proposer une synthèse de la psychologie, de la physique et de la médecine.

– C'est vrai, approuva Breuer. Et il n'est pas homme à se reposer sur ses lauriers ! Il passe le plus clair de son temps à travailler sur l'histoire des sciences et la philosophie pour arriver à une théorie qu'il trouverait enfin satisfaisante.

– Quel dommage qu'il ne soit pas juif ! soupira Hammerschlag.

– Vous seriez d'accord avec lui, professeur Hammerschlag, reprit Freud. Mach a écrit qu'à moins d'étudier l'histoire de nos idées, nous ne pourrons jamais les comprendre. Il y voit même la condition *sine qua non* pour identifier les véritables questions. Autrement, nous en restons aux vieilles énigmes, nous les acceptons par habitude et elles n'excitent plus notre curiosité.

– N'est-ce pas précisément ce que je disais sur le savoir de nos ancêtres ? demanda Hammerschlag.

– Nous y revoilà ! se plaignit Breuer. Moi qui pensais que nous avions clos le sujet ! »

Hammerschlag grommela puis se décida à passer à autre chose : « Dites-moi, Breuer, la fille Pappenheim est-elle encore en traitement chez vous ? demanda-t-il.

– Non, nous en avons terminé.

– Bonne famille, les Pappenheim, souligna Hammerschlag. Presbourg était pour ainsi dire la propriété de son grand-père, Wolf Pappenheim. Et il a sauvé la *yeshiva* du Chatam Sofer, dont votre père a été un élève.

– Je sais, je sais, dit Breuer, avec un soupçon d'impatience.

– Est-elle guérie ? demanda Paneth pour revenir au présent.

– Ah non, vous n'allez pas vous y mettre vous aussi ! répondit Breuer en colère. Freud ne cesse de me harceler à son propos, maintenant c'est votre tour. » Les autres le regardèrent, médusés par sa soudaine explosion. Peut-être en fut-il le premier surpris, car il lui fallut quelques instants pour retrouver son sang-froid : « Je suis désolé. C'est vrai que je suis plus susceptible que je ne devrais l'être. Je vous en prie, pardonnez-moi. » Ayant pleinement retrouvé son calme, il ajouta : « À vrai dire, je crois qu'elle a été admise à la clinique de l'Hôpital psychiatrique[1].

– À sa demande expresse, ajouta Freud.

– Je ne vous ai pas demandé de me trouver des excuses, Sigmund, dit Breuer d'un ton irrité.

– C'est un fait, reprit Freud. Vous avez eu affaire à de l'inconnu.

– Il y a tellement à comprendre, murmura Breuer.

– Il semble que vous autres scientifiques ne sachiez pas tout, en fin de compte, dit Hammerschlag.

– Cette remarque ne mérite même pas qu'on y réponde, s'écria Breuer, en colère.

– Je voulais seulement vous demander un peu d'humilité en face de l'inconnu, dit Hammerschlag pour se justifier.

– C'est une qualité dont je ne manque pas, je vous le jure, dit Breuer un peu calmé.

– C'est un cas fascinant, insista Freud. Je pense vraiment que Breuer devrait le publier. La dame était atteinte d'une grave névrose et d'une psychose hystérique. De temps en temps, elle avait des crises pendant lesquelles elle ne savait plus un mot d'allemand et ne parlait que l'anglais. Pouvez-vous imaginer une chose pareille ? Et Breuer a découvert qu'il lui suffisait de parler de ce qu'elle sentait et pensait pour voir son état s'améliorer.

---

1. Contrairement aux affirmations des *Études sur l'hystérie*, où Breuer et Freud annoncent une guérison complète, Bertha Pappenheim eut de nombreuses rechutes. Elle fut admise à l'Hôpital psychiatrique de la Ville de Vienne avec le diagnostic d'« hystérie » en juillet 1883 et y demeura pendant six mois. Elle y fut réadmise à deux autres occasions. Elle fut soignée par le docteur Carl Bettelheim, descendant de l'autre principale dynastie de Presbourg et son parent.

— Elle l'a découvert toute seule, à vrai dire. Mon seul rôle était de m'asseoir près d'elle et de l'écouter avec sympathie.

— Elle ne savait plus l'allemand ? demanda Hammerschlag, incrédule.

— Exactement. Cela se produisait quelques heures tous les soirs, expliqua Breuer.

— Manifestement la fille simulait, conclut Hammerschlag. Comment pouvez-vous être sûr du contraire ?

— Elle avait aussi de nombreux symptômes physiques, précisa Freud. Paralysie des bras, contracture des jambes, convulsions, névralgie…

— Dans la période la plus critique, je la voyais tous les jours. La question de la simulation ne se pose même pas, dit Breuer.

— Qu'était-elle alors ? Possédée par un *dibbouk* ? demanda Hammerschlag. Ne vous fâchez pas, ce n'était qu'une plaisanterie, ajouta-t-il.

— À vrai dire, le terme de "possession" décrit assez bien son état, ou du moins on s'en approche, dit Breuer avec un signe de tête pensif. Elle avait des sautes d'humeur très spectaculaires, comme si sa conscience s'était dissociée en deux états bien distincts, qui alternaient pendant la journée. Selon le premier, elle était elle-même, c'est-à-dire qu'elle savait qui elle était, où elle était, etc., mais elle demeurait extrêmement déprimée. Dans l'autre état, elle avait des hallucinations. Elle était ailleurs. Absente…

— Parlez-leur du ramonage, le pressa Freud.

— Ramonage ? reprit Hammerschlag qui n'était pas sûr d'avoir correctement entendu.

— Oui. Ramonage de cheminée… C'est ainsi qu'elle l'appelait. Ou la cure par la parole. Ses symptômes étaient allégés quand elle en parlait. En fait ils disparaissaient complètement. Vraiment stupéfiant.

— Vous voyez ! Je vous le dis, moi : elle simulait.

— Non, je vous assure. Sous hypnose c'était pareil.

236

– Je ne sais pas – Hammerschlag dodelina de la tête –, je n'ai jamais pu comprendre les femmes, surtout les jeunes femmes. » Puis une idée germa dans son esprit : « Êtes-vous sûr qu'il n'y avait pas une liaison amoureuse derrière ? Une composante romantique ? Un cœur brisé ? Un homme ?

– Rien de tel, dit Breuer. Pas le moindre élément sexuel d'aucune sorte. »

Freud évita le regard de Breuer. Ils avaient maintes fois discuté du cas, et Freud savait donc très bien pourquoi Breuer avait cessé de traiter Fräulein Pappenheim. Un soir, Breuer l'avait trouvée dans un état hystérique, saisie de contractions d'un accouchement fantasmé. Elle fit comprendre à son thérapeute que le bébé imaginaire, mais pour elle complètement réel, était de lui, et qu'elle attendait du père qu'il mette l'enfant au monde. Breuer, peut-être parce qu'il reconnut son propre attachement sentimental vis-à-vis de Bertha, prit la fuite. Il ne l'avait pas revue depuis. Était-ce une simple coïncidence si Frau Breuer avait donné naissance à un vrai bébé, Dora, moins d'un an plus tard ?

« Eh bien, vous m'en voyez surpris, poursuivit Hammerschlag. La répression sexuelle est une des plaies de ce monde moderne si policé. Rien d'étonnant si tant de jeunes femmes s'en portent mal. Et les jeunes messieurs ! » Il regarda Freud et Paneth avec un brin de provocation.

« Une société civilisée doit imposer certaines règles. Ces normes de comportement qu'elle exige sont au cœur de la société moderne, civilisée, que nous avons élaborée en Europe occidentale », répondit Paneth, mais il ajouta avec un sourire : « Quoi qu'il en soit, vous avez tort pour ce qui est des jeunes messieurs. N'est-ce pas, Sigmund ? »

Freud négligea la dernière remarque de son ami. « Les règles et les normes définissent toute société, dit-il. Il n'en allait pas autrement dans le ghetto.

– Bien sûr qu'il y avait des règles, répondit Hammerschlag. La vie quotidienne était régie par des règles. Non pas seulement les lois de la religion, mais aussi les coutumes anciennes, les traditions, les superstitions et le consensus général sur la manière dont les choses devaient être faites. C'était bien plus fort que cela ne l'est aujourd'hui à Vienne. Mais ce dont je parle est plus spécifique, et concerne la sexualité des individus.

– La société d'autrefois n'avait pas une conception romantique du désir, ce désir qui désire au-delà de ce qu'il peut raisonnablement obtenir et qui est condamné à être constamment trompé dans son attente toujours inassouvie. Le sexe était un concept utilitaire. Les mariages étaient arrangés, les partenaires choisis par les parents qui en savaient plus long que les jeunes gens sur ce qui rendait une relation durable, satisfaisante. Et surtout, les gens se mariaient bien plus jeunes – avant que la frustration sexuelle et le désir n'échappent à tout contrôle.

– Pourquoi cela valait-il mieux ? demanda Paneth.

– Pourquoi ? Parce que les jeunes gens pouvaient aller de l'avant, construire leur vie, au lieu d'attendre. Les relations sexuelles dans un mariage relevaient du devoir, comme une sorte de garniture par rapport au plat principal. Les hommes concentraient leurs forces à faire vivre leur famille ou, avec un peu de chance, à étudier le Talmud. Les femmes portaient les enfants, s'occupaient de la maison et, si leur mari était un savant, ce qui était le plus grand honneur, elles s'occupaient de la boutique et veillaient à pourvoir à tous les besoins matériels du foyer. Comme je l'ai dit, ils étaient libres d'avancer dans leur vie, qui était épanouissante et orientée vers un but.

– Allons donc, Hammerschlag, vous décrivez un mode de vie arriéré qui appartient au Moyen Âge, contesta Breuer. Nos pères vivaient ainsi parce qu'ils y étaient forcés.

– C'est vrai. Ils étaient ostracisés. Comme nous le sommes aujourd'hui. Ils manquaient totalement de liberté, mais la liberté a ses propres dangers. Vous autres modernes semblez vous complaire à ne pas me comprendre. Je ne dis pas que la vie dans le ghetto était meilleure, mais je suis convaincu que, dans notre hâte à le quitter, nous avons abandonné ses bons aspects en même temps que les mauvais. Et ses bons aspects étaient excellents.

– La kabbale, par exemple », suggéra Freud. Cela ne lui ressemblait guère de prendre un ton condescendant avec son maître, mais Hammerschlag releva résolument le défi.

« Oui. La kabbale aussi, dit-il. Vous en riez, mais vous ne riez que de son visage extérieur, de sa forme. Avec vos ricanements, vous rejetez aussi son contenu, qui est le fruit des plus grands esprits que notre peuple ait produits. Si vous lisiez le Zohar et qu'au lieu de le tourner en ridicule vous vous demandiez ce qu'il veut dire et comment cela se formulerait dans la langue moderne, dans le contexte actuel, alors vous seriez surpris de ce que vous découvririez. Vous le rejetez à cause du contexte, et non pas du contenu, et de fait la kabbale est un bon exemple. » Puis, se ravisant, il ajouta : « Je dis "vous", mais je suis comme vous. Je suis trop aveuglé par nos modes de pensée modernes.

– Peut-être est-ce plus compliqué que cela, professeur Hammerschlag, dit Freud. Si nous rejetons si violemment les vieilles valeurs, c'est peut-être parce que nous sentons à l'intérieur de nous-mêmes qu'elles nous constituent plus que nous voudrions l'admettre. Après tout, nous venons juste de quitter le ghetto. Nous ne sommes que la première génération à avoir été éduqués en dehors, nos parents étaient tous des enfants du ghetto.

– Voilà qui est très perspicace, mon garçon, et probablement exact, approuva Hammerschlag.

– C'est inepte, protesta Breuer. Nous sommes ce que nous sommes, nous pensons de la manière dont nous pensons parce que nous avons reçu une formation scientifique. Nous rejetons l'âge des ténèbres parce que la civilisation européenne, dont nous faisons maintenant partie, l'a abandonné. Isaac Newton, René Descartes, Charles Darwin, Kant, Brentano, même Ernst Mach. Là est la raison. » Il frémissait de colère, et son visage s'empourpra.

« Peut-être devriez-vous ajouter Breuer à la liste », lui lança Hammerschlag, gagné par sa fureur.

Paneth s'entremit pour les calmer : « Docteur Breuer, la remarque du professeur Hammerschlag était seulement un avertissement contre le rejet de *toute* la vieille sagesse, comme on l'appelle, sans l'avoir passée au crible. Peut-être pouvons-nous trouver une perle dans un tas de fumier.

– Très bonne image, jeune homme, approuva Hammerschlag. Au moins vous, vous me comprenez. »

Mais Breuer ne s'avoua pas vaincu. « L'ignorance est comme un bacille. Si vous en laissez entrer une dose infime, elle se multiplie et infecte tout le corps. Aucun défaut ne peut être toléré sur l'édifice de la science et de la logique.

– Pompeux, dit Hammerschlag avec dédain.

– Peut-être. Mais vrai, néanmoins. » Cette fois-ci ce fut Freud qui vint à la défense de son vieux maître. « Évidemment on ne peut pas prendre le parti de la superstition contre les faits scientifiquement établis. Pour autant, là où la science n'a fait encore aucune incursion, mais où un riche filon de folklore existe, peut-être peut-on trouver des indicateurs pour la science. Des indices, si vous préférez.

– Merci, Sigmund. Il n'y a guère que de Herr Doktor Breuer que je n'arrive pas à me faire comprendre, apparemment.

– Vous voulez peut-être dire qu'il y a dans tel ou tel traité alchimique poussiéreux des formules magiques ou des procédures ésotériques qui permettraient effectivement de réaliser la transmutation des éléments, si on ne les avait pas oubliées ? demanda Breuer, d'une voix lourde de sarcasme. Peut-être pourrions-nous les utiliser pour enrichir notre atmosphère et convertir tout l'azote inutile en oxygène ? Si vous prenez au sérieux ce genre d'idées, pas moi. »

Mais Freud ne lâcha pas prise. « Ce serait délirant de le penser, dit-il, mais si vous prenez un domaine moins déterministe, comme la nature humaine, pourquoi exclure que les textes anciens, qu'ils soient alchimiques ou kabbalistiques, aient quelque chose de valable à nous dire ? Après tout, le temps, tel un alambic, peut bien avoir, après tant et tant de siècles, distillé l'observation en une sorte d'hypothèse ou de théorie.

– Si vous le formulez ainsi et à ce niveau de généralité, je suis d'accord, dit Breuer. Toute la littérature philosophique remplirait les conditions requises pour entrer sous votre définition – et je ne suis certes pas de ceux qui la rejettent.

– Je vois, attaqua à nouveau Hammerschlag. Si Emmanuel Kant l'a écrit, c'est acceptable, mais si c'est Moïse de Léon, alors il faut le rejeter. Prenez garde. D'aucuns pourraient vous accuser d'antisémitisme.

– Si vous en êtes à m'insulter, mon vieil ami, je ferais mieux de partir, dit Breuer, sans bouger pour autant.

– Arrêtez de dire des sottises, alors », répliqua Hammerschlag, mais sa colère était tombée.

Ils conversèrent encore quelque temps, mais l'esprit avait cessé de souffler sur leurs discussions. Puis Freud et Paneth prirent congé. À peine la porte se fut-elle refermée derrière eux que Hammerschlag prit un échiquier dans une énorme armoire qui dominait la pièce. Il le posa sur la table devant Breuer et lui dit : « Et maintenant, on va voir de quelle argile vous êtes fait ! »


Prague, décembre 1883


C'est aussi aux échecs que l'on joua ce soir-là dans la bibliothèque des Pascheles au numéro 7 de la place de la Vieille-Ville, au centre de Prague. Comme chaque soir ou presque, deux hommes d'une quarantaine d'années étaient penchés au-dessus de l'échiquier, entre les accoudoirs dorés de leurs fauteuils en velours rouge. Bien que Jacob Pascheles fût grand maître aux échecs, vainqueur de nombreux tournois, Brandeis, son beau-frère, et seul membre de la famille à oser jouer contre lui, gagnait parfois une partie. Alors Pascheles jurait ses grands dieux qu'il avait été eu par traîtrise. C'était chaque fois la même chose : Brandeis, pour le mettre en position de faiblesse, le lançait dès le début du jeu dans des conversations sans fin, si bien qu'il était incapable de se concentrer. Brandeis protestait. Après tout, pourquoi la conversation, si elle était un handicap, ne le gênerait-elle pas lui aussi ? Il était temps que Pascheles apprenne à faire plus d'une chose à la fois. La vie était courte, non ?

Les deux hommes s'entendaient exceptionnellement bien. Leurs chamailleries constantes étaient leur manière à eux de communiquer, un vestige de leur enfance partagée dans le ghetto de Prague. Ils avaient en commun bien plus que l'amour des échecs. Il y avait leur prénom, Jacob, leur profession – ils étaient associés dans la maison d'édition fondée par le vieux Wolf Pascheles – et bien sûr leurs origines, puisqu'ils étaient l'un et l'autre issus de vieilles familles de Prague. Les Brandeis[1] étaient des descendants directs du Maharal – le rabbi Yehouda Loew, faiseur de miracles –, tandis que Pascheles croyait dur comme fer qu'il descendait du gendre et disciple du grand rabbin, le rabbi Fischeles, et le peu de documents dont il disposait sur cette filiation n'était pas de nature à ébranler sa certitude intérieure. Ils avaient tous les deux fait un beau mariage, Brandeis dans la famille Pascheles, bien sûr, tandis que l'épouse de Jacob Pascheles était une fille Utitz. Le beau-père de Pascheles, Avraham Utitz, était citoyen d'honneur de la ville, directeur du Altstätter Gymnasium[2], et il avait été décoré par Sa Majesté l'empereur François Ier.

---

1. La famille compta aussi Louis D. Brandeis, juge à la Cour suprême aux États-Unis qui a donné son nom à l'université Brandeis.

2. Connu aussi sous le nom de Josephstätter Mittelschule. Emil Utitz, petit-fils d'Avraham et neveu d'Helene Pascheles, fut scolarisé dans cet établissement au tournant du siècle. Son amitié étroite avec son camarade de classe Franz Kafka est mentionnée dans la plupart des biographies de l'écrivain. Franz Kafka fit sa *bar-mitsva* à la synagogue Cikán [tsigane] où Jacob Pascheles remplissait des fonctions officielles en tant qu'ancien de la communauté.

Les deux familles vivaient place de la Vieille-Ville, dans un bâtiment qui avait jadis abrité le couvent paulinien des ermites de saint François d'Assise et qui avait été acquis par le père de Jacob, Wolf Pascheles, le fondateur de la maison d'édition. Le vieux Wolf qui, à la fin de ses jours, était à la tête d'une fortune considérable avait amassé ce vaste capital grâce à un coup de pouce de la chance, à son labeur acharné et aussi à son sixième sens qui lui faisait savoir infailliblement ce qui se vendrait. Et tout ce qu'il publiait se vendait. Outre la *Galerie Pascheles*, la fameuse série des gravures de rabbins, et les nombreux volumes de la collection des *Sippurim*, fables et récits juifs, il y eut les *Pascheles Illustrierte Volkskalender*, qui paraissaient tous les ans – un mélange d'informations diverses, des dates de toutes les fêtes juives à la liste exhaustive des jours de marché en Bohême, Hongrie et Autriche. Le vieux Wolf pimentait ces contenus austères de légendes juives, comme la biographie, par son fils Jacob, du fameux kabbaliste Joseph Salomon Delmedigo. Bien sûr, il publia aussi des monographies, dont il vendit certaines en grandes quantités, tels le manuel d'instruction religieuse de Leopold Breuer, les livres de morale du rabbin Kafka, ainsi que les ouvrages classiques des rabbins Philippson et Jellinek. Quand les deux beaux-frères prirent le relais, ils poursuivirent la tradition des éditions Pascheles. Le *Kalendar* continua à paraître chaque année, et de nouveaux volumes des *Sippurim* à dates régulières.

Les deux hommes à la table étaient tous deux des anciens de la synagogue Cikán ; chacun avait droit à son siège le long du mur oriental, à côté des bourgeois de même rang qu'eux, l'imprimeur Altshul, le mercier Kafka, le marchand de cuir Utitz, le beau-frère de Jacob, et Israel Eibenschütz dont la source de revenus demeurait un mystère. Bien sûr, il y avait un large choix de synagogues dans la Vieille-Ville, mais chacune avait son propre clan de fidèles. La AltNeushul, inchangée depuis l'époque du Maharal, si elle n'était pas plus ancienne encore, attirait les traditionalistes. La synagogue Meisel était pour les « vieilles fortunes », la Pinchas pour le commun, les marchands ambulants, les *luftmenschen*. Depuis que le rabbin Schiffmann, élève et disciple du Chatam Sofer, avait été nommé à la tête de la synagogue Cikán, cette dernière rassemblait un groupe de fidèles attachés aux croyances traditionnelles, mais ouverts au monde moderne. Peut-être par pure coïncidence, mais plus vraisemblablement parce qu'ils avaient aussi les qualités requises pour réussir dans les affaires, de nombreux membres de la synagogue Cikán devinrent des hommes d'affaires prospères qui, au fil des années, en vinrent à représenter les « nouvelles » fortunes.

La vie était en ce temps-là agréable, facile et intéressante. De quoi faire bouillir le sang des jeunes générations ! Parmi ses cinq fils, c'était celui qu'il avait prénommé Wolf qui causait le plus d'inquiétude à Jacob Pascheles. Le jeune Wolf Pascheles, malgré le nom qu'il portait, celui de la plus grande maison d'édition de Prague, ou peut-être à cause de ce nom, refusa d'entrer dans l'affaire familiale et préféra aller à l'université pour étudier la médecine. Cette possibilité faisait elle aussi partie du bouquet de libertés que les Juifs avaient obtenu de fraîche date. À l'université Charles, où il aurait pu facilement se joindre à la cohorte de jeunes Juifs entrés dans les mêmes conditions que lui, Wolf préféra se lier d'amitié avec des non-Juifs – comme Brandeis le lui faisait remarquer de temps en temps. Les amis de Wolf étaient certes au-dessus de tout soupçon, mais ce que les Jacobs redoutaient plus que tout, c'était de le voir ramener un jour à la maison une fille non juive : une *shiksa*. Que se passerait-il alors ?

Le plus proche ami de Wolf, Ludwig Mach, venait très souvent chez les Pascheles. Quoique Ludwig étudiât lui aussi la médecine et fût du même âge que Wolf, Jacob n'arrivait pas à se prendre de sympathie pour lui. Un garçon insipide, pensait-il. Son père, le professeur Ernst Mach, c'était autre chose ! L'homme était un excellent joueur d'échecs – vraiment très difficile à battre, en réalité.

« Tu ne fais pas attention, Jacob, avertit Brandeis en prenant un pion.

– Ne t'inquiète pas. Cela fait partie d'une stratégie », répondit machinalement Pascheles. Son attention était ailleurs – il s'inquiétait pour Wolf, comme d'habitude. Que deviendrait ce garçon ?

« Toi et tes stratégies ! » grommela Brandeis. Mais la remarque l'inquiéta assez pour qu'il se mette à étudier l'échiquier avec un intérêt renouvelé.

---

## Gyógyászat

### « Spiritisme »
#### par le docteur Sándor Ferenczi

Définir est une chose assez difficile. Aucun grand esprit n'a pu définir en une phrase ce qu'est la philosophie. Certains ont dit d'elle qu'elle était la « doctrine des principes essentiels de l'existence », d'autres une « science de la connaissance ». Que ces « connaissances » prétendent être exactes n'exclut pas qu'une dimension transcendantale existe, se manifeste et soit sans cesse à l'œuvre.

Sans doute le premier philosophe fut-il cet homme à demi sauvage qui cessa d'être indifférent au monde qui l'entourait, créant chaque dieu à son image, un dieu du feu, de la lune, du tonnerre, de la foudre... Ce fut alors un grand pas vers la philosophie, dans la mesure où l'homme se détacha du pur et naïf réalisme descriptif, pour créer des liens de causalité entre plusieurs événements, passant donc du monde des objets perceptibles à celui des représentations d'objet.

Quelle est l'essence du monde ? Quels sont la cause et le destin du monde ? Qu'est-ce que le savoir ? Quel est le fondement éthique du monde ?... Toutes ces questions sont contemporaines des premiers efforts de représentations de l'esprit humain. Depuis, la « vision du monde » des hommes s'est, de toute évidence, modifiée, suivant en cela les systèmes politiques et religieux régnants. Des savants grecs aux chrétiens orthodoxes, en passant par les matérialistes français et anglais, les idéalistes allemands, et aujourd'hui les matérialistes scientifiques, tous donnent en effet des réponses très différentes aux problèmes qui agitent l'esprit de l'homme. Actuellement, notre prétendue intelligentsia culturelle s'inspire des thèmes du matérialisme atomistique : le monde ne serait donc pas autre chose qu'une masse infinie de particules insécables de différentes tailles, dont le mouvement vibratoire créerait la lumière, la chaleur, l'électricité, etc.

La conscience humaine ne serait que le simple produit d'un agencement de particules du cerveau. Cette vision est néanmoins difficile à exposer par nos professeurs de physique qui s'efforcent d'enseigner ces idées avec une grande conviction. Ah, comme tout était simple autrefois ! Il n'existait que soixante ou soixante-dix types d'atomes et, depuis, sont apparus dix nouveaux éléments, huit à dix sortes de vibrations de ce que l'on nomme l'éther, qui semble être actuellement l'essence du monde. Ceux qui évoquent les notions d'unité absolue, d'âme, de métaphysique sont considérés comme fous.

Cette vision matérialiste rigide qui règne aujourd'hui chez la plupart des médecins et des biologistes allemands se réclamant de Kant qui, nous le savons, considérait la théorie de la connaissance (*Erkenntnisstheorie*)

comme une science unique offrant la seule voie de salut, méprisant l'expérience concrète, délaissant toute base scientifique objective et s'efforçant d'expliquer les phénomènes et les événements à partir du seul « Moi ».

Heureusement, le « bon sens » ne put se satisfaire d'une telle conception, et l'esprit humain fit serment de fidélité à l'atomisme primitif, théorie à laquelle le fulgurant développement des sciences naturelles accorde actuellement une grande importance.

La fatalité, en philosophie, réside dans le fait qu'il n'y a pas véritablement de progrès dans son histoire : l'esprit humain passe d'une outrance à l'autre, sous-estimant la vérité qui, souvent, jaillit de ces deux positions extrêmes. Nous sommes actuellement les témoins de tels changements au sein de la philosophie. La « théorie de la connaissance », purifiée des sophismes d'antan et de leurs néfastes conséquences, porte un coup terrible au « matérialisme » qui semblait radical et inébranlable.

« Comment, demande le sceptique, puis-je accepter l'idée que tous les objets existants ne sont que des vibrations atomiques, si vous ne pouvez me prouver qu'il y a des atomes, des vibrations, et que tous les êtres en devenir ne sont pas de pures apparences ? » À quoi le physicien rétorque : « Nous n'avons pas besoin de métaphysique ! »

N'est-il pas vrai, toutefois, que d'autres dogmes se constituent et qu'un certain matérialisme fonde ses vérités sur les concepts de force et de matière, un peu comme le monothéisme fonde les siennes sur la seule foi en Dieu ?

À partir de cela, certains auteurs s'imaginent qu'il faut retourner aux esprits anciens et aux fantômes, quand la science échoue sur de tels rivages, ce qui est une conséquence possible de semblables idées. Les progrès de la conscience humaine se réalisent grâce à de telles crises et à de telles divergences. Il faut imaginer le progrès comme une charrette tirée à hue et à dia par deux chevaux dont l'un domine l'autre pour être ensuite dominé par lui ; la charrette, on s'en doute, avance chaotiquement, en zigzag, et avec d'incessantes secousses.

La science dite des esprits et des fantômes, quoique traditionnellement fermée à toute théorie explicative, remplirait en fait des bibliothèques entières. Ces théories ne constituent pas une unité cohérente, même si elles se regroupent sous les noms de « spiritisme », « spiritualisme », « occultisme », « animisme », ou quelques autres épithètes accordées aux sciences transcendantales.

L'idée commune à toutes ces théories est l'hypothèse de l'immortalité de l'âme, entendez par là qu'après la mort, la vie psychique d'un être ne s'anéantit pas, mais traverse au contraire des processus purificatoires divers. Ensuite, cette âme renaît, se réincarne et, si sa vie antérieure était exempte de péché, elle peut entrer en relation avec les siens, se manifester, émettre des signes écrits ou oraux de cet autre monde dans lequel elle se trouve, par l'intermédiaire de personnes qui parviennent à créer, en elles-mêmes, un état psychique particulier.

Dès lors, l'esprit – qui peut être bon ou malin – peut connaître l'avenir et voir à distance. Les esprits malins suscitent évidemment toutes sortes d'incongruités et de gags. Aksakoff, le premier, a mis en ordre une masse impressionnante de documents plutôt confus sur ce sujet, pour réaliser une sorte de classement de tous les phénomènes qui relevaient de médiums et, partant de là, en a distingué trois formes particulières. Le personnisme d'abord, et tous les phénomènes transcendantaux qui relèvent exclusivement du domaine de l'individu ; par exemple le déplacement d'une pièce de monnaie sur un papier où sont inscrites des lettres alphabétiques, l'écriture et les signes des médiums, les tables tournantes, etc.

Quand l'âme du médium (ou l'une de ses parties) quitte le corps et produit un effet psychique à distance, on parle alors d'animisme. L'esprit entre, par télépathie notamment, en communication spirituelle avec des êtres lointains, meut des objets éloignés (télékinésie) ou fait apparaître, spontanément et par matérialisation, des objets imaginaires. Ce qu'il nomme, à proprement parler, le spiritisme consiste en l'apparition, directe ou indirecte, de l'Esprit supérieur lui-même. Ainsi existe-t-il des phénomènes spiritualistes visibles et photographiables, des manifestations soudaines qui frappent l'imagination, des conseils, des discours moraux et de véritables enseignements métaphysiques. Mentionnons aussi, parmi les principaux phénomènes surnaturels, l'immatérialisation et l'apparition d'esprits « passe-muraille », autant d'expressions bien spécifiques qui, comme on peut le voir, ne manquent pas. Or, même parmi les hommes nourris des lumières du progrès, il en est qui écoutent bouche bée ces récits concernant la manifestation étrange des esprits, présentés généralement avec l'assurance persuasive caractéristique des esprits fanatiques et endoctrinés. Parmi eux, des gentlemen intelligents et cultivés, dont l'âme et le système nerveux sont parfaitement sains. Crookes, Lombroso, Du Prel et maints autres savants sont non seulement des adeptes du spiritisme mais de véritables prophètes en la matière. On comprendra, dès lors, pourquoi la stratégie des antispiritismes, comme Tóth Béa, n'est pas aisée. Tout se passe en effet comme s'ils tentaient de s'opposer à un mouvement qui est devenu un phénomène de grande ampleur, tantôt par leur silence, tantôt par un rejet que je qualifierais d'apodictique.

Une telle attitude conduit à engendrer de faux martyrs parmi les membres de ces religions spiritualistes. Or il est évident que rien ne fait plus se développer les religions que l'abondance de personnes qui se présentent comme des victimes, voire des martyrs persécutés par le rationalisme. Les animistes, actuellement, se considèrent comme de grandes victimes du fléau de la science, à l'instar de Galilée et de Giordano Bruno qui furent incompris par leur époque, persécutés et brûlés.

Ainsi Aksakoff accuse-t-il Wundt, l'un des chefs de l'antispiritualisme, de « misonéisme », c'est-à-dire d'anti-réformisme, et le compare-t-il à Benedel Carpcow qui occupait la chaire de Wundt, à l'université de Leipzig, au XVI^e siècle, et dont nous savons qu'en tant que chasseur de sorcières il fit exécuter vingt mille « magiciens » et « sorcières » de tous crins. On prétend aussi que certaines personnes de l'entourage de Galilée ne se faisaient pas faute de lui attribuer le sobriquet de « maître à danser de grenouilles ». L'Académie de Paris dénonça officiellement l'hypnotisme, qui est encore considéré actuellement comme une escroquerie.

Ne serait-il pas préférable que les antispiritualistes cessassent de lutter, de rejeter et de réfuter sans connaissance préalable ces hypothèses qui méritent d'être approfondies ?

Il vaut mieux, selon moi, considérer d'un œil critique les faits et les phénomènes surnaturels, et cela avec l'acuité et le sens de l'objectivité qui caractérisent les véritables savants. Qu'ils n'aient pas honte de participer à des séances de tables tournantes ou de se rendre à quelques manifestations organisées par les spiritistes et composées de profanes. Ce phénomène est, en effet, très important sur le plan sociologique, et nos meilleurs spécialistes, plutôt que de s'en moquer, feraient mieux de s'en occuper sérieusement. Ils pourraient ainsi apporter les instruments de leur science et organiser (pourquoi pas ?) des séances, à partir d'expériences qu'ils pourraient mener à bien en supprimant tous les infléchissements dus à la volonté. Ils pourraient observer les phénomènes véritables en les distinguant des effets de suggestion ou d'autosuggestion qui s'y insinuent. J'affirme cela car je crois qu'il y a des vérités à considérer, même si elles sont subjectives et non pas « objectives ».

Les résultats obtenus en faveur des mouvements spiritistes pourraient bien être les mêmes que ceux réalisés par l'alchimie. On cherchait, à une certaine époque, à fabriquer de l'or, et à cette occasion on découvrit maintes formules et compositions chimiques nouvelles.

Avec les spiritistes, il risque en effet d'arriver des choses tout à fait comparables à ce que connurent les héritiers du paysan de la fable. Le père, souvenons-nous, dit, sur son lit de mort, qu'il a enterré le trésor. Il obtient ainsi que ses fils labourent la terre, et leur récompense réelle ne sera pas l'or attendu, mais une récolte abondante et fructueuse. L'or des alchimistes me paraît semblable au trésor des spiritistes : leur science a toute chance d'être la récolte riche et inespérée d'un terrain encore en friche, celui de la psychologie.

En tant que science, la psychologie, en effet, est encore dans son premier âge.

Les expériences fameuses et les théories de Fechner, Wundt et Mosso, pour ne citer qu'eux, apportent quelques lumières sur le fonctionnement le plus élémentaire de l'esprit, l'influence des sensations, des sentiments et des transformations psychiques (*Gefühl, Empfindung*...) ainsi que leurs liens primitifs avec l'attention, les associations, l'aperception, les affects et la volonté, sont des phénomènes étudiés de très près, qui relèvent du fonctionnement de la psyché humaine. En revanche, l'amour, la haine, la colère, la mémoire, la connaissance, l'oubli, la réflexion, le sens moral, la sensibilité artistique, la psychologie des enfants et la psychologie des masses restent encore, hélas, dans les mains des romanciers et des auteurs de récits fantastiques.

Pourtant, ce que nous savons aujourd'hui montre scientifiquement et de façon décisive qu'il existe au sein de l'esprit des éléments inconscients et semi-conscients qui participent étroitement à son fonctionnement. Nous accomplissons, en effet, d'innombrables choses logiques même si notre conscience de n'en aperçoit pas. Prenons trois exemples :

1. Tout le monde a déjà observé qu'il est possible de rêver pendant un exposé, ou de lire une page à haute voix sans en avoir compris un seul mot.

2. Nul ne s'étonne de voir quelqu'un jouer une partition de piano tout en conversant très logiquement avec quelqu'un. N'est-ce pas l'exemple même de ce qu'il convient de nommer la division des fonctions de l'esprit ?

3. Prenons enfin les facultés de la mémoire : il existe des millions d'informations stockées dans un cer-veau humain. Pourtant, quand je pense, je ne songe qu'à une seule chose à la fois. Les autres restent « subconscientes », sans pour autant que leur existence disparaisse.

Il est très probable, selon moi, qu'un grand nombre de phénomènes dits « spiritistes » soient ainsi l'expression de divisions psychiques, à l'occasion desquelles une ou plusieurs parties de l'esprit s'expriment, une seule se reflétant à la conscience tandis que les autres fonctionnent automatiquement, en dehors de la conscience immédiate.

Cela peut peut-être expliquer comment un médium parvient à diriger une pièce, involontairement, inconsciemment et sans désir de tromper, d'une lettre de l'alphabet à une autre, afin que des mots compréhensibles se forment.

Qu'importe, au fond, qu'un Flammarion reste ou non fidèle au spiritisme. Les arguments d'autorité ne pèsent pas lourd dans la balance. Il serait hautement préférable qu'un savant (ou des associations de chercheurs) prenne l'affaire en main, ce qui éliminerait les charlatans et autres truqueurs, tout en informant et enrichissant les sciences psychologiques d'une somme appréciable de connaissances nouvelles.

# Trois explications du monde

## Budapest, 1907

« Spiritisme », par Sándor Ferenczi. C'était mon premier article publié, et il était plutôt bon, pensais-je. À cette époque, j'étais toujours assistant à l'hôpital Saint-Roch, enchaîné au service des prostituées atteintes de maladies vénériennes. Je n'avais guère le choix – c'était le seul poste que j'avais pu trouver. Frustré de me voir interdit d'accès aux patients relevant de la psychiatrie, j'essayai quelques expériences de transmission de pensée avec des collègues. Cela ne donna pas de grands résultats, mais j'attribuai ces échecs au scepticisme généralisé de mes partenaires qui n'étaient certes pas prêts à renoncer à tout ou partie du contrôle d'eux-mêmes. Mes expériences d'écriture automatique, que j'entrepris seul, surtout le soir, déprimé et fatigué, furent bien plus concluantes. Une nuit, la pointe de mon crayon bien taillé oscilla au-dessus d'une feuille de papier vierge pendant plusieurs minutes avant de se mettre en mouvement et d'écrire une phrase entière sans aucune ingérence de ma part. Le message prédisait que si j'écrivais un article sur le spiritisme, il serait publié dans *Gyógyászat*. C'est ce que je fis, et c'est ce qui arriva. Ce court article confirma mon statut, à mes yeux du moins, d'intellectuel polymathe. J'en fus très fier sur le moment, et j'en ai gardé un faible pour ce papier. Je pense que, malgré mon jeune âge et ma très courte expérience, je réussis à cristalliser dans ces lignes quelques-unes des idées que je devais passer le plus clair de ma vie d'adulte à affiner.

Cet article eut des retombées : quelques mois plus tard, le directeur de *Gyógyászat* m'envoya un exemplaire d'un livre inconnu pour que j'en fasse une recension. Je ne sais pourquoi il me l'avait attribué. Peut-être son titre, *Die Traumdeutung*, avait-il fait revenir à sa mémoire l'auteur de « Spiritisme ». Entre charlatans, a-t-il sans doute pensé... Inutile de préciser que c'était le chef-d'œuvre de Freud. J'aimerais tellement dire

que le génie de l'ouvrage me sauta aux yeux et que je fus immédiatement converti ! Ce fut tout le contraire, malheureusement.
Je l'ai jugé parfaitement inepte et je n'ai même pas voulu en
faire le compte rendu – et pourtant, en ces jours de vache enra-
gée, la modique somme que l'on m'offrait eût été vraiment la
bienvenue.

La révélation – oui, ce fut une révélation – n'eut lieu que
quelques années plus tard – en 1907 à vrai dire. Un de mes
collègues, Fülöp Stein, y fut pour beaucoup. Stein était d'abord
et avant tout un abstème militant. Mais s'il ne devait jamais
parvenir à me convaincre de renoncer à l'alcool, il réussit à me
persuader au moins de faire une seconde tentative avec le livre
de Freud. Je ne saurais dire quelle était sa logique ; peut-être
pensait-il que s'il n'arrivait pas à me sauver d'une manière, il en
essaierait une autre. En tout cas, je m'astreignis à une lecture
plus attentive, mais le livre me sembla très flou et fort peu
scientifique. Ma conversion, pour s'enflammer, avait encore
besoin d'un catalyseur.

Ce fut Carl Gustav Jung. Stein avait rencontré Jung et son
chef de service, Bleuler, dans le cadre du Congrès international
contre l'alcoolisme, dont Stein était le secrétaire et dont les deux
Suisses étaient aussi des membres fort actifs. Cette rencontre
porta ses fruits, car Stein partit quelque temps à Zurich où il
travailla à la clinique de Burghölzli. À son retour à Budapest, il
avait dans ses bagages les « expériences d'associations verbales »
et ne jurait plus que par Freud dont il s'était entiché.

Les résultats de Jung étaient fascinants. Pour la première fois
quelqu'un avait décrit une technique exacte permettant d'explorer la psyché ! Sans perdre un instant, je m'attelai à reproduire
ses expériences. Je fis l'achat d'un chronomètre de bonne qualité et, mon paquet sous le bras, je me précipitai au Royal. Lipót
Fejér était là, si bien que je le pris comme premier sujet d'expérimentation ; puis, après l'arrivée d'Ignotus et Lévy, je les mis
sur la sellette à leur tour. Mes victimes, qui durent d'abord penser que j'étais devenu fou, changèrent d'avis dès qu'elles se

furent rendu compte, sur elles-mêmes, de l'intérêt de l'expérience.

La méthode de Jung était la suivante : le médecin prépare une liste de mots courants, entre cinquante et cent ; à chaque mot qu'il prononce à voix haute, le sujet répond, aussi vite que possible, en disant la première chose qui lui vient à l'esprit ; le médecin note le temps qu'il lui a fallu pour répondre. C'était aussi simple que cela. En général, les temps de réponse étaient assez semblables, environ une seconde, mais dans des cas particuliers, c'est-à-dire quand il s'agissait de mots qui avaient une signification inconsciente pour le sujet, le temps de réponse était deux ou trois fois plus long, voire davantage. Il restait alors à analyser pourquoi les termes en question avaient causé une telle réaction. Bien sûr, on ne découvrait pas une vérité fracassante à tout coup, mais je dois dire que j'ai fait une découverte presque à chaque fois que j'ai utilisé cette technique.

C'était cependant une idée calamiteuse que de commencer avec Fejér. Il était impossible. Chaque requête lui évoquait toute une histoire et, incapable de s'en tenir aux règles qui exigeaient que les réponses ne comportent qu'un seul mot, il se lançait dans le récit d'une anecdote complète. Ses histoires réussissaient toujours à combiner les mathématiques, son point fort, et ses finances, sa faiblesse chronique. Par exemple, pour le mot « tram », il me tint les propos suivants : il était l'assistant du grand professeur Hilbert à Göttingen, quand un jour, après un séminaire, Hilbert et la plus grande partie de la faculté de mathématiques étaient restés à discuter devant les bâtiments de l'université. La jeune épouse de Fejér demanda si elle pouvait prendre une photo du groupe, incluant son mari, et Hilbert accepta. Elle plaça Fejér au premier plan, les professeurs derrière. Puis elle leur demanda de reculer lentement pour pouvoir les faire tous tenir dans le cadre. Fejér, voyant que ce déplacement revenait à obliger ses collègues plus âgés à enjamber les rails du tram, s'exclama : « Quelle femme ! Elle veille à ce que toute la faculté de mathématiques passe sous le tram pour que je sois titularisé. »

Dans le cas de Féjer, j'appris plus de son refus de se plier aux règles du jeu que de ses associations ou anecdotes. Avec Lévy, ce fut tout à fait différent. Il comprit vite l'intérêt de la méthode et, aussi impatient que moi d'en connaître les résultats, il en observa strictement les règles. Ses temps de réaction aux mots « langue » et « couteau » furent excessifs. À « juif », il fit un sourire entendu, empreint d'ironie, et ne dit rien, tandis que, à « rabbi », il répondit immédiatement « Loew ». Les autres suivaient cet interrogatoire avec un grand intérêt, en particulier Fejér qui voulut s'essayer à l'interprétation. Il combina ingénieusement deux des mots déclencheurs et décréta que Lévy voulait couper sa propre langue plutôt que de lâcher un sou. Ignotus l'interrogea sur le rabbi Loew, mais cela ne s'avéra pas être une voie psychologique probante. La connexion, que nous révéla Lévy, était en réalité familiale : le rabbin miraculeux de Szeged, un des meilleurs élèves du Chatam Sofer de Presbourg, était son grand-oncle. La première rencontre entre ses parents avait eu lieu dans la maison du rabbi Loew, alors très âgé. Le lien impressionna grandement Ignotus, non pas qu'il tînt les rabbins en haute estime, mais parce que cela faisait de Lévy un parent proche de son grand héros, Mór Kármán, l'éducateur. Lévy expliqua que ce fameux Mór Kármán n'était autre que son oncle Móric, le frère de sa mère, et que rabbi Loew était leur oncle commun. Fejér mit son grain de sel en précisant qu'il avait eu pour étudiant – excellent, du reste – un certain Tódor Kármán qu'il venait juste d'envoyer à son *alma mater*, Göttingen. Les deux Kármán étaient bien sûr le père et le fils, comme notre groupe ne tarda pas à le découvrir, ce qui faisait de l'étudiant de Fejér le cousin de Lajos Lévy. Tandis qu'ils brodaient sur le thème « le monde est petit », surtout si le monde en question est la communauté des Juifs de Budapest, et s'extasiaient sur ses éminentes qualités, je m'interrogeai avec perplexité sur la signification des associations de Lévy.

Comme je n'arrivais à rien, j'essayai un autre des trucs de Jung, qui consistait à répéter la liste des mots et à demander au sujet de donner les mêmes réponses que la première fois. À ma grande surprise, la seconde fois, il hésita sur un des premiers mots, « rêve », et au lieu de répéter sa précédente réponse, « sommeil », il dit « ambition ». Juste après avoir prononcé ce mot, son visage s'empourpra – et la lumière se fit. Nous comprîmes d'un coup, lui et moi, le sens de la première séquence. Il avait beau avoir répondu « sommeil » la première fois, le mot « rêve » avait dû déclencher dans son subconscient des associations avec « ambition », et « couteau » correspondait à son ambition avortée d'être chirurgien. « Langue » était un peu plus obscur, mais finalement assez facile à interpréter. Ce n'était pas à la partie du corps que mon ami avait fait inconsciemment référence, mais il fallait le rapporter au langage pour en percevoir le sens caché. Son père était connu pour parler une douzaine de langues, dont au moins trois langues sémitiques. Mais ce n'était qu'un des joyaux les plus modestes d'une carrière exceptionnelle. Bernát Lévy était un personnage important : ce professeur de philosophie à Berlin avait été nommé ambassadeur de l'Alliance israélite en Afrique du Nord et au Proche-Orient, membre de l'Académie française, officier de la Légion d'honneur, et il fut décoré également par le roi du Portugal, le prince de Monaco et même le sultan ottoman. On dit que Bismarck l'avait pressenti pour un ministère à condition qu'il se convertisse – mais il déclina ce privilège. À côté des succès du père, la situation du fils, directeur de la clinique de la Charité à Pest, paraissait bien terne, même si elle lui faisait tenir son rang au Royal. Lajos donnait l'impression d'être content de son sort mais, en réalité, il était rongé d'une ambition tapie au plus profond de lui. Nous l'étions tous, hantés par le désir des fils de surpasser leur père. Dans son cas, la montagne à gravir semblait exceptionnellement haute.

Les jours qui suivirent, je profitai de la moindre occasion pour expérimenter la méthode de Jung sur des amis et des connaissances. Soutenu par le succès de ces tests informels, je commençai à l'appliquer à mes patients et obtins des résultats remarquables et totalement convaincants. J'étais très enthousiaste. Il y avait enfin une méthode scientifique permettant d'explorer l'homme intérieur. J'avais l'intention d'écrire à Jung pour lui rendre compte de mes expériences, mais Jung venait à Budapest, appris-je de Stein, où il séjournerait quelque temps.

Il se trouve que la rencontre avec Jung coïncida avec ma seconde lecture du livre des rêves. Et je le lus soudain avec les yeux de Jung, non seulement parce que ce dernier ne cachait pas l'enthousiasme sans réserve que *Die Traumdeutung* lui inspirait, mais aussi parce que je m'étais moi-même pris de passion pour la méthode d'association de Jung dont l'approche scientifique forçait mon respect. Ma lecture gagna au change. Ô combien ! Ce que j'avais trouvé banal me révéla des profondeurs inaperçues. Ce qui m'avait d'abord paru superficiel était en fait incisif et courageux. La similitude avec tant d'autres ouvrages précédents consacrés à l'interprétation des rêves n'était qu'apparente. C'était le livre d'un homme de science, d'un pionnier, qui n'avait pas peur d'examiner un sujet qui avait été auparavant la chasse gardée des devins et des rabbins ; pénétrer là où aucun autre savant n'osait s'aventurer, explorer ce qui avait été négligé, creuser au plus profond et trouver de l'or.

Il n'y avait que deux façons de réagir à *Die Traumdeutung* de Freud. La première consistait à l'écarter d'un revers de main comme un tissu d'absurdités rebattues, une resucée de contes de bonne femme ; la seconde y reconnaissait le signe avant-coureur d'une nouvelle ère, dont l'auteur était le héraut d'une nouvelle aurore du monde. Après ma première lecture, j'appartenais à la première catégorie mais, à relire le livre, ma réaction fut à l'opposé. J'étais convaincu que le monde allait changer, à cause du livre. Freud nous faisait comprendre que nous pouvions nous dissimuler à nous-mêmes nos préoccupations les plus profondes, et que nous le faisions, et que pourtant nos rêves exposaient ces préoccupations sous une forme codée. À condition d'avoir une clef pour déchiffrer le code, nous pourrions être en mesure de faire face à nos peurs et de guérir nos blessures. Et Freud, dans son travail théorique, nous donnait cette clef. Par conséquent, nous pouvions maintenant sérieusement envisager la perspective de guérir les maux de l'individu et de la société, voire de les prévenir, en nous appuyant sur la compréhension profonde de notre moi intérieur.

Je passai de l'incroyance à la foi. Par une de ces petites ironies du sort dont le destin aime à se jouer des vies humaines, Jung fut le missionnaire de ma conversion à la religion freudienne, et les instruments de ma conversion avaient été ses méthodes – et un chronomètre. Je devais rester toute ma vie un croyant fidèle. Même quand le maître chancela.

# TROISIÈME PARTIE

Budapest, juin 1918

La villa Tószeghi-Freund, grande et confortable, n'arborait aucun signe de l'opulence de ses habitants. Telle qu'elle était située, juste à la sortie du quartier industriel que dominait la brasserie familiale, on pouvait facilement passer devant sans imaginer qu'elle abritait un des hommes les plus riches du pays. Toni Freund portait sa fortune avec une grâce tranquille, qui le rendait cher à tous ses amis moins aisés, parmi lesquels je comptais. Il était intelligent, il avait énormément lu, et j'avais toujours connu en lui, du moins avant guerre, un compagnon merveilleux, plein d'entrain, d'excellente composition. J'aurais volontiers parié qu'il était le seul industriel de ce pays à être aussi docteur en philosophie. Malheureusement, sa santé physique s'était considérablement dégradée les deux années précédentes. Son carcinome avait été traité, mais sans grand succès, et il souffrait d'une dépression chronique sévère. Les crises étaient quelque peu enrayées grâce à son analyse avec le professeur Freud, qu'il commença au printemps et qu'il poursuivit en se rendant chaque semaine à Vienne.

Je franchis le portail et remontai le sentier de gravier. Quand j'arrivai au niveau de la grande bâtisse ocre, mon arbre favori,

259

un saule pleureur géant, me salua. Il me rappelait notre jardin de Miskolc, mon enfance, et ses branches flottant au vent versaient en moi des bouffées d'innocence, de sécurité, de chaleur. Mais ce sentiment de contentement nonchalant avait son revers, âcre et douloureux – teinté de culpabilité. Je sonnai. Une bonne que je n'avais encore jamais vue m'ouvrit. Elle venait certainement d'arriver de la campagne, apporter son sang neuf. Pas plus de dix-huit ans. Avec son visage bien lavé, ses sourcils noirs, ses cheveux sombres serrés dans un chignon impeccable, sa chemise amidonnée et son tablier blanc soigneusement repassé, elle était saine plutôt qu'attirante. Sans doute avait-elle été avertie de mon arrivée car, sans prendre la peine de me demander qui j'étais, elle me conduisit directement dans la véranda de derrière. Comme nous traversions la maison, je lui demandai son prénom. « Piroska », me dit-elle. J'aurais dû le savoir.

Je les trouvai déjà installés sur les chaises raides autour de la grande table, le professeur Freud à place d'honneur, sa fille Anna à sa droite. La famille Freund les faisait bénéficier de son hospitalité. Je posai mes papiers sur la table et saluai cette petite société : baisemain aux dames, petite tape sur l'épaule de Toni et de Lajos, et puis Freud... Ce fut un choc de voir comme il était devenu fragile depuis la dernière fois que je l'avais vu à Vienne, il n'y avait pas si longtemps. Il avait plus de soixante ans, mais c'était la première fois que je pensais à lui comme à un vieil homme. Je le serrai dans mes bras. « Comment va Papa ? » C'est à Anna que je posai la question, et il en fut tellement agacé que le rouge lui monta aux joues, ce qui me réjouit fort.

« Je fais partie des meubles, c'est ça ! s'indigna-t-il. Si ma santé vous intéresse, pourquoi ne pas me le demander directement ?

– Parce que vous ne me dites rien, répondis-je.

– Je vais parfaitement bien », grogna-t-il. Puis, se ravisant un peu, il ajouta : « J'ai besoin de vacances, c'est tout. »

– Nous allons passer un mois dans les Tatras, Sándor, dit Anna d'un ton volontaire. Nous avons tous besoin d'un peu de bon air des montagnes. Pourquoi ne nous rejoindriez-vous pas à la villa des Vidor[1] ?

– Il doit travailler, rétorqua Freud, toujours dépité. Il faut bien que quelqu'un prépare cette conférence.

– Le professeur a raison, acquiesçai-je. De toute façon, nous sommes toujours en guerre, ajoutai-je sans conviction.

– Une formalité, c'est tout, m'interrompit Lajos. Elle sera terminée dans quelques semaines. »

Toni fit chorus. « La guerre ne vous a guère gêné jusqu'à maintenant. » J'avais passé les deux premières années du conflit dans les hussards comme médecin d'un régiment. Mon affectation consistait à caserner dans la campagne, où je risquais surtout de mourir d'ennui ; les deux dernières années j'avais été affecté dans un hôpital à Budapest, et j'avais le loisir de faire à peu près ce que je voulais quand je n'étais pas en service.

« Dieu merci, soupira Anna.

– Sans votre aide à tous deux, nous serions morts de faim », ajouta le professeur. De lourdes pénuries de denrées alimentaires frappaient Vienne, mais en Hongrie on ne manquait de rien. Toni et moi nous étions relayés pendant de longs mois pour faire entrer clandestinement des colis de vivres et ravitailler ainsi les Freud.

« Avez-vous des nouvelles des garçons ? demandai-je.

– Tout va bien, répondit Anna. Nous avons eu beaucoup de chance. »

Trois conversations parallèles s'engagèrent alors, tandis que nous passions en revue la famille et les amis : un neveu tué, un ami traversé d'une balle, un autre fait prisonnier et un grand

---

1. Les Freud passèrent leurs vacances au lac Csorba, dans une propriété qui appartenait à Regina, la sœur de Toni et de Kata, et à son mari Emil Vidor (nom hongrois de Štrbské Pleso dans les Tatras, actuellement en Slovaquie).

nombre pour lesquels, à défaut de nouvelles, il nous restait à espérer qu'ils fussent en vie. La plupart de nos collègues analystes avaient survécu au conflit, qui plus est sans souffrir dans leur chair. Rares étaient ceux avec qui nous avions totalement perdu contact. Nous pensions même avoir tellement de raisons d'espérer que nous avions décidé, environ un mois auparavant, de tenter de les rassembler tous à nouveau dans le cadre d'un congrès international. Le dernier congrès psychanalytique avait eu lieu en 1913 – depuis cette date nous avions eu d'autres chats à fouetter.

Après un échange fourni de potins et de rumeurs, que nous jugions cependant plus fiables que les nouvelles imprimées dans les journaux, il fut grand temps de nous mettre au travail. Je pris ma liasse de papiers sur la table. « Tout s'annonce bien pour notre congrès, commençai-je. Nous pourrions avoir plus de cinquante participants, même si bon nombre de nos invités doivent renoncer au voyage. Le gouvernement nous manifeste officiellement son intérêt, et l'Académie des sciences nous a offert son grand salon pour nos réunions.

– Voilà une excellente nouvelle ! » Freud était ravi, comme je m'y attendais.

« Nous avons dû déplacer les dates, mais vous le savez déjà, ajoutai-je. Le congrès aura lieu les 28 et 29 septembre. Dites-moi très précisément à quelle date vous comptez arriver, et je réserverai des chambres dans un hôtel. Ou, si vous préférez plus d'intimité, le palais Hevesy se trouve juste en face de l'académie, il n'y a qu'une rue à traverser. Je pourrais demander à la famille.

– Est-ce que je les connais ? demanda Freud.

– Ils vous connaissent très certainement, professeur.

– Vous pourriez aussi venir habiter ici chez nous, si cela vous est plus commode, proposa Kata.

– Bien sûr, bien sûr. » Freud, qui avait un faible pour elle, y résista cette fois-ci. « Merci, très chère. Mais je pense que nous nous en tiendrons à l'hôtel. Pour la forme, voyez-vous.

– Bien. » Je pris note, avec un sourire en coin. Car je savais que Freud ne songeait pas à sa dignité ni aux convenances : il était fort curieux d'être un des premiers clients du Gellért, l'hôtel flambant neuf dont l'inauguration était prévue pour l'automne. La construction sur la rive droite du Danube de ce bâtiment art nouveau avait pour nous tous valeur de symbole : l'avenir ne répéterait pas les erreurs du passé. Freud me regarda avec tendresse. « Et si vous aviez l'obligeance de me faire part du titre de votre communication le plus tôt possible, professeur... C'est pour le programme. » Ce qui eut le don de le remettre de mauvaise humeur.

« Je ne fais pas de communication, annonça-t-il d'un ton sombre. Je n'ai rien écrit de valable depuis dix-huit mois, et tout le monde connaît par cœur mes plus anciens travaux, bien que je ne puisse rien faire publier.

– Mais vous devez faire une communication ! » Nous fûmes quatre à protester, presque d'une seule voix. « Il ne saurait y avoir de véritable congrès sans un papier majeur de vous, poursuivis-je. Faites un compte rendu du travail des confrères. Il y a eu beaucoup d'avancées, en particulier en relation avec la névrose de guerre. C'est la façon dont nous pouvons traiter les effets psychologiques de la guerre qui attire l'intérêt et le soutien du gouvernement. »

Comme toujours il était ravi d'être au centre de l'attention. Il considéra ma proposition avec le plus grand sérieux. À mon grand soulagement, il se laissa adoucir. « Je suppose qu'une sorte de bilan s'impose. Quelque chose comme "Avancées récentes dans la thérapie psychanalytique".

– Du moment que vous ne parlez pas de moi, professeur », remarqua Toni avec un sourire. Je fus surpris. Il ne nous avait pas habitués à plaisanter sur son état de santé.

« Ni de moi », ajouta Anna. Nous rîmes de conserve. « Ni de moi », renchérit Kata qui ne voulait surtout pas être en reste. Elle avait été en analyse avec moi pendant quelque temps. Cela marchait plutôt bien. « Je vous autorise à raconter sur moi tout

ce que vous voudrez », s'écria Lajos généreusement. Nouvel
éclat de rire. « Personne ne s'intéresse à moi », dis-je à mon
tour. Freud rit : « Vous ? Vous êtes le plus intéressant du lot. »
Comment l'interpréter, je ne le savais. Quel que soit le sens que
je donnais à cette remarque, elle restait une énigme impénétra-
ble. Je décidai de la prendre comme une blague, pourtant
convaincu du contraire.

Puis il y eut des chuchotements entre Toni et sa sœur Kata.
Il approuva, elle tapa dans les mains et annonça : « Professeur !
Toni a quelque chose à dire. » Toni Freund éclaircit sa gorge
d'une petite toux nerveuse. Quelle raison avait-il d'être si nerveux, lui ? me demandai-je intérieurement. Ce n'était pas lui
que le fondateur de la psychanalyse venait de désigner comme
le cas « le plus intéressant » ! « Professeur, dit Toni en regardant
Freud, avant de se tourner vers nous. Et vous, mes amis »,
ajouta-t-il. C'était une entrée en matière très formelle, peu
adaptée au public. Ni Kata ni son mari Lajos ne pouvaient être
concernés par cette apostrophe. Peut-être Anna, quoique. Restait moi. « Je suis arrivé à la conclusion… c'est-à-dire en considérant les incertitudes de l'avenir… » Il déglutit. « Nous avons
décidé de faire des donations à plusieurs causes méritoires. »
Toni agita sa cuiller dans sa tasse comme pour faire fondre son
sucre dans son thé, qu'il avait bu depuis longtemps. « Bon,
venons-en au fait. Deux cent cinquante millions de couronnes.
Pour soutenir la psychanalyse. De toutes les manières que vous
jugerez appropriées, professeur. »

J'étais sidéré. C'était une somme énorme. Il y avait déjà eu
des donations auparavant de la part de patients reconnaissants,
mais pas à cette hauteur, pas un dixième, pas même un cen-
tième de cette somme fabuleuse. « Mon cher, mon très cher
ami ! » Le professeur avait les larmes aux yeux. « C'est un geste
magnifique, mais c'est trop. Ce n'est pas raisonnable. » Toni se
redressa. Son embarras s'était dissipé, et il énuméra les raisons
de son geste, que nous connaissions déjà. Il nous assura qu'il
pouvait se le permettre et qu'il était profondément satisfait de

264

pouvoir le mettre à exécution. Il ne reviendrait pas sur sa décision, précisa-t-il, il ne restait donc qu'à débattre de l'affectation de l'argent.

À cette perspective, nous fûmes gagnés par une excitation croissante.

« Cela donnera à votre invention personnelle des fondations sûres, professeur, nota Lajos. Votre bébé est encore fragile.

— Tu dois utiliser cet argent pour défendre tes positions, Papa, pour défendre la psychanalyse contre ses ennemis », le pressa Anna.

Freud secoua lentement la tête. « Publier, dit-il. Si nous pouvons publier ce qu'il nous faut et quand il nous le faut, nous aurons les munitions pour lutter pour la cause.

— Une maison d'édition dans ce cas ? demanda Kata.

— Der Anton von Freund Verlag, déclara Freud.

— À mon grand regret, professeur, dit Toni gravement, oui, je le regrette vraiment, je dois vous dire non. »

Freud était abasourdi. Pour moi, cela me fit l'effet d'une douche froide.

« Der psychoanalytische Verlag ! proclama Toni avec un large sourire.

— Mon cher garçon ! s'exclama Freud, à nouveau ému.

— Der internationaler psychoanalytischer Verlag ! » ajoutai-je. Et tout le monde d'applaudir. Freud embrassa Toni, puis Kata. Et tous de nous congratuler mutuellement, dans une mêlée heureuse de baisers, d'accolades et de poignées de main. On sabla le champagne, du champagne français, s'il vous plaît, et d'un grand cru, une première bouteille, puis une seconde – la cave des Freund avait semble-t-il traversé la guerre sans encombre. Le futur avait décidément meilleure mine que le passé. Je lançai le toast : « À l'avenir !

— *Le Chayim*. À la vie ! » ajouta Freud.

C'était au tour de Toni d'avoir les larmes aux yeux.

Budapest, 30 septembre 1918

Ce ne fut pas au champagne mais seulement au *pezsgő* que nous trinquâmes, papa Freud et moi, le dernier soir de septembre, dans le hall de l'hôtel Gellért flambant neuf. Peu importe le flacon, la joie y était. C'était un homme transformé. Les vacances à la villa des Vidor sur le lac Csorba avaient manifestement été salutaires. Je ne l'avais jamais vu si content, si énergique, si viril. Carré dans son fauteuil de cuir, il fumait son havane. Dieu sait comment il avait réussi à s'en procurer un, car ils étaient plus rares que l'or – à voir les grandes dames descendues au Gellért, il n'y avait disette ni d'or ni de diamants. La conférence s'était déroulée sans heurt, mais nous nous réjouissions surtout de ce que les autorités et la presse l'eussent traitée comme un événement de grande importance. Dans un moment de folle griserie, nous choquâmes nos verres, avec le sentiment que nous étions peut-être enfin arrivés au bout de notre longue et difficultueuse bataille.

« Eh bien, monsieur le président, comment voyez-vous l'avenir ? » me demanda Freud à travers une volute de fumée. J'avais été élu à la présidence de l'Association internationale de psychanalyse le jour précédent, et je m'autorisais à en tirer quelque vanité.

« Excellent, Herr Professor. Excellent. Je pense que nous avons franchi un cap. » De fait, l'avenir avait l'air très dégagé. « Vous rappelez-vous cette conférence que j'avais faite devant l'Association médicale ? Le président avait osé me dire que Freud et ses adeptes étaient des charlatans, et que la psychanalyse n'était pas un sujet pour un public de médecins. C'était, quoi, il y a dix ans ?

– Le combat n'est pas terminé. Ce n'est jamais fini.

– Peut-être. Mais au moins nous avons gagné le droit d'être entendus. Et plus.

– La Hongrie s'est montrée très réceptive », remarqua Freud avec quelque satisfaction, mais il ajouta, le front plissé par le ressentiment : « Je ne crois pas que je serai jamais invité à une réception par le maire de Vienne. Jamais. »

J'étais très fier que Budapest ait si royalement traité le professeur. En plus de la brillante réception à laquelle le bourgmestre nous avait conviés, un banquet savoureux avait été organisé pour rendre hommage à Freud, et des représentants de deux pays étrangers, en plus du chef de service de santé de Budapest, l'avaient honoré de leur présence. C'était précisément à cause de la fierté que j'en ressentais que j'essayais de minimiser sa déception vis-à-vis des Viennois. « Karl Lueger est mort depuis longtemps », remarquai-je, me référant au tristement célèbre maire de Vienne. Nous vivons dans un monde qui a complètement changé.

– Oh oui ! Lueger Je-décide-qui-est-un-Juif. Ce n'est pas lui qui a fait les Autrichiens, Sándor, mais les Autrichiens qui l'ont fait.

– L'antisémitisme a été balayé avec la guerre, professeur. Les vraies Lumières sont à portée de main. Les classes moyennes éduquées vont retirer le pouvoir politique à la noblesse et à ses laquais. L'antisémitisme n'a plus aucun sens – il mourra de la mort des quatre éléments d'Aristote et de la théorie du phlogistique. » Je dois avouer que je n'en croyais pas un traître mot, mais je ne voulais pas voir se volatiliser complètement mon euphorie.

« Vous avez encore beaucoup à apprendre, mon garçon. »

Je me tortillai sur mon siège, soudain mal à l'aise. « Avez-vous entendu parler de la manifestation qui a eu lieu hier à l'université, professeur ?

– Pour ou contre les négociations de paix ? demanda-t-il d'un ton sarcastique.

– Les étudiants ont présenté une pétition au recteur, puis leur cortège a descendu le boulevard, pour exiger que la psychanalyse soit intégrée au programme d'études.

– Vraiment ? Mais voilà qui est magnifique ! » Le nuage s'était dissipé, l'allégresse était de retour. « C'est la meilleure nouvelle que j'aie reçue depuis bien longtemps !

– Les autorités voient ce projet d'un bon œil, et la presse mène campagne de notre côté. Cela pourrait donc se faire dans les meilleurs délais. Il est même question de mettre en place un institut.

– La Hongrie est décidément un pays éclairé. Avec toutes ces évolutions positives et le lancement de notre propre maison d'édition, Budapest m'apparaît comme le centre du monde de la psychanalyse. Vraiment. Vienne est dans le marasme ; Zurich est passé sous le contrôle de cet hérétique, dit-il d'un ton songeur. Seule Budapest a de la vitalité et reste dans le vrai. » Il se tourna pour me regarder bien en face. « Bravo, mon garçon, je vous félicite. »

J'étais au septième ciel. « Si vous répétez à la presse que Budapest est le centre du monde, cela encouragerait les autorités à aller plus vite et plus loin.

– Je le pense profondément, donc si vous pensez que c'est utile, je vais le faire savoir.

– Oh oui, professeur. *Egészségére !* dis-je en levant mon verre.

– *Le Chayim !* » Nous savourâmes notre mousseux avec satisfaction. « Cette année semble devoir se terminer tout autrement que je ne l'imaginais, remarqua-t-il.

– Il était clair que la guerre ne pouvait pas durer.

– Ce n'est pas ce que je voulais dire. »

J'attendis son explication. Il tira plusieurs bouffées de son havane, puis il l'écarta de son visage, le redressa à la verticale et le fit rouler entre ses doigts quelques instants. « J'avais depuis des années la certitude que je mourrais à soixante-deux ans, me dit-il, et pourtant je suis là, à fumer un cigare et à boire du champagne avec mon ami estimé. Loin d'être mort, je reçois mille hommages de cette belle ville, et je jouis d'un luxe absolu au milieu d'une guerre. L'ordre ancien se meurt sans que nous sachions encore rien du nouveau. Et il semble que je vivrai assez vieux pour le connaître. C'est une perspective excitante.

– Mais vous êtes au meilleur de votre forme, professeur, mentis-je. Pourquoi avez-vous seulement songé à la mort ?

– Allons, Sándor, vous savez parfaitement pourquoi. Ce n'était pas du tout une question de santé. Mais vous le savez déjà. Le pouvoir des nombres. La gématrie. Dans mon cas, le pouvoir du nombre 62. Appelez cela superstition, si vous voulez.

– La gématrie n'est pas une superstition, mais une façon de voir le monde, à laquelle on a bien des raisons de souscrire, protestai-je. Pourtant, c'était sur un argument infime que vous fondiez votre conviction que seulement soixante-deux années de vie vous étaient imparties. Personne d'autre n'en tirerait la même conclusion. À ceci près que vous y croyez vous-même, et nous connaissons tous la force de l'autosuggestion. Moi je ne veux pas que votre analyse numérique erronée contribue à précipiter votre mort.

– Ne soyez pas si grave. Il semble que la science occulte soit aussi peu fiable que la médecine. Voilà pourquoi je suis encore de ce monde.

– Vous n'avez pas terminé votre œuvre, professeur, il vous reste encore beaucoup à faire.

– À vrai dire, rien ne me plairait plus que d'être capable de produire un matériau significatif, mais j'ai une piètre opinion de mes dernières productions, admit Freud.

– Cette période de basses eaux est purement conjoncturelle, professeur. Vous allez voir que dès que tout sera rentré dans l'ordre, ou du moins revenu à une certaine normalité, votre acuité scientifique reviendra elle aussi.

– Peut-être, approuva-t-il. En fait, j'ai travaillé sur quelque chose qui pourrait vous intéresser. »

Il avait piqué ma curiosité. C'était du reste bien son intention. « De quoi s'agit-il ? demandai-je.

– Je suis en train de mettre en forme, en vue d'un article, quelques expériences étranges, oui, décidément très étranges, et même mystérieuses, et pour une fois le style me pose plus de problèmes que le contenu.

– Je ne comprends pas, professeur.

– Prenez ma propre expérience du nombre 62. Accessoirement j'en rends compte dans mon article. Je l'ai vu partout, adresses, billets de train, chambres d'hôtel – ce nombre me poursuivait à tel point que je me suis persuadé que c'était une prémonition de l'âge auquel j'allais mourir. La vraie question n'est pas celle de la justesse ou de la fausseté de la prémonition, mais bien de comprendre d'où vient la certitude obsessionnelle qu'elle est vraie. Pourquoi la raison renonce-t-elle à son empire, chez une personne superstitieuse, et laisse-t-elle ce délire s'enraciner au plus profond ? Pourquoi certains d'entre nous ont la conviction d'avoir un double, un *Doppelgänger* ? Qu'est-ce que l'imagination ? Où est la réalité ? Pourquoi avons-nous l'impression que ces choses sont étranges et inquiétantes ? Dans mon papier, j'émets l'hypothèse que ces questions sont les échos de répressions infantiles. J'établis aussi un lien avec l'animisme latent que j'ai analysé dans mon *Totem*. Il est rare que le sentiment d'étrangeté, une fois éveillé, se dissipe complètement. En général, il ne vous abandonne jamais ; la raison n'a pas prise sur lui. La seule façon de m'ôter de l'esprit l'idée qu'il était inévitable que je meure à soixante-deux ans et qu'il ne me restait qu'à attendre le moment de cet inéluctable événement, c'était que je passe ce cap et vive au-delà de cet âge fatidique. Tous les arguments a priori se sont révélés irrecevables, sans force et sans valeur, une fois que cette peur s'est installée en moi.

– Vous nous promettez là un essai fascinant, professeur. Mais pourquoi le style vous pose-t-il problème ? Ce n'est pas du tout dans vos habitudes.

– On ne peut écrire sur un pareil sujet sans soulever la question de savoir s'il y a ou non quelque vérité objective dans ces prédictions ou expériences. Le lecteur voudra savoir où je me situe.

– Et pourquoi ne pas le dire ?

– Deux raisons à cela. La première est pragmatique : le moindre soupçon de spiritisme, de télépathie ou de surnaturel condamnera la psychanalyse à rester en marge de l'Histoire – voilà pourquoi je ne puis soutenir en public votre affaire de transmission de pensée ou votre mysticisme. La seconde raison est peut-être la plus importante : je ne suis pas convaincu. Je crois bien que si je l'étais, je n'hésiterais pas à sacrifier la psychanalyse à la vérité. Mais non, définitivement, je ne le suis pas. Ni dans un sens ni dans l'autre. Je revendique l'impartialité, mais c'est une condition exécutoire. Je suis comme écartelé ; d'un côté, j'ai une foi profonde, inébranlable, en la vérité des phénomènes psychiques ; de l'autre, le savant rationaliste disciple de Helmholtz qui est en moi regimbe. Et, très sincèrement, cette croyance ne m'inspire que du mépris, je la trouve même ridicule. » Il souffla la dernière bouffée de son havane avant d'ajouter : « Vous savez, si j'avais ma vie à revivre, je me consacrerais à la recherche psychique plutôt qu'à la psychanalyse.

– Mais pourquoi les deux s'excluraient-elles mutuellement ? Cela ne devrait pas se poser comme un choix. Regardez-moi, regardez Jung, argumentai-je.

– Souvenez-vous de la première raison que je vous ai donnée. Je ne peux pas autoriser que la psychanalyse soit remise en question. À moins que les raisons pour le faire permettent d'éliminer le moindre doute. Et aujourd'hui le doute existe.

– Le lecteur réagira à votre essai en fonction de l'opinion qu'il se sera forgée de votre propre position, selon qu'il pensera ou non que vous êtes un rationaliste.

– Voilà le cœur de l'affaire. C'est pour cela que je dis que le style me pose problème. Le style lui-même contiendra un message.

– Peut-être devriez-vous aborder ce point d'entrée de jeu, suggérai-je. Le fait que le lecteur calera sa réaction sur la croyance ou le scepticisme de l'auteur.

– Cela ne va-t-il pas de soi ?

– Je me suis mal exprimé : il n'est pas question de la croyance de l'auteur, mais de celle du lecteur.

– Le nœud de l'affaire, me semble-t-il, est ce qui peut réveiller des sentiments refoulés : des récits d'expériences de la vraie vie, de la fiction, même une dissertation scientifique.

– Dans tout cela, la croyance personnelle de l'auteur a mis son empreinte indélébile, et c'est, du point de vue du lecteur, le seul critère, argumentai-je.

– Je suis d'accord avec vous.

– La seule chose que tout le monde veuille savoir est : "oui, mais qu'est-ce que c'est réellement ?"

– Ce que c'est réellement ? explosa-t-il. En voilà une question futile. Cela ne rime à rien. Vraiment cela n'a aucun sens. » Il écrasa son cigare dans le cendrier, où il le tritura longtemps après qu'il se fut éteint.

Cette fois-ci, je n'allais pas me laisser intimider. « Si la psychanalyse n'explore pas la nature de la réalité, qui le fera ? demandai-je. Après tout, la réalité est un phénomène psychique. »

---

## NYUGAT

« *La psychogenèse de la mécanique*

Remarques critiques sur un essai d'Ernst Mach »
par le docteur Sándor Ferenczi

NOTE DE L'ÉDITEUR
Les derniers jours de septembre verront (ou auront déjà vu, lorsque ces lignes seront imprimées) un congrès psychanalytique mon-

dial organisé ici à Budapest, dans le salon de l'Académie des sciences. La psychanalyse est cette science de l'âme qui est à jamais associée au nom du professeur Freud de Vienne et qui a eu la bonne fortune de continuer à se développer sous les yeux attentifs du maître. L'article qui suit a été écrit par un des disciples les plus anciens de la vision de Freud, un homme qui est lui-même un des contributeurs les plus prolifiques aux développements ultérieurs en la matière et le plus rigoureux et le plus strict gardien de sa pureté, le docteur Sándor Ferenczi.

La psychanalyse qui, après avoir vu sa science quasi unanimement rejetée par l'humanité troublée dans sa quiétude, a fait le pénible apprentissage du fatalisme, se trouve parfois arrachée à cet état d'esprit par certaines expériences, même si c'est à titre provisoire. Alors que les savants dont l'opinion fait autorité s'emploient sans relâche à neutraliser et à enterrer notre science pour la énième fois, surgit en Inde lointaine, au Mexique ou en Australie un penseur solitaire qui se proclame adepte de Freud. On est encore plus surpris d'apprendre que, tout près de nous, un psychanalyste travaillait en silence qui se manifeste à l'improviste, riche d'un savoir accumulé au cours de nombreuses années. Mais le phénomène le plus rare consiste à découvrir dans l'œuvre d'une sommité scientifique reconnue la marque de l'influence psychanalytique ou une démarche parallèle à celle de la psychanalyse.

Connaissant cette situation, on pourra comprendre et excuser qu'à la lecture du dernier ouvrage d'Ernst Mach, *Kultur und Mechanik*, j'aie pu oublier un moment ma position fataliste, d'ailleurs adoptée seulement par nécessité et supportée à contre-cœur, dans l'espoir optimiste de pouvoir saluer et honorer un partisan de la psychanalyse en la personne d'un des plus éminents penseurs et savants de notre temps.

Mach écrit au début de sa préface : « L'introduction à l'ouvrage de l'auteur intitulé *Mécanique* défend la conception selon laquelle la mécanique puise ses théories dans toute la riche expérience fournie par le travail intellectuel, à l'aide de la sublimation intellectuelle.

À présent, je suis en mesure d'aller un peu plus loin : mon fils Ludwig, très doué dans l'enfance pour la mécanique, est parvenu, soutenu par mes encouragements, à

273

reproduire en détail la trame essentielle de son évolution au moyen d'expériences répétées de remémoration ; il apparut ainsi que les expériences sensorielles dynamiques indélébiles de cette période de la vie sont propres à susciter l'impression que tout instrument, qu'il s'agisse d'outillage industriel, d'armes ou de machines, pourrait avoir une origine pulsionnelle.

Convaincu que l'étude attentive du déroulement de ces processus jetterait une lumière incomparable sur la préhistoire de la mécanique et pourrait même fournir les bases d'une technologie génétique générale, j'ai écrit cet essai en guise de modeste contribution... »

Le psychanalyste retrouve dans ces lignes des idées et des méthodes qui lui sont familières.

Partir de ce qui est primitif pour en déduire, au moyen d'« expériences répétées de remémoration », les véritables facteurs fondamentaux d'une structure psychique complexe est justement le principe et le résultat le plus important de la méthode psychanalytique. Depuis plus de vingt ans, Freud applique inlassablement cette méthode aux formations psychiques les plus diverses : symptômes névrotiques, mécanismes psychiques normaux complexes, voire un certain nombre de réalisations sociales et artistiques de l'humanité.

Les mots de Mach « les expériences sensorielles dynamiques indélébiles de [la prime enfance] » évoquent les thèses de Freud concernant l'indestructibilité et la pérennité de tout ce qui est infantile et inconscient. Son projet, qui consiste à reconstruire la préhistoire de la mécanique non à l'aide de fouilles, mais par l'étude généalogique systématique de la vie psychique individuelle, ne fait que reproduire cette thèse de la psychanalyse selon laquelle l'inconscient de l'adulte recèle non seulement les tendances et les contenus psychiques de sa propre enfance, mais aussi les traces du vécu phylogénétique. L'idée de Mach de s'appuyer sur la loi biogénétique pour faire dériver l'histoire des civilisations de la psychologie individuelle est un lieu commun de la psychanalyse. Il suffit de se référer au travail original de Freud, *Totem et Tabou*, où, au moyen d'une psychanalyse remontant à l'enfance, il nous aide à mieux comprendre certaines institutions sociales encore inexpliquées.

Mon espoir de voir Mach tenir compte dans ses recherches des résultats obtenus par la psychanalyse ne s'est pas confirmé. Il ne révèle nulle part la nature de ces « expériences répétées de remémoration » ; il ne nous communique ni la méthode ni les résultats de cette expérience psychologique, mais seulement les déductions qu'il en a tirées ; cependant ces déductions donnent à penser qu'il s'agissait d'un simple effort visant à évoquer le passé au moyen d'une orientation consciente de l'attention. Nous ignorons si la victoire sur les résistances à la remémoration a été remportée à l'aide de la suggestion, certainement efficace dans ce cas car elle vient du père, comme dans les premières expériences analytiques de Freud. En tout cas, il ne s'est pas servi de l'association libre, seule méthode qui permette de vaincre les résistances affectives à la base de l'amnésie infantile et rende possible une reproduction quasi complète du passé. Il s'ensuit que Mach, dans ses recherches, n'accorde pas sa juste valeur à la détermination affective des découvertes mécaniques infantiles et préhistoriques, se contentant de décrire les progrès de la technique d'un point de vue presque exclusivement rationaliste, comme un processus qui serait uniquement fonction du développement de l'intelligence.

Mach explique l'origine de la poterie, de la foreuse à feu, des pompes, et de toutes les sortes de machines. Toujours et en tout il voit une manifestation de la pulsion d'activité qui, à la faveur d'un heureux hasard, aboutit à une découverte. « Les

découvertes se produisent lorsque des conditions optimales s'accompagnent d'un minimum de difficultés. » Ainsi, selon Mach, les découvertes « se sont probablement introduites au cours des temps dans la vie de nos ancêtres sans aucune participation de personnalités ou d'invidualités d'exception ».

Ce n'est pas ce que la psychanalyse nous enseigne. Dans l'article que j'ai plus particulièrement consacré à ce sujet, « Le développement du sens de la réalité et ses stades », j'ai dû admettre, sur la base de l'expérience psychanalytique, que c'est probablement la nécessité qui a joué le rôle de motivation dans le développement de l'individu comme dans celui de l'espèce et par conséquent aussi dans l'évolution de la civilisation humaine. J'ai plus particulièrement insisté sur la rigueur des ères glaciaires qui a probablement été à l'origine d'un progrès considérable de l'évolution. Si, à en croire Mach, les Esquimaux font preuve d'un esprit d'invention quasi inépuisable, il est difficile d'attribuer cette inventivité à une particulière bienveillance du sol et du climat. Il est beaucoup plus plausible de supposer l'existence d'individus, c'est-à-dire de personnalités possédant une faculté d'adaptation qui leur permet de domestiquer le « hasard qui ne fait jamais défaut et qui en fait des inventeurs ».

Mais pour la psychanalyse, l'adaptation à la réalité n'éclaire qu'un seul aspect du problème. Elle enseigne que les découvertes ont leur source psychique dans la libido autant que dans l'égoïsme. Le plaisir que trouve l'enfant dans le mouvement ou dans l'activité : malaxer, forer, puiser de l'eau, arroser, etc., dérive de l'érotisme de certaines fonctions organiques, la reproduction « symbolique » de ces fonctions dans le monde extérieur étant précisément une des formes de la sublimation. Certaines particularités des outils de travail de l'homme, notamment leurs noms, portent encore les traces de leur origine partiellement libidinale.

Cependant, les thèses de Mach, qui ignore tout de la psychologie analytique, sont fort éloignées de ces points de vue. Même dans la conception du hégélien E. Kapp, qui considère les systèmes mécaniques comme des projections inconscientes d'organes, Mach voit une plaisanterie qu'il faut se garder de prendre au sérieux, prétextant que « la mystique n'apporte aucune lumière dans le domaine de la science ». Par contre, il reconnaît quelque vraisemblance aux idées de Spencer qui considère les constructions mécaniques comme les prolongements des organes.

Aucune de ces deux explications n'est en contradiction avec notre conception psychanalytique, et je pense qu'elles ne le sont pas non plus entre elles. Il existe effectivement des machines primitives qui ne sont pas encore des projections d'organes, mais plutôt une introjection d'une partie du monde extérieur, l'adjonction de celle-ci au corps, ce qui entraîne l'extension de la sphère d'action du Moi : par exemple, le bâton, le marteau. Mais les machines automatiques sont des projections d'organes dans le monde extérieur, à l'état presque pur : une partie du monde extérieur est sublimée par la volonté humaine et travaille à la place des mains de l'homme.

Ces machines, que je classerais volontiers en introjectives et projectives, ne s'excluent donc nullement, mais correspondent à deux stades différents de l'évolution psychique par rapport à la conquête du monde extérieur.

Je ne veux nullement minimiser ainsi la valeur et l'importance du travail de Mach ; j'avais simplement pour but de montrer une fois de plus qu'en négligeant les découvertes de la psychanalyse, nos savants se privent d'une source d'information prodigieusement riche. Nous, psychanalystes, désirons ardemment qu'une collaboration s'instaure entre la psychologie et les sciences « exactes », comme Mach le réclame dans cet ouvrage ; mais nous demandons en contrepartie que les sciences exactes appliquent aussi notre méthode d'investigation psychologique aux problèmes de la psychogenèse et ne fassent pas de séparation artificielle entre les problèmes psychologiques qui les intéressent et les autres contenus psychiques.

Malgré toutes ces objections, d'ailleurs relativement négligeables, je considère tout de même, après la lecture de son livre, que Mach est un psychanalyste, quelles que puissent être les protestations éventuelles de l'auteur critique de *Erkenntnis und Irrtum*.

« Les racines inconscientes des sentiments et de l'intelligence se trouvent sans doute dans notre mémoire et dans celle de nos ancêtres... Ce sont les émotions infantiles et primitives qui font que les chefs-d'œuvre imprégnés de sentiments archaïques nous paraissent si émouvants. » Ces phrases pourraient figurer telles quelles dans un travail psychanalytique, ce qui s'est certainement déjà produit ; mais seule la psychanalyse est en mesure de les étayer par des preuves.

Je ne puis enfin passer sous silence ce libre esprit animiste qui imprègne l'œuvre de ce remarquable connaisseur de l'univers physique. Mach n'hésite pas à admettre qu'un mécanisme en lui-même devrait être immobile, car seule l'énergie peut introduire le mouvement dans un système mécanique ; et comme Leibniz l'a déjà fort bien formulé : l'énergie a quelque chose de commun avec la psyché.

Quand viendra-t-il, ce temps où le physicien qui découvre la psyché dans la mécanique et le psychanalyste qui trouve des mécanismes dans la psyché se donneront la main pour élaborer une conception du monde exempte de toute partialité et « idéalisation » ?

---

Budapest, 1919

En janvier, le monde avait tellement changé qu'il en était méconnaissable. L'armistice avait été signé, la Hongrie et

277

l'Autriche s'étaient séparées l'une de l'autre. La révolution avait proclamé la République à Budapest et porté au pouvoir le comte Mihály Károlyi à la tête d'un gouvernement libéral de coalition. Pendant des mois, nous avions été pour ainsi dire coupés du reste du monde. Mais, envers et contre tout, le chiffre d'affaires du Royal progressait en flèche.

J'étais assis à la table du *Nyugat* en compagnie d'autres habitués, un exemplaire de la pétition soumise au ministère de l'Éducation devant moi. « Regarde donc, Hugo, dis-je à Ignotus. Plus de deux cents étudiants l'ont signée ! Ils demandent des cours de psychanalyse et me désignent comme la personne la plus qualifiée du pays pour les donner. N'est-ce pas formidable ?

— Qu'est-il advenu de la pétition au recteur dont tu m'as parlé l'an passé ? demanda-t-il, toujours sceptique.

— Rien. Les autorités l'ont ignorée, un point c'est tout. C'est pour cela que le mouvement de protestation s'adresse cette fois-ci directement au ministre. Ils disent même qu'il est inadmissible que les inimitiés personnelles et les luttes d'influence au sein de l'université puissent faire obstacle au progrès scientifique.

— Nobles paroles, interrompit Lukács.

— Pourquoi es-tu toujours sarcastique, Gyuri ? » J'étais contrarié. « C'est sérieux.

— Je suis toujours sérieux, même quand je suis sarcastique, protesta-t-il.

— Qu'est-ce que tu fais là, de toute façon, bien au chaud sur ton siège ? lui demandai-je. Tu devrais être dehors, à remettre le monde à l'endroit.

— J'essaie de passer inaperçu.

— Au Royal ? fis-je, à mon tour sarcastique. Crois-moi, s'il y a un jour une révolution bolchevique en Hongrie, c'est ici et nulle part ailleurs qu'elle aura été incubée… »

Je me mariai le premier jour du mois de mars.
Elma pleura. Elle était la demoiselle d'honneur.
Gizella pleura. Elle était la mariée.
Sur le chemin du bureau d'état civil, nous avions été informés de la mort de son premier époux, Géza.
Je pleurai.
À peine deux semaines plus tard, notre monde changea une seconde fois. Béla Kun força Károly à se démettre et proclama un gouvernement bolchevique, sur le modèle russe de Lénine et de Trotski. Ce ne fut guère une surprise pour moi qui avais entendu les débats au Royal. Néanmoins, c'était inattendu. Parler de la révolution est une chose, la faire en est une autre. Mais pour la faire, ils l'avaient faite. Lukács n'avait eu tort que sur un point : la révolution n'avait pas été proclamée au Royal, mais à l'Astoria, au bout de la rue.

Après cela, même si le chiffre d'affaires du New York, de l'Astoria et du Royal poursuivait sa trajectoire ascendante, certains de nos amis ne les hantaient plus. Leur révolution les occupait à plein temps. C'était comme s'il y avait eu métamorphose du bon vieux Cercle Galilée, mort et réné sous la forme d'une équipe gouvernementale. Gyuri Lukács devint en l'espace d'une nuit membre du conseil des ministres. Bien sûr, il n'était pas question de conserver des dénominations bourgeoises, telles que « ministre » : il allait être commissaire du peuple pour la Culture. Les bolcheviques mettaient un point d'honneur à utiliser trois mots là où un seul aurait suffi. Quant aux autres de mes amis, Tódor Kármán fut nommé député-commissaire pour la Culture sous les ordres de Lukács, tandis que Misi Polányi, dont la sœur avait de si beaux yeux, fut proclamé député-commissaire pour la Santé.

Sans perdre une minute, le nouveau gouvernement s'attela à la réforme de la vie académique, qu'il considérait comme l'une de ses priorités. Outre son poste au gouvernement, Kármán prit aussi la principale chaire de physique à l'université, précédemment tenue par le baron Eötvös. Gyuri Hevesy fut nommé à la deuxième chaire de physique. Ma propre assignation arriva à mon domicile à la fin d'avril dans une épaisse enveloppe en papier kraft. Ce fut pour mes deux femmes et moi une seconde occasion de fondre en larmes – cette fois-ci, de joie. D'un trait de plume de Lukács, je devins le premier professeur de psychanalyse du monde ! Avec le pouvoir de nommer un assistant de première classe, deux assistants de seconde classe et trois postes de chargés de cours. C'est à Budapest qu'allait être créé le premier institut de psychanalyse du monde, et j'étais celui qui le dirigerait. Ce ne serait ni à Vienne, ni à Zurich, ni à Berlin, ni à Londres, ni en Amérique, mais ici ! Et ce ne serait ni Freud, ni Jung, ni Abraham, ni Jones, ni Brill. Incroyable. Freud avait raison, après tout : Budapest était devenu le centre du monde de notre science, et je serais sa mère.

---

## Lettre du ministère hongrois de l'éducation au docteur S. Ferenczi

*Ministère de l'Éducation de Hongrie*

*Référence : 85058*

*Sujet :*    *Confirmation du docteur Sándor Ferenczi dans le poste récemment créé de professeur ordinaire titulaire de la chaire de psychanalyse.*

*À :*    *Docteur en médecine, Sándor Ferenczi – Budapest*

*Nous vous nommons par la présente titulaire de la chaire de psychanalyse récemment créée à la faculté de médecine de l'université des sciences de Budapest, en la qualité de professeur ordinaire. Nous vous chargeons en même temps de la direction de la clinique psy-*

*chanalytique de l'université, selon les conditions stipulées pour les salariés de l'État.*

*Budapest, le 25 avril 1919*

*Signé :*

*György Lukács*
*Commissaire du peuple*

*Tódor Kármán*
*Député-commissaire du peuple*

---

À ma plus grande joie, nous fûmes officiellement installés comme professeurs, Hevesy et moi, au cours de la même cérémonie. Il était nommé directeur de l'institut de physique de l'université, un honneur exceptionnel pour un homme si jeune.

Pendant la guerre, une correspondance irrégulière nous avait permis de garder le contact ; mais nos routes ne s'étaient pas croisées une seule fois pendant que nous étions sous l'uniforme. Nos retrouvailles attendirent la fin de la guerre, plus précisément le mois de novembre – il y avait six mois et deux gouvernements ! Je sortais juste de mon immeuble, rue Nádor, quand je tombai nez à nez sur Hevesy, encore en uniforme. Nous nous embrassâmes en pleine rue et fîmes un rapide bilan de ce que nous avions vécu. Manifestement, ses années de guerre n'avaient pas été plus difficiles que les miennes, et il n'avait guère souffert que de l'isolement et de l'ennui. Pourtant, cette déréliction devait l'avoir fortement ébranlé psychologiquement, car il était très négatif et sans perspective. La chaire de physique de Presbourg lui ayant échappé, en dépit d'un dossier prestigieux, et quoiqu'il fût soutenu par des lettres de recommandation élogieuses de Stefan Meyer de Vienne et appuyé par Fritz Paneth, il voyait dans l'émigration le seul moyen de poursuivre sa carrière. Je lui reprochai d'être trop impatient ; après tout, il n'avait que trente-trois ans, une paille en face de mes quarante-cinq printemps. J'avais tort d'accuser son impatience, protesta-t-il, car c'était la possibilité de faire des recherches significatives qui était en jeu. Il me dit que son ami danois Bohr, qui avait le même âge que lui, avait déjà son propre institut et qu'il avait même été proposé pour le prix Nobel[1] ! Une fois encore me vint à l'esprit que l'ambition des mortels était sans limites. Plus on accédait à des sphères éminentes, plus on aspirait à monter encore. Je me suis cependant abstenu de donner mon avis. Mon ami était de toute évidence très affecté.

C'est pourquoi sa nomination à Budapest, proclamée contre toute attente, tomba à point nommé : il n'aurait pas besoin d'émigrer, comme il se préparait à le faire, et sa situation était sauvée. On lui donnait la chaire qu'il avait convoitée, et un institut à diriger en propre. Sans doute n'y trouvat-il pas à sa disposition tous les équipements qu'il aurait souhaités, mais il était entouré d'assistants de grand talent, et des étudiants de très bon niveau affluèrent. Il était donc content. Pour le moment.

Moi aussi j'étais content. Pour le moment.

---

1. Par Stefan Meyer, directeur de l'Institut du radium de Vienne, où Fritz Paneth avait travaillé avant guerre.

## Lettre de George Hevesy à Niels Bohr

*Budapest, 19 rue V. Nádor,*
*19 avril 1919*

*Cher Bohr,*

*J'ai été très heureux de recevoir ta gentille lettre du 14 mars et d'aussi bonnes nouvelles. Je te félicite du fond du cœur pour vos fils, je ne savais pas que tu étais à la tête d'une aussi grande famille, le père de deux garçons, presque des jeunes gens. J'ai hâte de rencontrer tes fils et d'évoquer avec toi et Mme Bohr le bon vieux temps de Manchester. Ce temps-là ne doit pas te paraître si lointain ou hors de portée comme il l'est pour moi qui ai connu tant de vicissitudes ces dernières années, mais il n'y a pas de doute que cela aura été une époque formidable, la naissance d'un grand succès scientifique et le temps de sentiments amicaux chaleureux.*

*C'est très aimable de m'inviter à séjourner chez toi cet été, c'est mon souhait le plus cher et j'espère que je réussirai à quitter ce pays pour quelques semaines, à me rendre à Berlin, peut-être aussi à Munich et de là à Copenhague. Je suis tenu de rentrer à la mi-juillet et j'essaierai de rejoindre Copenhague au début du mois d'août. Je t'informerai de ma date d'arrivée le moment voulu.*

*J'ai obtenu, quoique pour une durée limitée, une des deux chaires de physique à l'université et je suis plutôt occupé en ce moment.*

*Nous sommes tous très enthousiasmés par la troisième partie de ton article et les derniers développements du modèle « spatial » de l'atome. En relation avec certains problèmes électrochimiques, je suis très intéressé par le côté cinétique de l'évaporation ; l'article de Knüdsen contient de nombreuses notes intéressantes sur ce problème, et je serais tellement heureux si je pouvais parler avec lui de ces questions !*

Trois explications du monde

*Nous vivons actuellement une époque des plus intéressantes, où se fabrique l'Histoire, ce qui, malheureusement, n'est guère favorable à la recherche scientifique qui demande de la tranquillité et une atmosphère stable. Je ne suis pas personnellement affecté par ces événements dans mon travail, mon amour pour la recherche scientifique étant beaucoup plus fort que mon intérêt pour la politique.*

*Le docteur Paneth occupe temporairement la chaire de chimie de l'École supérieure technique de Prague ; bien que ce ne soit pas très loin d'ici, je ne peux pas communiquer avec lui car il n'est pas permis d'envoyer des lettres là-bas. Il était récemment à Vienne où je lui ai écrit, il était également très heureux d'apprendre d'aussi bonnes nouvelles de ta famille et il m'a demandé de te donner son bon souvenir. Il a une fille et un garçon, de quatre et un an et demi.*

*Je n'ai pas de nouvelles de Geiger, pas plus que de Hahn ou de Mlle Meitner.*

*Je t'envoie ces lignes en deux copies, j'en poste une à Budapest et envoie l'autre à Vienne, pour qu'elle soit postée de là-bas. J'espère qu'au moins l'une d'elles te parviendra.*

*Avec mes meilleurs sentiments et mes considérations les plus aimables à toi et à Mme Bohr,*

*Très sincèrement,*

*George Hevesy*

Août apporta un nouveau bouleversement. Une guerre civile éclata, qui dura tout l'été. Les combats ne cessèrent que quand les troupes roumaines, qui soutenaient la contre-révolution, entrèrent dans Budapest, forçant Béla Kun, Lukács, Polányi et bien d'autres à fuir, et remirent le pouvoir aux forces légitimistes, menées par l'amiral Horthy.

Le New York et le Royal connurent une période de récession, qui ne dura guère. Les affaires reprirent, et les cafés renouèrent avec leur croissance dynamique, car la clientèle s'y retrouvait plus régulièrement encore que par le passé pour discuter de l'antisémitisme virulent du nouveau gouvernement. Quand les autorités découvrirent – ce qui ne fut pas long – que la majorité des titulaires académiques du précédent régime étaient juifs, elles déclarèrent que toutes les nominations universitaires prononcées depuis la fin de la monarchie étaient nulles et non avenues. Je perdis ma chaire.

## LETTRE DE GEORGE HEVESY À NIELS BOHR

*Hôtel Panhans, Semmering,*
*le 14 septembre 1919*

*Mon cher Bohr,*

*J'ai reçu ton aimable lettre du 1ᵉʳ septembre et je suis très content d'apprendre que tu vas aussi bien.*

*J'ai commencé à travailler avec Paneth il y a deux jours, il est installé à quelques kilomètres d'ici dans une jolie petite maison. C'est une région ravissante tout autour, vallées profondes, de beaux bois de pins et de charmantes promenades conduisant aux sommets de hautes montagnes. Nous avons un beau soleil et un très beau temps et je me sens presque aussi heureux qu'au Danemark, quoique certainement pas tout à fait aussi bien.*

*Nous discutons actuellement de notre manuscrit avec Paneth et nous sommes juste en train d'écrire le chapitre sur les rayons bêta. Je lui ai parlé de toi, de Mme Bohr, de Christian et du petit bonhomme Hansel et il était extrêmement intéressé d'entendre toutes ces bonnes nouvelles. Ses enfants vont très bien, bien que Heinrich ne puisse se comparer en taille et en forme avec votre cher petit évêque. Tu devrais dire à Christian que le drôle d'oncle, qui ne peut pas parler, juste aboyer, et qui se transforme soudain en mou-*

*ton ou en cheval, lui envoie son affection et aussi au bonhomme Hansel !*

*Il n'y a pas de communication postale entre Vienne et Budapest et c'est pourquoi je n'ai que de rares nouvelles et malheureusement mauvaises. Les Roumains sont toujours là et la terreur blanche a suivi la terreur rouge. Bien que je comprenne parfaitement qu'après quatre mois de régime bolchevique les gens soient enclins à se venger, je désapprouve ce genre de terreur, qui conduira fatalement à une réaction. Beaucoup de gens ont été éloignés ou mis en prison, y compris des innocents. De grands changements se sont aussi produits à l'université. J'ai appris que certains de mes assistants, des personnes de valeur et absolument inoffensives, ont été éloignés et ont quitté le pays. Je dois me rendre à Budapest dans une quinzaine de jours, bien que ce déplacement ne m'enchante guère. Chaque passager doit avoir une autorisation des Autrichiens, des Roumains et, s'il prend le bateau, également une autorisation des Tchèques !*

*Mes salutations du fond du cœur à toi et à Mme Bohr, de ton ami toujours bien à toi,*

*George Hevesy*

---

## Un savant crée de l'oxygène à partir de l'azote

### Transmutation des éléments
### rapportée par Sir Ernest Rutherford

DE NOTRE CORRESPONDANT

Lu dans la presse anglaise. Le distingué savant Sir Ernest Rutherford, directeur du laboratoire Cavendish à l'université de Cambridge, a découvert que le bombardement de l'azote gazeux avec ce qu'on appelle les « particules alpha » change cet élément en un autre, l'oxygène gazeux. Ce résultat, observé pour la première fois il y a des années dans le laboratoire de Rutherford à Manchester, vient seulement d'être publié, ce retard étant dû aux contraintes et à l'effort de guerre.

Naguère rêve des alchimistes, la transmutation des éléments a été considérée comme impossible depuis le début des temps modernes et les Lumières. Le fait qu'elle soit maintenant réalisée a été salué comme un triomphe de la nouvelle théorie atomique.

Déjà lauréat du prix Nobel de chimie pour son travail sur la radioactivité, Rutherford est un prétendant de taille pour un second prix depuis le rétablissement de la récompense, qui pourrait couronner sa découverte du noyau de l'atome et du modèle de la structure de l'atome dit « modèle Rutherford-Bohr ». Avec la présente réussite, la création d'oxygène à partir de l'azote, il est assuré d'une position unique dans les annales de la science.

Ernest Rutherford, quarante-huit ans, originaire de Nouvelle-Zélande, a été élevé à l'ordre des chevaliers de la Couronne en 1914.

---

## LETTRE DE GEORGE HEVESY À NIELS BOHR

*Budapest, le 25 octobre 1919*

*Mon cher Bohr,*

*J'ai quitté Vienne depuis une quinzaine de jours ; mon voyage de Copenhague a été triste, plus triste encore le chemin de Berlin à Vienne, et j'ai atteint le summum de la tristesse à mon arrivée en Hongrie où j'ai vu, après le bonheur, la jovialité et la franche simplicité de ton pays, le délabrement du nôtre, son effondrement matériel et moral.*

*La Hongrie bolchevique est devenue une Hongrie roumaine depuis mon départ. Extérieurement, le pays est plus plaisant, on peut déjà voir des marchandises dans les devantures des magasins, quoique les prix soient excessivement élevés : j'ai dû payer 5 couronnes pour un œuf, 150 pour 1 kg de beurre, etc. Les gens pauvres ne* peuvent se permettre de payer de pareilles sommes, la pauvreté est partout, et les perspectives sont très sombres. Pas de combustible, donc pas de possibilité de se chauffer.

Les Roumains ont emporté chez eux des quantités phénoménales de marchandises diverses, et ils continuent d'en exporter ; ils ont dévasté les fermes de ma famille, ils ont pillé les outils, les machines et même les appareils de téléphone, et jusqu'aux chemins de fer.

Mais le pire, le pire de tout, c'est le déclin moral, la corruption généralisée et la politisation de toutes les sphères de la vie. La politique entre aussi à l'université ; pendant mon absence cet été, deux de mes assistants parfaitement honnêtes et compétents ont été dépossédés de leur poste seulement parce qu'ils sont juifs et je sais que c'est le cas dans presque tous les instituts : n'importe quel individu juif, ou radical, ou suspecté de l'être, a les plus grandes peines du monde à conserver son poste. (Je n'ai pas d'opinion partisane marquée et je ne suis ni un radical ni un conservateur, je suis pleinement conscient des faiblesses de l'un et de l'autre parti.)

Vu les circonstances, je ne pouvais faire autrement que de démissionner. Même si je n'ai pas été attaqué personnellement, cela ne manquera pas d'arriver à plus ou moins longue échéance ; j'étais en bons termes avec Kármán, j'ai soutenu sa nomination à la succession du baron Eötvös à la chaire de physique et j'ai essayé d'améliorer la situation des laboratoires de physique, dans un état pitoyable après son passage, car j'avais prévu l'inéluctable ruine matérielle du pays. Kármán était responsable des universités pendant le régime bolchevique, et cela lui vaut la haine viscérale de ceux qui dirigent l'université de Budapest. Loin d'être un bolchevique, il a tout de même accepté d'occuper ce poste et ne s'y est maintenu que pour empêcher le gouvernement bolchevique de provoquer le naufrage de l'université.

J'étais directeur temporaire des laboratoires de physique, car le titulaire de ce poste est encore vivant, quoique très malade. C'est de ce poste que j'ai démissionné. L'université est fermée, et elle ne rouvrira pas avant le printemps prochain, le déclin moral et matériel actuel va empêcher pour longtemps, j'en ai peur, toute forme de vie scientifique productive en Hongrie.

*Je suis maintenant un homme libre. Je suis si content de pouvoir venir travailler dans ton laboratoire. Cet hiver je vais probablement rester à Budapest, car je dois rédiger les chapitres consacrés à l'électrochimie du Manuel de Gratz, ce qui signifie une grosse masse de travail ; je travaille aussi sur la diffusion des corps solides : j'ai eu quelques mésaventures avec certaines expériences pendant que j'étais parti cet été, d'autres expériences progressent, la diffusion dans le plomb solide est même 50 degrés en dessous du point de fusion ; elle est encore très lente.*

*J'arriverai au printemps, quand ton laboratoire sera prêt, et j'envisage déjà ce moment avec un plaisir très grand. Je me demande souvent comment vous vous portez, toi, Mme Bohr et vos deux garçons. Est-ce que l'article que tu as écrit cet été est déjà paru ? Je suis aussi très impatient de lire le texte de ta conférence de Lund.*

*As-tu eu des nouvelles récentes de Sir Ernst*[1] *? Les Anglais sont très appréciés de nos jours à Budapest. La Mission britannique fait beaucoup pour empêcher les exactions des Roumains. Comme les choses changent. Il y a peu de pays de l'Entente où les Anglais sont aujourd'hui plus aimés qu'en Hongrie.*

*Je te remercie de bien vouloir transmettre mes hommages au docteur Pál. J'ai reçu sa lettre il y a quelques jours, je lui ferai parvenir le journal qu'il m'a demandé et je lui écrirai aussitôt que je serai en mesure de lui envoyer des nouvelles définitives sur ses affaires. Il a bien de la chance d'être à Copenhague et non pas à Budapest.*

*Tu seras assez aimable de transmettre également mes amitiés aux deux Mmes Bohr*[2] *et de dire à Christian que l'oncle rigolo ne sait pas encore parler, mais qu'en attendant il continue à aboyer et à rire.*

*Avec toutes mes amitiés et mon meilleur souvenir,*
*Cordialement à toi,*

*George Hevesy*

---

1. Rutherford (nommé à l'ordre des chevaliers de la Couronne en 1914).
2. La mère de Bohr, Ellen Adler, et son épouse, Margrethe.

*Merci de me rappeler au bon souvenir du docteur Klein et du professeur Bjerrum.*

*Il faudra encore attendre longtemps avant que la paix hongroise ne soit signée, je pense donc qu'il serait utile de placer la somme que j'ai mise en dépôt à la banque Landman pour trois mois. Si tu pouvais y passer, je te serais très reconnaissant de le faire à ma place, car tu auras sans doute remarqué qu'une couronne danoise correspond à 25 couronnes austro-hongroises ! J'espère que cela ne te dérangera pas. Merci mille fois.*

*Je te donne l'adresse où m'écrire : 3 rue Boltzmann, Vienne IX, de là les lettres me sont transmises par un messager. Les communications directes avec la Hongrie sont peu fiables.*

Budapest, novembre 1919

Ma dernière rencontre avec Hevesy remontait à la fin de l'automne. Je fus choqué par la profondeur de sa dépression. Je lui demandai instamment de venir me voir, professionnellement s'entend, mais il était réticent. « Je ne crois pas faire de vieux os à Budapest, m'expliqua-t-il. L'université est moribonde. Il ne leur suffit plus d'annuler les nominations, il leur faut encore persécuter tous ceux d'entre nous qui ont eu les faveurs du précédent régime. » Son teint était encore plus cireux que l'an passé, au sortir des restrictions de la guerre, son crâne était énorme, j'avais comme l'impression que son cerveau allait lui jaillir du crâne sous le coup de l'indignation. « Ils font courir des faux bruits sur moi. Que j'ai parcouru le monde aux frais du gouvernement à des fins personnelles. J'ai réclamé qu'une commission d'enquête officielle soit mise sur pied afin d'examiner ces rumeurs et de les démentir avant qu'elles me fassent plus de tort, mais je crois que c'est trop tard.

– Ne te mets pas martel en tête avec ces misérables, Gyuri. Prends leurs attaques pour un compliment : ils veulent se débarrasser d'un concurrent. Si j'étais à ta place, je ne leur ferais pas l'honneur de permettre à leurs manœuvres de m'affecter, dis-je pour l'encourager, mais c'était un mensonge.

– Tous les meilleurs éléments de l'université, le personnel, les assistants, etc., sont limogés. Sans aucune raison.

– Il y en a toutes sortes au contraire : la jalousie, la haine, l'envie, l'intérêt personnel…

– Je ne veux plus avoir affaire à ces gens-là. Je ne veux plus entendre parler ni de la faculté, ni de l'institut, ni de l'université, ni de ce pays. » Sa voix était faible, sa colère qui auparavant s'exerçait contre « eux » se tournait maintenant contre lui-même. Ce maelström d'amertume, de frustrations, de haine aussi, c'était en lui qu'il tourbillonnait, et contre lui.

« Quels sont tes projets ? lui demandai-je, inquiet pour son équilibre psychique plus que pour son avenir.

– J'ai tout prévu, me confia-t-il dans un chuchotement. Dès que les frontières seront rouvertes, je file au Danemark voir Bohr. Il est pour moi un véritable ami. » Les grands yeux de Hevesy se posèrent sur moi, mais son regard était vide. « Il veut que je travaille dans son nouvel institut. Il joue dans la cour des grands, tu le sais, dans le monde de la science. Ce serait pour moi un honneur et un plaisir de travailler avec lui.

– Alors vas-y, il le faut. Je ne vois rien qui puisse te retenir ici.

– Ce n'est pas vrai, et tu le sais parfaitement. Mais en même temps, tu as raison. Je n'ai pas d'avenir ici. L'ennui, c'est que je ne suis pas sûr d'avoir un avenir là-bas non plus. Je vais y être un mendiant.

– Toi ? Ta famille est l'une des plus riches du pays !

– C'est fini. Il n'y a plus rien. Tout est différent maintenant. Cette guerre aura été comme un gigantesque trait d'union entre ce qui fut et ce qui sera. Et que sera l'avenir ? Qu'adviendra-t-il de nous ? »

J'essayai de ne pas succomber à la contagion de sa détresse. « Va chez Bohr. Oublie la Hongrie. Commence une nouvelle vie, dis-je.

— Et toi ? me demanda-t-il avec une lueur d'intérêt.

— L'université n'a pas le même sens pour moi. J'ai mon travail, mon cabinet. Je crois que les autorités sont astreintes à un peu de retenue, dans mon cas. Je suis président de l'Association internationale, et cela compte. Mais ce qui les oblige surtout à une certaine prudence, c'est que je suis l'exécuteur du legs Freund pour la psychanalyse. C'est une montagne d'argent sur laquelle le gouvernement rêve de mettre la main. Je survivrai.

— Fais attention à toi, me dit-il avec une certaine douceur. Et le professeur Freud, où en est-il ?

— Il va bien. Il a remis sa bonne vieille défroque : il redevient lui-même.

— J'ai réussi à apercevoir Paneth quand je suis passé à Vienne. Il a décidé de quitter la chaire à laquelle il avait été titularisé à l'université Charles de Prague, et il va bientôt prendre un nouveau poste, à Hambourg.

— Comment allait-il ?

— Bien. Il semble former avec Elsa[1] un couple très heureux. Ils ont deux enfants en bas âge. Et il a de la famille à Hambourg, si bien qu'ils se sentiront chez eux en Allemagne. C'est un bonheur que je leur envie. Je vais être comme un poisson hors de l'eau, au Danemark. » Il ne lui avait pas fallu longtemps pour revenir à ses problèmes.

« Et ici, qu'es-tu donc ? lui demandai-je.

— Ici ? Ici je suis un homme fini.

— Alors suis ta destinée. Va là où tu peux poursuivre ton travail. » C'est ce qu'il voulait entendre, je continuai donc dans le même esprit. « Tu es né pour étudier, pour chercher et, avec beaucoup de persévérance et un peu de chance, pour trouver. »

---

1. Elsa Hartmann, la petite-fille du poète révolutionnaire Moritz Hartmann.

Il me regarda. Un crâne avec une paire d'yeux ébahis et comme exorbités. « Le travail est le seul salut, soupira-t-il.

– Le Gaon de Vilna est supposé avoir dit que celui qui étudie la Torah, même au fond de la détresse, communie avec Dieu ; le rideau ne sera pas fermé devant lui – car Dieu et la Torah ne font qu'un.

– Tu me pardonneras si je ne prends pas tes paroles littéralement. Mais, merci, Sándor.

– Littéralement, métaphoriquement, où est la différence ?

– Tu me manqueras, dit-il avec mélancolie.

– Toi aussi. Mais tu n'es pas encore parti, il me semble. Viens me voir à mes heures de consultation.

– Peut-être. Porte-toi bien.

– À la prochaine, alors.

– Oui. Au revoir, Sándor.

Je lui serrai la main.

Il ne me rendit pas visite. Il ne me téléphona pas. Il ne m'écrivit pas.

Il partit.


Budapest, 1920


Il paraît que les désastres s'abattent toujours par trois.

Considérant les problèmes politiques de la Hongrie, Freud pensa que le centre de la psychanalyse devait se déplacer d'est en ouest. Il me « suggéra » de démissionner en faveur de Jones de ma présidence de l'Association internationale. Ernest Jones, mon propre élève, qui n'était hier encore qu'un marmot emmailloté dans les langes de la psychanalyse. Que pouvais-je faire d'autre qu'obtempérer ? Moïse avait parlé.

L'ordre des médecins hongrois m'informa par lettre que, réuni le 28 mai 1920, il avait décidé, par un vote de 266 contre

54, de retirer Sándor Ferenczi de la liste de ses membres. Cette radiation était motivée par le fait qu'il n'avait pas refusé le poste de professeur que lui avait alloué le précédent gouvernement.

Toni Freund finit par succomber à son cancer. Il avait quarante ans.


Berlin, avril 1920

Il regardait la campagne bavaroise défiler derrière les vitres du train qui l'emportait vers un nouveau chapitre de sa vie. Seulement un chapitre ? demanda une petite voix au fond de lui. Non, un volume entier. Hevesy se le répétait à l'envi, comme pour s'en assurer. Et de renchérir : il écrirait même une chronique d'un genre inédit, un livre sans précédent, entièrement dans une autre langue. Pour un homme sur le chemin de l'émigration, il avait très peu de bagages avec lui – la plupart de ses effets avaient été expédiés en avance. Il ne voulait pas être encombré pendant le voyage. Son intention était d'en profiter pour se concentrer sur son travail. Il voulait choisir un nouveau sujet de recherche ; or ses idées refusaient de se cristalliser. Des pensées clandestines et indésirables ne cessaient de s'interposer.

Il avait pris le temps de s'arrêter quelques jours à Vienne pour discuter avec le professeur Meyer à l'Institut du radium. Cette conversation, très bénéfique, l'avait aidé à mettre les choses dans leur contexte. Après avoir brièvement caressé l'idée de rendre visite au professeur Freud, il avait fini par y renoncer. Futile. Au lieu de cela, il monta dans l'express pour Berlin, qui devait être la seconde étape de son voyage. Comme Bohr devait se trouver lui aussi dans la capitale de la toute jeune République allemande où il avait été invité pour donner une conférence, ils s'étaient organisés pour s'y retrouver et faire ensuite ensemble le voyage de Copenhague.

Il était de bonne humeur. Cela faisait longtemps que son humeur n'avait pas été aussi légère. Il ne pouvait plus supporter Budapest et son atmosphère de chasse aux sorcières. Sa peur de tout laisser derrière lui avait un moment combattu l'évidence qu'il ne pouvait pas rester. Mais il l'avait dominée et était parti, évitant seulement de dire au revoir aux quelques amis qui comptaient pour lui. Futile. Il était parti, c'est tout, comme il l'avait fait si souvent auparavant. Et maintenant, comme rené, il se laissait emporter vers sa destinée. L'excitation de l'inconnu le grisait. Il y avait tant à faire, mille possibilités s'offraient de toutes parts. Il avait reçu une lettre de Papa Rutherford : Sir Ernest lui offrait une place au laboratoire Cavendish. Quoique sa résolution fût déjà prise de rejoindre Bohr, l'invitation de Rutherford lui fit un plaisir énorme, comme un premier rayon de soleil venu percer les ténèbres de Budapest. Le vieux mage pouvait encore faire des miracles.

L'express ralentit en traversant les faubourgs de Berlin. Hevesy rassembla ses pensées, prit ses quelques effets et se mit dans le couloir de manière à être, à l'arrêt du train, un des premiers à descendre. Bohr l'attendait sur le quai. Le spectacle des deux hommes, l'un avec sa tête en forme de poire, l'autre comme un œuf gigantesque, mais hirsute, fêtant leurs retrouvailles par de grandes embrassades, passa inaperçu de la foule qui grouillait dans la gare. « Permets que je te regarde, grommela le Danois en le tenant un peu loin de lui. Tu as bonne mine. Oui, vraiment. Mais ta moustache est un peu minable, mon cher ! » Bohr, tel un ours géant, le serra contre lui. « Tu es toujours le même, toi, mon cher Bohr », mais Hevesy se rendit compte en le disant que ce n'était pas tout à fait vrai. Il y avait en Bohr quelque chose de différent, songea-t-il. Grand et droit, son bras gauche autour de Hevesy, sa main droite dans la poche de son pardessus croisé, Bohr rayonnait d'une confiance en lui toute nouvelle, ce dont Hevesy avait cruellement manqué ces derniers temps. Tant de choses avaient changé depuis Manchester, se dit-il, songeur.

## CARTE POSTALE D'ALBERT EINSTEIN À SA MÈRE

*A. Einstein*
*Haberlandstr. 5*
*Berlin*

*Frau Pauline Einstein*
*Maison de santé Rosenau*
*Lucerne*

*Chère Maman,*
*Bonnes nouvelles : j'ai reçu un télégramme aujourd'hui de H.A. Lorentz disant que l'expédition anglaise a définitivement confirmé la déviation des rayons de lumière par le Soleil[1]. Maja m'a écrit que non seulement tu souffres beaucoup, mais que tu es aussi très déprimée.*

*Comme j'aimerais être près de toi à te tenir compagnie, pour que tu ne sois pas seule avec tes tristes pensées. Mais je dois rester ici encore un certain temps pour travailler, et je dois aussi aller quelques jours en Hollande. C'est une perte de temps un peu pénible, mais je dois exprimer ma gratitude à Ehrenfest.*

*Je te souhaite une bonne journée et t'envoie mon bon souvenir du fond de mon cœur,*

*Albert*

---

1. Cette confirmation de la plus célèbre des prédictions d'Einstein fut universellement acceptée comme la preuve de sa théorie de la relativité générale.

« Un peu plus distingué peut-être ? suggéra Bohr, prenant la pose.

— Très distingué. Te voilà presque un homme.

— J'espère bien, dit-il avec un clin d'œil.

— Pourquoi ? Qu'est-ce que tu insinues ?

— Margrethe attend notre troisième enfant.

— Tu es un homme heureux. Transmets-lui mes pensées affectueuses.

— Qu'est-ce que tu chantes ? Tu le lui diras de vive voix, et très bientôt. Nous t'attendons tous avec impatience à Copenhague. Le bâtiment de l'Institut n'est toujours pas terminé, mais nous te caserons bien quelque part. Je l'espère. » Il empoigna la valise de Hevesy. « Mais ne nous éternisons pas là ! Viens. » Bohr prit le Hongrois par le bras et l'entraîna le long du quai tout en portant sa valise de sa main libre.

Le jour suivant, ils se rendirent à pied à la Physikalische Gesellschaft, où Bohr devait faire sa conférence. C'était un édifice aux proportions imposantes, bâti pour refléter la puissance de la science prussienne, pour impressionner et pour intimider. Ils entrèrent par une porte à tambour entre deux colonnes gigantesques. À leur grande surprise, le vieux professeur Planck et Albert Einstein les attendaient dans le vestibule, impatients de souhaiter la bienvenue à leur hôte. Bohr ne les avait encore jamais rencontrés personnellement, ni l'un ni l'autre, ce que Hevesy trouvait difficile à croire. Mais ce comité d'accueil, aussi restreint que serein, était la meilleure preuve que Bohr était devenu un membre à part entière de l'aristocratie de la physique. Après un rapide échange de politesses, ils furent introduits dans l'amphithéâtre, saluèrent d'anciennes connaissances et furent présentés à de nouveaux collègues. Hans Geiger, leur ancien collègue au laboratoire de physique de Manchester, se précipita pour leur serrer la main.

« Alors, vous deux, toujours en train de mijoter des coups ensemble ? Toujours à la chasse aux dames, Hevesy ?

– Non, maintenant ce sont elles qui me chassent, protesta Hevesy, ravi de revoir son ancien patron.

– Je n'ai plus d'yeux pour les dames, chuchota Geiger, maintenant que je suis marié ! »

Hevesy le félicita et les quitta pour aller saluer une autre connaissance. Il avait un jour demandé à Papa Rutherford qui avait été son meilleur étudiant. Sans aucune hésitation, au grand dépit de Hevesy, il avait répondu : « Otto Hahn[1] ! »

« Ta moustache est devenue grise, dit-il à l'ancien premier de la classe de Rutherford en guise de salutation.

– C'est parce que je me suis rongé les sangs pour toi, répondit l'autre avec un grand sourire. Je ne t'ai pas vu depuis Budapest, en 1913. » Otto Hahn, venu visiter Pest, avait passé plusieurs jours dans le palais Hevesy. Ils avaient assisté ensemble à cette fameuse réunion des naturalistes et médecins allemands où Hevesy avait pris sa vie en main et informé Einstein des découvertes de Bohr. Un événement mémorable s'il en fut ! Tant de visages connus avaient assisté à l'événement – Geiger, de même que Fritz Paneth, Kármán, Pappenheim, Hammerchlag… Il y avait eu une réception à la Hofburg ; l'empereur François-Joseph avait fait un discours… « C'est du passé. Une autre époque. Un autre monde », murmura Hevesy. Il allait passer son chemin, mais Hahn ne le laisserait pas filer comme ça. « J'ai été si content d'apprendre que tu t'installais à Copenhague. Il est grand temps pour toi de te remettre sérieusement au travail. » Il posa sa main gauche sur l'épaule du Hongrois. « Bonne chance ! » Hevesy sentit une vague d'émotion l'envahir, mais il la refoula. Il avait honte. Pour cacher son embarras, il s'éloigna très vite. Une femme aux cheveux sombres d'une petite quarantaine d'années lui offrit une digression bienvenue, et il éprouva aussi un véritable plaisir à la retrouver : « Miss Meitner ! Je suis si content de vous voir ! Et quelle mine splendide !

---

1. Otto Hahn reçut le prix Nobel de chimie en 1944.

– Toujours parfait gentleman, Herr Hevesy. Vous connaissez le docteur Stern ? » demanda Lise Meitner.

Hevesy claqua des talons, et les deux hommes se serrèrent la main. Il continua son parcours jusqu'au jeune physicien de Pologne, Rubinowicz, un autre élève de Rutherford. « On se dirait presque à la cérémonie du thé de Manchester, il y a tant d'anciens ici ! » Hevesy se heurta à Bohr, qui avait fait sa tournée de salutations dans le sens inverse. Il venait juste d'être présenté à James Franck et à Gustav Hertz. Hevesy les reconnut pour les avoir eux aussi rencontrés lors de cette même réunion de Vienne. Bohr échangea des poignées de main particulièrement cordiales avec eux : leurs destins étaient liés, car c'étaient eux qui avaient publié les premières confirmations expérimentales de ses idées. Sans y aller par quatre chemins, ils avaient intitulé leur article « Confirmation de la théorie de l'atome de Bohr »...

« Mesdames et messieurs, chers collègues. » Le professeur Planck rappela à l'ordre ces jeunes gens qu'il trouvait décidément bien frivoles et trop bavards à son goût – la solennité de l'occasion demandait des manières protocolaires. Les participants gagnèrent leur place en traînant les pieds, remplissant les gradins dans le strict ordre de leur rang : les professeurs titulaires devant, puis les professeurs extraordinaires, les *privatdozent*, etc., et enfin la foule des étudiants condamnés à rester debout dans le fond. Quand l'agitation et le bruit furent retombés, le professeur Planck présenta le conférencier, Herr Doctor Niels Bohr, de l'Institut de physique théorique de Copenhague. Les yeux de Hevesy suivirent son ami depuis sa place jusqu'à l'estrade de l'amphithéâtre. Bohr tendit son jeu de diapositives à un assistant, fourragea dans ses notes et commença : « Le sujet dont j'ai l'honneur de vous entretenir ici... » Hevesy fit quelques gestes pour essayer de lui passer un message sans se faire remarquer, mais Bohr ne le regardait pas ; il semblait totalement fasciné par ses propres notes. « ... à la très aimable invitation du conseil de votre Société, est très vaste, et il me serait impossible de vous offrir une vue d'ensemble complète même des résultats les plus importants obtenus dans la théorie spectrale. » Un brouhaha s'éleva dans le fond. Manifestement, ils avaient du mal à entendre l'orateur, qui continuait à faire comme s'il ne parlait que pour lui. Puis il leva enfin les yeux et aperçut Hevesy. « Plus fort, articula-t-il silencieusement, hausse la voix. »

« Nous affirmerons, selon la théorie de Rutherford... » Était-ce le signal de Hevesy ou le soulagement d'en avoir fini avec les préliminaires pour aborder enfin son sujet, soudain la voix de Bohr s'anima, sa diction s'éclaircit. « ... qu'un atome consiste en un noyau chargé positivement avec un certain nombre d'électrons gravitant autour de lui. Quoique l'on suppose que le noyau est très petit par rapport à l'ensemble de l'atome, c'est lui qui contient presque toute la masse de cet atome. » Un profond silence avait succédé au brouhaha. L'attention de tous était concentrée sur l'orateur qui, ayant retrouvé son assurance, posa ses notes sur le lutrin et ne leur accorda plus un regard. « Je ne vais pas ici faire état des raisons qui ont conduit à l'établissement de cette théorie nucléaire de l'atome... – il s'interrompit et fit durer le silence pour créer un effet d'attente – ni décrire les confirmations extrêmement solides que cette théorie a reçues de sources très différentes. Je mentionnerai seulement le résultat qui confère au développement moderne de la théorie atomique un grand charme et – il sourit – une belle simplicité. » Bohr se dégagea de derrière le lutrin et s'approcha de son public. « Je me réfère ici à l'idée que le nombre des électrons dans un atome neutre est... – il chercha le bon mot puis, l'ayant trouvé, le prononça avec une lenteur étudiée – exactement égal au nombre qui donne la position de l'élément dans le tableau périodique, c'est-à-dire au "numéro atomique", selon le nom qu'on lui donne. Cette affirmation... suggère immédiatement la possibilité de tirer l'explication des propriétés physiques et chimiques des éléments de leur numéro atomique !

– Les entiers mènent le monde. Chimie, repose en paix »,
murmura Hevesy dans sa moustache.

Hevesy était si profondément perdu dans ses pensées que
c'est à peine s'il saisissait quelques bribes de la discussion animée sur les règles de sélection des quanta dans laquelle les deux
hommes assis en face de lui étaient plongés. Les trajets en train
avaient toujours cet effet sur lui. Il avait maintes fois quitté la
Hongrie – pendant son enfance, pour ses études, comme savant
et même comme soldat – mais pas comme ça. Comme quoi,
d'ailleurs ? Qu'était-il ? Un émigrant ? Un exilé ? Un réfugié ? Il
pourrait revenir voir sa famille, là n'était pas le problème, mais
ce ne serait plus jamais chez lui. Et le Danemark ? Le Danemark serait paisible, agréable, civilisé. Il était impatient de voir
le pays, de rencontrer ses collègues, de relever avec eux le défi
de l'Institut – tout était pour le mieux. Alors pourquoi, pourquoi se sentait-il si mal ? Qu'est-ce qui le rongeait ? Il était parti
de chez lui. Il avait renoncé à son pays… Cela fut-il jamais son
pays ? Oui. Il y a longtemps. Dans un autre monde. Il était né
dans un palais, c'était un aristocrate si l'on peut dire, un noble
catholique. Maintenant il était un scientifique sans toit, un Juif
apatride. Mais c'était assurément son choix, n'est-ce pas ?
N'avait-il pas pris lui-même la décision de démissionner et
d'émigrer ? Bien sûr, mais c'étaient les circonstances qui l'y
avaient contraint. Drôle de volontaire ! Il était libre de faire le
choix que le monde ne laissait pas à son arbitrage ! Que restait-
il de la culture ? De la morale ? De la civilisation ? De la tradition ? Rien. Rien. Sauf… sauf la connaissance. La quête de la
connaissance. Cette quête sans fin qu'était le désir de comprendre, à jamais inassouvi. De soulever un coin des jupes de
l'immortelle Mère Nature et d'y jeter un œil. Cela et le lien
avec les autres chercheurs. La fraternité entre camarades. Les
émerveillements partagés. Il n'y avait que cela… mais c'était
beaucoup. Et le voyage, ce voyage lui-même, devait le transpor-
ter dans le monde de son après-jeunesse, de l'après-frivolité, de

son après-guerre, un monde de consécration monastique à la science. Ce serait sa béquille. Là serait son havre. Là son salut. Ne rien honorer au-dessus de la sagesse, du savoir, du fait d'apprendre. C'est ce que voulait la tradition. C'est ce qu'il ferait. Qu'est-ce que Ferenczi avait dit ?... Quelque chose comme « celui qui étudie la nature, même au fond de la détresse, le rideau s'ouvrira devant lui... parce qu'il communie avec Dieu... la nature et Dieu ne font qu'un ».

« Pardon, veux-tu bien répéter ? » demanda Rubinowicz. Hevesy le regarda comme s'il le voyait pour la première fois.

« Tu murmurais quelque chose, ajouta Bohr.

– Oh. » Hevesy revenait lentement au compartiment du train – des trains, toujours des trains – et à ses compagnons de voyage. « Celui qui étudie la nature, même au fond de la détresse, le rideau ne sera pas fermé devant lui, parce qu'il communie avec Dieu. La nature et Dieu ne font qu'un, répéta Hevesy.

– Charmant petit délire, mon cher, rit Bohr.

– Dans la version que je connais de cette citation, ce n'est pas la nature, mais la Torah, dit Rubinowicz.

– La nature, la Torah, Dieu, aucune différence », dit Hevesy d'une voix abattue. Sa dépression revenait.

« Mon grand-père aurait été à l'aise en votre compagnie, gloussa Bohr. Le non-Juif, je veux dire. Grand-père Bohr, le théologien. Quant à moi, si tu tiens à causer métaphysique, je m'en vais faire la sieste.

– La citation n'est guère métaphysique. C'est seulement une glorification du fait même d'apprendre, insista Rubinowicz.

– Enfin ! Je te retrouve... Ou plutôt je retrouve mon vocabulaire ! dit Bohr avec un enthousiasme communicatif. Tu es revenu parmi nous, Hevesy ?

– Oui. » Il avait la gorge sèche. « Je suppose que je ne me suis pas encore bien fait à cette idée d'émigrer.

– Tu vas adorer Copenhague. Tu vas voir. » Bohr lui donna une petite tape sur le genou pour l'encourager. « Tu as une famille toute prête. Bientôt tu demanderas grâce aux garçons !

– Je me suis beaucoup entraîné à aboyer, je le confesse. »
Hevesy esquissa un sourire.

« J'espère que ma conférence n'a donné envie à personne de
m'aboyer dessus... À votre avis ? demanda Bohr.

– Je ne voudrais pas te faire de la peine, déclara Rubinowicz,
mais j'ai très distinctement entendu Einstein grogner.

– Si tu vas dans l'antre du lion, tu dois t'attendre à l'entendre
grogner un peu, renchérit Hevesy dont l'humeur s'était améliorée.

– Un homme étonnant. Encensé comme il l'est, presque
idolâtré, il poursuit son petit bonhomme de chemin, impassible. Ces derniers mois, c'est à peine si on a pu ouvrir un journal sans tomber sur un article sur Einstein, ou sur une photo
de lui.

– Ou les deux.

– Depuis qu'Eddington a publié ses observations sur l'éclipse
solaire, les Anglais ont fait d'Einstein un héros. Avez-vous lu
J. J. Thomson ? Il a écrit que la théorie de la relativité d'Einstein est peut-être la plus belle prouesse de l'histoire de la pensée
humaine.

– Selon Sir Ernest, il n'est porté au pinacle que parce que
personne n'est capable de comprendre la relativité générale,
sourit Rubinowicz.

– Nous devrions éviter de plaisanter sur Einstein. Il a assez de
détracteurs qui ne savent pas de quoi ils parlent. Ce n'est pas
notre rôle de les aider. »

Bohr était indigné. « Avez-vous lu les commentaires de
Lenard ? Il décrit la relativité comme "une physique juive dogmatique".

– Un complot ourdi par les Juifs pour corrompre l'Allemagne, ajouta Hevesy.

– Je refuse de lire une ligne de Lenard. C'est une question de
principe, dit Rubinowicz.

– Tu devrais, lui conseilla Bohr. Il a ses adeptes, et nous
ferions bien de savoir ce que l'ennemi a dans le crâne.

– Moi qui pensais que le niveau du débat s'était élevé depuis l'Inquisition.

– C'est un de tes compatriotes, Hevesy, n'est-ce pas ? » demanda Rubinowicz. Le Hongrois sentit sa poitrine se comprimer comme si un cercle d'acier se resserrait autour de lui.

« Qu'il retourne en Hongrie ! répondit-il. Il s'entendrait parfaitement avec les barbares qui dirigent l'université. Ils accueilleront leur prix Nobel à bras ouverts.

– Malheureusement, celui qui risque de partir, c'est Einstein.

– Tu crois ?

– Sommerfeld m'a dit qu'il commençait à redouter sérieusement de le voir quitter l'Allemagne.

– Tout le monde veut de lui sauf les Allemands.

– Les Allemands veulent le garder, bien au contraire, protesta Rubinowicz. Il est en butte à la haine d'une poignée d'extrémistes cinglés, antisémites, qui savent s'y prendre pour faire un raffut du diable, disproportionné par rapport à leur nombre réel. Il faut faire avec. Vous en trouverez partout.

– C'est bien pour cela que Lenard est un tel problème. Il cautionne les plus bas instincts de la populace, reprit Bohr.

– J'en ai par-dessus la tête de la politique. Et de ces ignares. » Hevesy avait retrouvé toute son amertume. « C'est pour cela que je suis dans ce train. Grâce à Dieu, il reste encore quelques pays civilisés. »

Les sautes d'humeur de son ami ne laissaient pas d'inquiéter Bohr. Il avait du mal à faire correspondre cet homme aigre avec le garçon excentrique qu'il avait naguère connu à Manchester. « Allons, Hevesy, haut les cœurs ! Ce dont tu as besoin, c'est de te mettre au travail pour de bon », dit-il espérant que cela suffirait effectivement. Hevesy leva les yeux. Il scruta le visage de Bohr. Il y cherchait manifestement quelque chose, qu'il trouva, sans doute, puisqu'il répondit tranquillement, comme résigné : « Tu ne peux pas imaginer à quel point j'ai envie d'arriver et de m'installer. Il y a tant à faire. »

*Trois explications du monde*

Copenhague, 3 mars 1921

Le bâtiment n'avait pas attendu son inauguration officielle pour rassembler les chercheurs et lancer ses activités, si bien que quand les dignitaires se rassemblèrent pour dévoiler une petite plaque de cuivre, non seulement les plâtres étaient essuyés depuis plusieurs mois, mais l'affaire était même florissante. Il ne manquait au nouveau bâtiment, grandiose, mais fonctionnel, que son nom de baptême, gravé en caractères austères : Universitetets Institut for Teoretisk Fysik.

Pour Bohr, ce devait être le plus beau jour de sa vie, l'aboutissement de ses rêves. C'était aussi un véritable calvaire, qu'il espérait voir s'achever au plus vite. Un immense sentiment de soulagement l'envahit, qu'il essaya de dissimuler tant bien que mal, quand il apprit que le Premier ministre avait un empêchement. Mais le ministre de l'Éducation était là, et ce serait déjà une séance de torture de lire son discours pour lui ainsi que pour les journalistes et les photographes venus en foule. L'inauguration de l'Institut était un gros événement pour un petit pays. Il admettait que cela fît de lui un personnage important – mais son malaise n'avait pas d'autre origine. Il n'avait jamais vraiment cherché à être autre chose qu'un physicien en exercice.

Margrethe lui avait fait faire un nouveau costume pour l'occasion, et il avait beau avoir coûté une petite fortune, la seule pensée qui lui vint à l'esprit, quand il se retrouva debout devant son large public sagement assis, était que le costume ne lui allait pas. Il parcourut des yeux l'amphithéâtre. Le visage tout sourire de Hevesy ne lui fut d'aucun secours. Puis il vit son frère Harald lui faire un clin d'œil et le geste qu'ils avaient inventé dans leur enfance comme une façon bien à eux, presque secrète, de se saluer. C'était l'encouragement dont il avait besoin. Il s'éclaircit la gorge et commença : « Ce bâtiment a été conçu, comme son nom l'indique, pour être un institut de phy-

305

sique théorique, c'est-à-dire pour offrir à ce pays un lieu où la physique théorique serait étudiée et enseignée. » Bohr, qui n'était pas homme à utiliser les mots à la légère, pensa que celui de « physique » avait besoin d'être défini : « Sous le terme de "physique", nous comprenons la science des phénomènes de la nature…

– Au fait maintenant, Niels, murmura Harald. Évite la condescendance.

– … ou, plus spécifiquement, le sujet qui traite des lois générales valables pour la nature non organique. »

« C'est mieux, songea Harald, mais est-ce vrai ? » L'orateur, emballé par son sujet, oublia ses inhibitions. Presque. « J'en viens au fait. Deux formes de recherche se sont révélées efficaces, en physique. Dans certains cas, les savants ont pu mettre au point des expériences pour consulter directement la nature. Dans d'autres cas, notre connaissance des lois de la nature s'est affinée grâce à une approche plus philosophique ou, si vous préférez, plus théorique, enracinée dans l'espoir commun à toute l'humanité qu'il est possible de "comprendre" les phénomènes naturels… » À la manière dont Niels prononça le mot « comprendre », Harald savait qu'une autre définition allait suivre. Il ne serait pas déçu. « … comprendre les phénomènes, c'est-à-dire trouver des lois générales simples permettant d'en rendre compte. Ces deux méthodes ne sont pourtant pas aussi différentes qu'elles peuvent le paraître de prime abord ; en fait, la pensée philosophique constitue le fondement des recherches expérimentales puisqu'il est nécessaire d'avoir une idée des questions à poser à la nature pour avoir l'espoir d'obtenir des réponses fécondes. C'est en considération de ce fait qu'en anglais, c'est l'expression *natural philosophy* qui sert à désigner l'ensemble des études physiques. » Au moment où il prononça cette formule quasi talismanique, Bohr décocha un regard à Hevesy, cherchant confirmation de la part de celui qui avait été, à Manchester, le témoin de ses spéculations. « Néanmoins, continua-t-il après avoir recueilli sur les lèvres du Hongrois le plus pâle des sourires, au fil du temps, la physique, en progressant, a dû multiplier son matériau expérimental ainsi que développer les édifices théoriques, dans des proportions telles qu'inévitablement, il est devenu de plus en plus difficile pour un seul homme de maîtriser les différents champs. » Bohr mentionna alors certains des maîtres dont le nom s'imposait en la circonstance, puis il énuméra les principaux donateurs, qu'il remercia avec l'expression de sa profonde gratitude, tout en s'arrangeant pour faire bien comprendre à son public qu'il n'y avait jamais assez d'argent. « Les autorités ont doublé leurs subventions pour les équipements techniques, dont le coût avait été estimé sur la base des prix en vigueur avant la guerre. Il est avéré depuis longtemps que nous aurons des difficultés insurmontables à cause de la détérioration du taux de change... » Il touchait là un problème dont Hevesy était conscient, et pour cause, mais Bohr, comme toujours, voulait s'assurer que tout le monde avait bien saisi : « Car le prix de l'équipement commandé en Angleterre a grimpé en proportion de la chute de la couronne danoise. »

Après les problèmes financiers, Bohr revint aux hommes et cita certains maîtres, d'un domaine de spécialité à l'autre, avant de présenter Franck, de Göttingen, assis à côté de son frère Harald. « L'Institut est heureux d'avoir pu inviter le professeur Franck, qui nous mettra au courant des résultats de ses importantes recherches, nous aidera à agencer l'Institut et nous expliquera les méthodes expérimentales qu'il a développées. » Bohr passa ensuite à ce qui lui tenait le plus à cœur, non sans jeter un coup d'œil appuyé à Hevesy. L'Institut développerait sans doute plusieurs champs de recherche, mais « par-dessus tout, l'étude des éléments radioactifs. Vous savez tous que le génial explorateur des sciences de la nature, Sir Ernest Rutherford... – il s'interrompit pour souligner ses mots –, qui compte parmi les plus grands physiciens de tous les temps, a montré comment il est possible, à partir de telles études, d'acquérir une connaissance directe sur la composition des atomes. Vous êtes nombreux ici à avoir eu la chance de pouvoir entendre Sir Ernest Rutherford en personne parler de ces travaux de recherche dans les conférences qu'il a données à l'université, au mois de septembre dernier. Nous avons caressé l'espoir, au début, de voir ce laboratoire terminé assez tôt pour que son inauguration ait lieu pendant sa visite, ce qui bien sûr nous aurait comblés. » Bohr ne pouvait pardonner que des délais multiples aient repoussé de semaine en semaine la finition du bâtiment, de telle sorte que le travail de recherche en avait souffert ; mais surtout l'Institut avait raté l'occasion d'être inauguré par Rutherford. « Nous avons dû y renoncer. Mais nous sommes heureux d'avoir aujourd'hui avec nous un autre représentant des savants qui se sont consacrés corps et âme à la radioactivité, un homme qui a lui-même conduit d'importants travaux de recherche dans ce champ, le professeur Hevesy de Budapest. » Hevesy, mal à l'aise à son tour, rougit quand il sentit que d'innombrables paires d'yeux se braquaient sur lui. Heureusement, Bohr le libéra en passant immédiatement au dernier point de son discours.

« Il est dans la nature des recherches scientifiques que nul n'ose faire des promesses d'avenir définitives. Nous devons être prêts à admettre que, sur la route dont nous pouvons croire, à ce moment, qu'elle est ouverte et aisée, des obstacles s'amoncellent au point qu'il faudra des idées complètement neuves pour les surmonter. » Enfin il leva les yeux de ses notes pour exprimer sa dernière pensée : « Je voudrais, pour terminer mon propos, exprimer l'espoir que cet Institut sera un lieu où, avec le temps, de nombreux passionnés de la science physique obtiendront des conseils dans leurs recherches et une aide pour qu'ils apportent leur propre contribution à l'avancement de notre compréhension de la nature. »

Ainsi parla le prophète de Copenhague.

## Trois explications du monde

Elseneur, 21 mai 1921

La campagne danoise acquiert une patine magique au mois de mai, quand les farouches dieux du Nord se replient dans leur retraite polaire, permettant aux frivoles divinités du Sud de restaurer leur souveraineté. La route vers Elseneur donna maintes occasions à Niels Bohr de faire admirer son pays à sa passagère, Lise Meitner.

« L'orgueil est un péché, le nationalisme est un fléau, mais quand je vois mon pays au printemps, je crois bien que je succombe aux deux, admit Bohr.

– C'est merveilleux, vraiment, accorda Mlle Meitner. J'aimerais tellement avoir le temps de rester plus longtemps.

– Vous devriez le prendre, Lise. » Bohr jeta un coup d'œil sur elle. « Vous êtes à la limite du surmenage. Croyez-moi, je le sais. Je l'ai remarqué tout de suite. Tandis que Hevesy…

– Il a dépassé la limite, lui, c'est cela ? demanda-t-elle.

– Ce n'est que partiellement vrai. » Bohr réfléchit quelques instants. « C'est peut-être même complètement faux. Je ne suis pas un expert en la matière, mais je crois bien qu'il y a quelque chose de plus profond.

– Il va si mal que ça ?

– Il est anormalement déprimé. Il ne dort pas. Il a perdu beaucoup de poids. Mais comme vous allez le voir vous-même, il est toujours charmant avec ses visiteurs, toujours parfait gentleman. » Bohr négocia un virage avec plus de brio que d'adresse. Il roulait trop vite. « Il est facile de voir quand on abuse de l'hospitalité de quelqu'un. Il a des absences, il semble glisser dans un autre monde, ou bien c'est au contraire une sorte de nervosité extrême qui le gagne, et il se met à gigoter.

– Mais est-ce qu'il se soigne ? demanda Lise Meitner. Je veux parler d'une psychanalyse. C'est devenu presque une mode de nos jours.

309

— Non. Il dit qu'il retournera peut-être en Hongrie quand il sera en état de voyager et qu'il consultera sur place quelqu'un qu'il connaît, un vieil ami. »

Ils entrèrent dans Elseneur par le sud et roulèrent le long des quais où le marché aux poissons du matin était en train d'être remballé. Après le dernier virage, le château apparut. Dominant le promontoire, il menaçait, sombre et lourd de présages funestes.

« Magnifique, murmura Lise Meitner. On verrait presque Hamlet arpentant les remparts.

— "Le pouvoir de la beauté changera la vertu en maquerelle bien avant que la force de la vertu n'ait fait la beauté à son image. Dans le temps, c'était un paradoxe ; mais notre époque en apporte la preuve", récita Bohr.

— Vous aimez les paradoxes, n'est-ce pas ?

— "Je vous ai vraiment aimée jadis", poursuivit-il.

— Voilà qui est très certainement un paradoxe ! Mon prince du Danemark.

— Dans la réplique suivante, il lui enjoint avec ferveur d'"entrer au couvent", mais je pense que cela ne s'accorde guère à votre personnage.

— Alors vous pensez que mon baptême n'est pas franchement *kasher*... ! » dit-elle en riant.

Il sourit un instant ; puis, comme ils s'approchaient de l'enceinte des Kuranstalten Montebello, la bonne humeur de Bohr se dissipa. « "Ferme les portes sur lui, qu'il ne fasse pas le pitre ailleurs que dans sa propre maison !" » murmura-t-il.


Elseneur, 22 mai 1921


Les nuits étaient horribles, mais l'aurore était pire. Nuit après nuit, il s'effondrait à deux ou trois heures du matin, sombrait

une demi-heure ou une heure entière dans un sommeil coma-
teux, puis se réveillait dans un soubresaut. C'était là que commençait la véritable torture : un chaos aberrant, atroce,
inextricable. Il tombait dans un sommeil de plomb, qui durait
cependant moins d'une minute. Il se réveillait alors dans un
soubresaut violent, un spasme convulsif. Et la transition entre le
sommeil le plus profond et l'état éveillé, presque sur le qui-vive,
envahi d'une terreur indéfinissable, durait à peine plus d'une
seconde. Son âme était le théâtre d'une guerre sans merci entre
une avalanche d'images confuses et des pensées rationnelles qui
se livraient une lutte à mort pour retenir son attention. Des
vagues de peur et de solitude crucifiante déferlaient sur lui à
l'infini, et pourtant en moins d'une minute une torpeur léthargique le terrassait à nouveau. Il ne se rendait compte de cette
nouvelle plongée dans les profonds abysses du sommeil que
quand il se réveillait tout soudain, terrorisé, au bout de quelques
instants. Ces cycles qui se succédaient pendant des heures
l'exténuaient physiquement et le saignaient à blanc émotionnellement. Il savait que la meilleure chose à faire était pour lui de
se réveiller complètement et de se lever mais, avant d'être en état
de le faire, il était submergé par une crise de sommeil intermit-
tent, qui l'anéantissait irrésistiblement. Avec un peu de chance,
au bout de deux ou trois heures de cette torture, il réussissait à
se mettre debout, à enfiler sa robe de chambre et à tourner en
rond dans sa chambre. Puis, après l'aube, il pouvait se rendor-
mir d'un sommeil paisible et détendu d'environ une heure. Seul
ce court répit autour de l'aurore lui permettait de tenir. Mais ce
repos éphémère n'était que l'éclaircie avant la tempête. Son
sommeil épuisé, sans rêves, était envahi d'images confuses et
terrifiantes qui s'y bousculaient. Poursuivi, persécuté, sans toit,
sans famille, il était dépossédé du dernier de ses biens, son moi.
Et là il n'y avait nulle part où aller, nulle part où s'enfuir, nulle
part où se cacher. Quelque chose en lui savait que ce n'était
qu'un rêve, un cauchemar, mais cette évidence ne soulageait pas
sa détresse. Il essayait désespérément de se réveiller, en vain.

L'incapacité à seulement se réveiller ajoutait encore à sa terreur. Pourtant le pire était encore à venir. Au bout de quelques heures de ce sommeil lourd, il se réveillait à moitié et ouvrait les yeux. Pour les refermer immédiatement. Son angoisse, ses peurs, sa panique qui s'emballait revenaient dans un raz-de-marée qui le renversait et l'écrasait sous son poids. Il était terrifié de se réveiller, pétrifié par les horreurs indicibles qui l'attendaient dehors. Incapable de contrôler son angoisse, il tirait la couverture sur sa tête comme un enfant effrayé et, dans un tremblement frénétique, tentait de se forcer à retrouver le sommeil qu'il avait si fortement essayé de fuir à peine quelques minutes plus tôt. En vertu de cet effort surhumain ou peut-être malgré lui, le sommeil s'abattait sur lui et avec lui les cauchemars, ces cauchemars auxquels il devait échapper à tout prix. Il s'éveillait, tremblait, paniquait, puis perdait conscience, et ne pouvait que répéter encore et encore le même cycle.

Puis – et cela tous les matins –, tout changeait. Il était réveillé et sentait la terreur s'écouler hors de son corps comme une saignée. C'était une sensation très physique. Cela commençait en haut, non pas au niveau de sa tête, mais dans ses épaules, ou peut-être dans sa poitrine, et cela progressait à travers son corps, de haut en bas. L'homme de science qu'il n'en demeurait pas moins avait plusieurs fois mesuré la durée du phénomène en comptant tout haut, ou bien en se forçant à réciter un poème pour voir jusqu'à quel vers il réussissait à aller. Il suffisait de trois ou quatre minutes pour que tous ses démons s'en allassent, le laissant absolument fourbu, dans un état d'abattement et de désespoir.

Il se levait, incapable de comprendre ce qui le terrorisait, ou pourquoi il s'infligeait cette punition. Pourtant il savait que la nuit et l'aurore suivantes seraient en tous points pareilles, comme l'avaient été les cent précédentes. Il se lavait et se rasait très lentement, avec une attention exceptionnelle. Son visage demeurait totalement inexpressif – mais il ne s'en rendait pas compte, car quand il regardait dans le miroir, il ne voyait que

312

ses pensées. Il se rasait minutieusement, de très près, sans jamais se couper, sans jamais empiéter sur le pré carré de sa moustache. Il aurait voulu que le moment de la toilette ne fût jamais fini. Il lui semblait que c'était la seule partie de la journée qui avait un peu de consistance, son seul point positif, sa seule réussite. Tandis qu'il était occupé à s'émonder à fleur de peau le visage, il sentait en lui plus de paix intérieure – aussi infime fût-elle – qu'à aucun autre moment.

Les yeux dans le vague et pourtant posés sur le miroir, il se demandait s'il avait jamais été heureux. Il pensait que non. Pourtant la question lui paraissait vide de sens. Ou peut-être l'avait-il été... Une fois. Pas pendant son enfance. Certainement pas à l'armée. Ni pendant ses études... Alors quand ?... À Manchester ! L'âge d'or. Pas un nuage dans cet horizon, même s'il semblait pleuvoir à longueur de temps.

Soudain il s'écria : « Rutherford ! » Il allait écrire à Papa ! Maintenant, tout de suite. Mais que lui dirait-il ? Il ne pouvait pas lui écrire ce qu'il voudrait vraiment. Non. Sir Ernest et ses « vous délirez, jeune homme », comment réagirait-il s'il savait ? Ferait-il preuve de compassion et d'amour, ou d'incrédulité et de dégoût ? Ou, pis encore, de pitié ? Mais il devait écrire. Il s'y sentait obligé, poussé par quelque chose de plus fort que lui.

Le papier à lettres à en-tête était blasonné des armoiries de la clinique : *Kuranstalten Montebello, Elseneur.* Il griffonna la date dans le coin à droite : *22 mai 1921.*

*Cher Sir Ernest,* traça-t-il d'une écriture bien formée.

*Je passe de courtes vacances dans ce très bel endroit et je profite de l'occasion pour vous adresser mes meilleurs souvenirs. Hier le Prof. Bohr m'a rendu visite avec Mlle Meitner, qui était justement en route pour Berlin.*

Comment continuer ? Il n'allait pas décrire leur visite. Trop pénible. N'était-il pas étonnant de voir comment les gens semblent soudainement perdus, incapables d'aligner trois mots et ne sachant même plus quelle contenance prendre ? Et leur pitié rend les choses encore plus difficiles. Il devait dire trois mots de sa recherche sur l'isotope du mercure. C'était exactement le genre de chose qui intéresserait Sir Ernest...

*Le nouvel institut de Bohr a tout pour plaire*

Alors pourquoi était-il ici à Montebello ?

*bien construit et avec de beaux équipements.*

Il devait écrire quelque chose d'un peu consistant. Mais quoi ? Comment ?

*Malheureusement*

Oui, malheureusement. Malheureusement il n'avait pas la volonté de vivre. Malheureusement il n'avait pas la force de mourir.

*Malheureusement Bohr n'est pas au meilleur de sa santé*

« Espèce de lâche ! Vas-y donc ! » se dit-il pour se motiver.

*et je suis moi-même malade depuis un certain temps.*

C'était dit. Mais pas un mot de plus. Cela suffirait.

*La situation en Hongrie s'est un peu améliorée*

Un sujet sans risques.

*de même que la valeur de notre monnaie, même si elle n'a encore que 2,5 % de sa valeur d'avant-guerre. Mais la situation en Autriche se présente malheureusement très mal, et les perspectives d'avenir ne sont pas moins sombres...*

Ce sanctuaire qu'est la politique ! Se cacher dans le blabla social. C'était il y a si longtemps !

*Tant d'années ont passé... depuis que j'ai eu le plaisir de voir pour la dernière fois Lady Rutherford et Mlle Rutherford, que j'ai bien peur qu'elles aient oublié jusqu'à mon nom. Je vous prie néanmoins très humblement de bien vouloir me rappeler au bon souvenir de ces deux dames. Avec mes meilleures salutations,*

*Très sincèrement vôtre,*

*G. Hevesy*

Il sécha l'encre avec un buvard, lentement, soigneusement, mais ne fit pas un mouvement pour se lever de la table. Il demeura assis, l'œil fixé sur la feuille, le regard perdu dans le vague, ne voyant ni son écriture élégante, ni la lettre, ni le bureau, ni la pièce, qui, pour lui, n'étaient plus là. Une résignation passive, un vide d'âme.

Göttingen, octobre 1921

La situation en Hongrie s'était lentement améliorée ces derniers mois – les choses auraient difficilement pu empirer –, mais j'étais content de partir. Malheureusement, la plus grande partie de mon voyage était déjà derrière moi, même si je l'avais fait durer autant que possible. Quelques jours à Göttingen, puis une étape à Berlin, suivie d'une semaine avec le professeur à Vienne, une petite virée décidément plaisante. Mais Göttingen, ou plutôt le temps que j'y passai avec Lou Andreas-Salomé, fut le point culminant de mon voyage. En dehors de Gizella, elle était la seule, parmi mes relations féminines, qui me mît au défi intellectuellement. Lou utilisait la joute cérébrale comme une forme de séduction, Gizella comme une forme de tendresse. L'une prenait, l'autre donnait. L'esprit de Lou, pur diamant, brillait de plus de feux que celui de Gizella, et comme séductrice elle éclipsait toute autre personne que j'aie rencontrée – à l'exception d'Elma peut-être. Mais Elma était à peine plus qu'une enfant, alors que Lou avait plus de soixante ans. Peutêtre était-ce l'aura des hommes dont elle avait fait ses esclaves, Nietzsche, Rilke et notre cher Papa, qui la rendait si fascinante, mais je crois bien que là n'était pas la véritable raison. Freud, comme moi, était follement épris quoique, physiquement, sa relation avec le professeur comme avec moi ne fût pas allée audelà d'un chaste enlacement et d'un baiser sur la joue. Et pourtant j'étais dévoré de jalousie à la pensée des hommes de moindre envergure qu'elle avait mis dans son lit. Elle le savait et s'en servait pour me taquiner. Je pense que tout le monde était amoureux d'elle. Y compris les femmes.

Elle vint me chercher à la gare, et nous traversâmes la ville en taxi, pour aller, à l'est, à Herdsberger Landstrasse, en haut du Hainberg. Lou vivait là dans une grande villa très confortable qui me rappela celle de mon vieil ami Toni Freund, dans un cadre plus sylvestre cependant. La grande forêt primitive allemande s'invitait en haut de son jardin tandis qu'en bas de la colline, une vue spectaculaire de la vieille ville de Göttingen faisait les délices du visiteur. Elle avait appelé sa villa « Lou-Paix », ou « Lou-Fried », et de fait c'était là qu'elle trouvait sa paix céleste. Une âme heureuse.

Quand nous fûmes entrés, elle me montra une énorme pièce, entre salon, bureau et cabinet de consultation. Elle n'était pas en mal de patients. La moitié des universitaires de Göttingen étaient en analyse avec elle[1]. Cet immense espace n'était, à l'exception d'un mur, que baie vitrée, pour mettre en valeur la vue théâtrale ; s'y entassaient une foule de souvenirs d'une vie fertile en événements : livres, dessins, photographies, en un formidable bric-à-brac. Pourtant elle n'était pas femme à vivre dans le passé, au contraire. Elle était absorbée dans le moment présent et attendait avec impatience l'aventure du lendemain, qu'elle anticipait. Elle était admirable. Elle me faisait sentir qu'il y avait quelque chose en moi qui n'allait pas bien, que je ratais quelque chose...

Rien ne signalait l'existence du professeur Andreas. Il avait pris sa retraite universitaire depuis plusieurs années – il avait été titulaire d'une chaire d'histoire des langues asiatiques ou quelque chose dans ce genre –, mais il réussissait à trouver le moyen de ne pas encombrer son épouse. On disait que leur mariage n'avait jamais été consommé, mais qu'elle avait une grande affection pour lui. Ma chère Lou était disposée à coucher avec

---

1. Walter Elsasser par exemple.

tout le monde sauf avec son mari, semblait-il. Ou peut-être cela n'était-il qu'une rumeur diffusée par des admirateurs jaloux. Comment savoir ?

Ce furent trois jours de conversation à bâtons rompus. Il nous arriva quelquefois d'aller nous promener dans le parc, ou de pousser jusqu'à un salon de thé, mais le seul objectif de ces divertissements était de faciliter le flot des mots, l'échange des pensées, le choc des idées. Nous eûmes des discussions passionnées sur l'homosexualité. C'était un domaine que je connaissais intimement et sur lequel j'avais travaillé pendant des années. J'étais certain d'avoir quelque intelligence du phénomène, et pour cause, mais aussi pour d'autres raisons : au fil des années, j'avais publié de nombreux articles sur le thème – je crois même que Freud me considérait un peu comme un expert. J'avais mis en évidence il y a longtemps le rôle crucial que les sentiments homosexuels refoulés peuvent jouer dans la névrose. Pendant des années, j'avais été d'avis que la paranoïa n'était que de l'homosexualité déguisée. Lou, qui trouvait cette interprétation sujette à caution, n'était pas disposée à l'admettre sans argument. Ou plutôt, sans être franchement en désaccord, elle voulait plier mes idées à ses propres conceptions.

C'était l'homosexualité féminine qui l'intéressait d'abord et avant tout. Elle se sentait très à l'aise pour aborder le sujet avec moi, me dit-elle, parce que j'étais le seul de notre cercle à l'avoir traitée avec compréhension et compassion. Elle racontait souvent à ses amis ce récit que je lui avais fait d'une de mes patientes qui, persécutée, ostracisée et rejetée par tous, ne connut jamais l'amour de toute sa lamentable existence, excepté pendant une brève période qui prit fin quand sa partenaire féminine la quitta pour un homme. Cette malheureuse femme, surprise en habits d'homme, avait fait plusieurs séjours en prison, mais il lui était également arrivé d'être interpellée quand elle portait les vêtements de son sexe parce qu'à cause de son allure et de son comportement masculins, on la prenait pour un homme travesti en femme. Pour finir, la police décida qu'elle créerait moins de trouble à l'ordre public si elle était habillée en homme et, sur ma recommandation, lui fournit un permis spécifique qui lui permettait de s'habiller de façon « illégale ».

Lou me soumit une étude fascinante démontrant que la majorité des fillettes prenaient plaisir à battre leurs poupées, et quand elles en possédaient plusieurs, comme la plupart du temps, c'était toujours le châtiment de la poupée favorite qui donnait le plus de plaisir. Le plus révélateur était que les petites filles imaginaient que les coups donnaient aussi du plaisir aux poupées. Du point de vue de Lou, cela démontrait que le masochisme et le sadisme avaient les mêmes racines, une seule et même identité originaire dans le Pas-Encore-Être-Soi, et ne se différencieraient que plus tard, au cours du développement normal. Comme toujours, j'insistai sur le fait que le lien entre la mère et l'enfant était la toute première relation d'amour, et que l'émergence du sadisme et du masochisme était à rapporter aux discontinuités qui avaient affecté cette relation primitive.

La plupart de nos discussions étaient de cette nature. Nous n'étions ni d'accord ni en désaccord, mais nous avions tendance à voir les phénomènes par des prismes différents, si bien qu'une fois emboîtées, nos deux visions en donnaient un tableau à peu près complet, propre à nous satisfaire l'un et l'autre. De l'autre côté, Lou avait un talent sans égal pour me déstabiliser. Non qu'elle eût l'intention de me plonger dans la détresse, mais la combinaison de son regard pénétrant et de sa description franche et sans détour de ce qu'elle voyait et de ce qu'elle pensait avait souvent cet effet sur moi. Ce fut après cette discussion sur le développement des tendances sadomasochistes qu'elle remarqua : « Je comprends enfin pourquoi vous êtes le meilleur analyste que je connaisse. » Je fus surpris d'apprendre qu'elle me tenait pour le meilleur. J'eus une réaction de méfiance et lui exprimai mes doutes, me demandant tout haut ce que « meilleur » pouvait signifier dans ce contexte. Elle me confirma sa pensée qui, dit-elle, se fondait notamment sur des critères de compassion, d'amour, de considération, voire de sympathie.

Cela m'étonna un peu, car même si j'avais déjà entendu de la bouche de certains patients que je possédais ces qualités, il est souvent difficile de savoir ce que l'on doit conclure de leurs paroles polies et reconnaissantes. Lou revint à la charge en affirmant qu'elle était plus convaincue que jamais de ma supériorité. Naturellement, je fus curieux d'entendre son explication, que je fusse ou non d'accord. Eh bien, elle décréta que mes talents d'analyste résultaient de mon masochisme effréné. Je jouissais d'ouvrir mon âme à mes patients pour qu'ils puissent y déposer leurs problèmes. Les patients savaient quant à eux que je réagirais à leurs problèmes avec une compassion née de mon acceptation empressée de leur douleur. La cause profonde de mon masochisme ? Il fallait la chercher dans ma relation difficile avec ma mère ; ma soif inextinguible de plus d'amour était un substitut à l'affection dont j'avais un besoin maladif, mais que je n'avais pas reçue de ma mère. Inutile de dire que Lou connaissait dans ses moindres détails l'histoire de mon enfance à Miskolc, entre mes frères et mes sœurs assez nombreux pour constituer une équipe de football. Elle appliquait ma théorie à ma propre histoire, et, malheureusement, elle s'approcha de trop près de la vérité. Malheureusement parce que je n'y étais pas prêt, et malheureusement aussi parce que je sentis que sa découverte pourrait causer du tort à notre amitié. Mais il y avait autre chose. Elle alla jusqu'à inclure ma relation avec le professeur dans la liste des arguments en faveur de mon masochisme. Elle avait une certaine compréhension pour mon rôle de fils aimant, dit-elle. Si elle avait été un homme, elle se serait sentie tenue d'accepter le même rôle, au lieu de sa position d'épouse de substitution. Mais, insista-t-elle, le prix à payer était excessif. Ma production intellectuelle en pâtissait, mon rôle de philosophe en prenait un coup et même ma position de mystique et d'adepte des choses psychiques était à la merci des déclarations du professeur.

Je ne trouvai rien à répondre. Je changeai de sujet. Elle comprit et m'accompagna dans mon échappatoire.

« Je dois vous parler de nos dernières expériences de transmission de pensée, dis-je avec un enthousiasme feint. Le professeur Freud, Anna et moi avons eu d'excellents résultats. Je
réussis remarquablement à lire leurs pensées à l'un et à l'autre.
Anna a aussi très bien réussi à lire les miennes, mais s'est totalement emberlificotée quand il s'est agi du professeur. Vous
auriez dû voir son embarras. C'était à soi seul une preuve suffisante. Quant à Freud, son taux de réussite a été vraiment minable, surtout quand il a dû lire les pensées d'Anna. Mais je dois
vous dire qu'à mon humble avis, il simulait. Il n'a simplement
pas voulu dire tout haut ce qu'il avait découvert. Pas en ma présence.

— Peut-être devrions-nous organiser une séance lors de mon
prochain séjour à Vienne, suggéra Lou. J'aimerais bien faire
l'expérience sur moi.

— Mais c'est une expérience que vous faites constamment,
soulignai-je. La transmission entre le patient et l'analyste, la
communication tacite du divan à la chaise et de la chaise au
divan, le dialogue entre deux inconscients — on ne peut pas se
tromper sur ce qui se passe. Qu'est-ce d'autre que de la transmission de pensée ? »

Loin de rejeter mes idées, elle exprima quelques réserves
constructives. « Il est incontestable que l'analyse implique une
forme de communication au-delà de ce qui est dit, affirma-
t-elle. Mais on peut imaginer qu'elle emprunte d'autres canaux,
sans nécessairement conclure à un phénomène de transmission
de pensée. Dès que deux individus sont dans la même pièce,
même s'ils ne se voient pas, ils s'entendent, se sentent, se per-
çoivent, se devinent. C'est de cela qu'il peut s'agir.

— Peut-être, mais ce n'est pas le cas, insistai-je. Ce qui a lieu
alors, je le sais, vous le savez et je crois que tout le monde le sait,
c'est de la transmission de pensée, la fusion des inconscients de
deux personnes. Ce qui relève de l'expérience personnelle,
vécue, se passe de toute preuve : c'est une évidence. Je n'ai pas
besoin de preuve de ce que je suis en train de penser. Ma pensée

est une preuve suffisante de ce que je suis en train de penser. Il en va de même pour la transmission de pensée. Le fait que j'en fasse l'expérience est une preuve suffisante pour moi. Ce qui arrive cependant à la plupart des gens, c'est qu'après coup, leur rationalité, renforcée par leur éducation, et l'intellectualisme qui leur a été inculqué dans leur plus jeune âge prennent le dessus, si bien qu'ils se convainquent eux-mêmes, progressivement, que cette expérience ne s'est pas produite, mais qu'ils l'ont imaginée. Ou bien qu'elle était due à quelque phénomène tout aussi tiré par les cheveux, mais fondé sur des réalités physiques, comme l'odeur ou tout ce que vous voudrez. Les gens comme nous, qui sont ouverts aux faits, les véritables scientifiques si vous préférez, n'ont pas besoin d'être convaincus. Nous savons par notre expérience personnelle la vérité de ce que je décris. C'est quand nous essayons de convaincre les sceptiques que la tâche devient ardue, voire vouée à l'échec. Ceux qui rejettent les preuves de première main dont ils disposent, à l'intérieur d'eux-mêmes, ne sauraient être convaincus par des moyens extérieurs quels qu'ils soient. »

Elle était un peu décontenancée par cette explosion. « Qu'en pense le professeur ? demanda-t-elle.

— Il n'est pas homme à rejeter les preuves qu'il trouve au fond de lui. Bien au contraire. Il sait que la transmission de pensée est un phénomène réel. Il pense que c'est physiologique plus que psychologique. Mais il est aussi convaincu que si son opinion venait à être connue du public, la psychanalyse en souffrirait, donc il la garde pour lui. La plupart du temps.

— La plupart du temps ?

— Oui, c'est-à-dire pas toujours. Il a fait un exposé devant le Comité le mois dernier, mais il hésite à publier. Quoiqu'il sache en son for intérieur que les phénomènes sont réels, toute sa formation lui dit qu'il doit ignorer ce dont il sait que c'est la vérité. Sa propre discipline analytique, qu'il ne cesse de renforcer, lui interdit d'écarter une découverte majeure qu'il fait en lui-même, mais il craint pour la réputation de la psychanalyse.

Donc il vacille. C'est le seul domaine dans lequel il manque étonnamment du courage de ses convictions.

– Ou l'inverse. Ce sont ses convictions scientifiques, courageuses s'il en est, qui l'empêchent de se ridiculiser, ajouta Lou. Mais sur quoi porte son papier ?

– Il décrit plusieurs cas, que je connais depuis plusieurs années, de personnes demandant à des médiums de leur prédire l'avenir. Or, curieusement, le médium produit, sous l'étiquette ronflante de "prophéties", soit des éléments du passé dont il ne pouvait avoir la connaissance, soit, de façon plus révélatrice, des désirs et fantasmes secrets de la personne. Il est évident que ses pensées intimes, des souvenirs dans un cas, des désirs ardents dans l'autre, ont été transmises au médium qui les a exprimées en termes de prédictions.

– C'est votre opinion personnelle ou celle du professeur ?

– Les deux. C'est ce que je pense, mais c'est aussi l'explication qu'il en donne.

– Vous le faites passer pour un médium.

– Non, pas pour un médium. Mais je peux vous dire la chose suivante : il m'a dit que, s'il avait sa vie à revivre, il se consacrerait à la recherche psychique plutôt qu'à la psychanalyse… »

Elle soupira.

« Le monde serait bien plus pauvre dans ce cas !

– Peut-être… Ou bien plus riche… »


Il y eut un second nuage dans le ciel encore serein de notre relation : Lou s'attachait à décrire son rôle auprès du professeur comme celui d'une épouse de substitution quand je m'écriai : « Cela fait de vous ma mère de substitution ! Moi qui attendais avec une telle impatience de devenir votre amant ! » Je ne plaisantais qu'à moitié. Elle rit cependant. « Vous n'êtes qu'un bébé. J'ai douze ans de plus que vous. Pour autant, continua-t-elle avec un sourire espiègle, je dois admettre que vous avez épousé votre autre mère de substitution.

– Vous voyez ! » dis-je d'un ton triomphal. Et je lui fis le baisemain le plus théâtral qui fût.

« Merci, monsieur, dit-elle d'un petit air modeste, grâce à vous ma vie est devenue supportable. Sinon c'est tellement difficile d'être toujours le substitut en second.

– Après Gizella ?

– Nous sommes vos deux mères, oui, elle la première et moi la deuxième. Je joue encore ce rôle de second substitut, auprès du professeur, mais dans la catégorie des épouses, après Mlle Minna Bernays. »

Alors que ce sujet délicat aurait pu nous précipiter dans la tourmente, la famille Bernays s'invita inopinément dans notre conversation et nous offrit une diversion bienvenue. D'autant que j'étais parfaitement sincère quand je lui dis toute l'admiration qu'ils m'inspiraient. Ils excellaient dans tout ce qu'ils touchaient. Jacob Bernays, ancien professeur de philologie à Bonn, avait renouvelé l'interprétation du concept de catharsis qu'il rapporta à la médecine, en démontrant qu'Aristote lui-même l'avait envisagée comme une purgation ou une purification ; cette nouvelle lecture de la *Poétique* lui avait valu d'être reconnu à la fois par Breuer et par Freud comme le précurseur de leur méthode. Le frère de Jacob, Michael, avait été lui aussi un universitaire éminent, professeur de littérature allemande à Munich. Le troisième frère était un *ganzer macher* de la communauté juive de Zurich, et le quatrième pouvait prétendre à la gloire pour être le père de Martha Frau Freud et de la magnifique Minna, dont nous venions juste de parler. Je racontai à Lou quelques anecdotes que j'avais apprises de Freud sur le *hackham* Isaac Bernays, grand rabbin de Hambourg, un homme pétri de contradictions et sujet à controverses. Entre autres paradoxes, s'il dirigeait sa congrégation d'une main de fer, il n'en était pas moins un réformateur – il avait même été le premier des rabbins « modernes ». La tribu Bernays tenait bien de lui, tous autant qu'ils étaient, professeurs, hommes d'affaires et épouses freudiennes – de substitution et autres. Ne voulant pas être en reste, Lou me raconta l'histoire du frère du grand rabbin, Ferdinand. Ce Bernays-là était le lieutenant de ce fléau du siècle précédent et héros du Cercle Galilée qu'était Karl Marx. Marx et Ferdinand Bernays avaient été bannis ensemble et étaient supposés avoir fait ensemble de la prison. « Pour vous récompenser d'avoir été assez galant pour écouter cette histoire que vous avez probablement déjà entendue trente fois, je vais vous dire un secret. » Lou, baissant la voix, se mit à chuchoter. « Nous avons même un Bernays ici à Göttingen. Et on m'a dit qu'il était brillant, comme le reste de la tribu.

– Vous m'avez l'air jalouse. » C'était dans ma bouche déjà une accusation.

« Mais bien sûr que je suis jalouse ! s'écria-t-elle. La femme du professeur est une Bernays, sa première épouse de substitution est aussi une Bernays…

– Je croyais que nous en avions fini sur ce sujet ! » La moutarde me montait au nez. Je l'interrompis. « Parlez-moi du Bernays local.

– Un jeune homme charmant. Il a trente ans environ. Il est *Privatdozent* ici à l'université, et il me rend visite de temps à autre. Un arrière-petit-fils du rabbin. De la branche de Zurich, précisa-t-elle. Je l'ai rencontré par l'intermédiaire du professeur, naturellement. » Puis elle lança soudain : « Vous savez, je crois que je vais l'inviter à venir prendre le thé, comme ça vous pourrez le rencontrer. »

Je n'étais guère enthousiaste, mais il me semblait discourtois de ne pas accepter. C'est ainsi que je fis la connaissance de Paul Bernays le lendemain après-midi. À l'heure du thé, à l'anglaise. J'eus le plaisir de découvrir un jeune homme de belle prestance, qui avait de la conversation, une large culture livresque, des connaissances solides en musique et une grande érudition en langues classiques. En d'autres termes, l'après-midi s'avéra des plus plaisantes. Bien sûr, il prit des nouvelles de sa famille viennoise, qu'il rencontrait à l'occasion, mais bien moins souvent que moi. Il me demanda de transmettre son meilleur souvenir à ses deux tantes et au professeur, et de donner un baiser à Anna.

Paul Bernays était en poste à l'université depuis quelques années. Je fus ravi d'apprendre qu'il était mathématicien. Cela m'autorisait non seulement à l'assommer de mes idées sur la pensée mathématique, mais aussi à lui raconter quelques-unes des anecdotes les moins osées du Royal, concernant notre cher petit mathématicien local, Lipót Fejér. Hélas, Bernays s'intéressait plus à ce dernier qu'à mes brillantes spéculations. Comme par une pirouette du destin, Bernays occupait à Göttingen le poste qui avait été celui de Fejér vingt ans plus tôt comme assistant de l'immuable professeur Hilbert. Je lui demandai s'il connaissait le travail de Fejér. « Naturellement, me répondit-il, en particulier son théorème sur les séries de Fourier. » Je dois dire que je fus surpris d'apprendre que non seulement Fejér était internationalement connu, mais même qu'un théorème portait son nom. Au Royal, nous ne le considérions pas comme un des plus prestigieux habitués. Mais nous n'étions pas mathématiciens. J'expliquai à Bernays comment les Budapestois réussissaient à fondre littérature, science, théâtre et café dans un alliage indissoluble appelé le Royal. Je m'appuyais sur le fait que *Nyugat*, la revue littéraire étroitement liée à cette usine à penser qu'était notre café, avait répercuté la nomination de Fejér à la chaire de mathématiques. Bernays soutint cependant que cela n'avait rien d'exceptionnel. Un de ses collègues, Harald Bohr – oui, il était apparenté au physicien, c'était son frère – eh bien, son accession à la chaire de mathématiques de l'université de Copenhague avait été annoncée dans les pages sportives des journaux danois. J'étais sûr qu'il me faisait marcher, mais Bernays protesta : c'était la vérité vraie. Harald, qui avait été un membre de l'équipe de football danoise aux Jeux olympiques, était très connu et très apprécié, au niveau national, des adeptes du ballon rond, si bien que son élection au professorat était une nouvelle sportive qui méritait de trouver un écho dans son pays. Je ris et déclarai match nul, ce qu'il accepta de bonne grâce.

Ce fut avec une certaine fierté que je lui parlai de mon neveu, Jancsi Neumann, ancien Coquelet et véritable *Wunderkind*. J'avais l'intention de m'arrêter à Berlin lors de mon voyage de retour et, entre autres, d'appeler le garçon qui y poursuivait des études de chimie avec le grand professeur Haber, tout en faisant un doctorat en mathématiques à l'université de Budapest – ne me demandez pas comment. Bernays compatit immédiatement. Sa jeunesse avait été elle aussi tiraillée entre deux vocations, et il avait longuement hésité entre la science de l'ingénieur, « pratique », à laquelle allait la faveur de ses parents, et sa passion pour les mathématiques pures. La noblesse d'esprit du *hackham* Bernays, son arrière-grand-père dont il portait le prénom d'Isaac après celui de Paul, avait finalement eu raison du sens pratique de la génération intermédiaire, à savoir celle de son père, et de sa propre indécision. Paul Bernays n'avait donc qu'un conseil à donner à notre Jancsi : s'accorder un moment de pause et écouter son cœur. S'il lui murmurait de choisir les mathématiques, alors l'étape suivante était évidente. Car il n'y avait qu'un endroit au monde où devait se trouver un mathématicien en herbe, c'était Göttingen, avec Hilbert. Je protestai que Jancsi, du haut de ses dix-huit ans, était trop jeune pour prendre une telle décision, mais Bernays ne voulut rien savoir. Il insista pour que je passe le message à Jancsi, avec son offre de l'héberger quelques jours à Göttingen s'il avait envie de venir en reconnaissance. Je savais que Max Neumann ne me remercierait pas d'avoir arrangé ce contact, mais l'enthousiasme de Bernays était contagieux. Et, bien sûr, je n'ai jamais perdu mon admiration pour les sciences de l'esprit, que ce soit les mathématiques, la physique ou la psychanalyse. Je lui donnai ma parole au moins d'en discuter avec Jancsi.

L'occasion de nous rencontrer, Paul Bernays et moi, ne devait plus se représenter mais, environ un an plus tard, Lou me raconta un épisode qui le concernait. Anna Freud, avec laquelle

Lou était intime, eut de multiples occasions de séjourner à Lou-Fried. Sans doute le jeune Paul Bernays trouva-t-il sa cousine viennoise plutôt séduisante, car il l'emmena dans de nombreuses fêtes. Au retour d'une de ces soirées, Paul essaya d'embrasser Anna pour lui souhaiter bonne nuit d'une façon qui, aux yeux de la jeune femme, allait fondamentalement au-delà de ce qui s'entend entre cousins. Un bon point pour Paul, pensai-je. Choquée, Anna le remit à sa place sans équivoque. Pourtant, à la manière dont Paul raconta à son tour l'histoire à Lou, la réaction d'Anna était peut-être un peu plus sévère que ne le méritait un chaste baiser du soir.

Cet après-midi avec Paul Bernays devait être la dernière bonne journée de ma visite. Le lendemain matin, sans tambour ni trompette, Rilke s'introduisit entre nous à l'improviste. Non pas physiquement – peut-être cela aurait-il été plus facile –, mais par le biais d'une lettre au courrier du matin. Quand Lou ouvrit l'enveloppe et commença à lire, un effluve enchanté s'échappa de l'élégante calligraphie et la jeta dans une transe irrésistible, comme s'il en émanait une chaîne invisible qui la liait. À lui. Mon sentiment d'insécurité ne fit que croître au fur et à mesure que je la voyais parcourir la lettre. Que faire ? J'avais rencontré Rilke une fois – et j'espérais vivement ne jamais le revoir –, quand Lou lui avait demandé de l'accompagner à notre congrès international de Munich. Je n'arrivais pas à comprendre pourquoi elle l'avait invité. Ma relation avec Rilke, qui avait commencé sous de mauvais auspices, ne fit par la suite que se dégrader toujours davantage. Je n'aimais pas cet homme, un point c'est tout. Mais assez curieusement, j'étais tombé amoureux de sa poésie avant de le connaître et ma passion a survécu à ce face-à-face pénible.

*« Les Rois du monde vieillissent,*
*Et ils n'auront pas d'héritiers,*
*Leurs fils sont morts quand ils étaient enfants... »*

Tout en regardant Lou s'engloutir dans sa lecture comme si le monde autour, et moi le premier, s'était volatilisé, je me concentrai pour me rappeler la suite du poème, en vain. Tant pis. Je notai dans un coin de ma tête que je devais me souvenir de rapporter l'épisode au professeur, et pourtant je n'avais guère besoin de lui pour déchiffrer la raison de mon incapacité à me rappeler les vers de Rilke. Je le savais comme je savais aussi pourquoi l'homme ne me plaisait pas. La seule pensée de ce que Rilke était plus jeune que moi me fit l'effet d'un coup de poignard. Pourtant elle le traitait en amant, et moi, elle me traitait comme un fils. En cela je réagissais comme le jeune œdipien que je n'avais pas cessé d'être en moi-même, prouvant qu'elle avait raison après tout. Fou de rage. N'avait-il pas écrit : « Où, pour cet Intérieur / Y a-t-il un Extérieur » ?

Qu'il aille au diable ! L'idylle de mon séjour s'était évaporée. Au moins, c'était clair. Je résolus de partir pour Berlin un jour plus tôt que prévu. Il n'y avait aucune raison de faire durer ce supplice. Lou ne donnait pas l'impression d'avoir remarqué quoi que ce fût. Cela ne lui ressemblait guère. Peut-être se rendait-elle parfaitement compte de ce qui était en train d'arriver ; mais elle préférait ne pas s'aventurer dans les remous étranges qui se formaient autour de nous. Mais cela non plus ne lui aurait guère ressemblé. Elle n'était pas de ces femmes que l'amour, la jalousie ou la haine font fuir.

Je lui donnai une excuse boiteuse et partis le lendemain matin, attendant avec impatience d'entrer dans le confessionnal du professeur afin d'évaluer cet épisode et de tâcher de retrouver mon équilibre. Elle ne m'accompagna pas à la gare. J'étais content qu'elle s'en abstînt.

Sur le chemin de la gare, malgré mon humeur maussade, je ne pus m'empêcher de m'arrêter dans une librairie pour acheter un volume des œuvres de Rilke. Quel besoin avais-je de faire cela ? J'en étais encore à ruminer mes motivations quand je m'installai dans le compartiment du train. Peut-être de l'admiration après tout. Ou bien je sacrifiai à l'adage « Connaissez vos ennemis ». N'importe comment, même si elle se donnait la peine de l'informer de ma visite, je ne pouvais pas imaginer Rilke se précipitant dans une bibliothèque de médecine pour jeter un œil sur n'importe lequel de mes ouvrages.

« *Qui maintenant n'a point de maison n'en bâtira plus,*
*Qui maintenant est seul le restera longtemps ;*
*Il veillera, lira, écrira de longues lettres,*
*Et inquiet fera les cent pas dans les allées*
*Quand les feuilles tournent,*
*Mais il ne trouvera pas la paix.* »

J'étais ému. Mes yeux restèrent secs, mais les mots me firent pleurer à l'intérieur. Ce n'était pas sur moi que je pleurais, ni sur Lou, ni sur le poète. Je pleurais sur ce qu'il dépeignait. Sur l'ami d'autrefois, qui est maintenant seul... et le restera toujours.

Berlin, octobre 1921

Deux jours plus tard, j'étais à nouveau dans un train, cette fois dans l'express de Vienne. Je me sentais satisfait et serein. Après avoir réglé mes affaires à Berlin, j'avais passé une après-midi plaisante avec Jancsi Neumann. Il était venu me trouver à mon hôtel où je lui avais transmis les différents messages de sa famille et donné le petit cadeau que Lili m'avait confié pour lui. Il avait un peu le cafard, manifestement, mais il savait compenser le manque d'affection et l'éloignement des siens par les délices des lieux de plaisir locaux. À vrai dire, étant donné mon rôle, comme *in loco parentis* ainsi que psychanalyste de la famille, je sentis que je devais lui donner un petit conseil, qu'il s'était bien gardé de me demander. Après tout, il n'avait que dix-huit ans.

Il sembla bien le prendre. Son large sourire indiquait assez clairement que ma recommandation lui était entrée par une oreille et sortie par l'autre, sans laisser beaucoup de traces sur son passage. Le petit Coquelet avait fait un sacré chemin. Je compris que j'allais devoir user d'un peu de diplomatie quand je ferais mon rapport au 62 Váci Kőrút.

Je demandai à Jancsi s'il avait des nouvelles de Misi Polányi. En tant que député-ministre de la Commune bolchevique, il avait été bien évidemment forcé de quitter la Hongrie à la chute du régime. J'avais entendu dire qu'il s'était installé à Berlin, et qu'on l'avait affecté à un poste subalterne à l'université. Oui, bien sûr qu'il le connaissait. Polányi faisait des travaux de recherche au Kaiser Wilhelm Institut. Je décidai de lui téléphoner sur-le-champ. Quand je l'eus au bout du fil, je lui expliquai que je l'avais retrouvé par l'intermédiaire de Jancsi Neumann et que je passais ma dernière après-midi à Berlin. Il fut vraiment désolé de voir qu'il n'y ait aucune possibilité de nous rencontrer, mais nous eûmes tout de même une longue conversation téléphonique, nous rappelant le bon vieux temps – le salon de sa maman, les conférences du Cercle Galilée, notre bonne vieille bande du Royal, etc. Il me demanda des nouvelles du professeur Freud, de sa santé surtout, et me pria de passer voir sa famille à Budapest quand je rentrerais et de les saluer de sa part.

Je rapportai l'autre partie de la conversation à Jancsi, tout en faisant mes valises. Il connaissait toute la famille Polányi et avait très souvent vu Misi à Berlin. Comme il me l'expliqua, il s'était constitué à l'université un groupe assez important de jeunes gens sur la base de leurs origines communes – ils étaient tous issus de familles juives aisées de Budapest. Misi Polányi, quoique plus âgé que la plupart des autres, était devenu un membre actif de ce cercle. Et Jancsi Neumann de me raconter avec un plaisir de gosse une anecdote concernant sa clique. Un de ses amis avait abordé le professeur Einstein, qui normalement ne faisait pas de conférences, et lui avait demandé de donner une série de séminaires sur la mécanique statistique à un petit groupe d'étudiants intéressés. Le grand homme avait accepté et avait été amusé de voir que, sur la douzaine de personnes qui constituaient son public, la majorité était des Juifs de Budapest. Avec beaucoup d'humour, il s'était excusé d'être incapable de tenir son séminaire en hongrois. Jancsi sortit de sa poche une photographie prise après une de ces séances. Il me montra ses amis, Wigner, Gábor et Szilárd[1], et bien sûr lui-même, avec Einstein au milieu, tirant sur sa pipe. Le tableau noir derrière eux était couvert de signes algébriques.

« Tu dois connaître la famille de Szilárd, dit Jancsi. Il est apparenté aux von Freund. » Cette nouvelle me surprit. Moi qui croyais être au fait de toutes les ramifications de l'arbre généalogique des Freund, celle-là m'avait échappé. Quand Jancsi m'expliqua que ce Leo était un neveu de feu mon ami Toni et bien sûr de sa sœur Kata Lévy[2], je fis le lien. La mère de ce garçon était une Vidor qui avait épousé l'homme que je connaissais sous le nom de Lajos Spitz, mais bien sûr Spitz avait succombé à la nécessité de magyariser son nom, d'où Szilárd. « Le monde est petit, dis-je mollement, puis je revins à la photographie. C'est ce texte sur le tableau que tu appelles "mécanique statistique" ? demandai-je.

– Oui.

– Mais ce sont des mathématiques, non ?

---

1. Dennis Gábor et Eugene Wigner, tous deux prix Nobel de physique. Leo Szilárd est l'« inventeur » de la réaction nucléaire en chaîne et l'auteur de la « lettre d'Einstein » au président Roosevelt.
2. Toni von Freund eut pour frères et sœurs Emil, un associé de la brasserie Kőbányai Sörgyár [littéralement usine de bière de Kőbánya], Kata, la femme de Lajos Lévy, et Regina, qui épousa Emil Vidor. La mère de Leo Szilárd, Tekla Vidor, était aussi la sœur d'Emil Vidor. Pour compliquer encore le tableau, la femme d'Emil von Freund, Mitzi, était l'amour de jeunesse de Leo Szilárd, la plus grande passion qu'il ait connue de sa vie. C'est dans la villa qui appartenait à l'oncle et à la tante de Leo Szilárd, Emil et Regina Vidor, que les Freud – Sigmund, Martha et Anna – passèrent, en 1918, leurs vacances sur les rives du lac Csorba.

– Bien sûr. Il n'y a rien d'autre. Seulement des mathématiques, dit Jancsi.

– Que veux-tu dire ? demandai-je, tout en ayant parfaitement saisi ce qu'il voulait dire.

– L'univers. Dieu si tu préfères. Tout est mathématique. Il est mathématique. Il n'y a rien d'autre ici que des mathématiques. »

Je gardai le silence quelques instants. Je pensais moins à ce qu'il avait dit qu'au garçon lui-même. Qu'est-ce qui poussait un garçon de dix-huit ans à dire une chose pareille ? « Et qu'en est-il de la psyché ? lui lançai-je sur le ton du défi. Je pourrais tout aussi bien dire qu'il n'y a rien d'autre qu'elle. » Il prit le temps de réfléchir à son tour, mais sa réponse ne tarda pas. « Je suppose que nous trouverons un lien entre l'esprit et la physique. Mais je prends les paris, ce lien sera lui aussi mathématique. »

Jancsi m'accompagna en taxi jusqu'à la gare. Je lui parlai alors de ma rencontre avec Paul Bernays à Göttingen. Jancsi fut extrêmement impressionné. Il connaissait Bernays de nom, comme mathématicien et collaborateur du grand professeur Hilbert. Un peu indirectement, il connaissait aussi la famille Freud, mais il n'avait jamais fait le lien, pourtant évident avec quelque recul, entre Mme Freud, née Bernays, et le mathématicien Bernays, son neveu[1]. Il ne me fut pas nécessaire de m'appesantir sur les recommandations que Paul m'avait demandé de transmettre, parce que Jancsi m'annonça qu'il avait déjà décidé de laisser tomber la chimie pour se concentrer sur les mathématiques ; pour reprendre son expression, il allait « vouer sa vie aux mathématiques ». Je lui reprochai d'utiliser un vocabulaire trop emphatique, mais après tout il était alors à peine sorti de l'enfance. Histoire d'amadouer son père, il ajouta qu'il n'abandonnerait pas la chimie avant d'avoir son diplôme en poche.

---

1. Mme Martha Freud et le père de Paul, Julius Bernays, étaient cousins.

Nous continuâmes à discuter de ce changement d'orientation. J'étais curieux de connaître son raisonnement, puisque Bernays m'avait fait récemment presque un cours sur le même sujet. Puis je me rappelai que mon *chaver* du Royal, Lipót Fejér, avait évoqué ses choix de jeunesse en des termes proches. Lui aussi avait commencé par des études d'ingénieur, je ne sais dans quelle spécialité, jusqu'à ce qu'un jour il ait une révélation, un appel intérieur pour les mathématiques.

Une fois installé dans mon compartiment, je me pris à penser aux analogies que présentaient ces trois hommes ; les idées me vinrent en nombre[1]. Je pris mon calepin et commençai à griffonner. Clairement ils partageaient tous les trois une série de paramètres psychologiques. Et si je n'avais rencontré Bernays que lors de cette fameuse après-midi, Fejér était depuis des années mon ami, mon pair et mon camarade de café. Quant à Jancsi, je le connaissais depuis sa plus tendre enfance ; de plus, son père, Max, m'avait souvent demandé mon avis sur l'éducation de l'enfant et son évolution psychologique. L'un dans l'autre, ce soir-là dans le train, il me sembla que je savais quelque chose sur les mathématiciens, quelque chose qui m'eut tout l'air d'être fondamental.

Je dévissai mon stylo-plume et commençai en haut d'une page blanche :

*Mathématiques.*

Il me parut que l'idée de calculer et l'idée du Moi devaient être liées.

*Je suis Un. Je est unité. Le Moi est une représentation symbolique du je. La réalité psychique est individuation arithmétique. La réalité psychologique est individuation algébrique.*

Des symboles conduisant à de l'imagination... c'est très certainement l'inconscient. Sur la ligne suivante j'écrivis :

---

1. John von Neumann, comme les deux autres, devint lui aussi un assistant de Hilbert à Göttingen (Fejér en 1902, von Neumann en 1927, Bernays de 1917 à 1934).

*La réalité inconsciente est individuation symbolique.*

Et ensuite :

*La réalité consciente est mesurée logiquement.*

Exactement comme dans une de ces machines à calculer. Je jetai un œil par la fenêtre. Je pensai que j'étais sur la piste de quelque chose d'intéressant.

*La mathématique est instinct.*

Je considérai cette proposition quelques instants, puis je soulignai le mot « instinct ». J'aurais à y revenir plus tard. L'instinct n'est pas un concept facile. Ni banal.

*La mathématique pure est de l'autosymbolisme.*

Je soulignai « pure ».

Il me vint à l'esprit que les mathématiciens n'étaient pas nécessairement intelligents. C'était une étrange conclusion étant donné que ceux que je connaissais personnellement, sur lesquels je fondais ma réflexion, étaient peut-être les personnes les plus intelligentes que j'aie rencontrées. Pourquoi écrire cela alors ? Je voulais dire sans doute que l'intelligence brute n'était pas l'essence de leur talent. « Faut-il du génie pour définir le génie ? » me demandai-je. L'idée me fit sourire. « Ou peut-être ne pas être un génie est la condition *sine qua non* pour être capable de reconnaître l'essence du génie. »

*Le génie : combinaison d'introspection fortement développée et d'instincts forts...*

À l'enthousiasme avait succédé la frustration. J'avais la sensation formidable d'être empli d'une vision, et j'écrivis presque comme un automate ; pourtant, quand je regardai ce que j'avais écrit, je fus déçu. Il me sembla que je ne faisais rien d'autre qu'expliquer un ensemble de concepts mal définis avec un autre ensemble de concepts tout aussi mal définis. Je résolus de creuser plus profond. Si je pouvais.

Nouvelle tête de chapitre :

*Du problème du don pour les mathématiques.*

Il est gratifiant de donner des titres. Le simple fait de coucher une telle phrase sur le papier semble à lui seul une réussite. C'est l'identification d'un problème, d'un phénomène requérant une explication et, à ce stade – avec une seule ligne écrite nettement en haut d'une page vierge –, cela porte encore tant de promesses, de découvertes, d'explications et d'ouvertures.

*La psychanalyse de Breuer et de Freud s'est au début à peine occupée des problèmes du « don ». Elle a tourné son intérêt presque exclusivement vers les changements que traverse le psychisme humain après la naissance, sous l'influence du milieu. Elle était en fait, au début, une science pratico-thérapeutique qui, par nature, se souciait avant tout des transformations de la vie psychique au cours de la vie, que la médecine pouvait modifier, alors qu'elle était impuissante devant les dispositions innées.*

Je sentis que je devais commencer par le début. Après tout, il n'était pas question là seulement des mathématiques.

*Cette première époque traumatique-cathartique*

Je notai dans la marge de me référer au travail de Jacob Bernays sur la catharsis et à ses relations à la fois avec le jeune Paul et avec le professeur – peut-être pourrais-je même faire allusion au *hackham* Bernays de Hambourg... « Cette première époque traumatique-cathartique de la psychanalyse..., marmonnai-je.

*était une saine réaction contre la psychiatrie et la psychologie préanalytiques. La deuxième grande époque de la psychanalyse se rattachait au seul nom de Freud*

Je devais surveiller mes mots ; très vraisemblablement, il lirait ce texte un jour.

*et méritait d'être appelée une « théorie de la libido ». À ce stade, la psychanalyse ne pouvait plus se limiter au pathologique. Son matériel l'avait contrainte à la seule exploration des constitutions sexuelles et de leurs modes de formation*

« Un peu unilatéralement sans doute », devrais-je ajouter.

*mais la source d'autres aptitudes et dons, non sexuels, s'en est également trouvée éclairée. La troisième phase de la psychanalyse de*

*Freud était caractérisée par la métapsychologie. Cette construction unique en son genre, sans obtenir le moindre support de l'anatomie, de l'histologie, de la chimie et de la physique de la substance nerveuse, tentait d'établir, sur la seule base de l'analyse psychique, les rapports topiques, dynamiques et économiques auxquels étaient soumis toute la vie psychique et les différents actes psychiques normaux et anormaux.*

« Ceci est sûrement faible. Peut-être devrais-je être plus critique. » Mais je continuai sur ma lancée, désireux d'arriver à l'essence de ma nouvelle idée. Le problème était que la psychanalyse n'avait pas braqué son projecteur sur le « don » et qu'elle continuait à se contenter de considérer qu'il trouvait son origine dans une sorte de prédisposition anatomique incertaine. Il était temps de changer cela.

*Donc, armés des instruments de la connaissance psychanalytique, nous devons essayer de rapprocher de notre compréhension un don particulier, celui des mathématiques.*

Je m'interrompis. L'introduction était facile, mais le cœur de ma découverte m'échappait. Le sentiment d'avoir compris quelque chose de très important ne me lâchait pas, et pourtant, quand je voulais le formuler par écrit, cela se révélait insaisissable. Je pris quelques notes dans la marge. Des équations !

| | | |
|---|---|---|
| *Arithmétique* | = | *Physique* |
| *Algèbre* | = | *Physiologie* |
| *Calcul* | = | *Symbolisme* |
| *Symbolisme* | = | *Inconscient* |
| *Logique* | = | *Conscient* |

Je considérai ma page. Je me rendis compte que ce que je décrivais était une séquence évolutionniste :

*Abstraction progressive à l'aide de modes de fonctionnement acquis phylogénétiquement.*

Mes pensées vagabondèrent. J'étais revenu à Miskolc dans mon école, avec ses murs ocre, ses pignons en bois. En haut des marches, première porte sur la gauche. Dix assemblages de chaises et de pupitres faisaient une phalange, lourde, solide, rassurante. Trois unités de ce genre, le bureau du professeur, un tableau noir et la classe était complète. Chaque siège occupé par un jeune. Géza à côté de moi, comme toujours pendant *számtanóra*, l'heure de la science des nombres. Ne pas parler, ne pas bouger, ne pas trépigner, assis sur ses mains.

J'avais eu le bénéfice de deux types de leçons sur la science des nombres, l'un à l'école, l'autre à lire de poussiéreux livres de gématrie que le rabbi Rosenfeld me prêtait. Le premier enseignement était de l'arithmétique du monde extérieur, le second l'arithmétique de l'esprit. Je baissai les yeux sur mon calepin et lu ce qui y avait fait son apparition.

*Preuve de la réalité du monde extérieur.*

*Les lois mathématiques acquises introspectivement (a priori) s'avèrent valables aussi dans le « monde extérieur ».*

Je ne me revoyais pas en train d'écrire la dernière phrase. Mon conscient était parti très loin. J'avais pratiqué l'écriture automatique à plusieurs occasions par le passé, mais ici cela venait plus naturellement – quelle drôle de façon d'utiliser cet adverbe, *naturellement*.

Je lus une deuxième fois ce que j'avais écrit – ce qui avait été écrit à ma place. Assurément cela devait être un des grands mystères. Pourquoi une activité introspective comme l'analyse mathématique pouvait-elle si bien décrire le monde externe ? J'essayai de ressaisir, au creux de l'écriture, la précédente absence de mon conscient. Je n'y parvins pas pleinement, ce qui est toujours le cas quand on s'y efforce directement, mais je réussis du moins à noter mes idées avant de les juger et de les filtrer.

*Le cerveau comme une machine à calculer.*

*La censure est un filtre.*

*Les organes des sens sont des filtres mathématiques.*

*Le génie mathématique est l'autoperception.*

*Le symbolisme est l'autoperception de la disposition ontogénétique latente.*

Il me parut qu'il y avait sur mon bloc le germe de quelques idées de poids. J'en fus heureux, mais je voulus les développer tant que je sentais que j'étais encore sur la bonne voie.

*L'addition d'éléments de même nature ou semblables est une condition préalable de la fonction de calculer ou de compter.*

« L'élément important est bien sûr la reconnaissance de la similarité de classe. »

*Elle est aussi en même temps le travail préparatoire de l'association entre deux représentations, association selon certaines catégories. La tendance à l'association pourrait être une expression particulière de la tendance à l'économie.*

« Voilà qui ressemble plus à Ernst Mach qu'à Sigmund Freud. Tant mieux », décidai-je.

*En fin de compte, penser n'est qu'un moyen pour éviter le gaspillage de l'action.*

« Darwin. Essais et erreurs, une action hésitante basée sur l'attente du résultat. »

*Quand, au lieu de suivre à chaque fois le calcul sur ses doigts, on met un chiffre comme symbole à la place d'une suite de chiffres, on économise déjà pas mal de dépense psychique.*

Mais ce n'était pas tout. Il y avait aussi le lien, maintenant bien connu, entre économie et sexualité anale.

*La connexion plus étroite entre l'action fondée sur la pensée prudente et la tendance à l'économie, et son origine dans l'érotisme anal, devient ainsi compréhensible.*

*La fusion d'un grand nombre d'impressions isolées du monde extérieur en une unité et la connexion de celle-ci à un symbole est un phénomène fondamental du domaine psychique.*

« Classer et assigner des symboles à des classes est la base du langage, de la communication et de la pensée. Mais la pensée implique nécessairement un pas supplémentaire, à savoir la manipulation des symboles. Dans l'inconscient, ces fusions se produisent selon le principe de la similarité, en particulier de la similarité de tonalité du plaisir, tandis que dans le conscient, la fusion se fait selon celui de l'identité ou de l'équivalence (principe de réalité). L'association est une fusion incomplète de deux impressions sensorielles, qui se recouvrent donc avec une partie de leur contenu. » J'essayai d'écrire quelque chose dans ce sens. « Mais où sont les mathématiques dans tout ça ? » me demandai-je.

*Mathématicien : autoperception pour le processus métapsychologique du penser et de l'agir.*

*Penseur : autorisation à l'action à titre d'essai.*

*Homme d'action : transformation automatique des résultats de la machine à calculer en action.*

« Oui. Je m'approche du but, c'est bien ça, c'est tout à fait cela. Cela veut dire que le penseur est un intermédiaire, un homme de transition entre le mathématicien et l'homme d'action. Encore une fois. »

*Le mathématicien n'a de sensibilité que pour ce qui est formel dans le processus*

De quoi ?

*d'excitation intrapsychique.*

« Mince alors, c'est d'un pompeux ! pensai-je. Tant pis. Ce qui compte, c'est de le coucher sur le papier tant que cela bouillonne. »

*Le penseur a le sens de ce qui relève du fond du processus d'excitation. L'homme d'action n'a aucun intérêt pour cela.*

« Il n'en a pas le sens, il n'en sait rien et cela ne l'intéresse pas. Seulement des actes. Il a bien de la chance. » Je revins à mes notes. « Qu'en est-il du don ? » me demandai-je. J'avais lu des articles de psychiatrie sur la coïncidence entre une capacité mathématique et une arriération marquée du reste du développement intellectuel, voire moral. Pourtant, c'était en contradiction complète avec ma propre expérience fondée sur les trois hommes à partir desquels je généralisais. « Mes sujets d'étude sont-ils atypiques ? Peu importe. Je n'en connais pas d'autres, et ceux-là, je les ai observés personnellement, il y a eu entre nous des discussions et des débats, si bien que mes observations ont une valeur très directe. Il faut seulement garder à l'esprit que l'on généralise à partir d'une base très étroite », me dis-je, plutôt content de moi.

*Mathématique = autoperception de sa propre fonction consciente.*

Je me répétais, mais je sentais qu'en me répétant j'affinais le concept. « Suis-je en train de décrire un psychanalyste ou un mathématicien ? » Je réfléchis quelques instants et écrivis :

*Le psychologue est en définitive un auto-observateur, observateur en même temps qu'objet d'observation, il oscille entre introspection et observation de l'objet.*

J'ai toujours cru qu'une *Weltanschauung* fiable, avec le minimum d'erreurs et le maximum de respect pour la réalité, exigeait une oscillation permanente entre l'introspection et l'observation d'objet. Il me semblait que je mettais sur le même plan les caractéristiques d'un psychologue et d'un réaliste. Mais Jancsi Neumann était un réaliste ; sur ce point, je n'avais pas l'ombre d'un doute. Tout le quartier chaud de Berlin pouvait en témoigner. Pour Bernays, je n'aurais su dire, je ne pouvais pas en juger sur la base d'une seule après-midi. Et Fejér ? Je reconnus qu'aucun de nous autres, anciens élèves du Royal, ne pouvait être classé parmi les réalistes.

Peut-être avais-je besoin d'approfondir encore davantage ces distinctions. Je me rappelai que Jancsi m'avait rebattu les oreilles sur la logique et sur la différence entre logiciens et mathématiciens.

Le logicien pur, c'est le mathématicien qui se cache au fond des psychologues.

« Je devrais m'expliquer un peu mieux que cela. »

*Lui, le logicien, n'a d'intérêt que pour le formel du préconscient qu'il projette dans le monde extérieur. Le psychologue doit, à côté de la logique, prêter aussi son attention à ce qui est subintellectuel, les représentations inconscientes et leur jeu d'alternance fantasmatique, et aussi aux pulsions qui sont à la base de tout ce qui est psychique.*

*La psyché a tendance à faire en sorte que les pulsions soient satisfaites et éventuellement dirigées dans certaines voies inoffensives, prévenant le déplaisir, que les excitations de l'extérieur soient écartées par l'adaptation ou la modification du monde extérieur, ou réduites selon les possibilités. Le psychologue ne doit donc pas être un mathématicien du psychisme, mais faire une part correcte aux contenus du psychisme, au fond illogiques et déterminés par les pulsions.*

Je commençai à être impatient d'en discuter avec le professeur. Il me semblait être un terreau extrêmement fertile pour de nouvelles idées. Mais il y avait un dernier aspect à considérer, donc je tournai la page et écrivis :

*La mathématique est une projection d'organes psychique.*

*La mécanique est une projection d'organes physiologique.*

*La musique est une projection des processus métapsychologiques.*

Là était peut-être la racine des affinités entre la mathématique et la musique, de l'harmonie entre les mathématiciens et les musiciens. Un point à explorer à une autre occasion.

*Le mathématicien semble avoir une autoperception fine pour les processus du métapsychique (et probablement aussi du physique) et trouve les formules pour les performances de condensation et de décomposition dans le psychique, mais il les projette dans le monde extérieur et croit être devenu plus futé de par cette expérience.*

Non, ce n'est pas vrai.

*Contre ce dernier point parlent la nature éminemment intuitive du don mathématique, ainsi que son parti pris.*

D'une main ferme, je tirai une ligne sous mes notes. Cela suffisait pour maintenant. Puis, avant de ranger mon calepin, j'ajoutai sous cette ligne droite si sûre d'elle-même :

*Question : la mathématique est-elle une abstraction à partir de l'expérience du monde extérieur ou un savoir a priori ? En d'autres termes : la mathématique est-elle une perception interne ou externe ?*

Göttingen, juin 1922

Le cycle de conférences de Bohr avait été programmé à l'origine pour l'été précédent, mais sa santé l'avait obligé à y renoncer. Ayant évité l'effondrement de justesse, il en avait été quitte pour un repos complet de plusieurs semaines. Bohr ne pensait pas devoir imputer son état au surmenage, et il ne présentait aucun symptôme d'un dérèglement organique. Sa crise pouvait-elle résulter d'une sorte de contagion spirituelle, au contact de Hevesy dont la violente dépression s'était fait jour à peu près à cette date ? Si tel était le cas, sa bonne nature avait eu le dessus, et le bacille de la mélancolie, terrassé, n'avait guère laissé de séquelles. Cette parenthèse dans son activité et le report de ses conférences avaient même exacerbé son désir de se rendre à Göttingen pour les prononcer, nourries de la moisson de résultats et de spéculations qu'avait encore apportés l'année en cours.

L'université avait deux chaires de physique, dont les deux titulaires, James Franck et Max Born, avaient décidé d'accueillir conjointement sa série de conférences. Bohr avait toujours apprécié de venir à Göttingen, non pour le niveau de son département de physique mais parce que, selon l'expression de son frère Harald, l'air fleurait les mathématiques à plein nez. Et si les longues fiançailles de la physique et des mathématiques devaient déboucher sur un mariage heureux, il serait consommé à Göttingen, c'est du moins ce qu'il pensait.

Quoique le professeur Hilbert et son assistant Paul Bernays n'aient eu qu'une cour à franchir entre leur bâtiment et celui de la conférence – à la différence de certains physiciens qui, comme Sommerfeld, avaient dû traverser l'Allemagne pour venir l'entendre –, ce fut pour Bohr particulièrement gratifiant de les voir dans le public. Bien sûr, Harald était pratiquement rattaché au département de mathématiques, et Niels connaissait plutôt bien la plupart des collègues de son frère. Il espérait que la présence de Hilbert témoignait de son intérêt authentique pour le sujet, et non pas seulement de sa considération pour Harald.

Les fenêtres de l'amphithéâtre étaient grandes ouvertes. L'air embaumait du parfum des fleurs dont mille espèces différentes décoraient les parterres et qui dégageaient d'épais nuages de pollen en cette fin d'après-midi. Bohr commença son exposé à l'heure où le soleil se couchait doucement après une longue journée caniculaire. Le côté gauche de son visage, baigné des derniers rayons, prenait une couleur vieil or. Son ombre, sur le mur d'en face, caricaturait sa silhouette reconnaissable entre toutes, une charpente longue et maigre, un crâne long et maigre, un front qui n'en finissait pas. Il parlait lentement, cherchant ses mots avec le plus grand soin, fabriquant chaque phrase comme un orfèvre méticuleux. Il essayait d'exprimer exactement ses idées, de ne dire que ce qui était nécessaire, mais de dire *tout* ce qui était nécessaire. Pas un mot de plus, pas un mot de moins, conscient, comme toujours, de n'y réussir qu'à moitié. Et pourtant son public était suspendu à ses lèvres. À vrai dire, ils avaient déjà la physique dans le sang, mais cette physique-là était l'exploration de la nature par le biais de l'expérimentation ou par la formulation mathématique des règles de comportement. Ce que Bohr exposait était autre chose. C'était la physique des mots, non pas la physique des symboles ni l'expérience. C'était la physique de l'introspection, la physique de la philosophie. Avec Bohr, la physique devenait ce guide qui les conduisait aux portes des mystères intimes de l'univers. Le problème des entiers dans l'univers, le plus fondamental, le plus mystique et le plus troublant des problèmes, était élucidé sous leurs yeux.

Bohr utilisait le quantum d'action de Planck pour dériver la formule de Balmer et, par là, expliquer le phénomène des raies spectrales dont les longueurs d'onde ont des relations entières les unes avec les autres. Ce n'était pas sans raison que Sommerfeld, dans son manuel, disait de ces relations numériques qu'elles étaient kabbalistiques. Les relations entières étaient inattendues, étranges, magiques et pourtant fondamentales, à n'en point douter. Et il semblait qu'elles livraient leurs secrets pour la première fois. À Bohr. La structure numérique du tableau périodique, la progression de 2, 8, 18, 18, 32 électrons qui pouvait être trouvée dans les couches atomiques successives, ne serait plus, à partir de ce jour, une séquence mystérieuse, régie par le hasard, mais une conséquence naturelle de la théorie décrite par Bohr, ce magicien du futur qui était capable d'unifier tout cela avec le passé. Bohr leur fit voir ce soir-là le lien qui unissait la physique de Newton et la physique quantique, et ce lien, il le baptisa « principe de correspondance ». Il leur fit comprendre que le monde classique était, et devait être, un cas particulier du monde quantique en tant qu'il était complètement contenu dans lui. Et de leur expliquer qu'il ne fallait pas immoler la physique classique sur l'autel de la physique quantique, mais la conserver précieusement, comme un trésor. Paradoxalement, en dépit de ses limitations, seule la physique classique offrait une compréhension de l'univers.

Ils avaient été ensorcelés pendant l'exposé, au point que leur stupeur se prolongea de longs instants après qu'il se fut tu ; mais une fois la digue crevée par le premier qui osa rompre l'enchantement, le flot de questions se poursuivit jusque tard dans la soirée. Hilbert était particulièrement fasciné par le principe de correspondance et mit au défi les physiciens de trouver de nouvelles façons de le développer. Sommerfeld se dit très impressionné par la beauté de l'explication de Bohr, mais n'en présenta pas moins les objections les plus vigoureuses contre la structure entière des événements. Il plaida en faveur d'une interprétation concrète des phénomènes quantiques, qui pût conduire à les faire revenir à l'intérieur des frontières de l'intelligible et du concevable. Mais Bohr n'en démordit pas et, fidèle à sa rhétorique lente et scrupuleuse, répéta que le mieux à faire pour le moment était d'accepter que le langage permettant de décrire les phénomènes quantiques n'existait pas encore, et qu'ils n'étaient donc pas concevables et intelligibles dans le sens que Sommerfeld donnait à ces termes et qu'il utilisait lui-même dans le contexte de la physique classique. « Comme je suis un optimiste, ajouta-t-il, je puis dire qu'ils ne sont pas *encore* intelligibles. »

Le jeune Wolfgang Pauli vint au secours de son mentor, le professeur Sommerfeld, demandant que l'on prît quelques précautions : parlait-on de physique ou de philosophie ? Ses pensées se tournèrent vers son parrain Mach et sa conception de la nature de la réalité. Il était frappé de constater que le présent débat portait lui aussi, fondamentalement, sur la nature de la réalité. Pour Sommerfeld, la formulation mathématique était une description concrète de la réalité, et non pas simplement, comme Mach l'avait soutenu, une manière économique de noter nombre d'observations expérimentales. Du coup, dans l'esprit de Pauli, Sommerfeld montait un peu plus haut sur l'échelle de Jacob que Mach. Et Bohr ? À ce jeu, Bohr était encore plus proche du paradis. Pauli se prit à comparer la théorie de Bohr avec l'introspection mystique ; plus il y pensait, plus il leur découvrait de traits communs, tout en sachant que Bohr rejetterait un tel rapprochement. La position de ce dernier était donc un peu chancelante, car il semblait croire à la réalité des concepts exprimés avec des mots, alors même que son génie résidait dans une vision non verbale, non mathématique. Dans ce cas, ne leur accordait-il pas une confiance excessive ? À moins qu'il ne fût le premier conscient de cette tension, ce qui expliquerait pourquoi il était si attentif aux termes qu'il employait, se méfiant de sa propre aptitude à les utiliser avec le soin chirurgical requis. Pauli, électrisé par sa propre découverte, reprit la parole et affirma péremptoirement qu'il devait être possible de mathématiser les idées de Bohr, de manière à éviter les pièges et embûches du langage. C'était la seule piste de recherche valable, scanda-t-il, avant d'ajouter qu'aucun autre but ne mériterait qu'il y consacre ses efforts. Par conséquent, annonça-t-il, il se vouerait à l'avenir à traquer les quanta à l'aide des mathématiques et renoncerait à son premier amour, la relativité d'Einstein.

Heisenberg, un étudiant dégingandé que Sommerfeld avait fait venir avec lui au séminaire, posa des questions affûtées, sans se laisser le moins du monde démonter par Bohr ni par les autres pontes présents de la physique ou des mathématiques. Pauli, qui considérait Heisenberg comme son ami, fut irrité de se voir souffler la vedette par cet écolier impertinent. Il avait bien l'intention de se réserver le rôle du *Wunderkind* gâté pourri. À vingt-deux ans, Pauli était déjà tristement célèbre pour son esprit caustique et les remarques cinglantes dont il frappait les physiciens chevronnés qui avaient le malheur de ne pas correspondre à ses critères. Si bien que s'il jouissait néanmoins d'une bonne réputation, il la devait avant tout à l'article de synthèse qu'il avait rédigé pour l'encyclopédie mathématique sur la théorie de la relativité et qu'Einstein lui-même avait proclamé excellent.

« Ne devrait-il pas être dehors à chasser les papillons ou un quelconque jupon ? » grommela Pauli. Les questions de Heisenberg étaient aiguës et pertinentes. À la différence de Pauli, il restait toujours courtois. En fait, charpenté comme il l'était, avec sa bonne mine et son large sourire, c'était un charmeur, et les charmeurs avaient toutes les peines du monde à entrer dans les petits papiers de Pauli. Pourtant, ce gamin d'Heisenberg était différent. Il était le seul qui mît Bohr sur la défensive. La plupart des autres n'avaient rien compris à sa communication. Mais Pauli ne se contenterait pas de le penser tout bas.

« Docteur Bohr, dit Pauli en se levant, je voudrais vous féliciter pour ce magnifique tour de force. Mais je me demande combien de vos auditeurs ont aujourd'hui réellement compris votre propos. » Bohr fut abasourdi par cette remarque, qu'il trouvait à la fois arrogante et grossière. Sentant le public choqué, il décida de réagir en conséquence. Il se dit que si l'observation impertinente de Pauli avait pu susciter un tel émoi, c'était peut-être parce qu'elle contenait plus d'une once de vérité. Il prit le parti d'en rire, pouffa, et finalement quelques-uns l'imitèrent.

Pour s'assurer que l'atmosphère ne tournerait pas au vinaigre, il dit : « Cela me rappelle quelque chose… Permettez-moi de terminer avec une histoire. Il était une fois un rabbin miraculeux qui voyageait par monts et par vaux ; un jour, il arriva dans un village de Galicie ou du nord de la Hongrie. Les anciens de la communauté, heureux d'accueillir un homme si célèbre, le prièrent de faire un sermon, et même un ensemble de sermons, un peu comme notre cycle de conférences. Un garçon particulièrement vif – Bohr regarda Pauli droit dans les yeux – était assis au premier rang et écoutait intensément le sage. Le soir même, le jeune rentra chez lui et vint trouver son père : "Père, dit-il, j'ai été tellement ému par le sermon du rabbin. Il était réfléchi et profond, c'était un modèle de clarté. J'ai compris tous les mots qu'il nous a dits." Tout naturellement, le jour suivant, le gosse était à nouveau au premier rang, avide d'écouter le sermon du rabbin. Puis il rentra chez lui, encore plus enthousiaste, encore plus impressionné. "Père, dit-il, le second sermon était encore plus profond que le premier. C'était l'extase. J'étais bouleversé. Bien sûr, c'était trop difficile pour moi. Je n'ai pas vraiment compris tous les mots que le rabbin disait. Mais lui, il les comprenait, et c'est l'essentiel." Le jour d'après, le gosse rentra chez lui, impatient de raconter à son père ce qui s'était passé. "Père, dit-il, père, le rabbin a surpassé les splendides sermons d'hier et d'avant-hier. C'était éblouissant. C'était exaltant. C'était grisant. C'était sublime. Bien sûr, je n'ai rien compris. À vrai dire, c'était si profond que même le rabbin ne comprenait pas. Mais Dieu le comprenait, et c'est l'essentiel." »


Copenhague, octobre 1922


Pauli se cala dans sa chaise. Ou du moins il essaya. « J'ai une nouvelle théorie », annonça-t-il. Hevesy l'ignora. Absorbé dans ses propres problèmes, il n'était pas d'humeur à écouter. Son installation expérimentale lui donnait des soucis. Le système dans son ensemble n'était pas assez stable ; ses lectures manquaient de cohérence. Mais où le problème se situait-il exactement ? Pauli connaissait assez bien l'homme avec lequel il partageait le bureau pour ne pas attendre de lui la moindre réaction. « Ma théorie est que la largeur des chaises de bureau est inversement proportionnelle à la latitude géographique. » Il adorait taquiner le morose Hongrois ; en tout cas, la chaise qu'il occupait semblait fournir une preuve consistante en faveur de sa théorie. Hevesy s'adoucit et daigna se tourner vers son cadet : « Je parlerais dans ton cas de surcharge pondérale, n'est-ce pas, Pauli ?

— Mon poids correspond à ma taille. Quant à ma taille, les femmes de la chorale la jugent absolument irrésistible. Le problème, c'est la chaise. Quand je suis dans l'inconfort, je ne suis pas en mesure de penser. Ou quand j'ai faim. Et à la minute où je te parle, je n'ai pas faim.

— Cela ne durera pas, j'en suis sûr, grommela Hevesy. Écoute, Pauli, si je te donne ma chaise, est-ce que tu me ficheras la paix ?

— Si je suis en mesure de travailler, tu ne te rendras même pas compte que je suis là, promit Pauli.

— Alors prends-la. Prends-la et laisse-moi tranquille.

— Merci Hevesy. » Pauli procéda à l'échange des chaises. « Il se pourrait – et je ne le dis pas légèrement – qu'en acceptant cet échange, tu viennes de faire à la physique la plus grande contribution de ta vie.

— Tu as promis de me ficher la paix.

— Je t'ai donné ma parole et je la tiendrai. » Pauli étira son dos, s'abandonnant avec délices au confort de sa nouvelle chaise.

Il aimait être là. À la fin du Bohr Festspiele, Bohr l'avait invité à venir travailler dans son nouvel Institut de physique théorique à Copenhague. Pauli fut à la fois étonné et ravi que Bohr voulût de lui, non qu'il doutât de son génie, car il n'en

348

doutait pas, mais il avait été si grossier avec Bohr durant les séances qu'il s'attendait à ce qu'il en prît ombrage, comme la plupart. Mais il ne savait pas à qui il avait affaire. Bohr avait compris que Pauli était un perfectionniste, un perfectionniste des idées, de la cohérence, de la rigueur. Comme il en était un lui-même, surtout quand il s'agissait de mettre de la précision et de la rigueur dans l'emploi des mots, Bohr sut identifier ce trait de caractère chez le jeune homme et le reconnaître à sa juste valeur. Dans l'Institut de Bohr, pour la première fois, Pauli se sentait chez lui. Oui, c'était l'endroit où il fallait être. Là enfin, il pouvait penser. Il lissa soigneusement ses feuilles de papier blanc, dévissa le bouchon de son stylo-plume, le revissa, répétant plusieurs fois la manœuvre. Lentement ses yeux relâchèrent leur attention à mesure qu'il laissait le problème venir à lui, l'entourer, déferler sur lui et finalement en lui jusqu'à identification complète, par absorption, au-delà de toute idée et de tout mot humain, où s'engloutissait son moi. Flottant dans un espace infini, il ne fut bientôt plus qu'un corps sans pesanteur, libéré des soucis de ce monde : un esprit, une idée. Une voix familière tonna : « Retourne sur le terrain ! » C'était son parrain Mach. « Mais qu'est-ce qu'il fait là ? Il est mort. » Pauli entendit le courant bourdonner dans les bobines quand le gros électro-aimant s'anima. Son moi éphémère, toujours en suspension, fut soudain secoué de tremblements frénétiques qui eurent raison de son unité, le chassèrent de la citadelle et le fendirent en deux. « Je connais ces deux-là, pensa-t-il, je les connais. Ils sont moi. L'unité n'est qu'une illusion, je suis les deux à la fois. » Il sourit. L'espace d'un instant, il comprit, mais ensuite la frénésie reprit le dessus, et le nuage se brisa en une demi-douzaine de morceaux distincts. « Que se passe-t-il ? » Il avait froid. Il était en train de perdre le contrôle. Dans un effort surhumain, il obligea les morceaux à se rassembler. Ils résistèrent un moment à son pouvoir, puis, en gloussant, en se moquant de lui, ils fusionnèrent.

Il commença à écrire. Les équations coulaient de sa plume comme d'une source intarissable, et pourtant il savait que ce n'était que du bricolage marginal. Les vérités profondes le fuyaient toujours. Même si son stylo dansait sur le papier et ne faisait pas mine de s'interrompre. Plusieurs heures plus tard, il referma son stylo et se leva. Hevesy, qui était toujours en train de traficoter son spectroscope, se retourna vers lui. « Ça va comme tu veux ? demanda-t-il.

– Ça ne va pas du tout, répondit Pauli.

– Mais tu as gratté toute l'après-midi sans interruption.

– Je règle des points de détail. La vérité m'échappe. Pour le moment. Mais je sais que je suis celui qui résoudra cette énigme. L'effet Zeeman anormal est mon destin.

– Je ne sais jamais quand tu plaisantes.

– Moi non plus », répondit Pauli. Hevesy remarqua qu'il ne souriait pas. « Quoi qu'il en soit, qu'es-tu en train de faire, toi ?

– Tu le sais parfaitement, Pauli. Je recherche le 72. » Depuis des semaines, Hevesy, avec son collègue hollandais Coster, recherchait un nouvel élément, dont la théorie atomique de Bohr garantissait l'existence, mais que nul n'avait jamais identifié ni isolé.

« Encore ? demanda Pauli, incrédule. À quoi bon ?

– Pour prouver qu'il existe bien sûr, dit Hevesy, contrarié.

– Évidemment qu'il existe ! Pourquoi ne travailles-tu pas sur quelque chose de substantiel ?

– Mais que pourrait-il y avoir sur terre de plus substantiel qu'un nouvel élément ? fit Hevesy.

– Si tu le trouves, en serons-nous plus sages ? Saurons-nous quelque chose de nouveau ? » Pauli haussa les épaules. « Une terre rare de plus ou de moins ne fera aucune différence.

– Mais c'est la pierre angulaire. » Hevesy n'en croyait pas ses oreilles que quelqu'un de si intelligent pût être aussi stupide. « La théorie de Bohr prédit que le soixante-douzième élément ne sera pas une terre rare, comme tous les autres semblent le penser, mais un métal proche du zirconium. Ce sera la preuve définitive. »

La porte s'ouvrit dans un fracas retentissant. Coster entra en trombe, brandissant un journal avec une excitation manifeste.

« Coster ! l'aborda Hevesy, j'ai toujours le même problème, je n'arrive pas à obtenir une lecture stable.

– *Wat ?* »

Pauli savait que *wat* – prononcé « vat » – était le mot hollandais pour dire *what*, « quoi », mais pour Hevesy, qui disait *vat* quand il voulait dire *what*, la distinction était trop subtile. Il ne se rendit compte que, dans son excitation, le Hollandais s'adressait à lui dans sa langue maternelle que quand Coster continua : « *Vergeet het maar. Kijk eens !* Oublie ! Regarde ça plutôt ! » C'était un exemplaire du *Social Demokrat*.

« Je ne lis pas le danois, et même si je le lisais, cette feuille de chou est bien trop à gauche pour moi.

– Arrête de faire le pitre, Pauli. Regarde. La liste des prix Nobel.

– Mais c'est trop tôt. On ne les attend que dans quelques semaines. »

Hevesy, toujours piqué au vif de la dernière rebuffade, restait méfiant.

« Eh bien, je ne sais pas comment ils ont eu l'information, mais elle est là. Bohr ! Et Einstein.

– Laisse-moi voir ! » Pauli fit un mouvement vif pour attraper le journal, mais Coster fut plus rapide et l'étala sur la paillasse pour qu'ils puissent tous regarder. Einstein allait recevoir le prix Nobel de physique pour 1921, qui avait été reporté, et Bohr pour l'année en cours, 1922.

« C'est une nouvelle magnifique, dit Hevesy. Bohr est-il au courant ?

– Il a vu l'article mais il refuse d'être félicité avant d'en avoir reçu la notification officielle. Il y avait eu des rumeurs auparavant.

« — Oui, mais pas dans un journal. » Pauli poussa les feuillets de son doigt boudiné. « Ils ont enfin fait le bon choix. Nos deux savants reconnus dans la même circonstance, comme deux égaux, mais, à tout seigneur tout honneur, la primauté accordée à Einstein. »

Les yeux de Hevesy avaient l'air étrangement humides. « Je suis ému comme si c'était moi qui avais reçu le prix. C'est la meilleure nouvelle depuis très, très longtemps, dit-il, et sa voix se brisa presque.

— Venez avec moi, vous deux, lança Pauli en houspillant ses deux aînés. Allons trouver le patron. » Il avait déjà passé la porte et parcouru la moitié du couloir.

Stockholm, 10 décembre 1922

Niels Bohr se mit à la fenêtre de sa chambre à l'hôtel Reisen pour regarder le port de Stockholm et, au loin, la côte sauvage. L'Opéra royal dominait de toute sa hauteur le parc couvert de neige ; son toit étincelait sous les rayons bas du soleil hivernal. Il avait lu peut-être déjà vingt fois son allocution pour le Nobel, y introduisant chaque fois des modifications, des ajouts, des corrections et des corrections de corrections, selon son habitude. Le texte lui convenait maintenant. Il y jetterait un dernier coup d'œil plus tard. Ou le lendemain. Il aurait le temps avant la cérémonie.

Einstein n'y assisterait pas. Il était en voyage quelque part à l'autre bout du monde et s'était excusé. Peut-être cet honneur lui paraissait-il dérisoire. Bohr en était convaincu lui aussi. Mais le renom qui accompagnait le prix faciliterait la collecte de fonds pour son Institut. Le gouvernement n'avait pas manqué de générosité, mais il devait maintenant essayer de trouver des ressources supplémentaires. De nouveaux équipements, peut-être quelques chercheurs de plus – après tout il y avait tellement à faire et tant à savoir. Pour une fois, il s'autorisa à être satisfait. Vrai, il y avait encore des montagnes à gravir, mais il avait encore le temps. Il n'avait que trente-sept ans. « Quel dommage que père n'ait pas eu le Nobel[1]. Nous aurions été comme les Braggs[2] », pensa-t-il. Il s'aperçut que sa pensée avait tout de go glissé d'Einstein à son père. Cela le fit sourire. Freud aurait eu quelque chose à dire là-dessus ! Eh bien, si ce n'était son père, peut-être un de ses fils recevrait-il le prix[3]. Alors il serait Bohr l'ancien… La sonnerie stridente du téléphone interrompit ses pensées.

« Bonjour, professeur Bohr, j'ai Copenhague pour vous, annonça l'opératrice.

– Merci. »

Il y eut deux déclics, la ligne crachota, et un Coster surexcité croassa dans la ligne. « Bohr ? Ça y est ! Nous l'avons attrapé !

– Coster ? Qu'est-ce que c'est ? Dites-moi.

– Des nouvelles extraordinaires. Le 72. L'élément 72. Nous l'avons. Nous l'avons vraiment, cette fois-ci. Hevesy est déjà parti pour la gare… Il vient à Stockholm… Comme ça vous pourrez l'annoncer dans votre conférence pour le Nobel !

– Merveilleux ! Félicitations ! Mais que s'est-il passé exactement ? Vous l'avez isolé ? Combien en avez-vous ? En êtes-vous sûrs ? » L'allégresse de Bohr était teintée d'une nuance de prudence.

« Sûrs et certains. Et nous en avons des quantités. Nous pensons que c'est un élément très commun. Hevesy est allé mendier auprès de l'Institut de géologie quelques minéraux riches

---

1. Le père de Niels, le professeur Christian Bohr, fut nominé pour le Nobel de médecine.

2. Le père et le fils Braggs, William Henry et William Lawrence, partagèrent en 1915 le prix Nobel de physique.

3. Aage, le fils de Niels Bohr, avait juste six mois à cette date. Il reçut le prix Nobel de physique en 1975.

en zirconium, et avec la chance des débutants, il est tombé sur une méthode de séparation qui est véritablement efficace – la cristallisation des doubles fluorides. Le spectromètre à rayons X a fonctionné ; donc nous avons essayé les échantillons purifiés et obtenu des spectres magnifiques. Les raies sont exactement à l'endroit prédit par la théorie. Il n'y a plus aucun doute. Nous avons déjà envoyé un courrier à *Nature*.

– Félicitations, encore. Vous avez gagné votre admission dans un club très exclusif. Combien de gens ont eu la chance de découvrir un nouvel élément ?

– Nous osons à peine le croire ! Mais, comme je l'ai dit, il n'y a aucun doute, répéta Coster.

– Quand Hevesy doit-il arriver ? Je suis si impatient de le voir.

– Il devrait être avec vous tard dans la nuit. Il viendra directement à votre hôtel.

– Parfait. » Bohr ne put s'empêcher de regarder sa montre pour voir combien de temps il lui faudrait attendre avant l'arrivée de son ami. Puis une autre idée lui vint à l'esprit. « Coster, comment allez-vous appeler le 72 ? cria-t-il dans le récepteur.

– Nous l'avons baptisé "hafnium". D'après Copenhague.

– Je croyais que Hevesy avait envie de l'appeler le "danium". » Bohr se dit que la plupart des gens ignoraient que Hafnia était l'ancien nom de la capitale danoise. Avec « danium » il n'y aurait eu aucun doute.

« Nous en avons débattu sans réussir à nous décider, mais nous ne voulions pas retarder la publication dans *Nature*, donc nous avons joué à pile ou face. Hafnium sonne bien aussi, expliqua Coster. Si vous n'êtes pas d'accord, nous pouvons toujours envoyer un télégramme au rédacteur en chef et changer de nom.

– Les deux me paraissent aussi bons l'un que l'autre », concéda-t-il.

Le lendemain Hevesy était assis dans le Concert Hall. En plus de la jaquette grise qu'il avait louée pour l'occasion, il portait un col dur et un nœud papillon blanc. Assis droit comme un piquet, son visage sévère démentait le plaisir délicieux qui le remplissait tout entier. Il avait fait une découverte majeure. Tant de choses s'en trouvaient justifiées, de ce fait. Tant. Et en conséquence, l'espoir lui était revenu. Il était impossible d'imaginer une occasion plus appropriée pour l'annonce publique de leur découverte. Bohr, son ami le plus proche après Paneth, allait recevoir une reconnaissance universelle. Et dans le même temps, par une de ces coïncidences du destin qui ne devaient rien au hasard, leur mentor commun, Papa Rutherford, serait honoré comme aucun maître ne l'avait jamais été dans l'histoire. Pas moins de trois des poulains de Rutherford allaient recevoir un prix Nobel en ce jour ! Soddy, Aston, Bohr. Un autre de ses disciples venait juste de découvrir un nouvel élément, le 72 ! Et cela moins de dix ans après les goûters de Lady Rutherford et les promenades tranquilles à travers la campagne dans la voiture rutilante du professeur. Seulement dix ans ! Il n'arrivait pas à le croire. Ces après-midi lui semblaient appartenir à un autre univers, avant la fracture de la Grande Guerre et toutes ses suites. Un pays de cocagne, où tout était jeunesse et innocence. Peut-être des jours analogues reviendraient-ils, malgré tout. Après le grand remue-ménage, peut-être l'Europe allait-elle trouver un nouvel équilibre. C'était le jour où jamais pour l'espérer. Et pour être fier.

Hevesy, perdu dans ses pensées, ne prêtait qu'une attention flottante à l'allocution de Bohr, quand soudain la musique de son propre nom s'invita dans sa rêverie. Vers la fin de son discours, la voix du lauréat changea de timbre : « Le docteur Coster et le professeur Hevesy, qui travaillent tous les deux à Copenhague... – il s'interrompit un bref instant pour chercher des yeux son ami – ont examiné des minéraux en pratiquant des analyses spectroscopiques aux rayons X. Ces chercheurs ont été en mesure d'établir l'existence dans les minéraux qu'ils analysaient de quantités appréciables d'un élément avec le numéro atomique 72, dont les propriétés chimiques montrent de très grandes similitudes avec celles du zirconium et une différence nette avec celle des terres rares. »

Hevesy ferma les paupières. Le mage apparut devant lui : Rutherford dans la robe constellée des alchimistes, suivi de quatre pages, Bohr, Soddy, Aston et lui-même. Comme il regardait mieux, la moustache à la gauloise de Rutherford se changea en une barbe blanche broussailleuse, son ample robe en un caftan, le turban de l'alchimiste en un chapeau orné de fourrure. Hevesy se tourna vers Bohr pour lui demander ce qui s'était passé, mais les trois autres pages avaient disparu. À la place, des garçons hâves dans de longs manteaux noirs dépenaillés l'entouraient. Il comprit qu'il était devenu l'un des leurs, aussi maigre et mal fagoté qu'eux, mais il s'en moquait. Le mage chantait quelque chose. Hevesy ne pouvait pas distinguer les mots, mais il était sûr que c'était une formule magique. « Que dit-il ? » demanda-t-il au jeune homme à côté de lui. « Chut ! » Son camarade posa un doigt sur ses lèvres et murmura à l'oreille de Hevesy : « C'est le Nom divin de soixante-douze syllabes, miraculeux et tout-puissant, saint et redoutable, que Moïse a appris auprès du buisson ardent et qu'il a utilisé pour partager la mer Rouge et sauver les Enfants d'Israël. » Par esprit de contradiction, la figure onirique se plaça derrière lui et chuchota dans son autre oreille : « Car n'est-il pas écrit que quiconque prononce ce Nom contre un démon, alors celui-ci se retire ; sur un feu, alors il est maîtrisé ; sur un invalide, alors il est rendu à la santé ; contre un ennemi, alors il est vaincu ? »

*Trois explications du monde*

## Lettre de George Hevesy
## à Rudolf Ortvay

*Universitetets Institut for Teoretisk Fysik*
*Blegdamsvej 15*
*Le 17 janvier 1923*

Cher professeur,

Votre aimable carte m'a trouvé ici. Si j'avais passé mes vacances à Budapest, je n'aurais pas manqué de vous rendre visite ; vous auriez même été un des premiers que je serais venu voir. Mais un cas de force majeure, je dois dire des plus plaisants, m'a fait renoncer à mon projet de voyage. Avec l'excellent Coster, expert dans l'interprétation des spectres de rayon X, j'ai réussi à découvrir l'élément dont le numéro atomique est 72. Bohr a été en mesure d'annoncer nos découvertes en direct dans son allocution pour le Nobel, mais il nous restait encore beaucoup de détails à clarifier. Pourtant, autour du Nouvel An, l'existence de l'élément était établie sans l'ombre d'un doute, et nous avions aussi sa signature complète sous forme de son spectre en rayons X et démontré qu'il existe en abondance dans la nature. De fait, le nouvel élément n'est pas rare du tout, seulement deux cents fois plus rare que le carbone. En général, il ne se trouve pas sous forme soluble, mais il n'est pas inhabituel de le trouver dans des minéraux en proportion de 3 à 5 % – ce qui en fait un des éléments les plus courants. Nous l'avons trouvé d'abord dans des minéraux venant du Groenland et de Norvège, mais par la suite dans bien d'autres types.

La spectroscopie aux rayons X est plus difficile qu'on ne saurait l'imaginer, et nous avons eu des quantités de problèmes, mais aussi une chance formidable.

357

*L'élément 72 – pour lequel nous avons proposé le nom de danium[1] – est une confirmation éclatante de la théorie de Bohr pour le système périodique. Selon cette théorie, il doit y avoir un élément à quatre valences alors que jusqu'à présent tout le monde le cherchait parmi les terres rares trivalentes.*

*Pour le moment, nous sommes pris par l'analyse de l'ensemble des propriétés chimiques du danium, qui bien sûr demande beaucoup de travail. Voilà pourquoi en guise de vacances nous sommes noyés dans le travail, mais c'est un travail ô combien plaisant. Et vu le soutien étendu que nous recevons de tous côtés, l'indéfectible collaboration des collègues et la coopération de tous et de chacun dans le cadre de l'Institut, c'est même une merveille. J'ai mis le reste de mon travail en sommeil, à l'exception des expériences que je réalise en commun avec l'Institut médical Finsen et l'Institut du radium.*

*Je regrette de n'avoir pas eu la possibilité de vous saluer – j'aurais aimé vous faire en personne le récit de ce que j'ai vécu à Stockholm. La cérémonie pour le Nobel a été vraiment merveilleuse. Depuis que la fondation existe, ils n'ont jamais donné des prix à quatre hommes aussi éminents que Bohr, Einstein, Soddy et Aston, tous au même moment.*

*Comment allez-vous, Herr Professor? Quelles nouvelles de Szeged?*

*Je vous souhaite une très bonne année et beaucoup de bonheur. Votre ami,*

*George Hevesy*

---

1. Après avoir changé d'avis un grand nombre de fois, Hevesy et Coster ont fini par se décider en faveur du nom « hafnium » pour le nouvel élément.

*Trois explications du monde*

Jérusalem, 1er avril 1925

Au sommet du mont Scopus, par une chaude journée de printemps, Lord Balfour se leva et prit la parole devant un public d'invités triés sur le volet. Puis, après une brève allocution, il déclara ouverte l'Université hébraïque de Jérusalem. Un petit nombre de dignitaires siégeaient à la tribune derrière lui. Droit comme un I, comme il sied à l'ambassadeur d'une puissance mondiale, Lord Allenby semblait insensible à la chaleur, bien qu'aucun dais ne protégeât les excellences des rayons d'un soleil éblouissant. Quant aux trois grands rabbins, moins à l'aise dans leurs épais caftans noirs, mais exaltés d'assister à la fondation d'un centre d'études juives dans la Ville sainte, leur présence à cette solennité montrait l'assentiment des autorités spirituelles à ce projet. L'académie était représentée par le docteur Chaim Weizmann, un homme d'une puissante énergie, ainsi que par son excellent ami de soixante-quatorze ans, Sir Arthur Schuster, de l'université de Manchester, vice-président de la Royal Society. Sir Arthur avait les larmes aux yeux, bouleversé par la signification de l'événement, tout en se demandant s'il aurait droit à une tasse de thé après la cérémonie pour étancher sa soif. Bien sûr, Weizmann n'était pas là seulement en sa qualité de représentant du monde académique, c'était lui qui avait porté le projet sur les fonts baptismaux. Il avait fait campagne pour une université juive en Palestine dès avant la Grande Guerre, à l'époque où il était chercheur à Manchester. Il avait convaincu Lord Allenby de poser la première pierre en 1918 et s'était depuis investi personnellement dans la levée de fonds. Des promesses de financement étaient venues pour l'essentiel des États-Unis, après son voyage avec Einstein, dont la célébrité était proche de celle d'une star de cinéma. Des contributions substantielles s'ajoutèrent grâce aux relations anglaises de Weizmann, en particulier d'un petit nombre

d'hommes d'affaires de Manchester. En plus d'Einstein, il avait
tablé sur le prestige de Sigmund Freud, de Vienne. Les deux
hommes avaient accepté d'être les curateurs de la nouvelle université. Schuster, figure pourtant éminente, ne faisait pas partie
de l'équipe. Mais il était là en tant que vieil et cher ami. Si seulement Rutherford avait pu être juif ! Weizmann aurait tellement aimé l'avoir sur la tribune, à côté de Schuster.

Chaim Weizmann rêvait d'une triade de grands instituts qui
formeraient le socle et le terreau de l'université. Il devait y avoir
un Institut des sciences[1], qui s'organiserait dans un premier
temps autour de deux pôles, physique et mathématiques, avec
un soupçon de chimie par égard pour le passé – après tout, il
pourrait même y faire des recherches lui-même[2]. Ce serait un
formidable point de départ s'il arrivait à convaincre Einstein de
venir le diriger. Puis, une faculté d'études juives, qui inclurait
une chaire de kabbale, pour des recherches académiques sérieuses sur la tradition juive. On trouverait facilement la bonne personne pour le poste. Un jeune homme du nom de Gershom
Scholem[3] l'avait impressionné par son intelligence et sa connaissance du sujet. Enfin, un Institut de médecine, avec une chaire

1. La première pierre de l'Institut Einstein de l'Université hébraïque de
Jérusalem fut posée quelques jours plus tard par Lord Balfour.
2. Weizmann devait par la suite faire des recherches scientifiques en
Palestine, non pas à l'Université hébraïque, mais à l'Institut Sieff de Reho-
vot, fondé plusieurs années plus tard et aujourd'hui connu sous le nom
d'Institut Weizmann.
3. Gershom Scholem enseigna la mystique juive à l'Université hébraïque
à partir de 1925, un poste qu'il conserva pendant quarante ans. Il publia
plusieurs des livres de référence sur la kabbale et est aujourd'hui reconnu
comme la principale autorité académique sur ce sujet pour le XXe siècle. Il
devint doyen de l'université et finalement président de l'Académie des
sciences d'Israël. Il était un ami intime de Wolfgang Pauli et correspondit
avec C.G. Jung après la guerre. Dans ses mémoires, *De Berlin à Jérusalem :
souvenirs de jeunesse*, il mentionne son amitié avec Toni, la nièce de Sigmund Freud. Scholem épousa Fania Freud.

de psychanalyse. Freud avait déjà nommé un de ses disciples, Max Eitington, mais des voix s'étaient élevées contre l'idée d'une telle faculté. Comment pouvait-il y avoir une chaire de psychanalyse alors qu'il n'y avait même pas de chaire de psychologie ? demandaient les détracteurs. « Physique, psychanalyse et kabbale dans une seule et même université, murmura Weizmann à son voisin, Arthur Schuster. Cela ne pouvait se produire que sur le mont Scopus. À Jérusalem. »

Prague, septembre 1925

Un cheval fier tirant un fiacre noir et jaune trottait sur la Parizka. Cette grandiose avenue bourgeoise, dont les immeubles cossus avaient été construits au tournant du siècle, sonna le glas de l'ancien ghetto de Prague : son percement le frappa en plein cœur. Un juron échappa des lèvres du cocher quand un taxi-moteur dépassa son équipage, juste comme il ralentissait pour tourner à gauche sur la place de la Vieille-Ville. « Enfer et damnation ! Ils devraient être interdits, ces monstres gueulards et puants ! » Il avait raison, dans un sens : le fiacre, avec son bois poli et son cuir brillant, correspondait mieux que n'importe quelle automobile moderne à l'édifice baroque à quatre étages devant lequel il s'arrêta. Le bâtiment en pierre blonde surmonté de statues de saints et d'anges, ancien couvent des pères pauliniens[1], abritait la famille Pascheles depuis le mitan du siècle précédent.

En ce jour particulier, le clan s'était rassemblé des quatre coins de l'Europe pour célébrer le quatre-vingtième anniversaire

---

1. Le bâtiment, n° 7 place de la Vieille-Ville, est toujours debout dans toute sa splendeur. Il abrite aujourd'hui un café.

de leur matriarche, Madame Helene Utitz Pascheles. Deux hommes descendirent du fiacre. L'un était un gentleman à l'allure distinguée, entre quarante et cinquante ans, qui semblait tout droit sorti d'une gravure des jours révolus du règne de François-Joseph, tandis que l'autre était un jeune homme grassouillet qui, avec ses touffes de cheveux noirs bouclés, avait un air patibulaire, heureusement contrebalancé par la mallette usée qu'il serrait sur sa poitrine. Un passant les aurait pris pour un avocat s'apprêtant à rendre visite à un client aristocratique en compagnie de son clerc sous-payé. En réalité, c'étaient le père et le fils, les deux Wolfgang Pauli, l'aîné et le jeune, le médecin et le physicien. Comme ils portaient exactement les mêmes nom et prénom, et qu'ils étaient parvenus l'un et l'autre aux plus hautes cimes académiques, il avait fallu trouver un qualificatif pour éviter l'ambiguïté. À Copenhague, Hevesy avait pris l'habitude d'appeler son remuant camarade le « petit Pauli », au grand dam du concerné, qui insistait pour que l'on utilise le « jeune » chaque fois qu'il était besoin de le distinguer de son père. Sa famille, tout naturellement, l'appelait Wolfie.

Pauli le jeune venait rarement à Prague. Il était trop absorbé par son travail. Quand il s'autorisait quelque interruption, il passait le plus clair de ce temps libre à voyager d'un centre de physique à un autre pour rendre visite à des collègues, assister à des conférences, ou les deux. Son propre univers était très différent de celui qu'il voyait dans la vieille ville de Prague – un monde enraciné dans le passé et fier de l'être. Il était content d'avoir fait l'effort de venir et savait que son père était ravi et fier de ce qu'ils viennent ensemble voir Grand-Mère. Peut-être le changement d'atmosphère l'aiderait-il à y voir plus clair dans les problèmes qui l'obnubilaient depuis maintenant des semaines.

Les grosses portes de bois étaient grandes ouvertes, les deux hommes passèrent sous la voûte pour entrer dans un vestibule richement décoré. Une bonne en tablier prit leurs manteaux et les suspendit dans une alcôve conçue pour abriter un grand crucifix dans la précédente incarnation de l'édifice. Docteur Pauli l'aîné donna des instructions pour leurs bagages, qui seraient acheminés depuis la gare. La bonne les conduisit à l'étage, constitué en tout et pour tout d'un immense salon. Rien n'avait changé, ni dans la couleur des planchers ni dans les meubles de style anglais, datant de la fin de l'ère victorienne telle qu'elle avait été interprétée dans les esprits de la grande bourgeoisie juive à la fin de l'Empire austro-hongrois. De lourds rideaux de peluche rouge ouvraient sur la place de la Vieille-Ville, mais la merveille médiévale la plus célèbre de la place, l'horloge astronomique, n'était pas visible depuis cet angle.

Peu importe, car la vue qui comptait le plus, dans l'esprit du grand-père Jacob, s'imposait facilement à toutes les fenêtres de la façade. La librairie et les bureaux de la Maison Pascheles, au n° 11, à côté du palais Kinsky, étaient à seulement cinquante mètres sur la gauche. La maison d'édition que Wolf Pascheles avait établie au milieu du XVIIIe siècle et qui avait en retour établi à Prague la famille Pascheles était encore en activité et, pleine de vitalité, générait toujours des profits substantiels. C'était cette richesse qui permettait à Helene Pascheles, à l'occasion de son quatre-vingtième anniversaire, de traiter, telle une seconde reine Victoria, sa famille et quelques bons amis dans son splendide salon. Elle-même venait d'une famille très prospère, mais il n'était plus resté que des bribes de la fortune des Utitz, une fois partagée entre ses douze frères et sœurs.

« Wolfie ! appela la vieille dame avec joie en désignant cette fois l'aîné, puis apercevant le fils : ... Et le petit Wolfie ! Quelle merveille ! Vous me rendez si heureuse.

– *Küssdiehand*, grand-mère », dit Pauli. Il n'embrassa pas la main osseuse qu'il garda au creux de la sienne, mais sa joue au teint cireux barbouillée de poudre de riz, tandis qu'avec son autre bras il serrait affectueusement la vieille dame. C'était bon d'être à la maison.

La bibliothèque avait toujours été sa pièce favorite. Son arrière-grand-père Wolf avait commencé à la constituer, et ses fils Jacob et Samuel et son gendre Jacob Brandeis, tous éditeurs et libraires, l'avaient enrichie de maints volumes. Leurs portraits étaient accrochés sur la seule cloison qui n'était pas couverte de rayonnages remplis de livres, dont beaucoup moisissaient doucement dans leur reliure de cuir usée. Sur le même mur que les portraits et à gauche de la grande cheminée de marbre était accroché un certificat en parchemin provenant du Registre royal et impérial, le *K. u. K. Landesgericht*, déclarant Jacob Pascheles expert assermenté, reconnu par la Couronne, dans le domaine des livres et des manuscrits hébraïques. À côté, dans un autre cadre doré et fixée sur du velours bleu reposait la médaille d'or *Viribus unitis*, remise à l'arrière-grand-père Wolf par François-Joseph, encore tout jeune empereur. De petites coupes et médailles en argent, que le grand-père Jacob avait gagnées aux tournois d'échecs de 1868 et 1873, peuplaient le manteau de la cheminée, de chaque côté d'une antique horloge en albâtre. Comme pour faire contrepoids à ces réussites selon le siècle, il y avait, de part et d'autre, des certificats et médailles, une série de lithographies dans des cadres assortis. Chacune montrait un rabbin, un tsadik, un *gaon* ou un autre notable – autant d'hommes barbus avec chapeau à bordure de fourrure, dont les yeux brillaient tous du même regard, plein de bonté et pourtant fascinant, presque hypnotique. Chaque gravure rappelait aussi le nom et la situation de son sujet : Ézéchiel Landau, *Oberrabbiner bei der israelitischen Gemeinde in Prag*, Samuel Landau, *Erster Oberjurist und Religionsvorsteher zu Prag*, Moses Chatam Sofer, *Oberrabbiner bei der israelitischen Gemeinde in Pressburg*, etc. Sous les noms et les titres, chaque gravure annonçait fièrement : *Verlag und Eigenthum von Wolf Pascheles, Prag*, Wolf Pascheles de Prague, éditeur et propriétaire (des éditions éponymes). C'était la *Galerie Pascheles*, un ensemble de portraits de rabbins miraculeux que son arrière-grand-père Wolf avait promenés dans sa malle aux quatre coins de l'Empire et dont la vente avait permis de lancer la maison Pascheles.

À la place d'honneur, les livres publiés par Wolf et ses descendants se tenaient en rangs disciplinés. Soixante-dix années d'édition ! Il y avait des livres de prière de toutes sortes, une série complète des *Pascheles Illustrierte Volkskalender*, soit une livraison par an depuis 1852, et les volumes préférés de Pauli, les *Sippurim*, la fameuse collection de mythes et légendes populaires juifs et de courtes biographies de Juifs illustres. Son arrière-grand-père avait fait paraître le premier volume en 1846. Après sa mort, les *Sippurim* avaient été maintenus en vie par son grand-père Jacob et son grand-oncle Jacob Brandeis. C'était le père de Pauli qui avait interrompu cette chaîne.

Pourtant Pauli, enfant, n'avait rien su de sa famille ni de son héritage praguois. C'est presque par hasard qu'il apprit ses racines juives et le nom de Pascheles. Ce soir-là, à Vienne, son père était de mauvaise humeur. Il se plaignit à table, auprès de son épouse, d'un « satané Juif » qui assistait à ses cours. Cet après-midi-là, père avait décrit un processus particulier dont il se présenta comme l'inventeur, des années auparavant. Pour son dépit, l'étudiant le contredit : « Excusez-moi, professeur Pauli, mais ce processus a été découvert par un docteur Pascheles ! » Wolfie et sa sœur Hertha, surpris de la fureur de leur père qu'ils ne pouvaient pas comprendre, apprirent alors leurs origines juives. Avec les années, Wolfgang l'aîné mit de l'eau dans son vin, mais s'il n'était pas rare qu'il fît le voyage de Prague pour voir les siens, il ne put cependant jamais accepter l'héritage du ghetto. À l'inverse, le jeune Wolfgang Pauli, poussé par la curiosité et peut-être un désir un peu pervers de se différencier de son père, montra de l'intérêt, intellectuellement, pour les racines praguoises de la famille et la culture juive en général.

Wolfgang Pauli, *Wunderkind* de la physique, sentait une forme de continuité entre les auteurs des *Sippurim* et lui-même, et non pas le fossé immense auquel on aurait pu s'attendre. Il se disait souvent que, si le contexte n'avait pas changé, si les Lumières n'avaient pas triomphé, si les institutions du savoir scientifique avaient continué à fermer leurs portes aux Juifs, s'il était né deux générations plus tôt, il aurait été comme eux lui aussi, il aurait fait ce qu'ils avaient fait, il aurait cru à ce à quoi ils avaient cru. Cinquante années seulement séparaient Wolf Pascheles (c'eût été son nom, du reste, si son père n'avait pas pris celui de Pauli), colporteur de portraits de rabbins et de livres de prières pour les dames, de Wolfgang Pauli, auteur de l'article magistral (c'était le mot que Sommerfeld avait utilisé) sur la théorie de la relativité d'Einstein pour l'*Enzyclopädie der mathematischen Wissenschaften*. En feuilletant ces livres, Pauli fut soudain envahi par le sentiment irraisonné d'être un maillon de la chaîne, en dépit de son éducation sécularisée. La tradition qui l'entourait l'habitait aussi. Mais elle devait partager sa domination avec l'autre, la flamme du positivisme, du scepticisme scientifique, de la rigueur analytique, dont son parrain Mach avait déposé l'étincelle et que son père, ses professeurs, ses lectures, sa propre analyse, avaient fait grandir et rayonner. Et il y avait lui, ce qu'il était, qui éclipsait tout le reste. Comment des influences à ce point incompatibles pouvaient-elles coexister et s'épanouir dans un seul esprit ? se demanda-t-il.

Une paire de chaises aux accoudoirs de peluche rouge, aux sièges élimés, flanquait une antique table d'échecs. Les fantômes des deux Jacob, Pascheles et Brandeis, continuaient peut-être de jouer dans l'éther. Pauli s'assit dans le fauteuil le plus proche. Il prit un livre poussiéreux mais ne l'ouvrit même pas, obnubilé qu'il était par sa réflexion sur ces influences contraires, qui luttaient en lui à qui aurait sa loyauté. Il eût été indiqué qu'il fît l'effort de rejeter l'une ou l'autre. « En l'occurrence, se dit-il, je n'ai pas beaucoup de doute sur celle dont je dois me débarrasser », mais en son for intérieur il n'était pas convaincu. Ce n'était pas si simple. Son intellect, digne filleul d'Ernst Mach, ne doutait pas de soi. Pourtant Pauli savait qu'il ne serait pas capable de rejeter l'autre courant. Il n'était pas moins vrai. Et là était le cœur du problème. L'intellect dictait une vision du monde, ses sentiments une autre. L'intellect pestait et persiflait, déniait toute existence objective à l'autre, concluait à un pur délire. Mais dans ces conditions, pourquoi cette impression folle ne s'évaporait-elle pas, ne se dissipait-elle pas, ne disparaissait-elle pas ? Pourquoi Pauli s'identifiait-il avec ce qu'il ne pouvait accepter intellectuellement ? Pourquoi son intellect rejetait-il en bloc tout ce qu'il avait du mal à comprendre ?

Il baissa les yeux vers le livre qui était entre ses mains. C'était un traité sur Isaac Luria, le grand kabbaliste du XVI$^e$ siècle. Un sourire se dessina sur le visage joufflu de Pauli. Il ne lui en fallut pas davantage pour entendre son maître, le professeur Sommerfeld, et ses remarques sur le fait que les relations entières qui constituaient la base de la physique quantique étaient kabbalistiques. « Je doute fort que le vieil homme se référât à Luria », dit-il tout haut. Il ouvrit le livre au hasard, à plusieurs endroits, le feuilleta sans savoir ce qu'il cherchait, quand soudain une page retint son attention. Il commença à lire. Le passage décrivait les trois grands symboles de Luria : *tsimtsum, shevira* et *tikkun*.

Le premier des trois était lié au mythe de la Création. Selon Isaac Luria, le Divin primordial, pur esprit, qui remplit tout, dut d'abord se retirer de lui-même en lui-même pour créer l'espace qui abriterait sa création. Cette contraction de l'essence de Dieu en lui-même afin de laisser un espace pour l'univers avait eu pour effet de retirer l'essence de Dieu toujours plus loin de cet univers. Telle était la solution que Luria proposait pour rendre compte de la façon dont Tout avait été créé à partir de rien, mystère des mystères. Le néant avait lui aussi été créé. Le néant était le volume duquel Dieu retira son essence qui remplissait tout. Le commentaire du XVII$^e$ siècle que lisait Pauli interprétait le récit de Luria comme une métaphore de l'essence de l'homme. Il affirmait que le *tsimtsum* renvoyait à la barrière entre l'homme, c'est-à-dire la conscience individuelle de l'homme, et Dieu. Ce rideau à travers lequel l'homme ne pouvait pas voir lui donnait l'apparence d'un moi indépendant de Dieu et l'illusion d'une liberté de décision.

À l'intérieur du vide créé par le *tsimtsum*, Dieu fit rayonner sa lumière divine. Cette lumière infinie pénétrait l'espace comme une balise, entrant en collision avec des fragments de l'essence de

Dieu qui était encore en plein processus de retrait. L'univers, créé de la collision cosmique de ces deux manifestations divines, allait occuper l'espace ainsi libéré. Les *sephirot* avaient la tâche de donner un lieu à la lumière divine, tels des réceptacles conçus pour la contenir. Mais tragédie : les *sephirot* inférieures, éloignées de Dieu et donc privées de certaines des qualités divines, furent débordées ; incapables de contenir la lumière divine, elles se brisèrent et, volant en éclats, éparpillèrent leurs précieux contenus dans tous les coins de l'espace nouvellement créé. C'était la *shevira*, la brisure des vases. Non, disait le commentaire, ce n'était pas une tragédie, car il ne pouvait rien exister qui ne fût intentionnel. C'était la catharsis d'une nouvelle naissance, d'un nouveau commencement, d'une nouvelle création. Les convulsions, la douleur, la brisure du vase qui accompagnent l'entrée au monde de chaque nouveau-né sont de même une catharsis nécessaire, séparant le potentiel de l'effectif. C'est ce qui se passe dans la *shevira*. C'est à cause de la *shevira* que ce monde, que nous appelons « réel », est imparfait, en désordre et composé de parties, livré au mal. Le saint dessein de la Création est *tikkun*, le rassemblement de toutes ces étincelles divines venant des quatre coins de l'univers, pour restaurer l'ordre primordial, divin. Et il en va de même avec l'homme, poursuivait l'auteur des commentaires, car les vases de l'homme peuvent eux aussi voler en éclats. Après ce traumatisme cosmique vient sa renaissance, et avec elle la possibilité de recouvrer les étincelles perdues, jusqu'à ce que l'ordre cosmique soit restauré, au moment de la mort paisible de l'homme.

Ce n'était pas la première fois que Pauli était saisi par les images de la doctrine lurianique, si proches de l'imagerie qui le hantait quand il essayait de résoudre les problèmes de son propre domaine. Il ne pouvait pas s'empêcher d'admirer la profondeur de la sagesse qui s'exprimait sous une forme archaïque. Pauli songea que l'espace avait dû être créé à partir de rien. La création de l'espace avait coïncidé avec le déversement de grandes quantités d'énergie dans le vacuum nouvellement créé. Et aucun réceptacle imaginaire ne put contenir la Création, c'est-à-dire la matière, qui explosa vers l'extérieur et coula en direction des extrémités de l'univers. Et ne s'était-il pas lui-même engagé dans une sorte de *tikkun* ? Le rassemblement des étincelles divines de connaissance venant des quatre coins du monde, telle était sa vocation. Tel était son dessein. Les pensées de Pauli retournèrent au problème qui ne l'avait pas quitté depuis maintenant des mois. Kabbalistiques étaient, selon Sommerfeld, les relations entières des raies spectrales. Pauli adorait ironiser sur le pseudo-mysticisme du vieux – il lui arriva souvent d'évoquer le département de Sommerfeld à Munich sous le nom d'« Institut des relations mystiques » ! Pourtant il n'était pas dupe : il savait que ses moqueries étaient une réponse au trouble que suscitaient en lui les relations entières. D'où ces règles si simples, simplistes même, venaient-elles donc ? Quelle vérité profonde, essentielle, cachaient-elles ? Quel était le message ? Qui pouvait l'interpréter ? Que signifiait-il ?

Pauli était encore en culottes courtes quand Bohr, à Manchester, dériva les relations numériques simples entre les positions des raies spectrales de l'hydrogène décrites par la formule de Balmer. En fait, c'était parce que le modèle atomique de Bohr conduisait directement à cette loi des entiers que bien des sceptiques de son temps s'étaient laissé convaincre que la théorie de Bohr devait être exacte après tout. Bien sûr, « exacte » n'était pas le genre d'adjectif que Pauli aurait utilisé dans un pareil contexte, mais ce calcul de Bohr avait sans aucun doute mis les savants sur le chemin d'une théorie quantique de la matière. Pauli avait dérivé la même formule très récemment, utilisant la nouvelle mécanique matricielle que le jeune Heisenberg avait introduite et que le plus jeune encore Johnny von Neumann avait posée sur une base mathématique solide. Sa dérivation avait beau avoir été célébrée comme un morceau de bravoure des mathématiques, elle ne lui plaisait guère. Elle était valable jusqu'à un certain point, mais d'après lui, elle n'allait pas très loin. Le modèle de Bohr conduisait à une explication du tableau périodique. C'était une telle réussite à cet égard que certains prophétisaient la fin de la chimie, particulièrement depuis que Hevesy et Coster avaient triomphalement confirmé l'existence d'un élément de numéro atomique 72, prédite par Bohr. La fin de la chimie, tu parles ! Ils ne pouvaient toujours pas expliquer la périodicité d'appariement des groupes d'électrons dans l'atome, suivant la séquence magique de 2, 8, 18, 32. Pas complètement. Et c'était là, dans cette énigme, que résidait le fondement de la chimie. 2, 8, 18, 32 : encore des entiers. Les entiers étaient le mortier de l'univers. Sinon le mortier, peut-être les briques elles-mêmes. Des progrès avaient été faits, c'était vrai. Il était clair que chaque atome devait posséder trois numéros quantiques. Pauli avait postulé que les électrons de valence des métaux alcalins qu'il étudiait – dans son travail sur l'effet Zeeman anormal – présentaient un certain double aspect. Il prenait un plaisir pervers à penser que ce double aspect des électrons était comme la main droite et la main gauche. Il était convaincu que cela devait être étendu à tous les atomes, c'est-à-dire que tous les éléments devaient être définis par quatre nombres quantiques, et non pas trois. Il était clair pour lui que la succession magique de 2, 8, 18, 32 serait alors une conséquence naturelle de son postulat. Mais ce n'était toujours pas assez, et c'était cela qui le hantait depuis des semaines. Les nombres « sortaient » de l'équation, mais il n'arrivait pas à dépasser ce stade quand il essayait de comprendre pourquoi. Pourquoi n'y avait-il pas un nombre arbitraire d'électrons dans chaque couche ? Comment le troisième ou le neuvième ou le dix-neuvième électron « savait »-il qu'il devait commencer une nouvelle couche ?

Il reposa le livre sur l'étagère. *Tsimtsum.* Dieu et non-Dieu. La création de l'espace. Un espace pour la Création. Dieu et sa Création ne pouvant coexister dans le même espace. La révolution initiée par Pauli, qui serait par la suite appelée « principe d'exclusion », fut publiée quelques mois plus tard. Dans son article, il décrivait le principe du *tsimtsum* à l'échelle microscopique. Un électron en orbite atomique est caractérisé non pas par trois mais par quatre nombres quantiques. Dans l'espace imaginaire réglé par ces nombres, le volume occupé par un électron ne pouvait pas, ne peut pas être simultanément occupé par un autre. La création a besoin d'espace pour exister. Ce n'était pas l'espace au sens quotidien du terme, bien sûr, c'était un nouvel horizon étrange, tel que chaque électron de main gauche et chaque électron de main droite se voyaient respectivement attribuer une seule partie de l'espace. C'est avec cette vision que Pauli posa les bases de la physique quantique moderne. Mais ce qui lui causa la plus profonde satisfaction, ce fut de pouvoir construire pour la première fois une théorie à même d'expliquer pourquoi il y avait de la matière solide dans l'univers, au lieu de seulement un gaz de protons et d'électrons remplissant le cosmos. Dieu avait dû avoir recours à un mortier d'entiers pour maintenir l'union de sa création matérielle[1].

## New York, octobre 1926

La New School for Social Research m'avait invité à New York pour donner une série de conférences. Inutile de dire que j'acceptai. Et pourquoi pas ? Freud était contre, bien évidemment. Je supposais qu'il ne voulait pas que je prêche hors de son contrôle direct, mais j'étais flatté par l'invitation, sans compter que j'avais besoin de changement, à la fois professionnellement et personnellement. La vie s'améliorait lentement à Budapest, mais les choses étaient loin d'être revenues à la normale. Je n'avais toujours pas donné la moindre conférence publique

---

1. Avec le temps, si la pensée de Pauli sur les quanta est plus que connue, sa pensée sur le *tsimtsum* est restée cachée. Mais pas complètement : c'est une lettre à Gershom Scholem qui nous révèle sa connaissance de cette « contraction » et sa proximité avec les conceptions de Luria. Voir « Sources », en fin d'ouvrage, p. 507.

depuis ma radiation universitaire. Seule l'émigration m'aurait donné la possibilité de relancer mon existence, comme tant d'autres de mes amis. Je me serais installé à Vienne, sauf que Gizella refusait...

J'eus grand plaisir à revoir Brill. Grand patron de la psychanalyse aux États-Unis, il présida tout naturellement les séances. Après chacune de mes conférences, nous allions dîner ensemble et parlions théorie psychanalytique. Son restaurant préféré, qui se trouvait sur la Deuxième Avenue, eut très vite aussi ma prédilection. La nourriture qu'on y servait n'aurait pas détonné dans le Miskolc d'autrefois. La carte me posa des problèmes sans fin – il était trop difficile de faire un choix. Tout était bon, mais quoi que je choisisse et quoi que Brill choisît, son plat me paraissait toujours meilleur que le mien. Même quand je commandais le lendemain ce qu'il avait eu la veille. Un soir, j'étais assis avec un plat fumant de *sólet* devant moi, gardant un œil jaloux sur le *töltött* au paprika de Brill, quand la conversation s'orienta vers la relation entre l'analyste et son patient. C'est un point qui avait grandement occupé mes pensées ces derniers temps. Il me semblait que l'orthodoxie freudienne que Brill avait défendue n'était pas adaptée. « Vous avez tort, insistai-je. On ne peut pas se contenter d'allonger un patient sur le divan comme une sorte de spécimen expérimental et de s'asseoir derrière lui en l'observant comme sous un microscope. La seule chose que l'analyste étudie en réalité est sa relation avec le patient, et la relation du patient avec lui. Loin d'être un simple observateur, l'analyste est cocréateur du phénomène. Il ne faut pas combattre cette réciprocité complexe, mais bien plutôt l'accepter comme une vérité fondamentale et l'utiliser. Le principe de non-ingérence, qui est peut-être un idéal pour l'homme de sciences, est fondamentalement hors d'atteinte. » Brill m'avertit que mon plat risquait de refroidir dans mon assiette, mais j'étais trop profondément concerné par le sujet pour manger – je dois admettre qu'un tel détachement était exceptionnel pour le gourmand que je suis.

« J'ai découvert que le seul moyen de mener à bien un traitement était d'ouvrir mon monde intérieur au patient ; et cela a bien sûr ses conséquences propres, inévitables, continuai-je. Poursuivre l'idéal de l'analyste en s'efforçant de demeurer l'observateur indépendant d'un patient atteint de névrose, c'est aller droit dans le mur. Le progrès vers la guérison réside en un processus d'interaction mutuelle entre l'analyste et le patient, sans que l'on sache toujours très bien qui joue quel rôle.

— Il me semble, remarqua Brill, que vous avancez un point de vue non scientifique.

— Peut-être, admis-je, mais dans le fond, je ne sais pas bien quel sens attacher à ce mot. Dans sa quête de la "scientificité", Freud s'est trouvé obligé de réduire les fonctions mentales à des processus physiques, et c'est la raison pour laquelle la vérité ultime, pleine et entière, lui a finalement échappé. En fait, c'est le contraire qui est vrai. Si le physicien est en mesure d'utiliser des concepts comme force, résistance, inertie, attraction, répulsion, c'est seulement parce que sa propre vie psychique le met de plain-pied avec ces concepts. Il les rencontre dans l'introspection. En un mot, le physicien essaye d'appliquer des notions qui lui sont familières en les projetant de sa propre psyché sur la nature. C'est ce que j'ai écrit dans *Thalassa*. Peut-être cela a-t-il quelque chose à voir avec la réticence de Freud à me donner son autorisation pour ma série de conférences ici. Du reste, que pensez-vous de *Thalassa* ? » Mon livre avait été publié quelques jours auparavant.

« Très intéressant », dit Brill. Il poursuivit, le visage grave, en fin diplomate : « J'ai été particulièrement impressionné par votre affirmation qu'il y a nécessairement une catastrophe à l'origine de tout acte de création.

— Oui, il en est ainsi. Nous en avons des milliers d'exemples... » J'étais sur la défensive.

« Cela m'a fait penser à la vision kabbalistique de la création. Pour Luria, la Création n'était possible, même pour Dieu, qu'à travers une catastrophe.

– Exactement. Ces thèmes sont très anciens. Mais c'est une filiation positive plutôt que l'inverse, n'est-ce pas ?

– Je ne dirai pas le contraire », dit Brill en sauçant son assiette.

Je fus soulagé et heureux de lui voir manifester de l'intérêt pour mes théories. Mais Brill avait toujours été plus ouvert aux idées spirituelles que la plupart de nos collègues. Je fus obligé d'admettre que c'étaient très certainement les années qu'il avait passées avec Jung qui lui avaient ouvert l'esprit. Ou bien le sang rabbinique qui coulait dans ses veines… À vrai dire, je ne devais jamais chercher à aller au fond de cette énigme. Il n'a même jamais ouvertement reconnu qu'il descendait de la dynastie des rabbins Brill. Son père était marchand, c'est tout ce que je savais, mais cela ne voulait rien dire. Bien sûr cela m'intéressait : je savais que Hevesy descendait du clan Brill ; tout naturellement, je me demandais si mes deux relations étaient apparentées – j'ai failli utiliser le terme d'« amis », mais cela faisait longtemps que mon amité avec Hevesy s'était distendue, et Brill était surtout un collègue. Les relations sont nombreuses, rares sont les amis.

Mon séjour à New York me permit de rencontrer aussi Fritz Paneth, le fils du compagnon de Freud et le partenaire de Hevesy. Par une de ces coïncidences que le hasard seul n'explique pas, Paneth était à New York en même temps que moi, lui aussi pour donner un cycle de conférences ; dans son cas, à Cornell University et avec la bénédiction de l'Institut de Berlin qui lui avait accordé un congé exceptionnel. Sa conférence inaugurale, à laquelle je fus invité, portait le titre provocateur d'« Alchimie, ancienne et moderne ». Je ne pus retenir mon rire quand il réussit ce tour de force d'introduire le nom de Sigmund Freud dans un pareil sujet. Le professeur aurait certainement eu quelque chose à y redire ! Cela dit, il était en excellente compagnie – entre Aristote et Newton, Leibniz et Tycho Brahé, Goethe et Rutherford. Paneth, ironique sans le vouloir, présenta Freud comme le « savant viennois », réservant à Rutherford la gloire d'avoir été le premier alchimiste au monde à voir aboutir sa quête.

Paneth était intarrissable. Nous passâmes ensemble un moment merveilleux, à parler de connaissances communes, mais mon humeur s'altéra d'un coup, et au moment où je passai la porte de notre appartement de Manhattan, je n'étais plus bon à prendre avec des pincettes. Gizella était avide d'apprendre les potins, mais j'étais exaspéré et je me montrai grincheux avec elle. Elle me tarabusta tant et si bien qu'à la fin je lui en aboyai une version abrégée. Je fus cruel, ce qu'elle ne méritait pas, et je fis passer Paneth pour un pitre, ce qu'il n'était pas.

« Je lui ai demandé des nouvelles de Berlin. Misi Polányi s'y trouve encore, il étudie des cristaux avec des rayons Röntgen, dit-il. N'est-ce pas assommant ? lui demandai-je. Non, du tout, dit-il. Fascinant, dis-je. Il y a aussi des bruits qui courent sur Johnny von Neumann, dit-il. Notre Johnny ? demandai-je. Von Neumann, répéta-t-il. Il va être nommé *privatdozent*, dit-il. Le plus jeune qu'il y ait jamais eu à l'université de Berlin, dit-il. Notre Johnny ? répétai-je. Pourquoi est-il *votre* Johnny ? demanda-t-il. Je le lui expliquai. Vraiment ? demanda-t-il. Oui, dis-je. Quelles nouvelles de Hevesy ? demandai-je. Il a quitté Copenhague, dit-il, pour une chaire à Fribourg. Comment va-t-il ? demandai-je. Je crois que ça va, dit-il. Bien, dis-je. Vous vous souvenez de mon frère Ludwig ? demanda-t-il. Bien sûr, dis-je. Il est psychanalyste, ajouta-t-il. Et sinon ? demandai-je pour la forme. Il est aussi à Berlin, dit-il, en train d'écrire un livre. Comme c'est bien, dis-je. Des nouvelles du professeur ? demanda-t-il. Oui, dis-je. Il était lui aussi à Berlin. Vraiment ? dit-il. Il a logé chez Ernst, dis-je. Je dois lui écrire, dit-il. Oui, dis-je. À vrai dire il a reçu la visite d'Einstein, dis-je. D'Einstein ? demanda-t-il. Oui, répondis-je. En tant que patient ? demanda-t-il. Non, dis-je. Pourquoi alors ? demanda-t-il. Juste pour bavarder, dis-je. Einstein ? demanda-t-il. Einstein, répondis-je... » J'étais à peine arrivé à la moitié de mon monologue que les yeux de Gizella s'embuèrent. Je fis celui qui n'avait rien vu et poursuivis sur ma lancée. Elle quitta la pièce sans desserrer les lèvres. Je continuai, sachant qu'elle pouvait m'entendre. Puis mes mots s'effilochèrent et se tarirent.

Je m'assis à ma table de travail dans l'idée de prendre des notes pour ma prochaine conférence, mais mes pensées en restaient à l'épisode qui venait d'avoir lieu. Je ne suis pas un être sans cœur. Il ne me viendrait pas à l'esprit de blesser qui que ce soit. Sauf ceux que j'aime le plus. Mais pourquoi donc ? Une analyse profonde n'était pas nécessaire. Je savais très bien pourquoi. Elle aussi. J'étais séparé d'Elma, et elle me manquait trop. La présence de Gizella ne faisait qu'exacerber ma douleur.

Elle ne m'adressa pas la parole pendant trois jours. Quand elle vint enfin à Canossa, notre échange prit une tournure très différente de ce que j'avais attendu. Je pensais que nous n'échapperions pas à une prise de bec immédiate, mais j'avais tort. Gizella, très calme, avait éliminé jusqu'à l'ombre d'une récrimination. « Nous devons divorcer, dit-elle. Tu pourras épouser Elma alors.

– Mais qu'est-ce que tu racontes ? » J'étais choqué. Dieu sait pourquoi.

« C'est la seule solution. Tu dois épouser Elma. Je l'ai toujours dit. »

Je me sentis lamentable. Elle parla sans colère ; mieux, elle rayonnait d'amour. Pour nous deux. Pour Elma et pour moi. Elle me serra dans ses bras. « Ne pleure pas, Sándor, dit-elle, ne pleure pas. »


Gudbrandsdalen, Norvège, février 1927


Bohr était en haut de la pente, debout, seul. Il plissa les yeux, mais cela n'améliora pas les choses. Dans le brouillard blanc incandescent, la visibilité n'était que de quelques mètres. Le vent avait un peu fléchi, mais il restait glacial. Il avala une gorgée d'air glacé au plus profond de ses poumons et se lança vers le bas. Sa vitesse augmentait rapidement, et soudain la confiance lui manqua. Il tenta de ralentir en effectuant un virage. Il entendit ses skis racler la glace et commença à paniquer quand il se retrouva à contrepied. Par chance, il rencontra quelques instants après une plaque de neige poudreuse, douce, fraîche, et reprit le contrôle. Quelques mètres plus bas, aidé par un petit tertre au bord d'une autre pente, raide et glacée, il s'arrêta élégamment, comme si de rien n'était. Quoiqu'il fût un skieur confirmé, il lui semblait au début de chaque saison qu'il avait oublié tout ce qu'il savait. Bien sûr, il n'était pas aussi en forme que dans le passé, et toujours raidi par le froid. Mais c'est aussi pour cela qu'il était venu : l'air glacial et revigorant, la blancheur immaculée des pentes couvertes de neige, la majesté des sommets rocheux et, par-dessus tout, un sentiment d'isolement absolu. « Comment pourrait-on être déprimé ici, alors qu'on se demande si on pourra arriver en bas vivant... », grommela-t-il avec un demi-sourire. Il se pencha en avant dans la bise coupante et se propulsa avec ses bâtons. « D'où diable cette pensée m'est-elle venue ? » Avant de pouvoir réfléchir à la question, il fut poussé en dehors de sa conscience alors qu'il se concentrait sur une série de chasse-neige, qu'il exécuta avec une maîtrise croissante. Puis il sentit que quelque chose n'allait pas, et il se retrouva couché sur le côté dans la neige. « Magnifique ! » Il récupéra un de ses bâtons, puis essaya d'enlever la neige qui s'était glissée sous son foulard, mais il ne réussit qu'à en faire glisser la plus grande partie dans son col de chemise. Il se redressa maladroitement, réchauffé par l'effort, ses muscles plus souples. Il sentit la neige qui se transformait en eau dans un chatouillis froid. Il se frotta le torse à travers ses vêtements pour que la chemise l'absorbe. Puis la question revint. « Pourquoi ? D'où me viennent de si étranges pensées ? » Il n'était pas déprimé pourtant. Surmené, peut-être. Oui, c'était de l'inquiétude. Une inquiétude extrême même, à cause de cette impasse à laquelle ils avaient abouti. Voilà pourquoi il était venu en Norvège reprendre des forces au vide virginal de ces pentes fouettées par une bise glaciale.

Ils avaient tourné en rond. Sans avancer d'un pouce. Aucune idée nouvelle. Pas une solution n'avait émergé de l'intense torture de ses débats avec le jeune Heisenberg. Ce calvaire s'était poursuivi des journées, des soirées, des week-ends, mais rien n'en était sorti. Ils ne tombèrent même pas d'accord sur ce que devrait être l'approche la plus féconde. La foi du jeune homme dans les mathématiques était contagieuse, certes, mais Bohr résistait : il la jugeait injustifiée. Pour lui, la vision devait être première, les mathématiques suivraient. Peut-être s'il avait passé plus de temps avec Pauli... histoire de parler... face à face. Les lettres étaient un pauvre substitut. Il avait la plus haute considération pour Heisenberg. Bien sûr. Le garçon était au sommet de sa puissance intellectuelle. Mais ce n'était pas d'intellect qu'ils étaient à court ; c'était de pénétration, de clairvoyance, d'un phare qui éclaire le chemin à parcourir. Il en était sûr, et pourtant il se sentait coupable. Avait-il raison d'en être si sûr ? Et s'il avait tort ?... N'était-ce pas lui qui bloquait la progression de Heisenberg ? En fait, ils s'entravaient mutuellement. Voilà pourquoi il avait fait ses bagages et, laissant sa famille et l'Institut, était venu skier en Norvège. Seul. Pour une période indéterminée. « Personne ne pourrait être déprimé à être ici, être ici maintenant », se répéta Bohr ; il en était parfaitement convaincu, mais il se donnait le plaisir de le redire pour le savourer encore une fois. Jouir de cette pensée, ou bien s'approcher de sa source ? Pourquoi avait-il pensé à une dépression ? Non, lui n'était pas déprimé. Qui alors ? Ses collègues ? Hevesy peut-être ? Sa famille ? Jenny ? Cette idée le mettant très mal à l'aise[1], il décida de s'arrêter sur Hevesy quoique l'état de son ami se fût beaucoup amélioré ces derniers temps. Il avait même songé un moment à

---

1. Jenny est la sœur aînée de Bohr. Penser à sa sœur créait un certain malaise en lui : des années plus tard, Jenny se retrouva dans un hôpital psychiatrique où elle mourut de maniaco-dépression en phase maniaque.

l'inviter à l'accompagner ; mais, entre-temps, Hevesy était déjà parti s'installer à Fribourg. Bohr se rappela Manchester, leurs séances de travail à Hulme Hall à l'époque où il en était au tout début de sa réflexion sur la quantification des orbites des électrons. Pourquoi ces conversations s'étaient-elles avérées si productives ? se demanda-t-il. Était-ce parce qu'il ne s'était jamais senti en concurrence avec Hevesy ? Le Hongrois, dont la recherche suivait une orientation fondamentalement différente, donnait les avis attentifs mais détachés de qui n'est pas impliqué, et ses critiques étaient aussi larges d'esprit que constructives.

Bohr suivit la courbe de la colline et se laissa glisser sur un chemin qui se perdait dans les bois. Il entra sous les arbres. Le chemin traversait la colline en pente douce. Il laissa derrière lui deux traces parallèles pendant qu'il glissait sans effort. Ce n'était pas Hevesy, décida-t-il. C'était lui, Bohr, et personne d'autre. Ces derniers temps, il avait eu la révélation du chemin à prendre pour avancer. Ce n'était qu'une intuition, mais c'était une certitude. Il n'avait besoin d'en parler avec les autres que pour les convaincre de la justesse de son intuition, et non pas pour obtenir leur aide dans sa progression. Et il avait du mal à les convaincre. Il avait souvent du mal à se convaincre lui-même. Pourtant, quand il sentait la magie en lui, il savait qu'il avait raison. Les preuves, les arguments venaient par la suite, en général. Mais pas toujours. Parfois, comme maintenant, la vision ne parvenait pas à prendre forme. Alors il se sentait misérable et déprimé. Il ne lui restait plus qu'à attendre que cela remonte à la surface, sans qu'il sût ni où ni quand cela se produirait. Ce que Bohr trouvait frustrant et quelque peu humiliant. Comme s'il dépendait de quelqu'un d'autre. Comme si le mérite de ses découvertes devait revenir à quelqu'un d'autre. « Je suis en plein délire », grogna-t-il tout fort.

Il sortit de l'autre côté des bois sur un versant de la colline sans végétation. Comme pour prouver que tout cela était délirant, il tourna délibérément tout droit dans la pente et se mit en position de schuss comme un gamin. Le vent projetait sur son visage des larmes de glace, coupantes comme des lames. Il eut envie de crier à pleins poumons pour exulter de plaisir, mais il se retint. Puis la neige devint plus profonde et il ralentit alors que ses skis disparaissaient dans la poudreuse. Il se retourna, en essayant d'éviter la morsure des particules de glace, mais sans grand succès, et il se laissa tomber dans la neige vierge et profonde.

Oui. C'était le bon temps. Papa Rutherford, Hevesy, Geiger, Darwin… Il rit tout haut quand il se rappela les échecs répétés de Hevesy dans toutes ses tentatives pour séduire Mlle Schuster, contrecarrées par un chimiste d'une cinquantaine d'années du nom de Weizmann. Il se rappela avec tendresse le professeur Schuster, le père de Norah, un vieil homme à la générosité aussi proverbiale qu'était insatiable son intérêt pour la physique. Le poste de Bohr était du reste financé par un legs de Schuster. Comme le temps avait passé depuis ! Il trouva soudain mille attraits au salon de Lady Rutherford. En hiver, ils prenaient le thé et des scones toastés au coin de la cheminée. La demeure des Rutherford devait être, de tout Manchester, la seule où régnât une douce chaleur. Et, en été, une des plus claires et des plus lumineuses. Il pensa à cette fameuse après-midi dans le bureau de Papa, quand Rutherford lui avait dit pour la première fois ce qu'il pensait de ses idées sur la quantification des orbites des électrons. Prudence, tel avait été son conseil. Ne faites pas la course avant de savoir marcher. Il y avait eu aussi l'après-midi de l'*Aufruf*, la déclaration signée par Einstein, Mach, Freud et d'autres. Comme ils se sentaient flattés, Hevesy et lui-même, de se trouver dans la maison du grand homme à discuter de questions philosophiques, presque d'égal à égal. Quelle était cette expression qui avait alimenté leur débat ? Une conception globale exempte de contradictions. Oui, c'était cela. La connaissance seulement à travers l'étude des données de l'expérience.

Il grimpait péniblement, toujours perdu dans ses pensées. Certainement, la question se reposait aujourd'hui exactement dans les mêmes termes. Il n'y avait pas moyen de rendre l'étude des données de l'expérience compatible avec aucune conception globale exempte de contradictions. L'expérience dit que l'électron est une onde. L'expérience dit que l'électron est une particule. Ce doit être l'un ou l'autre. Pourtant, quoique ces deux affirmations s'excluent mutuellement, l'électron doit aussi être simultanément les deux à la fois. Non seulement il n'était pas exempt de contradictions, mais il était même littéralement fondé sur une contradiction. Il était une contradiction en soi. Bohr épousseta la neige de son pantalon, abaissa sa casquette sur son front. À coup sûr, le rêve de Mach était irréalisable en l'occurrence : jamais on ne pourrait faire tenir ensemble à la fois les données de l'expérience et un concept exempt de contradictions ; les deux ne pouvaient pas s'harmoniser pour devenir une seule et même chose. « C'est donc que la conception est fausse, se dit-il. Le véritable concept, quand nous le trouverons, sera exempt de contradictions. Mais pourquoi glorifions-nous l'absence de contradictions ? Qu'en est-il si la nature ne partage pas notre point de vue ? La contradiction est peut-être quelque chose d'inhérent à la fabrication de l'univers. Dans ce cas, toutes nos tentatives pour trouver des concepts exempts de contradictions ne font guère que trahir l'ambition de la race humaine d'imposer par la force ses modes de pensée tranchés et simplifiés à une mère nature profonde et complexe. » Il était remonté sur ses skis, glissant vers la vallée. Il avançait doucement, prudemment – son esprit était ailleurs. Il y avait une auberge au bout du village. Quand il l'atteignit, il s'arrêta, retira ses skis et pénétra à l'intérieur. Ce n'était qu'une petite hutte de bois, une seule pièce basse de plafond, meublée de quelques tables dont les surfaces brutes avaient été polies par des coudes innombrables. Il s'assit sur un tabouret à trois pieds et demanda un chocolat.

La manière dont il devait s'y prendre lui apparut clairement. Après tout, comment Einstein s'est-il engagé sur la voie de la relativité ? Il n'a pas dit que la vitesse de la lumière devait se comporter comme n'importe quel autre vecteur. Non. Il a dit : « Voyons voir où cela nous mène si nous admettons que la vitesse de la lumière est toujours constante, toujours sans aucune exception.

Peu importe que cela n'ait aucun sens. » Que veut-on dire par
« sens », après tout ? Dans la théorie quantique, nous ne devrions
pas chercher d'explications. De toute façon, une explication, on
ne sait guère ce que c'est. Nous devons partir de la prémisse que
l'électron est à la fois une onde et une particule. De la prémisse
que la contradiction est au cœur de la nature. Bien sûr, ce n'est
contradictoire que si nous autres humains voulons le voir ainsi.
L'électron est à la fois onde et particule, et donc il n'est ni l'un ni
l'autre. La contradiction ne se fait jour que dans l'ancienne acception des concepts. Les mots. Les questions. « Qu'est-ce que c'est ?
Oui, mais qu'est-ce que c'est vraiment ? » L'arrogance de la race
humaine ! Ce que c'est vraiment ? Comme si nous possédions la
faculté de comprendre ce qui est « vraiment ». Le problème n'est
pas de savoir ce qu'est l'électron, mais de savoir comment il se
comporte. Et notre étude introspective des données de l'expérience démontre que l'électron se comporte tantôt comme une
particule classique, tantôt comme une onde. Selon son bon plaisir. Il avala son chocolat, puis mit ses mains en coupe autour de
la tasse chaude. Mais ce n'était pas le bon plaisir de l'électron qui
déterminait son comportement, pensa-t-il. C'était le bon plaisir
du physicien. Le résultat qu'il obtenait était fonction de ce que
son bon plaisir lui avait dicté de chercher. L'électron se pliait chaque fois à son désir. L'expérimentateur décidait. L'acte de mesurer décidait de ce qu'il mesurerait.

Mais comment cela est-il possible ? se demanda-t-il. C'est
délirant, à coup sûr. Ce ne pouvait être qu'un pur délire. Mais
à en juger ainsi, n'était-il pas en train de refaire la même
erreur ?... Il ne fallait pas se demander : « Comment est-ce possible ? Cela a-t-il un sens ? » Autant de questions sans valeur.
Elles présupposaient toutes sortes de choses sur la capacité de
l'intellect à comprendre la nature des choses, sur la mission de
l'humanité, sur la signification des mots, et même sur le type
de logique qui gouvernait l'univers. Si l'on pouvait accepter que
la description du comportement d'un électron emprunte à la
fois au modèle classique du comportement d'une particule et au

modèle classique du comportement d'une onde, alors même que, selon les théories classiques, les deux s'excluent mutuellement... alors à partir de cette base on pourrait bâtir la « compréhension » de ses propriétés.

Mais, il en fallait davantage pour le satisfaire. Il devait sortir des limites des termes comme « compréhension ». La conviction qu'il avait fait une percée était écrasante, et malgré cela, il avait la plus grande difficulté à trouver les mots pour le formuler, même pour lui-même. Les mots, ces outils merveilleux, comme ils pouvaient être aussi restrictifs et trompeurs ! Et pourtant ils étaient la clef. Les mathématiques suivraient. La compréhension ne relevait pas des mathématiques, mais de la vision. L'idée était compréhension. Et les mots étaient l'outil, au demeurant extrêmement imparfaits, pour communiquer la vision. Mais à formuler sa conclusion en ces termes, ne risquait-il pas d'être taxé de mysticisme ? Or, n'était-ce pas le cas ? On « voit » la vérité et on sait qu'on la voit, même si l'on est incapable de l'exprimer avec des mots.

Il retourna difficultueusement au Sanatorium Winge, ses skis sur l'épaule. Toujours perdu dans ses pensées, il monta dans sa chambre. Il faisait sombre en ce début d'après-midi. Il s'allongea sur son lit tout habillé. L'exercice, l'air frais et le chocolat conspiraient contre lui ; il dut renoncer à sa vigilance, à la maîtrise de soi, à la conscience. En quelques instants il s'était endormi. Il rêvait...

Copenhague, février 1927

Il était une heure du matin. Heisenberg enfonça un peu plus ses mains dans les poches de son manteau et rentra la tête dans les épaules. Il avait froid. Son haleine flottait devant lui, bien visible, comme si l'air de la nuit de Faelled Park était une grande chambre d'ionisation. Il s'abandonnait avec délices à la jouissance du paysage alentour, malgré le froid. Ou peut-être à cause de lui. L'hiver le déprimait toujours. Sauf quand il était dehors, dans le froid. Un épais givre blanc couvrait les arbres. De loin en loin, des lumières électriques sur le bord du chemin faisaient étinceler les branches gelées. Il était heureux d'être seul. Seul dans le jardin, mais surtout sans Bohr, dont le départ inattendu était comme une sentence abrogée. Il se sentait libre. Libre de s'autoriser à suivre ses propres idées, sans personne qui lui expliquât comme à un enfant quelle direction était plus prometteuse et laquelle l'était moins.

Progressivement, son dialogue avec Bohr était devenu toujours plus concentré, intense et finalement sans issue. Si Bohr n'était pas parti, c'eût été à lui de le faire. Il avait déjà envisagé cette possibilité, mais s'était rendu compte qu'il était incapable de passer à l'acte. La présence de Bohr, ses idées et même ses critiques, surtout ses critiques, agissaient sur lui comme un sortilège, et s'il était tour à tour transporté et fasciné, il était également impuissant à s'éloigner, attiré comme un papillon de nuit par la flamme. Et voilà que, par chance, la flamme s'était retirée elle-même avant que Heisenberg ne fût consumé ; maintenant il était libre. Enfin. Mais il y avait un problème. Sa liberté intellectuelle qu'il venait de recouvrer, quoique bienvenue, voire exaltante, n'avait pas débouché sur le moindre progrès. Jour après jour, du matin au soir, Heisenberg avait manipulé ses équations, dans le but de quantifier les limites que la mécanique quantique avait imposées à la possible interprétation physique du phénomène. Bien sûr, Bohr n'appréciait pas cette approche. Il « sentait » que toute tentative pour mettre au point un modèle tel que l'électron se comporterait exclusivement comme une onde ou exclusivement comme une particule était vouée à l'échec : la compréhension devait être première, et le modèle, s'il était possible d'en construire un, venait dans un second temps. Mais c'était la façon de voir de Bohr, pas la sienne. Heisenberg voulait commencer par les mathématiques et voir où cela menait. Or, maintenant qu'il était libre de suivre enfin sa méthode, elle ne le menait nulle part. Si ce n'était dans le parc, pour des promenades nocturnes glaciales et grisantes. La nature était si tranquille. Cette beauté exquise qui l'entourait, il la retrouvait parfois, avec la même jouissance, dans les équations. C'était cela qu'il recherchait, des équations qui reflétassent la beauté de la nature.

Les mathématiques devaient détenir la clef, se disait-il. C'était la seule solution. Il regarda la vapeur que dégageait son haleine faire des ronds comme de la fumée de cigarette. Il souffla encore, pour le plaisir. L'agent de police qui patrouillait sur sa bicyclette était perplexe. Par les soirées d'hiver, les bons bourgeois de Copenhague rentraient chez eux sur le coup de neuf heures ou neuf heures et demie pour n'en plus sortir. Toute personne qui restait dehors après cette heure éveillait les soupçons. Aux premières heures du matin, seuls les criminels circulaient. Cet homme était vraiment grand et probablement très mince, mais il était difficile d'en être certain car son manteau lui descendait jusqu'aux chevilles. Le suspect avait les mains dans les poches, dans une attitude presque forcée. Il portait une arme, peut-être ? Un couteau ? L'agent pédala avec résolution. Il décida de donner un coup de timbre. Il n'y avait personne alentour, et certainement aucun autre véhicule, mais il avait l'impression que le tintement clair serait une marque d'autorité suffisante. La grande silhouette parut ne pas entendre. Le pouce du policier pressa une seconde fois le petit marteau de son timbre, non sans insistance, mais l'étranger continua à souffler et à regarder sa propre haleine. Il donnait une impression de puissance. L'agent à bicyclette était bien embarrassé. Il n'y avait pas de loi contre ce genre de comportement – il aurait dû y en avoir une. Le suspect pouvait être armé. Le policier se trouvait maintenant à quelques pas de la silhouette en manteau. Il était temps d'agir. Il actionna son timbre une fois de plus, mais l'homme, absorbé par les productions féeriques de son haleine, ne parut pas avoir seulement remarqué sa présence. L'agent continua à pédaler. Bientôt il avait tourné le prochain virage et était hors de vue. Il était content de lui. Du devoir accompli.

Heisenberg était fasciné par la condensation de son haleine. « *Ihr naht euch wieder, schwankende Gestalten, / Die früh sich einst dem trüben Blick gezeigt*[1] », récita-t-il. Ses mots marmonnés ne firent que produire une ribambelle de petits nuages. « Ce que je vois, est-ce la même chose que ce que je dis que je vois ? Et ce que je vois, est-ce la même chose que ce qui est ? » se demanda-t-il. Puis il sourit malgré lui. Il commençait à parler comme Bohr ! Soudain il fut plein d'énergie. Il rebroussa chemin et marcha d'un bon pas vers l'Institut. Il vit un peu au loin une lumière rouge vaciller dans la nuit, peut-être le feu arrière d'une bicyclette, mais elle disparut aussitôt. Il savait qu'il avait trouvé. Il en était sûr. Les équations le démontreraient. Elles le devaient.

La condensation de son haleine lui rappelait le sillage d'électrons dans une chambre d'ionisation. Elle en était la version naturelle. Au laboratoire, chaque fois que la machine produisait ces lignes en suspension, ils disaient qu'ils voyaient les électrons. « Aussi réels que le nez au milieu du visage », avait dit une fois Rutherford. Tout à fait réels... mais une gouttelette était immense par rapport à un électron. Si la position dans l'espace des particules perceptibles par l'œil humain était clairement et scientifiquement établie, en revanche elle était indiscernable à l'échelle atomique. *Schwankende Gestalten*... « C'est seulement parce que nous voyons une traînée de petites bulles, songea-t-il soudain, que nous avons la faiblesse de croire que nous savons tout de l'électron qui n'est cependant qu'une illusion. Et qu'en savons-nous exactement ? En savons-nous autant que nous avons tendance à le penser ? » Il connaissait la réponse. Il savait qu'il la connaissait, il en était certain. Il ne lui restait qu'à la

---

1. La dédicace du *Faust* de Goethe : « Vous voici donc à nouveau, formes vacillantes/Qui flattiez autrefois mon trouble regard. »

démontrer. Il se mit à courir et, à bonnes foulées grâce à son excellente condition physique, il ne lui fallut guère de temps pour se retrouver devant la porte de l'Institut, un peu essoufflé peut-être. Plus profonde était sa respiration, plus son haleine condensée faisait de volutes devant lui. La vision des *schwankende Gestalten* le fit rire, mais le rire lui fit perdre tout contrôle de sa respiration. Il s'effondra sur les marches, s'étranglant de plaisir, recroquevillé par la douleur de son rire hystérique.

Il passa les deux jours qui suivirent à multiplier les expérimentations pour tester son idée. À sa grande surprise, cela se révéla bien plus facile qu'il ne l'avait imaginé. Chaque cas confirmait son hypothèse ; quoi qu'il essayât, il ne pouvait pas trouver de contre-exemples. Quoi ensuite ? Il devait le dire à Pauli. Voir ce que Pauli en penserait. « Mais d'abord, moi, qu'est-ce que j'en pense ? » se demanda-t-il. Il avait l'impression d'être tombé sur quelque chose d'en même temps concret et éthéré. La partie concrète était simple. Des expressions telles que « position d'un électron » ou « vitesse d'un électron » n'avaient de sens que si l'on spécifiait la manière dont on mesurait cette position ou cette vitesse ou n'importe quelle autre propriété. Sans quoi, la propriété n'avait pas de sens. Après tout, quel sens pourrait-elle avoir ? Et pourtant, s'il voulait mesurer par l'imagination ladite propriété, il arrivait, quel que soit le cas qu'il analysait, toujours au même résultat : au-delà d'une certaine limite, il était impossible d'affiner la mesure. Et cette limite était toujours la même, régie par le quantum d'action de Planck.

Sa découverte concernait les problèmes de mesures – que pouvait-il y avoir de plus concret ? De plus terre-à-terre ? Mais quel en était l'enjeu ? Rien de moins que la possibilité de connaître l'univers. Ce n'était pas du tout une affaire d'exactitude des mesures. Sa découverte établissait que l'univers, tel qu'il était, excluait qu'on pût le connaître au-delà d'un niveau déterminé d'approximation. Il fut saisi d'effroi, comme Pascal devant le silence de l'infini. Son idée était immense. En même temps, quelque chose le retenait d'aller jusqu'au bout de son raisonnement : son idée impliquait une dimension mystique qui le troublait profondément. Il essaya de reformuler son hypothèse en des termes plus humains. Il semblait que toute mesure de position et de vitesse, ou bien d'énergie et de temps, dût déboucher sur une incertitude, une indétermination d'ampleur égale à la constante de Planck. Ou plus grande. De telles paires de propriétés n'étaient pas indépendantes. Le degré de certitude de l'une affectait le degré d'incertitude de l'autre. Jusque-là, c'était de la physique. Mais cette pensée entraînait pour corollaire qu'il devait y avoir de l'indétermination dans l'univers. Et c'était là de la métaphysique. Il en débattit pour lui-même pendant des heures. Pendant des jours. « Mais assurément cette indétermination de l'univers n'existe que pour nous. L'univers sait où il est et ce qu'il fait... »

Heisenberg, conscient de retomber encore et toujours dans le même piège, comprit que le seul moyen d'éviter la formulation mystique était d'éviter toute discussion sur ce qui se produit réellement. Une discussion qui n'a pas de sens. « Réellement », cela n'existe pas. Mais que dire de l'orbite de l'électron ? Est-ce que ce genre de chose existe ? Eh bien, l'électron n'était certainement pas une chose... Des mots ! Par quelque bout qu'on le prenne, le problème en revenait toujours à une affaire de mots. Il fallait forger un langage entièrement nouveau pour se mettre en mesure d'envisager l'impossibilité de tout cela. Les orbites d'électrons autour des noyaux existent-elles ? Il semblait qu'elles ne s'étaient mises à exister que quand les physiciens les avaient observées. Parce qu'ils les observaient. « Et quand nous ne les observons pas, est-ce qu'elles cessent d'exister ? » se demanda-t-il. De la mystique encore... à moins que le concept d'existence ne fût synonyme de mesure...

Il considéra cette idée un moment. Cela n'avait pas de sens. Et pourtant cela faisait parfaitement sens. Il savait qu'il avait raison. Il le savait depuis cette nuit dans le parc. C'était comme ça, un point c'est tout. Comme ça et pas autrement. Puis une nouvelle conséquence lui vint à l'esprit, qui lui fit froncer les sourcils. S'il avait raison, alors un pas décisif avait été fait dans la compréhension de l'univers. Ce fut la fin de la relation de cause à effet. Heisenberg avait tué la causalité.

Côme, Italie, septembre 1927

Pauli gigotait sur son siège. Il faisait trop chaud dans la salle de conférence ; l'air y était confiné. Ses paumes étaient moites, ses pieds trop serrés dans ses souliers. Et il avait faim. Il n'écoutait pas. Il n'y avait rien de nouveau pour lui – ils avaient si souvent discuté de chaque point dans les derniers six mois. La seule chose qui l'intéressait, c'était de voir comment l'exposé de Bohr serait reçu. Il se demandait si le public était prêt pour la révolution qui allait lui tomber sur la tête.

Bien étrange l'année qu'il venait de vivre. En janvier, sa grand-mère était morte. Avec la disparition d'Helene Pascheles, les derniers liens de Pauli avec le vieux monde s'étaient rompus. Soudain l'histoire de la famille Pascheles était devenue une page d'histoire. Une étape décisive avait été franchie. Comme si le XIXᵉ siècle de Wolf Pascheles venait de s'achever et que le XXᵉ siècle, le siècle de Wolfgang Pauli, devait maintenant commencer. Mais à cette date, il ne voyait rien de réjouissant dans sa vie. Son travail piétinait, sa vie privée était un désastre. Et il avait toujours faim. Il n'y avait guère que le débat entre Heisenberg et Bohr, et la part qu'il y prenait lui-même, qui pût faire battre son cœur. Il jeta un regard sur Heisenberg, assis à côté de lui. Comment pouvait-il ne pas souffrir de cette chaleur d'enfer ? Mais ni son voisin ni l'inconfort ne perturbait Heisenberg. Rien n'existait que la conférence de Bohr qu'il écoutait intensément.

Les choses avaient bien changé depuis le mois d'avril, songea Pauli avec quelque amertume, quand Bohr l'avait fait venir. Le Danois et l'Allemand s'étaient sauté à la gorge... au sens figuré. Et maintenant, presque six mois après, ils étaient tous les trois là, et entre eux l'accord, l'harmonie. Et l'amitié. Pauli avait été appelé pour arbitrer le conflit. Personne d'autre n'aurait pu les pacifier. Bohr avait même proposé de lui payer le voyage de Copenhague pourvu qu'il les aidât à sortir de l'impasse. Heisenberg était catégorique : son principe d'indétermination était la base de toute la future mécanique quantique, et donc de toute la future physique. Mais Bohr avait des objections à élever contre son interprétation qu'il jugeait trop attachée à l'ancienne vision du monde conçu en termes particuliers, et considérait finalement qu'elle n'était qu'un cas particulier de sa propre conception, qu'il avait depuis peu décidé de désigner sous le nom de « complémentarité ». Il fallut bien du temps pour les mettre d'accord, et ce processus fut même douloureux pour Heisenberg. Ni les mathématiques ni l'interprétation des phénomènes observés n'étaient entre eux un objet de litige sérieux. Mais tout les opposait au niveau de la signification. Ils en vinrent à la conclusion que les mots étaient un obstacle au moins autant qu'une aide. Eux qui n'employaient plus depuis bien longtemps les mots selon leur sens commun, de même qu'ils avaient abandonné le sens commun lui-même comme suspect et conduisant à d'irréductibles contradictions, voilà qu'ils se retrouvaient obligés de discuter sur les phénomènes d'une physique nouvelle en utilisant les concepts ou plutôt les mots de l'ancienne. Ils n'en avaient pas d'autre.

Pauli fut le premier à se rendre compte que le principal motif de friction n'avait rien à voir avec les mathématiques, ni avec la physique, ni avec les mots, mais avec leurs convictions les plus intimes et leur relation individuelle avec ces convictions. Bohr était né avec elles, mais il ne le savait pas. Pauli les avait identifiées à l'intérieur de lui-même, mais il se bagarrait contre elles à chaque coin de la rue. Quant à Heisenberg, celui des trois qui avait le moins de rapport avec la spiritualité, il fallait lui en donner les notions fondamentales. Et seul Pauli était à la hauteur de la tâche. Il n'existait au monde aucun autre savant dont la profondeur de vue pût être acceptée par les deux autres comme égale aux leurs.

Pauli n'aurait pu dire exactement quand les choses avaient changé, mais à un certain moment Heisenberg avait commencé à utiliser ses arguments pour soutenir la vision de Bohr. Puis tout se précipita, et en moins de temps qu'il ne faut pour le dire, Heisenberg se retrouva avec la conviction inébranlable du converti. Leur triumvirat, que Heisenberg nommait amoureusement l'« esprit de Copenhague », avait triomphé.

Ils en étaient là et se trouvaient ce jour-là réunis. Unis. Le cœur de la physique quantique. Heisenberg écoutant, transporté d'allégresse, Bohr pesant ses mots avec un soin minutieux, Pauli en nage et affamé.

« Une fois encore, disait Bohr, toute la question est de savoir ce que nous pouvons dire de la nature, et non pas ce que la nature est réellement, ce qui serait une ambition illusoire. » Il parcourut des yeux l'amphithéâtre pour vérifier que le public ne lui faussait pas compagnie. Il redoutait par-dessus tout que sa proposition n'ait trop l'air d'une platitude pour pouvoir éveiller l'esprit critique chez ses auditeurs. Les conférences de Bohr étaient généralement brèves sur le versant équations mais longues sur celui de la philosophie, et son grand souci, invariablement, était de susciter l'écoute authentique de son public. « Nous pensons que nous pouvons communiquer la plupart des informations en acceptant l'une et l'autre des deux descriptions parallèles, même si elles sont contradictoires. » Son débit ralentit. Il voulait être absolument certain qu'ils se rendaient compte de la profondeur de son message et qu'ils étaient prêts à en considérer les conséquences. « Nous appelons "complémentarité" la relation entre ces deux paramètres. » Bohr était content d'avoir réussi à capter l'attention de son public – sauf celle de Pauli, bien sûr. « L'idée de la complémentarité, expliqua-t-il, est analogue au problème de la distinction entre sujet et objet dans l'esprit des humains. Des psychologues comme William James ont mis en évidence qu'il est impossible de penser en même temps que l'on pense que l'on pense... »

Rutherford s'écroula sur le banc à côté d'Otto Hahn. C'était une belle après-midi, chaude et sans un souffle de vent. Le lac s'étendait devant eux comme un miroir géant. Il bourra lentement sa pipe et attendit de la voir s'allumer pour s'adresser à son ancien élève : « Et qu'en faites-vous, Otto ? » L'homme qu'il présentait naguère comme son meilleur élément était justement en train de se poser cette question.

« Il nous demande de jeter au rebut nos idées les plus fondamentales. Venant de n'importe qui d'autre, cette proposition n'aurait pas la moindre chance d'être seulement écoutée, mais sortant de la bouche de Bohr, tout cela paraît si raisonnable.

— "Raisonnable" est le dernier mot que j'emploierais, grommela Rutherford. Cela ne tient pas debout, c'est une insulte à la raison.

— Eh bien, disons que cela paraît faisable, alors.

— Faisable ? Est-il possible qu'il ait raison ? Deux événements mutuellement exclusifs peuvent-ils être vrais tous les deux ? Qu'est-ce qu'il advient de notre sens de la réalité dans l'opération et... » Il laissa sa phrase en suspens.

— On ne parle de sens de la réalité qu'en rapport avec la représentation mentale de ce qui se produit réellement. Ce que Bohr veut dire, c'est que nous ne devrions pas aller au-delà de ce que nous pouvons dire d'une situation. Qu'il n'y a pas de réalité au-delà de ce qui est connaissable.

— Merci. Je comprends parfaitement ce qu'il veut dire, répliqua Rutherford sur un ton irrité. Il soutient que notre idéal d'un observateur indépendant conduit droit dans le mur. »

Sans se laisser démonter, Hahn continua : « La similitude avec l'introspection est fascinante. Ne trouvez-vous pas, Sir Ernest ?

– Son machin sur William James ? » Il rejeta des bouffées de sa pipe. « Je l'ai rencontré une fois. En Amérique. À la Clark University. Il y avait là tout un troupeau de psychanalystes, comme ils s'appellent eux-mêmes ; le professeur Freud, ce type, là, Jung, puis un Hongrois avec un nom impossible...

– Bohr dit que l'observateur est cocréateur du phénomène, et qu'au lieu de le nier et de le combattre, il faut l'accepter comme une vérité fondamentale. Et s'en servir. Le principe de non-interférence de l'homme de science est un idéal, mais fondamentalement inaccessible.

– C'est ce qu'il dit, dit Rutherford en serrant les dents sur sa pipe.

– C'est ce qu'il dit », opina Hahn.

Ils regardaient au loin le lac et les collines qui se profilaient derrière, chacun absorbé dans ses pensées.

Zurich, 4 décembre 1930

Pauli était trempé de sueur. Il lui fallut un trésor de concentration pour parvenir à faire glisser son stylo-plume sur la feuille de papier blanc. Quelque chose en lui avait envie et même besoin d'écrire cette lettre et d'exprimer l'idée, littéralement de l'expulser de lui-même afin qu'elle cesse de le divertir : il voulait se donner tout entier à son chagrin. Il haïssait le philosophe rationnel avec qui il devait partager son humaine défroque, l'idiot savant qui connaissait tout, qui pensait que tout était connaissable et qui, pis encore, soutenait que tout cela valait la peine d'être connu. Le goujat, plein de lui, suffisant, arrogant, toujours avide de briller ; bardé d'intelligence et pourtant vide, absolument vide. « Un petit miracle qu'elle ait demandé le divorce », songea-t-il. Il aurait volontiers divorcé de lui-même, s'il le pouvait. Peut-être le pouvait-il encore.

393

*Zurich, le 4 décembre 1930.*
*Chères mesdames, chers messieurs les radioactifs*
commença-t-il. Il ne l'enverrait pas à Bohr, mais à Lise
Meitner. Elle pourrait le lire à sa place à la conférence de Tübingen. Est-ce qu'il aurait droit à sa sympathie, quand elle serait au
courant de son état ? Il se dégoûtait lui-même d'être ainsi en
quête de sympathie. De compréhension peut-être ? Le seul aspect
positif de la compréhension de la physicienne, si elle parvenait à
le comprendre, serait de donner la preuve que la compréhension
était possible. Il devait arrêter ce ressassement. Il devait arrêter de
vivre dans l'entre-deux, avant qu'il ne soit trop tard, avant de se
désintégrer. Il devait faire ce qu'il s'était promis : rester « professionnel » pendant une heure, écrire la lettre et ensuite, ensuite,
arrêter de résister. Lâcher prise. Se vautrer dans son chagrin.

Mais pas encore.

*Comme celui qui vous apporte ces lignes et auquel je vous prie*
Prier ? prier ? pourquoi avait-il utilisé ce mot ? Jamais il
n'avait prié. Sollicité, peut-être, mais prier, jamais...

*auquel je vous prie d'accorder toute votre bienveillante attention*
*va vous l'expliquer avec plus de détails, il m'est venu en désespoir de*
*cause...*
Devait-il ajouter quelque chose comme « poussé par le souci
de l'économie de la pensée en matière scientifique » ? Parrain
aurait apprécié une telle position. Mais ce n'était pas en faisant
allusion à Ernst Mach qu'il risquait de se gagner beaucoup de
disciples par les temps qui couraient. En dehors de Bohr.
Chaque fois que Pauli rappelait cette autre citation favorite de
Mach, « C'est la philosophie qui détient la clef de la vérité, pas
la physique », Niels hochait la tête en signe d'approbation.

Il partait à nouveau à la dérive. Était-il vraiment assis à son
bureau, en train d'écrire une lettre ? À s'en tenir aux apparences,
oui. Ce qui était très différent que d'être là en train d'écrire une
lettre en réalité. Mais qui peut dire... La futilité de tout cela !
Juste une absurdité à ajouter à toutes les autres. Mais l'idée ne le
lâcherait pas, donc il devait la mettre sur le papier, et bon débar-

ras. Ce remède du désespoir, de telle sorte que l'énergie puisse être conservée. De telle sorte que la conservation de l'énergie puisse être conservée. Il le fallait. Pourquoi ? Eh bien, il fallait que quelque chose fût constant dans l'univers, autrement... « Où en étais-je ? J'ai perdu le fil. "En désespoir de cause..." ! »

*Il s'agit de la possibilité qu'il existe dans les noyaux des particules électriquement neutres, que je propose d'appeler « neutrons[1] », obéissant au principe d'exclusion et qui de surcroît se distinguent des quantas de lumière par le fait qu'ils ne se déplacent pas à la vitesse de la lumière. La masse des neutrons devrait être du même ordre de grandeur que celle des électrons.*

« Comment publier cela ? se demanda-t-il, prêt à déchirer la lettre. Je vais être la risée du congrès. » Pourtant il continua. Il y avait des choses plus importantes à penser, mais il n'était pas capable de bouger tant que cette idée lui restait à l'intérieur, exigeant d'être délivrée. Une fois que ce serait fait, il serait libre de s'abandonner à son chagrin.

*À l'heure actuelle, cependant, je ne m'aventurerai pas à publier quelque chose sur cette idée, et je me tourne d'abord en toute confiance vers vous, chers radioactifs. Je concède que mon expédient pourrait bien paraître a priori comme peu crédible... mais il faut oser pour réussir...*

« Et quitte à écrire des absurdités, celle-ci n'est pas pire que ce qui suit, grogna-t-il. C'est cohérent et économique. Que demande le peuple ? » Il ne restait plus qu'à mettre le point final à sa lettre. Peut-être ferait-il mieux d'aller au congrès, après tout. Cela pourrait être important. Mais l'idée d'aller à la conférence pour convaincre ses collègues sceptiques fut passagère. En un éclair, l'Autre le conforta, et il se rappela pourquoi il avait rédigé cette lettre. La douleur née du conflit l'avait saigné à blanc, sa poitrine était oppressée à la limite du supportable. Il voulait crier mais, à la place, écrivit encore une ligne.

---

1. Le terme « neutrino » fut en réalité forgé quelques années plus tard.

*Malheureusement, je ne peux pas venir moi-même à Tübingen,*
Mais quelle excuse allait-il bien pouvoir donner ? Quelle importance au fond !
*ma présence à Zurich étant absolument requise en raison d'un bal qui a lieu dans la nuit du 6 au 7 décembre.*
*Votre très humble serviteur,*
*W. Pauli*

Il regarda la feuille de papier, fit un geste pour la déchirer, mais au lieu de cela, comme un homme qui a peur de lui-même, il se hâta d'écrire tout en haut : « Lettre ouverte aux personnes radioactives présentes à la conférence de Tübingen », et la glissa dans l'enveloppe sur laquelle il avait déjà inscrit l'adresse de Lise Meitner. Il lécha l'engommage, au goût désagréable, écœurant. Il n'était plus si pressé, mais déjà très loin. Comme un automate, il colla le rabat et laissa tomber l'enveloppe dans le classeur sur son bureau. Puis, il resta assis, immobile, fixant le mur, le regard dans le vague – une image de Bouddha auquel certains affirmaient qu'il ressemblait. Son calme dénué de tout signe de vie ne laissait rien deviner de la tempête qui faisait rage dans son tréfonds.

Zurich, 1931

Il réussissait le plus clair de la journée à être le professeur Pauli – distant, mais courtois avec ses collègues plus jeunes, d'un abord difficile voire menaçant du point de vue des étudiants, obligeant envers ses amis et collègues, en un mot disponible pourvu que cela fût par lettre. Il mena à bien quelques travaux, mais rien qui le satisfît, rien qui eût la qualité que ses précédents travaux laissaient attendre de lui. La vérité était qu'il ne s'y intéressait pas vraiment. Personne n'y comprenait rien, à commencer par lui. Surtout pas lui. Il quitta l'Église : ce fut un des signes avant-coureurs. Bien sûr qu'il la quitta, de toute façon qu'est-ce qu'un Juif fabriquait dans l'Église catholique ? Ce fut à peu près à cette époque qu'il rencontra une fille très séduisante dans un dancing. Ils se marièrent et divorcèrent dans l'année. Bien sûr, la plupart de ses proches affirmèrent que le divorce était à l'origine de tous ses problèmes, ou, sinon le divorce, le surmenage. Absurde. S'ils avaient été informés du suicide de sa mère, ils en auraient fait la cause des changements qui s'étaient produits en lui, mais ils n'en surent rien. Il s'était senti tenu de garder pour lui comme son secret le fait que sa mère se soit donné la mort. Comme son secret honteux. Comme s'il en était coupable. Peut-être. On en revenait toujours à la culpabilité. Il ne pouvait tout simplement pas accepter cette mort. Qui le pourrait ? Qu'une mère choisisse de laisser son fils seul au monde était impossible à accepter. Et pourtant... Et pourtant... ce n'était pas cela. Peut-être cela jouait-il un rôle, mais la véritable cause était ailleurs. Il en était convaincu. Quelque chose de plus profond encore.

Tous disaient qu'il avait changé, mais il ne s'en rendait pas compte. Ce n'est pas lui qui avait changé, il lui était arrivé quelque chose. Il comprit soudain que son existence était fondée sur le malentendu et l'autotromperie. Cela au moins était clair. Ce qui rendait la situation insupportable était moins cette découverte que le fait qu'il n'y avait rien qui prît la place des idées fausses et des valeurs précédentes dont il s'était défait. Il y avait un vide là où auparavant il paraissait y avoir de la substance. Que cette substance n'ait jamais été qu'une illusion, il le savait, mais le savoir ne faisait qu'exaspérer davantage son angoisse quotidienne, et sa douleur n'en était que plus intense. Son intellect puissant, qui lui avait jusque-là continûment servi dans son existence de guide et de fanal, avait montré ses limites : il était, en la circonstance présente, inapproprié, insuffisant, incomplet. Et pourtant il n'y avait rien d'autre.

Il ne doutait pas que ses pouvoirs cognitifs fussent inégalés. Il n'avait rencontré qu'une poignée d'hommes de sa catégorie, et tous étaient des amis et des collègues. À quoi bon faire le modeste ? Le fait était bien établi, et son évidence s'imposait à tous : ils constituaient l'élite, la meilleure que leur génération ait pu produire, peut-être la meilleure depuis des générations. C'était précisément parce qu'il était si proche du plein accomplissement intellectuel – sa pléiade de collègues l'avaient atteint – que tout était sans espoir. La crème de l'humanité. Bohr, Einstein, von Neumann, Pauli. Les grands prêtres de la physique, les maîtres incontestés dans l'art de manipuler les symboles, les visionnaires les plus dépourvus de scrupules qui aient jamais existé. Rien de mieux. Personne au-dessus. Et pour arriver à quoi ? Des jeux. Des jeux et c'est tout, et, pis encore, ces jeux intellectuels, inventés par une partie cruelle de la nature, de l'extérieur ou de l'intérieur, les entretenaient dans l'illusion qu'ils pénétraient dans sa connaissance intime et constituaient sur elle un savoir de valeur. Mais ses véritables secrets, elle les tenait bien cachés. C'était une conspiration. La nature, cachottière, jalouse, vindicative, s'amusait à promener les individus qui avaient la puissance intellectuelle pour gratter l'écorce des choses sur des chemins de traverse, qui, s'ils exerçaient sur leur esprit vif et curieux une fascination infinie, les conduisaient toujours plus loin de son noyau le plus intime. Aussi gaspillaient-ils leurs talents à chercher des arcs-en-ciel en pleine nuit. Et qui était le plus à blâmer ? Lui-même bien sûr, car tout en sachant parfaitement ce qu'il en était, il n'en poursuivait pas moins son petit bonhomme de chemin de prétendu découvreur des mystères de la nature, et, par vaine gloriole, concentrait même toutes ses forces pour laisser ses pairs au tapis. Et c'était ça, l'entourloupe – faire de la physique était une façon d'anesthésier l'esprit. Se concentrer sur le monde de l'infiniment petit était pour lui le moyen le plus économique de soulager les affres dont il était la proie devant les réalités du monde de l'émotion, de sorte que plus il était convaincu de l'inutilité et de la vacuité de ce qu'il faisait, plus il avait besoin de le faire. Pourquoi ? Simplement pour être capable de se dérober à son propre jugement, à son propre verdict. À lui-même. Comme Jekyll et Hyde.

Longtemps après le coucher du soleil, après que les bons bourgeois de Zurich s'étaient retirés dans leur lit, le professeur Pauli de l'Eidgenössische Technische Hochschule devenait le *dick* Wolfgang, pilier du Mary's Oldtimer Bar, champion des soiffards, le plus bouffon des boute-en-train. La transformation était si radicale qu'il était impossible de reconnaître, au creux de la nuit, l'homme qu'il était pendant le jour. Mais il était peu probable que ses collègues et étudiants, toutes les figures de l'ETH ou de l'université, franchissent la porte du Mary's, de même qu'il y avait peu de chances que ses camarades de soûlographie hantent les institutions du savoir. Pauli était jusqu'à l'aube ce personnage d'une verve endiablée, quand soudain il devenait morose et silencieux. Puis il s'écroulait, la tête sur la table, sur cet oreiller de fortune qu'était son bras grassouillet.

Au matin, c'était en général l'arrivée de la femme de ménage qui le réveillait. Hébété, il rentrait à son appartement se doucher, se raser et changer de vêtements. Le corps frais et dispos, mais l'esprit toujours dans le brouillard, il descendait d'un pas tranquille la colline qui le conduisait à l'Institut, comme dans un rêve. Les étudiants, quand ils le voyaient, se poussaient du coude, mais ils veillaient à ne pas croiser le chemin de Herr Doktor Professor Pauli. Ils avaient peur de lui, de quelque chose qui était en lui. Ils n'auraient pu mettre un nom sur ce qu'ils voyaient sur son visage, mais cela les épouvantait. C'était le visage de quelqu'un qui avait vu le Chariot, mais que cette vision même ne satisfaisait pas.

Chaque matin, Pauli bravait les escaliers, mais d'un pas chancelant, ouvrait brutalement la porte de son bureau et s'installait pesamment dans son fauteuil. Le physicien théoricien par excellence qu'il était aussi passait toute la journée à sa table de travail. Jusqu'à ce que l'heure sonne de retourner au Mary's.

Ce fut son père, le docteur Wolfgang Pauli l'aîné, qui, à force de menaces, réussit à le convaincre de contacter Carl Jung, le psychanalyste. Pauli contesta un temps ses arguments, puis il capitula. Céder était encore le moyen le plus simple pour arrêter son harcèlement. De toute façon cela n'avait aucune importance. Il commença à fréquenter la consultation de Jung à Küsnacht à raison d'une visite par semaine, le lundi. Cette périodicité lui permettait au moins de scander le temps et de se rendre compte qu'une autre semaine avait passé. Il fut d'abord suivi par un des jeunes collègues de Jung – une femme – et le grand homme restait à l'écart. Au bout de quelques mois, l'on jugea que Pauli avait franchi une sorte d'obstacle. Il continua à venir le lundi, mais il fut reçu par le maître en personne.

Cette année-là, le printemps était en retard. Un feu de bois craquait dans l'énorme cheminée. En face de la flambée, Jung, assis bien droit derrière son bureau richement sculpté, tirait doucement sur sa pipe, les paupières closes, comme pour encourager le patient, qui racontait son rêve. Il n'avait guère besoin d'encouragement, du reste. Le professeur Pauli était son meilleur rêveur – le plus prolifique et à bien des égards le plus fascinant.

« Je ne sais pas où je me trouvais. Quelque part dehors, dans la nuit. Je regardais les étoiles. Alors une voix me disait : "Cela commence."

– Qui vous parlait ? demanda Jung.

– Une voix. Masculine. Bienveillante. Mystérieuse. On aurait dit qu'elle venait d'un compagnon invisible, une sorte de… vous l'appelleriez une "figure du père". Ce n'était pas Wolfgang l'aîné, cependant. Peut-être mon grand-père Pascheles, ou mon parrain, ou peut-être un mélange des deux.

– Qu'est-ce qui allait commencer ?

– Je posais la même question. "Le manège, répondait la voix. Le manège cosmique." » Pauli, mal à l'aise, troublé, gigota sur sa chaise.

« Et alors… ?

– Je me rendais compte que nous ne regardions plus vers le haut, dans le ciel, mais vers le bas, dans une chambre d'ionisation. » Pauli plissa le front. Le rêveur laissa place au professeur de physique qui expliqua : « C'est un appareil pour observer les particules subatomiques. Les particules chargées laissent une traînée de minuscules gouttelettes dans une vapeur sursaturée. Cela ressemble beaucoup au ciel nocturne, à vrai dire… » Puis, renouant le précédent fil de ses pensées, il poursuivit : « Remarquez, je ne saurais dire ce que nous regardions, du ciel ou de la chambre d'ionisation. Je voyais ce qui se révéla être une comète, décrivant un étrange chemin en forme de courbe vers la gauche, laissant une traînée derrière elle. Dans le cadre d'une chambre d'ionisation, c'eût été la trajectoire tout à fait ordinaire d'un électron ou peut-être d'un quelconque ion négatif, mais l'image était au-dessus de ma tête et remplissait tout mon champ de vision. Une chambre d'ionisation du ciel… J'essayais de donner un sens à ce que je voyais et de faire le lien avec le manège que la voix avait annoncé, mais je n'arrivais à rien. La voix disait : "Il n'est plus temps", et aussitôt la scène changea. Soudain j'étais au Mary's. C'est un bar plutôt sordide, une sorte de boîte de nuit où je suis bien connu – le Mary's Oldtimer Bar. Dans mon rêve, le propriétaire du bar était quelqu'un que je n'avais jamais vu. Il essayait de m'intéresser à ses filles – plutôt de vieilles poules toutes déplumées. Je me fichais pas mal de ses marchandises, et cela le contrariait. » Pauli garda le silence quelques instants. L'analyste, qui évitait de rencontrer les yeux de son patient, attendit avec sérénité, sans mot dire, tel un badaud incapable de saisir le sens de ce qui se trame devant ses yeux ; du moins c'était l'impression qu'il donnait. « Puis il se produisit quelque chose de bizarre, poursuivit Pauli, à mots comptés. Je me retrouvai, je ne sais comment, impliqué dans une dispute passionnée avec cette étrange figure de patron de bar. Cela portait sur la symétrie. La symétrie de l'espace-temps. Ou, dans le cas de mon interlocuteur, l'absence de symétrie. Je devais soutenir avec insistance que l'univers ne distinguait pas sa gauche de sa droite. Et que cet aveuglement de la nature était un fait avéré, le plus fondamental qui soit. L'homme se moquait de moi. Si lui, un taulier de Zurich, savait distinguer sa droite de sa gauche, comment le Tout-Puissant pouvait-il ne pas avoir cette intelligence ? J'étais très remonté. Je partais, sans même prendre la peine de finir mon verre. Je hélais un taxi, je disais au chauffeur de rouler, sans lui donner de destination, seulement de rouler, ce qu'il fit. Il me conduisit jusqu'à une grande place. Cela aurait pu être la place de la Vieille-Ville à Prague, mais peut-être pas. Elle n'était pas bien définie. Quoi qu'il en soit, nous avons tourné autour un certain nombre de fois, sans but précis. J'essayais d'identifier les bâtiments, la librairie Pascheles à côté du palais Kinsky, ou bien le bâtiment du vieux couvent des pères pauliniens où Wolfgang l'aîné est né, mais c'était sans certitude. Soudain, je n'étais plus dans le taxi, mais de retour dans le bar. Le patron semblait moins agressif, mais toujours aussi peu convaincu. "Ce que tu as dit tout à l'heure, sur la gauche et la droite…, commençait-il, ça me blesse." J'allais m'excuser – sans savoir pourquoi au demeurant – quand il poursuivait : "Les passions ont-elles un côté gauche et un côté droit ?" Là, il me fallait y réfléchir un bon bout de temps. J'étais étonné de ce que l'homme fût capable de poser une question si sensible, mais quand je finissais par trouver la réponse, c'est à moi que je m'adressais, non pas à lui, comme si j'essayais de convaincre quelqu'un, en l'occurrence moi, de la vérité de ce que j'allais dire. Et mon exposé, sobre et pédagogique, prenait la forme d'un cours que l'on tient devant une classe, commençant par le commencement. "L'existence de la gauche se déduit de l'existence de la droite. L'existence de la gauche ne contredit pas celle de la droite. Elles existent toutes les deux. Chez tout le monde. La gauche est l'image inversée de la droite. Chaque fois que je comprends et accepte cela en moi, alors je sens que je ne fais qu'un, je me sens en accord avec moi-même. Il n'y a plus ni gauche ni droite, il y a seulement moi comme un tout. Certaines personnes sont symétriques, équilibrées ; d'autres, au contraire, souffrent d'un manque de symétrie. Chez elles, l'un des deux côtés domine, et elles ne sont capables d'épanouir qu'un seul côté, soit le gauche, soit le droit. Et c'est pour cette raison qu'elles sont, en tant qu'êtres humains, sous-développées, condamnées à rester à jamais des enfants, quel que soit leur âge." Le propriétaire de l'établissement servait une bière à un autre client, puis revenait vers moi et me disait : "Voilà qui est bien mieux." »

Pauli arrêta de parler. Il n'y eut pas un geste, pas un bruit, ni de lui ni de Jung, dans le silence qui suivit, chacun perdu dans ses pensées. Après quelques minutes, Jung cogna sa pipe dans le cendrier, en délogea le contenu et se mit à nettoyer méthodiquement le fourneau avec tout un ensemble d'outils. Il actionna sa mâchoire d'une façon qui n'appartenait qu'à lui, comme s'il faisait travailler ses muscles faciaux engourdis, mais ne dit rien.

« À quoi pensez-vous ? demanda Pauli.

– Dites-moi d'abord ce à quoi vous pensez, vous, répondit Jung. Je ne veux pas une analyse de votre rêve, mais que vous me disiez ce à quoi vous êtes en train de penser. »

Pauli baissa les yeux et examina ses doigts. « À la courbe tracée par la comète, il y avait quelque chose de bizarre là-dedans.

– Bizarre ? Comment cela ?

– Ce n'était pas une trace normale de particules dans une chambre d'ionisation. Elle me rappelle plutôt le trèfle à trois feuilles avec sa tige dont j'ai rêvé la semaine derrière. Je vous l'ai gribouillé, vous vous rappelez ? Vous disiez que c'était une croix, et je n'étais pas d'accord.

– Je m'en souviens.

– Après cela nous avons discuté de l'univers des symboles. De la *Merkabah*.

– Je m'en souviens.

– Eh bien, c'est à cela que je pensais. »

Jung mâchonna le tuyau de sa pipe et fit des bruits de succion. « Dites-m'en plus, dit-il d'un ton cassant.

– Il n'y a rien à en dire. Je trouve bizarre que des images de rayons cosmiques dans une chambre d'ionisation puissent s'associer dans mon esprit avec un trèfle à trois feuilles. »

Jung bourra sa pipe, mais ne l'alluma pas. « Qu'est-ce qu'un rayon cosmique ?

– Un flux de particules chargées, d'électrons, de particules alpha, d'ions de différentes sortes. Ils bombardent constamment la Terre. Ils viennent du Soleil et de sources plus éloignées ; ils sont présents dans tout l'univers, ils nous entourent de partout. On peut même les voir. C'est-à-dire qu'on peut voir leur effet avec une chambre d'ionisation de type Wilson. Leur présence est en général une nuisance : ils peuvent perturber la mesure que les expérimentateurs voudraient en faire.

— Donc les rayons cosmiques seraient une sorte de lien direct, physique, entre nous et la totalité de l'univers ? Ou bien c'est aller trop vite en besogne ? demanda Jung.

— Non, c'est exactement cela. Si ce n'est que les rayons cosmiques sont aléatoires, si bien qu'on aurait tort de considérer qu'ils sont porteurs d'un message.

— Je voulais simplement faire le lien avec votre dessin. Quand nous en avons parlé la semaine dernière, je vous ai fait remarquer que votre dessin était une illustration de ce qu'on appelle la "fleur cosmique", qu'elle ait huit ou quatre pétales. C'est un thème ancien. Un motif archétypal, si vous me permettez d'employer mon propre terme, un motif archétypal du cosmos et des puissances cosmiques. Aussi, quand vous dites que les sillages de la chambre d'ionisation vous évoquent une image de la fleur cosmique, la corrélation est claire. » Jung s'interrompit quelques instants. « En fait, il y a deux liens ; le premier, direct, passe par le mot "cosmique", qui s'applique à la fois à la fleur et à la vision de l'univers, comme je le découvre maintenant, et le sens plus profond d'un lien mystique aux inconnues du cosmos. Je trouve un peu naïf de votre part de prétendre qu'il serait inutile de chercher un message dans les rayons cosmiques sous prétexte qu'ils sont aléatoires. Car le message est clair, au contraire, et votre propre description ne laisse pas le moindre doute. Ce qui est signifié, c'est l'interconnectivité de tout, autrement dit l'unité de l'univers. »

Pauli se tourna vers Jung, contrarié. « Mais qu'est-ce que je fais là assis dans votre cabinet de consultation à discuter de l'hypothèse de l'unité de l'univers ? Ne suis-je pas censé être ici pour suivre une sorte de traitement ? »

Jung, impavide, répondit : « C'est de votre rêve que nous parlons, pas du mien.

– Donc ?

– Donc, repartit Jung avec un lent mouvement de tête. Une vision de l'univers. Une intuition cosmique. Une compréhension transcendantale. Ce sont des choses importantes pour vous. Quand vous ne les sentez pas en vous, vous vous sentez malheureux. Elles sont votre raison de vivre : ce sont elles qui vous permettent de continuer.

– Cette description ne vaut-elle pas pour tout le monde ? Ou du moins pour la plupart des gens ? demanda Pauli.

– Tout enfant exige une explication du monde. Mais pour la plupart d'entre nous, ce besoin s'amenuise au fur et à mesure que nous entrons dans l'âge adulte, que nous nous marions, que nous avons des enfants, que nous nous établissons dans une profession, etc. Certaines personnes, une infime minorité, ont ce besoin toute leur vie durant, et d'autres, la plupart, renouent avec lui quand ils atteignent l'âge critique. C'est le cas d'un grand nombre de mes patients.

– Donc je suis taillé sur le même moule que tous vos autres patients, rétorqua Pauli, à nouveau contrarié.

– Pas du tout. Les gens, les individus sont toujours uniques ; leurs problèmes, leur situation, leurs perceptions sont uniques. Il y a cependant des tendances communes, et c'est avec cela que nous travaillons. Dans votre cas, le désir brûlant de comprendre se combine à une aptitude technique, un talent pour la physique – autrement dit, avec le moyen réel de trouver certaines réponses. Ce qui semble être un atout très positif ; mais ce n'est qu'une apparence, et en réalité cela génère surtout de la frustration. Deux frustrations. La première est liée au fait que la puissance de votre intellect n'est pas infinie. Vous vous retrouvez vous aussi confronté à des problèmes que vous êtes incapable de résoudre – à ceci près, et c'est une chance pour vous, que si vous ne pouvez pas les résoudre, personne d'autre ne le pourra. L'autre source de frustration réside dans votre prétention à une forme d'exclusivité, à laquelle vous devez cependant renoncer. Je veux parler ici de votre vénération religieuse pour la physique, ou du moins de l'image que vous vous faites des physiciens comme Grands Prêtres de l'univers. Vous n'acceptez pas que des mortels inférieurs à vous, ce qui veut dire à peu près tout le monde, soient autorisés à fourrer leur nez dans ce que vous considérez comme votre vocation sacrée. » Il alluma sa pipe et ajouta dans un sourire : « À vrai dire, je partage complètement votre sentiment, mais dans mon domaine, celui de la psychologie analytique. »

Pauli se tourna vers l'analyste, le visage pensif. « Il y a une troisième frustration.

— Je sais, approuva doucement Jung. Mais je ne voulais pas être le premier à l'aborder.

— La physique, en dépit de toute sa gloire, ne donnera jamais que la moitié de la réponse. Il y a autre chose.

— De là la frustration ?

— Non. Parce que j'ai au moins cette conviction que la physique ne s'y entend que pour moitié. La frustration vient de ce que je suis obligé de garder le secret. Le fait que je n'aie pas la possibilité de parler de cette idée, de cette… de cette conviction avec un homme qui mérite mon respect… dont les opinions forcent mon respect. » Jung fronça les sourcils et regarda Pauli par-dessus ses lunettes. « Je veux dire, je n'arrive pas à en parler avec un autre physicien, expliqua Pauli. Avec quelqu'un qui maîtrise la part d'explication qui relève de la physique.

— Avez-vous essayé ?

— Oui. Une ou deux fois. Comme vous l'avez dit, les physiciens de mon niveau se comptent sur les doigts d'une main. J'ai essayé plusieurs fois d'aborder le sujet, mais la plupart ne sont pas réceptifs. D'autant moins que je n'ai rien de concret à verser au débat.

— Dites-m'en plus.

— Il n'y a rien à en dire, dit Pauli. C'est surtout avec Bohr que je voudrais discuter de métaphysique. Vous voyez qui je veux dire ? Le professeur Bohr de Copenhague.

– Oui, je vois. En tout cas c'est un nom que je ne risque pas d'oublier, ajouta Jung. Ce qu'on appelle l'"effet Bohr" est très bien connu en physiologie ; il décrit le rôle du dioxyde de carbone sur la fixation de l'oxygène par l'hémoglobine, si ma mémoire ne me joue pas des tours.

– C'était son père. Le physiologiste, je veux dire », fit Pauli, mais Jung n'était pas intéressé par Bohr père.

– Pourquoi Bohr ? Pourquoi pas Einstein ?

– Pourquoi Bohr ? répéta Pauli. Je vais vous expliquer. Du moins essayer... La physique, c'est Bohr. Bohr *est* la physique. Même si, je vous l'accorde, le physicien le plus éminent, c'est Einstein, sans aucun doute, et non pas Bohr. Bohr n'est pas le meilleur en physique, et il n'est certainement pas meilleur que moi, mais c'est un visionnaire : il perçoit, infailliblement, au-delà de l'apparence des choses, leur lien avec l'inconnu. Cette vision, cette perception des liens invisibles, je donnerais n'importe quoi pour l'avoir. Je l'ai peut-être, oui, je dois l'avoir, sans doute, mais pour le moment elle est moins développée chez moi que chez Bohr.

– Qu'est-il donc ? Un mystique ? demanda Jung.

– Le fait est qu'il ne sait pas qu'il a ce don. Il sait qu'il a un don, bien sûr, mais c'est un homme que vous pourriez appeler "plan-plan". Il ne lui viendrait jamais à l'esprit d'utiliser le concept d'inconscient. Je me demande même s'il en saisit un tant soit peu la signification. Il sent seulement que certaines choses le préoccupent, voire le taraudent, et que d'autres ne lui font ni chaud ni froid. Aussi simple que cela. Et c'est de là que naît sa vision, dans ces grains de sable qui perturbent sa belle machine. Il est tout le contraire d'un mystique. Et pourtant c'en est un, de toute évidence, mais il l'est tellement à l'insu de lui-même, il l'est tellement involontairement ! Pour autant, c'est précisément à cause de sa vision, parce qu'elle associe une dimension physique explicite à une dimension mystique implicite, que je serais si heureux de parler avec lui. Mais il refuse d'aller au-delà des frontières de la physique, telles qu'il les voit.

407

C'est frustrant. En même temps, personne n'a autant que lui repoussé les frontières de la physique dans la métaphysique. C'est probablement son côté plan-plan qui lui donne le courage de faire sortir la physique du strict domaine de la rationalité.

— De quoi auriez-vous envie de parler avec lui ? Votre but est-il seulement de le convaincre qu'il a tort et que vous avez raison ? Que sa vision du monde est trop étroite ? demanda Jung.

— Je veux peut-être seulement me convaincre moi-même que je n'ai pas tort. Mais je ne le crois pas. » Pauli secoua la tête. « S'il s'agissait seulement d'avoir raison ou tort, je n'ai pas tort. Mais ce n'est pas la question. Je veux partager certaines choses avec Bohr, et avec Bohr surtout. J'ai besoin de savoir que je ne suis pas seul… Mais cela ne se fera pas.

— Vous savez que vous avez raison d'explorer la facette mystique de l'univers, mais tout en sachant que vous avez raison, vous voudriez que ce soit ce Bohr qui confère à vos activités leur légitimité, résuma Jung. C'est cela ?

— Vous savez, vous pouvez être presque aussi méchant que moi quand vous vous y mettez.

— J'ai touché la corde sensible, n'est-ce pas ?

— Peut-être aurais-je dû me faire musicien plutôt que physicien. Cela aurait été plus facile pour fusionner les deux moitiés, dit Pauli d'une voix songeuse.

— Mais non, mon ami. Ce n'est jamais facile. Et dans votre cas, cela aurait été encore plus douloureux. Un talent comme le vôtre en physique, quand on le refoule, devient destructif, ou bien trouve une façon ou une autre de sortir. Il échappera au refoulement, c'est tout. Vous pouvez toujours avoir la musique comme soupape de sûreté, si vous savez y faire.

— Je suppose que vous avez raison. Je veux avoir la bénédiction de Bohr, reconnut Pauli.

— Et pourquoi pas d'Einstein ? Il est considéré comme le maître dans son domaine, n'est-ce pas ? demanda Jung.

— Ce n'est pas pareil. Einstein est la personne que j'admire le plus au monde. Comme physicien il constitue une catégorie à

lui tout seul. Et il a un courage formidable. Il est unique. »
Pauli se tut.

Après une minute ou deux, tirant une bouffée de sa pipe avec
une grande satisfaction, Jung rompit le silence : « Je l'ai rencontré une fois, savez-vous. Einstein. Ici, dans cette maison. Quand
il vivait à Zurich… Cela remonte à 1910 ou 1911. Vous étiez
encore probablement dans les jupons de votre mère.

– Il n'est tout de même pas venu vous voir comme patient ?
demanda Pauli, surpris.

– C'était une rencontre purement mondaine. Cela vaut
mieux sans doute. À cette époque j'étais trop fruste. Je n'avais
pas encore tiré ma propre leçon.

– Quelle leçon ? demanda Pauli.

– La même que celle que vous êtes en train de recevoir.

– Je ne vois pas que je sois en train d'apprendre quoi que ce
soit.

– Non. Il a parlé de ses théories. Non pas de la relativité, mais
de la double nature de la lumière, parfois corpusculaire, parfois
ondulatoire. C'était fascinant. De l'alchimie au XX$^e$ siècle.

– Votre question… pourquoi pas Einstein…

– Oui ?

– C'était une question intéressante.

– Merci.

– Il n'est pas facile de lui donner une réponse.

– Non. Je crois que vous avez déjà dû y réfléchir.

– Il est isolé, par rapport à nous. Il s'isole lui-même. » Une
grimace assombrit le visage de Pauli, soudain conscient qu'il lui
serait difficile d'exprimer fidèlement ses pensées. « Je ne veux pas
dire qu'il serait d'un abord difficile. Ce n'est pas le cas. En fait,
en l'occurrence, si. Il émane de lui, comme d'un maître de religion, une certitude absolue, à savoir que sa vision de l'univers est
la bonne. Je ne parle pas seulement de physique, mais cela s'y
applique aussi bien. Il vous donne l'impression qu'il y a entre
Dieu et lui une ligne téléphonique privée dont Dieu se sert pour
communiquer avec lui et vice versa, mais à laquelle nul autre n'a

accès. Savez-vous qu'il parle tout le temps de Dieu ? Il l'appelle *"der Alte"* comme s'il parlait du directeur du labo – un patron clairement supérieur à nous autres, un peu excentrique, mais jamais au-delà de ce qui paraîtrait raisonnable à Einstein, son élève favori. » Pauli s'interrompit quelques instants. « Quand il n'aime pas quelque chose en physique, mais qu'il n'est pas à même de démontrer que c'est incorrect ou incomplet, il appelle invariablement Dieu à la rescousse. Dieu fait ceci. Dieu n'aurait pas fait cela. Dieu ainsi. Dieu par conséquent. Comment obtient-il ces informations privilégiées, il ne le dit pas.

– Vous désapprouvez ses convictions ?

– Comprenez-moi bien. Il ne croit en aucune forme de Dieu personnel, j'en suis quasiment certain. Pour lui, Dieu se manifeste dans les lois de la nature, les lois fondamentales, immuables, de la physique.

– Voulez-vous dire que Dieu est les lois de la physique ?…. Excusez la faute de grammaire, ajouta-t-il.

– Trop simple. Disons que l'harmonie céleste qui est à trouver dans les lois fondamentales réfléchit la nature de Dieu. En d'autres termes, ce qui dans la nature se reflète dans l'harmonie des lois fondamentales, c'est cela, le Dieu d'Einstein.

– Je vois. Mais cela ne serait-il pas une bonne base pour vous de partager vos idées, ou vos incertitudes, avec Einstein ? demanda Jung d'un ton raisonnable. Vos vues sont-elles si différentes ? Si incompatibles que cela ? »

Pauli devint songeur. « Nous serions d'accord sur de nombreux points, je pense. Par exemple, que la séparation entre science et religion est artificielle. Le grand ordre, le grand dessein de la nature, doit inclure à la fois le matériel et le spirituel, le subjectif aussi bien que l'objectif dans un même tout, sans failles. Cela a toujours été la vision de l'homme. Depuis le passé le plus ancien jusqu'à la fin du XVII$^e$ siècle. Mais le développement de la science au cours des deux derniers siècles a oublié l'esprit en route. Dans un monde objectif qui tourne comme une horloge, le spirituel n'est pas obligatoire. D'où le choc entre science et religion. Mais avec la théorie de la relativité, et tout particulière-ment avec la théorie quantique, il est devenu clair que l'univers n'est pas une horloge, et que le scientifique n'est pas une entité extérieure, séparée, qui observe cette horloge. » Jung se taisait. Comme il s'y attendait, Pauli continua à parler. « Il me semble que nous nous sommes tous trompés. Mais les choses n'en res-teront pas là. Je crois que la vision du monde telle qu'elle est aujourd'hui acceptée, même parmi les scientifiques, changera jusqu'à revenir à quelque chose qui sera plus près de la vieille religion, et des idées philosophiques. L'unité du Tout. Temps, espace, matière, esprit, énergie, psyché... Cela prendra du temps, mais c'est inévitable. » Ses yeux se portèrent à nouveau sur Jung. « J'ai bien peur de m'éloigner de ce qu'Einstein pour-rait pleinement accepter et d'aller vers ce avec quoi il pourrait être ou ne pas être d'accord. Je ne lui ai pas demandé.

– Pourquoi pas ? insista Jung.

– À cause de la certitude dont il rayonne. Il est d'une étran-geté inquiétante. Je trouve cela perturbant. Il sourit, parce qu'il sait. Il croit qu'il sait. Ce n'est pas sa conviction qui me déplaît, c'est le fait qu'il soit tellement convaincu. » Pauli qui, tout en parlant, avait griffonné une version du trèfle à trois feuilles ins-crivit le nom d'Einstein au-dessus du lobe central.

« Il vous faut la bénédiction de Bohr, mais pas nécessaire-ment celle d'Einstein. C'est exact ? » demanda Jung.

Pauli gribouilla le nom de Bohr à côté du lobe de droite. « Je suppose que c'est exact. Dans l'affaire qui nous occupe. »

Jung scruta le dessin à l'envers, mais ne le commenta pas. « Pensez-vous que nous avons assez bien compris pourquoi vous voyez les deux hommes de manière si différente ? » demanda-t-il.

Pauli le regarda. Puis il revint à son dessin. Il écrivit d'une main appliquée le nom de Jung à côté du lobe de gauche. « Non. Pas vraiment. » Il tenait le croquis à bout de bras, comme s'il l'admirait. « Est-ce important ? demanda-t-il sans quitter des yeux le dessin.

– C'est intéressant.

– Oui. » Pauli apposa sa signature au bas de la feuille avec un sourire épanoui.

« Alors c'est important », déclara l'analyste.

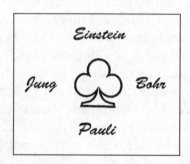

Leurs séances étaient toujours programmées pour le lundi à onze heures, et Pauli était invariablement ponctuel. À leur rendez-vous suivant, Jung ne perdit pas de temps. À onze heures et une minute, il passa à l'attaque.

« J'ai repensé à notre dernière conversation, dit-il comme Pauli s'asseyait, et j'ai été frappé par certains parallèles.

– Des parallèles ? Que voulez-vous dire ? demanda Pauli.

– Des parallèles. Des correspondances, si vous préférez. » Jung donna un petit coup impatient sur une feuille de papier devant lui sur son bureau. Pauli, qui n'était pas sûr de la reconnaître, tendit le cou pour vérifier, mais Jung la poussa jusqu'à lui. C'était le croquis du trèfle de la semaine précédente. « Je vois, consentit Pauli. Que faut-il en penser ? » Jung donna un petit coup de pipe sur le dessin. « Il y a par exemple l'interaction des caractères », dit-il, comme s'il commençait un exposé, puis il s'arrêta et commença à bourrer sa pipe. Lentement. Pauli attendit avec une patience qui ne lui ressemblait guère. « J'ai eu moi aussi dans ma vie, continua Jung, une figure à la Einstein. Je veux parler de Freud, bien sûr. Indubitablement un très grand homme. Comme votre Einstein, et comme lui peut-être trop grand. Il était parfaitement conscient de l'importance de ses découvertes et il considérait, à juste titre, que même les meilleurs d'entre nous étaient des pygmées par comparaison. Mais la conclusion qu'il en tira était qu'il savait tout mieux que n'importe lequel d'entre nous. Lui aussi avait une ligne directe avec Dieu, ou peut-être, dans son cas, avec Moïse. Il ne daignait pas davantage expliquer pourquoi toutes ses croyances acquéraient, à ses yeux, le statut d'un fait scientifique irréfutable. Pour quel résultat ? Ses fidèles disciples, qui lui vouent un culte et qui, à leur petite échelle, veulent poursuivre son travail et faire des découvertes par eux-mêmes, se sont vu refuser la possibilité d'une discussion ouverte avec le maître, malgré leurs demandes instantes et répétées dans ce sens. Et quand il apparut clairement que le dogme du prophète de Dieu n'était pas de ceux qui peuvent être contestés, le disciple se retrouva devant un choix terrible. Soit il étouffait son propre moi créatif et conservait au maître la même vénération béate et muette, comme mon ancien ami Ferenczi, soit il devenait un apostat, comme moi, condamné à en payer le prix d'une autre façon.

– De quelle façon ? demanda Pauli.

– La névrose. La perte d'un père. Le déni d'un père. Le renversement d'un père. La crise. Une tempête dans un ciel bleu. Ce genre de choses.

– Je ne crois pas qu'Einstein soit responsable de ma névrose. » Pauli n'était guère satisfait du parallèle.

« Je n'ai pas non plus voulu dire que Freud était responsable de la mienne. La cause réside toujours dans l'individu. L'individu est à la fois la cause, le problème et la solution ; et il doit être à lui-même son propre salut. Avec un peu d'aide. Ou même sans. Avec compréhension et perspicacité. Et du temps. » Ce fut alors le premier long silence de la séance. Il se creusa, curieusement, sans tension. Jung le rompit le premier. « J'ai même comparé ce triangle que vous formez avec Bohr et Einstein à celui que nous formons, Ferenczi et moi, avec Freud. Nous étions comme des frères, Ferenczi et moi. » Une nuance de regret passa dans sa voix. « Je ne veux pas dire que nous étions proches ni que nous nous sommes aimés, mais nous avions une relation de frères. Nous nous acceptions réciproquement comme deux égaux et, certains de notre supériorité par rapport à tous les autres pygmées, nous rivalisions pour attirer l'attention de Papa. En dépit de nos fréquents accrochages, nous sûmes parfois collaborer assez pour avoir une récompense commune. Nous étions les deux princes. Je fus autrefois l'héritier du trône. Puis vint le jour où je compris que je devais fonder mon propre royaume. Vous savez, Ferenczi et moi avions le projet de travailler ensemble sur l'occultisme, la télépathie, le mysticisme. Le vieux n'arrivait pas à se faire une opinion. D'abord il nous encourageait, la minute d'après il battait en retraite.

– Que s'est-il passé ? interrogea Pauli.

– Comme je vous l'ai dit, quelque chose en moi m'a poussé à la révolte. J'ai cherché des prétextes pour jouer les offensés. Quand on cherche, on trouve. J'ai bravé l'orthodoxie. Une partie en tout cas. Et ensuite j'ai choisi l'exil.

– Et maintenant ?

– Maintenant c'est différent. Ces quinze dernières années, j'ai suivi une tout autre étoile. Je ne conteste plus Freud, je fais simplement quelque chose de différent. Je crois que je fais plus que lui, ou mieux : je suis allé plus loin sur la route, j'ai poussé plus avant notre quête. » Jung dodelina de la tête. « Mais le mal est fait. Freud ne m'a jamais pardonné, et il ne me pardonnera jamais.

– Et vous ?

– Comme je vous l'ai dit, il est, de nos contemporains, l'homme que j'admire le plus. Il a fait des découvertes plus fondamentales que n'importe lequel d'entre nous. Mais il n'a pas le monopole de la vérité. » Jung fit crisser ses dents sur le tuyau de sa pipe. « Je suis aussi satisfait que possible.

– Et c'est comme ça ?

– C'est comme ça que cela doit être. La méthode scientifique que j'ai construite reflète ma personnalité, et il n'est pas question que je la refoule. Il semble qu'elle n'avait pas sa place dans le firmament de Freud. Il doit donc en être ainsi.

– Et Ferenczi ?

– Il vous plairait, je pense. Très intelligent, très cultivé, très empathique. Très juif. Très hongrois. Il s'intéresse à l'Antiquité, à la musique, au spiritisme, à la mystique, à la kabbale, aux mathématiques et même à la physique. Mais il a fait un choix différent du mien. Il a accepté le dogme de l'infaillibilité du maître. Il est interdit de contredire le prophète parce qu'il sait. Si nous avons, nous autres hommes inférieurs, des idées différentes des siennes, c'est une preuve supplémentaire de ce que nous sommes des hommes inférieurs. Ferenczi est simplement resté l'enfant qu'il a toujours été. Quoique je doive dire pour sa défense, d'après ce que j'en ai lu, qu'il semble avoir repris ses esprits ces derniers temps. Peut-être va-t-il enfin se décider à devenir adulte. »

Pauli n'était pas sûr que la digression lui fît du bien à lui. Que lui importaient finalement les choix ou les regrets de Jung ? Il voulait revenir à son propre univers. « Pourquoi avez-vous fait cette comparaison entre ma relation avec Bohr et la vôtre avec ce collègue hongrois ? demanda-t-il.

– Rien ne m'aurait fait plus plaisir que de voir Ferenczi accepter mes idées, et peut-être l'inverse est-il vrai aussi. Puis, ensemble, nous aurions enrichi l'orthodoxie freudienne, nous l'aurions développée, plutôt que de donner l'impression de la contredire ou de la récuser. Je vois certains parallèles avec votre cas. Il me semble que votre souhait de discuter de vos idées métaphysiques avec Bohr repose sur les mêmes éléments – deux fils joignent leurs forces pour remplacer le père admiré, aimé, mais redouté. »

Jung prit une feuille vierge dans une chemise qui se trouvait sur le coin de son bureau et choisit un crayon à la pointe bien taillée parmi ceux qui se trouvaient en bouquet dans un gobelet en face de lui. Puis, après un rapide coup d'œil au dessin de Pauli, il leva la tête, regarda longuement Pauli lui-même et dessina :

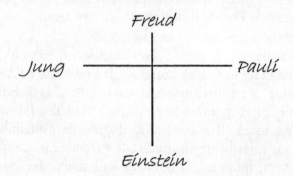

Pauli était silencieux. Jung regarda les quatre noms devant lui, puis, d'une main ferme, traça une autre ligne et ajouta deux noms supplémentaires :

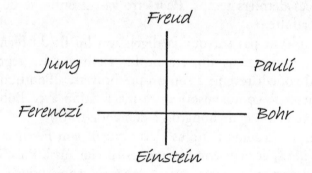

Il poussa la figure maintenant terminée sur le bureau de manière que Pauli pût la voir.

« Je ne vais pas ergoter, dit Pauli. Mais votre analyse, je la trouve si banale, si abstraite en même temps. Alors qu'en fait, ce n'est pas du tout une affaire de personnalités.

– Non ?

– Non.

– Qu'est-ce que c'est alors ?

– Pourquoi suis-je si malheureux ?

– Dites-le-moi.

– D'accord. Je vais vous le dire. Parce que tout cela ne rime
à rien.

– Qu'est-ce qui ne rime à rien ?

– Tout. Les dessins. Cette conversation. Tout. » Pauli se leva
et quitta la pièce sans dire au revoir.

## Zurich, 1932

La lutte de Pauli continua. Il chercha refuge dans un automatisme monotone, et le remède eut quelque effet. Il passait ses
jours sans émotion, sans plaisir. Curieusement, cela ne diminua
en rien sa productivité de chercheur, au contraire, puisque la
puissance de son intellect en fut même accrue, mais surtout
pour pointer les erreurs des autres. Quant à produire un travail
original, les forces semblaient lui manquer. Il était même encore
plus critique qu'avant, réservant toutefois à ses propres travaux
ses remarques les plus venimeuses. Son sarcasme incisif blessait
toujours davantage. La plupart du temps, on l'évitait, de peur
de faire les frais de sa langue acérée. Le « fouet de Dieu », c'était
ainsi qu'on l'appelait derrière son dos, selon le sobriquet
qu'Ehrenfest lui avait attribué. Parmi les mathématiciens,
Johnny von Neumann ou Paul Bernays, et, parmi les physiciens, le toujours fidèle Bohr ou Heisenberg, accordaient un
trop grand prix à ses commentaires pour être rebutés par ses
manières. Mais il n'était pas facile d'être l'ami de Pauli.

Sa vie était ponctuée par sa visite hebdomadaire à Jung. De
temps en temps l'un ou l'autre partait pour un déplacement
professionnel, mais ils s'en tenaient sinon fidèlement à leur routine. Il en allait de sa dépression comme de chacune de ses rencontres avec la nature des choses : Pauli était animé par le désir
de comprendre. Il ne s'attendait pas à accéder à une compréhension complète et subite, mais comme en physique, il voulait

trouver la preuve qu'il existait des explications et que lentement, une étape après l'autre, il était possible d'augmenter son niveau de compréhension. Seul son dialogue avec Jung lui donnait le sentiment de pouvoir suivre la voie de l'introspection et mettre un peu d'ordre dans son agitation intérieure.

C'est grâce à Jung qu'il avait pris conscience de ce tohu-bohu et qu'il avait appris à renoncer à lutter contre la voix en lui, à l'accepter et même à lui donner assez d'espace pour exister, puis pour se développer. Lentement, très lentement, il en vint à admettre que non seulement elle faisait partie intégrante de son individualité, mais qu'elle en était même une partie précieuse, et bientôt il l'accueillit comme la portion peut-être la plus importante de son identité. Il savait bien que la refouler ne produisait que de la souffrance, des tourments, un ballottement intérieur violent et une douleur physique.

Le calme profond dont Jung semblait rayonner lui fut d'un grand réconfort et lui rendit un peu de sa confiance en lui. Il écouta le récit que l'analyste lui fit de son propre parcours à la découverte de soi et comment il avait identifié dans sa psyché toute une série d'éléments distincts qui avaient chacun son propre rôle à y jouer et dont Jung avait appris – avec le temps – à saluer chacun comme un vieil ami quand il se montrait. Il parla à Pauli de l'« ombre », cette partie inférieure de l'âme, que la plupart des gens niaient et s'acharnaient à éliminer, parce qu'ils l'assimilaient au mal et au négatif. Pourtant tout progrès était impossible tant que l'on n'avait pas appris à s'accommoder avec l'ombre, à vivre avec elle, et même à lui trouver finalement des attributs positifs. Plus tard, Jung décrivit l'« anima », cette image du féminin qu'il portait en lui ; le cœur contresexuel[1] de la psyché que l'on projette sur l'être aimé de telle sorte que l'on peut retrouver cet aspect de soi à l'extérieur. Salomé, tel était le nom

---

1. « Contresexualité » est un mot inventé par Jung pour qui ni le mot « homosexualité », ni le couplage des mots « hétérosexualité/homosexualité », ni le mot « bisexualité » ne disaient rien du rapport entre masculin et féminin.

qu'il donnait à sa propre *anima*. Salomé, belle, érotique, perverse, intuitive, rancunière. Puis il y avait le vieillard à la barbe blanche flottante, l'Élie de la Bible. Pour Jung, il était la personnification de sa propre sagesse intérieure gnostique, la source de l'intelligence intuitive des choses, de la connaissance supérieure et transcendante, de l'âme. Pour des raisons qu'il ne crut pas bon de préciser, Jung avait décidé de débaptiser son Élie personnel et de l'appeler Philémon. Le vieux Philémon était accompagné d'une autre figure faustienne, un génie de la nature, qu'il appelait Ka. Les rêves de Jung étaient remplis de la lutte entre Philémon, personnification de l'aspect spirituel, du « sens », et Ka, le savant alchimiste, le démon de la terre, l'éternel reflet. C'était à cause de son besoin d'intégrer ces deux figures contraires qui se manifestaient dans ses rêves que Jung passait ses heures libres à analyser les textes alchimiques du Moyen Âge.

Pauli écoutait avec une fascination qu'il trouvait difficile à comprendre. Il voulait croire en Jung, sa seule source d'espoir. Et lentement, quand il se mit à lui confier son propre salut, quand il en vint à croire en lui, quand il fut pris sous le charme et embarqué dans le monde de Jung, il commença à faire quelques progrès dans son voyage à la découverte de soi. Il savait depuis longtemps qu'il y avait en lui une fracture. Son être intérieur était le champ de bataille d'un combat sans fin, inexorable, mortel, entre deux éléments. Leur coexistence était inenvisageable, et pourtant la perte de l'un des deux signifierait certainement la mort. Jung fut ce guide qui lui permit d'oser regarder cette réalité en face comme le cachet même de sa vérité individuelle. Et dès qu'il eut appris à accepter le conflit éternel, irréductible, entre ses deux moi fondamentaux, d'autres éléments de sa psyché se révélèrent à lui, des personnages supplémentaires de son drame intérieur. Jung l'incita à leur donner des noms afin d'aider à cristalliser sa vision, il en choisit qui reflétaient son chemin spirituel. Or son tohu-bohu intérieur l'avait poussé à mépriser l'inductif et l'hypothético-déductif, le logique et le cognitif – autant de valeurs qu'il associait à son parrain Mach – tant et si bien qu'il avait senti revenir au premier plan sa connivence avec ses racines Pascheles, la magie et la mystique du ghetto de Prague. Par conséquent, les noms qui s'imposèrent d'eux-mêmes, parce qu'ils renvoyaient à tout un contexte obscurément familier, ce furent les *sefirot* du Zohar, les dix facettes du Divin dans la kabbale. Les deux principaux protagonistes de sa personnalité, il les appela *Hod* (la Splendeur) et *Netsah* (la Fermeté). Connaissance et Sensations. La facette tournée vers le monde extérieur, autrement dit le physicien grassouillet qui savait toujours tout sur tout, il le nomma *Malkhut* (le Royaume). C'était le nom traditionnel de la *sefira* qui servait d'interface entre le monde divin et le monde naturel. Un quatrième élément, l'arbitre dans son conflit, il l'appela *Yesod* (la Fondation). Le simple fait de nommer ces étincelles antagonistes lui fit l'effet d'une révélation. Ces personnalisations lui permirent d'un coup de se décrire à lui-même sa vie intérieure et d'en rendre compte à son analyste. Pour la première fois, il était en mesure de construire des phrases sur son état émotionnel qui semblaient avoir du sens – au moins étaient-elles « bien formées ». Au lieu de dire : « Je ne m'autoriserai pas à m'acculer dans une impasse », il pouvait dire : « *Yesod* ne permettra pas à *Hod* de faire son chemin au détriment de *Netsah*. » Et il y voyait un indéniable progrès.

Il fut surpris de constater à quel point les *sefirot* correspondaient aux différents morceaux de sa propre personnalité divisée. Jung, qui avait parcouru ce même chemin quelques années auparavant, sut le lui expliquer. Le Zohar, dit-il, écrit il y a presque deux mille ans[1], fut un remarquable précurseur de la psychanalyse moderne. À son niveau le plus profond, ses auteurs ont tenté d'analyser la constitution psychique de leur Dieu, et puisqu'ils n'avaient, pour l'explorer, d'autre voie que l'introspection, il en résulta l'analyse psychique de l'homme. Leur analyse était aussi vraie à l'époque qu'elle l'était au XXᵉ siècle. À l'époque,

---

1. Les chercheurs modernes, en particulier Gershom Scholem (ami de Pauli et relation proche de Jung), font remonter les origines du Zohar au XIIIᵉ siècle de notre ère.

comme aujourd'hui, les hommes assimilaient le Divin à cette voix dont ils découvraient la puissance à l'intérieur d'eux-mêmes. C'est cet homme intérieur qu'ils appelèrent Dieu. Sans doute Pauli avait-il déjà confusément fait le lien entre la kabbale et sa propre situation spirituelle, puisqu'il associa cette littérature à sa propre découverte de lui-même. Pourtant, quand Jung le lui fit voir explicitement, il en fut sidéré. « Vous savez, je suis ébloui par l'ingéniosité de ces anciens », dit-il. Puis, le temps que ses propres mots fassent leur chemin en lui et qu'il se rendît compte de l'énormité de ce qu'il venait de dire, il ajouta avec amertume : « Quelle condescendance est la nôtre, jusque dans nos admirations ! Nous partons du principe que la science moderne a toutes les réponses. Je pensais que j'étais immunisé contre ce genre de présomption mais il semble que j'avais tort.

— Toute découverte qui ne nous est pas acquise par la méthode scientifique nous inspire la plus grande méfiance, dit Jung. Je trouve ce scepticisme raisonnable, mais il n'entame en rien la vérité du résultat, me semble-t-il. » Après un moment, il ajouta : « Ce fut le génie de Freud de se rendre compte que la psychanalyse ne pourrait être acceptée qu'à la condition que tous ses liens avec le passé et avec des sources à moitié religieuses fussent niés ; à la condition que tous ses résultats pussent être présentés comme des découvertes de l'observation clinique et de la science appliquée du XX<sup>e</sup> siècle. Je n'ai pas compris sur le moment pourquoi il fallait à tout prix nier ces liens. Quand je les ai découverts, que j'ai voulu les étudier à fond pour les renforcer, que j'ai voulu discuter hautement et librement de ces questions, Freud m'a retiré son soutien. S'il donnait prise au soupçon de défendre une pensée mystique, rabbinique, les conséquences auraient été terribles. Pour les conjurer, il n'a pas hésité à désavouer ses propres racines culturelles.

— Et maintenant ? demanda Pauli.

— De l'eau a coulé sous les ponts. La psychanalyse est un champ établi, et la psychologie analytique est acceptée comme une de ses branches légitimes. Le temps est peut-être venu de publier. Mais il faudra encore bien d'autres recherches avant d'être en mesure de démontrer que la psychanalyse s'enracine dans la mystique.

– Sur quoi cette démonstration débouchera-t-elle ? demanda Pauli.

– Elle aura deux conséquences importantes, je crois, dit Jung. La première : elle nous ouvrira l'accès à ce trésor d'observations et de remèdes à la condition humaine qui se trouve enfoui dans une myriade de sources que nous autres scientifiques avons toujours regardées de haut ; la kabbale n'en est qu'un exemple. Les textes alchimiques, la littérature religieuse orientale, les coutumes et les croyances des peuples primitifs, les visions provoquées par les états de transe ou par des hallucinogènes – voilà autant de perspectives de recherche précieuses et, en dernier ressort, autant de sources de connaissance.

– Et ensuite ? Le second résultat ? demanda Pauli.

– C'est la croyance en l'*Unus mundi*, le Monde unique, l'interconnectivité de toutes choses, du matériel et du psychique, du passé, du présent et du futur. Et plus qu'une simple croyance, c'est un cadre valable pour toute recherche scientifique à venir.

– Je ne sais pas si vous ressemblez plus à un alchimiste ou à un physicien quantique. Faust ou Bohr ? dit Pauli dans un sourire, mais il ne plaisantait qu'à moitié.

– J'ai bien peur de ne pas en savoir assez long sur votre physique pour comprendre ce que vous voulez dire, avoua Jung.

– Alors je vous apprendrai, déclara Pauli avec un enthousiasme qu'il n'avait pas ressenti depuis longtemps.

– Très volontiers, dit Jung. Peut-être pouvons-nous accéder à nous deux à un niveau de compréhension qui nous est refusé à chacun isolément.

– C'est d'accord, alors. Nous commençons la semaine prochaine », conclut Pauli en se frottant les mains.

Ce qu'ils firent.

EXTRAIT DU *JOURNAL CLINIQUE*
DE SÁNDOR FERENCZI

*Budapest, 1ᵉʳ mai 1932*

*Qui est fou, nous ou les patients… ?*
*Freud est-il réellement convaincu, ou bien est-il contraint à une crispation théorique exagérée, pour se protéger contre son auto-analyse, c'est-à-dire contre ses propres doutes ?*

*Ne pas oublier que Freud n'est pas celui qui a découvert l'analyse, mais qu'il a pris à Breuer quelque chose de tout prêt.*

*Peut-être n'a-t-il suivi Breuer que sur un mode logique, intellectuel, mais pas avec une conviction relevant du sentiment ; en conséquence, il n'analyse que les autres et pas lui-même.*

Wiesbaden, août 1932

Le congrès psychanalytique international de Wiesbaden fut en ce qui me concerne tout sauf un succès. Je n'étais pas assez bien. Je n'aurais pas dû y aller. Je retins cependant au moins une chose positive : il me donna l'occasion de lire un rapport, certes de seconde main, du congrès de thérapie par la lumière qui s'était tenu à Copenhague quelques jours auparavant. Un des participants, qui arrivait directement de là-bas, me passa le texte d'une des communications qu'il avait pu entendre. Elle était de Bohr, l'ami de Hevesy, et naturellement j'étais curieux de savoir ce que le physicien avait pu dire à un groupe de psychologues. Je fus fasciné de découvrir la proximité de nos idées.

« Il semble que le fait d'avoir reconnu la limitation des représentations mécaniques en physique atomique, écrivait-il, soit propre à nous aider à réconcilier les points de vue contradictoires en apparence de la physiologie et de la psychologie. La nécessité, en mécanique atomique, de tenir compte de l'interaction entre instruments de mesure et objets observés rappelle les difficultés rencontrées par l'analyse psychologique, provenant du fait que le contenu de la conscience change immanquablement aussitôt que l'on essaye de concentrer l'attention sur un de ses éléments. »

Aurais-je déclenché un moindre scandale si j'avais consacré ma communication à la magnifique correspondance que je découvrais entre mes idées et celles du physicien, entre nos deux disciplines, plutôt qu'à la confusion de langue entre les adultes et l'enfant, et à l'hypocrisie professionnelle ? Comment savoir. J'affrontai la réprobation de mes collègues pour leur exposer, informellement, ce parallèle dont l'évidence m'avait frappé. En microphysique, leur dis-je, l'observateur fait partie du système et ne peut jamais être considéré isolément, abstraction faite de l'objet de son étude. En psychanalyse, le patient et l'analyste font aussi partie du même système – l'effet de l'un sur l'autre est aussi important que l'inverse. Dans le processus de guérison, il n'y a pas de distinction entre d'un côté un sujet et de l'autre un objet, mais chacun est à la fois sujet et objet, sans qu'il y ait de frontière entre eux.

Malgré mon nouvel argument scientifique, étayé sur la physique, mes collègues continuèrent à combattre bec et ongles le principe de la fusion du sujet et de l'objet dans une situation à deux joueurs, alors qu'ils trouvaient qu'il allait de soi dans l'introspection. La raison en était pour moi limpide : je l'imputai à l'obsession de Freud à vouloir faire accepter la psychanalyse comme une science. L'ironie était que ce qu'il considérait comme scientifique, à savoir le rôle détaché de l'observateur indépendant, avait été invalidé en physique. Il avait couru après une illusion.

Je résolus d'écrire à Bohr pour lui faire part de ma vision de l'analyse qui, à mes yeux, fournissait une remarquable illustration de sa « complémentarité ». La non-interférence et la pleine participation dans la situation analytique sont deux extrêmes, qui s'excluent mutuellement ; et pourtant, si l'analyste choisit l'une ou l'autre posture, il risque bien d'étouffer le processus de guérison. Il doit donc vivre avec la contradiction de cette dualité, et il ne peut y parvenir qu'à condition de comprendre la physique de la situation. C'est ce que j'appelais l'« analyse mutuelle ». Peut-être « analyse complémentaire » eût été un nom plus chic.

Il fut un peu question de mon éventuelle élection à la présidence de l'Association psychanalytique internationale, mais je refusai de me porter candidat. Je ne puis leur permettre de m'acheter si facilement. Il est trop tard. Tout est trop tard.

---

EXTRAIT DU *JOURNAL CLINIQUE*
DE SÁNDOR FERENCZI

*2 octobre 1932*

*Régression plus poussée vers l'état de mort.*

*Dans mon cas, une crise sanguine est survenue au moment même où j'ai compris que non seulement je ne peux pas compter sur la protection d'une « puissance supérieure », mais qu'au contraire, je suis piétiné par cette puissance indifférente, dès que je vais mon propre chemin – et non le sien.*

*Je n'étais courageux (et productif) que tant que je m'appuyais (inconsciemment) sur une autre puissance – c'est-à-dire que je n'ai donc jamais été « adulte ».*

*Performances scientifiques, mariage, lutte contre des collègues très forts – tout cela n'était possible que sous la protection de l'idée que je peux en toutes circonstances compter sur ce substitut de père.*

*L'« identification » avec la puissance supérieure, la très soudaine « formation du Surmoi », est-ce l'appui qui m'a préservé autrefois de la décomposition définitive ?*

*Est-ce que la seule possibilité de continuer à exister est d'abandonner la plus grande partie de son propre soi pour exécuter pleinement la volonté de cette puissance supérieure (comme si c'était la sienne)…*

---

Budapest, février 1933

La douleur…

Pourquoi le tsadik a-t-il dit que je n'avais pas appris la leçon ? Et cette leçon, quelle était-elle au fait ?

C'est sans importance. Il est trop tard maintenant. Douleur…

Abandonné par mes collègues. Ils ont tous trop peur de Freud pour avoir de la sympathie à mon égard.

Je me méprise, tout comme elle me mépriserait si elle savait tout de moi.

Je l'ai délivrée de ses tourments, en répétant le péché du père, en l'avouant ensuite, et en obtenant le pardon.

Péché.

Aveu.

Pardon.

Il faut qu'il y ait châtiment.

Contrition.

426

## AZ EST

## Journal du soir de Budapest, 24 mai 1933

Un membre distingué de la communauté médicale hongroise de renommée internationale, le docteur Sándor Ferenczi, neurologue, est décédé lundi à 14 h 30 dans sa villa de la rue Lisznyai. Sándor Ferenczi souffrait depuis plusieurs mois d'une grave anémie. Ce médecin connu dans le monde entier aurait eu soixante ans en juillet. Au cours de sa carrière, il avait fait la connaissance de Freud, le grand maître de la psychanalyse, avec lequel il avait noué une amitié durable et étroite. Sándor Ferenczi avait écrit de nombreux ouvrages de psychanalyse. Ses livres et articles ont été publiés en hongrois, en allemand et en anglais. Il avait fondé il y a vingt ans l'Association psychanalytique hongroise qui, placée sous sa présidence, n'a pas cessé d'être active depuis cette date. Ses funérailles auront lieu ce mercredi après-midi, à 16 heures, au cimetière juif de Farkasrét.

## BUDAPESTI HIRLAP

## Journal du matin, 25 mai 1933

Sándor Ferenczi a été enterré au cimetière juif de Farkasrét le 24 mai 1933 à quatre heures de l'après-midi. De nombreuses personnalités du monde médical, littéraire et artistique ont assisté à ses obsèques. Étaient également présents Anna Freud, Martin Freud, Paul Federn et Helen Deutsch. La cérémonie s'est déroulée selon le rituel juif. Le grand rabbin de Buda a prononcé l'éloge funèbre ; Imre Hermann a pris la parole au nom de l'Association psychanalytique hongroise, Paul Federn au nom de l'Association psychanalytique internationale, tandis que Michael Bálint s'est exprimé au nom de ses nombreux disciples.

# QUATRIÈME PARTIE

Berlin, mai 1933

Devant l'Opéra, le feu brûlait, implacablement. Les flammes se lancèrent vers le ciel, mais le ciel n'en tint aucun compte. La fournaise de l'ignorance et de la barbarie conforta la passion des démons et attisa celle des âmes indifférentes. On brûla la physique juive. On brûla la psychologie juive. On brûla les livres écrits par les Juifs et par ceux qui les soutenaient. On brûla des livres écrits par des personnes indifférentes aux Juifs. On brûla des livres écrits par ceux dont la haine des Juifs n'atteignait pas le niveau fixé par les nazis. Albert Einstein, Sigmund Freud, Émile Zola, Stefan Zweig, Thomas Mann, Jack London, H.G. Wells...
Il n'y eut pas que des livres qui furent détruits ce jour-là.

Fritz Paneth, le directeur des laboratoires de chimie de l'université de Königsberg, se trouvait en Angleterre pour une tournée de conférences. Il ne rentra pas. Albert Einstein se rendit à l'ambassade allemande de Bruxelles. Il renonça officiellement aux droits de citoyenneté allemande et rendit son passeport. George von Hevesy pensa que les lois raciales du Troisième Reich ne le concernaient pas. N'était-il pas un aristocrate hongrois catholique ? En quoi la religion de ses grands-parents le concernait-elle ? Mais il n'était pas prêt à rester dans la clique nationale-socialiste. Il demanda officiellement au gouvernement du Reich de l'autoriser à démissionner de son poste. Il ne voulait pas passer pour avoir été révoqué au titre de sa race. Il fut fait droit à sa requête. Il serait pour la seconde fois un réfugié, et pour la seconde fois son sauveur serait Bohr, son havre le Danemark. Il changea de nom. Il devint George de Hevesy.

Le doyen de l'antique et auguste université de Göttingen ordonna à Paul Bernays de suspendre tout enseignement, en attendant que le ministre de l'Éducation ait statué sur son cas. Le rapport d'enquête ministériel prit plusieurs semaines et conclut à sa révocation. Écœuré par le comportement de ses compatriotes, le professeur Hilbert, septuagénaire, prit Bernays comme assistant, le payant sur ses propres deniers. Enfermés à l'écart de l'agitation du monde extérieur, ils terminèrent leurs monumentaux *Grundlagen der Geometrie*. Au milieu de 1934, cependant, sans plus de moyen de s'isoler dans une tour d'ivoire pour s'abstraire de la nouvelle Allemagne, Bernays décida de partir pour Zurich tant qu'il le pouvait encore.

Quoiqu'il se languît de la belle Göttingen, John von Neumann n'honora pas son contrat pour donner un cycle de conférences en Allemagne cet été-là. À la place, il accepta l'offre d'un poste à la faculté de l'Institute for Advanced Study qui venait d'être créée à Princeton dans le New Jersey. Michael Polányi quitta Berlin et l'institut de Fritz Haber pour l'université de Manchester, où il occupa la chaire de physique-chimie. Haber lui-même fut révoqué peu après. Leo Szilárd abandonna son poste à temps partiel à l'université de Berlin et connut une longue période de chômage à Londres. George Lukács quitta Berlin lui aussi et prit la direction opposée : sa destination fut l'Institut de philosophie de Moscou.

Londres, octobre 1933

Lord Rutherford était l'orateur vedette de la réunion annuelle de la British Association. La vieillesse ne lui ayant pas appris à mâcher ses mots, il déclara : « Cette affaire de libération à grande échelle de l'énergie des atomes n'est qu'une sornette. »
Leo Szilárd, toujours scientifique quoique réfugié, ne rêvait plus de Mitzi von Freund. Au lieu de cela, il tournait et retournait dans sa tête les propos de Rutherford, qu'il avait lus dans la presse. Il y avait quelque chose, quelque chose d'intrigant, quelque chose de pertinent, une pièce du puzzle qui devait trouver sa place... Il se trouvait à Londres, à un coin de trottoir, sur le point de traverser la rue, quand soudain il se rappela les études de son ami Misi Polányi sur les réactions chimiques en chaîne. Et si...

Zurich, octobre 1934

Pauli s'assit à son bureau et posa devant lui une feuille vierge. Il vissa le capuchon de son stylo-plume autour du petit doigt de sa main gauche, posa le stylo sur le papier et le promena distraitement de long en large. Il était censé prendre quelques notes en vue d'une conférence, mais ses pensées vagabondaient. Jung était obsédé par la tétrade – mais au-delà de cette certitude, plus rien n'était clair, et la question qui taraudait Pauli était de savoir si l'obsession de Jung soulevait le voile sur une vérité cachée ou bien si elle n'était qu'un attachement arbitraire et irrationnel à un nombre « magique » choisi au hasard parmi mille autres possibles. Pauli avait été intrigué par les nombres magiques depuis qu'il était gosse. C'est-à-dire qu'ils fascinaient

431

cette partie de lui qu'il appelait *Netsah*, tandis que *Hod* – son moi logique, rationnel, mathématique – trouvait ce genre de notion parfaitement ridicule. D'ailleurs, il y avait tant de nombres magiques qu'ils en perdaient tout droit à être considérés comme spéciaux. Il s'en trouvait toujours un qui se cramponnait à vos basques. Il commença à faire une liste, mais ils étaient réellement trop nombreux. Dieu est 1, disons la *Shema*. Le 3 magique représente la trinité du tout-puissant, saint et redoutable Nom divin de soixante-douze syllabes, tous les septièmes sont chéris, selon le *Midrash*. Il y avait les dix *sephirot*, les dix plaies d'Égypte, les dix Commandements, il y avait tous les Noms de Dieu en plus de celui de soixante-douze syllabes – le nom de 14 lettres, celui de 22 lettres, celui de 42 lettres. La liste était sans fin. Et ce n'était qu'une petite partie de l'ensemble de la kabbale. Ajoutez à cela les autres traditions gnostiques d'Orient et d'Occident, et l'ensemble des entiers n'était pas assez grand pour contenir tous les nombres magiques. Cantor aurait apprécié cela, songea-t-il.

Mais comment expliquer l'attachement de Jung au chiffre 4 ? Ou plutôt, puisqu'il préférait le décomposer ainsi, à la somme de 3 plus 1 ? La trinité plus la Vierge Marie. Ou bien la vision d'Ézéchiel, la source de la kabbale de la *Merkabah* : quatre créatures chacune avec quatre ailes et quatre visages, dont trois animaux et un être humain. Il y avait aussi le 4 du Tétragramme du Nom ineffable. Il y avait aussi les quatre éléments d'Aristote et le carré parfait des pythagoriciens, les quatre saisons, les quatre points cardinaux... Oui, 4 était un chiffre particulièrement prisé.

Jung était parvenu à la certitude que la tétrade était, pour l'humanité, un archétype fondateur. La vision du 4, le besoin de 4, la relation symbiotique avec le 4. Quel sens fallait-il donner à cette affirmation ? se demandait-il. Mais la notion de sens n'était guère appropriée dans ce contexte. Le sens et l'intuition relevaient de deux pôles diamétralement opposés. Il avait beau essayer de démêler les raisons de l'attachement de Jung à la tétrade, il n'arrivait à rien quand soudain quelque chose lui vint à l'esprit. Et d'éclater de rire. Quelle ironie dans l'existence humaine ! Une des associations les plus profondes entre le 4 et l'histoire humaine, c'était lui, Wolfgang Pauli, et personne d'autre, qui en avait fait le don au monde. C'était lui qui avait engendré le quatrième nombre quantique, lui qui avait complété la quaternité sur laquelle l'univers était fondé. Quatre nombres quantiques. Il avait fallu qu'ils fussent 4. La quaternité de la nature en avait-elle ainsi décidé, ou bien était-ce l'homme lui-même qui était prédisposé à en trouver quatre du fait de son exigence intérieure de cette harmonie que le 4 représentait ? La deuxième hypothèse était délirante, à coup sûr. Mais alors c'était la première. Peut-être y avait-il 4 nombres quantiques pour la simple et bonne raison qu'il y avait quatre nombres quantiques. Mais si cela n'était pas délirant… C'était l'idée la plus délirante qui fût ! Donc peut-être Jung avait-il pressenti une vérité plus profonde. Peut-être la quaternité était-elle un des ingrédients de base qui était entré dans la cuisson originelle de l'univers. Elle était certainement fondamentale en physique. En dehors des nombres quantiques, il y avait aussi la quadridimensionalité de l'espace-temps. Mais cela semblait relever d'un tout autre domaine, d'une tout autre réalité. D'un tout autre rêve.

La nature présentait trois constantes universelles (seulement trois ? se demanda-t-il), la vitesse de la lumière, $c$, la constante gravitationnelle, $g$, et le quantum d'action de Planck, $h$. À force de considérer leurs caractéristiques et leurs interactions, il fut amené à définir quatre (ah enfin, quatre !) domaines distincts. Le premier était le domaine de la physique classique, où l'espace classique et le temps classique existaient indépendamment l'un de l'autre et où la causalité régnait. Le second était le domaine de la relativité restreinte, où l'espace et le temps étaient ensemble un unique continuum. Le troisième était le domaine de la relativité générale où la géométrie de l'espace-temps dépendait de la matière. Ensuite, il y avait le quatrième, le domaine de la mécanique quantique, où la causalité s'effondrait pour être remplacée par la complémentarité. Quatre domaines, mais des domaines de quoi ? se demanda-t-il. Domaines de l'univers ? de la nature ? de la physique ? de la psychanalyse ? de la pensée ? de l'esprit ? Mais il y avait davantage. Il y avait une quatrième constante fondamentale de la nature. Bien sûr. Il fallait qu'il y en eût une quatrième : $e$, la charge de l'électron, devait trouver sa place dans le projet divin.

La véritable tâche de la physique n'était pas, contrairement à ce que d'aucuns prétendaient, d'expliquer la nature de la réalité. Cela ne pouvait être. Les dix dernières années avaient amplement démontré que la réalité avait une composante irrationnelle extrêmement forte. Non, la tâche de la physique était d'expliquer les valeurs de ces constantes. En dernier ressort, la mécanique quantique devait expliquer la relation entre $c$, $h$ et $e$, quand les trois étaient combinés dans l'inverse constante de la structure fine de Sommerfeld.

$$\frac{hc}{2\pi e^2}$$

qui avait la valeur de 137. Un nombre pur, dépourvu de dimension. Un entier − presque. Mais maintenant, pourquoi 137 plutôt que n'importe quel autre nombre ? Qu'est-ce que 137 avait de si spécial pour devoir être au fondement de tout l'univers ? Soit la mécanique quantique devait expliquer pourquoi la physique, pour être cohérente, exigeait 137 à l'exclusion de tout autre nombre, soit la mystique devait expliquer pourquoi Dieu avait une préférence pour ce nombre au-dessus de tous les autres.

Pauli ne connaissait pas les réponses. Mais il pourrait au moins vérifier que les questions fussent comprises. C'est pour cette raison qu'il consacrerait sa conférence à ce thème, décida-t-il.

Cette nuit-là, en rêve, il marchait le long de la rive d'un fleuve sous un dais de châtaigniers géants. Soudain, il tomba sur un vieux rabbin qui lui tournait le dos et ne semblait pas conscient de sa présence. La cape noire du rabbin tourbillonnait autour de lui et lui donnait un air faustien. « Proton. Neutron[1]. Électron. Metatron[2], psalmodiait le personnage. Connaissance. Tradition. Kabbale. Gématrie. » Pauli éprouvait un sentiment aigu de culpabilité – peut-être n'était-il pas supposé être là. Comme s'il lisait dans ses pensées, le rabbin se retourna brusquement. Il regarda Pauli avec des yeux féroces. Son visage, entouré d'une barbe blanche broussailleuse, était un de ceux que Pauli connaissait des murs de la bibliothèque de la maison de Prague. Un des mages de la *Galerie Pascheles*. L'éclair de reconnaissance causait la disparition immédiate du personnage. Pauli voulait lui courir derrière pour lui poser une question, mais il ne savait pas quelle direction prendre. Dans sa frustration il se mit à pleurer.

Il se réveilla en sueur. Sans essuyer son front, il se leva et alla jusqu'à son bureau en titubant. Il écarta quelques papiers et alla pêcher un livre au bas d'une pile. Il feuilleta le volume jusqu'à un tableau qui donnait la valeur numérique de chaque lettre de l'alphabet hébreu. Comme les règles de la gématrie l'exigeaient, il ajouta la valeur de chaque consonne du mot *kabbalah*.

ק, ב, ל et ה
100, 2, 30 et 5.
Il pâlit quand, incrédule, il vit le résultat.
137.

---

1. Le neutron avait été découvert deux ans auparavant.
2. Ange suprême, support des manifestations divines. M-T est appelé dans la littérature « petit YHWH » parce qu'« il porte le même nom que le Nom de son Maître » – autrement dit, il est la forme angélique accomplie des apparitions divines – et que Dieu, quand il parle aux prophètes, parle à travers M-T en disant « Je ».

Princeton, 1$^{er}$ octobre 1935

Pauli était assis dans le sens inverse de la marche, le dos à la locomotive. Franca, la femme qui l'avait sauvé, plus connue sous son titre de seconde Frau Pauli, occupait le siège opposé. Elle lui sourit avec indulgence, mais il n'en vit rien. Ses pensées étaient ailleurs, comme d'habitude.

À son grand étonnement, il se surprit à attendre impatiemment cette visite avec un étrange pressentiment. Louis Bamberger et sa sœur, Mme Fuld, avait fait don de quelque cinq millions de dollars, soit une grande partie de leur fortune, gagnée dans le commerce de détail, pour lancer à Princeton un projet expérimental inédit : l'Institute for Advanced Study. L'idée était de rassembler sous un seul et même toit un certain nombre de sommités mondiales de la physique et des mathématiques, sans autre contrainte que celle de résider sur place pendant un nombre de mois donnés. En théorie, la proximité étroite de tant d'intelligences ne devait pas manquer de faire des étincelles. Les fondateurs, assis à leurs fauteuils de spectateurs, attendaient le feu d'artifice.

Ils avaient jeté leur dévolu sur Einstein et ils réussirent à l'embaucher. Il leur fut ensuite facile d'attirer les jeunes étoiles des mathématiques comme Johnny von Neumann et son ami Wigner. De fil en aiguille, la présence des deux Hongrois dans l'équipe permanente facilita les démarches auprès d'autres hommes éminents comme le logicien viennois Kurt Gödel, ou encore le collègue de Pauli à Zurich, Paul Bernays, et bien sûr Pauli lui-même, qui acceptèrent de venir passer un semestre à Princeton pour travailler avec eux.

Pauli tenait von Neumann en haute estime. Il lui savait gré d'avoir réussi à faire accepter la théorie quantique aux mathématiciens formalistes. Dans son nouveau livre, *Les Fondements mathématiques de la mécanique quantique*, et dans les articles qui l'avaient précédé, le jeune Johnny avait donné des fondations mathématiques formelles solides aux théories des pionniers – la triade de Copenhague, Bohr, Heisenberg et Pauli lui-même. Il avait notamment démontré que la mécanique matricielle de Heisenberg et l'équation des ondes de Schrödinger étaient mathématiquement équivalentes. Avec cette preuve, comme par miracle, il avait mis fin au grand schisme de l'Église de la physique quantique. C'était une première étape nécessaire avant l'envol vers d'autres progrès.

Quelques années plus tard, quand Gödel exposa son théorème d'incomplétude, Johnny fut le seul logicien à l'accepter immédiatement et à mesurer son importance. Pauli se rappela que Paul Bernays avait eu quelque difficulté à comprendre les démonstrations de Gödel, jusqu'à ce que Johnny les lui eût expliquées. Mais même Johnny échoua à convaincre Hilbert. Celles-ci étaient trop radicales pour le vieux professeur.

Von Neumann, Bernays et Gödel, les trois logiciens les plus éminents du temps, réunis à Princeton ! Pauli se demanda s'il en naîtrait des travaux intéressants, ou s'ils devaient se gêner les uns les autres, voire ne pas se supporter[1]. Il avait toujours eu un peu de mal à accepter leur formalisme strict. En physique, Pauli était partisan de la rigueur, d'une rigueur froide, implacable, mathématique, mais il voyait dans leur logique formelle, poussée à l'extrême, une tentative pour plaquer sur la nature les mécanismes de l'esprit humain. Pour sa part, il poursuivait l'objectif inverse et prétendait garder l'esprit ouvert au fonctionnement réel de la nature, plutôt que de décider par avance, en vertu des règles *a priori* de la logique, ce qu'il devait en être. Il n'était pourtant pas persuadé que ces deux options fussent fondamentalement différentes. Peut-être l'homme n'avait-il pas d'autre possibilité que d'imposer son esprit sur l'univers. Peut-

---

1. Cela devait être une période hautement productive, débouchant sur la théorie des ensembles de Bernays et Gödel, sur le système Neumann-Bernays et leur théorie des ensembles axiomatiques, etc.

être n'était-il en mesure de reconnaître que les aspects où il y avait d'une manière ou d'une autre harmonie entre les deux. Mais ces doutes ne diminuaient en rien son admiration pour le travail des logiciens. Et si peut-être l'univers physique ne s'en trouvait pas éclairé, l'esprit de l'homme, lui, l'était. Pauli avait beau arriver à cette conclusion, qui lui semblait faire sens, la distinction entre les deux démarches ne laissait pas de le troubler.

Ce qui l'intriguait le plus, et il lui fallait encore du temps pour l'intégrer, c'était le résultat de Gödel selon lequel, pour tout langage, la vérité ne peut être définie dans ce même langage. Ce n'est qu'en utilisant une description d'ordre supérieur, un métalangage, que cette vérité peut être exprimée. Mais le problème général demeure, car la vérité d'un énoncé dans ce métalangage ne peut pas être elle-même à son tour définie dans celui-ci. D'un côté, une régression infinie, de l'autre, la non-démontrabilité de la vérité.

C'était l'introspection humaine que Gödel décrivait, et non pas le monde des sens. Le résultat de Gödel modifierait-il la physique ? se demanda-t-il. Si le théorème portait sur autre chose que l'esprit, s'il valait aussi pour le monde physique, alors il avait envie de dire, d'intuition, qu'il devait apporter un changement fondamental. Mais il ne savait rien de précis au-delà. Bohr avait toujours soutenu qu'il était impossible à l'homme de se connaître soi-même, de même qu'il lui était impossible de connaître pleinement le monde extérieur, dans la mesure où il faisait partie de ce dernier. Le théorème de Gödel semblait dire la même chose, à ceci près que, loin d'être une pure pétition de principe, il en apportait la preuve. Et la preuve de Gödel de l'incomplétude de l'arithmétique possédait une qualité magique aux yeux de Pauli. Il lui rappelait les kabbalistes du Moyen Âge et leur volonté de déchiffrer les vérités profondes dont ils étaient convaincus qu'elles étaient cachées dans la Torah. En hébreu, il n'existe pas de chiffres, mais ce sont les lettres elles-mêmes qui ont une valeur numérique. L'*aleph-beth*, étant à la fois lettres et chiffres, pouvait être employé pour exprimer de l'information aux deux niveaux à la fois, en puisant dans un seul ensemble de symboles. Les lettres non seulement se combinaient pour créer des mots, mais pouvaient aussi contenir une signification cachée dans les valeurs numériques de ces mots. Exactement comme le numérotage de Gödel. Les kabbalistes examinaient la valeur numérique des mots et des phrases des Textes sacrés et cherchaient dans ces nombres un message caché venant de Dieu. Bien sûr, une manipulation experte de leurs différents systèmes gématriques leur permettait de lire dans n'importe quel texte le message qu'ils avaient envie d'y trouver. Mais cela ne diminuait pas la signification de leur découverte, la potentialité de codifications multiples dans un seul ensemble de symboles : l'alphabet hébreu.

Il n'avait pas oublié 137. Comment aurait-il pu ? Le nombre le hantait depuis tout ce temps. La constante de structure fine = $137^1$. Comment l'idée de code numérique pour noter des expressions algébriques était-elle venue à l'esprit de Gödel ? se demanda-t-il. S'était-il rendu compte que l'essence de son numérotage était enchâssée dans l'antique art magique de la gématrie kabbalistique ? Et vice versa... « Je lui demanderai, dit-il à voix haute.

– Demander quoi et à qui, mon chéri ? » s'enquit Franca. Elle était habituée à ses longues absences. Quand il était ainsi plongé dans ses pensées, il lui arrivait d'en émerger brutalement, comme pour reprendre son souffle dans le monde de son épouse, avant de redescendre dans l'abysse.

« Mais je dois commencer avec Einstein, dit-il, en ignorant la question de Franca. Je l'ai promis à Bohr.

– Oui, chéri. »

La bataille intellectuelle entre Bohr et le physicien de Dieu lui-même, Albert Einstein, dont l'enjeu était le cœur même de

---

1. En fait : (la constante de structure fine)$^{-1}$ = kabbale = 137.

la théorie quantique, c'est-à-dire sa signification profonde, couvait depuis des années. Ce printemps-là, Einstein avait publié un article intitulé « La description de la réalité par la mécanique quantique peut-elle être considérée comme complète ? » – ce qui n'était pas exactement ce que l'on pouvait appeler un titre neutre. Le papier relevait de la philosophie plutôt que de la physique, du point de vue de Pauli, et, en matière de philosophie, il était plus enclin à écouter Bohr qu'Einstein. Pourtant, le désaccord entre les deux hommes n'était pas philosophique, mais se plaçait au niveau fondamental de la spiritualité. Rien ne pouvait convaincre Einstein, Einstein savait, un point c'est tout. Personne n'aurait pu réussir à convaincre Bohr. Bohr voyait. « Einstein sait, Bohr voit, Pauli sent », répéta-t-il, mais son sourire fut chassé par un froncement de sourcils. L'image des trois singes surgit soudain de nulle part : « Ne pas entendre ce qu'il ne faut pas entendre », « Ne pas voir ce qu'il ne faut pas voir »...

Einstein avait écrit son article dans le but déclaré de démontrer le caractère incomplet de la complémentarité de Bohr et de la remplacer par sa réalité objective. Ces concepts n'étaient pas de simples mots. Pour leurs partisans respectifs, ils avaient pris une signification religieuse, mystique, comme Création ou Saint Esprit pour d'autres. Le papier décrivait un exemple de deux particules telles que les mesures de l'une donnaient de l'information simultanément sur l'autre, même si la seconde particule était arbitrairement éloignée – possiblement à l'autre bout de l'univers. La mécanique quantique imposait que l'acte de mesurer la particule 1 dût « créer » les propriétés de la particule 2, en dépit de sa distance. « On ne peut attendre d'aucune définition raisonnable de la réalité qu'elle autorise cela », avait écrit Einstein. La première fois qu'il lut ces mots, Pauli les brocarda joyeusement, mais maintenant qu'il avait d'autres motifs de se les rappeler, il sourit, simplement. « Parrain serait fier d'Einstein, après tout, se dit-il. Une définition raisonnable de la réalité... » Ça, c'était un concept frappé au coin Mach ! Tandis que la complémentarité... la complémentarité était un concept machiavélien ! Il éclata de rire. Franca ignora ce signe de vie de son époux.

Comme à son habitude, Niels avait envoyé le brouillon de son propre article à Pauli pour avoir ses commentaires avant de le soumettre à la publication. Il était censé paraître dans le prochain numéro de la *Physical Review,* mais Bohr avait investi Pauli de la délicate mission de présenter son principal argument à Einstein en personne, avant que le vieux ne voie le papier imprimé. La réponse de Bohr, que Pauli soutenait pleinement, était simple en substance : oui. Oui, la mécanique quantique est incompatible avec la réalité objective. Ou, plus exactement, avec la réalité objective telle que définie par Einstein et ses disciples. Il en était ainsi. Et il en avait toujours été ainsi. C'est ainsi que le monde avait été créé. Et c'est ainsi que l'illusion humaine courante d'une réalité objective était contredite par les faits[1]. « Mais qu'est-ce que Parrain aurait fait de tout cela ? » se demanda-t-il ; puis il sourit. Ces derniers temps, il avait bien des fois essayé d'imaginer la réaction de Mach.

Bien sûr, Einstein n'était pas le seul à avoir du mal à accepter une vision du monde qui abolissait la réalité objective. Les résistances étaient nombreuses, les attaques parfois violentes. Invariablement, la tactique de ses détracteurs consistait à trouver des exemples de résultats ridicules auxquels on arrivait quand on appliquait rigoureusement la complémentarité quantique. Les exemples étaient légion, et la démonstration d'une simplicité biblique, mais c'étaient autant de coups d'épée dans l'eau. Ridicule peut-être, ou peut-être que non, mais en tout cas c'était ainsi.

Pendant l'été, Schrödinger avait publié un apologue sur un chat. L'animal, placé à l'intérieur d'une boîte dont il ne pouvait s'échapper, devait être relié par un mécanisme simple à un évé-

---

1. Il fallut attendre quarante ans pour avoir la preuve expérimentale qu'Einstein avait tort.

nement quantique, comme la désintégration d'un noyau radioactif, qui, si elle se produisait, devait libérer à l'intérieur de la boîte assez de poison pour tuer le chat. Il était à souligner que le chat et le mécanisme étaient cachés à l'observateur durant un laps de temps suffisant pour que l'événement ait 50 % de chances de se produire ou, bien sûr, de ne pas se produire. La théorie quantique établissait que l'événement était décidé par l'acte d'observation et par lui seul. Cela impliquait qu'avant que l'observateur ne vérifie à l'intérieur de la boîte, le chat oscillait entre vie et mort. Ou bien était-ce que le chat était à la fois mort et vif dans le même temps ? Oui, absolument. Certes, ce n'était pas le genre de situation que l'on risquait de rencontrer souvent dans la vie quotidienne. Et pourtant…

Le train ralentit. Pauli regarda sa montre de gousset pour vérifier qu'il était bien l'heure d'entrer en gare de Princeton. Rassuré, il caressa la main de Franca, puis se retourna vers la fenêtre pour embrasser du regard le paysage qui s'immobiliserait bientôt. « C'est ce que les Américains appellent l'"été indien" », dit-il. Le soleil brillait. Les feuilles, toujours accrochées aux branches, avaient déjà changé de couleur sous la morsure du givre qui chaque matin à l'aube les parait de son voile d'argent, puis s'évanouissait aux premiers rayons du soleil, laissant aux ginkgos leurs quarante écus d'or et embrasant les érables de rouges profonds. La perfection artificielle des rues pittoresques de la petite ville et de ses maisons aux bardeaux pastel ou blancs se mêlait à la palette étendue de la nature qui étalait les couleurs de l'automne dans un cadre féerique. Pauli regardait avec émerveillement les gens qui peuplaient cette scène, vaquant à leurs affaires nimbés d'un nuage de paix provinciale.

« Comme ils doivent se sentir loin des cataclysmes politiques de l'Europe, remarqua Franca. Même leur Grande Dépression semble avoir passé sans laisser de traces visibles.

– La réalité a fait ses malles, elle est partie en vacances », dit Pauli. Il se leva et commença à rassembler leurs sacs et valises. « Et c'est tant mieux », pensa-t-il.

On leur avait réservé une chambre claire, spacieuse, lumineuse. Une enveloppe les attendait sur la coiffeuse : une invitation à dîner pour le soir même de la part de Mariette et Johnny
von Neumann, s'ils ne se sentaient pas trop fatigués. Ils iraient,
bien sûr. Il ferait un petit somme pendant qu'elle rangerait leurs
habits. Pauli se contenta d'un signe de tête pour dire qu'il était
d'accord. Dans le couloir, il avait remarqué une porte marquée
« douche ». Peut-être prendrait-il une douche après sa sieste, au
lieu d'un bain comme il en avait l'habitude. Les douches, qui
venaient de faire leur apparition en Europe, avaient une aura
résolument américaine qu'il associait aux saxophones, à la Prohi-
bition, aux gangsters de Chicago, aux feutres mous et au Mary's
Oldtimer Bar. Oui. Il dormirait un peu, prendrait une douche
puis ils iraient chez Johnny. Sa décision était prise : il allait
passer du bon temps ici.

Pauli suivit Franca sur l'allée de gravier qui menait à la rési-
dence des von Neumann, au 162 Library Place. Il ne marchait
pas, il bondissait ! Il se sentait revigoré et débordant de vie.
Comme sa vie avait changé en cinq ans ! Était-ce son mariage
avec Franca ou bien le soutien qu'il avait reçu de Jung ? Ou
peut-être était-ce simplement que le temps avait passé. Le
mariage avec Franca était la consécration de son changement, et
non pas sa cause, décida-t-il. Et Jung avait été la sage-femme
assistant à sa renaissance, plutôt que l'agent causal. Les changements en lui étaient le produit de forces intérieures irrésistibles.
C'était sa bonne étoile qui avait fait que Jung veillait sur lui
pendant que les Titans se battaient à qui aurait son âme. « Ce
n'est pas que j'en sois débarrassé, pensa-t-il, mais au moins
maintenant ils respectent les règles d'un combat loyal. » Il avait
survécu parce qu'il avait appris à se donner le temps et l'espace
émotionnel pour des exercices de méditation centrés sur lui, qui
relevaient pour lui de la nécessité absolue. Et il le devait à son
analyste, parce que Jung avait su le convaincre que, loin de
toute complaisance et de tout apitoiement sur soi, il enclenchait

là un processus de transformation qui le mettrait plus proche de son vrai moi. Ou de ses vrais moi.

Une domestique noire ouvrit la porte. Elle jeta un regard au petit bonhomme rond derrière l'élégante dame et, sans demander aux Pauli qui ils étaient, elle les fit entrer dans le vestibule. La bonne avait l'habitude des professeurs dans la lune. C'était la seule espèce de visiteurs qu'on recevait ici. À l'exception des Hongrois. Du reste, la plupart étaient distraits et hongrois à la fois. « Quand se mettront-ils à inviter quelqu'un qui parle anglais proprement ? se demandait-elle. Au moins celui-là porte des chaussettes. » La semaine précédente, le professeur Einstein s'était présenté en smoking et pieds nus dans ses chaussures. Ses amis pensaient qu'elle fabulait quand elle leur racontait ses journées de travail.

« Frau Pauli ! Et mon cher ami ! Bienvenue à Princeton. C'est merveilleux de vous avoir ici tous les deux. » Leur hôte, qui les avait attendus avec impatience, baisa la main de Franca puis posa son bras autour des épaules potelées de Pauli.

« Bonsoir, Johnny. Nous voici réunis. » Pauli ne sortait jamais complètement de sa réserve, mais il était authentiquement ravi de voir le jeune homme, qu'il serra dans ses bras timidement. Von Neumann associait à un mode de vie de haut standing, presque aristocratique, des manières informelles chaleureuses. Il était le seul Herr Professor à qui tout le monde s'adressait par son prénom. Pour chacun et pour tous, il était Johnny.

« Avant d'aller rejoindre les vieux schnoques, venez avec moi. » Sans attendre leur réponse, il les poussa presque dans l'escalier. « Mariette ! » appela-t-il quand ils furent arrivés à la dernière marche. Une des portes s'ouvrit, et sa femme menue et parfaitement coiffée en sortit, leur faisant signe de se taire avec un doigt posé sur ses lèvres rouge sombre. « Vous allez réveiller le bébé !

– C'est le but. Je veux leur montrer la plus jolie petite fille du monde », chuchota Johnny d'un air bravache.

Les femmes se saluèrent. Pauli déposa un baiser sur la fine main qui lui était tendue. « Bonsoir, professeur Pauli, murmura-t-elle.

— Vous êtes absolument charmante, madame, mes compliments ! répondit Pauli qui n'avait pas oublié ses manières viennoises.

— Mais il faut m'appeler Mariette, je vous en prie », insista-t-elle, avant que son mari ne pousse les visiteurs pour leur montrer leur bébé, Marina, au sujet de laquelle ils firent force commentaires appropriés à voix basse ; puis ils sortirent de la chambre sur la pointe des pieds.

Comme ils descendaient l'escalier, Pauli demanda à Johnny quels étaient les autres invités. « Voyons voir. Wigner est là, mais cela ne compte pas parce qu'il est toujours là. Tu vas voir aussi Kármán, qui fait escale ici avant de poursuivre son chemin vers l'ouest. Gödel devrait être dans le salon à moins qu'il n'ait déjà filé. Paul Bernays est invité, mais il n'est pas encore là. Einstein n'est pas en ville. » On eût dit un maître d'école faisant l'appel.

« Comment va Gödel ? » demanda Pauli. Il avait entendu dire que l'Autrichien avait fait une dépression et passé plusieurs mois dans une clinique psychiatrique. « Très fragile. Il était en psychanalyse avec Wagner-Jauregg, mais le traitement a échoué, ou bien il n'a pas été jusqu'au bout, je ne sais pas vraiment. Gödel n'aime pas en parler. Peut-être sera-t-il plus libre avec toi. Notre expert en psychanalyse ! » ajouta von Neumann avec un sourire. « Ce n'est pas drôle, c'est la seule chose que je peux te dire, rétorqua Pauli, morose.

— Je sais. Ou du moins je l'imagine. Mais il a fait du bon boulot dans la théorie des ensembles, Gödel. Un travail excellent.

— Parfois les démons sont une vraie locomotive, dit Pauli. Et parfois ils vous mettent les bâtons dans les roues. » Puis, plus pour lui-même il ajouta : « Dans un cas comme dans l'autre, ce sont eux qui décident.

— Assez ruminé pour aujourd'hui, mon cher. Viens prendre du bon temps avec nous. »

Du « bon temps » en question, chacun déclina sa propre version. Pour Johnny, c'était d'attraper chaque nouvel arrivant et de l'entraîner dans la chambre d'enfant. Pour Gödel, de feuilleter les livres de la bibliothèque, d'en prendre quelques-uns et ensuite de partir sans un mot d'explication. Von Kármán assis dans un fauteuil, en conversation exclusive avec une jeune femme d'au moins vingt ans de moins que lui, qui s'était perchée sur ses genoux avait l'air de bien s'amuser. Mariette, elle, s'affairait avec les domestiques. « Si nous allions au cinéma ? proposa-t-elle à Franca. Cela vaudrait mieux que de passer la soirée avec ces vieux raseurs » – et elle ne plaisantait qu'à moitié. Quant à Pauli savait-il même ce que voulait dire « prendre du bon temps » ?

Quand il eut fait passer tout le monde par la chambre de sa fille, Johnny se fit plaisir en décrivant le concept de whisky sour à Pauli. Ses instructions détaillées pour préparer le cocktail rappelèrent à ce dernier la recette de la potion magique des trois sorcières de *Macbeth* : « "Œil de triton, orteil de rainette, récita Pauli, /Laine de chauve-souris, langue de chien, /Fourche d'aspic, dard d'orvet, /Patte de lézard, aile d'effraie, /Pour composer charme puissant, /Bouillon d'enfer va bouillonnant"/... mais je goûterai de toute façon, ajouta-t-il avec un sourire accommodant.

– Tu es devenu un parfait Américain, à ce que je vois.

– J'aime vraiment être ici, Wolfgang. Plus cela va mal en Europe, et plus j'apprécie ma vie ici, en Amérique. Mais donne-moi des nouvelles. Comment va Bohr ?

– Bohr est dans une forme excellente. Il est l'ange gardien de toute une nichée de collègues juifs chassés des universités allemandes. James Franck est avec lui à Copenhague. Et Hevesy, bien sûr.

– Bohr n'oublie jamais un ami. Ou une responsabilité.

– Bohr est Bohr, décréta Pauli.

– Oui.

– C'est son anniversaire la semaine prochaine. Il aura cinquante ans, poursuivit Pauli.

– Vraiment ? Nous devrions lui écrire. Tous ensemble. Qu'en penses-tu ? Peut-être un télégramme commun, suggéra Johnny.

– Voyons voir, une formule du genre "BESOIN DE TON AIDE. ARRIVE IMMÉDIATEMENT", signé Einstein, von Neumann, Gödel ? demanda Pauli malicieusement.

– Ha ! grogna von Neumann. Et pas Pauli ?

– Personne ne peut plus rien pour moi, mon ami, répondit Pauli. Niels le sait très bien. »

Exceptionnellement, von Neumann resta sans voix. Il n'aurait su dire si Pauli était sérieux. « Quelles nouvelles de Hevesy ? demanda-t-il.

– Il semble qu'il ait laissé tomber la physique. Il s'est lancé dans la biologie, rapporta Pauli. Il s'y investit complètement. Je ne peux pas dire que j'approuve.

– Pourquoi ? demanda Johnny.

– Tu devrais le savoir, toi, fit Pauli en hochant la tête comme un maître d'école déçu par son premier de la classe. La biologie est l'étude de l'homme. La physique est l'étude de Dieu. Il a eu l'idée d'un cadeau assez spécial. Pour Bohr, continua Pauli passant du coq à l'âne. Il collecte de l'argent auprès de différentes institutions pour acheter un paquet de radium pour l'Institut de Bohr – avec une faveur rose.

– Quelle idée baroque !

– Selon Schrödinger, c'est parce qu'il a besoin de radium pour ses propres expérimentations que Hevesy a imaginé cette collecte, expliqua Pauli. J'ai tendance à penser comme lui.

– Un cadeau qui n'en est pas un. Une superposition de la fonction d'onde d'un cadeau et d'un non-cadeau, en d'autres termes, n'est-ce pas ? demanda von Neumann avec un grand sourire. Au fait, je voudrais bien avoir ton avis sur le paradoxe du chat de Schrödinger.

– Je voulais t'en parler. Je ne sais pas quoi en penser, admit Pauli.

447

– Wigner et moi sommes convenus que le chat n'est ni mort ni vivant… – Pauli considéra von Neumann avec méfiance, mais Johnny était sérieux, même sévère – avant qu'une observation humaine n'ait pris place et que la fonction d'onde n'ait collapsé. C'est la seule solution qui soit en accord avec la théorie et la seule qui ait une quelconque espèce de… – il hésita – j'allais dire "sens", mais il vaut mieux éviter ce mot. »

Pauli réfléchit à cette possibilité sans pouvoir se déterminer : il ne rejetait pas la solution de von Neumann, mais il était tout aussi incapable d'y souscrire. « Ni mort ni vivant ? Je connais un tas de gens qui seraient très surpris de t'entendre dire cela, Johnny. » Von Neumann haussa les épaules. « En matière de mécanique quantique, tout est surprenant, dit-il, mais c'est parce que l'idée innée que nous avons de la réalité est très déformée. » Pauli se tut. Il était d'accord avec von Neumann sur un point : la question clé était la nature de la réalité. Mais cela avait-il un sens de parler d'une réalité autre que celle que reflètent les équations physiques ? Le reste était illusion, assurément. À moins que ce ne soit l'illusion elle-même, c'est-à-dire la vision mentale, qui soit la réalité.

Son hôte le laissa à sa perplexité : il avait d'autres invités, lui dit-il pour s'excuser, mais c'est à peine si Pauli l'entendit. Il s'assit dans un fauteuil rembourré et sortit son stylo-plume de la poche intérieure de sa veste dont il extirpa aussi un petit calepin. Il se sentait… comment ? L'impression de ne pas faire le poids ? Un sentiment de déception peut-être, à cause de cette lâcheté intellectuelle qu'il découvrait en lui et qu'il ne se connaissait pas. Ce qu'il venait d'apprendre le troublait : von Neumann et Wigner étaient tout disposés à envisager que le chat de Schrödinger ne fût ni mort ni vivant… Lui, non. Il n'arrivait pas à dépasser cette aversion fondamentale qu'il ressentait pour une idée aux antipodes de l'expérience courante. Il n'arrivait pas à la considérer comme une possibilité cosmique. Sans doute souscrivait-il à deux mains à l'interprétation, si solide au niveau de la théorie, mais son adhésion intellectuelle n'y changeait rien. Une barrière intérieure l'empêchait d'y consentir. Et il considérait cela comme un défaut en lui. Ne s'était-il pas depuis longtemps défait de cette étroitesse d'esprit, à la limite de la naïveté ? Il était jaloux du courage intellectuel des deux autres. Et c'était la première fois qu'il sentait que quelqu'un osait aller plus loin qu'il ne le faisait lui-même. Ce n'était à coup sûr pas réellement de la physique, mais plutôt de la psychologie, et pourtant la ligne de partage entre les deux lui paraissait plus flottante que jamais.

Comme pour se prouver qu'il avait tort, il traça une ligne verticale, divisant bien distinctement une page vierge de son calepin. Il considéra la ligne pendant quelques instants, puis écrivit un titre en haut de chaque colonne.

| *Phénomène physique* | *Variante psychologique* |
|---|---|

Il était plongé dans ses pensées, aveugle et sourd à ce qui se passait autour de lui, quand quelqu'un lui toucha l'épaule. « Sur quoi travaillez-vous, Pauli ?

– Bonsoir, Bernays. » Pauli se leva pour lui serrer la main. « Comment votre traversée s'est-elle passée ?

– Excellemment, merci. Nous avons eu très beau temps. Et je peux recommander le bateau, le *Georgia*. Bon service, du moins en première classe, répondit Paul Bernays.

– Vous avez voyagé en première classe ? demanda Pauli, étonné.

– Bien sûr que non. Mais Gödel oui. Nous étions sur le même bateau et nous avons passé beaucoup de temps ensemble.

– C'est vraiment du gâchis que de donner une première classe à Gödel, non ? Ce n'est pas exactement ce qu'on appelle un gourmet. » Pauli évaluait toujours le confort ou le luxe selon son estomac.

« J'imagine qu'il avait besoin de paix et de calme. Quand nous ne parlions pas mathématiques, il travaillait dans sa cabine ou à la bibliothèque… Je ne suis pas du tout sûr qu'il ait eu raison d'entreprendre ce voyage, ajouta Bernays, soucieux. L'avez-vous déjà vu ?

– Non, répondit Pauli. Il était ici apparemment, mais il est parti pendant que l'heureux père me présentait le bébé.

– À vous aussi ? » Bernays eut un bref sourire « Eh bien, vous aurez un choc quand vous verrez Gödel. Il a une mine terrible.

– La dépression, je sais ce que c'est, dit Pauli. Je ne le sais que trop.

– Et vous, comment allez-vous ?

– Plus vieux. Plus sage. Déconcerté. Mais la douleur s'est tassée.

– Vous voyez toujours Jung ?

– Pas comme patient, si c'est à cela que vous pensez, dit Pauli. Mais nous nous rencontrons régulièrement, et nous entretenons une correspondance, dévolue à des questions bien particulières. » Il montra son calepin qu'il avait entre-temps refermé. « À vrai dire, j'étais en train de noter quelques idées que je voudrais lui soumettre.

– Ah, Pauli, je ne sais pas si je fais bien de parler avec vous, dit Bernays avec un sourire très ironique. Vous êtes si lié à Jung, je veux dire.

– Vous êtes de ses adversaires ? Je n'imaginais même pas que vous puissiez vous intéresser à ces matières.

– Vous pourriez dire que c'est de famille, remarqua Bernays. Sigmund Freud est mon oncle, vous le savez.

– Vraiment ? fit Pauli, sincèrement étonné. Le monde est petit.

– À strictement parler, il n'est pas mon oncle. C'est Frau Freud qui est la cousine de mon père. Ils ont un grand-père commun, Isaac Bernays, un grand rabbin, pas moins. J'ai pour deuxième prénom Isaac, en hommage à cet illustre personnage.

– Eh bien, Bernays, je suis impressionné par vos titres de noblesse. Cela explique que vos travaux soient à ce point je-m'en-foutistes. » Paul Bernays regarda Pauli pour avoir la clef de cette pique inattendue, mais trouva un visage impavide.

Malgré tout il décida de la prendre comme une blague, ce qu'elle était probablement. Probablement. « Pour ma part, continua Pauli, je viens d'un milieu laïque. Une famille d'éditeurs. À vrai dire, il est très probable que mon arrière-grand-père ait publié les écrits de votre arrière-grand-père. Je sais qu'il a publié des rabbins comme Philippson et Jellinek.

– C'est une connexion intéressante. Qu'est-ce que cela fait de nous ? demanda Bernays d'un ton jovial.

– Des poissons hors de l'eau, soupira Pauli. Des poissons hors de l'eau, et rien d'autre. »

Se disant qu'il ne comprendrait décidément jamais le Viennois, Bernays marmonna quelque chose et s'éclipsa. Pauli essaya quelques instants de se concentrer sur ses notes, mais il y avait trop de distractions. Il entama une conversation avec von Kármán qui à ce moment-là avait libéré ses genoux du plantureux postérieur de la jeune femme. « Le Caltech vous convient-il, professeur Kármán ? » demanda-t-il poliment. L'homme était après tout de vingt ans son aîné.

« Allons, Pauli, vous allez me donner un complexe d'infériorité à m'appeler ici professeur. On est tous de la même bande ! Appelez-moi Tódor. Ou à l'extrême rigueur Kármán.

– Je vais opter pour la seconde possibilité, merci.

– Caltech est très bien. Je suis très content de travailler dans l'aéronautique.

– J'ai un peu de mal à le comprendre. Comment pouvez-vous renoncer à la vraie physique pour le métier d'ingénieur ?

– Je pourrais vous poser la question inverse, rétorqua von Kármán. Comment pouvez-vous supporter de gaspiller vos talents considérables à quelque chose qui n'a aucune espèce d'utilité ?

– Utilité ? Quel sens donnez-vous à ce mot ?

– Si vous étiez un pilote de l'armée de l'air engagé dans un combat entre avions de chasse, ne seriez-vous pas ravi que les calculs de vos ingénieurs permettent à votre avion de voler trente pour cent plus vite que les avions ennemis ? Alors vous comprendriez que c'est utile.

— J'ai du mal à m'imaginer en aviateur poursuivi par un avion qui veut me descendre. Mais, je le reconnais, cela ressemble à un cauchemar. » Puis il ajouta : « L'homme est sur terre pour poser des questions. Et, s'il en a le talent, pour trouver des réponses.

— Tu es trop sérieux une fois de plus, Pauli », l'interrompit von Neumann. Il se tourna vers leur aîné et lui demanda : « Êtes-vous en train de le mettre en boîte, Tódor ?

— Mais pas du tout. Il a attaqué, moi je contre-attaque. »

— Fais de ton mieux, Pauli, intervint Wigner. Sois sans pitié. » Mais l'hôte jugea préférable d'éloigner von Kármán du champ de bataille et il l'entraîna vers les escaliers, qu'ils gravirent d'un pas tranquille jusqu'à la chambre de sa fille.

« Tu devrais apprendre le hongrois, suggéra Wigner à Pauli. Depuis que Gödel s'est sauvé, vous êtes en minorité, Bernays et toi.

— Est-ce qu'apprendre le hongrois entre dans la catégorie des choses utiles pour Kármán ? demanda Pauli avec un sourire.

— Même Kármán n'irait pas jusque-là, concéda Wigner.

— Je me suis laissé dire qu'Einstein, lors d'une de ses conférences berlinoises sur la mécanique statistique, s'était excusé de ne pas pouvoir la présenter en hongrois, la langue maternelle de la totalité du public. Est-ce vrai ?

— Pas du tout, dit Wigner avec une gravité feinte. C'était un séminaire, pas une conférence.

— Sérieusement, comment se fait-il que vous autres Hongrois soyez si nombreux en physique et en mathématiques ? demanda Pauli.

— *Yiddischer Kopf*, répondit Wigner.

— Il y a des Juifs partout. Pas seulement à Budapest, objecta Pauli.

— Pourquoi les Juifs devraient-ils avoir le monopole ? demanda Wigner à son tour.

— D'abord et avant tout ce n'est pas un monopole, mais une prépondérance statistique, probablement provisoire. Qui sait si ce sera encore le cas dans les années à venir ? Quant à donner une explication, tu la connais aussi bien que moi : la tradition, l'amour du savoir, le respect pour la connaissance et un besoin inné de poser des questions, surtout les plus essentielles.

— Et pourquoi maintenant ? demanda Wigner.

— C'est avec notre génération, peut-être celle de nos pères, que les Juifs ont eu le droit d'aller à l'université. D'où la coïncidence entre l'émancipation intellectuelle et l'émancipation physique — peut-être n'était-ce qu'une seule et même chose, après tout. Pour la première fois, les Juifs se sont dégagés des entraves de la pensée traditionnelle. Au lieu de consacrer entièrement leur enseignement et leurs études aux Textes sacrés, ils se sont tournés vers d'autres champs. Pourtant, à quelques rares exceptions près — toi, moi —, ils ont choisi les savoirs qui ne sont pas si loin des vieilles études rabbiniques.

— Lesquels ?

— La physique théorique, la logique mathématique et même la psychanalyse.

— Eh bien, je n'irai pas prétendre que je sache quoi que ce soit sur cette dernière. Mais j'ai ma petite idée sur l'autre question, je veux dire sur l'ampleur du sous-ensemble hongrois. Je crois bien que ce n'est pas une coïncidence.

— Une coïncidence ? Encore un nouveau champ de discussion. La nuit n'est pas assez longue pour l'explorer, celui-là.

— Coïncidence, que nenni ! dit Wigner.

— Mais enfin, il y a de bonnes universités partout, et les meilleures ne sont pas sous les latitudes magyares.

— Je voulais parler de l'école. De l'éducation à l'âge où le matériel est encore malléable. Nous avions des lycées de tout premier ordre à Budapest. Il n'y en avait que deux ou trois, mais de mon temps nous fréquentions tous les mêmes.

— Qu'avaient-ils de si particulier ? demanda Pauli.

— Eh bien, ils étaient la concrétisation de la vision d'un grand homme, le père de notre ami Tódor : Mór Kármán. Il a fondé le premier, le Lycée modèle qui, comme son nom l'indique, était censé servir de modèle à tous les autres. Teller et Szilárd l'ont fré-

453

quenté. Tódor lui-même fut inscrit dans le lycée de son père alors qu'il n'avait que huit ans. Il n'a pas eu d'enfance, en fait.

— Ceci explique cela, dit Pauli d'un ton plein de sous-entendus.

— Mon école était la copie conforme de l'original. Jancsi, c'est-à-dire Johnny, est allé dans le même lycée, une classe après moi. Je vais vous confier un secret que très peu de gens connaissent. Bien sûr Johnny a eu son bac du premier coup, avec des A dans toutes les matières. Sauf en maths !

— Je suis impressionné, s'exclama Pauli en riant. Cela devait être quelque chose, un lycée capable de ne pas donner un A en maths à von Neumann.

— Oui, c'était quelque chose. Croyez-moi. »

Princeton, 2 octobre 1935

À une heure avancée de la nuit, dans la maison qui s'était endormie, les lumières de la bibliothèque brûlaient encore. Pauli s'écroula dans un fauteuil de cuir brun à côté de la cheminée. C'est avec sa bonne conscience pour lui qu'il faisait tournoyer une généreuse ration de cognac dans son verre – après avoir mis Franca dans un taxi vers minuit. Paul Bernays, assis raide comme un piquet sur le bord de sa chaise, sirotait un verre de lait. Les trois Hongrois, qui en étaient à leur énième café, faisaient cercle autour du feu. L'air était saturé par l'arôme de cigares de première qualité.

Ils avaient discuté de Schrödinger et de son malheureux chat. Ce paradoxe abordait de front le rôle de la conscience dans l'observation des événements quantiques. Le destin du chat était-il scellé avant que l'expérimentateur ne regardât, comme le bon sens le voulait, ou bien seulement après qu'il en avait fait l'observation, comme la théorie l'exigeait ? Il était impossible de prendre parti. La conversation prit un tour inattendu quand von Kármán demanda : « Et le chat, comment voit-il les choses, à votre avis ? » Cela ne fit rire personne.

« C'est une excellente question…, commença Johnny, frottant son menton dans un geste qui n'appartenait qu'à lui et qui voulait dire que sa mécanique intellectuelle tournait à plein régime. La solution qui s'impose d'elle-même est que le chat collapse la fonction d'onde. Il est mort. Ou il est vivant. Les deux mondes, celui avec le chat mort et celui avec le chat vivant, coexistent dans un certain sens, dans la mesure où l'observateur humain est la cause pour laquelle ces fonctions d'onde collapsent avec son observation. C'est elle qui détermine le choix au niveau de notre macromonde.

– Cela implique qu'il existe un autre macromonde avec le résultat inverse.

– Oui, c'est nécessaire, approuva Wigner.

– Je ne vous ferai même pas la grâce d'apporter une réponse à ça, maugréa von Kármán.

– Bien sûr, chacun de nous n'a jamais affaire qu'à une seule conscience, la sienne, ajouta von Neumann. En ce qui me concerne, je suis le seul observateur – vous n'êtes, tous autant que vous êtes, que les sujets de mes observations. »

Mais il en aurait fallu davantage pour calmer von Kármán. « Dans ce cas, je voudrais poser une autre question, revint-il à la charge. Que se passe-t-il si c'est mon assistant qui, désobéissant à mon interdiction formelle de regarder à l'intérieur, ouvre la boîte, et que cela se produise en ma présence mais sans que je m'en rende compte ? Si l'événement échappe à ma conscience, mais est enregistré je ne sais comment par mon subconscient, est-ce que cela va collapser la fonction d'onde ? Cela suffira-t-il à cristalliser le futur du chat ?

– Non, dit Wigner. Il me semble que cela revient exactement au même que de ne pas regarder du tout dans la boîte.

– Pas d'accord, intervint Pauli en secouant la tête. Ce n'est pas comme de ne pas regarder dans la boîte. Une observation subconsciente aura exactement le même effet qu'une observation consciente. La différence réside purement dans la question de savoir si le fait de l'observation a été rapporté en interne au moi conscient. Je dirai même plus : je crois que dans tous les cas c'est le subconscient qui fait l'observation. C'est toujours le subconscient qui collapse la fonction d'onde. Le conscient, quant à lui, ne fait rien de plus que d'enregistrer l'observation.

– Il me semble que nous sommes à des années-lumière de la physique, dans une zone où il n'y a pas d'actes scientifiques, mais seulement des théories sans fondement substantiel, observa Bernays. Vous êtes trop sous l'influence de Jung. Mon oncle Sigmund ne serait pas du tout d'accord avec vous. Pour lui, l'inconscient est une sorte de poubelle pleine de désirs refoulés, et non pas un mécanisme servant à l'observation des événements quantiques. Quoique je sois tout disposé à admettre que Freud n'en sait pas plus long que Jung. Tout cela est si peu scientifique. C'est pourquoi je pense que nous ne devons pas confondre ces théories avec la physique. »

L'intérêt de von Neumann s'était éveillé. « Mon cher Bernays ! Je n'avais pas imaginé que vous étiez de la famille de Freud ! Comme c'est intéressant...

– Je ne sais pas si c'est aussi intéressant que ça », répondit Bernays d'un ton rogue. Il ne voulait pas être regardé seulement comme le neveu de Freud. Pour un peu, il en aurait pris ombrage. Mais comme cela venait de von Neumann...

« Je voulais dire que c'est intéressant parce que Sándor Ferenczi est mon oncle, expliqua von Neumann avec enthousiasme. Je devrais dire qu'il l'était. Il est mort il y a quelques années. Avez-vous entendu parler de lui ? Il fut un des premiers disciples de Freud. »

Bernays se rappelait fort bien l'après-midi qu'il avait passée avec Ferenczi chez Frau Lou. Mais il n'avait pas du tout envie de suivre le tour que la conversation était en train de prendre. « Pardonnez-moi, mais ce nom ne me dit rien, répondit-il.

– Moi si, fit Pauli. J'ai entendu parler de ce Ferenczi.

– Vraiment ? demanda von Neumann très surpris. Mais où donc ?

– Par Carl Gustav Jung. Il m'a parlé de lui plusieurs fois.

– Par Jung ? Comment son nom est-il venu dans la conversation ? Je pensais qu'ils n'étaient pas en bons termes.

– Nous parlions de Bohr, dit Pauli.

– Vous parliez de Bohr ? Avec Jung ? Mais quel est le rapport avec Ferenczi ? insista von Neumann.

– C'est une longue histoire, Johnny. Peut-être que je te la raconterai un jour.

– N'est-ce pas ce Ferenczi qui est mort fou ? interrogea Bernays.

– Quelle idée ! répliqua von Neumann. Il est mort de pneumonie. Maman était à ses obsèques.

– Ah, pardon, je suis désolé..., bredouilla Bernays. Je croyais avoir lu ça quelque part.

– Je déteste entendre des calomnies sur lui. C'était un homme adorable », remarqua Johnny.

Wigner, voyant son ami en colère, changea de sujet. « Qu'est-ce que Bohr dirait de l'hypothèse que c'est le subconscient qui procède aux observations ? demanda-t-il.

– L'inconscient est un inconnu pour Bohr, répondit Pauli. Quand nous en parlons, je crois qu'il ne comprend pas franchement de quoi il est question. Il éviterait le terme, le jugeant dénué de sens.

– C'est l'homme le plus équilibré que je connaisse, renchérit von Neumann.

– Le second après toi, le corrigea Wigner.

– Je sais ce que tu veux dire sur Bohr, fit Pauli à von Neumann, mais je ne parlerai pas d'équilibre. Ce serait plutôt un défaut. Un manque de quelque chose.

– Les physiciens et les mathématiciens équilibrés sont plutôt des oiseaux rares, semble-t-il, remarqua von Kármán. L'absence de problème psychologique est l'exception qui confirme la règle. Regardez les suicides. Cantor. Boltzmann.

– Ehrenfest..., ajouta Pauli.

– Sujet morbide, murmura von Neumann.

– Mais c'était avant la psychanalyse. »

Von Kármán balaya l'objection de Pauli d'un revers de la main.

« Vous avez tort, Kármán. Cela marche vraiment, lui répondit ce dernier avec l'ombre d'un sourire. Regardez-moi !

– Je ne suis pas convaincu que cela aide beaucoup Gödel, intervint Bernays avec une réelle inquiétude.

– C'est un processus très lent, souligna Pauli. Et l'on doit persévérer.

– Vous êtes orfèvre en la matière, n'est-ce pas, Pauli ?

– J'ai appris un certain nombre de choses. À mes dépens. Voilà tout. » Il y eut un silence embarrassé. Quelques bouffées de cigares, des verres qui se vident. Puis Pauli reprit : « Je crois que l'étude de la physique et l'étude de l'esprit vont fusionner, ou du moins se recouvrir un jour. Le monde psychique et le monde physique n'en font qu'un. Nous allons devoir trouver le moyen de décrire et d'analyser la totalité.

– À coup sûr, nous avons déjà le moyen d'y parvenir. Avec les mathématiques, le contra Wigner. Les mathématiques sont l'union du mental et du physique. L'homme crée les mathématiques, et l'univers obéit à leurs lois.

– Soit c'est le cas, soit c'est l'univers qui imprime son harmonie sur l'esprit humain, qui le régurgite ensuite dans les formules de la physique, remarqua Pauli avec aigreur. Mais peut-être dis-je la même chose que toi. Après tout, il n'y a ni début ni fin. C'est un tout. »

Von Kármán se tortilla dans son fauteuil. Cela allait trop loin. « Vous délirez, mon cher Pauli, dit-il. C'est du pur délire, vraiment. » Alors que Pauli lui décochait un regard glaçant et lourd de mépris, von Neumann, toujours parfait maître de maison, crut bon de désamorcer la situation. Il se tourna vers von Kármán : « Avez-vous eu un contact avec la psychanalyse, Tódor ?

– J'ai suivi son évolution depuis le début. Et j'ai tendance à croire à son efficacité thérapeutique. Mais pas à tous ses délires. Savez-vous, c'est moi qui ai paraphé l'acte de nomination de Ferenczi au poste de professeur de psychanalyse. Dans une vie antérieure, quand j'étais ministre. » Pauli était bien en peine de comprendre cette remarque, jusqu'à ce que Wigner lui ait rapidement retracé l'histoire de la Commune hongroise de 1919 et la part que Kármán y avait prise. « Et puis il y a mon cousin Lajos Lévy, continua von Kármán. Il est resté très proche de Freud. Le connaissez-vous, Johnny ? Il est directeur de l'Hôpital juif de Budapest...

– Lajos Lévy ? Je le connais même très bien ! C'était notre médecin de famille, du temps de Budapest. Un ami de Ferenczi. Il avait quelque chose à voir avec la Société psychanalytique, je crois. J'ignorais complètement que vous étiez parents.

– Sa mère et mon père étaient frère et sœur, mais ce n'est pas cela qui compte. Ce qui est intéressant, c'est qu'il est toujours le médecin personnel de Freud, et il est absolument sous l'influence du vieil homme. Il essaye de me convertir chaque fois que nous nous voyons, assez rarement ces temps-ci, par la force des choses. Je l'envoie sur les roses, mais il revient à la charge. Il est d'un courage inoxydable !

– Je dois être un cas unique ! lança Wigner. Je ne fais pas de psychanalyse et je ne suis apparenté à aucune sommité de la discipline. Mais qu'est-ce que j'ai fait au Bon Dieu !

– La nuit n'est pas assez longue pour répondre à cette question, Jenő.

– Merci. Pourtant vous n'y êtes pas du tout, Tódor. Ce n'est pas la psychanalyse qui est en cause, mais la nature mathématique de l'univers. Et l'idée que c'est son aptitude à faire des mathématiques qui relie l'intelligence humaine à l'univers.

– L'exaltation mystique des mathématiques chez Platon est aussi indigeste que les théories de Freud, répondit von Kármán. Les mathématiques sont un outil, et rien d'autre.

– Qu'en pensez-vous, Bernays ? demanda Pauli, ajoutant pour les autres : « L'été dernier, j'ai assisté à une de ses conférences, "Sur le platonisme et les mathématiques".

– "Sur le platonisme dans les mathématiques" », dit Bernays avec emphase. De son point de vue, la différence était capitale. « Les mathématiques sont plus platoniciennes qu'elles ne l'ont jamais été, expliqua-t-il. Si vous comparez Euclide et Hilbert, que trouvez-vous ? Euclide dit : "On peut tirer une ligne droite entre deux points", Hilbert dit : "Étant donné deux points, il existe une ligne droite sur laquelle les deux sont situés." La question qui se pose est celle du sens que l'on donne au verbe "exister". La réponse doit être que cette ligne existe dans l'imagination abstraite.

– Mais l'"imagination abstraite", qu'est-ce donc, quand on en arrive aux détails pratiques et qu'il faut mettre les mains dans le cambouis ? demanda von Kármán.

– Je n'appelle pas cela du platonisme, dit Pauli en ignorant von Kármán. Le véritable platonisme dit que le concept mathématique de la ligne droite existe dans la réalité, mais que tout le reste est irréel. Y compris l'"imagination abstraite".

– Je suis frappé de devoir constater, dit von Neumann, que la version de Hilbert rejoint finalement l'idée d'un observateur indépendant, tandis que celle d'Euclide implique que l'observateur soit une partie active du système. Il semble qu'Euclide ait été plus moderne que Hilbert.

– Tu n'es pas le premier à le remarquer, Johnny », remarqua Pauli goguenard.

Bernays n'avait pas l'intention de les laisser se gausser de Hilbert. « Je faisais une remarque à propos d'une mode, d'une habitude, pas quelque chose d'une grande valeur ni d'une grande vérité. Le fait est que le platonisme s'avère extrêmement utile dans les mathématiques.

– Nous y revoilà, intervint Wigner pour en revenir à son propos. Je voulais justement faire apparaître d'un côté la relation

460

entre les mathématiques et l'esprit, et de l'autre la relation entre les mathématiques et la nature.

– Que veux-tu dire ?

– Représentez-vous cette triade – esprit, mathématiques et nature – comme les trois sommets d'un triangle. Puis chaque côté comme correspondant à une énigme. Pourquoi l'univers obéit-il aux règles des mathématiques au lieu d'être chaotique ? Pourquoi ces règles sont-elles assez simples pour être comprises par l'esprit humain ? Si les mathématiques sont une création de l'esprit humain, pourquoi l'univers leur obéit-il ? Sinon, que sont-elles ? Un reflet de l'univers dans l'esprit, peut-être ?

– Ces questions sont philosophiques par essence, en tout cas elles nous dépassent largement, grommela von Kármán.

– Elles semblent simples par rapport à celle qui consiste à se demander pourquoi un avion peut voler, remarqua Bernays avec ironie.

– Elles *semblent* ! aboya von Kármán.

– Il existe une espèce de réponse, les interrompit Pauli. L'esprit, les mathématiques et l'univers physique sont une seule et même chose. C'est exactement pareil. Les trois sommets de votre triangle sont différentes manifestations d'une chose unique.

– Ce ne sont que des mots, Pauli, se plaignit von Kármán.

– Je propose cependant que nous cherchions dans cette direction. Je crois que nous trouverons ainsi des éléments, rétorqua Pauli, et que nous pourrons ainsi éclairer des parties du puzzle. Il est évident que certaines interconnexions sont si essentielles qu'il ne s'agit déjà plus de connexions, mais plutôt de différents aspects du même phénomène. Je pensais en particulier à la physique et à l'esprit.

– La psychanalyse, rebelote ! » soupira von Kármán avec exaspération.

Pauli ne se laisserait pas forcer dans ses certitudes. Il décida de garder ses opinions pour lui.

« Après on nous servira la religion, prédit von Kármán.

– Vous la liquidez trop facilement et trop vite, s'indigna von Neumann. Notre discussion est une discussion religieuse comme il y en a eu mille avant elle et comme il y en aura sans nul doute encore des milliers à l'avenir.

– J'ai parfois l'impression d'être plus vieux que n'importe lequel d'entre vous, marmonna Pauli. Un savoir séculaire coule dans mes veines.

– Maintenant vous parlez comme un vieux rabbin, grogna von Kármán.

– Ah bon ? J'en suis peut-être un.

– Il est temps de rentrer, je crois, annonça von Kármán d'un ton impérieux, mais il ne fit pas un geste.

– Les temps rabbiniques sont si loin derrière nous, dit Pauli dans une sorte de rêverie. Il y a chez nous une tradition familiale qui veut que nous descendions du rabbi Loew de Prague. Celui de la légende du Golem[1].

– Alors, nous avons quelque chose en commun, malgré tout, dit von Kármán. Moi aussi je descends d'un grand rabbi Loew. Celui de Szeged[2]. Pas de Golem, là.

– J'ai cru comprendre que Bernays descendait du grand rabbin de Hambourg, dit Pauli, mais sa remarque ne suscita guère d'intérêt.

– Il est temps de rentrer », répéta von Kármán. Cette fois-ci il se leva. Le maître de maison le reconduisit.

« Alors vous vous défilez, dit Pauli à son aîné, mais trop doucement pour être entendu. Vous fuyez la vérité. »

Il était quatre heures du matin quand Pauli, de retour à son hôtel, se glissa dans son lit. Il réussit à ne pas réveiller Franca et

---

1. La légende du rabbi Loew et du Golem de Prague apparut pour la première fois sous une forme imprimée dans les *Sippurim*.

2. Le grand-père de Theodor von Kármán et Lipót Loew, grand rabbin de Szeged, étaient frères. Loew avait été un élève du Chatam Sofer à la *yeshiva* de Presbourg dans les années 1830.

ne tarda pas à s'endormir. Quand il se réveilla vers sept heures, il se sentait un homme nouveau, entièrement reposé. Comme c'était souvent le cas, il avait beaucoup rêvé, et à son réveil il se rappela son rêve sans la moindre difficulté. Cette fois-ci, il lui avait fait revivre la discussion de la nuit précédente, à deux différences près. À la place du sceptique Kármán, du pointilleux Bernays, du courageux Johnny et du platonicien Wigner, Pauli assumait tous les rôles. Et ses personnages, c'est-à-dire lui, faisaient quelque progrès dans l'élucidation du lien entre la physique et la psyché. Ou du moins c'est ce qu'il lui parut.

Il remit de l'ordre dans ses pensées sous la douche, puis retourna dans la chambre pour finir de s'habiller. Il prit sa serviette, lança à sa femme toujours endormie un regard affectueux et quitta la pièce sur la pointe des pieds.

Il descendit dans la salle à manger dans l'intention d'écrire à Jung en prenant son petit-déjeuner, avant d'aller à l'Institut ; il n'avait toujours pas répondu à la lettre où Jung lui demandait l'autorisation d'inclure un certain nombre de ses rêves dans son livre à venir. Pauli regrettait de ne pas avoir pris le temps de répondre aussitôt, mais il avait eu fort à faire. Naturellement il était d'accord pour que Jung utilise ses rêves comme exemples d'analyse, mais il insista pour demeurer anonyme. Comment ses collègues réagiraient-ils s'ils apprenaient que le rêveur de l'ouvrage de Jung n'était autre que lui-même ? Comment Bohr réagirait-il ? Pauli commanda un solide petit-déjeuner. Il était incapable de penser l'estomac vide et, puisqu'il avait décidé non seulement de faire droit à la requête de Jung, mais d'ajouter quelques lignes pour lui rapporter la discussion de la nuit précédente et le rêve qu'elle avait suscité, il avait besoin d'être en mesure de penser un minimum.

Après avoir englouti une assiette d'œufs au bacon, bu son jus d'orange et son café, il tira une feuille vierge de sa serviette. Il passa quelque temps à y lisser un pli imaginaire ; puis, comme s'il venait d'arriver à une conclusion, il dévissa soudain son stylo-plume. Dans une explosion d'énergie, il traça une ligne verticale séparant deux colonnes, exactement comme il l'avait fait chez von Neumann la nuit précédente, si ce n'est que cette fois-ci il intitula la colonne de gauche « symbolique » au lieu de « phénomène ».

Il demeura assis dans la salle à manger un bon bout de temps ce matin-là, jetant avec entrain ses pattes de mouche sur le papier ou bien mâchonnant le bout de son stylo, perdu dans ses pensées.

---

## DOCUMENT JOINT À LA LETTRE DU 2 OCTOBRE 1935 DE W. PAULI À C. JUNG

| Symbolique « physique » | Version psychologique |
|---|---|
| 1. Transformation | 1. « Participation mystique » |
| Remarque : l'application apparaît toujours par l'intermédiaire d'un champ de forces polaires, de telle sorte que les personnes représentées sont reliées les unes aux autres. Cas particulier : | |
| 2. Petits dipôles disposés en parallèle (comme ils apparaissent en physique dans un corps magnétique solide) | 2. Plusieurs personnes caractérisées par une identité inconsciente comme lors d'une expérience d'hypnose. |

+___- +___- +___-

464

3. La suspension dans la transformation se produit dans ce cas quand un des dipôles commence à effectuer une rotation basée sur sa « propre chaleur ». Sur une autre image, un phénomène analogue est représenté par la séparation des isotopes. (Par « isotopes », on entend des éléments chimiques situés à la même place dans le système de la nature et que seules des méthodes très délicates parviennent à différencier.)

3. Abolition de la participation mystique par différenciation individuelle.

4. On trouve une image symbolique analogue dans la séparation des raies spectrales dans un champ magnétique.
Sans champ : |
Avec champ : | | |
Je vois aussi souvent apparaître des groupes de lignes formant une unité, des « doublets », « triplets » ou « multiplets ».

4. Processus de différenciation. Mais que signifie le champ polaire sur un plan psychologique ? Il doit avoir une importance décisive en tant que cause de la différenciation. Je sais seulement que cette même polarité est aussi représentée par des dominos, des cartes à jouer ou d'autres jeux (se jouant à deux ou quatre). – Le champ polaire doit exprimer une sorte de loi dynamique de l'inconscient collectif.

5. Noyau radioactif

5. « Soi »
Il est clair que le « noyau » signifie « noyau individuel ». Mais que signifie la « radioactivité » du noyau sur le plan psychologique ? Cela semble faire allusion d'une part à une transformation progressive du noyau et d'autre part à une influence sur l'extérieur (rayons !).

6. Caisses de résonance.
Tout ingénieur sait que la coïncidence de deux fréquences peut avoir des conséquences absolument catastrophiques. Mais ce que le travailleur normal ne sait pas, c'est que l'on peut sortir de la résonance en augmentant la fréquence de rotation.

6. Archétypes
= La coïncidence de deux fréquences signifie la chute dans l'archétype par identification.

Pauli plia soigneusement la feuille et la glissa dans l'enveloppe. « Qu'en dira Jung ? se demanda-t-il. Comment réagira-t-il à une définition "physique" des archétypes ? » Il retira la feuille de l'enveloppe, se relut une première fois, puis une seconde. Peut-être aurait-il intérêt à rendre sa pensée plus explicite ? Peut-être devrait-il écrire qu'un archétype est un état psychologique qui correspond à une prédisposition mentale innée et que donc ils se renforcent l'un l'autre ? Mais peut-être utilisait-il ces expressions de façon trop désinvolte. Qu'est-ce que cela voulait dire exactement qu'une « prédisposition mentale innée » ? Les phénomènes que Jung qualifiait d'« archétypaux » étaient, du point de vue de Pauli, essentiellement des résonances. Et une résonance – ou un archétype – était une interaction entre une propriété existante et un stimulus externe. Voilà qui était clair et net. En revanche, le point n° 5 sur le noyau et le soi était une observation vraiment superficielle. À peine plus qu'une bonne métaphore. Peut-être devrait-il le barrer. Pourtant, si le noyau en venait à être fendu, on entrerait dans un monde totalement nouveau, éventuellement catastrophique. La même remarque valait pour le soi. Alignés comme autant de flèches parallèles, ses dipôles suggéraient des phénomènes de coopération – analogues à l'identité inconsciente commune que l'hypnose permettait d'insuffler dans un collectif. Mais que se passerait-il si les dipôles n'étaient que partiellement alignés, c'est-à-dire s'ils avaient une résultante non nulle dans une direction particulière – ce résultat ne serait-il pas équivalent à l'inconscient collectif ? Participation mystique – vision globale – champ vectoriel d'une force psychique inconnue... Il était intrigué par les analogies, mais plus encore par la fascination que ces relations faisaient naître en lui. Étaient-elles des symboles oniriques ? N'étaient-elles que des symboles oniriques et rien de plus ?... Jung avait toujours tourné en dérision l'usage ordinaire de l'expression « ce n'est que » pour décrire des phénomènes profonds, et il avait raison. Ses analogies étaient-elles des symboles oniriques, n'étaient-elles qu'un ensemble de métaphores, ou bien quelque chose de plus fort, de beaucoup plus fort ?

Il se rappela la triade de Wigner : esprit, nature et mathématiques. La psyché, la physique et la loi des entiers. Son rêve contribuait à clarifier un côté du triangle ? Mais était-ce symbolisme ou... ? Il s'arrêta. Il avait failli ajouter : « ou du fait ». Ç'eût été comme de demander si les lois de la physique étaient des faits ou des métaphores. Et cela revenait à se demander si la nature suivait les lois de la physique ou si ces lois étaient soumises à la manière dont la nature se comportait. « Le monde physique et le monde psychologique ne paraissent si différents l'un de l'autre, se dit-il, que parce que nous les abordons de façon radicalement différente ; parce que nous les rendons différents. Il vaudrait mieux dire que chacun est un symbole de l'autre. » Quant au troisième sommet du triangle, les mathématiques, c'était l'ensemble des règles de manipulation des symboles. Oui, mais les deux autres aussi étaient des règles de manipulation des symboles... Aussi les trois étaient-ils chacun symbole des autres, de même qu'ils étaient les règles de manipulation de ces symboles. Ils étaient une seule et même chose, décrits en trois langages différents.

Cette façon de raisonner, songea-t-il, le ramenait à la vision du monde gnostique la plus ancienne et la plus courante. Les mystiques anciens avaient été en contact étroit avec cette triade. Les deux siècles derniers avaient fait faire à la science des progrès fabuleux, associant un niveau de compréhension sans précédent et la capacité à faire des joujoux sophistiqués comme les avions de Kármán, et pourtant ce progrès ramenait inexorablement à la vision des alchimistes et à la conscience des kabbalistes. *Unus mundi.*

Pauli, le visage épanoui, griffonna encore une ligne de post-scriptum :

*Je pourrais ajouter encore divers détails à ces exemples, mais je préférerais d'abord connaître votre impression générale.*

Puis il signa la lettre : *Pauli.* « Comment faire la synthèse de tout cela ? Qui la fera ? se demanda-t-il. Et quand ? »

Princeton, novembre 1935

La porte du bureau de Pauli était entrebâillée. La pièce étant particulièrement petite, il aimait bien avoir la vue sur le couloir, qui lui donnait l'impression d'accroître son espace. Il aperçut un von Neumann bien sombre qui marchait dans sa direction. « Tu as des soucis, Johnny ? » Von Neumann entra dans le bureau. Comme il n'y avait pas d'autre chaise que celle qu'occupait Pauli, il s'assit sur le bord de la table. « C'est Gödel, dit-il.

— Quel est le problème ?

— Il m'a montré ce sur quoi il travaille.

— Mais encore ?

— C'est une preuve logique de l'existence de Dieu, dit von Neumann en fronçant les sourcils.

— Et après ? rit Pauli. Je suppose que c'est seulement un pas plus loin à partir du théorème de l'indécidabilité.

— À vrai dire, je m'inquiète pour son état mental.

468

– Y a-t-il des erreurs de logique ? Techniquement parlant, demanda Pauli.

– Non, c'est de la logique axiomatique courante. Tout ce qu'il y a de plus simple.

– Pourquoi t'inquiètes-tu alors ? Il dispose de toute sa raison.

– Tu ne comprends pas. Il y croit vraiment.

– Il croit à quoi ?

– Au platonisme je suppose, dit von Neumann. À l'existence autonome des concepts mathématiques et à leur réalité.

– Wigner aussi. Et Bernays également – je crois. J'avais l'impression que toi aussi.

– Gödel croit en un Esprit cosmique transcendant duquel nous participons et qui contient les vérités mathématiques fondamentales, à charge pour nous de les découvrir. Mais il n'y croit pas d'une manière abstraite. C'est pour lui absolument réel, c'est pour lui la réalité même. » D'évidence, Johnny von Neumann était bouleversé.

« L'Esprit cosmique transcendant de Gödel me paraît ressembler comme deux gouttes d'eau à l'Inconscient collectif de Jung. Lui aussi, il y croit vraiment, mais personne ne doute que Jung soit sain d'esprit. » Pauli ne put résister à l'envie d'ajouter : « Sauf Freud. »

Von Neumann eut un faible sourire. « C'est peut-être une réaction exagérée de ma part.

– Dépression et vision cosmique vont main dans la main, remarqua Pauli.

– Ah oui ? Mais pourquoi faut-il qu'il en soit ainsi ? s'étonna Johnny. Est-ce la puissance visionnaire qui est à l'origine des dépressions ?

– Tu as une image très extérieure de ce qu'est une dépression, mon cher. Seul un initié peut la comprendre de l'intérieur, malheureusement. La dépression est un processus, et pas seulement un ensemble de pensées négatives.

– Tu as dit que la dépression et la vision comisque allaient main dans la main. Comment l'entends-tu ?

– Je ne pensais pas à une relation de cause à effet. Ni dans un sens ni dans l'autre. La dépression, quand elle réussit, est un processus de transformation de soi.

– Une dépression réussie... Eh bien, tu manies le paradoxe, mon ami.

– C'est le point de vue de Jung. Et je le partage. La dépression est la solution de dernier recours à laquelle l'individu s'abandonne pour triompher des obstacles à son développement personnel dont il n'a pu avoir raison autrement. Cela ne réussit pas toujours. Mais l'épisode dépressif s'accompagne d'un développement d'une puissance visionnaire exacerbée. L'individu a comme des révélations sur ce qu'il est et, dans un certain sens, sur l'univers cosmique.

– Tu veux dire que, quand tu es malade, ta vision des vérités cosmiques gagne en profondeur, en acuité, voire en vérité ?

– Malade ? Peut-être. Peut-être pas. Je ne sais pas s'il y a un critère qui permette de mesurer ce genre de pathologie, ou d'état anormal, si tu préfères. En fait, il n'y a pas de norme, donc un état anormal, cela ne veut rien dire à proprement parler. Et il n'y a pas non plus de différence significative entre penser que l'on affine sa vision des choses et l'affiner vraiment. Cela revient exactement au même.

– C'est absurde. Une compréhension ne mérite d'être qualifiée de "réelle" que si l'on peut l'expliquer aux autres et les convaincre de sa pertinence par l'observation scientifique, les mathématiques ou la déduction logique.

– Comme Gödel et sa preuve de l'existence de Dieu, tu veux dire.

– Touché », reconnut von Neumann. Il se tut quelques instants, puis, après avoir tripoté des papiers sur le bureau, s'écria : « Gödel est le seul mathématicien dont je sois jaloux. Je m'en veux de ne pas avoir découvert le théorème d'indécidabilité. C'est de loin le résultat le plus important et le plus profond obtenu par la discipline scientifique qu'est la logique mathématique. » Sa main reprit son tripotage, presque fébrile maintenant. « À vrai dire, je l'ai découvert. Indépendamment de lui. Mais trop tard. Une semaine environ après lui.

— La priorité compte peu par rapport à la vérité, conclut philosophiquement Pauli.

— Tu as encore raison, mon ami. »

Johnny fit mine de sortir, mais Pauli le retint. « Quant à ce que tu as dit tout à l'heure… l'idée de Gödel selon laquelle l'homme nage dans les vérités d'un Esprit cosmique transcendant, où il croise à l'occasion tel ou tel théorème… c'est très proche de la conception gnostique d'un océan de vérité divine dont l'initié reçoit la révélation par fragments, n'est-ce pas ?

— Bien sûr. C'est exactement ce que j'ai trouvé inquiétant. Taratata, pour parler comme Kármán.

— Rien ne t'oblige à voir comme Kármán. Tu peux aussi prendre la proposition au sérieux. Dans ce cas, que tu empruntes le chemin de la gnose ou celui de la physique quantique, que tu appliques la logique mathématique ou bien les principes de la psychologie analytique, tu arriveras plus ou moins à la même conclusion. Les mots sont différents, mais le message est le même.

— Est-ce cela, ta vision cosmique à toi ? demanda von Neumann.

— Tu te payes ma tête, Johnny.

— Es-tu sérieux ?

— Je le suis complètement, s'écria Pauli. Mais je n'arrive pas toujours à le croire. Pourtant la seule alternative est que tout soit absurde.

— Es-tu créationniste ?

— Je hais les étiquettes. Et la théorie de Darwin me paraît pour le moins sensée.

— Halte-là, je ne suis pas d'accord, dit von Neumann d'un ton véhément. Son idée de sélection naturelle est totalement absurde. Est-ce que j'ai l'air de quelqu'un qui serait arrivé là comme le résultat d'événements aléatoires, en un rien de temps ?

— Dans ton cas, je serais catégorique : tu n'es qu'un accident de parcours dans l'histoire de l'évolution. Définitivement un accident, dit Pauli avec un clin d'œil.

471

– L'univers n'est pas là depuis assez longtemps, loin s'en faut, pour que les variations statistiques seules puissent expliquer la présence de ce bâtiment ou de ce bureau.

– Donc...

– Donc nous ne savons pas. Mais ce n'est pas une raison pour sauter directement aux conclusions. Dans cette matière comme dans n'importe quelle autre.

– Je me demande comment tu peux être aussi...

– Aussi quoi ? Stupide ?

– J'allais dire... plan-plan. »

Von Neumann éclata de rire. Il se leva de son coin de bureau et redevint soudain très grave. « Que devons-nous faire avec Gödel ? demanda-t-il.

– Écoutera-t-il tes conseils ? répondit Pauli, gagné par son inquiétude.

– Peut-être. J'ai appris qu'il y a ici un bon psychanalyste de l'école freudienne, un nommé Brill. Je pense que Gödel devrait aller le voir.

– S'il a besoin d'aide, il vaudrait mieux qu'il reprenne les choses avec l'analyste qui le suivait à Vienne. La dépression, ce n'est pas comme un trouble cardiaque, où n'importe quel cardiologue compétent peut faire l'affaire. Oui, tu devrais lui suggérer de recommencer son traitement avec Wagner-Jauregg.

– Je n'y manquerai pas[1]. »

Comme il se dirigeait vers la porte, Pauli le rappela. « Tu te rappelles la triade de Wigner ? Mathématiques, nature et esprit ? Ce que tu disais des idées de Gödel... elles ne sont que la solution qu'il donne à l'énigme de l'un des côtés du triangle. Le lien entre les mathématiques et l'esprit. C'est tout. »

---

1. Gödel retournera en Europe à la mi-novembre pour être admis une seconde fois dans la maison de santé de Wagner-Jauregg à Purkersdorf-bei-Wien.

Londres, 21 octobre 1937

Bohr regarda par la fenêtre de sa chambre d'hôtel. Un brouillard si épais était tombé sur la ville qu'il parvenait à peine à distinguer les phares des omnibus sur l'Embankment. Il ouvrit, pensant que l'air du dehors lui ferait les idées claires, mais la crasse huileuse et froide qu'il charriait le fit tousser. Il referma précipitamment la fenêtre et s'assit dans le fauteuil capitonné. À Manchester, il avait connu bien des journées comme celle-là, et même pires, mais ce n'était pas pareil. La purée de pois londonienne était imprégnée d'une chaleur intime et accueillante. « C'est fini... », murmura-t-il. Devait-il commencer à se préparer ? Il jeta un coup d'œil sur l'horloge. Huit heures moins cinq. Il avait le temps ; les funérailles avaient lieu à onze heures. Pas la peine de se presser.

Il se sentait très léthargique. Ce n'était pas son moi normal, toujours impatient de commencer sa journée – tant à faire et si peu de temps... Et voilà qu'il restait là, assis, en robe de chambre, à rêvasser. Ou pis, dans une sorte d'hébétement, à chanceler au bord du vide qui s'était ouvert en lui. Londres lui avait toujours inspiré des sentiments mêlés. Il ne s'y était jamais senti chez lui, et pourtant sa famille y avait fait souche. La veille, il avait fait tout seul une grande promenade qui l'avait conduit jusqu'à la Nouvelle Synagogue où ses grands-parents s'étaient mariés. Il n'était pas entré, se contentant de rester sur le trottoir d'en face, à regarder les grandes portes en bois et les quelques marches qui montaient jusqu'à elles, et à imaginer ses grands-parents debout dans leurs plus beaux habits : David Adler en haut-de-forme et queue-de-pie comme il convenait à un homme de la City – il venait de fonder la société de courtage Martin Lewis & Adler ; la belle Jenny Raphael, vêtue de dentelle de Bruxelles de la tête aux pieds, son beau visage encadré d'une opulente chevelure brune, timide et rougissante. Derrière eux, leurs familles, toutes les deux étendues, quoique celle de la mariée, les Raphael et les Schiff, eût sur les Adler une supériorité numérique écrasante.

L'enfance de Bohr avait été bercée par les récits de Jenny, sa grand-mère, qui ne se lassait jamais de raconter cette journée ; plus elle avançait dans la vieillesse, plus elle ajoutait de détails, incluant les histoires de tous les présents et de ceux qui s'étaient excusés de ne pouvoir assister à la cérémonie. « Bien sûr, expliquait-elle chaque fois, ma famille était plus distinguée que celle des Adler. Mon père et avant lui mon grand-père n'étaient que banquiers à la City, tandis que du côté de maman, les Schiff étaient une des familles les plus anciennes du ghetto de Francfort. En fait, si un Schiff était venu s'installer à Londres – il s'appelait Tebele –, c'est parce que la congrégation de la grande synagogue l'avait sollicité pour être grand rabbin. Il épousa une Adler. Sinon, on m'aurait si facilement laissée épouser un Adler. » La vieille dame ne manquait jamais d'accompagner l'évocation de sa quasi-mésalliance d'un large sourire, si bien que Niels ne sut jamais si elle était sérieuse. Elle l'était probablement. Ce n'est que plus tard, à l'âge adulte, qu'il apprit que la situation était totalement inverse. Les origines des Adler étaient au moins aussi anciennes et glorieuses que celles des Schiff, des Schuster ou des Rothschild, leurs voisins dans le ghetto de Francfort. L'arbre généalogique des Adler comptait sur chaque branche des rabbins remarquables[1], des savants, des kabbalistes[2] et des sages. En tout cas, étant

---

1. Au moment du mariage de David Adler et de Jenny Raphael, Nathan Marcus Adler était grand rabbin d'Angleterre. Il avait reçu ce prénom en l'honneur de son illustre oncle, Nathan Adler, le Hassid. Son fils, Hermann Adler, devint grand rabbin de l'Empire britannique dans les années 1890.

2. Parmi eux, Nathan Adler, le Hassid, qui fonda une célèbre *yeshiva* à Francfort à la fin du XVIII$^e$ siècle. Son étudiant le plus brillant était Moses Schreiber, plus tard connu comme le Chatam Sofer de Presbourg. Nathan, quant à lui, eut pour maître Tebele Schiff.

donné le nombre de mariages entre les Adler et les Schiff à travers le temps, il était difficile de les considérer comme des familles distinctes.

Aussitôt après la cérémonie, David et Jenny quittèrent l'Angleterre et s'installèrent à Copenhague. Ils vécurent heureux dans leur pays d'adoption et ne tardèrent pas à faire fortune. David ne mit que peu d'années à devenir le principal banquier du Danemark. Le grand édifice qu'il fit construire sur le Ved Stranden reflétait sa position éminente dans la communauté. C'est dans cette demeure que Niels naquit. Son grand-père était mort bien avant sa naissance, mais son esprit emplissait la grande maison.

Bien qu'il n'ait pas eu la chance de les connaître, Bohr s'était toujours senti très proche de ses grands-pères, ses deux homonymes. Il avait reçu à la naissance les trois prénoms de Niels Henrik David, la ligne paternelle ayant la priorité, et ses parents avaient déclaré, à l'état civil, et fait consigner dans le registre à la page de son acte de naissance leur volonté de l'élever dans la foi juive, avant de se détacher des obligations rituelles puis de se présenter comme sans religion. Il était déjà à l'école quand ses parents l'avaient fait baptiser. Cette ambivalence convenait bien à Niels. Il était tout aussi fier des banquiers et rabbins juifs du côté de sa mère que des théologiens et mathématiciens luthériens du côté de son père, mais la religion en tant que telle ne faisait guère sens pour lui – à la différence de Pauli, dont les convictions avaient été assez fortes pour qu'il se détachât à grands fracas de l'Église catholique dans laquelle il avait été baptisé enfant.

Tout l'opposait à Pauli, d'ailleurs, et leur patrimoine génétique commun était peu de chose par rapport aux différences entre les deux cultures dans lesquelles ils avaient grandi : les ghettos de l'Europe pour l'un et les chevaliers teutoniques pour l'autre. Bohr ne se sentait pas écartelé entre ses racines juives et sa culture scandinave : les opposés coexistaient harmonieusement, se fondant en une personnalité unique très équilibrée. L'idée ne lui serait même pas venue de se revendiquer de l'une ou l'autre tribu. Complémentarité de deux pôles spirituels.

En Pauli, loin de cette belle harmonie, tout était déchirement, fracture, zizanie. Encore maintenant. Il avait été élevé dans le catholicisme. Il se sentait juif. Et il ne savait pas comment vivre avec cette contradiction. Ce n'est pas que la religion formalisée eût la moindre signification pour lui, mais il avait un lien avec la spiritualité, qu'elle plongeât ses racines dans la mystique ou dans des profondeurs psychanalytiques, avec les réalités ésotériques d'un autre monde qui était pour Bohr à la limite de l'intelligibilité. Il n'avait qu'un très vague sentiment de ce que ce monde pouvait bien être, de ce qu'il pouvait bien signifier – il n'en saisissait que ce qu'il fallait pour savoir qu'il ne pourrait lui-même y puiser la moindre signification supérieure. Pauli donnait l'impression d'accéder à la profondeur au prix de son harmonie brisée. Pauli croyait en la complémentarité, mais il ne savait comment vivre cette croyance.

Une heure plus tard, c'est un Bohr très austère, vêtu d'un costume sombre, qui traversa le hall de l'hôtel Savoy, toujours perdu dans ses pensées. Il se demandait si les récits de sa grand-mère Jenny étaient remontés à sa mémoire à cause de la promenade de la veille. Sans doute avait-elle en partie contribué à déclencher sa réminiscence, mais il soupçonnait autre chose. Car ce n'était pas le hasard qui avait guidé ses pas dans ce quartier de Londres : il avait décidé de s'y rendre pour obéir à une pulsion intérieure, un besoin, celui d'y puiser du réconfort et de retrouver sa confiance en soi, mise à rude épreuve par le deuil qui l'avait atteint. Son père chéri était mort quand Niels était encore un tout jeune homme, et il avait alors souffert comme on souffre à cet âge. Mais la perte de cet autre père le frappait dans sa maturité, et son cœur était gonflé de l'amer chagrin d'un adulte. « Votre voiture vous attend, professeur Bohr », annonça le portier en livrée en désignant une Daimler noire rutilante. Bohr franchit les portes à tambour et répondit d'un signe de tête discret au salut presque militaire du jeune chauffeur.

La distance n'était pas longue, à peine cinq minutes, jusqu'à l'abbaye de Westminster. Le jeune homme ouvrit la porte de la voiture, et Bohr descendit. Il lança son chapeau dans la voiture et se tourna vers l'abbaye. Il marcha lentement, mais d'un pas ferme, se tenant très droit. Son visage large, sinistre, était sans vie, ses cheveux dégarnis étroitement collés au sommet de sa tête. La raideur cérémonielle qui émanait de lui était accrue par ses sourcils noirs broussailleux qui ponctuaient son front immense, ridé. Quand il entra dans la pénombre de la nef majestueuse et entendit l'attaque glorieuse de la Toccata de Bach, il eut un choc qui le fit aussitôt sortir de son brouillard, comme si les notes sublimes lui rappelaient la raison de sa présence, qu'il avait refoulée. Un frisson lui glaça l'échine, sa gorge se serra et, malgré lui, ses yeux s'embuèrent de larmes.

L'intrépide explorateur de l'atome qui en avait découvert le noyau, le mage déguisé en fermier colonial qui avait réussi comme jamais aucun alchimiste à réaliser le rêve ancestral de la transmutation des éléments, le géant sur les épaules duquel tant de jeunes gens s'étaient juchés, l'inspirateur de toute une génération, pour certains un père, Lord Rutherford of Nelson, prix Nobel de chimie, président de la Royal Society, homme de sciences, allait être porté en terre à l'abbaye de Westminster à côté de son grand prédécesseur, Sir Isaac Newton. Mais tous ces titres ne suffisaient pas pour son épitaphe. Sur la tombe de Boltzmann, ils avaient gravé $S = k \cdot log \, W$. Que mettraient-ils sur celle de Papa Rutherford ? Qu'aurait-il aimé y lire ? se demanda Bohr.

Immobile sous l'immense voûte gothique, il vit avec les yeux de l'esprit ce visage familier, rubicond, les yeux brillants, éloignant de sa bouche son éternelle pipe et disant : « C'est la grande vie ! » Bohr sentit une nouvelle émotion l'envahir et s'unir à sa tristesse : la gratitude. Alors qu'il remontait l'allée centrale vers les rangées réservées aux dignitaires, ce fut plus fort que lui : il se mit à fredonner. « Marchons, soldats chrétiens... »

Londres, novembre 1938

C'était une maison de belles proportions, lumineuse et accueillante, située dans une rue prospère, bordée d'arbres, en bas d'Hampstead Hill, dans le nord de Londres. Ernst Freud, qui avait conçu les travaux d'aménagement extérieurs et intérieurs, en avait aussi surveillé l'exécution pour que tout fût parfait à l'arrivée de son père, quelques semaines plus tard. D'un coup de baguette magique, Ernst recréa le bureau de la Berggasse dans le salon à l'arrière de la maison. La table de travail de Freud, au centre de la pièce, exposait sa collection de statuettes et figurines antiques. Le divan, la « griffe » de Freud d'ores et déjà mondialement connue en tant que telle, était placé en face du bureau et recouvert du même tapis qu'au bon vieux temps. Les bibliothèques étaient remplies, du sol au plafond, de livres qui avaient fait le voyage depuis Vienne. Il se dégageait de la pièce une impression familière, mais d'une certaine manière plus jeune et plus attrayante que l'originale.

Pour la première fois de sa vie peut-être, Sigmund Freud se sentait en paix. Il respirait enfin et laissait le ressort bandé à bloc peu à peu se détendre. Dans ce havre de sécurité et de liberté, il pourrait terminer son dernier livre. Son fils préféré. Son *Moïse*. Freud n'avait cessé de différer sa naissance. L'essentiel en était écrit, et pourtant le livre avait langui, inachevé. La décision finale de lui donner le jour n'avait pas encore cristallisé. Jusqu'à maintenant. À Vienne, il s'était abrité derrière le prétexte de corrections multiples, méticuleuses, pour retarder la décision. Plus maintenant. Qu'ils le vouent aux gémonies s'ils le voulaient ! Qu'ils s'en donnent à cœur joie ! Qu'ils s'époumonent ! La vérité finirait par triompher. C'était le plus personnel de ses écrits, et peut-être le plus important. Ce serait son testament.

Moïse l'Égyptien. Moïse le prince. Moïse l'inébranlable. Moïse le libérateur. Moïse le législateur. Moïse le mage. Moïse le père archétypal. Moïse le héraut d'Akhenaton. Moïse le civilisateur de Yahvé. Moïse l'homme. Son Moïse. Le peuple ignorant et ingrat qu'il avait choisi, son peuple même, ses Juifs, ses enfants – ils avaient assassiné Moïse. Et pourtant ils le suivirent. Pas tout de suite. Pas immédiatement. Mais avec le temps. Avec le temps, ses enseignements étaient renés, ses prescriptions leur revinrent à la mémoire, ses lois ne furent plus violées, son credo triompha...

Le flot de visiteurs commença comme un ruisselet avant de se transformer en raz-de-marée qui manqua de le submerger. Anna faisait de son mieux pour le contrôler, mais elle n'y parvenait pas toujours. Elle ne laissait entrer que les notables, à qui elle ne pouvait décemment pas fermer la porte, et les vieux amis que Freud tenait à recevoir et qu'il invitait invariablement à revenir.

Il reçut la visite de la fille Wittgenstein. Cela faisait peut-être trente ans qu'elle était mariée à un Américain du nom de Stonborough, mais elle était restée pour lui la « fille Wittgenstein ». Elle était une convertie de la première heure, disciple et apôtre de la psychanalyse, avant qu'elle ne fût à la mode. À l'époque, les Wittgenstein étaient une des plus grandes familles juives de Vienne, vivant dans un palais près du Ring, situé Alleegasse, engageant Brahms pour qu'il donne des leçons de piano à leur fille, commandant des portraits à Klimt et faisant surveiller l'équilibre diététique de leur alimentation par le vieux Josef Breuer[1]. Des snobs, voilà ce que Freud avait toujours pensé, sauf cette Gretl. Une âme sensible. Margarethe Stonborough comprit très vide que Freud n'avait surtout pas envie de parler de sa santé, si bien qu'après le minimum exigé par la politesse, elle évita soigneusement le sujet. Ils parlèrent de la situation politique, mais c'était trop déprimant ; du passé, mais c'était trop douloureux. Donc ils parlèrent de son *Moïse*, de ses enfants à elle, et échangèrent quelques propos sur la maison et le jardin.

Puis ils passèrent en revue la famille et les amis, l'évocation de leurs peurs et de leurs espoirs tenant lieu de nouvelles. Margarethe évoqua son frère Ludwig, maître de conférence à Cambridge, en un récit détaillé proche de la consultation professionnelle. Elle s'était occupée de lui comme une mère, depuis son enfance, pour leur plaisir mutuel. Après avoir été celui de ses frères qu'elle préférait, il était maintenant le seul qui lui restait. Les trois autres s'étaient suicidés, l'un après l'autre, et cette série de deuils lui avait fourré dans l'esprit que Ludwig serait, inéluctablement, le suivant. Elle l'avait supplié de consulter Freud, en vain. Freud savait que le dernier en vie des garçons Wittgenstein avait été au bord du précipice à plusieurs reprises par le passé, mais chaque fois il avait trouvé en lui le moyen de son salut, en s'infligeant des pénitences.

Quand son père était mort, il avait renoncé à son héritage, une somme colossale, un peu comme l'ami de Lou, le poète Rilke. C'était une sorte de liquidation : il avait tué le prince des Juifs qu'il aurait pu être à Vienne, et son geste lui avait permis de continuer sa route. Une autre fois, la même soif de purification l'avait fait devenir ermite. Il se retira dans une cabane en Norvège, et passa plusieurs mois à l'écart de la civilisation, sans le moindre contact avec des êtres humains.

---

1. Klara Wittgenstein, la tante de Ludwig et de Margarethe, compte parmi les signataires de la lettre de félicitations collectives envoyée à Josef Breuer pour son soixante-dixième anniversaire.

Freud, qui avait écouté sans l'interrompre le récit de Margarethe, la rassura dans la mesure de ses forces. Son frère n'était apparemment plus en danger. Lord Russell avait été plus que quiconque l'artisan de son salut, d'abord en reconnaissant son génie, puis en faisant savoir au monde que Wittgenstein lui était supérieur, ce qui avait permis à Ludwig de prendre conscience de sa valeur et de sortir de la spirale de l'autodénigrement. Cette nouvelle confiance en lui l'avait aussi aidé à accepter son homosexualité et à trouver un certain équilibre.

Bouleversé par les larmes qui perlèrent dans les yeux de sa visiteuse, Freud lui tapota la main et changea de sujet. Il n'était plus très doué pour affronter la tristesse autour de lui, à moins qu'il ne s'agisse de la sienne. Par égard pour eux deux, il fit une grimace joyeuse et la divertit avec des anecdotes sur ses autres visiteurs. Il décrivit la raideur formelle des messieurs de la délégation de la Royal Society qui s'était présentée chez lui en grande pompe, pour lui rendre hommage comme à un Robin des Bois ou à un seigneur de la guerre[1]. Ils avaient apporté le grand livre de cette académie pour le lui faire signer. Freud avait eu le vif plaisir de voir que sa signature y rejoindrait celle de Charles Darwin[2]. Puis, toujours pour

---

1. Freud fut élu comme membre étranger de la Royal Society le 25 juin 1936. Au moment de son admission, chaque membre signe de son nom dans le livre de la charte et s'engage sous serment à promouvoir l'intérêt de la Société et à obéir à ses règles ; il serre ensuite la main du président qui le déclare membre dûment élu de la Société. Cette charte recense les membres qui ont été admis depuis 1660 jusqu'à nos jours. Normalement, cette cérémonie a lieu dans les locaux mêmes de la Royal Society. Qu'une délégation de la Société soit allée chez Freud est anormal et s'explique par la maladie de celui-ci.
2. Certaines biographies affirment faussement que Freud signa sur la même page que Darwin. La signature de Sir Charles Darwin apparaît quelques pages plus haut que celle de Freud. Il ne s'agit cependant pas du botaniste mais de son petit-fils, le physicien ami de Bohr et de Hevesy à l'époque de leur séjour à Manchester. La signature de son aïeul se trouve une vingtaine de pages plus haut.

amuser Margarethe, Freud s'efforça de singer l'excitation névrotique d'un précédent visiteur, le jeune peintre surréaliste Dali. « Il m'a traité comme une sorte de manifestation divine », sourit Freud, insensible à la douleur que lui causait son cancer de la mâchoire. Ensuite il éreinta un peu Chaim Weizmann, dont le nom s'étalait sur toutes les manchettes des journaux. « Le bonhomme est moins venu me voir, moi, qu'il ne voulait me rebattre les oreilles de plaintes au sujet d'Ernst », plaisanta-t-il, expliquant que, quelques années auparavant, le grand sioniste avait confié à son fils architecte la construction de sa maison en Palestine[1]. Il continua plaisamment par le catalogue de ses visiteurs distingués du monde littéraire – H.G. Wells, Virginia Woolf, Arthur Koestler et Stefan Zweig. Qu'ils soient tous venus lui rendre hommage dans sa maison de Maresfield Gardens était une indéniable satisfaction d'amour-propre, reconnut-il. Mais le clou du spectacle, et pour lui la visite la plus gratifiante, c'était celle de son « harem », rit-il, et il montra avec fierté les photographies de la princesse Bonaparte et de la chanteuse Yvette Guilbert. Si seulement Lou était encore en vie... Peut-être Margarethe aurait-elle la gentillesse de lui envoyer son portrait pour qu'il l'ajoute à sa collection ?

Margarethe Stonborough prit congé avec une politesse raffinée et promit de revenir très vite. Ils ne devaient jamais se revoir.

---

1. Ernest Freud collabora avec Patrick Geddes et son gendre, Frank Mears, qui ont tous deux travaillé pour le compte du mouvement sioniste en Palestine, concevant en particulier le plan d'urbanisme de la ville de Tel-Aviv (1925, réalisé) et le schéma directeur de l'Université hébraïque de Jérusalem (non réalisé). Les suggestions d'Ernst Freud qui concernaient des points particuliers de ce dernier projet, trop modernistes pour les deux Écossais, n'ont pas été retenues, y compris pour l'avant-projet.

Londres, 10 janvier 1939

De toutes les visites que Freud reçut, c'est peut-être celle d'Ignotus, l'homme de lettres hongrois et le premier membre de l'Association psychanalytique hongroise, qui fut la plus inattendue. Malgré son extrême faiblesse, ou peut-être à cause d'elle, le professeur fut ravi de le recevoir. Sa transformation d'éditeur influent en réfugié sans le sou vivant de meublé en meublé n'avait affecté ni sa superbe ni sa verve. Il n'avait pas encore pris un siège qu'il était déjà lancé dans le récit facétieux de ses foisonnantes activités, mais Freud lui coupa la parole. Il soupçonnait qu'Ignotus ne multipliait les frasques que pour soutenir sa confiance en lui, vacillante. Réalité ou fiction, ses aventures n'intéressaient pas Freud. Depuis qu'il avait terminé son *Moïse*, il n'avait eu d'autre occupation intellectuelle que de se rappeler le passé et de le revivre. Sans respecter le minimum de convenances, Freud interrompit le flot afin d'aller à la poursuite de ses propres fantômes. Car son visiteur représentait le passé, et surtout les meilleurs jours d'avant la Grande Guerre. « Quel était ce café dans lequel vous autres, jeunes gens, aviez l'habitude de passer votre temps ? » demanda-t-il. Son visiteur fut d'abord un peu décontenancé, mais il lui suffit de remarquer les yeux brillants d'impatience de Freud pour comprendre la situation. Pas homme à prendre la mouche, et encore moins vu les circonstances, il se plia vite aux caprices de Freud. « Le Royal, mon cher professeur, répondit-il, avec plus d'un soupçon de nostalgie. Je crois bien que vous voulez parler du Royal, la seconde maison de Ferenczi.

– Oui, Ferenczi. Il était comme un fils pour moi, dit Freud, songeur. En ce temps-là...

– Oui, je sais, dit Ignotus, mais Freud ne l'entendit pas.

– Et Toni von Freund. Avez-vous vu leurs portraits ? » Ignotus leva les yeux vers deux photographies qui décoraient le mur

483

du cabinet. Voyant, dans les cadres jumeaux, les deux visages de ses amis morts, il se sentit soudain vieux et vulnérable. Comme s'il lisait dans ses pensées, Freud dit : « Lajos, Lajos Lévy est toujours avec nous. Son fils est en train de faire mon buste. Il est sculpteur, comme vous le savez.

– Vraiment ! » soupira Ignotus. Cela allait être plus difficile qu'il ne le pensait.

« C'était mon meilleur élève, poursuivit Freud, perdu dans ses brumes. Le meilleur. Mais cela n'a pas duré. En fin de compte, Anna est la seule personne sur laquelle je puisse compter.

– Nous passions nos nuits à parler de Freud, d'Einstein et de Marx. Nous avions l'impression d'être à l'aube de temps nouveaux, sur le seuil d'un âge d'or, se rappela Ignotus. Puis les barbares sont venus.

– Ils ont brûlé mes livres, marmonna Freud.

– Oui.

– Au moins cela aura été épargné à Ferenczi.

– Oui.

– Il était comme un fils pour moi », répéta le vieil homme. Il releva la tête, ses yeux cherchèrent ceux de son hôte. « Il m'a quitté. Il m'aimait, mais à la fin sa loyauté m'a fait défaut.

– Chaque fois qu'il parlait de vous, il ne tarissait pas d'éloges, dit Ignotus.

– Apostat ! cracha Freud. Ses dernières années, il avait perdu ses capacités mentales. Il était complètement dingue, vous savez !

– Comment pouvez-vous dire une chose pareille, professeur ! s'exclama Ignotus, choqué. Sándor a été, jusqu'aux derniers instants de sa vie, aussi lucide qu'une étoile à son lever. Torturé, écorché vif, amer même, mais certainement pas fou.

– Vous ne comprenez rien à ces choses, mon ami », dit Freud. Il n'y avait aucune méchanceté dans sa voix, et même une grande douceur. « Vous ne comprenez pas. »

*Trois explications du monde*

Londres, 5 mars 1939

Freud se sentait bien. De tels jours devenaient de plus en plus rares. Il décida de recevoir son visiteur dans le jardin d'hiver qu'Ernst avait fait construire à l'arrière de la maison. C'était un endroit gai, toujours lumineux, même quand le ciel fondait en cette bruine légère si caractéristique de l'Angleterre. Freud regarda la pelouse avec le mince espoir qu'il pourrait vivre assez longtemps pour voir le jardin au milieu de l'été. Un vrai jour d'été dans son propre jardin anglais ! Il se dit que c'était ce qu'il avait attendu toute sa vie.

Il n'avait pas peur de mourir. La psychanalyse lui avait au moins donné cela. S'il avait été tenaillé par la crainte de ne pouvoir terminer son *Moïse*, ce spectre ne le hantait plus. Le premier exemplaire venait juste d'arriver de chez son éditeur d'Amsterdam, et Freud, assis dans son fauteuil en osier préféré, les jambes couvertes par un châle de tartan, une écharpe nouée autour du cou, serrait le volume entre ses doigts noueux, caressait du plat de sa paume sa surface lisse et fraîche, comme s'il voulait se pénétrer de la certitude qu'il était vraiment là. *L'Homme Moïse et le monothéisme.* « Comme un vieil homme mourant, cramponné à sa bible », pensa-t-il. Son sourire fugitif resta caché sous sa barbe blanche broussailleuse. « Les vieillards sont immondes », marmonna-t-il, mais il ne le pensait pas. Il soupira. Peut-être survivrait-il jusqu'à l'été. Il en avait tellement envie. Son propre jardin ! Mais subir encore un hiver après… Non, il n'en aurait jamais l'énergie. À quoi bon ? Il se concentrerait pour survivre jusqu'à l'automne, décida-t-il. Du moment que les douleurs n'étaient pas excessives. La douleur, sa fidèle compagne de ces quinze dernières années, était devenue une vieille chose familière. Il n'avait plus la force pour s'abstraire de ses excès. Trop vieux, trop usé, trop fatigué.

Il s'assoupit sans doute, car Anna le réveilla doucement. « Fritz Paneth est ici, papa, dit-elle. Veux-tu que je te l'amène jusqu'ici ?

– Oui, ma chérie. Fais-le venir. »

Le flot des visiteurs n'avait guère faibli, mais combien était-il encore impatient de voir ? Seulement ceux qui lui rappelaient le bon vieux temps. Paneth traversa la véranda et serra le vieil homme dans ses bras, longuement, avec émotion. Les yeux de Freud devinrent humides. « Laissez-moi vous regarder, mon garçon, dit-il en repoussant Paneth de manière à pouvoir l'inspecter de haut en bas. Quel âge avez-vous ?... Ah. Vous n'êtes qu'un enfant, insista Freud. Allons, prenez un siège et venez vous asseoir près de moi. » Paneth s'assit sur une chaise en osier tout à côté de Freud. « Comment allez-vous, professeur ? demanda-t-il sincèrement, tant l'apparence physique de Freud lui avait fait un choc.

– Je suis vieux, et mon Konrad se désintègre, soupira Freud.

– Konrad ? » Paneth n'était pas sûr d'avoir bien entendu. La diction de Freud était très brouillée, ses consonnes indistinctes.

« Mon corps. La machine. Konrad est le nom que nous lui donnions, votre père et moi. Il y avait une raison, mais je ne me la rappelle plus. »

Paneth frissonna. Il était moins venu pour le respect qu'il portait au professeur Freud que pour être proche de celui qui était son dernier lien avec son père. Du reste, même cela se dissipa très vite. « Vous avez l'air en grande forme, professeur », mentit-il. Freud ne l'écoutait pas. « Vous savez, vous devez être plus vieux que votre père au moment de sa mort. C'était un ami, un véritable ami. » Le tour que prenait la conversation mit Paneth mal à l'aise, et pourtant il n'était là que pour ça. « Comment vous sentez-vous vraiment ? demanda-t-il.

– Mon cancer de la mâchoire s'est réveillé. Un épithélioma malin. Le dernier engagement de ce duel. » Freud actionna sa mâchoire d'un côté et de l'autre comme s'il testait la bonne tenue des os et des tissus qui n'avaient pas encore été retirés.

« Quel traitement prenez-vous, professeur ?
– Un peu de votre médecine, Fritz. Du radium et des rayons X. Cela tue le bon avec le mauvais. » Paneth se tut. Il n'y avait rien à dire. « Parlez-moi de vous. Comment va votre famille ? Que faites-vous en ce moment ? demanda Freud.
– Else est venue avec moi. Je l'ai laissée avec Anna. Elles ont décidé de nous octroyer un peu de temps seul à seul, vous et moi, sourit Paneth.
– Je me rappelle votre mariage comme si c'était hier, s'écria Freud. Ce doit être la dernière fois que les circonstances nous ont rassemblés, avec les Schwab et les Breuer. La dernière réjouissance des temps heureux. » Paneth ne le corrigea pas. Il se souvenait très bien des rapports à couteaux tirés entre le vieux docteur Josef Breuer et Freud. « Et vos enfants ? demanda Freud. Votre adorable fillette... et un garçon, je crois.
– Ils ont grandi. Ils sont adultes.
– Et Hartmann[1], comment va-t-il ?
– Heinz ? Il va bien. Else lui a dit que nous venions vous voir, et il a demandé à faire de même, si vous lui accordez un droit de visite.
– Bien sûr, bien sûr, répéta Freud. C'est un brave garçon. Pas comme d'autres. Parlez-moi de votre travail. Un prix Nobel en vue ? » Et d'ajouter, sans pouvoir résister à la pression de ses démons intérieurs : « Moi, je ne l'aurai plus maintenant. » Il se rendit compte en le disant qu'il s'accrochait encore à cet espoir. Même maintenant. Mais il lui faudrait vivre jusqu'à la fin de l'automne, date de proclamation des prix. Non, le jeu n'en valait pas la chandelle.
« Je suis maître assistant au Collège impérial, répondit Paneth. Plus vraiment le temps pour faire de la recherche. Mais

---

1. Le psychanalyste Heinz Hartmann était le frère d'Else Paneth, le beau-frère de Franz. Jones le décrit comme l'« un des élèves favoris de Freud ». Hartmann rendit visite à Freud deux semaines plus tard, le 19 mars.

cela devrait changer, normalement. On m'a donné une chaire à l'université de Durham. Nous nous installerons dans le nord cet été.

– Mes félicitations, professeur Paneth ! s'exclama Freud, sincèrement ravi. Votre père aurait apprécié la nouvelle. Nous voulions tellement être professeurs, l'un comme l'autre, vous le savez. J'ai eu les plus grandes difficultés. Maudits antisémites. Mais cela aura été plus facile pour votre père. Il était bien plus apprécié et il ne s'était pas fait autant d'ennemis que moi. »

Paneth allait pour corriger le vieil homme, mais il se ravisa. Il avait été professeur titulaire à Königsberg depuis 1929, et sans les nazis il le serait toujours. « Je vous ai apporté un petit cadeau, professeur, dit-il en sortant une petite boîte en carton d'une poche de sa veste.

– Merci mon garçon. » Freud hasarda une main molle vers le paquet. « Pourquoi ne l'ouvririez-vous pas à ma place ? » Paneth en sortit une masse sombre, au lustre terne, métallique. « Un morceau de la météorite Jószáshely », expliqua-t-il. Freud reposa son livre et manipula l'objet avec un intérêt et un plaisir manifestes. Il mit la météorite dans sa main gauche et, de l'index de sa main droite, il suivit, curieux, les contours inégaux de la pierre tombée du ciel. Il la caressa doucement avec la paume, comme il l'aurait fait de la joue d'une fille bien-aimée. Ou peut-être un fils. Un enfant de son âme. Il tressaillit puis, reprenant ses esprits, fit passer la météorite d'une main à l'autre comme pour en évaluer le poids. Après un signe de tête entendu, il fit glisser ses lunettes au bout de son nez et regarda par-dessus la monture la pierre en la tenant tout près de ses yeux, de manière à pouvoir l'examiner dans tous ses détails, minutieusement et solennellement.

Après quelques instants, il releva la tête et, les yeux un peu humides, regarda Paneth. « Essayez seulement d'imaginer où cette pierre a été... » La voix de Freud s'estompa. Il étudia encore une fois la météorite, puis dit à son invité dans un sourire : « Et, comme moi, elle a fini à Hampstead, tout pareil. »


Londres, 3 septembre 1939


Il avait toujours autant de plaisir à jouir du jardin, à l'ombre du sycomore. Il y demeurait assis, un châle sur les jambes. La douleur ne le lâchait pas. Comme une amie loyale. Toujours là pour lui rappeler qu'il était encore en vie. Parfois, la lassitude de l'âge l'emportait sur la douleur, et il s'endormait, mais la plupart du temps il restait là, tout simplement, avec ses pensées. Deux livres étaient posés à côté de lui. Pas pour lire mais comme une consolation. Il caressait de son doigt recroquevillé par l'arthrite la couverture de l'un ou bien le dos de l'autre, et laissait ses pensées l'emporter à leur gré. Il tenait à avoir son *Moïse* avec lui tout le temps. Quant à l'autre livre, c'était la bible de famille des Freud. Naguère celle de son père, maintenant la sienne. Mais plus pour très longtemps.

Cette bible était en allemand d'un côté de la page et en hébreu de l'autre. Il n'y aurait pas pensé dans le temps, mais maintenant ce bilinguisme lui paraissait hautement emblématique : dans sa jeunesse, il avait lui aussi, comme tant d'autres, aspiré à être à la fois allemand et juif. Comment avait-il pu se tromper à ce point ? Qu'avait-il échoué à voir ? Comment le peuple de Goethe et de Beethoven, de Mach et de von Helmholtz, avait-il pu tourner le dos à sa culture romantique, à sa littérature, à son idéalisme, à sa civilisation ? Sous le vernis de la civilisation, le Ça barbare des Goths était bel et bien vivant, attendant seulement la possibilité d'affirmer son pouvoir malfaisant. Qu'allait-il arriver ? Comment tout cela se terminerait-il ? Le Surmoi reprendrait-il jamais le contrôle ? Ou bien la culture allait-elle mourir, sans espoir de retour ? Il regarda la pelouse. Le « gazon », comme les Anglais l'appelaient ; un concept un cran supérieur à celui de pelouse. Une collection civilisée, régulée, coordonnée de brins d'herbe, constituant un vert tapis de paix et de tranquillité.

Sans doute s'était-il à nouveau assoupi, songea-t-il. Combien de temps ? Des secondes ? Des minutes ? Une demi-heure ? Peu importe. La douleur l'avait réveillé ; il était toujours en vie. Son regard tomba sur la bible Philippson posée sur la petite table à côté de lui. Il l'ouvrit pour découvrir la dédicace. Son doigt caressa les lettres hébraïques que son père avait tracées d'une main ferme. C'était à lui qu'il avait donné la bible – peut-être parce qu'il sentait que, de tous ses enfants, c'était Sigmund qui en avait le plus besoin. Il venait alors d'avoir trente-cinq ans. Était-ce en vertu du pressentiment qu'il finirait assis sur un gazon anglais, la bible familiale dans la main, à attendre la mort ? Oui, peut-être cela était-il écrit. Il ne lisait pas l'hébreu qu'il avait appris enfant, il n'avait jamais été très bon et il payait le tribut des nombreuses années pendant lesquelles il avait prétendu ne pas du tout connaître cette langue. C'est pourquoi il n'avait toujours pensé à la dédicace que dans sa version anglaise. Là où son doigt s'était posé, à côté de l'écriture en hébreu, la main de son frère Emmanuel de Manchester, de passage à Vienne, avait tracé la traduction en anglais.

Quand Weizmann lui avait rendu visite, Freud lui avait montré la dédicace. Son visiteur l'avait trouvée émouvante, c'est du moins ce qu'il affirma, avant d'ajouter que la traduction d'Emmanuel restituait mal le souffle poétique de l'original hébreu, et il essaya donc de l'améliorer, ce qui donna le texte suivant :

*Shlomo, mon fils si cher*
*Dans la septième de tes années de vie,*
*L'esprit du Seigneur commença à t'agiter*
*Et Il s'adressa à toi :*

*Va, lis dans mon livre, celui que j'ai écrit,*
*Ce jour-là jailliront toutes les sources de l'intelligence,*
*Du savoir et de la sagesse.*
*Voici, c'est le Livre des livres, le puits où les sages ont puisé,*
*Où les législateurs ont appris la connaissance et la justice.*
*Tu as eu une vision du Très-haut ;*
*Tu as entendu et tu as obéi,*
*Et tu as plané sur les ailes du vent.*
*Depuis lors, le livre est resté scellé dans mes trésors,*
*Comme les débris des Tables de l'Arche*
*Pour le jour où tes années ont atteint trente-cinq*
*Je l'ai recouvert d'une nouvelle housse en peau*
*Et l'ai appelé : « Jaillis, ô puits, chantez-le ! »*
*Et je te l'ai offert afin qu'il soit pour toi un mémorial,*
*Un rappel de l'amour*
*De ton père*
*Qui t'aime d'un amour éternel*

*Jacob, fils du rav Sh Freud*

Combien de temps s'était-il écoulé depuis que personne ne l'avait plus appelé Shlomo ? Combien depuis qu'il avait un père ?... dont l'amour était éternel ?... un amour que son fils ne pourrait jamais lui rendre... Il croyait que les larmes allaient venir, mais elles ne vinrent pas. Il avait mené depuis longtemps déjà le combat contre sa culpabilité, et s'il ne l'avait pas remporté, au moins il l'avait enterré. C'est de cette vieille culpabilité qu'avait surgi la psychanalyse, tel un phénix. Son legs au monde. Freud resta un moment perplexe devant l'image du phénix ressuscitant triomphalement du bûcher de la culpabilité filiale – n'était-il pas le fils de Jacob, Joseph, l'interprète des rêves ?... Puis sa paupière s'affaissa, et le sommeil l'engloutit à nouveau.

À travers les portes ouvertes de la véranda, la voix nasillarde du présentateur de la BBC dériva jusqu'au jardin, sans parvenir à troubler le rêve du vieil homme : « ... nous n'avons reçu aucun engagement de cette nature, et en conséquence notre pays est en guerre contre l'Allemagne. »

Londres, 21 septembre 1939

Les derniers jours furent un supplice. La douleur insupportable, l'odeur atroce. La pensée de ne pas avoir le plein contrôle de soi lui faisait à ce point horreur qu'il avait refusé tous les sédatifs, mais sa force pour affronter la douleur diminuait d'heure en heure.

« Quel jour est-on, Annerl ? demanda-t-il.

– Le 21 septembre, papa. Le premier jour de l'automne, répondit-elle.

– Le dernier jour de l'été. » La correction de Freud parut à sa fille d'autant plus pédante qu'elle savait à quel point chaque mot lui était douloureux à prononcer et nécessitait une grande dépense d'une énergie précieuse. « Le dernier jour de l'été », répéta-t-il. Puis il se tut. Il épargnait ses forces pour le combat à venir. Quelques heures plus tard, à son médecin venu le voir, le vieil homme barbu dit paisiblement, mais avec une clarté glaçante : « Plus de torture... Assez.

– Mais professeur Freud... »

Freud l'interrompit d'un murmure, mais l'autorité de cette voix, aux extrémités de la faiblesse, ne souffrait aucune contestation. « Cela n'a plus aucun sens. Assez. »

Sigmund Freud reçut une première injection de morphine le dernier jour de l'été, deux autres le premier jour de l'automne.

Le 23 septembre il fut déclaré mort. Son corps fut incinéré à Golders Green trois jours plus tard.

*Trois explications du monde*

Stefan Zweig, qui partageait avec Freud l'honneur d'avoir eu ses livres brûlés devant l'Opéra de Berlin six ans auparavant, lut l'oraison funèbre.

« ... et Moïse mourut. »

# *Postface*

Les personnages de *Trois explications du monde* sont des figures historiques et la plupart des événements se sont passés comme le livre les décrit. Bien évidemment, l'auteur a inventé les propos qu'il fait tenir aux uns et aux autres, mais il ne leur fait jamais dire que ce qu'ils auraient pu, voire dû dire, à ses yeux du moins. Son invention la plus importante concerne l'amitié entre Hevesy et Ferenczi. Aucun document historique n'atteste qu'ils se sont connus, mais tout un faisceau de preuves indirectes autorise à l'imaginer, ou du moins qu'ils ont entendu parler l'un de l'autre. Ils avaient un grand nombre de relations et d'amis communs. Par exemple, ils ont tous les deux correspondu avec Ortvay et étaient tous les deux en termes amicaux avec les Polányi. En outre, Ferenczi et Hevesy vivaient, à Budapest, à moins d'un kilomètre et demi l'un de l'autre ; ils fréquentaient les mêmes cercles ; ils furent nommés professeurs de l'université de Budapest le même jour de 1919 et ils perdirent l'un comme l'autre leur chaire quelques mois plus tard.

S'il n'y a aucune preuve de ce que Hevesy ait connu personnellement Freud, Fritz Paneth, son ami de toujours, appartenait à la famille élargie de Sigmund Freud, les Paneth et Hammerschlag.

Wolf Pascheles n'a probablement jamais rencontré le Chatam Sofer. S'il est vraisemblable qu'il a publié le plus célèbre portrait de ce rabbin, il n'y en a pas de preuve directe, puisqu'il n'existe apparemment pas de liste exhaustive des rabbins de la *Galerie Pascheles*.

495

Certains des portraits de Pascheles ont cependant été publiés, par exemple dans l'ouvrage de Milada Vilimkova, *Le Ghetto de Prague*[1]. Aussi invraisemblable que cela puisse paraître, celui que mon roman présente comme l'associé de Pascheles, le fils du fossoyeur, est réellement devenu un des plus riches collectionneurs d'art de l'Europe.

Freud, Ferenczi et Jung ont rencontré Rutherford à la Clark University en 1909. Aucune des biographies de Rutherford ne décrit sa visite à la Clark, mais de nombreux documents l'attestent. Même si sa conférence à la Clark est un secret bien gardé, elle a été un jalon important dans l'histoire de la physique, puisqu'elle inclut sa première description de la rétrodiffusion des particules alpha, l'observation qui conduisit directement à la découverte du noyau.

La parenté par alliance entre Ferenczi et John von Neumann est mentionnée au passage dans la biographie du mathématicien[2], mais semble avoir échappé à l'attention des cercles psychanalytiques. L'auteur avance que Johnny von Neumann fut Árpád, le garçon que Ferenczi décrit dans son article « Un petit homme-coq[3] ». L'identité d'Árpád n'a jamais été établie, et il n'a été suggéré nulle part qu'il s'agirait du plus grand mathématicien du siècle. Il y a cependant quelques preuves indirectes à l'appui de cette hypothèse. Ferenczi décrit son sujet comme un garçon de cinq ans, obsédé par les coqs depuis le jour où, à trois ans et demi, un coq avait mordu son pénis alors qu'il était en vacances. Le garçon, dit Ferenczi, vivait à Budapest, venait d'une famille aisée – la présence de domestiques et de femmes de chambre est mentionnée –, était fasciné par de vieux Juifs qui venaient chez lui, faisait preuve d'une intelligence vive et coquelinait parfois. « Un petit homme-coq » a été publié en 1913, date à laquelle Árpád devait avoir entre cinq ans et onze ans, puisque

---

1. Milada Vilimkova, *Le Ghetto de Prague*, trad. du tchèque par Françoise et Karel Tabery, Paris, Aurore éd. d'art, 1990, p. 98-99, figure 70 et 71.
2. Heims (1992). Voir sources complètes p. 507.
3. Publié par Ferenczi en 1913 sous le titre *Ein kleiner Hahnemann* ; trad. française « Un petit homme-coq », Ferenczi, *Œuvres complètes*, vol. II, Payot, 1970, XI, p. 72-78.

Ferenczi n'a commencé à exercer la psychanalyse qu'autour de 1907-1908. Ferenczi connaissait bien sûr très bien le petit Johnny von Neumann, et ce depuis sa naissance. À la date de la publication de l'article, Johnny, lui-même le fils d'une famille juive prospère de Budapest, avait neuf ans. Selon son biographe, Macrae, Johnny était appelé le « Coquelet » dans sa famille, car il coquelinait parfois. Max von Neumann a fait figurer sur son blason des marguerites, un coq, un chat et un lapin, pour représenter respectivement son épouse (Margaret) et ses trois fils, Johnny (le Coquelet), Michael qui ressemblait à un chat et Nicholas qui était Jeannot lapin parce qu'il était le plus jeune[1]. Les armoiries sont encore visibles aujourd'hui dans la ville d'origine de la famille, sur les collines de Budapest. Elles sont reproduites dans Nagy (1987).

Il n'y a qu'une seule mention dans la littérature secondaire du lien entre le logicien Paul Bernays et la famille Freud : dans la biographie d'Anna Freud, par Young-Bruehl, qui décrit l'épisode du baiser entre Paul et Anna[2].

Les deux lettres de Ferenczi à Ortvay, toutes deux écrites en 1910, sont publiées ici pour la première fois. Comme elles sont classées à l'Académie hongroise des sciences sous le nom de « Ortvay » et non pas sous celui de « Ferenczi », il est peu probable qu'elles aient jamais été lues par un historien de la psychanalyse. Celle du 2 juillet est d'un intérêt considérable, car Ferenczi y exprime des commentaires très précoces sur les méthodes de Freud, entre autres sujets de grande importance pour l'histoire de la psychanalyse.

La lettre de Pauli à Gershom Scholem de 1953 concernant la kabbale (p. 508) n'a encore jamais été publiée.

Le lecteur se demandera peut-être pourquoi, s'il est essentiellement fondé sur des faits historiques, ce livre prend la forme d'un roman. De toute évidence, un ouvrage écrit pour ses quatre cinquièmes sous la forme de dialogues dont il n'existe aucun enregistrement ne saurait être autre chose qu'un roman. Pour aggraver son cas,

1. Macrae (1993).
2. Elisabeth Young-Bruehl, *Anna Freud*, trad. de l'anglais par Jean-Pierre Ricard, Paris, Payot, 1991, p. 103.

l'auteur n'a jamais eu l'intention de présenter un tableau équilibré ou exhaustif. L'époque et les événements sont évoqués d'un point de vue personnel, partiel et partial, ce qu'assume l'auteur. C'est le livre qu'il voulait écrire.

Enfin, pour ceux qui avaient envie de connaître le destin de certains des personnages de *Trois explications du monde*, en voici quelques résumés.

La majorité des descendants masculins du Chatam Sofer furent d'éminents rabbins. Trois générations de Sofer se sont succédé à la chaire de la synagogue de Presbourg et ont dirigé la *yeshiva* après lui. Un de ses arrière-petits-fils, le dernier rabbin de Presbourg avant la Deuxième Guerre mondiale, survécut à l'Holocauste et partit en Israël en 1945, où il recréa la *yeshiva* de Presbourg.

Michael Heilprin, le révolutionnaire de 1848 qui fonda la librairie Ferenczi, émigra aux États-Unis dans les années 1850. Devenu écrivain, commentateur politique, encyclopédiste et philanthrope, Heilprin écrivit régulièrement pour le périodique *Nation* des articles politiques et des comptes rendus critiques, et publia un ouvrage majeur, *La Poésie d'histoire des anciens Hébreux*[1]. Il fut aussi l'un des principaux auteurs de la *Nouvelle Encyclopédie américaine* d'Appleton[2]. Il resta proche de la famille de Kossuth, qui s'installa aussi aux États-Unis, et ne cessa de les soutenir financièrement. Il prit fait et cause en faveur de l'abolitionnisme tant et si bien que les délégués partisans de l'esclavage l'agressèrent lors d'une réunion du parti démocrate à Philadelphie en 1858[3]. En 1861, quand les journaux ouvrirent leurs colonnes au débat sur les fondements moraux de l'esclavage, ce fut Heilprin qui fit la contribution la plus célèbre et la plus frappante. Son article du *New York Tribune*, « L'esclavage et les Écritures hébraïques[4] », démontait les arguments qui préten-

---

1. *The Historical Poetry of the Ancient Hebrews*, trad. et éd. critique par Michael Heilprin, New York, D. Appleton, 1879-1880.

2. *New American Cyclopædia* en 16 volumes, éd. par George Ripley et Charles Dana (1857-1863) ; revue et augmentée sous le nom d'*American Cyclopædia* (1873-1876).

3. Segal (1955).

4. « Slavery and Hebrew Scriptures », voir Ausubel (1984).

daient établir la justification divine de l'esclavage. Plus tard, Heilprin trouva une nouvelle cause digne de lui et défendit énergiquement les immigrants juifs de Russie. Son fils aîné, Louis Heilprin, marcha sur les traces de son père pour l'*Encyclopédie américaine* et devint par la suite l'éditeur de la *Nouvelle Encyclopédie internationale*[1]. Il publia le *Historical Reference Book*[2] et une nouvelle édition du *Lippincott's Gazetteer of the World*, tous deux très populaires en leur temps. Le deuxième fils de Michael, Angelo Heilprin, fut un explorateur et un naturaliste de première importance. Il publia de nombreux livres, fut élu président de la Société géographique à Philadelphie et professeur de paléontologie dans cette même ville. Il conduisit l'expédition organisée pour secourir l'amiral Peary lancé à la découverte du pôle Nord[3].

Paul Bernays – comme Anna Freud – ne s'est jamais marié. Il continua après guerre à publier des travaux originaux dans le champ de la logique. Il donna périodiquement des conférences sur la logique mathématique à Zurich, auxquelles Pauli assista régulièrement. Avec Popper et Gosneth, Bernays fonda la Société internationale pour l'avancement de la logique et de la philosophie des sciences. Pauli, lui-même membre du comité de rédaction de la revue de cette société, *Dialectica*, y écrivit quelques articles.

Kurt Gödel – « le plus grand logicien depuis Aristote » selon John von Neumann – retourna à Princeton en 1939 et y passa le reste de sa vie. Il finit par entretenir des rapports étroits avec Albert Einstein qui, en dehors de Paul Bernays, fut peut-être son seul véritable ami. Du reste, la démonstration de Gödel que les équations cosmologiques d'Einstein permettent de voyager à travers le temps en remontant dans le passé compte comme un des travaux les plus fascinants de sa période de Princeton. Vers la fin de sa vie, il s'intéressa davantage à la philosophie et se détourna progressivement de la logique mathématique. La détérioration de sa santé mentale, une grave dépression nerveuse et une paranoïa le conduisirent à croire que sa

1. *New International Encyclopedia* (Dodd, Mead and Co, 1ʳᵉ édition 1902-1904).
2. New York, 1884 ; 6ᵉ éd. 1899.
3. *Encyclopædia of Jewish Knowledge* (1946).

nourriture était empoisonnée ; il refusa de manger et finit par se laisser mourir de faim en 1979.

Werner Heisenberg reçut le prix Nobel de physique en 1932. Il fut le plus éminent physicien à être resté en Allemagne pendant le Troisième Reich. Son rôle et ses activités pendant la guerre ont fait l'objet de nombreuses analyses et de polémiques diverses. On écrit que l'antipathie foncière de Hitler pour Heisenberg aurait été une des principales raisons pour lesquelles l'Allemagne n'a pas consacré les ressources suffisantes pour la mise au point de la bombe atomique. Après la guerre, Heisenberg renoua des liens d'amitié avec Bohr et surtout Pauli.

John von Neumann n'est pas aussi connu du grand public qu'il le mériterait, peut-être parce qu'il n'existe pas de prix Nobel de mathématiques. Pourtant, son génie ne s'est pas limité aux dimensions ésotériques et techniques de la logique mathématique, ni aux mathématiques de la théorie quantique. La théorie des jeux, le fondement mathématique de l'économie moderne, la théorie des ordinateurs électroniques et l'intelligence artificielle sont autant de champs dont il a été le pionnier. Von Neumann a conçu et construit le premier (ou le deuxième, pour les anglophiles) ordinateur électronique. Ses détracteurs – peu nombreux – considéraient que ses conceptions de l'intelligence artificielle étaient « trop freudiennes » ! Aujourd'hui, chacun des millions d'ordinateurs de bureau est une sorte de mémorial en l'honneur de John von Neumann, puisqu'ils sont tous construits (ainsi que les machines plus grandes) selon les principes qu'il a définis et que l'on appelle l'« architecture de von Neumann ». Ses contributions et découvertes dans tous ces domaines restèrent exceptionnellement pertinentes jusqu'à sa mort, qui intervint alors qu'il était relativement jeune.

À la différence de son cher ami John von Neumann, le physicien Eugene Wigner a vécu très vieux – il est mort au milieu de la rédaction de ce livre. Wigner fut récompensé du prix Nobel de physique en 1963. Sa sœur épousa Paul Dirac, prix Nobel de physique (1933, partagé avec Schrödinger), et l'on dit que Wigner aimait se présenter comme le beau-frère de Dirac. Avec Szilárd, qui y a joué le premier rôle, Wigner fut un des artisans de la lettre d'Einstein au président Roosevelt qui accéléra la mise en œuvre du projet Manhattan d'élaboration de la première bombe atomique.

La vie de Rudolf Ortvay fut une sorte de tragédie : cet ami intime de quelques hommes exceptionnels, de Ferenczi à von Neumann et à Wigner, savait parfaitement que ses capacités étaient très en deçà des leurs. Lorsque des figures comme Wigner, Teller, Szilárd, von Neumann, von Kármán et Hevesy eurent quitté la Hongrie, Ortvay devint, par défaut, le physicien le plus éminent qui soit resté dans le pays. Par une curieuse ironie du sort, Ortvay rencontra lors d'un voyage Pauli l'aîné (le père du physicien), qui lui diagnostiqua une de ces maladies dont il ne faut pas prononcer le nom. Ortvay, resté célibataire, vécut avec sa tante et se suicida le jour de son soixantième anniversaire.

Lise Meitner resta à Berlin, jusqu'à ce que ses jours sous le Troisième Reich soient en danger. Coster (le partenaire de Hevesy pour le hafnium) organisa une opération clandestine pour la faire venir à Copenhague via la Hollande. On attribue à Meitner (de conserve avec son neveu Otto Frisch) la découverte de la fission nucléaire. Quoiqu'elle se soit installée en Suède, la communication révolutionnaire fut écrite à l'Institut de Bohr, où Frisch demeura – c'est un des collaborateurs de Hevesy qui suggéra le mot « fission » par analogie avec la division cellulaire en biologie. Lise Meitner ne se maria jamais. Après un séjour de vingt ans en Suède, elle partit vivre en Angleterre auprès de son neveu et passa les dernières années de sa vie à Cambridge. Elle y mourut à quelques jours de son quatre-vingt-dixième anniversaire. Il est écrit sur sa pierre tombale : « Un grand savant qui n'a jamais oublié son humanité. »

Michael Polányi resta à l'université de Manchester jusqu'à la retraite. D'abord titulaire d'une chaire de chimie, ses préoccupations s'étant déplacées vers la philosophie et la sociologie, il devint professeur de sciences sociales. Dans son enseignement et ses écrits, il s'opposa au positivisme, au détachement de l'homme de science et au réductionnisme. Ses idées lui sont peut-être venues de son travail sur la quantification du moment cinétique, qu'il a découverte avec Wigner, ou peut-être, comme ses détracteurs l'ont allégué, du fait qu'il avait une disposition d'esprit mystique. Son fils, John Polányi, docteur de l'université de Manchester, reçut le prix Nobel de chimie en 1986.

George Lukács, auteur de nombreux livres célèbres, devint peut-être le tout premier philosophe marxiste du XXᵉ siècle. Il revint en Hongrie après la Deuxième Guerre mondiale et fut nommé ministre de la Culture dans le gouvernement d'Imre Nagy en 1956. Après la répression, il fut arrêté et déporté en Roumanie.

Theodor von Kármán fonda le laboratoire de propulsion des fusées de Pasadena. Son rôle dans l'aérodynamique, l'hydrodynamique et l'aéronautique est si important que son nom est passé à la postérité sous de multiples formes : on trouve des instituts von Kármán, des bourses von Kármán, des boulevards von Kármán, une constante de von Kármán, des tourbillons von Kármán, un écoulement von Kármán-Bodwadt, une relation von Kármán-Howarth, mais également un cratère von Kármán, sur Mars. Un exemple brillant de réussite.

Le cousin de von Kármán, Lajos Lévy, survécut à la guerre, mais il n'occupa ensuite aucune position médicale importante. Avec son épouse, Kata Lévy née Freund, il émigra dans les années 1950 en Angleterre, où ils passèrent les dernières années de leur vie dans un paisible anonymat. Ils restèrent de proches amis d'Anna Freud, dont ils devinrent les voisins à Hampstead. Vingt-deux ans après son ami et patient Sigmund Freud, Lajos Lévy fut incinéré à Golders Green.

Ceux que la vie de Niels Bohr intéresse pourront lire avec grand profit l'excellente biographie qu'Abraham Pais lui a consacrée[1]. Il suffit de dire ici que, n'en déplaise à Churchill qui prétendait qu'on ne pouvait pas faire confiance à un homme dont les cheveux étaient à ce point ébouriffés, Bohr fut comblé d'honneurs. Il resta très actif jusqu'à la fin de ses jours, renonçant peu à peu à des travaux de recherche pour contribuer à la coordination de la politique scientifique au niveau international. Bohr et Einstein ne trouvèrent jamais de terrain d'entente, ni au niveau de leurs conceptions respectives de la physique quantique ni à celui de leurs croyances sur la nature de la réalité. Leurs deux noms ont été proposés à de multiples occasions pour un second prix Nobel (Bohr pour partager le prix Nobel de

---

1. Pais (1991).

chimie avec Hevesy et Coster), mais ils ne le reçurent ni l'un ni l'autre. Le fils de Niels Bohr, Aage Bohr, a reçu le prix Nobel de physique en 1975.

Fritz Paneth demeura à l'université de Durham, en Angleterre, comme professeur de chimie jusqu'à sa nomination à la tête du Laboratoire anglo-canadien d'énergie atomique à Montréal pendant la guerre[1]. Il retourna en Allemagne en 1953 et devint le directeur de l'Institut de chimie Max-Planck à Mayence.

Hevesy ayant, outre sa découverte de l'hafnium, introduit la méthode des traceurs en chimie et en biologie, son nom est passé à la postérité comme celui du père de la médecine nucléaire. Il semble que les repas servis par sa logeuse à Manchester eurent un effet plus important qu'aucun des deux ne s'y attendait. Quand les Allemands envahirent le Danemark, Hevesy se réfugia en Suède ; encore un nouveau pays, encore un nouveau départ. Après la guerre, il pensa retourner à Copenhague mais, jugeant sans doute que ce serait un déménagement de trop, il resta définitivement en Suède avec sa famille. Si sa vie scientifique ne devait pas connaître de nouveaux hauts faits, l'heure était venue pour lui de jouir d'une belle reconnaissance internationale. Il reçut en 1943 le prix Nobel de chimie et reçut le prix Atomes pour la paix des mains du secrétaire des Nations unies Dag Hammarskjöld en 1959. Hevesy, qui avait pour ambition d'être reçu en audience par le pape, fut exaucé dans les dernières années de sa vie. Né aristocrate et catholique, il le resta jusqu'à son dernier souffle.

Carl Gustav Jung est devenu une icône pour nombre d'adeptes. D'aucuns le comparent à Freud, mais ils passent à côté de l'essentiel. Jung a gravi une montagne très différente et a laissé un tout autre héritage. Ces deux grands hommes de l'exploration de l'homme intérieur continuent à vivre l'un à côté de l'autre. Avec le recul, le réexamen des faits devrait permettre d'ajouter à leurs deux noms un troisième et ainsi compléter la triade. Car, s'il n'est peut-être pas de leur stature, Ferenczi se place cependant devant la plupart des autres. Ferenczi mérite de les rejoindre, comme il le fit à l'hôtel Manhattan en 1909.

---

1. Voir http://www.cns-snc.ca/history/early_years/earlyyears_fr.html.

Gizella Ferenczi et ses filles échappèrent à l'Holocauste. Peu après la mort de Ferenczi, Gizella rejoignit Elma qui résidait en Suisse et travaillait à l'ambassade américaine à Berne. Elma devint citoyenne américaine, par son mariage avec Hervé Laurvik, un écrivain suédo-américain. Le mariage était voué à l'échec, naturellement, et se solda par un divorce peu de temps après. Gizella resta en Suisse jusqu'à sa mort, fin 1949. Elma, qui ne se remaria jamais, mourut à New York vers 1972. En 1953, elle écrivit à une amie : « Rares sont ceux qui, parmi nous, gardent le flambeau de Sándor allumé – il est mort beaucoup trop tôt... À écrire ainsi, j'ai senti remonter en moi de vieux souvenirs – une époque à jamais enfuie. Mais notre affection pour celui qui nous est cher demeure[1]. »

Pendant la guerre, la villa de Ferenczi à Buda fut bombardée et partiellement détruite. Quand, après la levée du siège de Budapest, une certaine forme de normalité fut revenue, une de ses amies traversa la ville pour mesurer l'étendue des dégâts. La maison, ou du moins ce qu'il en restait, était vide, à l'exception d'un portrait de Ferenczi accroché à un mur de son cabinet. C'était un tableau d'Olga Székely-Kovács dont la fille, Judith Dupont, a raconté cette anecdote à l'auteur. L'amie rassembla papiers et livres, mais laissa là le portrait. Elle revint le lendemain pour le récupérer, mais découvrit qu'il avait été volé pendant la nuit. De même que le travail et la réputation de Ferenczi, son portrait, autrefois puissant et admiré, a été perdu. Peut-être retrouveront-ils un jour leur place.

Wolfgang Pauli reçut le prix Nobel de physique en 1945. À peu près à la même date, Einstein déclara publiquement que Pauli était son véritable héritier en physique – comment ne pas se rappeler en l'occurrence la déclaration de Freud selon laquelle Jung était son héritier ? Tout en dépensant beaucoup d'énergie pour développer ses idées sur la psyché et la mystique, Pauli resta un physicien actif de premier rang jusqu'à la fin de sa vie. Son oraison funèbre le décrivit comme la « conscience de la physique ». Dans les dernières semaines de sa vie, Pauli, hospitalisé à l'hôpital de la Croix-Rouge, reçut la

---

1. Lettre non publiée, Elma à Izette (pas de nom de famille), 5 juin 1953. L'auteur possède une copie de la lettre par Judith Dupont, qui gère le copyright de Ferenczi.

visite d'un ami, un physicien très connu. « Je ne sortirai jamais de cette chambre vivant », dit Pauli à son visiteur. Quand celui-ci lui demanda pourquoi il était si pessimiste, il se contenta de tendre le doigt vers le numéro de sa chambre. C'était le 137.

# Sources

Lettre de Sándor Ferenczi à Sigmund Freud, n° 79, 26 octobre 1909, *Correspondance*, Payot, vol. 1, p. 95-96.

Lettre de Sándor Ferenczi à Rudolf Ortvay non datée (mais le contexte montre qu'elle a été écrite vers la fin juillet 1910 ; Freud arriva en Hollande le 17 juillet), *Magyar Tudományos Akadémia Könyvtára, Kézirattár és Régi Könyvek Gyüjteménye*, bibliothèque de l'Académie hongroise des sciences, département des manuscrits et des livres rares, Budapest, Ortvay K785/332.

Lettre de Sándor Ferenczi à Rudolf Ortvay du 22 juillet 1910, *Magyar Tudományos Akadémia Könyvtára, Kézirattár és Régi Könyvek Gyüjteménye*, bibliothèque de l'Académie hongroise des sciences, département des manuscrits et des livres rares, Budapest, Ortvay K785/331.

Lettre de George Hevesy à Niels Bohr du 6 août 1913 (écrite en anglais – pour tous les deux c'était leur troisième langue après leur langue maternelle et l'allemand) : l'édition anglaise de cet ouvrage donne la copie exacte de l'original, sans aucun changement, même les fautes d'orthographe.

Lettre de George Hevesy à Rudolf Ortvay du 17 janvier 1923, *Magyar Tudományos Akadémia Könyvtára, Kézirattára és Régi Könyvek Gyüjteménye*, bibliothèque de l'Académie hongroise des sciences, département des manuscrits et des livres rares, Budapest, Ortvay K785/7.

« Rede des lieben Vaters », par Oskar Pascheles, non publié ; communiqué à l'auteur par le docteur Daniel Pascheles, Zurich.

*Gyógyászat* [*L'Art de guérir*, revue médicale hongroise], Budapest, 1899, n° 30.

L'article « La psychogenèse de la mécanique. Remarques critiques sur un essai d'Ernst Mach », de Sándor Ferenczi, est extrait de la revue littéraire hongroise *Nyugat*, 1918, II, p. 487-494.

L'article « Spiritisme », de Sándor Ferenczi, est reproduit dans la traduction de Györgyi Kurcz et C. Lorin, *Les Écrits de Budapest*, préface de Wladimir Granoff, introduction de Claude Lorin, École lacanienne de psychanalyse, 1994, p. 35-41.

Les extraits du *Journal clinique* de Sándor Ferenczi du 1er mai et du 2 octobre 1932 sont reproduits dans la traduction du groupe du *Coq-Héron*, sous la dir. de Judith Dupont, *Journal clinique, janvier-octobre 1932*, Payot, 1985.

Le texte lu par Bohr p. 305 est extrait de la traduction publiée dans *Bohr (CW)*.

P. 327-329, les poèmes de Rilke sont extraits de *Der neuen gedichte Anderer Teil* et de *Das Buch der Bilder*, et traduits par Sylvie Taussig.

La lettre de Pauli, du 29 octobre 1952, se trouve dans les archives de la Bibliothèque nationale et universitaire juive de Jérusalem [Arc.°1599/dossier Wolfgang Pauli]. Il écrit : « J'ai lu votre livre *Les Grands Courants de la mystique juive* il y a déjà plusieurs années, et depuis cette date j'ai trouvé l'occasion de le citer, en particulier pour ce qui est des idées d'Isaac Luria, dans mon papier sur Kepler (voir *Naturerklärungen in Psyche*, surtout la page 149, Rascher Verlag, Zurich 1952). Comme vous pouvez le voir dans cette étude, parmi d'autres, je suis assis entre les deux chaises de l'orthodoxie et du rationalisme, mais je prétends que c'est la seule position honnête et rationnelle. Je trouve que les auteurs rationalistes (et je ne serais pas surpris qu'ils lancent des attaques contre moi à cause de mon papier sur Kepler) se leurrent complètement dans leur compréhension des processus mentaux, d'une part parce qu'ils jugent tout du seul point de vue de la psychologie de la conscience et d'autre part parce qu'ils restent attachés à une vision du monde qui a été remplacée par la physique moderne depuis belle lurette – d'un autre côté, je crois que je suis sensible à ce qui marque, pour un orthodoxe, le point de départ d'un phénomène psychologique mental, que j'appellerais "hésitations" [*wavering*] (il semble qu'il n'y ait pas de différence essentielle sur ce point entre l'orthodoxie juive et l'orthodoxie chrétienne). Je crois bien que je détecte très clairement ces hésitations chez Luria aussi (voir le passage cité dans mon article). Donc j'ai quelques doutes sur le fait que la mystique juive est fondamentalement différente de la mystique non juive – je m'intéresse à la mystique en général. »

L'original hongrois du « Chant de la garde nationale », ou « Nemzeti Őrdal », de Mihály Heilprin, se trouve dans *1848-1849, A magyar Zsidóság életében*, Zsidó Leánygimnázium, Budapest, 1948.

Le psaume 119, 129-30, que récite Jung, p. 13, est cité dans la traduction de la Bible de Jérusalem.

Les vers de *Macbeth* (acte IV, scène 1) que se récite Pauli, p. 446, apparaissent dans la traduction de J.-C. Sallé, Shakespeare, *Macbeth*, Robert Laffont, 2003, p. 681.

Les vers de *Hamlet*, p. 310, sont dans la traduction de Sylvie Taussig (Théâtre du Nord Ouest, 2005).

Le texte du disciple d'Aboulafia que lit Ferenczi, Sha'erai Zedek, est cité dans la traduction de Gershom Scholem, *Les Grands Courants de la mystique juive : la Merkaba, la gnose, la kabbale, le « Zohar », le sabbatianisme, le hassidisme* ; trad. de M.-M. Davy, Payot, 1977, p. 169.

[P. 490, la traductrice ne suit pas la version de *Rice (1990)* qu'adopte l'auteur, mais la traduction de la Bible de Jérusalem, étant donné que Jacob Freud tire sa dédicace de versets bibliques issus de différents livres, qu'il met bout à bout.]

OUVRAGES DISPONIBLES EN FRANÇAIS

*Un peu d'histoire, Freud, Ferenczi et les autres, Le Coq-Héron*, n° 117, 1990.

ADAM P. et MOREAU M. (sous la dir. de), *Cure d'ennui, Écrivains hongrois autour de Sándor Ferenczi*, Gallimard, « Connaissance de l'inconscient », 1992.

ANDREAS-SALOMÉ Lou, *Correspondance avec Sigmund Freud, 1912-1936*, suivie du *Journal d'une année, 1912-1913*, trad. de l'allemand par Lily Jumel, avant-propos et notes d'Ernst Pfeiffer, Gallimard, 1970.

BERNAYS Paul, « Sur le platonisme dans les mathématiques », conférence donnée (en français) le 18 juin 1934, dans le cycle de Conférences internationales des sciences mathématiques organisé par l'université de Genève, dans la série sur la logique mathématique ; publiée dans *L'Enseignement mathématique*, vol. 34 (1935).

BERTIN Célia, *Marie Bonaparte*, Perrin, 1999.

BOHR Niels, *La Théorie atomique et la Description des phénomènes*, J. Gabay, 1993 ; *Physique atomique et connaissance humaine*, Gallimard, 1991.

BRABANT-GERÖ E., *Ferenczi et l'École hongroise de psychanalyse*, L'Harmattan, 1993.

CLARK Ronald W., *Einstein : sa vie et son époque*, trad. de l'anglais par Roland Bauchot, Stock, 1980.

ELLENBERGER Henri, *Histoire de la découverte de l'inconscient*, trad. J. Feisthauer, Fayard, 1994.

FERENCZI Sándor, *Perspective de la psychanalyse* (1924), en collaboration avec Otto Rank, trad. M. Pollak-Cornillot, J. Dupont et M. Viliker, Payot, 1974, 1994 ; *Journal clinique, janvier-octobre 1932*, trad. par le groupe de traduction du *Coq-Héron*, Payot, 1985 ; *Les Écrits de Budapest* (1899-1907), trad. G. Kurcz et C. Lorin, préface W. Granoff, introduction C. Lorin, EPEL, 1994 ; *Psychanalyse I, 1908-1912*, trad. J. Dupont, avec la collaboration de P. Garnier, préface du docteur M. Balint, in *Œuvres complètes, I*, Payot, 1958 ; *Psychanalyse II, 1913-1919*, trad. J. Dupont et M. Viliker, avec la collaboration de P. Garnier, préface du docteur M. Balint, in *Œuvres complètes, II*, Payot, 1970 ; *Psychanalyse III, 1919-1925*, trad. J. Dupont et M. Viliker, introduction J. Dupont, in *Œuvres complètes, III*, Payot, 1974 ; *Psychanalyse IV : Psychanalyse IV, 1927-1933*, préface du docteur

P. Sabourin, introduction du docteur Michael Balint, in *Œuvres complètes, IV*, Payot, 1982 ; *Thalassa, Psychanalyse des origines de la vie sexuelle*, précédé de *Masculin et féminin*, trad. J. Dupont, Petite bibliothèque Payot, 2002.

FERENCZI Sándor et GRODDECK Georg, *Correspondance, 1921-1933*, trad., notes et commentaires par le groupe du *Coq-Héron*, Payot, 1982.

FREUD Sigmund, *L'Interprétation des rêves* (1899), Gallimard, 1925 et PUF, 1950 ; *Cinq leçons sur la psychanalyse*, trad. Yves Le Lay, suivi de *Contribution à l'histoire du mouvement psychanalytique*, trad. S. Jankélévitch, Payot, 1965 ; « Rêve et télépathie », in *Résultats, idées, problèmes II*, PUF, 1985 ; in *Œuvres complètes, XVI*, PUF, 1991 ; « L'inquiétant » (1919), in *L'Inquiétante Étrangeté et autres essais*, Gallimard, 1985 ; *La Naissance de la psychanalyse, Lettres à Wilhelm Fliess (1887-1902)*, éd. M. Bonaparte, A. Freud et E. Kris, trad. A. Berman, PUF, 1956 ; *Lettres à Wilhelm Fliess (1887-1904)*, trad. F. Kahn et F. Robert, PUF, 2006.

FREUD Sigmund et FERENCZI Sándor, *Correspondance*, éd. E. Brabant, E. Falzeder et P. Giampieri-Deutsch, trad. par le groupe du *Coq-Héron* ; t. I, *1908-1914*, Calmann-Lévy, 1992 ; t. II, *1914-1919*, Calmann-Lévy, 1996 ; t. III, *1920-1933*, Calmann-Lévy, 2000.

FREUD Sigmund et JUNG C. G., *Correspondance*, éd. W. McGuire, trad. R. Fivaz-Silbermann, Paris, Gallimard, 1975, 2 vol.

GAY Peter, *Freud, une vie*, trad. Françoise Tina Julas, Hachette Littératures, 1991.

HEISENBERG Werner, *La Partie et le Tout : le monde de la physique atomique, souvenirs, 1920-1965*, trad. de l'allemand par Paul Kessler, Albin Michel, 1972.

HIRSCHMÜLLER Albrecht, *Josef Breuer*, trad. de l'allemand par Marielène Weber, PUF, 1991.

JONES Ernest, *La Vie et l'Œuvre de Sigmund Freud, La jeunesse, 1856-1900*, trad. A. Berman, Paris, PUF, 1958 ; *Les Années de maturité, 1901-1919*, trad. A. Berman, Paris, PUF, 1961 ; *Les Dernières Années, 1919-1939*, trad. L. Flournoy, Paris, PUF, 1969.

JUNG Carl Gustav, *Correspondance 1932-1958*, édition dirigée et commentée par C.A. Meier, trad. de l'allemand par Françoise Périgaut, Albin Michel, 2000 ; *Correspondance 1950-1954*, édition établie par A. Jaffé, trad. de l'allemand par C. Maillard et C. Pflieger-Maillard, Albin Michel, 1994 ; *Psychologie et Religion*, Buchet-Chastel, 1996 ; *Psychologie et Alchimie*, Buchet-Chastel, 2004 ; *Le Divin dans l'homme, Lettres sur les religions*, Albin Michel, 1999.

KOESTLER Arthur, *Les Racines du hasard*, Calmann-Lévy, 1972.

LÉVY-FREUND Kata, « Dernières vacances des Freud avant la fin du monde », in *Le Coq-Héron*, n° 117.

LIVINGSTONE Angela, *Lou Andreas-Salomé : sa vie de confidente de Freud, de Nietzsche et de Rilke et ses écrits sur la psychanalyse, la religion et la sexualité*, PUF, 1990.

LUKÁCS George, *Correspondance de jeunesse, 1908-1917*, choix de lettres, préfacé et annoté par Eva Fekete et Eva Karadi, François Maspero, 1981.

MCGUINESS Brian, *Wittgenstein : biographie*, trad. Yvonne Tenenbaum, Le Seuil, 1991.

MACH Ernst, *L'Analyse des sensations, Le rapport du physique au psychique*, trad. F. Eggers et J.-M. Monnoyer, Jacqueline Chambon, 1996 ; *La Connaissance et l'Erreur*, Flammarion, 1908.

MAIMONIDE Moïse, *Le Guide des Égarés*, trad. Salomon Munk, Verdier, 1979.

MEHRING Franz, *Karl Marx : histoire de sa vie*, trad. et avant-propos de Jean Mortier, Éditions sociales, 1983.

MOREAU-RICAUD Michelle et MÁDAI Gyula, « Sándor Ferenczi, les années lycée (1882-1890) », *Rev. Int. Hist. Psychanal.*, vol. 4.

NEUMANN John von, *Les Fondements mathématiques de la mécanique quantique*, trad. A. Proca, F. Alcan, 1946 ; Jacques Gabay, 1988.

PAULI Wolfgang, *Physique moderne et philosophie*, trad. de l'allemand par Claude Maillard, Albin Michel, 1999.

ROAZEN Paul, *La Saga freudienne*, PUF, 1986.

ROBERT Marthe, *La Révolution psychanalytique, La vie et l'œuvre de Sigmund Freud*, Payot, 1996 ; *D'Œdipe à Moïse, Freud et la conscience juive*, Le Livre de poche, 1978.

# Trois explications du monde

SCHOLEM Gershom, *Les Grands Courants de la mystique juive : la Merkaba, la gnose, la kabbale, le « Zohar », le sabbatianisme, le hassidisme*, trad. M.-M. Davy, Payot, 1977 ; *Le Zohar, le Livre de la Splendeur*, Points Seuil, 1980 ; *De Berlin à Jérusalem*, trad. S. Bollack, Albin Michel, 1984.

WEIZMANN Chaïm, *Naissance d'Israël*, trad. de l'anglais par Viviane Mapetiol, Gallimard, 1957.

WILIMKOVA Milada, *The Prague Ghetto*, Le Cercle d'art, 1993.

YOUNG-BRUEHL Elisabeth, *Anna Freud*, trad. de l'anglais par Jean-Pierre Ricard, Payot, 1991.


## OUVRAGES PARUS À L'ÉTRANGER


ARON Lewis & HARRIS Adrienne (ed.), *The Legacy of Sándor Ferenczi*, The Analytic Press, 1993.

ATMANSPACHER H. *et al.*, *Der Pauli-Jung-Dialogue une seine Bedeutung für die moderne Wissenschaft*, Springer Verlag, 1995.

AUSUBEL N., *Pictorial History of the Jewish People*, Robson, 1984.

BAKAN David, *Sigmund Freud and the Jewish Mystical Tradition*, Free Association Books, 1990.

BARROW John D., *Pi in the Sky*, Clarendon Press, 1992.

BENACERRAF Paul & PUTNAM Hilary (ed.), *Paul Bernays, Philosophy of Mathematics*, Cambridge University Press, 1984.

BIRKS J.B. (ed.), *Rutherford at Manchester*, Heywood, 1962.

BLACKMORE John (ed.), *Ernst Mach, A Deeper Look*, Kluwer, 1992.

BLUMBERG H.M., *Weizmann, His Life and Times*, American Israel Publishing Co., 1975.

BLUMENTHAL David, *Understanding Jewish Mysticism*, Ktav Publishing, 1978.

BOHR Niels, *Collected Works*, North Holland ; *Rutherford memorial Lecture 1958, Proc. Phys. Soc. London*, vol. 78, 1961.

BOHR Niels, BUGE M. (ed.), *Rutherford and Physics at the Turn of the Century*, Dawson, 1979.

CAPRA Fritjof, *The Turning Point*, Bantam Books, 1983.

CASIMIR Hendrik, *Haphazard Reality*, Harper, 1983.

*Trois explications du monde*

CASSIDY David, *Uncertainty, The Life and Science of Werner Heisenberg*, Freeman, 1992.

CLARE George, *Last Waltz in Vienna*, MacMillan, 1980.

CLARK Ronald W., *Freud, The Man and the Cause*, Jonathan Cape, 1980 ; *The Life and Times of Einstein, An Illustrated Biography*, Abrams, 1984.

CLARK UNIVERSITY, *Twentieth Anniversary Programme, Physics*, Clark University Archives, 1909.

DEUTSCH Aladar, *Die Ziguener –, Grossenhof – aund Neusynagoge im Prag*, Prague, 1907.

DILLER Jerry Victor, *Freud's Jewish Identity*, Associated University Press, 1991.

DINGLE Herbert, *Chemistry and Beyond*, John Wiley, 1964.

DOBROSSY István, *Miskolc, írásban és képekben*, Belvárosi Kulturális Menedzser Iroda, Miskolc, 1994.

DRESDEN M., *H.A. Kramers, Between Tradition and Revolution*, Springer Verlag, 1987.

EINSTEIN Albert, *Ideas and Opinions*, Laurel Books, 1979.

EINSTEIN A., PODOLSKY B. & ROSEN N., « Can quantum mechanical description of reality be considered complete ? », *Physical Review*, 47 (1935).

ELLENBERGER Henri F., *Beyond the Unconscious*, Princeton University Press, 1993.

ELSASSER W.M., *Memoirs of a Physicist in the Atomic Age*, Science History Publications, NY, 1978.

*Encyclopedia Judaica*, Jerusalem, 1971.

*Encyclopedia of Jewish Knowledge*, Behrman, New York, 1946.

ENZ Charles P., *Wolfgang Pauli, das Gewissen der Physik*, Vierweg, 1988.

ERKELENS Herbert van, *Het spel van de wijsheid, Pauli, Jung en de menswording van God*, Kok Agora, Kampen, 1995.

FEJÉR Lipot, *Gesamelte Arbeiten*, Birkhausen, 1970.

FERRIS Paul, *Docteur Freud, A Life*, Pimlico, London, 1998.

FERRIS Thimothy, *The World Treasury of Physics, Astronomy and Mathematics*, Little, Brown & Co., 1991.

FISCHER S. (ed.), *Sigmund Freud, Briefe 1873-1939*, Fischer, 1968.

Trois explications du monde

FRENCH A.P., *Einstein, A Centenary Volume*, Harvard University Press, 1979.

FRENCH A.P. & KENNEDY P.J., *Niels Bohr Centenary Volume*, Harvard University Press.

FREUD Sigmund, *Collected Works*, Hogarth Press, 1995.

FROJIMOVICS Kinga, KOMORÓZCY Géza, PUSZTAI Viktória & STROBIK Andrea, *A zsidó Budapest*, MTA, Budapest, 1995.

GAY Peter, *Freud, Jews and Other Germans*, Oxford University Press, 1988.

GÖDEL Kurt, *Collected Works*, vol. I, Oxford University Press, 1986.

GOMPERZ Theodor, *Traumdeutung und Zauberei, Ein Blick in das Wesen des Aberglaubens*, Vienne, 1866.

GRÜNWALD Max, « Vienna », *Jewish Publication Society of America*, 1936.

HAHN Otto, *Mein Leben*, Bruckmann, Munich.

HARMAT Pál, *Freud, Ferenczi és a magyarországi pszichoanalizis*, Bethlen Gábor, Budapest, 1994.

HEIMS Steve, *John von Neumann and Norbert Wiener*, MIT Press, 1982.

HEVESY George, *A Scientific Career*, in *Adventures in Radioisotope Research*, Pergammon Press, 1962.

HOFER Gerda, *The Utitz Legacy: A Personalized History of Central European Jewry*, Posner, 1988.

HOLMES Fredric L. (ed.), *Dictionary of Scientific Biography*, Charles Scribner & Sons, 1970.

HOLTON Gerald, *Thematic Origins of Scientific Thought, Kepler to Einstein*, Harvard University Press, 1973 ; *Science and Antiscience*, Harvard University Press, 1993.

*Hungarian Jewish Encyclopedia, Zsidó Lexicon*, Budapest, 1929.

JACOBS Louis, *Jewish Mystical Testimonies*, Schosken Books, 1977.

*Jewish Encyclopedia*, Funk and Wagnell, NY, 1905.

JOHNSTON William M., *The Austrian Mind*, University of California Press, 1979.

JUNG C.G., *Collected Works*, Routlage and Kegan Paul.

KARL Fredrick, *Franz Kafka*, Ticknor & Fields, 1991.

KLOOT Otto de, *Die denkenden Pferde : Hans, Muhammed et Zariff,* Berlin, Wilh. Borngraeber, 1912.

KOVÁCS László, *Fejezetek a Magyar Fizika Elmult 100 Esztendöjéböl 1891-1901,* Eötvös Loránd Fizikai Társulat, Budapest, 1991.

LANQUETTE William, *Genius in the Shadows, A Biography of Leo Szilard, the Man behind the Bomb,* Maxwell Macmillan, 1992.

LAURIKAINEN K.V., *Beyond the Atom, The Philosophical Thought of Wolfgang Pauli,* Springer Verlag, 1988.

LEVI Hilda, *George de Hevesy,* Adam Hilger, 1985.

LIVINGSTONE Angela, *Lou Andreas-Salomé,* Gordon Fraser, 1984.

LUKÁCS George, *George Lukács, briefwechsel 1902-1917,* Metzler, 1982.

LUKÁCS John, *Budapest 1900,* Weidenfeld & Nicholson, 1988.

MACREA Norman, *John von Neumann,* Dale Seymour, 1993.

McCAGG William, *Jewish Nobles and Geniuses in Modern Hungary,* Columbia University Press, 1986.

McGUIRE William, *The Freud/Jung Letters,* Penguin, 1991.

MEIER C.A., *Wolfgang Pauli und C.G. Jung, Ein Briefwechsel 1932-1958,* Springer Verlag, 1992.

MEISEL P. & KENDRICK W., *Bloomsbury/Freud, The Letters of James and Alice Strachey, 1924-1925,* Chatto & Windus, 1986.

MOLNAR Michael (ed.), *The Diary of Sigmund Freud 1929-1939,* Hogarth Press, 1992.

MOORE Ruth, *Niels Bohr,* Alfred A. Knopf, 1966.

MOORE Walter, *A Life of Erwin Schrödinger,* Cambridge University Press, 1994.

MOTT Sir Neville, *A Life in Science,* Taylor & Francis, 1986.

NADO Michael, *Ludwig Wittgenstein, sein Leben in Bildern und Texten,* Suhrkamp, 1983.

NAGY Ferenc, *Neumann János és a Magyar Titok a Dokumentumok Tükrében,* Országos Müszaki Információs Központ & Könyvtár, Budapest, 1987.

PAIS Abraham, *Inward Bound,* Clarendon Press, 1991 ; *Niels Bohr's Times,* Clarendon Press, 1991 ; *Einstein Lived Here,* Oxford University Press, 1994.

*Trois explications du monde*

PASCHELES Jacob, « Kronprätendent und Bochur », in *Sippurim IV*, Wolf Pascheles, Prague, 1856 ; *Illustrierter Israelit. Volskalender 5619*, Wolf Pascheles, Prague, 1858.

PAULI Wolfgang (ed.), *Niels Bohr and the Development of Physics*, Pergammon Press, 1955.

PFEIFFER Ernst (ed.), *Sigmund Freud & Lou Andreas-Salomé, Letters*, The Hogarth Press, 1972.

POLLAK Gustav, *Michael Heiprin and his Sons*, Dodd, Mead & Co., NY, 1912.

POST Laurens van der, *Jung and the Story of our Time*, Penguin, 1978.

REID Constance, *Hilbert*, Springer Verlag, 1970.

REINHARZ Jehuda, *Chaim Weizmann, the making of a Zionist Leader*, Oxford University Press, 1985.

RICE Emmanuel, *Freud and Moses, The Long Journey Home*, State University of New York Press, 1990.

RIPELINO Angelo Maria, *Magic Prague*, Picador, 1995.

ROITH Estelle, *The Riddle of Freud*, Tavistock Publications, 1987.

ROSENZWEIG Saul, *Freud, Jung and Hall, the King-Maker*, Hogrefe & Huber, 1992.

ROZEN Paul, *Freud and his Followers*, Penguin, 1979.

RUTHERFORD Ernest, *Lectures Delivered at the Celebration of the Twentieth Anniversary of the Foundation of Clark University Under the Auspices of the Department of Physics*, Clark University, 1912.

RYCE-MENUHIN Joel (ed.), *Jung and the Monotheisms*, Routledge, 1994.

SALAMANDER Rachel, *The Jewish World of Yesterday, 1860-1938*, Rizzoli, 1991.

SCHRÖDINGER Erwin, *What is Life?*, Cambridge University Press, 1944.

SEGAL Charles M., *Fascinating Facts about American Jewish History*, Twayne Publishers Inc., 1955.

*Sippurim, eine Sammlung jüdischer Volkssage, Erzählungen, Mythen, Chroniken, Denkwürdigkeiten und Biographien berühmter Juden aller Jahrhunderte, insbesondere des Mittelalters*, Wolf Pascheles,

Prague ; Jacob Pascheles, Prague ; Jacob B. Brandeis, Prague et Breslau/Wroc&#x0142;aw.

SMUTNY Frantisek, in *Gesnerus, Swiss Journal of the History of Medicine and Sciences*, vol. 46, 1989.

SOMMERFELD A., *Atombau und Spektrallinien* (Braunschweig : Vieweg 1919), *Atomic structure and spectral lines*, trad. anglaise de la troisième édition allemande par Henry L. Brose, E.P. Dutton, NY, 1923.

STADLER Friedrich, *Ernst Mach, Leben, Werk und Wirkung*, Hölder, 1988.

STANTON Martin, *Sándor Ferenczi, Reconsidering Active Intervention*, Free Association Books, 1990.

STORR Anthony, *Freud*, Oxford University Press, 1989.

TAYLOR Harold & Loretta, *George Pólya : Master of Discovery*, Dale Seymour, Palo Alto, 1993.

TÓSZEGHI Antal, « Lévy Lajos arcképe », *Hungarian Jewish Yearbook, 1983-1984.*

WELTER Volker, « Ernst L. Freud Domestic Architect », *Yearbook of the Research Centre for German and Austrian Exile Studies*, London, 2005.

TRACHTENBERG Joshua, *Jewish Magic and Superstition*, Atheneum, NY, 1970.

ULAM STANISLAW, *Adventures of a Mathematician*, University of California Press, 1991.

VÁGÓ Béla & MOSSE George L. (ed.), *Jews and Non-Jews in Eastern Europe, 1918-1945*, John Wiley & Sons, 1974.

VERES László & Viga Gyula (ed.), *Hermann Ottó Múzeum Évkönyve*, Hermann Otto Museum, Miskolc, 1994.

VONNEUMAN Nicholas A., *John von Neumann as Seen by his Brother*, Nicholas A. Vonneumann, ISBN 0-9619681-0-9.

WANG Hao, *Reflections on Kurt Gödel*, Bradford Books, 1990.

WEBER Robert, *Pioneers of Science*, Hilger, 1980.

WEHR Gerhard, *C.G. Jung, een Geillustreerde Biografie*, Rene Coekelberghs Verlag, 1989.

WEIZMANN Chaim, *Trial and Error, The Autobiography of Chaim Weizmann*, illustrated edition, East and West Library, London, 1950.

## Trois explications du monde

WHITE M. & Gribbin J., *Einstein, A Life in Science*, Simon & Schuster, 1993.

WILSON David, *Rutherford, Simple Genius*, MIT Press, 1983.

WITTING Alexander, *Verhandlungen Deutscher Naturforscher und Ärtzte*, 85, *Versammlung zu Wien*, 21-28 sept. 1913.

WOLF G., *Juden in Wien*, Alfred Hölder, Vienna, 1876.

YOVEL Yirmiyahu, *Spinoza and Others Heretics*, Princeton University Press, 1989.

# Glossaire

Ces explications et commentaires sont de l'auteur et de la traductrice, qui remercie ici Julien Darmon pour toutes les précisions concernant l'hébreu et le yiddish, Thomas Szende pour son aide sur le hongrois et Delphine Taussig pour ses conseils sur les sciences.

Alleegasse : le palais Wittgenstein, Alleegasse, à Vienne, était célèbre tant pour son architecture que pour l'éclat de ses réceptions, où se croisaient les plus grands artistes de l'époque, notamment les musiciens.

AltNeushul : synagogue Vieille-Nouvelle de Prague.

*Analyse der Empfindungen* : *Analyse des sensations.*

*Angol* : anglais, en hongrois.

Arany : les rues Nádor et Arany János se trouvent toutes les deux à Pest, en centre-ville. C'est le quartier le plus central, le quartier des affaires, des boutiques. Ce n'est cependant pas le quartier le plus chic.

*Bima* : estrade au centre de la synagogue où l'on lit la Torah.

Bohr Festspiele : festival Bohr ; c'est sous ce nom que le cycle de conférences d'été de Bohr à Göttingen est passé à la postérité.

Burghölzli : nom traditionnel et populaire de la clinique psychiatrique universitaire de Zurich, ouverte en 1870 sur le Burghölzli, une colline boisée du quartier de Riesbach, au sud-est de la ville.

Cavendish : sous-entendu au laboratoire Cavendish, dirigé par Rutherford de 1919 à 1937, qui avait pris la suite de Joseph John Thomson qui le dirigea pour sa part de 1884 à 1919. Le laboratoire Cavendish est le département de physique de l'université de Cambridge, et il fait partie de l'école de sciences physiques de l'université. Il a été créé en 1874 comme un laboratoire d'enseignement et a pris le nom de Henry Cavendish.

Chariot : voir *Merkabah*.

*Chaver* (ou *khover, 'haver*) : littéralement « compagnon », désigne en général un Juif qui étudie régulièrement le Talmud mais à qui on ne donnerait pas le titre honorifique (pourtant tout aussi informel) de *talmid 'hakham* ou de *'hakham*. Désigne parfois plus spécifiquement un titre décerné officiellement à quelqu'un qui a montré sa maîtrise de l'étude talmudique théorique mais n'a pas passé les examens de connaissance de la loi pratique qui donnent le titre de *rav*.

*Cheder* (ou *kheyder, 'heder*) : école primaire.

*Cholla* (ou *khale, 'halla*) : le pain tressé de shabbat.

*Dayan* (en yiddish, *dayen*) : juge au tribunal rabbinique.

*Dibbouk* (en yiddish, *dibek*) : lorsqu'une personne meurt, son âme passe au *Guéhinnom* (Géhenne), sorte de purgatoire où les fautes sont rachetées, avant de reprendre son cycle de réincarnations qui doit la ramener à sa perfection originelle. Mais il arrive, lorsqu'une personne a commis des fautes trop lourdes, que les anges refusent à son âme l'entrée du *Guéhinnom* et que celle-ci soit condamnée à errer sur terre, pourchassée par des anges malfaisants. Elle se réfugie alors dans le corps d'une personne vivante, s'accrochant (*dibbouk*) à celle-ci et la tourmentant par sa seule présence malfaisante. On a alors recours à une cérémonie d'exorcisme alternant menaces et malédictions si l'esprit refuse de quitter ce corps, et promesses d'accumuler des mérites en son nom afin qu'il puisse trouver le repos, s'il s'exécute.

Eidgenössische Technische Hochschule : École polytechnique fédérale de Zurich (le fameux Polytechnicum), abrégée en ETH.

*Én-Sof* : ce terme de la mystique juive désigne soit Dieu, soit l'extension infinie de la pensée de Dieu.

*Fehlleistung* : lapsus (freudien).

Festspiele : voir Bohr Festspiele.

Finsen : Institut de Finsen, érigé à Copenhague en 1896, du nom
de son fondateur Niels Ryberg Finsen (1860-1904), prix Nobel
de médecine pour sa découverte de l'utilisation thérapeutique de
rayons légers chimiques concentrés.
Frauenbund : voir Jüdischer Frauenbund.
*Ganzer macher* : du yiddish *gants*, « tout », et *makhn*, « faire ».
Autrement dit : il y fait la pluie et le beau temps.
*Gaon* : génie ou géant de la pensée.
*Gymnasium* : lycée.
*Gyógyászat* : *L'Art de guérir*, revue médicale hongroise.
*Hackham* : *'hakham* (*khokhem* en yiddish), le sage.
*'Hatan Torah* (en yiddish *khosn Toyre*) : l'homme qui a l'honneur
de clore le cycle annuel de lecture de la Torah à la synagogue.
Herend : cette entreprise hongroise fondée en 1839, propriété de la
famille Fischer (dont Hevesy descendait du côté de son père), est
l'une des dernières grandes manufactures de porcelaine à avoir vu
le jour en Europe, et le début de son histoire coïncide avec la résur-
gence du sentiment national au sein de l'Empire austro-hongrois,
qui aboutira en 1867 à une plus grande autonomie de la Hongrie.
La porcelaine de Herend deviendra un produit emblématique de
l'affirmation identitaire de la toute nouvelle industrie hongroise.
Institut médical Finsen : voir Finsen.
Institut for Advanced Study : l'Institut d'études avancées fut fondé
en 1930 à Princeton par Louis Bamberger et Caroline Bamberger
Fuld. Conçu pour stimuler la recherche pure de pointe par des
scientifiques dans un grand nombre de domaines, il comporte
une école d'études historiques, une école de mathématiques, une
école de sciences naturelles, une école de sciences sociales, et,
récemment, un programme de biologie théorique ; il supprime
les contraintes de l'enseignement et de la recherche de fonds, ne
possède pas d'équipement expérimental et ne délivre pas de
diplômes.
Jüdischer Frauenbund : le JFB (l'Union féminine juive) fut fondé en
1904 à Berlin par Bertha Pappenheim (1859-1936) et Sidonie
Werner (1860-1932), pour combattre en faveur des droits des
femmes en général et au sein de la communauté juive. Après 1933,
il prépara les femmes pour l'émigration et fut supprimé en 1938.

*Kolel* (plur. *kolelim*) : institut d'études talmudiques, comme la *yeshiva*, mais pour les hommes mariés.

Komarno (Komárom en hongrois, Komorn en allemand) : ville divisée en 1920 entre la Hongrie et la Slovaquie.

*Kőrözött* : fromage blanc assaisonné.

*Körút* : boulevard qui encercle le centre, comme le Ring de Vienne.

*Luftmenschen* : littéralement « hommes de vent » ; gens vivant de l'air du temps, de petits métiers, typiques de la vie des *shtetl* et omniprésents dans la littérature yiddish.

*Merkabah* : le terme renvoie au « Chariot » ou « Trône » de Dieu dans la vision d'Ézéchiel ; c'est aussi le nom que l'on donne à la tradition mystique juive d'avant le Zohar.

*Meshugga* (ou *meshuge*) : fou.

*Mezuzah* : littéralement « poteau » ; désigne un morceau de parchemin sur lequel sont écrits Deutéronome 6, 4-9 et 11, 13-21, et que les Juifs appliquent sur le montant droit de la porte de leur logement. Le Juif pieux n'entre pas sans toucher la *mezuzah*, puis il se baise le doigt en prononçant la bénédiction (Psaume 121, 8).

*Mikveh* : bain rituel.

*Mitzva* (ou *mitsve*) : littéralement « obligation religieuse » et dans son sens dérivé « action méritoire ».

*Nassi* : prince, dirigeant suprême.

New School for Social Research : cette institution, créée en 1917 à New York, à l'initiative d'Alvin Johnson, un économiste rallié aux idées progressistes, s'intéressait notamment aux penseurs allemands et avait l'ambition de réaliser avec eux une encyclopédie des sciences sociales. Elle fut, à partir de 1933, un refuge pour nombre d'intellectuels juifs. Johnson collecta des fonds pour pouvoir les recruter (des psychologues comme Max Wertheimer, des philosophes comme Leo Strauss, Hannah Arendt ou Hans Jonas, des sociologues tels Alfred Schutz ou Albert Salomon, la psychanalyste Karen Horney, le linguiste Roman Jakobson, l'historien Hermann Kantorowicz, etc.), et c'est au sein de cette véritable « université en exil » que fut créée la revue *Social Research* qui permit à ces chercheurs de s'exprimer.

*Nizoz* (*nitsots*, *nitsets* en yiddish) : littéralement « étincelle », plus particulièrement dans la kabbale « étincelle d'âme » qui transmigre ou qu'il faut ramener à sa source.

Trois explications du monde

Nyitra (en hongrois, Nitra en slovaque, Neutra en allemand) : quatrième ville de Slovaquie.

*Nyugat* : *Occident*, grande revue littéraire hongroise qui publia toutes les tendances culturelles progressistes et modernistes (1908-1941) et compta parmi ses collaborateurs B. Babits, Dezsö Kosztolányi, Béla Balázs, Zsigmond Móricz, Béla Bartók, Zoltán Kodály, Endre Ady, György Lukács.

Nyugati : gare de l'ouest.

Oktogon : place octogonale au milieu de l'avenue Andrássy (le grand axe chic de Budapest, l'équivalent des Champs-Élysées).

*Pajesz* (transcription polonisée de *peyes, peoth* en hébreu) : mèches de cheveux sur les tempes qu'il est interdit de raser et que les Juifs orthodoxes ne se coupent jamais.

*Palacsinta* : crêpe.

*Pálinka* : eau-de-vie très forte, faite à partir de n'importe quel fruit.

*Pezsgő* : mousseux.

*Pilpul* (ou *pilpoul*, en yiddish *pilpl*) : casuistique très raffinée utilisée dans les discussions talmudiques.

Pozsony : la ville de Presbourg, s'appelle Pressburg en allemand, Pozsony en hongrois et Bratislava en slovaque.

Saint-Roch (en hongrois Szent-Rókus) : l'hôpital le plus ancien de Budapest (actuellement Rókus Kórház).

*Schlamperei* : pagaille, désordre.

*Sefer ha-Gilgulim* : *Livre des métempsycoses* ou *Livre des transmigrations des âmes*, datant de la fin du XVIᵉ siècle.

*Shidoch* (ou *shiddekh*, en hébreu *shiddukh*) : rencontre arrangée par la famille ou des amis, voire par un marieur professionnel (*shadkhan*) entre un jeune homme et une jeune fille en vue d'un mariage espéré.

*Shochet* (en yiddish, *shoykhet*) : spécialiste de l'abattage rituel.

*Simchat Torah* (ou *Sim'hat Torah, Simkhes Toyre* en yiddish) : littéralement « joie de la Torah », fête qui marque la fin du cycle annuel des lectures de la Torah à la synagogue et son recommencement.

*Sippurim* : histoires, récits.

*Sólet* : sorte de cassoulet.

*Süllő* : poisson d'eau douce.

*Számtanóra* : cours d'arithmétique.

Szeged : ville de Hongrie, au sud de Budapest, située au confluent de la Tisza et du Maros, non loin des frontières yougoslaves et roumaines (en roumain Seghedin). Après la Première Guerre mondiale, Szeged obtint la création d'une université qui brandit la flamme du progressisme pendant les années 1920 et 1930. C'est là que Frederic Riesz inventa les mathématiques modernes, Rudolph Ortvay la mécanique quantique, Zoltan Bay la physique atomique, Albert Szent-Györgyi la biochimie, László Kálmár l'informatique. Rudolf Ortvay étudia à Göttingen, où il assista aux conférences de Hilbert, Minkowski et F. Klein. Plus tard, il travailla à Zurich avec Debye et à Munich avec Sommerfeld. En 1915, il devint professeur de physique théorique à l'université de Szeged.

*Talmud Torah* (en yiddish, *talmetoyre*) : l'école élémentaire communautaire.

*Töltött paprika* : poivron farci.

*Traumdeutung (Die)* : *L'Interprétation des rêves*, de Freud.

*Tsadik* ou *Zaddik* : littéralement le « juste », la personne qui consacre tout son être au service de Dieu. « Fondement du monde » selon les Proverbes (10, 21), il tient dans la communauté hassidique le rôle central de maître spirituel et de lien entre le Ciel et la Terre.

*Unus mundi* : forme latine qu'employaient les alchimistes européens du Moyen Âge pour désigner le monde pur, un et virginal duquel procède l'univers, la réalité qui est sous-jacente hors de l'espace et du temps. Les anciens alchimistes, astrologues et philosophes hermétiques l'utilisaient comme métaphore des correspondances entre macrocosme et microcosme.

Ved Stranden : littéralement « à côté de la rive », rue en plein centre de Copenhague, qui longe un petit canal, en face de la Cour suprême.

*Verdrängung* : répression.

*Weltanschauung* : vision du monde.

*Wunderkind* : enfant prodige.

*Yeshiva bocher* (*ba'hour yeshiva* en hébreu, *yeshive bokher* en yiddish) : littéralement « jeune homme de *yeshiva* », étudiant de *yeshiva* non marié.

## Trois explications du monde

*Yiddischer Kopf* : tête juive, autrement dit « un cerveau ».

*Zohar* : Le *Zohar* est un commentaire mystique de la Bible publié pour la première fois en Espagne au XIII$^e$ siècle, fondé sur le principe que le texte biblique contient une signification plus profonde que celle que délivre sa lecture littérale. C'est un des ouvrages les plus importants de la kabbale.

*Zwieback* : nom allemand d'une sorte de biscuit qui est cuit deux fois au four. C'est ici un jeu de mots, pour montrer que Bernays était doublement le beau-frère de Freud : mari de sa sœur et frère de sa femme.

# Dramatis personæ

Pour les personnages les plus connus, l'auteur a choisi volontairement de leur consacrer une brève notice.

ABRAHAM Carl (1877-1925) : psychanalyste allemand. D'abord assistant de Jung au Burghözli, il se rapprocha de Freud à partir de 1907 et devint un de ses plus proches collaborateurs.

ADLER David Baruch (1826-1878) : grand-père de Niels Bohr, banquier.

ADLER rabbi Nathan, le Hassid (1741-1800) : rabbin miraculeux, kabbaliste, chef de la *yeshiva* de Francfort, maître révéré de Moses Schreiber (plus tard connu sous le nom de Chatam Sofer).

ADLER rabbi Nathan Marcus (1803-1893) : grand rabbin de l'Empire britannique, neveu de rabbi Nathan Adler le Hassid.

ALTSHUL Aladár : frère de Gizella, beau-frère de Sándor Ferenczi et de Max von Neumann, éminent juriste et juge à la Cour suprême.

ALTSHUL Gizella : épouse de Sándor Ferenczi, voir aussi Pálos Gizella.

ANDREAS-SALOMÉ Lou (1861-1937) : psychanalyste et écrivain germanophone d'origine russe, confidente de Sigmund Freud, amie intime d'Anna Freud, amante de Nietzsche, Rilke et d'autres hommes célèbres. Freud avait une de ses photographies sur son bureau.

ARI : voir LURIA.

BERNAYS Eli : deux fois beau-frère de Sigmund Freud (Eli épousa Anna, la sœur de Freud ; par la suite, Freud épousa Martha, la sœur d'Eli). On attribue à Edward Bernays, le fils d'Eli et d'Anna, l'origine de l'« art » des relations publiques.

BERNAYS rabbi (Hakam) Isaac (1821-1849) : autocratique grand rabbin de Hambourg.

BERNAYS Jacob (1824-1881) : fils d'Isaac Bernays, professeur de philologie.

BERNAYS Martha : petite-fille d'Isaac Bernays, épouse de Sigmund Freud.

BERNAYS Minna : sœur de Martha et Eli, petite-fille d'Isaac Bernays, elle vécut avec les Freud pendant la plus grande partie de sa vie d'adulte et fut – selon certains – la maîtresse de Sigmund Freud.

BERNAYS Paul (1888-1977) : arrière-petit-fils de Hakam Bernays, petit-cousin d'Anna Freud, mathématicien, logicien, philosophe, assistant de Hilbert, collaborateur de von Neumann et Gödel, ami de Pauli.

BING Abraham (1752-1841) : né à Francfort-sur-le-Main en 1752, rabbin de Würsburg (Bavière) où il dirigeait également une grande *yeshiva*. Il était opposé au mouvement de réforme. Un certain nombre de ses élèves jouèrent un rôle majeur dans l'orthodoxie du XIXᵉ siècle en Allemagne.

BLEULER Eugen (1857-1939) : psychiatre, professeur à Zurich, directeur du Burghözli. Militant du mouvement antialcoolique, il hésita à s'engager dans le mouvement psychanalytique. Inventeur des termes de « schizophrénie », « autisme », « ambivalence ».

BOHR Harald (1887-1951) : frère de Niels Bohr, mathématicien, footballeur de l'équipe nationale danoise.

BOHR Niels (1885-1962) : physicien, père de la complémentarité, coauteur de l'*Interprétation de Copenhague de la mécanique physique quantique*, prix Nobel.

BORN Max (1882-1970) : physicien quantique, professeur à Göttingen, prix Nobel.

BREUER Josef (1842-1925) : fils de Leopold Breuer, physiologiste, psychiatre, médecin généraliste, philosophe des sciences, membre de l'Académie des sciences de Vienne, mentor, collègue et ami de Freud. Freud lui attribue la découverte de la psychanalyse. Le cas d'Anna O. (alias Bertha Pappenheim) fait l'objet d'un fameux compte rendu dans leur ouvrage commun, *Études sur l'hystérie*. Dans la suite de sa carrière, Breuer devint le médecin des familles les plus en vue de Vienne. Les Breuer vivaient dans le même pâté de maisons que les Hammerschlag. On peut juger de la proximité entre les deux familles au fait que, quand l'une déménageait, la seconde s'installait à son tour dans le même immeuble. Bertha, la fille de Breuer, épousa Paul, le fils de Samuel Hammerschlag, banquier.

BREUER Leopold (1791-1872) : père de Josef Breuer, *yeshiva bocher*, élève du Chatam Sofer, activiste politique, il participa à la révolution de 1848. Professeur d'hébreu, auteur de manuels scolaires d'hébreu, directeur de l'École juive de Vienne, fondateur de la Bibliothèque municipale juive de Vienne, il fut remplacé à la tête de l'école par Samuel Hammerschlag, le bibliothécaire en chef de la Bibliothèque municipale de Breuer.

BREUER Robert (1869-1936) : fils de Josef Breuer, petit-fils de Leopold, médecin de Vienne très en vue, il hérita de la plupart des patients de son père, dont Brahms. Robert Breuer montra un intérêt précoce pour la psychanalyse et fut à une époque décrit par Freud comme « mon seul disciple ».

BRILL Abraham A. (1874-1948) : le psychanalyste qui refusa d'être rabbin, fondateur de la Société psychanalytique de New York, directeur de la Clinique psychiatrique de Columbia, premier traducteur des ouvrages de Freud en anglais, père de la psychanalyse aux États-Unis.

BRILL rabbi Azriel (1778-1853) : professeur de mathématiques, d'hébreu et de géographie à l'École juive de Budapest, rabbin et *dayan* de Pest.

BRILL Elizir : frère du rabbi Azriel Brill, arrière-grand-père de George Hevesy, marchand qui fit fortune et changea son nom pour celui de Lázár Schossberger.

BRILL rabbi Samuel Löb (1814-1897) : fils de rabbi Azriel Brill, *yeshiva bocher* et disciple du Chatam Sofer. Dans sa jeunesse il fut le précepteur des enfants de la famille Pappenheim à Presbourg ; par la suite il étudia à Prague et à l'université de Berlin. Il fut engagé par le Beth Din (le tribunal religieux) de Pest et, à la mort de son père, le remplaça comme *dayan*. Il joua un rôle clé dans la création du séminaire théologique juif de Pest dont il fut le principal professeur de Talmud. Ce talmudiste très renommé ne publia rien d'autre que la nécrologie de son maître bien-aimé, le Chatam Sofer. Pendant que Samuel Brill était au Beth Din de Pest, son cousin, Simon Vilmos Schossberger (le grand-père de George Hevesy), occupait la fonction de président de la communauté juive de Pest.

COSTER Dirk (1889-1950) : physicien hollandais, codécouvreur de l'élément hafnium avec George Hevesy.

DARWIN Charlie, Sir Charles G. (1887-1962) : petit-fils du grand Charles Darwin, physicien, un des assistants de Rutherford, ami de Bohr et de Hevesy.

EINSTEIN Albert (1879-1955) : père de la relativité et d'une grande partie de la physique quantique, qui ne s'est jamais converti à la vision qu'en avait Bohr.

ELMA : voir PÁLOS Elma.

FEJÉR Lipót (1880-1959) : mathématicien éminent, un temps assistant de Hilbert, pilier du café Royal.

FERENCZI Bernát (1830-1888) : né Baruch Fraenkel en Pologne, il s'installa à Miskolc en Hongrie durant son enfance. Révolutionnaire en 1848, soldat dans l'armée patriotique, cet ami intime de Michael Heilprin devint ensuite libraire et éditeur. En 1879, il changea son nom de famille en Ferenczi.

FERENCZI Sándor (1873-1933) : fils de Bernát Ferenczi, psychanalyste.

FRAENKEL Baruch : voir FERENCZI Bernát.

FRANCK James (1882-1964) : physicien, professeur à Göttingen jusqu'à l'avènement du Troisième Reich, il trouva ensuite refuge à l'Institut de Bohr à Copenhague. Prix Nobel.

FREUD Anna (Annerl) (1895-1982) : fille de Sigmund Freud, elle lui voua sa vie ; son prénom lui a été donné en l'honneur d'Anna Hammerschlag, psychanalyste.

FREUD Sigmund (1856-1939) : père de la psychanalyse, il est une figure du père pour Sándor Ferenczi. Il donna à ses fils les prénoms d'hommes qu'il admirait à distance, et à ses filles ceux de relations séduisantes dans son cercle le plus immédiat, dont il était probablement admiré lui-même : Mathilda Breuer, Sophie Schwab et Anna Hammerschlag.

FREUND Toni von Anton, Antal Tószeghi Freund alias (1880-1920) : un des plus formidables soutiens du mouvement psychanalytique, il fit de substantiels dons d'argent en vue de la fondation d'une maison d'édition psychanalytique internationale, une bibliothèque et une clinique à moinde coût pour patients à faibles revenus.

GEIGER Hans (1882-1903) : physicien allemand, un des assistants de Rutherford, ami de Bohr et de Hevesy, de l'époque de Manchester. Le Geiger des compteurs Geiger.

GIZELLA : voir PÁLOS Gizella.

GÖDEL Kurt (1906-1978) : né à Brno, mathématicien, logicien et mystique, père du théorème de l'incomplétude auquel il a donné son nom, ami intime d'Einstein, collègue et collaborateur de John von Neumann et de Paul Bernays, patient dépressif de Wagner-Jauregg et de Heinz Hartmann.

GOMPERZ Elise : épouse de Theodor Gomperz, une des premières patientes de Freud, elle joua un rôle-clef dans sa nomination comme professeur.

GOMPERZ Heinrich : fils de Theodor et d'Elise, professeur de philosophie, disciple de la première heure de Freud. Kurt Gödel distingua Heinrich Gomperz comme le philosophe qui eut le plus fort effet sur lui.

GOMPERZ Theodor (1832-1912) : ami de Josef Breuer, père de Heinrich Gomperz, universitaire renommé dans les humanités et en histoire, étudiant et disciple de Jacob Bernays, fondateur d'une chaire d'histoire et de théorie des sciences inductives à l'université de

Vienne qu'il confia à Ernst Mach, auteur d'un pamphlet sur l'interprétation des rêves et la magie.

HAHN Otto (1879-1978) : physicien allemand, ami de Hevesy et de Paneth, un des assistants de Rutherford et son « meilleur étudiant », prix Nobel de chimie en 1944.

HAMMERSCHLAG Anna : fille de Samuel Hammerschlag, la véritable « Irma » du rêve maintenant célèbre de Freud, « L'Injection faite à Irma », elle fut la clef qui ouvrit les secrets de l'interprétation des rêves. Le prénom d'Anna Freud est un hommage à Anna Hammerschlag.

HAMMERSCHLAG Samuel (1826-1904) : professeur de sciences religieuses et d'hébreu, successeur de Leopold Breuer à l'École juive de Vienne, bibliothécaire en chef de la Bibliothèque de la communauté juive de Vienne, il exerça une forte influence sur la vie de Freud dont il devint finalement l'ami. À la mort de Hammerschlag, Freud publia une nécrologie élogieuse de son ancien professeur. Pour les liens entre les familles Hammerschlag et Breuer, voir Breuer Josef.

HARTMANN Elsa : voir PANETH Elsa.

HARTMANN Heinz (1894-1970) : petit-fils de Moritz Hartmann, beau-frère de Fritz Paneth, psychanalyste viennois, le seul des disciples de Freud à être actif dans le Cercle de philosophes de Vienne, assistant de Wagner-Jauregg dans la Clinique psychiatrique de ce dernier, où Anna Freud fut formée et où Kurt Gödel – membre du Cercle de Vienne – fut admis comme patient. Après avoir émigré, Hartmann devint un des membres les plus distingués de la communauté psychanalytique de Vienne.

HARTMANN Moritz : grand-père d'Elsa Paneth et de Heinz Hartmann, poète de la révolution pragoise de 1848.

HEILPRIN Michael (1823-1888) : patriote hongrois né en Pologne, poète, secrétaire d'État à la Littérature dans le gouvernement révolutionnaire de 1848-1849, marchand de livres de Miskolc, encyclopédiste américain, ami de Bernát Ferenczi et de Lajos Kossuth.

HEILPRIN Pinchas : père de Michael Heilprin, érudit dans les disciplines rabbiniques et profanes.

HEISENBERG Werner (1901-1976) : physicien allemand, ami et collaborateur de Pauli et Bohr, immortalisé par son principe d'incertitude, prix Nobel.

HELMHOLTZ Hermann von (1821-1894) : le roi de la physique allemande du XIX$^e$ siècle, il eut pour étudiant Max Planck et fut le héros de Freud.

HERTZ Gustav (1878-1975) : physicien allemand, prix Nobel, un des assistants de Rutherford.

HEVESY Gyuri (George von/de) (1885-1966) : descendant de la famille Brill et des Fischer de la porcelaine Herend, petit-fils de Simon Vilmos Schossberger, chimiste physicien hongrois, assistant de Rutherford, ami de toujours de Niels Bohr et de Fritz Paneth, prix Nobel de chimie en 1943, codécouvreur de l'élément hafnium, « père » de la radiochimie.

HILBERT David (1862-1943) : mathématicien allemand, figure paternelle des mathématiques allemandes du XX$^e$ siècle.

HOLLÓS (Heszlein) István (1872-1957) : médecin chef de l'hôpital psychiatrique Lipótmező, il introduisit les méthodes psychanalytiques dans la psychiatrie institutionnelle. Il a cosigné des ouvrages avec Ferenczi, dont il était l'ami. Membre fondateur de l'Association hongroise, il en devint le président à la mort de Ferenczi.

IGNOTUS, Hugo Veigelsberg alias (1869-1949) : journaliste, éditeur de la revue littéraire *Nyugat*, habitué du café Royal, membre fondateur de l'Association psychanalytique de Budapest.

JAMES William (1842-1910) : philosophe américain, ami intime d'Ernst Mach, admiré par Bohr, l'homme que Freud voulait le plus impressionner dans sa conférence à la Clark University.

JONES Ernest : doyen de la psychanalyse en Grande-Bretagne, membre du cercle d'amis et de proches le plus restreint de Freud, analysé par Sándor Ferenczi.

JUNG Carl Gustav (1875-1961) : psychologue analytique suisse et icône du New Age.

KANN Jakab : grand-père de John von Neumann, riche marchand de Budapest. Ses filles Lili et Margaret épousèrent respectivement Aladár Altshul et Max Neumann.

KARINTHY Frigyes : satiriste, pilier du café Royal, analysé par Sándor Ferenczi.

KÁRMÁN Mór (1843-1915) : père de Theodor von Kármán, éducateur renommé, fondateur de l'école que fréquentèrent Leo Szilárd, Edward Teller, son propre fils Theodor von Kármán, les Lords Balogh et Kálador, spécialistes des sciences économiques.

KÁRMÁN Tódor (Theodor) von (1881-1963) : fils de Mór Kármán, physicien, il affina la théorie quantique d'Einstein des capacités caloriques (avec Max Born) et appliqua la théorie de Bohr à la structure des cristaux (avec Landé). Par la suite, pionnier de l'aérodynamique.

KOSSUTH Lajos (1802-1894) : homme politique et patriote hongrois, président-régent du gouvernement révolutionnaire de 1848-1849, puis exilé.

KOSZTOLÁNYI Dezső : romancier hongrois, habitué du café Royal, analysé par son ami Ferenczi qui apparaît, sous le nom du docteur Moviszter, dans un de ses plus célèbres romans.

LENARD Philip (1862-1947) : physicien né à Presbourg. Ses travaux sur les rayons cathodiques lui valurent de recevoir le prix Nobel de physique en 1905 ; ils sont à la base à la fois des avancées de Rutherford et de l'explication de l'effet photoélectrique par Albert Einstein (1905) et en général du développement de la théorie quantique. Il est à la base de la « physique aryenne » et à l'origine du bannissement de la physique théorique dans l'Allemagne nazie. Une forte composante d'antisémitisme accompagne l'expression de son ressentiment contre Einstein.

LÉON Moïse de (1240-1305) : rabbin espagnol souvent présenté comme l'auteur ou le compilateur du Zohar. Mais cette attribution est sujette à caution, et il n'est même pas sûr qu'il ait existé.

LÉVY Kata, née von Freund (1883-1969) : épouse de Lajos Lévy, sœur de Tony von Freund, psychanalyste, amie intime d'Anna Freud, analysante de Sigmund Freud.

## Trois explications du monde

LÉVY Lajos (1875-1961) : cousin germain de Theodor von Kármán, beau-frère de Tony von Freund, médecin, directeur de l'Hôpital juif de Budapest, membre fondateur de l'Association psychanalytique, ami intime de Ferenczi et de Sigmund Freud.

LOEW Judah ben Bezalel, connu comme le Maharal (c. 1512-1609) : talmudiste, moraliste, mathématicien et célèbre rabbin miraculeux de Prague, qui, selon la légende, fabriqua le Golem à partir de la glaise, sujet d'innombrables récits des *Sippurim* de Pascheles. C'est dans ces *Sippurim* que la légende du Golem de Prague apparut pour la première fois sous une forme imprimée.

LÖW Lipót (Leopold) (1811-1875) : l'oncle de Mór Kármán et de Mme Bernát Lévy (respectivement père de Theodor von Kármán et mère de Lajos Lévy), illustre rabbin de Szeged, il étudia à la *yeshiva* de Presbourg et fut un révolutionnaire actif en 1848.

LUEGER Karl (1844-1910) : avocat, fondateur du parti chrétien-social ouvertement antisémite, maire de Vienne (1897-1910). Il prône une politique antisémite et inspirera directement Hitler qui l'admirait.

LUKÁCS Gyuri (György, George) (1885-1971) : ami intime des Polányi et activiste du Cercle Galilée, philosophe marxiste hongrois, écrivain, commissaire du peuple dans la Commune de 1919, il nomma Ferenczi à la première chaire de psychanalyse qui existât au monde et fut membre du Conseil des ministres du gouvernement d'Imre Nagy en 1956.

LURIA rabbi Isaac ben Solomon Ashkenazi, connu par son acronyme Ari (1534-1572) : fondateur de la kabbale moderne et kabbaliste le plus renommé du Moyen Âge.

MACH Ernst (1838-1916) : physicien autrichien et philosophe très influent, parrain de Wolfgang Pauli.

MACH Ludwig : fils d'Ernst Mach et ami de Wolfgang Pauli l'aîné.

MAHARAL : acronyme de Morenou Ha-Rav Rabbi Loew : voir LOEW.

MEITNER Lise (1878-1949) : physicienne née autrichienne et radiochimiste qui (avec son neveu Otto Frisch) découvrit la fission nucléaire.

MEYER Stefan (1872-1949) : chimiste, directeur de l'Institut du radium de Vienne (où Paneth et Lise Meitner ont travaillé un temps et où Hevesy fut fréquemment accueilli).

NEUMANN John (Johnny, Jancsi) von (1903-1957) : également connu comme le *Kakas*, c'est-à-dire le « Coquelet » en hongrois, considéré comme le plus grand mathématicien du XXᵉ siècle.

NEUMANN Mariette von : première épouse de John von Neumann.

NEUMANN Max (Miksa) : père de John von Neumann, banquier.

NIETZSCHE Friedrich (1844-1900) : écrivain, philosophe, amant de Lou Andreas-Salomé, il fut proche de Josef Paneth. On dit que sa relation avec Paneth est à l'origine de la plupart de ses idées sur les Juifs.

ORTVAY Rudolf (1885-1944) : physicien aspirant à devenir psychanalyste, élève de Sommerfeld, il fut en contact étroit avec Hevesy, Wigner, von Neumann et Ferenczi qu'il connaissait depuis leur enfance commune à Miskolc. Ortvay connaissait également Wolfgang Pauli le jeune et fut soigné par Wolfgang Pauli l'aîné. Son oncle Tivadar Ortvay écrivit une *Histoire de la ville de Presbourg*, en quatre volumes, qui fait autorité.

PÁLOS Elma (1887-1970) : fille de Géza et Gizella Pálos, fiancée puis belle-fille de Sándor Ferenczi.

PÁLOS Géza : premier époux de Gizella Ferenczi (née Altshul).

PÁLOS Gizella, née Altshul (-1949) : fiancée puis épouse de Sándor Ferenczi.

PÁLOS Magda (1887-1971) : fille de Géza et Gizella Pálos, elle épousa Lajos Ferenczi, le frère de Sándor Ferenczi, ce qui fit d'elle à la fois la belle-sœur et la belle-fille dudit Sándor.

PANETH Elsa, née Hartmann : petite-fille du poète Moritz Hartmann, sœur du psychanalyste Heinz Hartmann, épouse de Fritz Paneth.

PANETH rabbi Ezekiel ben Josef (1783-1845) : collègue et ami du Chatam Sofer, kabbaliste et grand rabbin de Transylvanie.

PANETH Fritz (1887-1956) : fils de Josef Paneth et de Sophie Schwab, radiochimiste autrichien, philosophe des sciences, historien de l'alchimie, ami de toujours et collaborateur de George Hevesy. Il épousa Else Hartmann, sœur de l'éminent psychanalyste Heinz Hartmann et arrière-petite-fille du poète révolutionnaire Moritz Hartmann.

PANETH Josef : père de Fritz, éminent physiologiste viennois, qui découvrit un groupe de cellules histologiques qui porte son nom, très proche ami de Freud, qui le décrivit comme « mon cher Josef » dans *L'Interprétation des rêves*, et ami de Nietzsche.

PANETH Sophie, née Schwab : nièce de Samuel Hammerschlag, fille de Betty, la sœur de Samuel, elle épousa Josef Paneth, l'ami intime de Freud. Freud qui assista à leurs noces appela sa seconde fille Sophie en son hommage. Un des trois enfants du couple fut Fritz Paneth, ami intime de George Hevesy.

PAPPENHEIM Bertha (1859-1936) : petite-fille de Wolf Pappenheim, travailleuse sociale, championne de la cause des femmes, poète. Soignée par Josef Breuer, Bertha découvrit que parler de ses symptômes avec Breuer les réduisait – un phénomène qu'elle appela la « cure par la parole ». Elle fut immortalisée sous le nom d'« Anna O. » par Breuer et Freud dans leurs *Études sur l'hystérie*.

PAPPENHEIM Wolf (1776-1848) : grand-père de Bertha Pappenheim, marchand de Presbourg, généreux bienfaiteur de la *yeshiva* du Chatam Sofer, il engagea Samuel Löb Brill comme précepteur des enfants de sa famille élargie.

PASCHELES Helen, née Utitz (1841-1927) : fille d'Avraham Utitz, épouse de Jacob Pascheles, grand-mère paternelle de Wolfgang Pauli le jeune.

PASCHELES Jacob (1839-1897) : fils de Wolf Pascheles, grand-père de Wolfgang Pauli le jeune, éditeur et maître d'échecs, Ancien de la synagogue tsigane de la Vieille-Ville de Prague. Il a dirigé les éditions Pascheles en partenariat avec son beau-frère Jacob Brandeis.

PASCHELES Wolf (1814-1857) : père de Jacob, arrière-grand-père de Wolfgang Pauli le jeune, marchand itinérant de livres de prières et de portraits de rabbins, par la suite propriétaire d'une librairie à Prague et éditeur. Ses publications les plus connues incluent les *Sippurim*, les *Pascheles Illustrierte israelitische Volkskalender* et une nouvelle traduction allemande du Pentateuque. Il reçut la médaille d'or impériale *Viribus unitis* des mains de l'empereur François-Joseph. La légende du Golem du rabbi Loew apparut pour la première fois sous forme imprimée dans les *Sippurim* de Pascheles.

PASCHELES Wolf : voir PAULI Wolfgang l'aîné.

PAULI Franca (1901-1987) : seconde épouse de Wolfgang Pauli le jeune.

PAULI Wolfgang le jeune (1900-1958) : fils de Wolfgang Pauli l'aîné et arrière-petit-fils de Wolf Pascheles, filleul d'Ernst Mach, physicien quantique, prix Nobel, il formula le principe d'exclusion. Ami de Bohr et d'Heisenberg, patient, ami et collaborateur de C.G. Jung. Albert Einstein dit de lui qu'il était son héritier intellectuel.

PAULI Wolfgang l'aîné (1869-1955) : né Wolf Pascheles, fils de Jacob Pascheles et d'Helene Utitz, il changea de nom et de religion après son installation à Vienne, où il poursuivit une remarquable carrière de chercheur dans les sciences, finissant par obtenir une chaire de professeur de chimie des colloïdes à l'université. Pendant qu'il faisait ses études à l'université Charles, à Prague, il se lia d'amitié avec Ludwig Mach, dont le père Ernst était leur professeur de physique. Ernst Mach apprécia aussitôt Pauli l'aîné, et les relations entre les Pauli et les Mach demeurèrent très étroites. Mach rend hommage à l'aide éditoriale qu'il a reçue de Pauli l'aîné dans la préface de son *Erkenntnis und Irrtum* de 1905. Par une ironie du sort, Pauli l'aîné rencontra Rudolf Ortvay alors que ce dernier était en vacances et il le soigna d'une « maladie honteuse ».

PETŐFI Sándor (1823-1849) : poète révolutionnaire hongrois.

PLANCK Max (1858-1947) : physicien, prix Nobel, premier homme à faire appel au quantum, hôte de Bohr à Berlin en avril 1920.

POLÁNYI Cecilia alias Polacsek : animatrice de la société budapestoise et « groupie » de la psychanalyse.

Trois explications du monde

*Trois explications du monde*

POLÁNYI Károly (Karl) : fils de Cecilia, frère de Michael et de Laura, économiste, fondateur du Cercle Galilée, membre du Cercle de Vienne, professeur à Columbia.

POLÁNYI Laura : fille de Cecilia, sœur de Michael et de Károly, historienne, « la fille aux beaux yeux », selon Freud, qui l'adressa à Ferenczi en vue d'un traitement.

POLÁNYI Misi (Michael) : fils de Cecilia, frère de Károly et de Laura, chimiste spécialiste de chimie physique et philosophe des sciences, chercheur à Berlin, par la suite professeur à l'université de Manchester.

PÓLYA George (1887-1985) : mathématicien hongrois, membre du Cercle Galilée, professeur de mathématiques à Zurich.

POPPER-LYNKEUS Josef : physicien autrichien, philosophe, ingénieur, ami intime d'Ernst Mach, ami de Sigmund Freud. Ils écrivirent tous les trois des livres sur l'interprétation des rêves.

RADÓ Sándor (1890-1972) : juriste et médecin, premier secrétaire de l'Association hongroise (1913). Il partit pour Berlin faire une analyse avec Abraham, avant d'aller à New York pour créer, à l'invitation de Brill, un institut de formation. Plus tard, il s'éloigna de Freud pour créer son propre Institut psychanalytique (Columbia). Ses études sur la toxicomanie sont considérées comme des classiques.

RAPHAEL Jenny : grand-mère de Niels Bohr, épouse de David Adler.

RILKE Rainer Maria (1875-1926) : poète allemand né à Prague, amant de Lou Andreas-Salomé.

ROSENFELD rabbi Mayer : élève de la *yeshiva* de Presbourg, rabbin de Miskolc entre 1879 et 1904.

RUBINOWICZ Adalbert (1889-1974) : physicien, un des assistants de Rutherford.

RUTHERFORD Ernest Lord (1871-1937) : physicien, prix Nobel, figure paternelle de la physique au XX$^e$ siècle.

SALOMÉ Lou von : voir ANDREAS-SALOMÉ Lou.

541

541

SCHIFFMANN rabbi Moses : comme *yeshiva bocher*, il eut pour maître le Chatam Sofer à Presbourg. Il devint par la suite rabbin de la synagogue tsigane de Prague, dont les familles Pascheles et Kafka étaient membres.

SCHOLEM Gershom : professeur de kabbale, président de l'Académie des sciences d'Israël, écrivain ami de Pauli, relation de Jung.

SCHOSSBERGER Simon Vilmos (1796-1874) : grand-père de George Hevesy, petit-fils d'Elizir Brill, cousin de Samuel Löb Brill, industriel, magnat du tabac, marchand, nommé à la tête de la communauté israélite de Pest par François-Joseph, le premier Juif non converti à accéder à la noblesse hongroise. Sa fille, la baronne Eugenie Schossberger de Tornya, était la mère de Hevesy.

SCHREIBER Moses (1763-1839) : tête de file du judaïsme orthodoxe en Europe, rabbin de Presbourg, directeur de la *yeshiva* de Presbourg, ancien élève de Nathan Adler le Hassid, maître de Leopold Breuer, Samuel Löb Brill, Moses Schiffmann et bien d'autres, ami et collègue des rabbins Ezekiel Paneth et Azriel Brill. Connu sous le titre de Chatam Sofer.

SCHRÖDINGER Erwin (1887-1961) : physicien quantique, prix Nobel, dont l'équation est à la base de la mécanique quantique et dont le chat est le félin le plus célèbre de l'histoire du monde.

SCHUSTER Arthur Sir (1851-1934) : ami intime de Rutherford et de Chaim Weizmann, professeur de physique et directeur du département de physique à l'université de Manchester, deux postes dont il démissionna pour les laisser à Rutherford. Il créa et finança sur ses propres fonds un poste de lecteur en physique mathématique qui fut occupé d'abord par Darwin puis par Bohr au cours de son second séjour à Manchester. La famille Schuster était issue du ghetto de Francfort où il est né, ainsi que ses frères. Il fut anobli, de même que son frère le plus jeune, Felix, banquier à la City de Londres. À la fin de sa vie, Arthur était vice-président de la Royal Society.

SCHUSTER Norah : la fille de Sir Arthur Schuster dont Chaim Weizmann était follement épris.

SCHWAB Sophie : voir PANETH Sophie.

*Trois explications du monde*

SOFER Moses : voir SCHREIBER.

SOMMERFELD Arnold (1868-1951) : professeur de physique à Munich, qui compta parmi ses étudiants chercheurs Wolfgang Pauli, Werner Heisenberg, Rudolf Ortvay et Adalbert Rubinowicz.

SPIELREIN Sabina (1885-1942) : née à Rostov-sur-le-Don en Russie, psychanalyste, assassinée par les nazis. Venue en Suisse en 1904 pour une grave hystérie, elle fut soignée par Eugen Bleuler à la clinique psychiatrique universitaire de Zurich puis rencontra Carl Gustav Jung qui est tour à tour son médecin, son analyste et son amant. En 1905, elle fit sa médecine, contacta Freud et, en 1909, sa relation avec Jung fut révélée. Elle anticipa le concept de pulsion de mort de Freud dans un article de 1912.

SPITZER Friedrich (Smuel) (1814-1890) : fils de Moishe, fossoyeur à Presbourg, célèbre antiquaire et collectionneur.

STEIN Fülöp (1867-1918) : neuropsychiatre hongrois, militant du Mouvement antialcoolique.

STONBOROUGH Margarethe : sœur de Ludwig Wittgenstein, disciple de Sigmund Freud. Klimt a fait son portrait.

SZÉCHENYI, István, comte (1791-1860) : dirigeant politique et réformateur hongrois.

SZILÁRD Leo (1898-1974) : « neveu » des von Freund, physicien ingénieur, inventeur de la réaction nucléaire en chaîne, prix Nobel et auteur de la lettre d'Einstein au président Roosevelt.

THOMPSON Joseph John (1856-1940) : inventeur de l'électron et alors président de la Royal Society, confirma les propos d'Einstein dans *Proceedings of the Royal Society of London* (1919).

TELLER Edward : physicien, père de la bombe à hydrogène.

TÓSZEGHI : voir FREUND

UTITZ Avraham : père d'Helene Utitz Pascheles, directeur du lycée de la Vieille-Ville de Prague (Altstadter Gymnasium) qui fut fréquentée par son petit-fils Wolfgang Pauli l'aîné (connu alors sous le nom de Wolf Pascheles), Franz Kafka, Max Brod et leur ami Emil Utitz, un autre des petits-fils d'Avraham.

543

*Trois explications du monde*

WAGNER-JAUREGG Julius von (1857-1940) : ami de Sigmund Freud depuis leurs années d'études et premier psychiatre à recevoir le prix Nobel de médecine.

WEIZMANN Chaim (1874-1952) : sioniste, futur président de l'État d'Israël, maître assistant en chimie à l'université de Manchester. Ami de Rutherford et des Schuster.

WIGNER Jenő (Eugene) (1902-1996) : physicien, prix Nobel, ami intime de John von Neumann.

WITTGENSTEIN Ludwig (1889-1951) : frère de Margarethe Stonborough, philosophe, bienfaiteur du poète Rilke, étudiant à Manchester en ingénierie aéronautique, il travailla à l'observatoire fondé par le professeur Arthur Schuster.

# Remerciements

Un grand nombre de personnes m'ont aidé à obtenir les informations nécessaires à l'écriture de ce livre, mais je tiens à remercier tout particulièrement :

le docteur Judith Dupont, de Paris, qui a fortement soutenu mon projet et m'a apporté nombre d'informations, que ce soit directement ou par le biais du *Coq-Héron*. C'est elle qui, par ailleurs, en tant qu'ayant-droit, m'a aimablement donné l'autorisation de reproduire les documents de Ferenczi,

Mlle Agnès Drechsler, de la Bibliothèque nationale juive de Budapest, qui m'a ouvert les rayons de la bibliothèque normalement accessibles au seul personnel et m'a aidé en de nombreuses occasions, tout particulièrement pour ce qui concerne le Chatam Sofer et la généalogie des familles juives hongroises,

le professeur H.B.G. Casimir qui, dans son bureau de Heeze, a fait revivre ses trois maîtres, Bohr, Pauli et Ehrenfest, et d'autres personnalités, et aussi pour les commentaires détaillés et érudits qu'il m'a donnés après lecture du manuscrit,

le professeur Gyula Mádai et le docteur Imre Aszódi, tous deux de Miskolc, qui ont effectué les recherches sur les origines de Ferenczi et ses aventures avec la « porte sombre », une expérience certainement des plus plaisantes et des plus mémorables,

le professeur Frantisek Smutny, de l'institut de l'Académie tchèque des sciences physiques, qui a découvert les liens entre Pascheles et Pauli, et qui m'a accueilli à la bibliothèque du Musée juif de Prague,

Penny Tyndale-Hardy, de Mark Paterson & Associates, pour son appui et la peine qu'il s'est donné pour m'aider à trouver un éditeur,

le professeur Lázló Füstöss du département de physique de l'université technique de Budapest pour les nombreuses après-midi que nous avons passées dans son bureau où il m'a fait part, de façon informelle, autour de nombreuses tasses de café, de sa connaissance détaillée de Rudolf Ortvay et qui m'a mis sur la voie de la correspondance Ferenczi-Ortvay,

le professeur Abraham Pais et Mlle Felicity Pors, des Archives Niels Bohr, pour leur aide dans la découverte de matériaux importants sur Bohr, Hevesy et d'autres,

M. Michael Molnar et M. Keith Davies, du musée Freud à Londres, qui m'ont aidé en de multiples occasions, à commencer par la transcription à partir des carnets de Sigmund Freud de la liste des visiteurs à Maresfield Gardens,

le professeur C.P. Enz, du département de physique théorique de l'université de Genève, qui m'a apporté beaucoup d'informations très intéressantes qui ne figuraient pas dans ses travaux publiés sur Pauli, ainsi que plusieurs pistes, notamment le contact avec le professeur Smutny et le docteur Daniel Pascheles,

le docteur Beat Glaus, du Wissenschaftshistorische Sammlungen de l'ETH-Bibliotheek de Zurich, qui a aimablement mis à ma disposition la correspondance de Paul Bernays avec John von Neumann et Wolgang Pauli, et pour les nombreuses pistes qu'il m'a indiquées,

le docteur Roswitha Rahmy, du CERN à Genève, qui a aimablement fait des recherches dans les Archives Pauli,

le docteur A. Hirschmüller, de l'institut pour l'histoire de la médecine de l'université de Tübingen, qui m'a procuré à la fois de nombreuses informations sur Josef Breuer et son cercle, et quantités de détails rapportés dans ce livre,

Mme Dorothy Mosakowski, des archives de la Clark University, qui a mis à ma disposition le programme du 20e anniversaire de 1909 et des journaux et articles de l'époque,

le professeur David Cassidy, de l'université de Hofstra, biographe d'Heisenberg, qui m'a donné de nombreux conseils et maintes suggestions,

*Trois explications du monde*

le professeur Saunders Mac Lane, de l'institut de mathématiques
de l'université de Chicago pour m'avoir raconté ses souvenirs de Paul
Bernays, son directeur de thèse,

le professeur László Csernai, du département de physique de l'université de Minneapolis et de l'université de Bergen, et le professeur
Johannes Hansteen, du département de physique de l'université de
Bergen, qui m'ont aidé à suivre la trace de Bohr sur les pistes gelées
de Gudbrandsdalen,

M. Malcolm Brown, du Dartmouth College et du *Nietzsche Chro-
nicle*, qui m'a aidé à établir les liens entre Nietzsche et Josef Paneth,

le professeur Jehuda Reinharz, président de la Brandeis University,
biographe de Chaim Weizmann, pour ses indications sur Weizmann,
Jacobus Kann et Louis Brandeis,

le professeur de mathématiques N.G. de Bruijn, de Nuenen en
Hollande, pour ses souvenirs de von Neumann et de Pólya,

Mme Suzanne Eliahou, d'Eindhoven en Hollande, qui m'a aidé
pour la traduction,

la famille Wehmeier, de Gladbeck en Allemagne, tout particulièrement Mme Marlis Wehmeier, qui a traduit les textes les plus difficiles, le docteur Friedel Wehmeier, qui a exhumé le programme de la
conférence de 1913 de la Gesellschaft Deutscher Naturforscher und
Ärzte à Vienne, et le docteur Kai Wehmeier de l'institut de mathématique logique à l'université de Westphalie, à Münster, qui m'a aidé
pour les recherches de fond et aussi pour la traduction.

Je tiens à exprimer des remerciements particuliers aux membres
survivants et aux descendants de certains des personnages de *Trois
explications du monde*, dont les informations de première main et plus
intimes m'ont été d'une grande utilité, et tout spécialement :

Mlle Eva Paneth et le professeur Post, respectivement fille et fils de
Fritz Paneth, qui ont évoqué pour moi leurs souvenirs des familles
Paneth et Hartmann,

le professeur Nigel Paneth, de l'université d'État du Michigan,
East Lansing, qui m'a fourni une abondance de détails sur la dynastie
rabbinique des Paneth et une copie de l'arbre généalogique de la
famille Paneth publié par son père,

le docteur Daniel Pascheles de Zurich, arrière-petit-fils de l'éditeur
Jakob Pascheles, qui a aimablement mis à ma disposition une docu-

547

mentation très importante, dont l'arbre généalogique de la famille Utitz et une copie du discours que son grand-père Oscar Pascheles avait prononcé devant sa famille à l'occasion de son anniversaire,

M. Richard Pauli, de Chasmonayim en Israël, lui aussi arrière-petit-fils de Jakob Pascheles, qui m'a fait part d'une foule de détails sur l'histoire des Pascheles/Pauli et m'a raconté des anecdotes familiales,

le docteur Edmund R. Brill, médecin à Belfast, Maryland, fils d'A.A. Brill, qui n'a cessé de m'encourager.

Je dois l'expression de mes remerciements les plus formels aux institutions suivantes pour m'avoir permis de reproduire de nombreux matériaux :

Clark University, Archives, Worcester, Massachussets,

ETH-Bibliotheek, Wissenschaftshistorische Sammlungen, Zurich,

Bibliothèque de l'Académie hongroise des sciences, département des manuscrits et des livres rares, Budapest,

Bibliothèque nationale juive et bibliothèque de l'Université hébraïque, Jérusalem,

Karnac Books, London,

Mark Patterson & Associates, Wivenhoe, Angleterre,

Archives Niels Bohr, Copenhague,

Pantheon Books, New York,

Archives Pauli, CERN, Genève,

Sigmund Freud Copyright, Wivenhoe, Angleterre,

State University of New York Press, Albany, NY.

Je dois beaucoup aux personnels des institutions mentionnées ci-dessus qui m'ont aimablement aidé, mais aussi à ceux des institutions ci-dessous :

The Freud Museum, London,

Bibliothèque du Musée juif de Prague,

The Library of Congress, département des manuscrits,

Centre national et la bibliothèque d'information technique, Budapest,

Bibliothèque universitaire, Budapest.

Nombreux sont ceux qui ont eu la gentillesse de relire le manuscrit et d'apporter des remarques et des commentaires constructifs, ou les deux, tout particulièrement le docteur Judith Dupont, le docteur

## Trois explications du monde

Riccardo Steiner, M. Thomas Roberts, le professeur Casimir, le professeur Enz, Lord Melvyn Bragg, le professeur et Mme Hoselitz. Je leur dois à tous mes remerciements.

Je remercie enfin Sylvie Taussig d'avoir si bien fait vivre mes personnages et leur univers dans sa remarquable traduction.

Et, pour finir, je souhaite remercier ma femme et ma famille, qui ont dû accepter que je passe la moitié de mon temps, des années durant, avec toute la bande de personnalités hautes en couleur dépeintes dans *Trois explications du monde*.

# Table

Composition : Nord Compo
Impression CPI Bussière en mars 2010
à Saint-Amand-Montrond (Cher)
Editions Albin Michel
22, rue Huyghens, 75014 Paris
www.albin-michel.fr

ISBN 978-2-226-19587-6
N° d'édition : 18204/01. – N° d'impression : 100653/4.
Dépôt légal : avril 2010.
Imprimé en France.